Nadine Matheson est avocate pénaliste à Londres. Après le succès de son premier roman, *L'Équarrisseur*, devenu un best-seller et traduit en quinze langues, *Le Châtiment des fidèles* met en scène une nouvelle enquête d'Anjelica Henley.

DE LA MÊME AUTRICE

L'Équarisseur
*Seuil, 2021*
et *« Points Thriller », n° P5882*

Nadine Matheson

# LE CHÂTIMENT DES FIDÈLES

*Traduit de l'anglais*
*par Michel Pagel*

*Éditions du Seuil*

TITRE ORIGINAL
*The Binding Room*



ISBN 979-10-414-1454-3

*Pour maman (la meilleure critique du monde) et papa.*

*Avec mon amour et mes remerciements.*

# Prologue

Des fragments de côte, une véritable mitraille, percent la fine membrane humide de son poumon droit. Dans son dos, un pus jaunâtre chargé d'âcres relents de viande pourrie suinte de sa chair fendue, infectée. Le ressort rouillé et pointu du matelas s'est planté juste en dessous de son omoplate.

Il entend des voix distordues enfler puis retomber comme si on jouait avec le volume d'une radio bon marché, mais aucun son ne résonne quand il veut hurler : les muscles parcheminés de sa gorge emprisonnent ses cris de détresse.

– Arrête donc !

– Mais qu'est-ce que tu fais, bordel ? Je t'ai dit d'arrêter.

Son corps se convulse, ses orteils se raidissent et ses cloques explosent quand une chaleur brûlante lui inonde la plante des pieds. La corde autour de ses poignets se resserre, mord plus fort sa chair exposée. Son sang, qui lutte pour couler librement, fait gonfler des veines bleues luisantes sous sa peau translucide.

Des pas lourds se dirigent vers lui. Il tourne vers le mur sa tête douloureuse.

– Qu'est-ce qu'on va faire ? On ne peut pas… Qu'est-ce qu'on…

– La ferme.

Huit mots tournent en boucle dans sa tête. *Je ne veux pas mourir. Arrêtez, par pitié.*

Il entend un chuchotement tandis qu'un spasme déchire son corps, sa tête renvoyée en arrière heurte avec violence le mur couvert de sang et de mousse, et le choc lui vaut une deuxième fracture du crâne. Puis il sent la chaleur d'une autre peau sur sa poitrine. Un bref répit. Un souffle d'air chaud qui baigne son oreille et, de nouveau, le chuchotement.

– Sors.

Des mains appuient avec force sur sa cage thoracique. Une troisième côte se casse et perce son poumon gauche, lui coupant le souffle.

Des larmes imprègnent le tissu qui couvre ses yeux.

– Tu vas le tuer.

*Par pitié.*

Pris de nausée sans rien à vomir, il inhale la fumée d'un encens très parfumé. Sa toux secoue les os brisés dans son torse. Une bile pourrie emplit le fond de sa bouche et nappe sa langue.

Il tente de se libérer en agitant les jambes. Une seconde paire de mains appuie sur ses cuisses, ce qui presse le nerf fémoro-cutané latéral contre un tissu cicatriciel épais, torsadé. Un torrent de douleur déferle sur lui. Il a l'impression de brûler vif de l'intérieur.

– Il faut qu'on s'en aille.

– Regarde-le. Gisant là comme un chien.

Une main empoigne sa mâchoire et serre avec force.

– Je te disais bien qu'il avait le diable en lui.

# 1

Henley fixait le calendrier sur le bureau – un de ces calendriers pleins de bons sentiments, avec la devise *Profitez de tous les instants* imprimée en lettres d'or sur un tableau abstrait aux couleurs primaires vives – et la date lui rendait son regard. Lundi 17 février. Une date sans rien de particulier. Aucune occasion à marquer, pas même un rendez-vous de dentiste. Un jour comme les autres.

– Est-ce que ça va ?

La Dr Isabelle Collins cessa de verser le thé vert quand sa patiente se mit la tête entre les genoux.

– Ça va très bien, répondit Henley. Elle ferma les yeux et attendit que passe ce moment déplaisant mais familier.

– Vous êtes sûre ?

– Ça ne m'arrive pas sans arrêt. Ça ne veut rien dire du tout.

– Tout veut dire quelque chose. Vous avez envie de m'expliquer ce qui a déclenché ça ?

– Non, répondit l'inspectrice en se redressant.

– Je vous ai avertie que ces séances sont en général plus efficaces quand vous parlez, reprit la Dr Collins en se servant du thé dans une tasse en porcelaine. Il est 7 h 43.

– Et vous êtes déçue que je n'aie rien dit au cours des douze dernières minutes.

– Une casserole qu'on observe ne bout jamais, Anjelica.

– Mon Dieu, on croirait entendre ma mère.

– Mmm, c'est la première fois que vous l'évoquez en cinq mois. En fait, vous n'aviez encore jamais parlé autant pendant le premier quart d'heure d'une séance.

– Vous ne disiez pas qu'une casserole qu'on observe ne bout jamais ?

– Si, c'est vrai, mais à la seconde même où on la quitte des yeux, elle a toutes les chances de déborder. Je vous ai prévenue lors de notre première séance que je n'avais aucune intention de vous faire perdre votre temps ni de perdre le mien. Si j'avais envie d'une compagnie muette, j'adopterais un chat.

– Vous êtes un peu ronchon, ce matin, remarqua Henley en haussant un sourcil.

La Dr Collins haussa les épaules.

– Comme je disais, ça fait cinq mois. Quand je vous laisserai reprendre le cours de votre existence, j'aimerais être satisfaite, savoir que vous avez fait le travail nécessaire et atteint un point où vous serez capable d'accepter ce qui vous est arrivé, de vivre sans craindre d'imploser. Vous avez besoin de parler franchement de tout ce qui vous est arrivé, et cela inclut la perte de votre mère.

– Ce n'est pas parce que j'ai parlé d'elle que je vais avoir une soudaine poussée de chagrin, dit l'inspectrice. Elle passa le doigt sous son col roulé et l'écarta de sa peau.

– Je ne vous demande pas de gémir ni de grincer des dents, simplement d'admettre que votre mère vous a quittée depuis presque un an.

– J'en suis consciente.

– Et ça ne vous dérange pas ? Cette sensation de froid détachement.

– Ce n'est pas du détachement. Je ne peux pas me détacher de ma mère comme d'une enquête que je mène, mais je peux l'isoler pour que ça ne m'empêche pas de dormir la nuit.

– « Ça » ? Le fait de réussir à dormir la nuit ne vous interdit pas de penser à elle pendant la journée, là, maintenant. Vous la rejetez.

Henley soutint le regard de la psychiatre. Elle avait perdu le compte de ces moments. De ces remarques contre lesquelles elle ne pouvait se défendre. Isabelle Collins ne pratiquait pas la méthode sensible et délicate du Dr Afzal, son ancien thérapeute, en compagnie duquel elle avait subi trois séances avant de jeter l'éponge. Collins frappait, provoquait puis observait les résultats. Henley n'avait pas encore déterminé si elle traitait ainsi tous ses patients ou si c'était sa présence qui la remontait à bloc un lundi matin sur deux. Elle se tortilla sur sa chaise et résista à l'envie d'ôter sa veste. Une température quasi tropicale régnait dans le cabinet.

– Moi, ça m'ennuie que vous ne soyez toujours pas décidée à parler de votre mère ni de votre ancien supérieur, le surintendant-chef Rhimes, reprit la Dr Collins.

– Je n'ai pas besoin de parler de Rhimes, et ce n'est pas à cause de ma mère que je suis dans ce fauteuil, renvoya Henley. Ma mère, je sais où elle est : dans un cercueil en chêne, six pieds sous terre, au cimetière Brockley. Numéro de concession : 19R5QA.

– Alors que vous ne savez pas où est Olivier ?

L'inspectrice se raidit en entendant ce nom. Elle faisait de son mieux pour oublier l'homme qui avait voulu, non pas une fois mais deux, l'ajouter à sa longue liste de victimes. Elle dépensait énormément d'énergie à se convaincre que Peter Olivier était mort et ne pouvait plus l'atteindre. Or, certains jours, elle aurait juré sentir son souffle sur sa gorge.

– Je sais que nous avons déjà parlé de tout ça, mais cela fait cinq mois. Logiquement, que vous dit votre cerveau ? Imaginez-vous en train de parler aux parents d'une victime.

Henley sentit ses épaules, déjà nouées, se contracter un peu plus. Elle prit une inspiration et repensa à ce que lui avait dit Pellacia, son patron et ex-amant, sur son lit d'hôpital.

– Je leur assurerais que personne n'a pu survivre dans une eau pareille, dit-elle. Il était déjà blessé avant même que je… avant qu'il ne m'attaque.

– Mais vous doutez toujours de sa mort ?

– Je ne doute pas.

– Vous avez dit à votre mari qu'Olivier était mort.

– C'était ce qu'il avait besoin d'entendre. Je ne vois pas en quoi cela nous aurait aidés qu'il le croie encore en liberté.

– En quoi est-ce que ça vous aide, vous ?

– Que voulez-vous dire ?

– Vous n'avez toujours pas lâché prise, Anjelica. Tant que vous vous accrocherez à l'idée que ce tueur est en vie, il n'y aura de place pour rien d'autre.

– Je lâcherais peut-être prise plus facilement si j'avais vu Olivier découpé en morceaux sanglants et ses intestins étalés sur la moquette, comme son copycat Dominic Pine, mais ça n'est pas le cas.

Peu impressionnée, la Dr Collins récupéra et ouvrit le carnet de notes à couverture cartonnée qu'elle avait coincé entre l'accoudoir et le coussin de son fauteuil.

– Le mois dernier, je vous ai prescrit une dose légère de Zopiclone. Est-ce que ça vous aide ? demanda-t-elle.

– Oh, oui, pour m'aider, ça m'aide. Ça m'assomme carrément. Le problème, c'est qu'au réveil je suis incapable de fonctionner. J'ai l'impression de marcher dans le brouillard.

– Donc, vous allez me dire que vous avez cessé de prendre les cachets ?

– Il faut que je fasse mon travail.

– Lequel ? Épouse, mère ou détective ?

Henley sentit une vague de colère la submerger.

– C'est une critique ? Vous suggérez que je fais passer mon travail avant mes… ma vie privée ?

– Je ne peux pas répondre à cette question pour vous. Vous pourriez peut-être y travailler en prévision de la prochaine séance. Être honnête avec vous-même à propos de ce que vous voulez.

– Je sais ce que je veux. Je veux pouvoir me réveiller sans avoir l'impression qu'on me broie la poitrine. Je ne veux plus terminer la journée dans un foutoir émotionnel.

– Et ça n'arrivera pas avant que vous ne décidiez de quoi vous devez vraiment vous débarrasser. Olivier est un catalyseur, mais nous savons toutes les deux que vous vous accrochez à beaucoup plus que cela.

La neige commençait à tomber. Henley remonta aussi haut que possible la fermeture de son blouson et enfonça résolument son bonnet de laine sur sa tête en sortant de l'entrepôt reconverti de Shad Thames, où habitait et travaillait la Dr Isabelle Collins, pour arriver devant une rue pavée luisante de verglas noir. Des stalactites de glace pendaient dangereusement des portiques en fer forgé reliant les bâtiments d'un côté à l'autre de la rue. Henley se morigéna en marchant vers sa voiture. C'était elle qui avait demandé de l'aide. Elle avait donné à Rob la carte de visite froissée de Collins et l'avait imploré de lui prendre un rendez-vous. Qu'elle avait ensuite annulé deux fois. Elle s'était promis de mettre son âme à nu, convaincue qu'il lui serait plus facile de parler à quelqu'un qui n'avait aucun lien avec elle. Pourtant, à la minute où elle s'était assise sur le canapé vert pâle, elle s'était fermée comme une huître, renversant le café brûlant de sa tasse trop pleine sur la peau balafrée de sa main droite. Elle se faisait l'effet de commettre une imposture.

– Hé ! Allez-vous-en, cria-t-elle en repérant un contractuel qui s'approchait de sa voiture. Elle tenta de courir mais, sentant ses pieds glisser sur les pavés gelés, s'arrêta et se rattrapa à un réverbère.

– C'est réservé aux résidents, affirma le contractuel en sortant son ordinateur portable.

– Pas de ce côté-ci de la rue. Ne jouez pas à ça avec moi, mon vieux, trancha Henley. (Elle atteignit sa voiture et tira les clefs de sa poche.) Par ailleurs, le stationnement réglementé ne commence pas avant 8 h 30, et il est… (Elle regarda l'heure sur son téléphone.) 8 h 29. Alors laissez tomber.

Résistant à l'envie de coller sa carte de police sous le nez de l'homme qui reculait à regret, elle ouvrit sa portière. Elle démarra et laissa un peu chauffer la voiture alors que la neige tombait sur le pare-brise et que les trottoirs s'emplissaient peu à peu de gens qui gagnaient sans enthousiasme leur lieu de travail en ville. Ensuite, elle retourna à la brigade des crimes en série.

# 2

Uliana Piontek s'accrocha à la barre d'appui quand le bus à impériale freina brutalement et s'arrêta en face de la station Deptford Bridge du métro aérien DLR. Elle se tordit le cou pour voir l'heure – 13 h 32 clignotait sur l'affichage digital. Les déviations, assorties d'un accident sur Blackheath Road, avaient mis le bus 53 en retard – et Uliana avec lui.

Elle appuya sur le bouton d'arrêt et marmonna des « pardon » en se frayant un chemin à travers la foule des passagers debout, trop serrés les uns contre les autres. Coincée, elle se pencha par-dessus la tête d'une grosse dame en anorak et appuya sur le bouton d'alarme rouge avant de bondir hors du bus sans se préoccuper du chauffeur qui jurait derrière elle.

Des néons bleus clignotants se reflétaient sur les vitrines des boutiques. Le son agressif des sirènes perçait l'air froid. Uliana ne marqua aucun temps d'arrêt. Concentrée, le visage enfoui dans sa grande écharpe violette, elle se dirigea vers un bâtiment Art déco ayant naguère été un cinéma, une banque, un restaurant vietnamien, et qui abritait désormais la première mégaéglise[1] de Deptford, l'Église d'Annan le Prophète.

L'accord stipulait que la jeune femme vienne faire le ménage dans l'église à vingt heures le samedi soir et à

1. Église protestante, souvent évangélique, possédant plus de 2 000 fidèles.

treize heures tous les lundis et mercredis. Pour quatre-vingt-dix livres. En liquide. Le pasteur lui avait dit qu'elle serait richement récompensée au paradis et, quand elle avait accepté l'arrangement, il lui avait posé la main sur le genou. Quoi qu'il ait pu croire, Uliana n'était initialement disposée à s'agenouiller que pour prier ou brancher son aspirateur – mais c'était avant qu'il ne lui offre cent livres supplémentaires. Elle monta le son de son téléphone : les basses amplifiées parviendraient peut-être à chasser l'image mentale du pasteur l'empoignant par les cheveux et la contraignant à se mettre à genoux.

Uliana ignora les sifflets de ses compatriotes d'Europe de l'Est qui travaillaient sur le chantier de construction de l'autre côté de la rue. Elle agita la main à l'adresse d'une employée de l'agence de conception graphique dont le petit local jouxtait l'église, en train de fumer sur le trottoir.

– Merde, lâcha-t-elle en découvrant la voiture du pasteur, un Range Rover Discovery gris métallisé flambant neuf, sur le parking. Le soleil d'hiver se reflétait sur le crucifix en or terni pendu au rétroviseur. Uliana inséra la clef dans la serrure, mais n'eut besoin de la tourner qu'une fois avant de sentir la porte s'ouvrir. Il se passait quelque chose d'anormal. La jeune femme pénétra dans le vestibule sombre et cligna des paupières à deux reprises tandis que ses yeux s'habituaient à l'obscurité. Un filet de lumière tamisée s'échappait par la porte du bureau, sur sa droite.

– Caleb, appela Uliana en allumant la lumière du vestibule avant de se diriger vers la pièce éclairée. Elle était déserte, malgré le manteau du pasteur posé sur le fauteuil. Le seul bruit provenait du filtre d'un petit aquarium, dans un angle. La jeune femme monta l'escalier pour aller chercher l'aspirateur et redescendit en se demandant avec mauvaise humeur pourquoi nul n'avait le bon sens de ranger les appareils ménagers dans un placard du rez-de-chaussée. Elle brancha l'aspirateur, monta encore le son de sa musique et se mit au travail, poussant la porte à deux battants qui menait à l'église proprement dite.

Uliana Piontek sentit le pasteur Caleb Annan avant de le voir, et elle reconnut l'odeur du sang répandu par la violence.

# 3

– On a tous perdu, déclara le sergent détective Paul Stanford en tendant à Henley une boîte métallique de Quality Street.

– De quoi est-ce que tu parles ? (Elle ôta son blouson et le jeta sur un bureau inoccupé.) Est-ce qu'il y a des caramels plats, là-dedans ?

– Tu devrais peut-être rester couverte. Le chauffage est encore en panne. Soit ça, soit on nous a oubliés et la facture n'a pas été payée. Dans le pot, il y a cent quarante livres et pas un seul caramel plat.

– Pourquoi est-ce qu'il y a tout ce fric là-dedans ?

Stanford leva les yeux au ciel, feignant l'exaspération.

– Tu te rappelles notre pari ? demanda-t-il. À propos de notre illustre Ramouter, agent détective à part entière.

– Qu'est-ce que j'ai fait ? lança Ramouter depuis la cuisine, où il observait avec dégoût le fond d'une grande tasse.

– C'est franchement ridicule, soupira Henley. Son ouïe détectait le ronflement des radiateurs soufflants et celui du vent glacial, dehors, qui faisait vibrer les vitres.

– Tu as tenu, Ramouter, c'est tout, expliqua Stanford. On avait parié sur le temps que tu tiendrais à la SCU.

– Et tu ne croyais pas que je tiendrais six mois ? demanda l'intéressé en s'emparant d'une autre tasse.

– Mon pote, je croyais que tu ne tiendrais pas six jours. Je veux bien un café, si tu en fais.

– Tu ne devrais pas être aussi méchant avec lui, lui reprocha Henley. Elle ôta son écharpe et la plaqua contre l'encadrement de fenêtre vermoulu, afin de bloquer le courant d'air glacé qui balayait son bureau.

– En quoi est-ce que je suis méchant ? Je lui fais un sacré compliment, au contraire. Après tout ce qui s'est passé, personne ne lui en aurait voulu de claquer la porte.

– Eh bien c'est raté. Il s'est accroché. Alors, qu'est-ce que tu vas faire du fric ?

– Je pourrais le lui donner. Ça lui paierait un billet de train pour Bradford ou quelque chose comme ça.

– Qui est-ce qui fait de la sensiblerie, maintenant ? railla Henley. Son téléphone de bureau se mit à sonner.

– Ou bien je pourrais réserver une table au restau indien en bas de la rue. Ce serait bon pour l'esprit d'équipe.

– Sauf un vendredi soir normal : tu t'endormirais sur ton poulet au piment.

– Oh, le culot ! répliqua Stanford alors qu'elle décrochait et que Ramouter, apparu à son côté, lui tendait un café fumant.

– Oui, je vois, dit Henley en tendant la main vers un bloc de Post-it et un stylobille au capuchon mordillé. Je ne me rendais pas compte qu'on était encore de service. Tu peux m'envoyer les détails ? Non, je ne peux pas les récupérer moi-même : le système est encore en rade. Merci. Qui a trouvé le corps ? Bien.

Henley arracha le Post-it et le colla sur la tasse de Ramouter. Il le détacha et considéra sa partenaire avec un air interrogateur.

– Si ça ne roule pas trop mal, on devrait y être en dix minutes.

– Tu n'as pas le temps de terminer ton café, conclut Henley en posant le téléphone avant de reprendre son écharpe.

– Un cadavre dans une église ? demanda Ramouter en lisant la note. Sérieux ?

– C'est ce que ça dit.

– Pourquoi est-ce qu'on s'en occupe ?

– Parce que le commandant du *borough*[1] a décidé que la brigade des crimes en série devait décharger de certaines affaires celles des homicides et des crimes graves, répondit Henley sur un ton las.

– On croirait qu'on passe nos journées sur Netflix, gémit Ramouter. Est-ce que c'est un meurtre, seulement ?

– On ne le saura pas avant d'arriver là-bas, hein ?

– Je peux ? demanda Stanford avec un sourire épanoui.

– Non, tu ne peux pas, répondit Henley en ramassant son sac avant de se diriger vers la porte, Ramouter sur ses talons. Elle connaissait assez bien Stanford pour savoir exactement ce qu'il s'apprêtait à dire.

– Dix contre un que c'était le révérend Olive avec le chandelier dans la bibliothèque, cria-t-il au moment où elle claquait la porte derrière elle.

– *Je ne vous le redirai pas. Écartez-vous des barrières.*

– *Qu'est-ce qui se passe ?*

– *Si j'avais su que j'allais passer l'après-midi debout dans ce froid glacial, je serais resté au lit ce matin.*

– *Je parie qu'ils ont trouvé un cadavre ou un truc comme ça.*

– *Regardez, les experts de la police sont arrivés.*

– *Je suis juste sorti boire un café et les flics me disent que je ne peux pas retourner à mon bureau.*

– *Et merde, je rentre chez moi.*

– *Je vous dis qu'ils ont trouvé un cadavre.*

– *Ce ne serait pas la première fois.*

1. Les *boroughs* sont des divisions administratives londoniennes équivalant à des arrondissements. Chacun est dirigé par un conseil.

– *Je n'arrive pas à comprendre les jeunes. Toujours en train de se poignarder les uns les autres. Aucun respect de la vie.*

– *On peut l'enrober tant qu'on veut. C'est Deptford, c'est tout.*

Les murmures d'une foule curieuse mais dépitée accueillirent Henley et Ramouter tandis qu'ils se dirigeaient vers la scène de crime.

– C'est une église, ça ? demanda le jeune policier en contemplant la façade crème du bâtiment en briques. Je m'attendais à quelque chose d'un peu plus… Je ne sais pas, plus religieux. Avec un clocher, peut-être. Là, on dirait une banque.

– Quand j'avais dix-sept ans, c'était une agence de la National Westminster Bank. Autrefois, le loyer était modéré. Aujourd'hui, je ne sais pas trop, répondit Henley.

– J'ai fait une recherche rapide sur Google…

– Évidemment.

– Et il y a sept autres églises sur Deptford Broadway.

– Ça ne m'étonne pas. Sur pratiquement toutes les avenues londoniennes, il y a des bureaux de paris mutuels, des rôtisseries et des églises.

Les deux policiers montrèrent leurs cartes à l'agent posté derrière le ruban délimitant la scène de crime. L'inspectrice observa la foule sans cesse grandissante : elle avait déjà rencontré des meurtriers voyeurs par nature. En l'occurrence, rien ne lui parut louche.

– On dirait que la Dr Choi est là, dit Ramouter, en désignant la voiture de l'amie d'Henley et pathologiste favorite de la brigade des crimes en série, garée entre une moto de police et une petite fourgonnette blanche au flanc orné de lettres noires : *Forensic Services Crime Scene Investigation*[1].

1. Services scientifiques d'enquêtes sur les scènes de crime.

Henley s'arrêta et explora des yeux le petit parking que ne surveillait aucune caméra de sécurité. Le calme l'envahit à l'approche du théâtre du drame, une émotion bienvenue pour soulager l'angoisse qui courait en général dans ses veines – et qu'une visite à la pharmacie avec son ordonnance aurait pu lui permettre de tenir en échec. Elle repéra l'agent de police qu'elle cherchait, adossé à une voiture de service, en train de feuilleter son carnet de notes, un stylo à la bouche.

– Agent Tanaka ? Inspectrice détective[1] Henley, de la SCU.

L'agent Tanaka releva les yeux et rectifia la position un peu trop vite quand elle marcha vers lui.

– Madame, dit-il.

– Voici mon collègue, l'AD Ramouter.

– Merde, jura l'agent Tanaka quand son carnet lui tomba des mains. Pardon. (Il chassa la neige fondue de la couverture.) Il fait un froid de canard.

– C'est vous qui êtes arrivé le premier sur les lieux ? demanda Henley.

Il hocha la tête. Visiblement, il tenait à bien faire. Informer d'une scène de meurtre un détective au grade élevé n'avait rien à voir avec s'occuper de cambriolages, de querelles conjugales ou d'interrompre une bagarre entre deux junkies au bas de l'avenue.

– Nous… C'est-à-dire le sergent Rivers et moi… on retournait en voiture au poste. On dépend du poste de Deptford, au coin de la rue. On venait de terminer notre service et on rentrait du McDonald's en haut de Broadway…

1. Les grades de la police anglaise sont, dans l'ordre, agent, sergent, inspecteur, inspecteur-chef, surintendant et surintendant-chef. La mention « détective » ajoutée au grade signifie que le policier appartient au CID, *Crime Investigation Department*, en gros l'équivalent de notre PJ.

L'agent Tanaka s'interrompit pour reprendre son souffle.

Henley le plaignit : le choc lui avait salement vrillé les nerfs. Elle vit une expression compatissante passer sur le visage de Ramouter qui attendait lui aussi la suite du récit.

– Excusez-moi, monsieur… Pardon, madame, dit Tanaka en se redressant et en baissant le volume de sa radio qui crépitait. Comme je disais, on se dirigeait vers le poste, et un des types qui travaillent à l'agence de conception graphique s'est quasiment jeté sous nos roues. Il hurlait quelque chose à propos d'un corps. On a trouvé la femme de ménage complètement hystérique dans la salle du personnel de l'agence. Elle a refusé d'en sortir pour nous conduire à l'église. Je l'ai laissée avec le sergent, je suis entré dans l'église, moi, et… non, je ne risque pas d'oublier ce que j'ai vu.

# 4

Henley contourna des hamburgers régurgités – le déjeuner de l'agent Tanaka. À l'intérieur, l'église paraissait aseptisée, peu accueillante, mais l'odeur familière de l'encens et de l'huile d'onction lui rappela les services religieux de son oncle. Elle sentait aussi l'odeur du sang. Quand elle entra dans le vestibule, la puanteur de la mort s'ancra dans ses narines et lui chatouilla le fond de la gorge.

Elle s'arrêta devant le portrait grandeur nature, découpé dans du carton, d'un homme noir bien habillé, les bras écartés, avec au-dessus de la tête ce qu'on ne pouvait décrire que comme une auréole. *Tous ceux qui entrent dans mon église d'Annan le Prophète seront sauvés.* Un peu plus loin, une photo dans un cadre doré accrochée au mur représentait le même homme en compagnie d'une femme noire.

– « Dr Caleb Annan, prophète et pasteur, et Serena Annan, première dame » ? Je ne comprends pas, dit Ramouter.

Henley soupira. Son souffle s'échappa dans l'air froid puis s'évapora.

– C'est comme ça qu'on appelle la femme du pasteur. C'est un truc américain.

Un beau couple. Plus glamour que spirituel, toutefois, et, selon elle, plus cher à entretenir que charitable.

– Est-ce qu'elle a un rôle ? La première dame ? demanda Ramouter.

– Ça dépend. Parfois, ce n'est qu'un visage, un trophée à exposer, mais elle est souvent aussi active que le pasteur.

Henley avait conscience qu'ils étaient tous les deux en train de faire la même chose. Retarder l'inévitable.

– Qu'est-ce que c'est que cette église, d'ailleurs ? Ça n'évoque pas les chants d'actions de grâces habituels.

Le jeune policier s'arrêta devant une imitation de parchemin clouée à la porte menant au lieu du culte.

– « Nous formons une église vivante et accueillante et recevrons toujours ceux qui sont prêts à être sauvés », lut-il avant de pousser la porte.

– Allons-y, répondit seulement l'inspectrice en rajustant les bandes élastiques de son masque qui la blessaient derrière les oreilles. Une lumière d'hiver brumeuse s'écoulait par les fentes de lourds rideaux en velours rouge. L'auditorium de l'église était vaste. Au moins trois cents chaises séparées par une allée centrale. Henley leva les yeux vers un balcon qui, selon elle, abritait une centaine de sièges de plus. L'église n'avait pas été nettoyée. Des bouteilles d'eau vides, des gobelets de café et des emballages de confiseries jonchaient le sol.

Le pasteur Caleb Silas Annan, quarante-trois ans, gisait au pied de l'autel, couché sur le côté gauche, en position foetale. Ses longues jambes étaient repliées sous lui, mais sa chaussure gauche avait disparu, révélant une chaussette couleur moutarde avec un petit trou au talon. Les chaises du premier rang, naguère méticuleusement disposées pour faire face à l'estrade où se dressait l'autel, étaient renversées, dispersées. Sous l'une d'elles, Henley remarqua un mocassin de daim noir.

– Ce sont des Gucci, au cas où tu te poserais la question. Pas du tout mon truc, lança Anthony Thomas, le chef des experts scientifiques, en suivant le regard d'Henley

– de la chaussure esseulée à la nappe blanche qui pendait de l'autel, couverte d'empreintes de main sanglantes, pareilles à un grossier dessin d'enfant. Deux chandeliers en laiton étaient posés par terre près du pasteur. Une grande bible reliée en similicuir brun, le dos cassé, gisait près de sa tête. La pathologiste, la Dr Linh Choi, accroupie à ses côtés, profondément concentrée, tâtait d'un doigt ganté une blessure à la gorge.

– Je ne pensais pas que tu nous ferais l'honneur de ta présence, reprit Anthony en se dirigeant vers Henley.

– Je ne m'étais pas rendu compte qu'on était de service, expliqua-t-elle. Tu as eu de la chance de nous trouver. Comment vas-tu ?

– Comme d'hab, à part les détails. Surmené, pas assez payé, pas apprécié à ma juste valeur, et on se les gèle carrément, ici. Quoi qu'il en soit, j'ai un petit cadeau pour toi.

Anthony détacha un sac à mise sous scellés de sa planchette porte-papier et le tendit à Henley. Après vingt-cinq ans de services à la police scientifique, il répugnait à échanger sa bonne vieille planchette et ses rapports sur papier contre les tablettes bon marché capricieuses distribuées par son département.

– Encore avec nous, AD Ramouter ? Nous ne vous avons pas encore fait fuir sur votre lande ?

– Vous dites ça chaque fois que vous me voyez, remarqua Ramouter.

– Considérez que cela révèle l'intérêt que je porte à votre bien-être émotionnel.

– J'apprécie. Merci, répondit le jeune policier alors que sa collègue lui donnait le sac. Il plissa les yeux pour observer la photo d'un permis de conduire rose pâle du Royaume-Uni, qui expirerait trois semaines plus tard.

– Depuis combien de temps est-il mort ? lança Henley à Linh.

– Entre douze et dix-huit heures. (La pathologiste gémit en se relevant.) Aïe, mes genoux. Ça va, toi ?

– Pas mal, répondit l'inspectrice en s'accroupissant près du cadavre. Il a été poignardé ?

– Un grand nombre de fois, à la poitrine et dans le dos. Son pull en cachemire très chic est complètement trempé.

– Qu'est-ce que tu en penses ? demanda Ramouter en les rejoignant. (Sa combinaison protectrice crissa quand il serra les mains derrière le dos.) Un cambriolage qui a mal tourné ?

Henley secoua la tête.

– D'après ce qu'on a vu jusqu'à présent, toute la violence s'est déroulée ici. Ça ne ressemble pas à un cambriolage, à moins que les experts ne déterminent que le bâtiment a été fouillé. D'après l'agent Tanaka, la femme de ménage est arrivée en retard et, quand elle a voulu entrer, elle s'est rendu compte que la porte n'était pas verrouillée.

– Si c'était ouvert, il est possible que l'occasion ait fait le larron.

Henley secoua à nouveau la tête en se levant et en désignant les grands chandeliers posés par terre.

– Ces trucs-là sont en laiton et valent au minimum trois cents livres. Pourquoi ne pas les prendre ? Et tu as remarqué la voiture du pasteur dehors ?

– Le gros 4 x 4 ? répondit Ramouter. Dur de le rater. Il sort tout juste de chez le concessionnaire.

– Quand on rentrera, tu vérifieras l'immatriculation. Je ne serais pas surpris qu'Annan l'ait acheté à son nom et qu'il l'ait fait payer à l'église.

– Un peu cynique, non ?

– Tu as encore beaucoup à apprendre, Ramouter, mais tout ça pour dire que, s'il s'agissait d'un cambriolage d'occasion, pourquoi ne pas prendre la voiture et les chandeliers ? Rien de valeur n'a disparu ; en tout cas, rien de flagrant.

Henley contourna l'autel. Linh, de nouveau accroupie, tapotait son bloc de son stylo.

– Donc la femme de ménage, Uliana Piontek, a cru le pasteur arrivé tôt ce matin, mais, s'il est mort depuis dix-huit heures, ça ne colle pas, dit l'inspectrice, pensive. Soit il a ouvert la porte à une connaissance pendant la nuit, soit un paroissien mécontent est resté sur place, ou alors…

– Ça peut quand même être un cambriolage qui a mal tourné, répéta Ramouter en haussant les épaules. Les coupables ont pu être surpris. Ce type-là s'est mis devant eux, il l'ont tué et se sont enfuis.

– D'après ce que je vois, intervint Linh en se relevant et en se rapprochant de son amie, quasi protectrice, afin d'atténuer l'effet de la crise de mecsplication injustifiée de Ramouter, le crime a été violent et frénétique. Un voleur surpris aurait donné un ou deux coups de couteau et basta. Or la victime a visiblement été blessée aux mains, aux épaules, au dos et au visage.

Henley se pencha au-dessus du pasteur. Une grosse chaîne en or soutenant un crucifix de grande taille, incrusté de diamants et taché de sang, se nichait dans les plis de la gorge. L'inspectrice sentit sa joue tressauter quand elle vit le trou béant dans celle du pasteur. La large blessure exposait le maxillaire, plusieurs molaires et une langue mouchetée prise dans une masse de sang coagulé. L'œil droit était ouvert, la pupille figée, dilatée. Le sang séché qui imprégnait les cils évoquait du mascara mal appliqué.

– Explorons un peu, dit Henley à Ramouter. Un frisson glacé descendit le long de sa nuque et la fit frémir. Les murs étaient couverts d'extraits des Écritures dans des cadres dorés et de photos d'Annan prêchant avec animation.

– Oh, c'est pas vrai, marmonna l'inspectrice en marquant une pause devant un grand portrait du pasteur dans l'exercice de ses fonctions, près d'une citation de la Bible.

– « Mais le Seigneur lui dit : Va ! car cet homme est l'instrument que j'ai choisi pour faire parvenir mon nom auprès des nations, des rois et des fils d'Israël », lut Ramouter à voix haute. Notre pasteur se prend pour l'instrument choisi par Dieu ? Un peu imbu de sa personne, non ?

– Ne dis pas de mal des morts. Du moins pas encore, lui reprocha Henley en écartant les lourds rideaux de velours synthétique. Les baies vitrées avaient besoin d'un bon nettoyage et refusaient de s'ouvrir. Quand elle leva les yeux, elle vit au plafond de grandes bouches de climatisation. Un progrès par rapport aux églises de son enfance : on s'y gelait le cul en hiver et on y cuisait assez en été pour se demander si un pacte blasphématoire n'avait pas été passé avec le diable.

– Va donc voir où en sont les experts dans les bureaux, dit Henley à Ramouter tandis qu'ils regagnaient le vestibule. Veille à ce que tous les documents, les ordinateurs et les tablettes soient saisis.

– Ce sera fait.

– Et demande s'il y a une trace de l'arme du crime. Je doute que le tueur ait été assez bête pour la laisser sur place, mais on ne sait jamais. Je vais jeter un coup d'œil en haut.

# 5

Le vaste premier étage avait été divisé en plusieurs pièces séparées par des cloisons qui semblaient avoir naguère fait partie d'une véranda. Henley, sur le seuil d'un studio de télévision improvisé, regardait un expert prendre des photos alors qu'un autre relevait méticuleusement les empreintes digitales. Le mur du fond était peint en vert. Devant, deux fauteuils en cuir brun se faisaient face de part et d'autre d'une table basse, sur laquelle reposaient un grand crucifix, deux verres d'eau et une cruche à moitié vide, le tout couvert de poudre noire révélatrice d'empreintes. Dans un coin de la pièce, une caméra sur un trépied était restée allumée ; un voyant clignotait alternativement en rouge et en bleu, signalant sans doute la fin prochaine de la batterie. Henley jugea probable qu'on ait oublié de l'éteindre, mais il était aussi possible que le pasteur ait été en train de l'utiliser au moment où son assassin l'avait dérangé. Elle se promit de l'envoyer à Ezra, l'analyste informatique de la SCU, afin qu'il détermine si elle renfermait des images intéressantes. À droite de la pièce, une grande table était installée pour enregistrer des podcasts. Deux micros, des casques, une interface audio et un ordinateur portable reposaient près d'un iMac neuf qui, elle le savait grâce à Ezra, coûtait dans les cinq mille livres. Aucune trace de lutte.

À l'étage suivant, Henley pénétra dans un débarras. Une grande étagère se dressait tout au fond, protégée par un drap. Lorsqu'elle écarta ce dernier, l'inspectrice découvrit une porte derrière le meuble.

– Qu'est-ce que c'est que ce bordel ? se demanda-t-elle à voix haute. Cette nouvelle porte était hermétiquement close et munie d'un cadenas. L'étagère étant vide, l'inspectrice la poussa aisément de côté, puis elle posa le doigt sous le cadenas, qu'elle sentit remuer : on l'avait laissé ouvert.

Quand elle ouvrit le battant, une écœurante odeur d'urine, de matières fécales et d'humidité agressa ses sens, et elle fut prise d'une quinte de toux irrépressible. Ses yeux refusèrent de s'accoutumer à l'obscurité tandis qu'elle chassait ses larmes d'un revers de main, mais elle n'en perçut pas moins un bruit de petits pas précipités dans un coin. Tirant son téléphone, elle s'en servit de lampe de poche. Le faisceau illumina des flaques blanches de cire fondue sur le sol et des chandelles entièrement brûlées. De l'eau suintait des murs couverts de mousse, et la queue d'un rat mort pendait d'un seau rouge dans un angle. Cela faisait des années qu'Henley n'avait pas été malade sur une scène de crime. Elle s'était endurcie, entraînée à ne pas se laisser submerger par le dégoût à la vue d'un cadavre, mais c'étaient parfois les petits détails qui retournaient l'estomac. Les mots lui manquèrent quand, tournant le téléphone sur la gauche, elle éclaira le bord d'un matelas taché sur un vieux sommier. Des ressorts rouillés, cassés, jaillissaient d'un tissu bon marché élimé. Une grosse chaîne fixée à une canalisation enserrait au niveau des chevilles deux jambes squelettiques couvertes de crasse. La plante des pieds présentait un patchwork de cloques et de peau noircie. Un cafard mort et des crottes de rat couvraient un ventre affaissé. La lumière du téléphone se reflétait sur les côtes saillantes qui tendaient une peau fine, veinée de violet, couverte de croûtes séchées et de brûlures. De la corde rouge, incrustée de sang séché, s'enroulait autour des poignets du prisonnier, achevant de l'entraver.

– Ramouter ! hurla Henley en se penchant sur les poignets de l'homme. (La peau avait été arrachée par frottement ; la corde trop serrée avait coupé la chair jusqu'à l'os.) Ramouter ! cria encore l'inspectrice. Linh ! Anthony ! J'ai besoin de quelqu'un ici, tout de suite.

Elle se pencha plus près du jeune homme. La mort avait figé la douleur sculptée sur son visage, ses pommettes saillantes, le vomi séché au bord de ses lèvres gercées, les boucles brunes trop longues et humides qui pendaient mollement sur son front maculé de saleté. Derrière lui, sur le mur, un rosaire volumineux pendait à un clou. Une petite bible reposait sur le matelas, à droite de sa tête, ouverte à la page de l'Apocalypse 20:10 :

*Et le diable qui les égarait fut jeté dans l'étang de feu et de soufre, où sont aussi la Bête et le faux prophète ; ils y seront torturés jour et nuit pour les siècles des siècles.*

– Qu'est-ce qui se passe ?

Henley tituba en arrière en entendant la voix de Ramouter, trébucha contre le seau et tomba sur le rat mort.

– Ne fais pas ça ! Tu m'as foutu une trouille de tous les diables.

– Désolé, boss. Ça va ? demanda le jeune policier en se précipitant à son côté.

– Très bien. Où est Linh ?

Henley se remit vivement sur ses pieds et s'épousseta de haut en bas. Levant les yeux, elle vit un interrupteur électrique marqué d'une empreinte digitale noire. Impossible d'allumer sans détruire ce qui pouvait se révéler être un indice crucial.

– Elle arrive, répondit lentement Ramouter, immobile à son côté, les yeux fixés sur le cadavre. Elle s'apprêtait à repartir au moment où tu as appelé. Il est mort ?

L'inspectrice hocha la tête.

– Qui a bien pu faire une… C'est… bredouilla-t-il. (La main sur la bouche, il s'approcha du cadavre.) C'est pervers.

– J'ai besoin d'air, déclara Henley, submergée par une vague de nausée. Quand elle franchit la porte, elle se heurta à Linh qui arrivait avec un expert scientifique derrière elle.

– Hé, qu'est-ce qu'il y a ? Est-ce que ça va ? s'enquit la pathologiste. Elle posa sa sacoche noire par terre et en tira une paire de gants en latex propre.

– Ça va aller. Il faut juste que je sorte un moment. Il est là-dedans.

Linh fit glisser devant ses yeux les lunettes coincées au sommet de son crâne et se dirigea vers le cadavre.

Henley baissa le capuchon de sa combinaison protectrice alors qu'une bouffée de chaleur déferlait sur elle. Elle accueillit avec plaisir le choc violent de l'air froid quand elle retrouva le couloir. Elle avait déjà vu des cadavres, aussi ne comprenait-elle pas pourquoi celui-ci la secouait à ce point. Quelques minutes plus tard, elle regagna la pièce dérobée, restant sur le pas de la porte tandis que Linh procédait à son examen. Ramouter regardait en silence l'expert en scène de crime soulever le corps pour permettre l'insertion d'un thermomètre dans le rectum.

– Mmm, fit Linh lorsqu'elle lut la température.

– Pourquoi marmonnes-tu ? demanda Henley en rentrant dans la pièce.

– Chut.

La pathologiste plongea la main dans sa sacoche, en sortit un stéthoscope et se pencha au-dessus du corps.

On entendait pour tous bruits la circulation dans la rue et l'activité étouffée au rez-de-chaussée de l'église.

– Appelle une ambulance, Anjelica, dit enfin Linh. Il est encore en vie.

# 6

Il aurait dû être mort. Son pouls était faible, sa tension très basse, il était déshydraté, ses vingt-quatre côtes étaient brisées, son crâne fracturé, et il souffrait d'une hémorragie sous-arachnoïdienne. D'autre part, il avait les reins endommagés et une infection virale des bronches inférieures. Son corps avait violemment convulsé quand les infirmiers avaient percé le dos de sa main gauche pour insérer une canule, afin d'envoyer dans ses veines une solution saline, et lui avaient posé un masque à oxygène sur le visage.

– Il avait l'air mort, remarqua Ramouter alors que se refermaient les portières de l'ambulance, juste avant que le gyrophare bleu se mette en action et la sirène commence à hurler. Il *sentait* la mort.

– Il devait être là depuis des semaines. Henley retira sa combinaison et ses protège-chaussures bleus, les jeta dans un sac-poubelle noir et enfila vivement son blouson.

– Tu crois que le pasteur était au courant ? Un mobile pour le tuer, peut-être ? demanda Ramouter.

– Je serais surprise qu'il n'ait pas été au courant mais est-ce le mobile de son assassinat ? Je ne sais pas. En revanche il y a une chose dont je suis sûre : l'assassin du pasteur ignorait complètement que ce pauvre garçon était emprisonné là-haut.

– On n'en sait rien, en fait. Et si le tueur était informé mais l'avait simplement laissé sur place ? Ça peut être aussi simple que ça.

– Oui, mais… (Henley consulta sa montre. Il était plus de seize heures : elle savait n'avoir aucune chance de rentrer chez elle à temps pour donner son bain à Emma, sa fille de trois ans, et la mettre au lit.) Rien n'est jamais simple.

– Donc, on enquête sur un meurtre et une tentative de meurtre ?

– Espérons que ça en reste là, dit-elle quand les portes de l'église s'ouvrirent et qu'un sac à cadavre renfermant celui du pasteur fut roulé jusqu'à l'ambulance privée qui l'attendait. Ses vitres teintées de noir, son occupant nimbé d'anonymat.

– Alors, notre victime…

Le surintendant détective Stephen Pellacia s'interrompit et leva les yeux vers le plafond quand un bruit de vieux tuyaux violemment entrechoqués se répercuta dans le bâtiment.

Douze secondes plus tard, le SD Stanford posait les mains sur le radiateur voisin de son bureau et s'exclamait :

– Ça chauffe.

– Ouais, c'est ça, répondit l'AD Roxanne Eastwood, sarcastique, en baissant les manches de son pull et en remontant son capuchon sur sa tête.

– Bref, reprit Pellacia. Notre victime. Qui est-ce, Henley ?

L'inspectrice tenta de croiser son regard quand il prononça son nom, mais il fixait un point situé juste au-dessus d'elle.

– Laquelle ? répondit-elle sur un ton qui le força à baisser la tête. Il frotta les cernes qu'il avait sous les yeux.

– Le mort.

– Le mort s'appelle Caleb Silas Annan.

– Mais il se faisait appeler Dr Caleb Silas Annan, *le Prophète,* conclut Ramouter.

– Le Prophète ? répéta Pellacia, incrédule. Qu'est-ce que tu en sais ?

– C'est écrit sur les affiches et les prospectus du vestibule, et on ne voit pratiquement que ça sur le site web de l'église, expliqua le jeune policier. Église à laquelle il a carrément donné son nom. Par ailleurs, il n'était en aucun cas docteur.

– Et ça, tu le sais comment ?

Henley sourit au clin d'œil complice que lui lança Stanford. Il la savait en cet instant précis assez fière de son ancien stagiaire.

– J'ai vérifié auprès du Conseil général de médecine : Annan ne figure pas dans la base de données en tant que praticien, inscrit au registre ou non. En fait, après une rapide recherche sur Google, je ne le crois pas docteur en quoi que ce soit, mais ça ne l'empêche pas d'être connu, répondit Ramouter.

– Connu de nous ? demanda Pellacia.

Henley hocha la tête et lui tendit une copie du casier judiciaire d'Annan.

– On ne l'a pas encore identifié officiellement, mais il figure sur l'ordinateur national de la police, qui nous apprend que Caleb Silas Annan employait trois pseudonymes : Kaysen Abani, David Onyeka et Edward Silas Annan. En 2008, il a été reconnu coupable de fraude au tribunal royal de Southwark et condamné à trois ans et demi de prison.

Stanford lâcha un sifflement bas dans son coin de la pièce.

– Ça devait être grave. On ne prend pas trois ans et demi pour un permis de conduire falsifié.

– Non, en effet, dit Pellacia en tournant les pages du casier d'Annan. Il a forcément été condamné pour un truc important. Je vois qu'il devait se présenter au poste de police de Stoke Newington le 21 février.

– Eh bien, il ne sera pas au rendez-vous, commenta Stanford.

– Est-ce qu'on sait pourquoi ils enquêtaient sur lui ? interrogea Pellacia en l'ignorant.

– Le système est toujours en panne, donc aucune idée, répondit Henley. J'ai demandé à Joanna de contacter le sergent préposé aux gardes à vue de Stoke Newington pour savoir qui est chargé de l'affaire et pourquoi Annan a été arrêté. En ce qui concerne la famille proche, le pasteur est marié à Serena Malikah Annan qui, contrairement à lui, n'a pas de casier judiciaire.

– Quelqu'un l'a prévenue que son mari est mort ?

– Pas encore.

– Comment ça, pas encore ? (Pellacia compta, remuant les lèvres sans bruit.) Ça fait presque cinq heures que le cadavre a été trouvé.

– Je sais. (Henley tenta de conserver une voix égale, calme.) Mais je ne voulais pas que ce soient des agents locaux qui s'en occupent, et Serena Annan était absente quand Stanford et Eastwood se sont présentés chez elle. Ramouter et moi y retournerons tout à l'heure pour essayer de lui annoncer la nouvelle.

Ramouter tourna vivement la tête, surpris.

– Ah bon ?

– Oui. Je ne veux pas que deux agents sans expérience apprennent à Mme Annan que son mari a été assassiné et qu'elle n'ait plus qu'à attendre comme une andouille que nous arrivions, nous et les agents de liaison avec la famille.

– Tu as réussi à les joindre, les ALF, au moins ? demanda Pellacia.

– J'ai chopé Bethany Stewart et le sergent Levine. Bethany n'était pas vraiment ravie.

– Elle n'est jamais ravie de rien.

– On ne peut pas lui en vouloir. Elle est déjà ALF dans trois affaires de meurtre et une de disparition. On partira quand elle m'aura dit par texto à quelle heure ils comptent arriver.

– Et l'autre victime ? Une idée de son identité ?

– Absolument aucune, répondit Henley. Le mec a été admis aux soins intensifs de Lewisham Hospital. Aux dernières nouvelles, les médecins n'étaient même pas sûrs qu'il passe la nuit. Il lui faudra de la chance.

– Tentative de meurtre ou meurtre, il n'y a pas une bien grosse différence, dit Pellacia. Le téléphone se mit à sonner dans son bureau, alors que celui de l'inspectrice annonçait l'arrivée d'un sms.

– Si, il y a une grosse différence, dit Henley en faisant signe à Ramouter de prendre son manteau. Au moins une des familles conserve un peu d'espoir.

Le tunnel de Rotherhithe étant fermé, la circulation se traînait le long de l'A2. Comme les feux de Blackheath Hill passaient au rouge, Henley garda les yeux fixés sur la chaussée. C'était sur le côté de cette quatre-voies, au milieu de la bruyère, qu'Olivier l'avait poignardée trois ans plus tôt.

Ramouter, près d'elle, lâcha un sifflement bas en tapotant son téléphone.

– Qu'est-ce que tu regardes ? demanda-t-elle.

– Je voulais savoir combien vaut la maison des Annan. Ils l'ont achetée il y a deux ans. Devine combien ?

– C'est à Blackheath. Sans doute une somme ridicule. Un million et demi ?

– Deux millions. Six chambres, quatre salles de bains, toit-terrasse. Tu sais ce que je pourrais acheter à Bradford avec la même somme ?

– Toute la ville, répondit Henley, un sourire en coin, au moment où la circulation commençait enfin à se débloquer.

– Alors, ça, c'est carrément… comment qualifierais-tu ça ?

– Spirituel. Mais, plus sérieusement, pourquoi vérifies-tu ce détail ?

Ramouter haussa les épaules.

– Tu dis qu'il a été condamné pour fraude. Je n'aurais pas cru qu'il pouvait gagner tant que ça avec un salaire de pasteur, même compte tenu du 4 x 4 à soixante mille livres garé devant l'église. Comment est-ce qu'on peut gagner de l'argent en dirigeant une église, d'ailleurs ?

– Tu serais surpris.

– Il doit être responsable de la séquestration et des tortures de notre deuxième victime. S'il y a un prisonnier dans l'église à laquelle on a donné son nom, on est au courant.

– Ça te titille vraiment qu'il ait donné son nom à son église.

– Ça me paraît juste un peu prétentieux.

Henley prit la deuxième sortie du rond-point et s'engagea sur Shooters Hill.

– Si, et je dis bien *si,* il s'avère que Caleb Annan était au courant pour le captif dans la pièce dérobée, soupira-t-elle, on en tiendra compte, mais rappelle-toi qu'il restera tout de même notre victime de meurtre. Rien ne peut changer ça.

Un croissant de lune était suspendu au-dessus d'une maison à deux étages récemment peinte en gris galet. Lorsqu'elle s'engagea sur l'allée gravillonnée, Henley était impressionnée mais resta silencieuse.

– Ça t'est arrivé combien de fois ? demanda-t-elle à Ramouter.

– Comment ça ?

– Combien de fois as-tu été obligé de frapper à la porte de quelqu'un pour lui annoncer la mort d'une personne chère ?

Ramouter enroula son écharpe autour de son cou mais garda les yeux baissés.

– Jamais, répondit-il en ouvrant sa portière.

– Et t'es-tu jamais trouvé avec un autre policier…

Henley fut interrompue par l'air froid glacial qui pénétra par l'ouverture et souffla sur son visage.

Ramouter secoua la tête.

– Tu ne vas pas m'obliger à faire ça, hein ?

Elle n'eut pas l'occasion de répondre : un détecteur de mouvement s'activa et les plaça tous les deux sous les feux d'un projecteur.

# 7

La femme qui entrouvrit la porte n'allait pas avec la maison. Elle avait entre vingt et trente ans, n'était pas maquillée et avait les cheveux couverts d'un foulard bleu marine et blanc serré, sur les côtés duquel s'échappaient des mèches noires. Henley n'arrivait pas à identifier son ethnie d'origine, mais elle semblait tout faire pour dissimuler sa beauté. L'inspectrice exhiba sa carte de police.

– Bonsoir. Je suis l'inspectrice détective Henley, et voici mon collègue, l'agent Ramouter.

Cette introduction ne poussa pas la femme à ouvrir la porte en grand.

– Que voulez-vous ?

Elle parlait sur un ton très doux, avec un léger accent musical. Passant la main par l'ouverture, elle prit la carte présentée.

– Nous sommes ici pour parler à Mme Serena Annan. Est-elle à la maison ? demanda Henley. Il est important que nous…

La porte lui claqua au nez.

– Pas très accueillante, commenta Ramouter, juste avant que la porte ne s'ouvre à nouveau.

– Est-ce que Mme Annan vous attend ? demanda la femme au foulard. En général, elle me prévient quand elle a des visiteurs.

– Ce n'est pas une visite de courtoisie, répondit Henley, irritée. Qui êtes-vous ?

La femme recula telle une enfant grondée par ses parents.

– Dalisay Ocampo. J'appartiens à la famille. Je suis désolée. Entrez.

L'inspectrice demeura impassible quand Ramouter lui lança son expression familière signifiant *c'est quoi, ce bordel ?*

Tous deux pénétrèrent dans un hall d'entrée. La maison affichait son luxe visuellement et olfactivement : l'air était imprégné d'un parfum de fruits épicés, similaire à celui de la bouteille en verre qui renfermait les huiles de bain favorites de la belle-mère d'Henley avant qu'Emma, toujours serviable, ne la jette dans les toilettes. La mère de la fillette aurait dû en être contrariée, mais elle ne l'était pas. Elle savait depuis longtemps ne pouvoir faire plaisir à sa belle-mère qu'en divorçant.

– Ce sont les enfants des Annan ? demanda-t-elle en s'arrêtant devant la photo de deux gamins, un garçon et une fille, souriants et endimanchés. Un cliché posé, sans âme.

– Oui, répondit Dalisay sur un ton de conspiratrice, comme si elle révélait des informations qu'elle n'était pas censée détenir. Maliah a sept ans et Zyon cinq.

Au-dessus de la table était accrochée une grande photo de Serena Annan et de son mari. Sur la gauche, le crucifix en or fixé au mur paraissait plus décoratif et somptueux que religieux. Sans la photo des enfants, Henley aurait eu peine à déduire qu'elle se trouvait au domicile d'une famille. Pas de jouets, de chaussures ni de Legos dans l'escalier. Pas de vêtements en train de sécher sur le radiateur. Pas de cartons posés près de la porte. Cela donnait une impression de froideur, comme si on venait tout juste de retirer les housses des meubles.

– Si vous voulez bien attendre ici, je vais aller chercher Mme Annan, dit la dénommée Dalisay.

Henley la regarda poser la main sur le bois nu de la rampe et monter avec précaution l'escalier couvert d'un tapis, comme si elle avait peur de laisser une trace.

– C'est trop propre pour être naturel, remarqua Ramouter. Il se tenait sur le côté, les pieds fermement posés sur les lattes du parquet, prenant soin de ne pas fouler le tapis fuchsia au centre de la pièce. D'autres photos ornaient les murs. Des mariages. Des baptêmes. Les photos scolaires standard d'enfants aux incisives absentes. Une bible reliée de blanc était posée sur la table au milieu de la pièce, près d'un ordinateur portable ouvert. Henley n'eut pas l'occasion de déterminer ce qu'il y avait sur l'écran, car une femme venait d'entrer.

– Dalisay me dit que vous êtes de la police.

Serena Annan était plus grande qu'Henley et Ramouter, sans doute près d'un mètre quatre-vingts sans ses talons. Ses cheveux étaient tirés en arrière en un chignon lâche. Elle ferma la porte derrière elle.

– C'est exact, madame Annan. Je suis l'inspectrice détective Henley de la brigade des crimes en série, poste de Greenwich.

– Et vous êtes ? Serena se tourna et fit face à Ramouter comme si elle venait de s'apercevoir qu'il y avait quelqu'un d'autre dans la pièce, quelqu'un qui sentait mauvais.

Ramouter se présenta. Il se montrait poli, mais Henley voyait les légères lignes d'anxiété sur son front. Son petit doigt lui disait que Serena ne serait guère surprise des nouvelles qu'elle s'apprêtait à lui annoncer. Déjà trois minutes, et elle n'avait posé aucune question à propos de son mari.

– Madame Annan, je crains d'avoir une très mauvaise nouvelle à vous annoncer. Votre mari…

– Il lui est arrivé quelque chose ?

– Je suis au regret de vous apprendre que Caleb est mort.

Henley attendit les protestations habituelles : *Vous mentez. Vous vous trompez de maison. Vous avez fait une erreur. Je lui ai parlé ce matin, mais il n'est pas arrivé à la maison.* Il n'y eut qu'une acceptation muette troublante.

– Que lui est-il arrivé ? Il a eu un accident ? demanda enfin la veuve de fraîche date.

– Non. Il ne s'agit pas d'un accident de voiture.

Il y avait des règles. Un protocole régissant la manière dont on informait les proches d'une victime de meurtre. Les policiers étaient entraînés à employer le langage approprié. Un langage doux, empathique, pour une nouvelle nécessairement violente – mais quelque chose disait à Henley que Serena Annan supporterait le choc.

– Il a été tué, madame Annan.

– Comment ça, tué ? demanda Serena en s'asseyant sur le canapé. Les mains sur ses genoux, elle se mit à manipuler la grosse bague en diamant qu'elle portait au doigt. Son front se plissa légèrement quand elle se concentra sur Henley.

L'inspectrice l'observa elle aussi, cherchant des signes de choc, de déni ou de colère, et n'en trouvant aucun. Cette absence d'émotion la mettait mal à l'aise.

– Le corps de votre mari a été trouvé dans son église par la femme de ménage, Uliana Piontek, à 13 h 50 cet après-midi, dit-elle lentement.

– Vous êtes sûre que c'est Caleb ?

– Eh bien, il n'a pas été identifié officiellement.

– Et vous dites que c'est la femme de ménage qui l'a trouvé ?

– Oui.

– Elle a pu faire une erreur. Elle n'est pas très fiable.

– Nous avons besoin de vous pour identifier votre mari, ajouta Henley avec précaution.

– Vous voulez que ce soit moi qui le fasse ?

– À moins que vous ne vous en sentiez pas capable…

– J'en suis tout à fait capable, affirma Serena avec force.

Son interlocutrice restait mal à l'aise : elle guettait le moindre signe montrant que cette nouvelle brutale la touchait, et il n'y en avait aucun. Pas de protestations. Pas de murmures incrédules. Pas de larmes.

– Quand voulez-vous que j'identifie ce… l'homme que vous avez trouvé ?

– Vous n'êtes pas obligée de le faire tout de suite, assura Henley, et je ne vous demanderais pas une chose pareille. C'est une épreuve. Vous n'êtes pas obligée de le faire seule. Vous pourriez…

– Il va falloir que je prévienne la famille, coupa Serena sur un ton pratique. Et le conseil pastoral, et… oh, mon Dieu… les enfants…

Alors seulement Serena Annan parut sur le point de craquer : elle se mordit la lèvre inférieure et sortit de la pièce d'un pas rapide.

– C'est moi ou elle n'a pas l'air tellement surprise ? chuchota Ramouter.

– Ce n'est pas toi, répondit tranquillement Henley. Comme la sonnette retentissait, elle se tourna pour voir Dalisay, la femme qui les avait fait entrer, traverser rapidement le hall d'entrée. Il y eut le bruit d'une porte qu'on ouvrait, puis retentit une voix rocailleuse que l'inspectrice connaissait bien.

– Désolée d'être en retard, dit Bethany quand le sergent Levine et elle furent introduits dans la pièce.

– C'est bon, dit Henley. C'est toujours un peu la galère de venir de ce côté-ci de la ville. Sergent Levine, je crois que vous ne connaissez pas l'AD Ramouter.

– Je n'ai pas encore eu ce plaisir, répondit Levine en serrant la main du jeune policier. Ayant dépassé l'âge de la retraite, il aurait dû rester tranquillement chez lui à préparer ses parcours de golf, mais il ne supportait pas l'inaction. Lorsqu'il travaillait au poste de police de Walworth, il avait été un des sergents préposés aux gardes à vue favoris d'Henley. Elle savait trompeuse son apparence de bon grand-père. Chaleureux, empli d'empathie, mais intelligent et perspicace, il repérait instantanément les conneries qu'on lui racontait.

– Oh, en voilà d'autres ! s'exclama Serena Annan, de retour dans la pièce.

Henley chercha en elle des signes de détresse, les yeux rouges ou le nez qui coulait : rien. En revanche, elle s'était recoiffée et avait remis du rouge à lèvres. Se rasseyant sur le canapé, elle croisa les chevilles et tapota le crucifix incrusté de diamants qui pendait à sa chaîne en or.

Serena ne posa aucune question pendant que Bethany lui expliquait qui ils étaient, Levine et elle, et quel était le rôle des agents de liaison avec la famille.

– J'oublie mes bonnes manières, dit-elle. Aimeriez-vous du thé ou du café ? Je peux demander à Dalisay d'en apporter.

– Non, merci. Ramouter et moi n'avons besoin de rien, répondit Henley. J'ai seulement quelques questions avant que nous partions. Quand avez-vous vu votre mari pour la dernière fois, madame Annan ?

– Hier soir, vers 18 h 30. Le dernier service religieux du dimanche s'est terminé à quatorze heures. Nous sommes rentrés et avons déjeuné. Ensuite, il a regardé un film avec les enfants pendant que je travaillais dans le bureau. Il est reparti à 18 h 30 pour retourner à l'église, donner ses cours d'étude des Écritures.

– Pourquoi votre mari allait-il à l'église aussi tard ?

– Mon mari est un pasteur connu et respecté. *Nous* sommes très respectés, déclara Serena, avec davantage de force mais sans plus de précision. Après le service, il y a toujours des membres de la congrégation qui désirent le rencontrer. Études de la Bible, conseils, prières, confessions.

– Confessions ?

– Les gens parlent plus facilement s'ils se sentent plus proches de Dieu. Aussi imparfait que soit l'intermédiaire.

Henley dut se retenir de demander aussitôt :
« Qu'entendez-vous par imparfait ? »

L'attitude de cette femme était tellement maîtrisée que, si elle disait son mari imparfait, c'était à coup sûr intentionnel.

– Quand avez-vous eu ensuite des nouvelles de Caleb ? demanda-t-elle plutôt.

– Il m'a texté après que Dalisay a mis les enfants au lit, pour me prévenir qu'il serait en retard. Il était aux alentours de minuit moins le quart.

Serena se leva et gagna la cheminée, sur le manteau duquel son téléphone était en train de se charger. Elle en fit défiler l'affichage avant de le passer à Henley.

**Rentrerai tard. Lincoln était en retard et j'ai un ou deux trucs à préparer pour demain.**

– Qui est Lincoln ? s'enquit l'inspectrice en rendant le téléphone.

– Lincoln Okafor est un des assistants pastoraux. Avec la famille depuis des années. Il nous est tout dévoué.

– Vous ne vous êtes pas inquiétée en constatant que votre mari ne rentrait pas ?

– Non. Comme je disais, il m'avait prévenue qu'il arriverait tard. J'avais sommeil et, quand je me suis réveillée ce matin, je l'ai supposé parti pour sa séance avec son coach personnel. J'ai demandé à notre bonne, Dalisay, si elle l'avait vu…

– Bonne ? Je me trompais. Je pensais que c'était une amie de la famille ? demanda Henley, non sans arrière-pensée.

– En aucune façon. (Serena eut un sourire crispé.) C'est une simple domestique.

L'inspectrice décida de ne pas pousser la question.

– Donc, vous avez demandé à Dalisay si elle avait vu Caleb.

– C'est ça. Elle m'a répondu que non.

– Et vous n'avez pas essayé de le contacter ?

– C'était inutile : il m'a encore envoyé un texto après que les enfants sont partis à l'école.

– Ce matin ? s'étonna Ramouter. Votre mari vous a envoyé un message ce matin ?

– Je viens de vous le dire, répliqua Serena avec un soupir navré. Elle leva son téléphone devant son visage pour le déverrouiller puis le tendit à Ramouter.

– 9 h 13. Le jeune policier montra le téléphone à Henley.

> **Désolé de ne pas t'avoir vue cette nuit. Je n'ai pas voulu te déranger. Dormi dans la chambre d'amis. Parti tôt pour voir KJ. Je promets de te revaloir ça plus tard. Bisous.**

– Est-ce que Caleb avait l'habitude de vous envoyer ce genre de message ? demanda Ramouter.

– Oui, répondit Serena. Il me prévenait toujours quand il allait être en retard.

– Qui est KJ ?

– Kareem Jarret. C'est un coach personnel.

– Vous avez ses coordonnées ?

– Ce n'est pas *mon* coach personnel, répondit Serena, glaciale. Je suis sûre que vous trouverez ça sur Internet.

– Les morts n'envoient pas de messages, dit Ramouter en ouvrant la portière passager de la voiture d'Henley. Caleb Annan n'a pas pu envoyer un texto à sa femme ce matin à 9 h 13. C'est impossible.

– Je sais, soupira Henley en s'installant au volant. Ça annihile l'hypothèse du cambriolage opportuniste. La personne qui a tué Caleb le connaissait et elle connaît sa femme.

– Tu veux dire que c'était prémédité ?

– Prémédité, peut-être pas, mais il y a sans conteste quelqu'un qui cherche à effacer ses traces.

# 8

Ramouter prit sa tasse en main puis la reposa sur la table sans avoir bu. Il ne buvait jamais le thé, le café ou l'eau qu'on lui servait quand il passait une heure assis à éviter les questions du thérapeute Mark Ryan, et finalement à y répondre.

– Encore désolé d'être en retard, dit-il en essayant sans succès de se détendre sur sa chaise.

– Pas grave, répondit Ryan. Heureusement pour vous, mon rendez-vous de huit heures a été annulé. Alors, comment ça va depuis notre dernière séance ?

– Mal, admit Ramouter. Ces derniers temps, ça va mal. Pendant deux semaines, après être revenu de Bradford, j'ai dormi et mangé correctement… j'ai fait ce qu'il fallait.

Il s'interrompit quand son souffle se coinça dans sa gorge.

– C'est bon, dit Ryan. Prenez votre temps.

– Je pensais ne plus devoir vous rappeler, mais ensuite, il y a une quinzaine de jours… (Ramouter s'interrompit, se passa la main sur la barbe, renifla bruyamment et essuya ses larmes.) Bon Dieu de merde, c'est gênant… pardon. Je suis désolé.

Cela faisait des semaines qu'il n'avait pas craqué et pleuré. La première fois, ç'avait été un mois après avoir quitté l'hôpital où l'avait envoyé son agression par Olivier. Une coupure d'électricité chez lui l'avait laissé sous la douche dans le noir, et l'eau chaude était devenue froide. Entendant du bruit, ne sachant trop s'il s'agissait de son propre souffle ou de celui de quelqu'un d'autre, il s'était laissé glisser contre le mur et retrouvé assis dans le bac à douche, où il avait pleuré jusqu'à ce que l'électricité revienne.

– Vous n'avez absolument rien à vous reprocher, Salim, dit Ryan en lui tendant une boîte de mouchoirs en papier.

– Je m'endors. Ce n'est pas un problème. Je m'endors très facilement, mais je me réveille à deux ou trois heures du matin, et c'est fini. Mon cerveau se met en marche, et je le vois, je sens son odeur, je le sens, lui, sur moi.

– Je peux vous prescrire des somnifères temporairement.

– Non, pas de médicaments, dit Ramouter. Je me connais. Je… je m'accroche facilement aux substances.

– Vous avez déjà eu des problèmes d'addiction ?

Ramouter prit une profonde inspiration.

– Je me suis un peu laissé emporter avec les cachets et la beuh. Ensuite, pendant un moment, ç'a été la coke, mais j'y ai mis bon ordre. Je préférerais essayer un truc naturel avant d'avoir recours aux produits chimiques.

– Restons sur vos problèmes d'addiction, insista Ryan. (Il changea de position sur son fauteuil.) De quand datent-ils ?

– J'ai commencé à la fin de mes études. Je ne pensais même pas à entrer dans la police, à l'époque.

– Que faisiez-vous ?

– Je travaillais dans une compagnie d'assurances. Une place que j'avais trouvée dès ma sortie de l'université. Le salaire était bon mais je détestais le boulot. Dire qu'il y a une énorme pression des collègues quand on n'a pas encore trente ans paraît assez idiot, mais c'est comme ça que ça a commencé.

– On peut être soumis à la pression de l'entourage à n'importe quel âge.

– Eh bien, je croyais avoir davantage de bon sens que ça. De toute façon, ce n'étaient qu'une ou deux lignes le vendredi soir, quand on allait boire un coup. Au début. Ensuite, les vendredis soir se sont transformés en samedis soir, et puis en lundis matin, avant même mon café.

– Combien de temps cela a-t-il duré ?

– À peu près dix-huit mois. Je ne dirais pas que j'étais accro, parce que je n'ai jamais fait ça tous les jours. C'est juste que je travaillais dur et que j'avais besoin de distractions tout aussi dures. J'étais complètement idiot.

– Alors comment avez-vous arrêté ? Qu'est-ce qui vous a fait atteindre le point où vous avez dit stop ?

Ramouter s'appuya au dossier de sa chaise et joua avec son alliance. Cela faisait des années qu'il n'avait pas repensé à ce moment.

– J'ai vu un mec faire une overdose dans les toilettes d'une boîte de Manchester. Ça m'a foutu une trouille de tous les diables, parce que je venais d'acheter une dose au même dealer. Ç'a été comme si la lumière se rallumait dans ma vie. J'ai arrêté de me défoncer ce soir-là.

– Vous avez cherché à vous faire aider ? Thérapie ? Désintox ? demanda Ryan.

– J'ai appelé une ou deux fois Narcotics Anonymous, et je suis allé à quelques réunions, mais je n'aimais pas côtoyer tant de... Je sais que ça sonne mal.

– Vous ne vouliez pas fréquenter d'autres drogués. C'est assez fréquent.

– Mais c'est une réaction à la con. C'est comme si je les méprisais, comme si je me croyais meilleur qu'eux, alors que je ne le suis pas.

– Bien sûr, mais ce sont des moments comme celui-là qui nous obligent à nous concentrer sur ce que nous sommes et sur ce que nous avons fait.

– Sans doute, admit tristement Ramouter.

– Prenons un peu de recul. Vous avez traversé une période difficile. Peu de gens se connaissent assez bien pour reconnaître honnêtement la personne en laquelle ils sont en train de se transformer.

– Je n'avais pas prévu de me transformer en policier, cela dit.

– Alors comment est-ce arrivé ?

– Eh bien, ça n'a pas été une décision irréfléchie. J'ai dû remplir et effacer une demi-douzaine de fois le formulaire de candidature, et puis je me suis simplement dit : tant pis pour ce que dira la famille, je vais le faire.

Ramouter recula encore sur sa chaise. Après avoir si longtemps porté le poids d'une culpabilité imméritée, il sentait son corps se détendre un peu.

– Merci d'avoir partagé ça. Je sais que ça n'a pas dû être facile, dit Ryan en prenant sa tasse de thé sur la table.

– Que je vous fasse confiance ne nuit pas.

– Je sais qu'on en a déjà parlé, mais il va vous falloir du temps pour accepter ce qu'Olivier vous a fait, puis pour vous en détacher. Vous avez subi un traumatisme.

– Ouais, mais ça fait partie du boulot, non ? Ce n'est pas comme si j'avais signé pour un emploi pépère aux crimes financiers. C'est la règle du jeu.

– Non, pas du tout, affirma Ryan. Personne ne signe pour manquer de se faire assassiner. La vérité est que votre formation de policier ne vous a en aucun cas préparé à ça.

– Peut-être si j'étais plus expérimenté.

– Quelle différence ? renvoya le psychiatre en secouant la tête. Que vous ayez fait partie de la SCU pendant deux semaines ou douze ans, absolument rien n'aurait pu vous préparer à l'attaque d'un… d'un psychopathe enragé.

Ramouter s'adossa et gratta la cicatrice que Ryan ne pouvait voir, sous la manche de son pull.

– Vous savez ce que c'est d'être incapable de bouger ? s'enquit-il doucement. On voit, on entend, on sent l'odeur de sa propre peur, mais on ne peut pas s'enfuir.

– Vous avez cru que vous alliez mourir ?

– Que j'allais mourir ? Je me suis carrément cru mort jusqu'au moment où j'ai vu Henley au-dessus de moi.

– Est-ce que vous en avez parlé avec elle ? demanda Ryan. De ce que vous avez ressenti sur le moment et de ce qui vous arrive à présent ?

Ramouter secoua la tête.

– Non. Elle est censée m'apprendre le boulot, pas me servir de béquille.

– Vous lui en voulez ?

– Non, non. Ce n'était pas sa faute. Je savais qu'il y avait quelque chose d'anormal dans cette maison, mais je n'aurais pas fait mon boulot si je m'étais enfui, et l'équipe ne m'aurait pas respecté.

– Et votre femme, votre famille, vos amis ? Est-ce que vous partagez ça avec eux ?

– Je ne peux pas imposer ça à Michelle, dit Ramouter. Elle a déjà tellement de choses à encaisser. Que les médecins vous disent que vous souffrez d'un début de démence précoce est une chose, mais vivre avec cette démence en est une autre. Pour elle, il n'y a pas de bons jours. Comment apprécier un moment normal fugace en sachant qu'un jour on va oublier son propre nom ? Il est déjà assez pénible que Michelle et Ethan habitent Bradford, à plus de trois cents kilomètres de Londres, et moi ici. Je devrais retourner là-bas, mais c'est…

Il s'interrompit.

– C'est ? interrogea Ryan, penché en avant.

Ramouter ne pouvait dire à haute voix qu'il ne voulait pas rentrer chez lui. En vérité, pourtant, il trouvait plus facile de lutter contre les nuits d'insomnie et le souvenir d'Olivier dans ses rêves éveillés que de s'accommoder du très réel cauchemar qu'était la disparition de sa femme sous ses yeux.

# 9

*Les morts n'envoient pas de messages.*

Les paroles de Ramouter tournaient encore dans la tête d'Henley quand elle inséra sa clef dans la porte d'entrée. Caleb Annan était mort depuis douze à dix-huit heures quand les deux policiers de la SCU étaient arrivés sur les lieux. La mort pouvait donc être estimée au plus tard à 2 h 30. Si Annan avait envoyé un sms à minuit pour prévenir qu'il travaillerait tard, avait-il pu le faire alors qu'il se trouvait avec son assassin ?

– Ferme la porte. Tu laisses sortir toute la chaleur, cria Rob depuis la cuisine.

– Pardon, renvoya l'inspectrice sur le même ton, avant de pendre son blouson à la rampe, tandis que Luna, la chienne, tout excitée, s'approchait d'elle la queue battante.

– Salut, ma belle, dit Henley en lui caressant la tête. Elle fit le tour de son domicile du regard et se demanda quelle impression en aurait un inconnu y entrant pour la première fois. Une bouffée de chaleur venue d'un radiateur, les bottes bleues préférées de sa fille par terre, près de son petit sac à dos mauve couvert de licornes. Le bruit de la télé en fond sonore, la porte du placard sous l'escalier entrouverte, le parfum doux et épicé de la cuisine antillaise… Contrairement à celui des Annan, le foyer d'Henley n'avait rien d'artificiel, sinon peut-être l'affection qui la liait à son mari.

– Ça va ? demanda Rob quand elle le rejoignit dans la cuisine. Tu étais à mille lieues d'ici.

– Une nouvelle affaire, c'est tout. Je comptais rentrer plus tôt, mais le temps m'a filé entre les doigts. Désolée. Où est Emma ?

– Déjà au lit. Elle a joué avec une copine et ç'a l'a épuisée.

Le duvet dru de Rob lui érafla la peau quand elle l'embrassa. Elle lui posa la main sur la joue.

– Tu ne te laisses pas pousser la barbe, hein ? Ça fait au moins trois jours que tu ne t'es pas rasé.

– Je m'en occupe demain matin, ne t'en fais pas. J'espère que tu as faim, parce que j'ai cuisiné pour un régiment.

Henley se posa la main sur l'estomac. Son dernier repas avait consisté en un Twix et la moitié d'un paquet de chips avant que Ramouter et elle ne partent chez les Annan.

– En fait, je suis affamée. (Elle souleva le torchon et huma le parfum des pois cassés épicés émanant des galettes fourrées empilées sur l'assiette.) Tu as fait du vrai dhal puri ?

– Ouais. Ta tante Celia m'a guidé au téléphone pendant la préparation. On a aussi de la chèvre au curry.

– Je ne pourrais pas t'aimer davantage qu'en ce moment, dit Henley en prenant une galette pour en déchirer un morceau qu'elle fourra dans sa bouche. Ses mots sonnaient faux à ses propres oreilles. Lors des six derniers mois, elle s'était efforcée de recoller les morceaux mais ç'avait été difficile. Peut-être ses paroles lui auraient-elles paru plus authentiques si elle s'était pour de bon reproché d'avoir couché avec Pellacia l'année précédente. Il lui semblait parfois que, si elle passait trop de temps avec Rob, il sentirait la trahison émaner d'elle.

– Laisse-moi juste vingt minutes, ajouta-t-elle. Il faut que j'aille me laver de ma journée, d'abord.

– Parfait. Je vais mettre le couvert.

L'inspectrice monta l'escalier jusqu'à la chambre de sa fille sans pouvoir se débarrasser du poids qui lui comprimait les épaules. Elle s'arrêta sur le seuil. La pièce était baignée des rayons bleus et roses aux lentes évolutions qu'émettait la veilleuse posée dans un angle. Henley entra pour ramasser la couverture qu'Emma avait envoyée par terre, mais elle ne voulait pas toucher la fillette ni l'embrasser sur le front avant de se sentir propre. Il lui semblait jouer le rôle de l'épouse décidée à faire fonctionner son couple. Elle n'avait besoin d'aucun thérapeute pour lui dire qu'il était très mauvais de considérer sa relation avec Rob comme un projet scolaire, mais échouer en tant que mère la déprimait encore plus.

– Comment ç'a été, ce matin ? demanda Rob.

Henley enveloppa le dernier morceau de viande au curry dans sa galette et le fourra dans sa bouche, ce qui lui fit gagner un peu de temps. *J'ai besoin d'aide.* Voilà comment elle avait imploré son mari lorsqu'elle avait craqué sur le perron de la SCU six mois plus tôt. *J'ai besoin d'aide.*

– Pareil, dit-elle. Toujours pareil.

– Tu dois vouloir que la thérapie fonctionne, Anj, répondit Rob en prenant la bouteille de vin rouge pour remplir le verre de sa femme.

– Je le veux bel et bien, et ça m'aide un peu, mais la psy veut me faire parler de maman, et maman n'est pas un problème.

– Le fait que tu n'en parles pas en est un. Ça fera un an samedi prochain.

– Je sais.

– Et, samedi, justement, ton frère Simon organise la fête en son honneur. Tout le monde va évoquer ta maman.

– Je sais, répéta Henley entre ses dents serrées.

– Alors, ce serait peut-être bien que tu parles d'elle avec quelqu'un. On pourrait aller sur sa tombe en famille le matin, et puis chez ton frère pour la fête du souvenir.

– Je ne veux pas, dit-elle en secouant la tête.

– Mais tu n'y es pas allée depuis l'enterrement.

– Je n'en vois pas l'intérêt. Je ne supporte pas l'idée qu'elle soit là-dessous. Toute seule.

– Ce n'est qu'une enveloppe. Elle aurait été la première à te le dire.

– Alors pourquoi veux-tu que j'y aille ? Quel bien cela me fera-t-il de rendre visite à un tombeau ?

Henley ramassa les assiettes sales et les porta dans l'évier.

– Je crois juste que ça te ferait du bien de passer du temps avec elle, pour toi, avant de te retrouver dans une maison où tout le monde en parlera. Tu ne sais pas comment tu vas réagir. Ce sera peut-être insupportable.

– Pourquoi voudrais-tu que j'aille sur la tombe de maman et que je revive le jour où on l'a enterrée ? C'était une journée atroce.

Henley se rappela l'ironie qui avait marqué la cérémonie. Une mer de parents et d'amis vêtus de noir alors qu'il faisait très chaud pour la saison. À l'église, pendant que sa cousine Gayle lisait l'oraison funèbre, elle avait senti la sueur couler dans son dos. Au cimetière, le parfum écœurant des lys, qui déclenchait ses allergies, l'avait fait vomir.

– Je ne te demande pas de revivre le…

– Non, Rob, dit-elle fermement. C'est non.

– Je ne voulais pas te bouleverser, assura son mari. (Il la rejoignit et s'appuya contre le plan de travail.) Je veux juste que tu redeviennes toi-même.

– Je *suis* moi ! renvoya-t-elle sèchement. Pas une poupée brisée recollée avec du Scotch bon marché.

– Ce n'est pas ce que je voulais dire, soupira-t-il avec un net agacement. Je veux qu'on soit le « nous » qu'on était avant tout ce bordel avec… avec lui.

Henley se tourna pour lui faire face. Cherchant un indice sur l'identité du « lui » en question. Olivier ou Pellacia ? Elle songea à l'embrasser, alors. Cela semblait être la chose à faire, mais elle en fut incapable.

– On est nous, dit-elle plutôt.

– Mais on pourrait l'élargir un peu, ce nous. Pas seulement toi, moi, Emma et Luna. Regarde comme tu es proche de Simon.

– On se battait comme chien et chat quand on était gamins.

– Mais à tout le moins, on avait ça, toi et moi. Je ne veux pas qu'Emma grandisse avec la chienne et le hamster de l'école comme seule compagnie pendant les vacances d'été.

La conversation sur le bébé. Cela avait commencé juste avant le soir des feux d'artifice, quand ils avaient appris que la femme de Simon attendait leur troisième enfant. Rob, ayant toujours voulu une famille nombreuse, n'avait pas été découragé par la réponse d'Henley selon laquelle Emma avait assez de cousins pour l'occuper. Elle ne lui avait pas dit la vérité : elle ne voulait pas d'un deuxième enfant.

– Écoute, on n'avait pas prévu Emma. Elle est arrivée, c'est tout. Un accident très heureux, même si je ne le lui dirai jamais comme ça. Alors on peut se contenter d'attendre et de voir, non ?

– Bon. Bon.

Elle ne pouvait ignorer la déception qui marquait la voix de Rob.

– Je ne me fiche pas de toi.

– Je sais. Je ne veux pas qu'on attende trop, c'est tout. On approche de quarante ans. (Il tira une autre bouteille de vin rouge du présentoir.) Bref, comment s'est passé ton boulot ? Il y a dû y avoir du nouveau pour te garder dehors si longtemps.

L'éclair d'agacement n'échappa pas à Henley. Elle savait qu'il s'efforçait de comprendre son engagement professionnel, mais elle savait aussi que sa dépression de l'année précédente apportait du grain à moudre au débat intitulé *Quitte ce boulot.*

– Un pasteur a été assassiné.

Rob ouvrit de grands yeux.

– Waouh, dit-il. Tu n'es pas obligée de le dire aussi froidement.

– Tu sais comme je suis. C'est comme si mon cerveau se compartimentait automatiquement quand je parle d'une affaire.

– Tout le monde ne travaille pas avec la lie de la société. Quand tu parles de ton travail, on croirait que c'est ta liste de courses. Je devrais y être habitué, depuis le temps, mais…

– Désolée, répondit-elle en l'embrassant sur la joue et en espérant qu'il la sente sincère.

– Qu'est-ce qui s'est passé ?

– Absolument aucune idée. Ce qui est d'ailleurs frustrant, continua-t-elle sur un ton plus chaleureux. Elle sortit un paquet de pop-corn du placard, tandis que Rob emportait leurs verres de vin, puis elle songea au corps brisé du jeune homme qu'elle avait trouvé.

– Alors, c'est qui, ton pasteur mort ? demanda son mari en la suivant au salon. Il posa les verres sur la table basse, ramassa la télécommande et changea de chaîne pour mettre *MasterChef.*

– Je ne veux pas en parler encore. Je te le dirai dès qu'il aura été identifié officiellement.

– De toute façon, je peux te dire avec cent pour cent de certitude que, si quelqu'un l'a descendu, c'est qu'il faisait des trucs pas clairs.

# 10

*« L'homme de quarante-trois ans dont le corps a été trouvé dans l'église d'Annan le Prophète, à Deptford, a probablement été assassiné. Un deuxième homme, entre vingt et trente ans, a été découvert gravement blessé.*

*» Des agents ont isolé les alentours de l'église pendant que les investigations se poursuivaient. La police a annoncé qu'une autopsie serait réalisée pour déterminer avec précision les causes de ce décès découvert hier après-midi à 13 h 50, et que la famille du défunt avait été informée.*

*» La brigade des crimes en série a entamé une enquête, et la scène de crime reste interdite au public. Aucune arrestation n'a encore été effectuée. Le surintendant détective Stephen Pellacia a déclaré : "Quoique la cause du décès n'ait pas encore été déterminée, l'homme trouvé mort porte des blessures suggérant l'implication d'un tiers. L'identité du second homme restant inconnue, nous demandons à quiconque détiendrait des informations à ce sujet de nous contacter. À toutes fins utiles : il n'est pas question d'un crime en série, mais d'une enquête criminelle dont la brigade des crimes en série a accepté de s'occuper pour décharger le Commandement des homicides et des crimes graves du South London." »*

C'était le gros titre du matin. Henley avait déjà entendu au moins trois fois la même info, mot pour mot, avant de partir de chez elle. Elle explora des yeux la cafétéria pour voir la réaction de ce « public » auquel on demandait de fournir des informations de manière anonyme – mais les gens étaient trop absorbés par les nuances de leur propre vie, détenues dans les écrans à LED de leurs téléphones, pour prêter la moindre attention à ce qui se passait autour d'eux.

– Et le jeune qu'on a trouvé dans l'autre pièce ? demanda Ramouter tandis qu'ils sortaient de la cafétéria et se dirigeaient vers la morgue de Greenwich, où Linh avait achevé son autopsie du pasteur Caleb Annan. On ne va pas s'efforcer d'établir comment il s'est retrouvé à moitié mort ?

– Bien sûr que si, répondit Henley en buvant une gorgée de café. Tu as eu des résultats avec le service des personnes disparues ?

– Rien encore. Tu sais combien d'hommes blancs entre vingt et trente ans ont été portés disparus dans les six derniers mois ?

– Tu sais très bien que je n'en ai aucune idée.

– Un tas – trente-trois mille huit cent soixante-deux pour être précis. Soixante-quinze pour cent des disparus sont retrouvés dans les vingt-quatre heures, quatre-vingt-cinq dans les quarante-huit heures. Notre client, lui, a disparu depuis plus d'une semaine, c'est sûr.

– Quelle est la probabilité de retrouver quelqu'un après une semaine ? demanda Henley.

– Cinq pour cent, et puis soyons francs, boss, quand un jeune Blanc disparaît, ça fait en général du bruit. Et s'il n'avait pas disparu du tout ?

– Qu'est-ce que tu veux dire ?

L'inspectrice passa son gobelet de café à Ramouter quand ils approchèrent du portail de sécurité, dont elle tapa le code d'ouverture.

– Et si personne ne l'avait déclaré disparu parce qu'il a été kidnappé ou bien parce qu'il a accepté d'être enfermé ?

– Tu me demandes d'envisager la possibilité que ç'ait pu être volontaire ? demanda-t-elle très lentement, en fixant son collègue.

– Ne me regarde pas comme ça.

– Ramouter, tu as vu l'état de la chambre, et tu as vu dans quel état il était, lui.

– J'essaie seulement de déterminer pourquoi personne correspondant à son signalement n'apparaît dans la base de données des disparus.

– Il peut y avoir mille raisons à ça. Il n'est peut-être pas britannique, si bien que personne n'a déclaré sa disparition chez nous. Ou alors il n'a aucune famille.

Ramouter secoua la tête.

– Tout le monde a de la famille.

– Eh bien, espérons que quelqu'un soit venu prendre de ses nouvelles quand on ira le voir à l'hôpital tout à l'heure.

Il y avait sur le visage du jeune policier une expression qu'Henley n'y avait encore jamais vue. De la défiance.

– Qu'est-ce qui ne va pas ? demanda-t-elle.

– Comment ça ?

– C'est une enquête comme toutes celles qu'on a menées depuis que tu travailles avec moi. Pourquoi est-ce qu'elle te hérisse comme ça ?

– Elle ne me… C'est juste que… Il y a quelque chose là-dedans, dans tout ça, qui n'est pas normal du tout.

– Le meurtre ou le kidnapping ?

– On a un pasteur assassiné, et on trouve un type à moitié mort enfermé dans une arrière-salle de son église. J'ai un peu de mal à plaindre la victime du meurtre.

– Ça ne te ressemble pas, remarqua Henley. D'habitude, je suis tout le temps obligée de te rappeler de maîtriser tes émotions.

– Tu commences peut-être enfin à déteindre sur moi, dit Ramouter en souriant.

– En ce cas, tu ne seras pas surpris de m'entendre dire que ta compassion pour le pasteur m'indiffère. J'ai seulement besoin que tu fasses ton travail. Les sentiments n'entrent pas en ligne de compte, d'accord ?

– Ouais.

– Viens, entrons.

– Quarante-huit fois, dit Linh en tirant la couverture plastique qui couvrait le corps de Caleb Annan.

– Pardon ? Combien ? demanda Henley. Elle rejoignit son amie près de la table d'examen. Ramouter occupait sa place habituelle, à mi-chemin entre la table et la porte. Le moteur des réfrigérateurs contenant des cadavres bourdonnait en sourdine.

– Caleb Annan a été poignardé quarante-huit fois, confirma Linh en désignant d'un doigt ganté une blessure dans le bras gauche du mort. Ce dernier ne donnait pas l'impression d'avoir fait beaucoup d'exercice, ses muscles n'avaient aucune tonicité digne de ce nom, et les deux jours écoulés depuis son décès avaient rendu son corps flasque, tandis que sa peau noire mouchetée acquérait une nuance verdâtre. Ses yeux grands ouverts fixaient le plafond. Des blessures béantes couvraient ses cuisses, sa poitrine et son abdomen.

– Quarante-huit ? Henley se rapprocha du cadavre.

– Ouaip. Tu veux une paire de gants, Ramouter ? demanda Linh avec un sourire.

– Non, merci, ça me convient de rester où je suis, répondit l'intéressé.

– Eh bien, pas à moi, dit Henley. Amène-toi.

Ramouter poussa un soupir à l'instar d'un écolier grognon et s'approcha de la table, se postant en face de sa partenaire.

– Laquelle de ces blessures l'a tué ? demanda Henley quand Linh lui donna deux feuilles A4 portant les faces antérieure et postérieure d'une silhouette prédessinée, sur lesquelles elle avait apposé une série claire et précise de croix rouges entourées d'un cercle, chacune assortie d'un chiffre, indiquant l'emplacement de tous les coups de poignard.

– Je sais que c'est moche, dit la pathologiste, poussant Ramouter à contourner la table pour se mettre à côté d'Henley, mais les quarante et une plaies de la face antérieure sont en grande partie superficielles. Les plus profondes mesurent six millimètres et demi, et ce sont des blessures défensives aux mains et aux bras. Étonnamment, aucune n'a atteint une artère, et celles de la poitrine et de l'abdomen n'étaient en rien mortelles.

Henley vit la couleur disparaître des joues de Ramouter quand Linh inséra les doigts dans une plaie près de l'omoplate.

– Voilà celle qui a tué le pasteur. Elle est profonde. Dix-sept centimètres. Le couteau s'est planté tellement fort que la pointe s'est cassée. Je l'ai mise en sac pour l'envoyer au labo. Je ne sais pas où ça va vous mener, pour être franche.

– Est-ce qu'il lui manque le haut de l'oreille ? demanda Ramouter en se penchant plus près du cadavre, malgré sa détermination première à rester le plus près possible de la porte.

– Tu n'as pas regardé le schéma du corps ? (Linh secoua la tête puis ôta ses gants et les jeta dans la poubelle jaune à déchets médicaux.) Le haut de l'oreille gauche, ainsi que l'index et le majeur droits ont été tranchés. (Elle alluma une lampe au-dessus de la table et l'abaissa vers le cadavre.) Il y a un hématome au bas du dos, dit-elle. Entre les vertèbres T12 et L1. On a appliqué assez de pression pour provoquer une contusion et une hémorragie interne au rein droit, et, si vous regardez d'assez près…

Henley et Ramouter se penchèrent ensemble quand elle suivit du doigt une marque imprimée dans la chair du dos comme dans de la pâte à modeler.

– Une empreinte de pied ? s'étonna Ramouter. Avec quelle force faut-il peser sur quelqu'un pour laisser une empreinte ?

– Une force considérable : on a repoussé la victime tout en tirant le couteau qui s'était coincé entre les vertèbres, répondit Linh. Vous avez des suspects ?

– Pas encore, souffla Henley, secouée par l'empreinte.

– Je ne serais pas surpris que la liste soit longue, déclara Ramouter. Ce ne serait pas le premier représentant de Dieu à se faire éjecter de son piédestal. Regardez tous les prêtres qui ont abusé d'enfants impunément, les imams qui prêchent la haine. Il n'est pas si difficile de penser que quelqu'un a pu en avoir assez.

– La question est : assez de quoi ? renvoya Henley. J'ai dit qu'il fallait mettre la compassion de côté, je sais, mais qu'est-ce qu'il a bien pu faire pour mériter d'être poignardé quarante-huit fois ? Il faut se concentrer sur les faits.

– Avant que j'oublie, intervint Linh. La femme de votre pasteur vient l'identifier officiellement à midi. Vous restez ?

– Non. L'agent de liaison avec la famille l'accompagnera, et j'ai demandé à Eastwood d'être présente. Une idée de quand tu auras un rapport post mortem complet à me donner ?

– Comme c'est toi, j'essaierai de l'avoir ce soir. Au pire demain après-midi. Cela dit, à moins que l'examen toxicologique ne révèle quelque chose, ça m'a l'air d'un bon petit meurtre à l'ancienne. Il vous reste juste à trouver qui l'a commis.

– Tais-toi.

Henley connaissait assez bien son amie pour savoir exactement ce qu'elle allait dire ensuite. Linh ne valait pas mieux que Stanford.

– Je parie pour Mlle Rose, dans le bureau, avec le poignard.

# 11

– Une idée de son état ? demanda Ramouter quand ils pénétrèrent dans l'unité des soins intensifs de Lewisham Hospital. Les seuls bruits provenaient des propos à peine audibles des visiteurs – parents et amis rassemblés autour des lits sans savoir si leurs paroles étaient comprises où si elles s'évaporaient dans l'air stérile.

– Non, absolument aucune, répondit Henley.

– Pas de nouvelles, bonnes nouvelles, comme on dit, hein ?

– Merde, marmonna l'inspectrice quand ils atteignirent le poste des infirmières désert et qu'elle consulta le tableau blanc sur lequel étaient indiqués noms de patients et numéros de chambres.

– Qu'est-ce qui ne va pas ? demanda Ramouter.

– On ne sait pas comment il s'appelle.

Un infirmier apparut au seuil d'une porte latérale.

– On l'a baptisé M. Question, leur apprit-il quand ils eurent expliqué qui ils étaient. On ne pouvait pas continuer à l'appeler le mec du lit numéro huit, et on avait déjà un Smith.

– Est-il possible de parler au médecin qui s'est occupé de lui ? demanda Henley alors que l'infirmier leur fournissait des blouses jetables et leur faisait signe de se désinfecter les mains.

– Si vous êtes prêts à attendre une heure, le Dr Chaplin fera sa ronde. Un de vos collègues est venu ce matin avec un photographe. Vous avez appris le nom du patient ?

– Non, toujours pas. Un article doit sortir dans la prochaine édition de l'*Evening Standard,* donc on l'aura peut-être identifié avant la fin de la journée, allez savoir.

– J'espère. Il a l'air tellement jeune. C'est forcément le chéri de quelqu'un, dit l'infirmier, puis une sonnette retentit dans le service et il laissa Henley et Ramouter patienter.

– On a failli le perdre à cinq heures et quart ce matin, déclara le Dr Chaplin, debout au pied du lit, les mains derrière le dos. Il a cessé de respirer et son cœur s'est arrêté. Il nous a fallu presque vingt-cinq minutes pour le ressusciter. On s'apprêtait à le déclarer mort quand il est revenu. Son pouls est encore faible, et sa tension n'est pas aussi forte que je l'aimerais, mais il est encore là.

*Encore là.* Henley répéta les mots dans sa tête en fixant le patient. Comment pourrait-il être identifié ? Les cils bruns battirent brièvement contre la peau gonflée, jaunâtre et violacée sous les yeux. Le tube à oxygène translucide plongé dans la bouche et couvert d'une croûte de salive séchée repoussait la langue sur le côté en un tableau grotesque. Un fin tuyau jaune qui rejoignait le premier était fixé au cou avec du sparadrap. Henley distinguait les bleus laissés par des doigts cruels sur la peau griffée. La blouse d'hôpital à carreaux bleus et blancs que portait le blessé couvrait la moitié des capteurs ECG appliqués sur sa poitrine. Qui pourrait bien reconnaître en lui un membre de sa famille ?

– On a dû lui retirer le rein droit, reprit le Dr Chaplin, alors que le regard d'Henley suivait l'urine qui coulait de la vessie du jeune homme dans le cathéter et les sacs de drainage. On a aussi trouvé du fluide – de l'eau pour être précis – autour de ses poumons et de son cœur.

– De l'eau ? (Henley revit aussitôt le seau et la carafe en plastique trouvés dans la chambre près de l'inconnu.) Comment a-t-il pu se retrouver avec de l'eau autour du cœur et des poumons ?

– On ne voit en général une telle quantité de liquide que dans les poumons des noyés, quoique j'en aie aussi vu chez un patient qui avait fait une crise d'épilepsie dans sa baignoire.

– On l'a trouvé attaché à un lit, dit Henley en jetant un coup d'œil à son collègue puis aux épais bandages entourant les poignets du patient. Il n'y avait aucune baignoire à proximité, mais on a trouvé un seau vide dans la même pièce.

– Simulacre de noyade ? suggéra le médecin avec un haussement d'épaules. Il gagna le côté droit du lit et observa le contenu du sac de drainage.

– Simulacre de noyade ? répéta Ramouter. Je n'ai jamais vu ça que dans certains épisodes de *24 Heures chrono*.

– Moi, il m'est arrivé d'en voir, dit le Dr Chaplin. Mais il s'agissait en général de farces ayant mal tourné.

– Oh, nom de Dieu, marmonna Henley en levant les yeux au ciel.

– Bref, son agresseur s'est vraiment déchaîné sur lui, résuma le médecin tout en vérifiant les données des moniteurs. (Il saisit le graphique attaché sur le côté du lit et y griffonna une note.) S'il survit aux prochains jours, je dirai qu'il a des chances raisonnables de s'en tirer.

– Qu'est ce que vous entendez par « raisonnables » ? demanda Henley.

– Je n'aime pas faire de pronostics. Nous verrons son évolution au cours des douze prochaines heures.

– Vous croyez qu'il sera en état de nous parler s'il se réveille ? demanda Ramouter.

Le Dr Chaplin se gratta le sommet de la tête, tel un mécanicien sur le point de donner une estimation déplaisante.

– Son cœur s'est arrêté dans l'ambulance. Il était techniquement mort quand il est arrivé ici hier après-midi. Il nous a fallu huit minutes pour faire repartir le cœur, donc le cerveau a été privé d'oxygène pendant tout ce temps. Je ne dis pas que c'est impossible, mais vous devez vous préparer à ce qu'il soit incapable de vous apprendre quoi que ce soit, même s'il reprend conscience.

# 12

Tandis qu'Uliana Piontek cherchait une tasse propre dans la cuisine, Henley et Ramouter restèrent debout, s'efforçant de ne pas toucher aux plans de travail. Une pile d'assiettes sales emplissait l'évier. Des ordures volumineuses avaient été posées sur la poubelle qui débordait déjà, dans un angle. Uliana occupait une des trois chambres de cet appartement, au quatrième étage d'un immeuble de Crofton Park, loué par le conseil du *borough*. L'appartement était plus sale que toutes les chambres d'étudiants qu'Henley avait visitées lorsqu'elle était à l'université. Une odeur résiduelle de friture et d'huile rance lui chatouillait le nez.

– Il n'y a pas d'autre pièce, dit la jeune femme sur un ton contrit. Renonçant à trouver une tasse, elle prit une éponge humide et essuya la petite table de la cuisine. Ses cheveux ternes étaient réunis en une queue-de-cheval lâche. Quand elle frotta de ses doigts la peau gonflée sous ses yeux, elle parut soudain bien plus jeune que ses vingt ans – et extrêmement vulnérable.

– On pourrait aller discuter au poste, suggéra Ramouter, tentant de ne pas prendre appui sur le plan de travail graisseux. Ce serait peut-être plus confortable.

– Non, répondit vivement Uliana. Non. Je ne veux pas. Ici, ça va très bien.

Henley resta muette en la regardant gratter les cuticules de ses ongles rongés, puis elle demanda :

– Vous avez du mal à dormir ?

Elle connaissait déjà la réponse. S'asseyant à la table avec la jeune étudiante qui portait une main à sa bouche pour retenir un bâillement, elle explora des yeux la petite cuisine.

– Je ne veux plus vivre ici, soupira Uliana. (Quelqu'un, dans l'appartement du dessus, marchait bruyamment dans sa propre cuisine ; les pas s'accompagnaient de chocs métalliques.) Je veux rentrer chez moi.

– Je sais que vous avez traversé une épreuve terrible. Vous comptez rentrer dans votre pays ? En Lituanie ? demanda Henley, espérant que la réponse serait non.

– J'aimerais bien, mais j'ai mes études. Du travail. Je ne sais pas. Pourquoi venez-vous me voir ? (Le ton d'Uliana se modifia, comme si elle venait de réaliser qu'elle s'adressait à deux détectives.) J'ai déjà parlé à la police.

– Hier, vous veniez de subir un choc, et on oublie facilement les petits détails dans ces cas-là. On a seulement besoin de vous poser quelques questions sur vos rapports avec Caleb Annan, sa femme et d'autres membres éventuels de son église.

– Pourquoi ? (La jeune femme regardait fixement une tache de ketchup qu'elle avait manquée avec son éponge.) Moi, je faisais le ménage, point final.

– Qu'est-ce que vous faisiez d'autre ?

– Qu'est-ce que vous voulez dire ?

La question était sortie rapidement, sur un ton aigu, méfiant – un changement qui n'échappa pas à Henley.

– Pardon, dit l'inspectrice. Simplement, vous avez déclaré à l'agent Tanaka faire le ménage à l'église trois jours par semaine. Je ne pense pas que cela vous suffise pour gagner votre vie. Je me rappelle ce que c'est d'être étudiante, de passer sa vie dans les amphis et d'essayer d'avoir une vie.

Une chambre dans cet appartement minable coûtait au moins six cents livres par mois, elle le savait.

– J'ai mon emprunt étudiant, et je travaille dans une cafétéria de Victoria Station, répondit prudemment Uliana.

– Vous faites des études de quoi ? Henley s'efforçait de mettre son interlocutrice à l'aise.

– De génie mécanique. Je suis en troisième année.

– Et depuis combien de temps travaillez-vous à l'église ?

Les yeux de la jeune femme s'emplirent de larmes. Elle renifla et s'essuya le nez d'un revers de manche.

– Presque un an. C'est de l'argent facilement gagné. Je fais le ménage et ensuite je vais en cours. C'est à côté.

– Et comment avez-vous décroché cet emploi ?

– Avant, c'était une copine à moi qui s'occupait de ça. Elle habitait ici, mais elle a déménagé et trouvé du travail à Hammersmith. J'ai repris sa place.

– Comment s'appelle-t-elle, votre amie ? demanda Henley en sortant un carnet et un stylo.

– Pourquoi ? (Le regard d'Uliana brûla de colère, puis de peur.) Vous n'avez pas besoin de lui parler. Elle ne saura rien du tout.

– Elle connaissait le pasteur, expliqua Ramouter. Toute information qu'elle pourra nous donner sera utile. Parfois, ce sont les petits détails qui comptent. Son nom et son numéro nous suffiront. On ne dira pas que ça vient de vous.

– Elle s'appelle Nicole Fleming, dit enfin l'étudiante, avant de prendre son téléphone, de faire défiler ses contacts et de lire un numéro à haute voix.

– Donc, vous étiez employée par le pasteur Annan depuis un an, récapitula Henley. Comment était-il ?

– Bien. Il était bien, répondit Uliana, les yeux baissés. Je le voyais à peine. Il était rarement là quand je faisais le ménage, mais, quand je le voyais, il était… bien.

– Avez-vous jamais assisté à ses services religieux ?

La jeune femme considéra l'inspectrice comme si elle avait perdu l'esprit.

– Pour quoi faire ? Non, jamais.

– Aviez-vous une raison de croire le pasteur en danger ? Tout ce que vous pouvez avoir vu ou entendu pendant votre…

Henley s'interrompit quand la tête de son interlocutrice s'affaissa, son cou semblant disparaître entre ses épaules, et qu'elle se mit à pleurer. Fort. Ramouter détacha les deux dernières feuilles d'un rouleau d'essuie-tout et les tendit à sa partenaire.

– Tout va bien. Je sais que c'est difficile, dit-elle en relevant doucement la tête d'Uliana et en essuyant ses larmes. Ça va le rester un moment, mais ça finira par aller mieux.

– Il était là. Par terre. Il y avait tout ce sang, dit la jeune femme d'une voix étranglée, tentant de s'exprimer entre des sanglots qui lui coupaient le souffle. Je… Je… Tout le monde l'aimait bien, je crois.

– Vous voyez une raison pour laquelle on aurait voulu lui faire du mal ?

Elle secoua vigoureusement la tête.

– Et sa femme ? Vous la connaissiez ?

Il y eut comme un parfum de paranoïa dans l'attitude d'Uliana quand elle releva les yeux vers la porte de la cuisine, comme si elle s'attendait à trouver Serena Annan sur le seuil.

– Je n'ai jamais eu affaire à elle, dit-elle en se retournant vers Henley.

– OK.

L'inspectrice fit signe à Ramouter de sortir son téléphone.

– Uliana, ça va peut-être vous paraître idiot, comme question, mais comment êtes-vous entrée dans l'église ? demanda-t-il.

– J'ai mes clefs.

– Pour la porte d'entrée et celle de derrière ?

– Oui. J'ai toutes les clefs.

– Et vous faisiez le ménage dans l'église entière ?

– Non. Je ne suis pas allée très loin, parce que j'ai trouvé Caleb.

– Je ne parle pas de ce jour-là, dit Ramouter. Je veux dire en général. L'église est très grande. Trois étages. Vous faisiez le ménage partout ? Dans toutes ces pièces ?

– Non, seulement au rez-de-chaussée et au premier étage.

– Toute seule ? Ça fait beaucoup pour une personne seule, non ?

– Oui. Caleb devait engager une autre femme de ménage, mais je crois que certaines paroissiennes donnaient un coup de main.

– Avez-vous visité les autres étages durant la période où vous avez travaillé là ?

Henley observait Uliana, qui resta muette une seconde.

– Peut-être une ou deux fois, dit-elle enfin. Mais c'est tout.

– Quand êtes-vous montée au deuxième étage pour la dernière fois ? s'enquit Ramouter.

– Je… Je ne me rappelle pas.

– Pensez-vous y être montée au cours des dernières semaines ? Êtes-vous entrée dans une des pièces de cet étage-là ?

– Je ne sais pas. Je ne crois pas.

Uliana secoua la tête, ses yeux nerveux contemplant tour à tour les deux policiers.

– Et les salles de réunion ? demanda encore Ramouter. Vous y entriez ?

– Non, non, répondit-elle calmement.

Henley posa le téléphone de Ramouter devant elle.

– Voici un débarras du deuxième étage, au bout du couloir. Il donne sur une chambre dans laquelle ce jeune homme a été retrouvé, attaché et mourant.

Henley agrandit une photo qu'elle avait prise à l'hôpital.

– Qu'est-ce que vous voulez dire ? (Une grimace torturée défigura du visage de la jeune femme tandis qu'elle observait le cliché puis repoussait le téléphone.) Cet homme était là-bas… en même temps que moi ? Dans l'église ?

– Exactement. On l'a trouvé dans une pièce dérobée, derrière le placard du débarras.

– Je ne connais pas cette pièce.

– Regardez encore, encouragea Henley en poussant de nouveau le téléphone vers son interlocutrice. Est-ce que vous le reconnaissez ? Je sais que c'est difficile, avec les ecchymoses et les tuyaux, mais essayez de vous rappeler si, à un moment quelconque au cours des derniers mois, vous avez vu quelqu'un qui corresponde, même vaguement, à son signalement, que ce soit à l'église ou dans le quartier.

– Je suis désolée, mais je ne l'ai jamais vu, dit Uliana en lui rendant l'appareil.

– Une dernière chose. D'après l'agent Tanaka, vous avez refusé de fournir aux experts en scène de crime un échantillon de votre ADN et de vos empreintes digitales.

Les yeux de l'étudiante s'emplirent de larmes.

– Je n'ai pas… Je n'ai rien fait de mal, dit-elle, la voix marquée d'une panique évidente. Ils m'ont donné l'impression d'être une criminelle. Je n'ai fait aucun mal à Caleb.

– Nous ne serions pas en train de discuter avec vous, dans votre cuisine, si nous vous pensions impliquée dans l'assassinat de Caleb Annan, assura Henley.

– Je ne veux pas vous donner mon…

La jeune femme laissa mourir sa voix, tout en baissant les yeux sur la table.

– Écoutez, reprit fermement l'inspectrice, je n'ai vraiment aucune envie de vous arrêter, de vous emmener au poste et de vous enfermer dans une cellule glaciale sans nécessité.

– Quoi ? M'arrêter ? Mais je n'ai rien fait, s'exclama Uliana en bondissant de sa chaise. Je l'ai trouvé, c'est tout.

– C'est pourquoi nous avons besoin de vos empreintes et de votre ADN, afin de les éliminer de l'enquête. Les échantillons seront détruits une fois qu'elle sera terminée.

La jeune femme resta silencieuse un moment.

– Est-ce que je peux y réfléchir ?

– Bien sûr, dit Henley en sortant sa carte et un stylo. Voici les coordonnées de l'enquêteur du CSI qui viendra prendre vos échantillons *quand* vous aurez changé d'avis.

– Je suis vraiment fatiguée, maintenant. Il y a autre chose ? demanda Uliana en prenant la carte à regret.

– Non, rien. Un agent de mon équipe vous contactera d'ici quelques jours pour confirmer votre déposition. J'espère que vous n'aurez pas réservé un billet pour la Lituanie d'ici là.

– Je n'ai jamais vu ce garçon, répondit-elle, défiante, et je ne vois pas qui aurait pu vouloir tuer Caleb.

– Dire qu'elle s'est montrée évasive serait un euphémisme, soupira Ramouter alors qu'Henley et lui arpentaient Marnock Road.

Henley s'arrêta brusquement : une vague de chaleur intense la submergea. Des gouttes de sueur perlèrent sur son front, gelant sous l'air froid. Elle s'appuya à la clôture métallique qui bordait le jardin public derrière elle.

– Qu'est-ce qui se passe ? Est-ce que ça va ?

La voix de Ramouter était emplie d'inquiétude.

Henley s'essuya le front d'un revers de sa main gantée. L'air hivernal chargé de gazole polluant ne faisait qu'intensifier sa nausée. La clôture se mit à vibrer alors que le train approchait de la gare de Crofton Park.

– Ça va aller, dit enfin l'inspectrice en se décollant de la clôture.

– Tu n'as pas l'air bien, remarqua Ramouter. Je pensais que le SSPT…

Henley réussissait à discuter de son syndrome de stress post-traumatique quand il s'agissait d'une notion lointaine, abstraite, mais c'était la dernière chose dont elle avait envie de parler au milieu d'une crise d'angoisse, avec des crochets chauffés au rouge qui semblaient lui griffer la poitrine.

– Ça ne part pas comme ça. Ce n'est pas comme la grippe, dit-elle. Bref, tu disais, à propos de l'attitude évasive d'Uliana ?

– Elle n'a même pas frémi quand tu lui as montré la photo de…

Ramouter s'interrompit, ne sachant trop comment appeler le blessé.

– Il faut qu'on l'identifie, affirma Henley en ouvrant les portières de la voiture. Il mérite la dignité élémentaire d'avoir un nom. Par ailleurs, tu as raison : Uliana cache quelque chose.

– Tu ne la crois pas mêlée à ça, hein ? Je veux dire, je sais qu'elle a trouvé le corps et qu'elle avait accès à l'église vingt-quatre heures sur vingt-quatre.

– Je sens au fond de moi qu'elle ne nous dit pas tout.

– Je me demande à propos de quelle victime elle cache quelque chose, commenta Ramouter au moment où Henley démarrait.

# 13

Serena Annan remonta la manche de son manteau bleu marine et consulta sa montre. La lumière de la salle d'exposition de la morgue, quoique tamisée, parvenait à souligner les diamants incrustés qui encerclaient le cadran de sa montre.

– Est-ce qu'il faut que je dise quelque chose ? demanda-t-elle en sortant un paquet de mouchoirs pour s'essuyer le nez, comme allergique à l'espace qu'occupait à présent son mari décédé. Est-ce qu'il y a un protocole quelconque ?

– On a seulement besoin que vous confirmiez qu'il s'agit bien de votre mari, madame Annan, dit Eastwood en jetant un coup d'œil à Bethany, l'agent de liaison avec la famille, assise sur une chaise dans un angle, la tête inclinée de côté, semblant analyser la performance d'un comédien durant une représentation de théâtre amateur.

– Est-ce qu'il faut que je le touche ? demanda encore Serena.

– Comme je disais, on a juste besoin que vous l'identifiiez. Si ce n'est pas votre mari, il vous suffit de le dire.

La femme du pasteur soupira, baissa la tête et ses lèvres remuèrent en silence. Enfin, elle se signa : ses doigts parfaitement manucurés touchèrent son front, le centre de son torse, puis un point situé juste au-dessus de ses seins gauche et droit.

– Je suis prête.

– Vous voulez bien avancer d'un pas ?

Eastwood tira sur le cordon, et les épais rideaux de velours gris qui masquaient la vitre s'écartèrent. Elle garda les yeux fixés sur le visage de Serena quand cette dernière s'avança. Elle attendit brièvement une réaction à la vue du mort, mais il n'y en eut aucune : la veuve resta aussi impassible que si elle lisait une affiche dans le cabinet d'un médecin.

– C'est bien Caleb. C'est mon époux.

– Merci, madame Annan, dit Eastwood. Je sais que cette obligation aurait été…

– Il faut que je signe quelque chose ?

Serena sortit son téléphone de son sac et désactiva le mode silencieux.

– Non, vous n'avez besoin de rien signer.

– Alors, je peux partir ? J'ai beaucoup de choses à faire aujourd'hui.

– Vous pouvez, bien sûr.

– Je vous raccompagne toutes les deux.

Bethany se leva avec une grimace et porta la main au bas de son dos, du côté gauche.

– Sciatique. Ça fait mal quand je m'assois, ça fait mal quand je me relève. Tout faux.

Serena posa la main sur la poignée de la porte, puis se retourna.

– Quand nous sera-t-il rendu ?

Eastwood détestait cette question. Il n'y avait jamais de réponse satisfaisante. Nul n'appréciait jamais d'entendre que le corps ne serait pas disponible avant que le pathologiste n'ait terminé ses examens, et que, même alors, ce n'était pas garanti, notamment si quelqu'un était arrêté pour meurtre : les avocats de la défense pouvaient alors nommer leur propre pathologiste pour examiner le cadavre.

– Je crains de ne pas pouvoir vous le dire, répondit Eastwood. Cela dépend de…

– Comment ça, vous ne pouvez pas me le dire ? De quoi est-ce que ça peut bien dépendre ?

– Serena… commença Bethany.

– Madame Annan. Nous ne sommes pas amies.

– Je vous ai déjà expliqué ça, madame Annan. (La voix de l'agente de liaison était douce, comme si elle exposait à une petite fille de cinq ans pourquoi il fallait manger des légumes.) Beaucoup de raisons sont susceptibles d'entraîner un délai. Mais nous ferons de notre mieux pour nous assurer que Caleb vous soit vite rendu.

– Et ses affaires ? (Serena se tourna vers Eastwood.) Sa montre, sa chaîne, son alliance.

– Si elles ne sont pas considérées comme pièces à conviction, elles vous seront restituées le plus vite possible.

La femme du pasteur ouvrit la bouche comme pour répondre, puis changea d'avis quand son téléphone sonna.

– Et la conférence de presse ? Quand aura-t-elle lieu ?

– Une conférence de presse ? demanda Eastwood.

– Mon mari était un membre éminent de la communauté. Je m'attends à ce vous organisiez une conférence de presse afin de lancer un appel pour trouver son assassin, et j'y serai bien sûr présente.

– Ce n'est pas moi qui… (Eastwood s'interrompit. L'air de la pièce lui paraissait soudain plus froid.) Nous vous tiendrons informée de tous les développements, y compris une conférence de presse.

– Vous avez mes coordonnées. Je m'attends à ce qu'elle ait lieu rapidement.

Serena sortit de la salle d'exposition.

– Papa, tourne le téléphone. Là, tu me montres la cocotte-minute, dit Henley en s'asseyant à son bureau.

– C'est vrai ? répondit Elijah. Simon m'a apporté un nouvel appareil et je ne sais pas ce qu'il a, ce machin. Tu me vois, maintenant ?

– Oui, papa, je te vois.

Une douce vague de soulagement envahit Henley quand le visage de son père emplit l'écran. S'il avait de nouvelles rides sous ses yeux et un peu plus de gris dans les cheveux, il présentait un contraste absolu avec l'homme qui, l'année précédente, luttait contre une dépression profonde et disait ne pas vouloir que ses enfants le voient brisé.

– Alors, tu prends de mes nouvelles, ma fille ?

– Oui, évidemment. Tu as déjeuné ?

– Je m'y préparais. Rob est passé avec Emma, tout à l'heure, et il m'a déposé des galettes et du curry.

– Et tes médicaments ?

Son père leva les yeux au ciel.

– Tu oublies que c'est moi le parent et toi l'enfant ?

– Ne commence pas. Je veux juste… Juste m'assurer que tu vas bien.

– Et toi, tu vas bien ? demanda Elijah sur un ton signifiant qu'elle n'avait aucune chance d'éviter la question.

– J'ai eu un mauvais moment ce matin, mais c'est passé. Ça va.

– D'accord, je te crois. Par ailleurs, Rob m'a dit que tu viendrais au… (Il poussa un long soupir et détourna les yeux.) Que tu viendrais voir ta mère au cimetière.

– Il t'a dit quoi ? demanda Henley, abasourdie.

– Et aussi qu'il passerait me prendre quand je serai revenu de la piscine, samedi matin.

– Rob t'a dit qu'on irait sur la tombe de maman ? dit Henley alors que la porte s'ouvrait et qu'Eastwood entrait dans le bureau. Tu es sûr qu'il ne parlait pas de la fête du souvenir chez Simon ?

– Non. Je suis sûr qu'il parlait du cimetière. Je crois que ton frère y sera aussi.

– Bon, dit-elle en étirant la voyelle.

– C'est très bien, Anjelica.

– Je n'ai rien dit du tout.

– Ce n'était pas nécessaire. Je connais trop bien cette tête-là.

– Écoute, papa, il faut que j'y aille. Je te rappelle plus tard.

– D'accord, mon bébé. Je t'aime.

– Comment ça s'est passé ? demanda Henley à Eastwood après avoir coupé la communication.

– Je vais te dire, boss, c'était bizarre. Elle est carrément bizarre.

Eastwood approcha une chaise et s'assit devant le bureau d'Henley.

– Comment ça, bizarre ? demanda l'inspectrice en mettant à jour le rapport CRIS[1] de l'enquête.

– Je ne veux pas dire bizarre au sens de « Personne n'a envie de voir un cadavre ». À dire vrai, je n'ai aucune idée de la manière dont je réagirais dans la même situation, mais Serena Annan s'est comportée comme si c'était un simple boulot. Non, même pas : un incident contrariant au beau milieu de sa journée.

– Comment a-t-elle réagi ? Elle a pleuré ? Les gens pleurent, en général.

Henley écarta l'écran de son ordinateur afin de mieux voir Eastwood, dont le pli au front s'était creusé alors qu'elle ouvrait un paquet de biscuits au chocolat et au blé complet.

– Rien. Que dalle.

– Tu lui demandais d'identifier le cadavre de son mari, peut-être que c'était juste…

– Ça m'a paru anormal tout du long, la coupa Eastwood en dévorant un biscuit. Je ne m'attendais pas à ce qu'elle se traîne par terre en gémissant, mais elle n'a montré absolument aucune émotion. Pas une larme. Tout ce qui l'intéressait, c'était de savoir quand on organiserait une conférence de presse. Je crois qu'on devrait la mettre sur le tableau des suspects.

– On ne peut pas l'ajouter à la liste juste parce qu'elle s'est comportée un peu bizarrement pendant une identification.

1. *Crime Reporting Information System*. Base de données renfermant les détails des affaires criminelles.

– Non, je sais.
– Bon, elle l'a identifié. Autre chose ?
– Elle a demandé quand on lui rendrait le corps, comme on pouvait s'y attendre. Mais, si tu veux mon avis, elle s'intéresse davantage à la restitution des bijoux du mari.
– Qu'a-t-elle demandé ?
Eastwood compta les objets sur ses doigts.
– Montre, chaîne, alliance. Elle a dit que c'était pour les enfants, mais je crois que c'est du foutage de gueule.
– Ramouter, cria Henley. (Reportant son attention sur son ordinateur, elle ouvrit le rapport de recherche et les photos de la scène du crime que lui avait envoyées un peu plus tôt Anthony par e-mail.) Le cadavre du pasteur. Tu te rappelles avoir vu une montre, hein ?
– Ouais, répondit le jeune policier. (Il ramassa un gobelet de soupe d'un restaurant de plats à emporter et s'approcha.) Même avec tout ce sang, on ne pouvait pas la rater. C'était une Tag Heuer.
– Tu n'avais rien de plus pressé que de t'éloigner du cadavre, et tu te rappelles la marque de la montre ? s'étonna Henley.
– J'ai un truc avec les montres. Je ne peux pas me les payer mais j'aime bien les regarder.
– Attrape le rapport de fouille qui est sorti de l'imprimante.
– Qu'est-ce que je dois chercher ?
– Tous les effets personnels pris sur le corps du pasteur.
Ramouter reposa sa soupe sur son bureau et s'approcha de la table où était l'imprimante. Il s'y appuya tandis qu'il feuilletait les pages.
– Une chaîne en or de cinquante-deux centimètres, avec un crucifix incrusté de diamants. Un bracelet en or. Une chevalière sur l'auriculaire droit, lut Ramouter à voix haute. Une montre Tag Heuer, comme je disais.

(Il lâcha un sifflement bas.) C'est une Carrera. Ça vaut dans les cinq mille livres.

– Pas d'alliance, donc, conclut Henley en agrandissant la photo du corps du pasteur *in situ*. Cela ne l'aida pas. Les photos le montraient en position fœtale, la tête posée sur les bras, les doigts serrant le bord d'une nappe.

– Quel est le problème ? demanda Ramouter alors que l'inspectrice décrochait son téléphone de bureau et composait le numéro de la morgue de Greenwich.

– Serena Annan a demandé que l'alliance de son mari lui soit rendue, mais je ne me rappelle pas l'avoir vue sur le cadavre et il n'y en a aucune trace dans le rapport.

Henley leva la main quand elle obtint sa communication.

– Salut, Linh, une question rapide. Est-ce que tu as récupéré des bagues sur le corps du pasteur ?… C'est tout ?… Oui, bien sûr que tu le saurais. Merci. (Elle raccrocha.) Linh confirme qu'elle lui a retiré une chevalière en or de la main droite. Il n'avait rien à la main gauche, sauf des marques profondes en haut de l'annulaire, et des griffures sur toute la longueur du doigt, dit-elle. (Son ordinateur bipa, annonçant l'arrivée d'un e-mail.) Jette un œil. Linh a envoyé des photos.

– Quelqu'un lui a arraché son alliance ? devina Ramouter en observant un agrandissement de la main gauche du pasteur.

– D'après Linh, les griffures sont récentes.

– Ça n'est pas logique, intervint Eastwood. Pourquoi le tueur aurait-il pris l'alliance mais laissé une montre à cinq mille livres, à en croire notre spécialiste local, une chaîne en or avec des diamants et une autre bague en or, nom de Dieu ?

– Il y a aussi sa voiture à soixante mille livres garée dehors, ajouta Ramouter.

– C'est parfaitement logique, objecta Henley. Une alliance est le signe d'un engagement, c'est censé vouloir dire quelque chose. La personne qui a tué le pasteur devait le connaître assez intimement pour vouloir lui prendre ça. À quel point faut-il être en rogne pour arracher son alliance au mec qu'on vient de poignarder quarante-huit fois ?

Henley manipula sa propre alliance, qu'elle n'avait retirée que deux fois dans sa vie.

– Moi, je parie pour sa bonne femme, dit Eastwood.

– Elle l'a peut-être surpris en pleine activité illicite, dit Ramouter.

Henley leva un doigt tandis qu'elle faisait défiler ses e-mails et s'arrêtait sur l'un des derniers reçus, envoyé par le sergent détective Rickman du poste de Stoke Newington. Elle éprouva une pointe d'impatience aiguë en comprenant qu'il s'agissait sans doute du résultat de la mission de Joanna : trouver pourquoi Caleb Annan avait été arrêté puis libéré sous caution l'année précédente.

Mardi 18 février 2020, 13:07

De : Mason Rickman, Police Met, Unité Saphir

À : Anjelica Henley, Police Met, Brigade des Crimes en Série

Sujet : Caleb Silas Annan

Bonjour ID Henley,

Caleb Annan a été arrêté le mardi 12 novembre à la suite d'une plainte pour viol. La plaignante, Raina Davison, 28 ans, l'accuse de l'avoir violée en octobre. Pouvez-vous confirmer que le corps d'Annan a été identifié officiellement ?

Je vous joins le rapport CRIS, qui contient les coordonnées à jour de Davison.

Bien à vous,

SD M. Rickman

# 14

Henley se tenait avec Stanford devant la porte du bureau de Pellacia. À une époque, elle serait entrée sans vergogne, mais le surintendant affichait désormais une attitude un peu caustique et gardait délibérément ses distances avec elle. L'inspectrice aurait aimé attribuer cette hostilité aux regrets de Pellacia d'avoir couché avec elle l'année précédente, mais il n'y avait pas que cela, elle le savait. Au bout de trois ans, elle-même n'était pas encore remise de ce que lui avait fait Olivier. Il aurait été naïf de croire que Pellacia s'était détaché émotionnellement du moment où le tueur avait essayé de l'abattre, six mois plus tôt. Elle se demanda s'il suivait du doigt les cicatrices de sa poitrine quand il se tenait devant le miroir de sa salle de bains, ou s'il refusait au contraire de les regarder. S'il avait réussi à chasser le souvenir d'Olivier gravant croissant et double obèle sur son torse pendant qu'il était allongé par terre, nu, à quelques mètres du fleuve. Henley frappa à la porte deux fois et attendit.

– Ce n'est pas comme s'il n'était pas là, soupira Stanford en chassant la neige de son manteau. Il se conduit comme un vrai connard colérique, depuis un moment.

– Il a sans doute entendu ça, répondit Henley.

– Qu'est-ce que j'ai dit qui n'est pas vrai ?

– Absolument rien.

– Eh bien voilà. Par ailleurs, ton frère m'a envoyé un texto ce matin. Il voulait savoir si Gene et moi venions toujours chez lui samedi prochain, pour la fête en souvenir de ta maman.

– Tu viens, hein ? Elle t'adorait et j'aimerais bien que tu sois là.

– Bien sûr que j'y serai, et Gene aussi, sans problème. Il a hâte de voir ce que la femme de Simon a fait comme rénovations ; je n'aurais jamais dû épouser un architecte, merde. Bref, tu as le temps de prendre un verre vite fait, tout à l'heure ?

– Ouais, pourquoi pas, dit Henley en levant la main pour frapper de nouveau à la porte de Pellacia. Puis elle se ravisa et l'ouvrit.

À l'intérieur, le surintendant ne leva pas la tête. Il tapait sur le clavier de son ordinateur.

– Tu n'aurais pas pu frapper ?

– *J'ai* frappé. Deux fois.

– Qu'est-ce que tu veux ?

– Sérieux, tu vas me parler comme ça ? demanda Henley en se tournant pour refermer la porte, ignorant Stanford qui articulait en silence « *Je te le disais bien* ». Il demeura de l'autre côté de la porte, exagérément protecteur.

– Alors ? insista-t-elle.

– Je n'ai pas le temps que tu me fasses la gueule parce que je ne t'ai pas entendue frapper. Je suppose que tu es là pour me communiquer les progrès de l'enquête.

Henley prit une chaise, s'assit et ouvrit à la page huit le numéro de l'*Evening Standard* qu'elle avait apporté.

– Premièrement, le jeune de la chambre secrète est passé dans le journal, dit-elle.

L'expression de Pellacia s'adoucit un peu lorsqu'il parcourut l'article.

– Pauvre gosse, dit-il. Des réactions ?

– Pas encore, mais ça ne fait qu'une heure que le journal est sorti en kiosque et sur le Net. Les chaînes d'infos locales ont aussi commencé à diffuser notre demande d'identification.

– Est-ce que nos experts en scène de crime ont trouvé quoi que ce soit susceptible de nous donner une idée de son identité ?

– Rien du tout. Il était attaché nu comme un ver. Il n'y avait rien dans la chambre, à part une bible, de l'eau bénite, un seau et deux rats morts.

– Mais Ramouter et toi suggérez qu'il a été torturé ?

Henley croisa les bras. Il lui semblait que Pellacia aspirait tout l'oxygène du bureau.

– Tu n'as pas vu dans quel état il était.

– J'ai vu les photos.

– Mais tu ne l'as pas vu, lui. Tu ne l'as pas senti, insista-t-elle en se redressant. Tu étais ici. À faire de la paperasse.

Pellacia repoussa sa chaise, dont les pieds grincèrent sur le parquet bon marché. Henley vit passer une lueur de douleur dans ses yeux tandis qu'il se levait et ouvrait la fenêtre, laissant entrer un vent froid qui la fit frissonner. Elle savait qu'il s'agissait d'un point sensible : être coincé dans un bureau, administrateur amélioré plutôt que véritable détective.

– Et le prêtre ? demanda-t-il en allumant une cigarette.

– C'est un pasteur, pas un prêtre. Un pentecôtiste. Ils n'ont pas de prêtres.

Henley ne savait pas trop pourquoi elle avait éprouvé le besoin de se répéter.

– Quelle différence ?

– Tu es catholique. Tu le sais très bien.

– Tu l'es aussi, quoique tu n'aies jamais prêté beaucoup d'attention aux commandements.

Henley ne répondit pas. Ils avaient un accord. Ne pas parler de ce qui s'était passé entre eux l'année précédente et ne pas recommencer. Elle s'était convaincue à tort qu'il se satisfaisait du statu quo.

– En parlant de « *tu ne commettras pas d'adultère* », qui est le sixième commandement pour nous autres cathos, et le septième pour le reste des chrétiens, la femme de Caleb Annan l'a positivement identifié tout à l'heure. Par ailleurs, il fait l'objet d'une accusation de viol. Le SD Rickman m'a donné les infos de base. Une femme de vingt-huit ans, Raina Davison, a porté plainte trois fois en octobre de l'année dernière. Annan a été interrogé, il a nié le viol et déclaré qu'il s'agissait d'un rapport consensuel.

– Viol ? C'est un mobile de meurtre, apprécia Pellacia. Est-ce qu'il y a des témoins, des vidéos de sécurité, des trucs comme ça ? L'église est au bord d'une grande artère. Quelqu'un a bien dû voir quelque chose.

– Pas si notre tueur est entré par-derrière, et il semble que ce soit le cas. D'autre part, on était dimanche soir, tard. Je doute que nous trouvions des témoins.

– Tu en as un, de témoin.

Henley songea au jeune homme brisé maintenu en vie par des machines, à l'hôpital. Pour ce qu'elle en savait, elle était la seule personne à prier pour lui.

– Et je t'ai dit que son pronostic vital était toujours engagé. Je doute qu'il ait entendu quoi que ce soit. Quand je l'ai trouvé, je l'ai cru mort. On l'a tous cru mort. Avec de la chance, il survivra.

– Bon, et maintenant ? demanda Pellacia sans lever les yeux des papiers sur son bureau. Ton enquête a l'air de stagner. Ce n'est pas ce que j'ai envie d'entendre dans les premières quarante-huit heures.

– Ne commence pas, répliqua sèchement Henley, incapable de supporter une seconde de plus cette agressivité. Tu sais très bien que certaines affaires sont comme ça. Lentes. Pas d'élan naturel, mais tout le monde fait son travail, et ce serait plus facile si tu ne restais pas assis là à bouder et à balancer des piques pour la seule raison que tu es incapable de mettre de côté tes sentiments.

– Tu ne peux pas me parler comme ça, Anjelica, répondit Pellacia, empourpré. Tu ne peux pas me parler comme si je n'étais rien, comme si je n'étais pas ton patron.

– Eh bien, conduis-toi mieux. Quoi qu'il arrive… j'attends de toi que tu te conduises mieux, Stephen.

– Je ne sais pas comment tu peux…

– On s'est déjà entretenus avec Uliana Piontek, le coupa-t-elle. La femme de ménage qui a trouvé le pasteur. Ramouter part dans un moment pour interroger divers membres de l'église, et moi, je vais commencer par Raina Davison. Avec de la chance, tu ne trouveras pas qu'on stagne trop.

# 15

– Qu'est-ce que vous fichez ? Il a été assassiné dans sa propre église et vous n'avez encore rien trouvé.

La femme qui venait de parler était assise au bord de son canapé. La colère, et non le chagrin, se lisait sur son visage.

Ramouter avait envie de répondre : donnez-nous une chance. On n'est pas dans une série télé. On ne résout pas un crime en une heure.

– Je suis vraiment désolé de la perte que vous avez subie, dit-il cependant, incapable de se montrer cruel. Il tira son carnet de notes et reprit : Kristen Palmer. Vous faites partie du conseil d'administration de l'église.

– Oui.

L'intéressée renifla. Elle sortit un mouchoir du paquet posé sur ses genoux au moment où son époux, Gordon, posait sur une table basse une tasse de thé pour Ramouter.

– Oui, on est sept, dit-elle. Et depuis le premier jour.

– En fait, non, intervint Gordon. Nous ne sommes plus que cinq. Bon, et même quatre, puisque Caleb est… Bref, Derrick et Tameka Sullivan ont démissionné du conseil il y a deux mois.

– Oh oui, c'est vrai, dit Kristen. Je n'arrive toujours pas à y croire. Je pensais… Eh bien, je n'ai pas su quoi penser quand Serena m'a appelée hier soir.

– Elle vous a appelée hier soir, pas ce matin ? demanda Ramouter. Il semblait un peu étrange que Serena Annan diffuse la nouvelle du décès de son mari alors qu'elle n'avait pas encore identifié le corps.

– Oui, elle m'a appelée vers vingt et une heures hier soir. Et puis, cet après-midi, on a vu les infos, dit Kristen Palmer. Vous avez la moindre idée de qui a fait ça ?

– Je n'arrive pas à croire qu'on s'en soit pris à Caleb. Il doit s'agir d'un cinglé bourré de crack, ou quelque chose comme ça, ajouta Gordon.

– À ce stade, nous n'en savons rien, l'enquête n'en est qu'à ses débuts, expliqua Ramouter en buvant une gorgée de thé avec beaucoup trop de lait. Je voudrais vous demander combien de personnes avaient accès à l'église.

– Comment ça ? Elle est ouverte à tous, s'étonna Kristen en échangeant un regard avec son mari.

– Pardon. Je voulais dire : qui avait les clefs ?

– Oh, les clefs. Seuls Caleb et Serena les avaient.

Le policier leva les yeux de ses notes en espérant que son visage ne trahissait pas ses pensées. Uliana Piontek avait déclaré en posséder aussi un jeu.

– Personne d'autre ? interrogea-t-il.

– Non. Seulement Caleb et Serena, confirma Gordon. Le bâtiment leur appartient mais, comme vous l'a expliqué ma femme, la porte était toujours ouverte pour les services religieux et, quand elle ne l'était pas, Caleb ou Serena nous faisaient entrer.

– Le cadavre de M. Annan a été découvert par la femme de ménage, Uliana Piontek. Vous l'avez déjà vue, l'un ou l'autre ?

– Non, dit Kristen, surprise. J'ignorais que Caleb ou Serena avaient déjà engagé une femme de ménage. Des bénévoles de l'église nettoyaient après les services, en attendant les devis des entreprises de nettoyage. Il a dû oublier de nous prévenir.

– Bien, dit Ramouter. Il y a une autre question que je dois vous poser.

– À propos du jeune homme trouvé dans l'église ? demanda Gordon, mal à l'aise, en prenant la main de sa femme. Nous ne savons rien du tout à son sujet. J'ai vu sa photo dans le journal, tout à l'heure, et nous ne le connaissons pas.

– Quand vous êtes-vous rendus à l'église pour la dernière fois ? demanda le policier.

– Dimanche après-midi, pour le service religieux. Nous devions y tenir notre réunion hebdomadaire demain soir, dit Gordon.

– Parfait. Vous avez été tous les deux très coopératifs. Un membre de notre équipe vous contactera prochainement.

– Pourquoi ça ? demanda Kristen en regardant son mari, inquiète.

– Vous n'avez pas à vous inquiéter, assura Ramouter. Nous allons demander des échantillons d'ADN à tous les fidèles de l'église.

– Sans doute seulement pour pouvoir exclure nos traces de l'enquête, afin de trouver le... l'assassin de Caleb, dit Gordon à sa femme. N'est-ce pas, détective ?

– Je n'arrive toujours pas à y croire, soupira Kristen en fondant en larmes. Je n'y arrive pas.

– Bien, je vais vous laisser, dit le policier. (Il termina son thé.) Vous avez mon numéro si quoi que ce soit vous revient. Un mot d'avertissement : à présent que le nom de Caleb a été communiqué à la presse, vous risquez de recevoir la visite de journalistes. C'est le genre d'affaire qui suscite leur intérêt, alors prévenez-moi si jamais quelqu'un vous harcèle.

Gordon hocha la tête.

– Nous ferons tout pour vous aider, dit-il. Pour l'instant, nous ne pouvons que prier pour la famille.

Ramouter vérifia que le portail des Palmer était bien fermé avant de s'éloigner. S'étant attendu à trouver Gordon et Kristen aussi agressifs que Serena Annan, il avait été surpris par leur franchise et leur naïveté quand ils évoquaient leur implication limitée mais réelle dans le fonctionnement de l'église.

Dans un froid mordant, il prit le chemin de la gare. Moins d'une minute plus tard, les phares d'une voiture de police l'éblouirent. Au moment où elle le dépassait, il croisa le regard de l'agent assis sur le siège du passager. Ramouter pressa le pas mais ne put échapper à l'inévitable crissement sonore des pneus. La rue s'emplit soudain de lumières bleues clignotantes.

– Hé, toi, stop ! cria le premier agent. Ramouter plongea les mains dans les poches de son manteau, cherchant sa carte de police, et continua à marcher. Il trouva un paquet de pastilles aux fruits à moitié vide, une carte de fidélité d'un commerce, mais pas de carte professionnelle.

Les muscles de son bras se crispèrent quand l'agent l'empoigna par le coude et le força à se retourner.

– Tu n'as pas entendu ? J'ai dit stop. Ton nom ?

– Pourquoi avez-vous besoin de le savoir ? demanda Ramouter en mémorisant le numéro inscrit sur l'épaule de son interlocuteur. Les deux policiers en uniforme paraissaient avoir à peu près le même âge que lui, mais ils étaient arrogants et semblaient se croire tout permis.

– Il t'a posé une question, intervint le deuxième, qui porta la main à son épaule pour masquer son numéro, tout en empoignant sa radio. Ramouter chercha des yeux les caméras-piétons que tous les agents portaient sur la poitrine : les petits voyants rouges signalant l'enregistrement étaient éteints.

– Je n'arrive pas à croire que vous jouiez vraiment à ça, tous les deux, dit-il en tentant de se rappeler où il avait mis sa carte de police.

– On t'a demandé de t'arrêter et tu n'as pas obtempéré. Là, on te demande ton nom et tu refuses de le donner, reprit le premier agent, dont la main dérivait vers la ceinture, où se trouvait sa matraque.

– Et vous, vous vous appelez comment ? interrogea Ramouter en déboutonnant son manteau et en plongeant la main dans sa poche intérieure.

– Sors tes mains de tes poches. (Le premier agent le fit pivoter.) Je vais te fouiller. Il y a eu un hold-up, et tu corresponds à la description d'un homme de type sud-asiatique au comportement suspect dans le quartier.

– Ton nom ! cria le second en se postant bien en face de Ramouter, assez près pour lui faire sentir son haleine chargée de café aigre.

– Agent détective Salim Ramouter, attaché à la brigade des crimes en série. Maintenant, lâchez moi et arrêtez de me souffler dans le nez, bordel.

Ramouter vit le premier policier hésiter. Il déclara pourtant à son collègue :

– C'est des conneries.

– J'ai déjà mémorisé votre numéro d'épaule, mon vieux, dit Ramouter en plongeant de nouveau la main dans la poche intérieure de son manteau. Trouver le cordon accroché à sa carte professionnelle lui apporta un grand soulagement.

– EP 2816, donc je n'aurai pas beaucoup de mal à déterminer le nom de votre crétin de partenaire.

Ramouter entendit un bus à deux niveaux s'arrêter le long du trottoir et imagina ce qui se passait à l'intérieur, les passagers essuyant la buée des vitres et levant leur téléphone pour filmer la scène.

– Merde, dit le premier agent en lâchant prise et en reculant d'un pas.

– Votre nom, maintenant ? exigea Ramouter.

– Agent Douglas, répondit-il sur un ton fort peu conciliant, ce qui mit encore plus son interlocuteur en colère.

– Vous avez brisé toutes les règles de la section A du Code de conduite, dit-il. Et après, vous vous demandez pourquoi les gens ont un problème avec la police.

– Écoutez, mon vieux, c'est…

– Je ne suis pas votre vieux.

– Écoutez, il n'y a pas de mal. On faisait notre boulot, c'est tout.

– Ne me sortez pas cette connerie-là. Vous ne vous êtes souciés ni l'un ni l'autre de brancher votre caméra-piéton. Vous faisiez tout sauf votre boulot. Maintenant, tirez-vous.

Ramouter était encore exaspéré quand ils remontèrent dans leur voiture et s'éloignèrent. Il se demanda s'il devait ou non déposer une plainte officielle, puis il songea à toutes les fois où il avait été contrôlé par la police sans disposer d'une carte professionnelle ni d'un statut de policier en guise de bouclier. Les protestations sonores de bien des jeunes Noirs ou Asiatiques n'ayant pas cette chance avaient été ignorées, ridiculisées ou qualifiées de réactions exagérées. Ramouter savait qu'il les trahirait tous s'il laissait les deux agents s'en tirer sans rien dire. Sa décision aurait dû être facile, mais il en pesait toujours les conséquences possibles quand il pénétra dans la gare.

# 16

Henley, assise à leur table habituelle de la Taverne, attendait Stanford. Elle avait pris un siège face à la porte, naguère celui de son ancien patron, Rhimes, premier chef de la brigade des crimes en série – qui affirmait ne pas vouloir être surpris par un assassin décidé à le poignarder dans le dos. L'inspectrice sentit des larmes lui piquer les yeux. Son chagrin s'apaiserait peut-être, mais la mort de Rhimes lui faisait encore mal. Les habitués du pub, qui connaissaient bien Henley et l'équipe de la SCU, restaient à l'écart, ne voulant pas être vus en train de discuter avec des policiers.

– Une double vodka-tonic pour toi, parce que tu as l'air d'en avoir besoin, déclara Stanford en déposant sur la table sa pinte et la consommation de son ancienne partenaire.

– Merci.

Elle prit en main son grand verre et but une longue gorgée.

– Vu ta tête, j'aurais dû la prendre triple. (Stanford ouvrit un sachet de chips au fromage et à l'oignon.) Qu'est-ce qui ne va pas ?

– Je suis furieuse contre Rob.

– Tu disposes de toute mon attention, dit-il en se redressant sur sa chaise. Pourquoi es-tu fâchée contre ton cher et tendre ?

– C’est juste que… Je sais qu’il croit bien faire, mais…

– Mais quoi ? Qu’est-ce qu’il a fait ?

– Il a tout organisé pour qu’on aille sur la tombe de maman samedi matin.

– Pourquoi ça ? demanda Stanford, dont le ton passa de la jovialité à un mélange d’inquiétude et de colère. Tu n’es pas prête. Si je le sais, moi, il doit bien le savoir aussi, non ?

– Je dois surréagir. Peut-être que Rob n’en est pas conscient, dit Henley.

– Pourquoi lui trouves-tu des excuses ? Il le sait très bien, mais il choisit de l’ignorer. Ça ne le regarde pas. Il faut qu’il te laisse gérer ton chagrin à ta manière et à ton rythme.

– Sauf que je ne le gère pas, soupira-t-elle tristement.

– Arrête de douter de toi, dit fermement Stanford. Tu veux que je lui en touche deux mots ? J’en serais enchanté.

– Non, ne fais pas ça. Je n’ai pas besoin d’un problème de plus.

– L’offre reste valable quand tu veux, répondit-il. Il entoura Henley d’un bras et lui posa la main sur l’épaule.

– Où sont les autres ? demanda-t-elle quand les portes du pub s’ouvrirent et que deux jeunes femmes entrèrent, apportant avec elles le souffle du vent d’hiver.

– Eastie termine un coup de téléphone, Ezra a dit qu’il serait là dans dix minutes, Joanna est rentrée chez elle pour fêter l’anniversaire de son mari, et Ramouter est en route.

– Tu n’as pas prévenu Pellacia ?

– Non, il se conduit comme un vrai con, rétorqua Stanford.

Henley ne le contredit pas.

– J’essaie de ne pas l’accabler : il veut juste que le travail soit fait. Il subit énormément de pression. Il dirige la SCU tout seul, et il doit se battre pour arracher le moindre sou aux grands patrons.

– Pourquoi es-tu aussi protectrice ? demanda-t-il en sirotant sa pinte. On croirait que tu te sens coupable de quelque chose ?

– Oh, regarde, dit-elle, soulagée de voir entrer Ramouter, suivi d'Eastwood et d'Ezra.

– Sauvée par le gong. (Stanford eut un large sourire.) Mais tu ne t'en sortiras pas si facilement que ça.

– Ma tatie Maureen a fréquenté l'église de ta victime, annonça Ezra en essuyant la moustache de mousse laissée par sa pinte de Guinness. Elle m'a appelé tout à l'heure, après avoir vu les infos.

– Qu'est-ce qu'elle en dit ? demanda Henley. C'est une habituée ?

– Bof, non. Elle cherche toujours l'illumination spirituelle. L'été dernier, elle a été bouddhiste pendant cinq minutes.

– Mais qu'est-ce qu'elle dit de l'église ? répéta l'inspectrice, en l'encourageant d'un coup de coude.

– Elle dit que, de toutes celles qu'elle a fréquentées, c'est la seule où le lecteur de carte bancaire circule avec la corbeille de la quête.

– Sérieux ? demanda Stanford en tapotant de sa propre carte de crédit son verre vide.

– Tatie Maureen dit qu'elle s'apprêtait à donner une ou deux livres, ce qui est énorme pour elle parce qu'elle est plutôt pingre, mais que les gens lâchaient des billets de vingt et de cinquante, voire payaient par carte.

– Pourquoi est-ce si surprenant ? demanda Ramouter en observant les visages interloqués de ses collègues.

– Tu n'es jamais allé dans une église catholique ou anglicane normale ? Les gens jettent une ou deux pièces dans la corbeille, au mieux un billet de cinq, répondit Eastwood. (Elle prit la carte des mains de Stanford.) T'es un flemmard et t'es chiant, dit-elle en se levant pour aller commander au bar.

– Ça fait une éternité que je ne suis pas allé au gurdwara, avoua Ramouter.

– C'est quoi, un gurdwara ? demanda Ezra.

– Un temple sikh. On fait des offrandes, par exemple de la nourriture, et on peut aussi donner de l'argent, mais personne ne se trimballe avec une machine à carte. Je ne me rappelle pas avoir vu d'argent à l'église. L'assassin d'Annan a peut-être tout embarqué.

– Ça m'étonnerait, dit Henley en baissant la voix. Quarante-huit coups de poignard, c'est un peu exagéré si on veut seulement voler du fric. Le meurtre paraît intentionnel, et le fait que la seule cible du tueur ait été Caleb Annan expliquerait pourquoi le jeune homme de l'étage n'a pas été dérangé. Il nous faut juste déterminer le mobile. Comment ça s'est passé avec les gens du conseil d'administration, au fait ?

– Gordon et Kristen Palmer. Très gentils. Absolument inutiles, mais très gentils, répondit platement Ramouter.

– Qu'est-ce qu'il y a ? demanda-t-elle en remarquant son expression soudain sombre, le subtil changement d'atmosphère qui accompagnait sa réponse. Depuis six mois qu'ils travaillaient ensemble, elle avait appris à reconnaître ses sautes d'humeur, mais le voir retenir une préoccupation qui le rongeait était une nouveauté.

– Qu'est-ce que j'ai raté ? demanda Eastwood qui revenait avec la tournée.

– Ce n'est rien, dit Ramouter en lui prenant sa pinte.

– Il y a clairement quelque chose, insista Henley. Tu as l'air bouleversé, et je doute que ce soit à cause de ton entretien avec les Palmer.

– Bon, capitula le jeune policier, la voix basse et emplie de colère. Deux flics trop zélés ont voulu m'arrêter et me fouiller.

– Toi ? s'exclama Ezra. Ils t'ont arrêté, toi ?

– Ouais.

– Et tu es poli. Par trop zélés, tu veux dire racistes, hein ? compléta Ezra sur un ton neutre. Qu'est-ce qu'ils ont trouvé ? Je parie que tu correspondais au signalement d'un suspect.

– Apparemment, il y avait eu un hold-up dans le quartier.

– On est à Londres. Quand est-ce qu'il n'y a pas de hold-ups ?

– Je suis vraiment désolé, vieux, dit Stanford.

– De quoi t'excuses-tu ? demanda Ezra. Tu n'es pas un crétin comme certains autres. Je ne parle plus de fouille au corps mais d'écrasement au corps, parce que c'est exactement ce qu'ils font : ils t'écrabouillent sur le capot. J'en suis à vingt-six contrôles. Ils m'ont même chopé une fois alors que je venais travailler. Devant un poste de police. J'aurais voulu que vous voyiez leur tête quand Rhimes est arrivé.

– Il les a forcés à présenter des excuses ? s'enquit Henley dans le silence qui s'était abattu sur la table.

– Et comment, dit Ezra en souriant. Bande de guignols.

– Alors, tu comptes donner suite ? demanda-t-elle à Ramouter.

– J'y réfléchis.

– N'en reste pas là. Agis, l'encouragea Henley.

– Ce n'est pas si facile. Dénoncer des collègues.

– Les deux qui t'ont arrêté ne sont pas tes collègues, affirma Stanford, sévère. Tu ne leur dois rien. Nous, on est tes collègues – et même plus : on est tes potes.

– Hé, Ramouter, je crois que c'est sa manière de te dire qu'il t'aime bien, lança Ezra.

– Va te faire voir, lui renvoya Stanford sans animosité. Tout ce que je veux dire, c'est qu'il ne doit rien du tout à ces abrutis.

– Tu te rappelles quand je me suis fait arrêter, moi ? demanda Henley à son ancien partenaire, qui plissa les lèvres à ce souvenir.

– Tu venais de réussir ton examen de sergente, dit-il.

– Ouais, et aussi de passer quatre heures à Tottenham avec des témoins, à identifier des suspects. Je me suis fait arrêter à cent mètres du poste. (Henley voyait encore les visages des agents responsables.) D'abord, ils m'ont accusée de conduire dangereusement. Ensuite, ils ont dit que ma bagnole était fichée en association avec des armes à feu.

– Tu leur as dit que tu étais de la police ? demanda Eastwood, incapable de dissimuler sa stupéfaction choquée.

– Bien sûr, répondit l'inspectrice. À ce moment-là, ils m'ont accusée d'usurpation d'identité. J'étais furieuse, et je leur ai dit de vérifier mon nom et l'immatriculation de ma bagnole.

– C'était la voiture banalisée du CID de Lewisham, dit Stanford avec un sourire.

– Des salopards finis. Ils m'ont fait des excuses à contrecœur et ils se sont barrés.

– Tu as déposé une plainte ? demanda Ramouter.

– Non, répondit Henley. (Elle sentait toujours la chaleur lui monter au front, après toutes ces années.) J'aurais dû, mais j'ai eu peur de faire des vagues. Tu imagines les étiquettes qu'on m'aurait balancées ? Une sergente détective noire accusant deux agents blancs de contrôle au faciès ? On aurait dit que j'étais en colère, trop sensible, chochotte, on m'aurait traitée de balance. Personne n'a envie de subir ça.

– Bordel de merde. Pas du tout de pression sur Ramouter, alors, dit Ezra en abattant sa pinte vide sur la table dans un geste théâtral. Tu vas le faire, ou pas ?

– Oui, je crois que oui, dit Ramouter.

– Bien. Revenons-en aux Palmer, reprit Henley pour s'efforcer de rendre un semblant de normalité à la soirée.

– Kristen et Gordon Palmer m'ont quand même dit un truc intéressant, répondit Ramouter. Caleb et Serena Annan étaient seuls à disposer des clefs de l'église. Aucun membre du conseil d'administration ne les a.

– En quoi est-ce un problème ? demanda Stanford.

– Dans sa déposition initiale puis pendant notre entretien, Uliana Piontek a déclaré avoir son propre jeu de clefs, expliqua l'inspectrice.

– Ça ne veut peut-être rien dire, mais pourquoi donner les clefs à quelqu'un qu'on ne connaît que depuis quelques mois, même si c'est la femme de ménage, alors que tout le monde doit sinon utiliser l'interphone ? souligna Ramouter.

– Elle n'est peut-être pas seulement femme de ménage, suggéra Ezra.

– Qu'est-ce que tu veux dire ? demanda Henley.

– C'est une question de bon sens. Ceux qui s'occupent d'administrer l'église n'ont pas le droit d'entrer sans montrer patte blanche au pasteur, mais il donne un trousseau à quelqu'un qu'il connaît depuis cinq minutes, juste pour que cette personne passe l'aspirateur deux jours par semaine ? Et puis quoi ?

– Peut-être… Je me fais l'avocate du diable, mais peut-être voulait-il seulement lui simplifier la vie, intervint Eastwood.

– Mais il ne l'a pas autorisée à aller partout, contra Ezra. C'est une affaire de contrôle, non ? En lui confiant les clefs, il lui donne l'impression d'avoir du pouvoir, alors que c'est lui qui tire toutes les ficelles.

– Pas faux, acquiesça Henley en se calant au fond de son siège.

– Merci, boss, dit l'informaticien, très fier. Tout ce qui te reste à faire, c'est déterminer pourquoi Caleb Annan voulait tirer les ficelles de sa femme de ménage.

– Alors, tu as cru que si tu t'adressais directement à mon père, il me serait impossible de dire non ? demanda Henley quand Rob entra dans leur chambre. Elle ôta ses vêtements et les jeta dans le panier à linge sale.

– Qu'est-ce que tu racontes ? répondit son mari.

– Le cimetière. Je t'ai dit que je ne voulais pas, mais tu es allé voir mon père.

– Ça ne s'est pas passé comme ça. On discutait, et il m'a dit qu'il voulait y aller.

– Tu aurais pu m'en parler avant, dit-elle à voix basse, peu désireuse de réveiller Emma. Tu l'as dit aussi à Simon ? Parce que papa a l'impression qu'il doit venir.

– Non, je ne lui ai rien dit, assura Rob. Mais j'ai discuté avec Mia et…

– Oh, super. Tu la charges de faire ton sale boulot.

Henley s'assit au bord du lit pour attendre que sa colère se dissipe.

– Tu n'es pas toute seule, Anj. Tu as toute une famille qui a perdu la même personne que toi. Même Mia admet que tu as besoin de…

– Ne parle pas à ma belle-sœur de ce dont j'ai besoin. Tu n'en pas la moindre idée, trancha-t-elle avant de se précipiter dans la salle de bains. Elle ouvrit le robinet de la douche et, assise sur la cuvette des toilettes, laissa la pièce s'emplir de vapeur. Elle espérait pleurer, se débarrasser ainsi du chagrin qui lui laissait en permanence un poids mort sur l'estomac, mais les larmes refusèrent de venir.

Passant sous la douche, elle aperçut son reflet dans le miroir. Les fossettes sur le côté droit de sa bouche s'étaient creusées. La petite cicatrice de sa joue ressemblait à une flèche pointée vers les cernes noirs sous ses yeux. L'inspectrice laissa l'eau brûlante se déverser sur elle. Elle avait besoin de ressentir quelque chose, tout sauf sa colère, et de ralentir le tourbillon des pensées dans sa tête. Toutes ses frustrations étaient dues aux hommes qu'elle côtoyait. Elle était furieuse de n'avoir pu faire davantage pour Ramouter. Donner des conseils ne suffisait pas, mais elle ne savait trop ce qu'elle pouvait faire d'autre pour l'aider à combattre les préjugés encore majoritaires dans leurs vies personnelle et professionnelle. Furieuse, elle l'était aussi d'avoir envie de se tourner une fois de plus vers Pellacia, qui l'avait toujours soutenue dans les moments difficiles. Et puis il y avait son mari. Elle ne pouvait se défendre de l'impression que Rob était décidé à la faire aller sur la tombe de sa mère pour exercer sur elle une forme de contrôle, ce qui lui faisait peur car c'était toujours le premier pas vers un comportement coercitif. Elle devait absolument trouver le moyen de reprendre la maîtrise de son couple et d'elle-même.

# 17

Le bandeau l'aiderait à se calmer, lui avait-on dit, mais elle ne connaissait aucune paix. Elle souffrait. Elle avait accueilli avec joie l'obscurité quand on lui avait bandé les yeux, mais ses larmes et la transpiration salée de son cuir chevelu avaient humidifié le tissu bon marché. Elle avait en outre tant remué sur l'oreiller sale que le bandeau s'était détendu, découvrant son œil gauche. La croûte jaune formée aux coins de ses paupières les avait presque collées. Quand elle les força à s'ouvrir, elle sentit ses cils fins se déchirer à la racine, mais elle resta incapable de s'accoutumer à l'obscurité, s'efforçant de suivre les ombres vacillantes que projetaient les cierges dans un coin de la pièce.

Tous ses muscles étaient raides, et une insupportable odeur de lait aigre montait des draps tachés. Elle avait besoin d'aide, voilà tout.

*Pourquoi est-ce qu'ils ne m'aident pas ? Pourquoi est-ce qu'ils me font du mal ?*

Une vague de panique monta dans sa poitrine quand elle sentit quelque chose glisser le long de ses jambes puis mordre ses mollets meurtris. Elle voulut s'écarter mais la corde cisailla un peu plus ses chevilles enflées.

– Où est-il ?

Elle tenta de se tourner vers les voix, mais les fragments de sa vertèbre cervicale fracturée comprimèrent et pincèrent un nerf dans sa moelle épinière. Elle poussa un cri rauque quand une douleur aiguë, comme si on lui enfonçait des aiguilles chauffées au rouge, dévala son dos jusqu'à ses fesses, et elle ne put s'empêcher de se contorsionner comme une possédée. Ses muscles affaiblis ne purent retenir le torrent d'excréments liquides qui jaillit de ses intestins. La souffrance cuisante la tétanisait, si bien qu'elle se retrouva figée à l'instar d'une marionnette cassée prise dans du ciment.

– Mon Dieu. C'est dégoûtant. Regarde-moi ça.

Elle tentait de hurler « Écartez-vous de moi ! Ne me touchez pas ! » lorsqu'elle entendit la voix qui pénétrait ses cauchemars. Cette voix toujours présente. Entêtante, menaçante, même quand elle était seule.

– Je vous avais dit de m'attendre. Vous n'auriez pas dû commencer sans moi.

– Oh, arrête. On dirait qu'il n'y a que toi de compétent. Si on avait attendu plus, il aurait été trop tard.

Elle sentit la chair de poule l'envahir : on venait d'entrouvrir la fenêtre derrière elle et l'air glacé soufflait sur son corps presque nu. Une main lui empoigna la mâchoire sans qu'elle puisse l'en empêcher. Quand on lui tourna la tête vers la gauche, une autre vague de douleur descendit le long de son corps, du côté droit.

– Tu me remercieras.

On lui remonta le bandeau sur les yeux sans qu'elle résiste : elle désirait l'obscurité. Mais cela ne l'empêcha pas de sentir ce qui se produisit ensuite.

# 18

Sept heures, un mercredi matin. Marcia Whittaker se tenait dans la cuisine avec une bouteille de vodka dans une main, une brique de jus de canneberge dans l'autre, et, sur le plan de travail, les copies à corriger d'un examen blanc d'histoire de terminale. Ayant essayé de boire le café qu'elle avait fait un peu plus tôt, et qui refusait de lui rester dans l'estomac, elle leva la bouteille de vodka à la lumière. Un litre acheté le dimanche précédent en revenant de l'église. Marcia vida ce qui en restait dans son verre de jus de fruit, chassa la culpabilité et but pour trouver le soulagement. Elle n'en évita pas moins de regarder son reflet dans la vitre étincelante du placard de la cuisine.

– Bon. Allez, on se reprend, dit-elle à voix haute. Elle ramassa la bouteille de Smirnoff vide et la jeta dans la poubelle, où elle l'entendit heurter deux bouteilles de vin tout aussi vides. Elle savait qu'elle buvait trop, mais comment faire autrement ? Elle avait besoin de paix. Même d'une paix provisoire.

Marcia entra dans le salon, pieds nus, et alluma la télévision. Évitant de regarder les photos exposées sur le manteau de la cheminée, elle monta le son alors que les infos nationales s'achevaient et que commençaient les infos locales. L'image d'un jeune homme blessé, couvert de tuyaux mais cependant identifiable, emplit l'écran. Le présentateur appelait quiconque connaissait cette personne, pour le moment aux soins intensifs de Lewisham Hospital, à se faire connaître. Les hurlements de Marcia parurent étrangers à ses propres oreilles. Le verre lui échappa et se fracassa par terre en éclats tranchants qui se plantèrent dans ses pieds quand elle marcha vers la télévision. Elle ne sentit aucune douleur. Hurlant à nouveau, elle tomba à genoux et se mit à prier.

C'était lui.

# 19

Un Pellacia impatient, assis sur une chaise devant le bureau de la commandante du *borough,* au poste de police de Lewisham, relisait le sms arrivé sur son téléphone, incapable de mettre de côté un mélange d'agacement et de peine.

**La fête pour maman a lieu samedi et la SCU y sera. Quoique l'invitation soit ouverte, ce ne serait sans doute pas une bonne idée que tu viennes.**
**Je sais que tu vas sans doute te sentir exclu, désolée.**

On devait reconnaître une chose à Henley, c'était sa franchise brutale, mais il ne pouvait s'empêcher de lire entre les lignes. Elle ne disait pas qu'elle ne voulait pas qu'il vienne, seulement que ce ne serait pas une bonne idée. Pellacia ne pouvait se mentir : le rejet faisait mal.

Il tenta sans succès de retenir un bâillement. L'épuisement lui donnait des démangeaisons. Il n'avait pas eu une bonne nuit de sommeil depuis six mois : les cauchemars d'Olivier gravant des symboles dans son torse nu alors qu'il ne cessait de perdre et de reprendre connaissance troublaient encore son sommeil.

La rue ne parlait que de l'assassinat du pasteur Caleb Annan et le bruit était parvenu aux oreilles de Laura Halifax, la députée de Lewisham et Deptford.

– Je n'avais vraiment aucune envie de vous traîner ici. Nous n'avons ni l'un ni l'autre de temps à perdre, dit la surintendante-chef Geraldine Barker, commandante de *borough* pour l'unité sud-est, nommée après la démission soudaine du surintendant-chef Larsen.

– Ce n'est pas grave, madame, assura Pellacia.

– Je vous en prie, lâcha Barker en repoussant une mèche de cheveux gris et en s'asseyant de l'autre côté de la petite table de conférence, dans son bureau, au cinquième étage du poste de Lewisham. Gardez le « madame » pour quand notre *chère* députée arrivera. Elle a fait beaucoup de bruit à propos des progrès de votre enquête.

– Laquelle ? Nous en avons deux en cours. L'assassinat de Caleb Annan et la tentative d'assassinat du jeune homme trouvé dans l'église.

– Est-ce qu'il a été identifié ?

– Pas encore, mais l'appel à témoins n'a été diffusé qu'hier : avec un peu de chance, on aura une piste avant ce soir.

– Eh bien, j'espère qu'il ne tardera pas à en sortir quelque chose, mais ce n'est pas pour ça que vous êtes ici ce matin. Laura Halifax semble uniquement intéressée par Caleb Annan.

– L'enquête n'est commencée que depuis deux jours. Pour l'instant, on n'a rien du tout, à part un cadavre froid à la morgue.

– Que pense l'ID Henley ? Crime passionnel ? Cambriolage raté ?

– Elle a fermement éliminé l'hypothèse du cambriolage, et je lui donne raison, dit Pellacia. Que la victime ait été poignardée quarante-huit fois suggère un crime passionnel, mais vous connaissez Anj… pardon, l'ID Henley : elle ne se laissera pousser dans aucune direction si les indices ne l'y conduisent pas, et elle ne sera certainement pas du tout satisfaite de… eh bien, de ce qui va se passer ici.

– Non, répondit Barker en consultant sa montre, et c'est pourquoi j'ai jugé préférable de la garder concentrée sur l'enquête, au lieu de…

Elle fut interrompue par des coups légers à la porte, qui s'ouvrit ensuite doucement. Pellacia lissa sa cravate et se leva quand on escorta Laura Halifax dans la pièce.

– Surintendante-chef Barker, salua la députée en prenant place à la table. Je vous remercie d'avoir accepté de me recevoir si tôt. Ma permanence du matin avec mes administrés commence à neuf heures et demie et j'ai pour principe de ne jamais arriver en retard.

– Parfait, dit Barker, plus sèche et réservée que cinq minutes auparavant. Je vous présente le surintendant détective Stephen Pellacia.

– Vous dirigez la brigade des crimes en série, dit Halifax en souriant à Pellacia et en lui serrant la main. Je ne crois pas vous avoir jamais vu aux réunions de la circonscription depuis que je suis députée.

– Non, en effet, répondit-il. Les horaires ne m'ont pas permis d'y venir.

– Bien, s'immisça Barker. Le pasteur Caleb Annan. C'est la raison de votre présence ici.

– Oui, dit Halifax en sortant et ouvrant son iPad. Vous le savez, la nouvelle de son atroce assassinat s'est répandue comme une traînée de poudre, et je crains que la communauté locale, notamment la famille de M. Annan, n'ait exprimé sa contrariété.

– Le pasteur Annan et sa famille habitent Shooters Hill, remarqua son interlocutrice. Le quartier ne fait pas partie de votre circonscription.

– C'est parfaitement exact, répondit la députée, toujours souriante. Mais l'église d'Annan le Prophète en fait partie, elle, tout comme bon nombre de ses fidèles, lesquels ne sont pas très contents, en particulier Mme Annan, et je ne peux pas dire que je leur donne tort.

Pellacia s'adossa à sa chaise, se félicitant de n'avoir pas parlé à Henley de cette réunion. Elle aurait apporté des réponses aussi sèches que précises.

– Mme Annan n'a identifié son mari qu'hier matin, et un communiqué officiel a été délivré par l'inspectrice Henley dans l'après-midi. À ce premier stade, c'est nous qui dépendons de la communauté locale pour nous aider.

– Et les témoins ? Ils ont sûrement fait progresser votre enquête ? s'enquit Halifax.

– De quels témoins parlez-vous ? demanda prudemment Pellacia.

– D'après le rapport, le corps de M. Annan a été trouvé par une femme, et il y avait un autre homme sur les lieux. J'ai cru comprendre que la détective en charge de l'enquête l'a découvert dans l'église et qu'il est à présent en soins à Lewisham Hospital.

– La femme n'a pas été témoin de l'assassinat de Caleb Annan, et il aurait été impossible au jeune homme dont vous parlez d'y prendre part.

– Mais…

– Excusez-moi, mais je ne suis pas prêt à donner le moindre détail supplémentaire à propos de l'affaire Annan, dit Pellacia d'une voix égale. Tout ce que vous devez savoir à ce stade, c'est que, tant que les indices ne prouvent pas le contraire, ce jeune homme est une victime, et que nous faisons notre possible pour l'identifier.

– C'est bien le problème. Non, pardon, problème n'est pas le mot qui convient, reprit la députée sur un ton prouvant qu'elle n'était pas disposée à jouer le jeu selon ses règles. C'est bien ce qui nous inquiète.

– Qu'est-ce qui vous inquiète dans le fait que cette victime soit identifiée ? s'enquit Pellacia en changeant de position sur sa chaise.

– Eh bien, cela semble constituer le point principal de votre enquête, répondit Halifax en se penchant pour saisir sa tasse de café. Mme Annan est extrêmement préoccupée par le fait qu'on n'accorde pas assez d'attention à son mari, car elle…

– Donc Mme Annan vous a appelée pour se plaindre ? interrompit Barker.

– Je connais la famille depuis de nombreuses années, expliqua Halifax. Compte tenu de ma fonction, il est tout à fait compréhensible qu'elle se soit adressée à moi.

– Quel est son problème exactement ? demanda Pellacia en la regardant dans les yeux.

Le sourire de la députée disparut. Elle but une gorgée de café et plissa le nez de dégoût avant de se tourner vers Barker.

– Imaginez-vous ce qu'elle a éprouvé hier soir, quelques heures après avoir identifié le corps du pasteur, quand elle a regardé les nouvelles locales, ouvert les journaux, et qu'elle s'est retrouvée littéralement bombardée d'images du jeune homme trouvé dans l'église et de demandes d'informations à son sujet, alors qu'on ne parlait absolument pas de son mari ? Son mari *assassiné* ? Je ne suis pas ici pour vous apprendre votre métier…

– Bien sûr que non, marmonna Pellacia dans un souffle, tout en regardant Barker boire lentement son propre café.

– Ce qu'elle traverse est déjà traumatisant, mais sentir que l'affaire de son mari, pourtant une affaire de meurtre, est considérée comme secondaire ou sans importance…

– Cela fait deux jours, et nous avons tenu Mme…

– Il y a eu un communiqué. Un seul, coupa Halifax en reportant son attention sur Pellacia. Et cela ne suffit pas. Le pasteur Annan était un membre respecté de la communauté : sa famille et mes administrés aimeraient que des actes soient posés. Je suis d'ailleurs surprise que l'inspectrice Henley ne soit pas venue.

– Elle est très occupée à enquêter sur un meurtre et une tentative de meurtre, répondit sèchement Barker. Bon, arrêtons les bêtises. Qu'est-ce que vous suggérez exactement ?

– Je suggère que la police locale et la SCU prennent bien garde à ne pas enflammer les tensions de la communauté.

– Quelles tensions ? Cela fait deux jours. Écoutez, Laura, ce n'est pas un problème de Noirs et de Blancs. Le problème, c'est « j'ai à l'hôpital un type non identifié et à moitié mort, tiré d'une chambre verrouillée dans l'église de votre pasteur raide mort », renvoya la surintendante-chef.

– Je ne parlais pas de tensions raciales, dit Halifax sans se démonter. Je me contente d'énoncer des faits. Il y a une disparité claire et évidente, même à ce stade précoce, dans la manière dont vous conduisez votre enquête, et Mme Annan en est choquée.

– Je pense que c'est exactement de cela que vous parliez, insista Barker. Selon vous, le surintendant détective Pellacia et la brigade des crimes en série donnent la priorité à l'homme non identifié parce qu'il se trouve être blanc, alors que M. Annan était noir.

– Un Noir qui avait déposé six plaintes à l'IOPC[1] parce qu'il avait été arrêté trente-cinq fois en trois ans. Absolument rien n'est sorti de ces plaintes.

– Est-ce que vous suggérez sérieusement que mon équipe néglige l'enquête en raison de plaintes déposées à l'IOPC ?

– Je n'ai rien suggéré de tel, contra la députée. Ce qui dérange Mme Annan est que l'ID Henley semble s'intéresser davantage au jeune homme qu'à un membre de sa propre communauté, et…

1. *Independant Office for Police Conduct*, équivalent de notre IGPN.

– Ne commettez pas l'erreur de croire que l'ID Henley n'est pas dévouée ou qu'elle ait de quelconques préjugés. Elle n'accorderait de traitement préférentiel à personne pour des questions raciales.

Pellacia s'efforçait de ne pas laisser exploser sa colère. Il se sentait tenu de protéger Henley, absente, qui n'aurait en aucun cas supporté les insinuations de Laura Halifax.

– Je ne permettrai pas qu'on dise le contraire, appuya Barker. Ces suggestions nuisent davantage à la communauté que votre perception de la manière dont la SCU conduit son enquête.

– Je vous informe seulement des inquiétudes de mes administrés et de la famille Annan, dit Halifax avec une surprise apparemment sincère. Un père de famille a été brutalement assassiné et les Annan ne se sentent pas soutenus.

– Les Annan disposent du support d'un agent de liaison avec la famille et d'un contact direct avec l'ID Henley, répliqua la surintendante-chef.

– Mais pas d'une couverture médiatique. Au lieu de cela, c'est un jeune homme blanc qui en profite. Comme toujours.

Pellacia se demandait à quel point la députée se préoccuperait de la couverture médiatique si elle savait que Caleb Annan avait été arrêté pour viol.

– Vous devriez être la première à savoir que les médias sont parfois capricieux et dangereux, déclara Barker, sévère. Surtout quand il est question d'un homme comme Annan.

– Écoutez, je ne suis pas venue essayer de vous influencer.

– J'aurais pu m'y tromper.

– Et ce n'est même pas une question de politique, assura Halifax sans rire.

– *Tout* est politique, dit la surintendante-chef. Je ne vois aucun inconvénient à ce que nous travaillions ensemble et faisions de notre mieux pour toutes les personnes concernées, mais je ne permettrai pas qu'une de nos enquêtes ou un de mes agents soit utilisé pour des raisons politiques.

Elle se leva, indiquant que l'entretien était terminé.

– J'espère que nous vous verrons à la prochaine réunion de la circonscription, dit Halifax à Pellacia en lui tendant sa carte. J'espère que l'ID Henley y sera aussi.

*C'est extrêmement peu probable. Henley vous détesterait,* songea-t-il.

– Vous trouverez mon numéro de portable personnel au dos de la carte, ajouta la députée en rassemblant ses affaires. Nous voudrions juste un peu plus d'action de votre part. De manière visible, pas seulement dans un flash au journal du soir.

– Il va falloir la tenir à l'œil, commenta Barker, debout sur le seuil de son bureau, en regardant son assistant escorter Laura Halifax jusqu'à l'ascenseur. C'est tout à fait le genre à politiser une enquête criminelle à son avantage. Il serait peut-être bon de lui présenter Henley, histoire de l'apaiser.

– J'aime autant vous prévenir tout de suite qu'Henley ne sera pas enthousiaste, dit Pellacia en récupérant son manteau sur le dossier de sa chaise.

– Je sais, mais regardons les choses en face. Nos relations avec la communauté locale sont tendues dans le meilleur des cas. Je me rappelle quand j'étais jeune agente métisse : on m'attribuait toutes sortes de noms. Il est déjà assez difficile de gagner et de conserver la confiance des gens alors qu'ils ne voient aux infos que notre mauvais côté.

– Je parlerai à Henley, répondit le surintendant, las.

– Bien, et voyez ce que vous pouvez faire pour organiser une conférence de presse. Le plus tôt sera le mieux.

# 20

– Mon bébé, maman est désolée que tu ne te sentes pas bien, mais il faut qu'elle aille travailler, dit Henley. Elle tentait de dénouer les petits bras d'Emma passés autour de son cou.

– Non, gémit la fillette en la serrant plus fort. Ne va pas au travail.

– Papa sera là.

– Je ne veux pas papa. C'est toi que je veux.

– Rob, implora Henley en jetant un coup d'œil à la pendule du salon. (Il était déjà plus de neuf heures et l'inspectrice aurait dû être assise à son bureau de la SCU.) Je vais être en retard. En fait, je suis déjà en retard.

– Tu as entendu Emma. Elle ne veut pas de moi. Elle te veut, toi. (C'était plus qu'il ne lui en avait dit depuis la veille au soir. Il ramassa la télécommande et passa sur la chaîne des infos financières.) Et puis tu n'es pas la seule qui doit aller travailler : j'ai une réunion avec le nouveau chef de la rubrique affaires du journal, cet après-midi à Holborn. Tu ne peux pas prendre ta journée ?

– Une réunion ? Tu ne m'en as pas parlé hier soir.

– Parce que tu étais trop occupée à m'arracher la tête avec les dents.

Henley plissa les lèvres pour retenir un juron tandis qu'Emma resserrait sa prise autour de son cou.

– Je suis au tout début d'une enquête, dit-elle. (Elle parvint à détacher d'elle la fillette, la déposa sur le canapé et posa sur elle une couverture.) Je ne peux pas prendre une journée quand j'en ai envie.

– Mais tu t'attends à ce que, moi, je renonce à mon travail pour t'arranger, répondit Rob en ramassant le coussin qu'Emma avait envoyé par terre d'un coup de pied. Tu crois que mon absence aux réunions n'affecte pas ma carrière de journaliste ? Ou bien que mon emploi n'est pas aussi important que le tien ?

– Quand t'ai-je dit ça ? renvoya Henley sèchement. Ce n'est pas une compétition, merde.

– Tu peux continuer d'y croire, mais c'est toujours moi qui renonce à quelque chose parce qu'Emma est malade, qu'il y a une livraison ou que le plombier doit venir. Je te l'ai dit hier soir : il n'y a pas que toi au monde. Essaie d'être une mère normale, pour une fois. Il faut que j'y aille.

Rob sortit, laissant son épouse étourdie et sans voix. Luna émit un aboiement de protestation quand la porte d'entrée se referma en claquant. Henley ne savait pas trop si les larmes chaudes qui coulaient sur ses joues étaient dues à la colère où aux insinuations de Rob concernant sa capacité à être mère.

– Maman, pleurnicha Emma. Elle bondit du canapé et s'accrocha à ses jambes.

L'inspectrice essuya ses larmes en gémissant, ramassa sa fille et lui posa la main sur le front.

– Tu as un peu de température, bébé. On dirait qu'on va rester toutes les deux aujourd'hui.

– Et tonton Paul.

– Non, tonton Paul travaille, mais je l'appellerai tout à l'heure. On va te changer, tu es tout humide.

– Maman.

– Oui, bébé.

– J'ai mal au ventre.

– Oh, mon Dieu, lâcha Henley quand Emma vomit sur elle.

– Où est Henley ? demanda Ramouter en regardant l'heure sur son téléphone. Il est plus de dix heures. Ça ne lui ressemble pas de…

– Emma est malade, lui apprit Joanna, l'administratrice de la SCU, en déposant un dossier sur son bureau. Je suis sûr que tu réussiras à te passer d'elle une journée.

– Je n'ai pas besoin qu'on me tienne la main, Joanna, répondit sèchement Ramouter.

– Hé, on ne s'énerve pas, dit Pellacia en entrant dans le bureau et en ôtant son écharpe.

– Comment ça s'est passé avec la cheffe ? demanda Joanna. Et avec Son Altesse Royale Laura Halifax ?

– C'est qui, Laura Halifax ? s'enquit Ramouter, alors que l'interphone bourdonnait.

– La députée locale qui veut qu'on en fasse davantage dans l'enquête sur l'assassinat de Caleb Annan. Comment sais-tu que je devais la voir ?

Joanna fit claquer sa langue contre son palais.

– Je sais à peu près tout ce qui concerne notre boulot. Alors, qu'est-ce qu'elle avait à dire, notre très honorable députée de Lewisham et Deptford ?

Sa voix débordait de sarcasme.

– Tu ne l'aimes pas ? demanda Pellacia.

– Non. Une de ces bonnes femmes qui croient n'avoir qu'à montrer un peu leurs jambes pour obtenir ce qu'elles veulent. Si ça ne marche pas, elle le fait à l'influence. J'ai entendu pas mal d'histoires.

– Ça ne m'étonne pas.

– Et je parie que, devant toi, elle a battu des cils et affirmé qu'elle protégeait ses administrés.

Pellacia rougit d'embarras.

– Qu'est-ce qu'elle veut, au juste ? Sans manquer de respect à la victime, en quoi notre enquête concerne-t-elle cette députée ? demanda un Ramouter prudent. (Il se rappelait l'injonction d'Henley : faire preuve d'empathie.)

Vous savez combien de personnes ont été tuées dans son *borough* la semaine dernière ?

– Je suis sûr que tu vas me l'apprendre, dit le surintendant.

– Il y a eu cinq meurtres au cours des sept derniers jours. Alors pourquoi s'intéresse-t-elle tant à celui-là ?

– Elle connaît la famille, et elle a peur de susciter des tensions raciales parce qu'en ce moment on a l'air de se concentrer sur un homme blanc non identifié qui respire encore plutôt que sur un Noir assassiné.

– Quoi ? s'exclama Ramouter, alors que l'interphone bourdonnait encore. Mais c'est ridicule.

– Nom d'un chien, ne vous précipitez pas tous en même temps, soupira Joanna à la troisième sonnerie. Elle empoigna son châle et sortit du bureau.

– Je sais que c'est idiot, mais on peut craindre que ça ne fasse cet effet-là en ce moment, conclut Pellacia en se dirigeant vers la cuisine. Il faut que l'enquête progresse.

– Qu'est-ce qu'il y a ? demanda Ramouter quand Joanna reparut, l'air abasourdi. Qu'est-ce qui se passe ?

– Il y a une fille en bas, dit l'administratrice, chacun de ses mots accompagné d'un petit nuage de vapeur. (La porte ouverte faisait chuter la température de la pièce.) Elle dit que le mec qu'on a trouvé attaché dans l'église est son frère.

Une jeune femme frissonnante était assise dans un bureau naguère utilisé pour entendre les témoins vulnérables. Des victimes d'agressions sexuelles et des enfants avaient été invités à prendre place sur le confortable canapé bordeaux, dans une pièce chaleureuse peinte en rose poudré. Ils avaient raconté leurs mésaventures devant une reproduction de tableau – le soleil couchant sur Waterloo Bridge – pendue à un mur, tandis que clignotaient les voyants rouges de trois caméras vidéo. La peinture rose était à présent couverte d'une pellicule grise, par négligence, et les dalles de moquette bleues se décollaient dans les coins. Ramouter posa un thé au lait, avec les deux sucres demandés, sur la table basse ébréchée, et il alluma le radiateur soufflant.

La jeune femme ôta son bonnet à pompon et secoua une masse de cheveux auburn rebelles alors que le chauffage de l'immeuble se mettait enfin en route. Elle en décrocha une mèche prise dans ses boucles d'oreilles en argent. Ramouter lui donnait un peu moins de trente ans. Des cernes noirs bordaient ses yeux rouges gonflés. Elle semblait avoir passé les dernières vingt-quatre heures à pleurer. La pièce était à présent chaude, mais il y régnait une étrange odeur de vieux tapis et l'âcre parfum du caoutchouc brûlé émanant du radiateur soufflant bon marché poussé au maximum.

– J'espère que le thé vous convient, dit Ramouter.

– Il est bon. Vous le faites comme ma grand-mère. Je vous ai vu à la télé, tout à l'heure, avec l'autre détective. Je n'ai pas compris son nom.

– L'inspectrice détective Henley.

– Je n'étais même pas sûre que le poste était ouvert quand je suis venue ici, mais j'ai vu de la lumière.

– À strictement parler, nous ne sommes pas ouverts. Je n'ai pas compris votre nom.

– Amy. Amy Whittaker. Brandon est mon frère.

Elle posa sa tasse et sortit son téléphone portable de son sac.

– Voici Brandon. Mon petit frère. Il déteste que je l'appelle comme ça, mais c'est ce qu'il est.

– Quel âge a-t-il ? demanda Ramouter en prenant le téléphone. C'était bien lui : le garçon qui avait été attaché sur un lit dans une chambre infestée de rats et laissé pour mort. Il ne paraissait pas beaucoup plus jeune qu'Amy. La photo le montrait allongé sur une chaise-longue dans un jardin, un Scottish terrier sur les genoux. Le policier zooma sur ses yeux verts et sa peau bronzée, reconnut la forme de sa bouche et de son nez. Il avait un sourire éclatant. Et les mêmes cheveux rebelles que sa sœur.

– Il a vingt-trois ans. Vingt-quatre en mai, répondit la jeune femme. Je suis allée à l'hôpital à la première heure ce matin. L'infirmière n'a pas voulu me laisser le voir. Elle a été vraiment désagréable. Elle a dit que je pouvais être n'importe qui. (Amy renifla et tira de sa poche un mouchoir froissé.) Je suis venue dès que j'ai appris. Je n'ai vu le journal que ce matin. Je n'ai même pas pris le temps de me coiffer. Je me suis habillée et je suis venue ici. Je ne veux pas que vous pensiez que je m'en fiche.

– Pourquoi penserais-je ça ? demanda Ramouter en lui rendant le téléphone avant de prendre son carnet.

– Parce que, d'après le journal, il a été trouvé lundi, et qu'il est tout seul à l'hôpital depuis deux jours.

– Ne vous en faites pas pour ça. Cela dit, je suis obligé de vous demander si vous avez la preuve de l'identité de Brandon et de la vôtre. Vous dites être sa sœur, mais j'ai besoin d'en être sûr.

Durant quelques secondes, on n'entendit que le bruit du radiateur.

– Je suppose qu'il y a des gens pour tout essayer, soupira Amy. (Elle tira son portefeuille de son sac.) J'ai mon permis de conduire, mais il est à mon ancienne adresse. Je ne l'ai pas encore fait changer.

– C'est bien, dit Ramouter en prenant le document.

– J'ai aussi ça, continua Amy en rouvrant son sac pour en tirer une enveloppe de format A4. L'acte de naissance de Brandon et son passeport. Il est périmé. Il l'a laissé chez moi la dernière fois qu'il est venu me voir. Il était censé demander un renouvellement, mais il est un peu distrait, parfois.

Le policier prit le passeport et l'ouvrit à la page de la photo. C'était bien lui. On aurait dit qu'il tentait très fort d'empêcher un sourire d'envahir son visage.

– Vous m'accordez une seconde ? Je vais juste passer un coup de téléphone rapide.

Ramouter ferma la porte derrière lui pour garder la chaleur. Il appela Joanna à son bureau et lui demanda de vérifier qu'Amy Whittaker était bien qui elle disait être, et d'effectuer aussi une recherche dans la base de données des personnes disparues afin de voir si Brandon y figurait.

– Non, aucune trace, confirma l'administratrice. J'ai même cherché son nom sur Google, Facebook et Twitter au cas où quelqu'un aurait demandé de ses nouvelles. Rien du tout.

Ramouter prit un instant avant de retourner dans la salle d'entretien. La jeune femme ne mentait pas sur son identité, alors pourquoi n'avait-elle pas rapporté la disparition de son petit frère ? Elle paraissait assez innocente et sincère, mais cela pouvait n'être qu'un écran de fumée. On avait déjà vu des individus feindre d'être éplorés et supplier la police de trouver l'assassin d'un parent, puis être finalement convaincus de l'avoir eux-mêmes étranglé.

– C'est la photo la plus récente que vous ayez de votre frère ? demanda Ramouter à Amy en revenant dans le bureau.

– Oui, on a fait une fête pour les quatre-vingts ans de mon grand-père, chez lui, à Eastbourne, l'été dernier. C'était fin juillet. Je suis partie en voyage en août et rentrée en décembre pour prendre mon nouvel emploi.

– Quand lui avez-vous parlé ou l'avez-vous vu pour la dernière fois ?

– Un ou deux jours après Noël. Peut-être le 27.

– Ça fait plus de six semaines.

– Je n'habite pas avec lui. J'habite Leytonstone.

– Et Brandon, où habite-t-il ?

– Isleworth, avec mes parents.

– Mon accent vous apprend sans doute que je ne suis pas du coin, dit Ramouter. C'est où, Isleworth ?

– Tout à l'ouest de Londres, dit Amy. Y aller est un vrai parcours du combattant, raison pour laquelle je suis très étonnée que mon frère ait été trouvé à Deptford. Je ne comprends pas. (Elle tira ses manches sur ses mains et croisa les bras.) Je ne comprends pas du tout. Qu'est-ce qu'il allait faire là-bas ?

– C'est ce qu'on essaie de déterminer, dit doucement le policier.

– Qu'est-ce qui lui est arrivé ? D'après le journal, il a été trouvé dans une église.

– C'est exact.

Ramouter se demanda comment expliquer l'état dans lequel ils avaient découvert Brandon. C'était une qualité qu'il appréciait chez Henley : savoir adapter son approche à chaque témoin, afin qu'il n'ait pas l'impression d'être un simple rouage dans la machine de l'enquête. Elle pouvait lui faire sentir qu'elle était impliquée à cent pour cent et qu'elle se préoccupait de ses sentiments, sans lui laisser oublier que c'était elle qui maîtrisait la situation.

– Qu'est-il arrivé à Brandon ? demanda encore Amy, plus insistante.

Ramouter savait d'instinct qu'il devait marcher sur des œufs mais qu'omettre des détails ne servirait à rien.

– L'inspectrice Henley et moi étions sur place parce qu'un cadavre a été trouvé dans l'église d'Annan le Prophète. Ça vous dit quelque chose ?

– Non, rien. Donc quelqu'un a trouvé Brandon ?

– Pas exactement. Le cadavre était celui de Caleb Annan. Vous avez dû lire ça dans le journal. Annan a été assassiné.

– Vous ne croyez pas qu'il l'a été par Brandon ? Il n'aurait pas pu faire ça. Il…

– Non, que Brandon soit coupable est impossible. L'ID Henley l'a trouvé enfermé dans une pièce, expliqua Ramouter.

– Une pièce ? Quel genre de pièce ?

– Une chambre cachée derrière le placard d'un débarras, à l'intérieur de l'église. Nous ignorons depuis combien de temps il s'y trouvait.

– Est-ce que cet homme… ce Caleb. Est-ce qu'il a fait du mal à Brandon ? Il y a tellement de tuyaux sur cette photo.

– On est encore en train de déterminer ce qui s'est passé exactement, mais votre frère souffrait de nombreuses blessures et d'inanition.

Les larmes se mirent à couler librement sur les joues d'Amy, qui s'essuya le nez avec un mouchoir tout juste utilisable.

– Désolée, je suis désolée, dit-elle.

– Vous n'avez aucune raison de l'être, assura Ramouter en cherchant des mouchoirs en papier dans ses poches. *Henley les aurait tenus prêts*, se dit-il.

– Combien de temps est-il resté là-dedans ?

– Nous n'en sommes pas sûrs, admit-il. Un bon moment, en tout cas. Peut-être jusqu'à six semaines.

Amy pâlit, mais Ramouter vit clairement la colère flamboyer dans ses yeux verts – vite remplacée par ce calme étrange propre à qui vient d'additionner deux et deux.

– Ils m'ont menti, déclara-t-elle.

– Qui ça ? demanda le policier.

– Mes parents. Ils m'ont menti.

# 21

– Brandon n'allait pas bien depuis longtemps, dit tristement Amy alors que l'air emprisonné dans les radiateurs leur arrachait un grincement métallique. Il a commencé à s'automutiler à quatorze ans, et il en avait quinze quand il a fait sa première tentative de suicide. Maman l'a trouvé allongé dans son vomi au milieu de la salle de bains. Il a d'abord pris des cachets, et puis il a essayé de se pendre.

– Pourquoi voulait-il se suicider ? demanda doucement Ramouter.

– Il était victime de harcèlement scolaire, mais je ne suis pas sûre que ce soit l'origine de ses angoisses et de sa dépression. Les médecins l'ont envoyé au CAMHS…

– Le service de santé mentale des adultes et des enfants ? supposa-t-il.

Amy hocha la tête.

– Il a vu un infirmier psychiatrique très compétent. On lui a prescrit un antidépresseur, et il a fait de la CBT.

– Qu'est-ce que c'est, la CBT ?

– Thérapie cognitivo-comportementale.

– Je vois. Ça a marché ?

– Oui, très bien, mais on a déménagé alors que Brandon avait dix-neuf ans, et il a arrêté. Son médecin était inscrit dans un *borough*, et il habitait dans un autre. Ensuite, il est parti à l'université. C'est devenu un cauchemar parce que les autorités locales se disputaient pour savoir qui devait rembourser quoi.

– Donc, il est passé à travers le système ?

– Complètement. Il a été bien un moment mais, pendant sa dernière année d'études, il a commencé à entendre des voix et à avoir des visions. Il était convaincu d'avoir des araignées dans les cheveux. Il avait peur. Moi aussi, j'avais peur. Un soir, son colocataire m'a appelée au téléphone : Brandon s'était introduit par effraction chez le voisin et, allez savoir pourquoi, il avait volé une robe de chambre. On l'a retrouvé une demi-heure plus tard, en train de courir tout nu dans la rue. Il n'a pas été arrêté, encore heureux. On a jugé qu'il souffrait de schizophrénie et de trouble délirant. Il est resté à l'hôpital un mois. On a changé son médicament et il a fait des séances de thérapie régulières. Une fois ressorti, il s'est débrouillé pour passer son diplôme d'histoire avec mention très bien, et il est retourné chez papa et maman. Je dis qu'il s'est débrouillé, mais Brandon a toujours été très intelligent. C'était un de ces gamins agaçants qui ne fichent rien de l'année et qui réussissent quand même tous leurs examens.

– Vous dites qu'il est retourné chez vos parents. Quand ça ?

– En juin dernier. C'est l'adresse qui figure sur mon permis de conduire. Il y est retourné par souci d'économie, et il est ensuite retombé malade. Mes parents m'ont dit qu'il avait arrêté de prendre ses médicaments.

– Vous les avez crus ?

– Non, avoua Amy en remettant son manteau. La température de la pièce semblait chuter.

– Pourquoi ne les avez-vous pas crus ? S'il avait cessé de prendre les médicaments, il est logique qu'il soit retombé malade, non ?

– Il les prenait toujours, assura Amy, c'était une obsession. Il détestait perdre le contrôle. Je n'arrive pas à croire qu'il aurait cessé de se soigner. La dernière fois qu'on a parlé, il m'a dit vouloir retourner discuter de ses cachets avec les médecins, parce qu'il n'aimait pas les effets secondaires, mais il n'aurait pas cessé de les prendre comme ça. Il n'est pas si bête.

– Que s'est-il passé, selon vous ? demanda Ramouter.

– Il y a deux mois, il m'a dit que papa commençait à parler de gens pâtissant d'un diagnostic erroné et résistant aux traitements.

– Résistant aux traitements ?

– Une théorie stupide selon laquelle le corps de certaines personnes est trop fort pour les médicaments. Il m'a aussi appris que papa cherchait des traitements de substitution.

– Avez-vous parlé à votre père de ce que Brandon vous avait dit ?

– Non, nous ne sommes pas exactement dans les meilleurs termes, mes parents et moi.

– Vous disiez que vos parents vous ont menti. À quel sujet exactement ?

– Je n'avais pas eu de nouvelles de mon frère depuis Noël. Je savais qu'il était malade, mais, d'habitude, il me téléphonait toujours, même si c'était pour dire des trucs insensés, donc j'ai appelé mes parents. J'ai demandé à lui parler sur FaceTime, mais ma mère m'a dit qu'ils l'avaient emmené dans une clinique pour le faire soigner. Ce qui m'a causé un choc, étant donné que mon père est, dans le meilleur des cas, un vieux grigou.

– Est-ce qu'ils vous ont dit de quel établissement il s'agissait ?

– La clinique Webster, à St. Albans. J'ai appelé, mais on s'est réfugié derrière l'excuse à trois balles du secret professionnel. Tout ce que m'ont dit mon père et ma mère, c'est que Brandon allait très bien et que je devais prier pour lui. J'aurais dû me méfier. Je l'ai abandonné. Je suis sa grande sœur. Je suis censée le protéger.

– Quand avez-vous parlé à vos parents pour la dernière fois ?

– La semaine dernière, et ils m'ont répété la même chose. (La colère flamboya sur le visage d'Amy.) Je les ai appelés et j'ai demandé comment allait Brandon. Papa m'a dit l'avoir vu en début d'après-midi, mais c'était un mensonge, si vous dites qu'il est resté enfermé dans cette chambre pendant six semaines, non ?

– Qu'est-il arrivé à votre frère, selon vous ?

– Tout ce que je sais, c'est que c'est en rapport avec mes parents, dit Amy. Ils ont toujours été religieux, mais, autrefois, ils se contentaient d'aller à l'église à Noël et à Pâques, ou bien pour les baptêmes, les mariages, les enterrements, et de s'assurer que nous fréquentions les écoles convenables.

– Vous êtes religieuse, vous ?

– Je crois en Dieu, mais je ne pourrais pas vous dire quand je suis allée à l'église pour la dernière fois. Mes parents sont devenus chrétiens évangéliques, et pas le genre à chanter des cantiques en tapant joyeusement dans les mains.

– Est-ce qu'ils vous ont proposé d'aller à l'église avec eux ? demanda Ramouter.

– Pas du tout. Ç'aurait été une perte de temps absolue. Je n'habite plus chez eux depuis mes dix-huit ans. Mais, comme je le disais, ils ont toujours été religieux, et mon père avait tendance à se la jouer un peu prêchi-prêcha sur certains sujets, notamment la santé mentale de Brandon.

– A-t-il dit quoi que ce soit qui vous ait inquiétée ?

– Seulement que le médecin ne savait pas ce qu'il faisait, mais il disait toujours ça.

– Quand sont-ils devenus chrétiens évangéliques ?

– Ils se sont mis à fréquenter une nouvelle église à Acton en mai dernier. C'est forcément une idée de mon père. Ma mère est incapable de prendre une décision, répondit la jeune femme, amère.

– Brandon la fréquentait-il avec eux ?

– Autant que je sache, non, mais je ne serais pas surprise qu'ils aient réussi à le convaincre. Ce n'est pas un grand guerrier. Il ne gère pas bien les conflits. Il les aurait accompagnés juste pour avoir la paix.

– Vous connaissez le nom de l'église en question ?

– Non, mais ce que je sais, c'est qu'ils n'ont pas tardé à dire tous les deux que les maladies mentales sont des inventions humaines qui permettent aux entreprises pharmaceutiques de gagner de l'argent grâce aux gens n'ayant pas accepté Jésus comme leur seigneur et sauveur.

– Alors, d'où venaient les problèmes de votre frère, selon eux ?

– Si je vous le dis, vous n'allez pas me croire, répondit Amy en baissant les yeux vers la moquette poussiéreuse.

– Si cela explique en partie pourquoi votre frère a été enfermé et torturé dans une église, il faut que vous nous le disiez.

Ramouter ferma vivement la bouche. Si Henley avait été là, elle lui aurait lancé un de ces regards !

– Vous n'aviez pas dit qu'il avait été torturé, s'exclama Amy, frénétique, en se levant. La photo dans le journal… J'ai cru qu'il avait eu un accident, mais vous dites que…

– Pardon, dit-il. Je ne voulais pas être aussi brutal.

– Je veux voir mon frère. Je ne peux pas rester ici. J'ai besoin de le voir.

– Amy, je suis désolé, vraiment, assura Ramouter. Rasseyez-vous, s'il vous plaît, et dites-moi quel était, selon vos parents, le problème de Brandon.

La jeune femme le contemplait avec suspicion.

– Nous voulons juste découvrir ce qui lui est arrivé, reprit-il doucement. Il n'est pas en état de nous le dire lui-même donc, quoi que vous me révéliez, je vous promets de le prendre au sérieux.

– Vraiment ? demanda-t-elle, restant debout.

– Dites-moi.

Elle se rassit enfin et prit une profonde inspiration.

– Selon eux, il entendait des voix parce qu'il avait négligé la religion. Parce que le diable s'était emparé de lui.

– Elle t'a dit quoi ? demanda Henley au téléphone, assise par terre dans le salon, à regarder jouer Emma.

– Possédé, dit Ramouter. Elle m'a dit que, d'après ses parents, Brandon était…

– C'est le garçon, ça, Brandon ?

– Ouais. Brandon Christopher Whittaker.

Henley éprouva un léger soulagement en réalisant que le jeune homme de la chambre avait désormais un nom.

– Est-ce qu'elle a employé ce mot, « possédé » ?

– Non, pas exactement, admit Ramouter. Mais je crois que l'expression « le diable s'est emparé de lui » en est assez proche.

– Merde, dit Henley.

– Vilain mot, maman, couina Emma.

– Elle a l'air d'aller mieux, remarqua Ramouter.

– Si elle n'avait pas vomi sur moi, je croirais qu'elle me jouait la comédie. Bon, on a les coordonnées des parents ?

– Ouais. Marcia et Patrick Whittaker. Ils habitent Isleworth mais on n'a aucun détail à leur sujet, en dehors du fait que Marcia est prof et que Patrick travaille dans le marketing.

– Isleworth ? Tu sais où c'est, par rapport à Deptford ?

– Maintenant oui. Trente kilomètres porte à porte. On aurait presque besoin d'un passeport.

– Alors, comment Brandon a-t-il atterri dans un débarras de Deptford, en partant d'Isleworth ?

– Aucune idée, et sa sœur n'en a pas davantage.

– Où est-elle ? La sœur ? demanda Henley alors que son téléphone lui annonçait par un bip l'arrivée d'un nouveau message.

– Toujours ici. Je l'ai laissée avec Ezra. J'ai pensé que ce serait mieux que de l'obliger à se geler au rez-de-chaussée.

– Comment est-elle ?

– Sympa, bouleversée et un peu paumée. Elle est vraiment pressée de voir son frère, donc je lui ai promis de l'emmener à l'hôpital. Une chance que tu nous y retrouves ?

– Aucune. Sauf si la réunion de Rob tourne court.

– Pas de problème. Je te recontacte plus tard, dit Ramouter avant de raccrocher.

– Vous, madame, vous avez vraiment gâché ma journée, dit Henley en regardant Emma faire un puzzle, habillée de son pyjama Spider-Man et d'un tutu rose à paillettes.

– Téléphone, cria la fillette quand le portable bipa pour annoncer un texto.

– Je sais, je sais, dit Henley. (Elle lut le sms de Pellacia.) C'est une blague ou quoi, merde ?

– Maman, c'est un vilain mot.

– Vraiment désolée, mon ange.

**Conférence de presse Annan. 16 h 30. Lewisham. PS : pas d'excuses. Sois là !!!**

# 22

Henley regarda les journalistes tandis qu'on vérifiait leur identité, qu'on les fouillait, et qu'ils s'installaient enfin dans la salle de briefing. Callum O'Brien, celui qui détenait souvent des informations qu'il n'aurait pas dû connaître, avait pris place au premier rang. Caméras et micros étaient braqués vers la table, derrière laquelle un agent apporta une nouvelle chaise près des trois qui s'y trouvaient déjà.

– Tu n'as pas l'air tellement impressionnée, boss.

Eastwood venait de la rejoindre dans le petit couloir.

– Je ne le suis pas, répondit Henley sans se soucier de cacher son agacement, en refermant la porte de la salle de briefing.

– Comment va ta petite fille ? Elle devait être vraiment malade pour que tu restes avec elle.

– Elle l'a été presque toute la matinée. Maintenant elle court partout en se prenant pour Spider-Man. Qu'est-ce que tu fais ici, toi ? Tu détestes ces trucs-là.

– Je veux savoir pourquoi le chef nous oblige à sauter dans des cerceaux pour faire plaisir à Serena Annan.

Henley n'eut pas l'occasion de répondre car les portes coupe-feu pivotèrent et Pellacia entra en compagnie de Serena Annan, justement, et d'une femme qu'elle ne reconnut pas. Il les escorta jusqu'à une salle d'attente.

– Surintendant détective Pellacia, lança-t-elle d'une voix forte en marchant vers lui.

– J'en ai pour une minute, dit-il à ses deux compagnes, avant de refermer la porte derrière elles. Inspectrice ?

– Ça ne pouvait pas attendre demain ? cracha Henley. Tu étais vraiment obligé de m'arracher à ma fille malade pour un coup de pub à deux balles ?

Pellacia se mordit la joue et détourna un moment le regard, puis il ouvrit la porte d'une petite salle de réunion.

– Entre là-dedans.

Henley hésita un instant avant d'obtempérer. La lumière de la pièce s'alluma automatiquement.

– Tu cherches à prendre une plainte contre toi ou quoi ? demanda Pellacia en claquant la porte.

– Une plainte de qui ? Toi ?

– Ne sois pas ridicule. Tu sais qui accompagne Serena Annan ?

Henley ne répondit pas. Elle tentait de se calmer.

– C'est Laura Halifax, la députée locale, enchaîna Pellacia. Elle siège au conseil de police, et elle s'intéresse de très près à cette enquête. Parfois il vaut mieux être vu en train de se remuer, quand…

– Mais je me remue, protesta Henley. Ramouter et moi ne restons pas assis à nous geler les couilles sans rien faire dans ce bureau de merde.

– Ce n'est pas ce que je dis, répliqua-t-il sans adoucir le ton. Mais c'est l'impression que ça donne aux médias et au public. Annan était un notable et…

– Un notable ? Le pasteur d'une église de Deptford ? Personne ne savait qui c'était avant qu'on ne le trouve mort sur le dallage de son église.

– D'après Mme Halifax, la communauté locale s'interroge.

– La communauté ? répéta Henley, sardonique. Les politiciens n'emploient le mot communauté que pour parler des Noirs, des Indiens ou des LGBTQ. Bref, de tout ce qui n'est pas blanc hétéro. Alors, c'est ça qu'elle veut, ta politicienne ? Que je lui serve de Noire de service en public pour lui donner l'air indispensable ? Ne me prends pas pour une conne. C'est hors de question.

– Personne ne te prend pour une conne.

Henley recula d'un pas. Savoir que ce n'était pas entièrement de la faute de son supérieur ne suffisait pas à calmer sa fureur. Elle ne regrettait rien de ce qu'elle venait de dire, elle était toute disposée à le répéter devant les caméras, et Pellacia le savait. L'atmosphère de la petite pièce était si tendue que l'inspectrice sentait venir une migraine.

– Je n'aime pas qu'on m'utilise. Et je ne m'y prêterai pas. Tu comprends ?

– Je comprends très bien, assura Pellacia en tendant les mains vers elle, avant de renoncer lorsqu'il vit son expression inflexible.

– Alors quel est le problème, exactement ?

Elle posait une question dont elle connaissait déjà la réponse – devinée à la seconde même où elle avait vu les articles dans les journaux et lu le communiqué officiel. Le nom de Brandon Whittaker était écrit en gras, alors que Caleb Annan n'avait droit qu'à un petit paragraphe en bas de page. C'était un sujet sensible, qui pesait lourdement sur les épaules d'Henley. Elle avait déjà dû se battre contre l'idée préconçue qu'elle était, en tant que détective noire, complice de ne pas faire des crimes contre les Noirs une priorité, et elle avait souvent l'impression de livrer deux combats. Toutefois, les médias ne commençaient bel et bien à s'intéresser au sujet que lorsque certaines personnes en avaient assez d'être ignorées ou stigmatisées, et elle aurait été stupide de ne pas en tenir compte.

– Tu sais exactement ce que diront tous les gens qui ne me ressemblent pas, finit par expliquer Pellacia. Je ne veux pas qu'on accuse la SCU de négliger l'assassinat brutal d'un Noir. Nous ne sommes pas comme ça, et tu sais que je suis pas…

– Tu n'as pas besoin de le dire, l'interrompit Henley. Tu n'as rien à me prouver. Je te connais, moi, au contraire des médias.

– J'ai promis à Laura…

– Tu as promis à *Laura* ? (Elle sentait presque le goût amer de ses paroles.) Tu appelles par son prénom une députée que tu viens de rencontrer ?

– Eh bien, j'ai beaucoup appris sur elle durant le peu de temps qu'on a passé ensemble. Elle a des qualités admirables, et je ne peux pas ignorer son opinion professionnelle.

Henley lâcha un rire sardonique.

– Des qualités admirables ?

– On ne peut pas jouer à ça, Anjelica, reprocha sévèrement Pellacia.

– Je ne dis pas le contraire, mais parlons de… Comment Stanford appellerait-il ça ? L'opinion publique. Ces journaleux se fichent de qui a tué le pasteur. Ce n'est pas ça qui est important.

Henley savait ce que penseraient les gens. Ce qu'elle-même pensait depuis qu'elle avait ouvert la porte et vu Brandon Whittaker attaché sur le lit : que Caleb Annan en était responsable. Elle ne put se défendre d'être satisfaite en voyant les couleurs déserter le visage de Pellacia quand il le comprit.

– La bonne histoire, c'est celle de Brandon Whittaker, reprit-elle. Ce qui les intéresse, ce n'est pas de savoir qui a tué le pasteur, mais pourquoi un jeune homme de vingt-trois ans avec des problèmes mentaux a été laissé pour mort dans une pièce dérobée d'une maison de Dieu, et si c'est Caleb Annan qui l'y a enfermé.

– Je m'appelle Serena Annan. Je suis la femme du pasteur Caleb Annan. Mes deux enfants ont perdu leur père et notre communauté a perdu un guide.

La voix de la veuve se brisa, tandis que les larmes coulaient librement sur ses joues. Les appareils photo lancèrent des flashs rapides.

– Quelqu'un a assassiné mon mari, continua Serena. Et quelqu'un, quelque part, connaît la personne responsable d'avoir enlevé un père à ses enfants.

Henley retint son souffle alors que les appareils photo cliquetaient encore. Laura Halifax tendit un mouchoir en papier à sa voisine en pleurs, dont elle tapota délicatement le bras.

– Continuez, chuchota-t-elle.

– Mon mari était un membre important et très respecté de la communauté, reprit Serena, en regardant droit vers la caméra. Il était dévoué non seulement à nos enfants mais à tous les membres de la congrégation, ainsi qu'à quiconque habitait ou travaillait dans le quartier. Il ne faisait preuve d'aucune discrimination. Sa seule ambition était de fournir aux gens un soutien, une source d'inspiration. Qu'ils croient ou non en Dieu n'avait pas d'importance.

Les flashs crépitèrent en une suite désorganisée tandis qu'elle baissait la tête. Les seuls bruits audibles dans la pièce étaient le cliquètement des diaphragmes et les sanglots de la veuve qui, malgré ce flot de larmes, conservait un maquillage parfait, ce qui impressionna Henley.

– Je suis désolée. Vraiment désolée, dit Serena lorsqu'elle releva enfin la tête. Vous n'avez aucune idée du chagrin qui est le mien ni de la douleur que je ressens. Caleb était un homme comme il n'y en pas un sur un million. Il adorait sa famille, et je n'arrive toujours pas à croire qu'on nous l'a enlevé. (Elle prit un autre mouchoir tendu par Laura Halifax.) Merci. Je suis anéantie, continua-t-elle. Quand je me suis réveillée ce matin, j'ai attendu que Caleb m'apporte une tasse de café et un petit pain avec du fromage frais et du saumon, comme tous les matins, avant que les enfants ne se réveillent, mais il n'est pas venu. Alors je l'ai revu, froid, tout seul, étendu sur une table dans une morgue. Comment a-t-on pu faire ça ? Je n'arrive pas… Je ne… Je ne comprends pas pourquoi.

Elle se tourna et enfouit la tête dans l'épaule de la députée. Tout son corps tremblait visiblement.

Henley espérait rester impassible devant cette performance digne d'un Oscar, performance que les deux femmes avaient répétée. Il n'y avait aucune trace de la personne froide et distante rencontrée le lundi soir. Comme en réponse à un signal, Laura Halifax écarta Serena de son épaule, lui prit la main et tourna son attention vers la caméra.

– Je ne représente Lewisham et Deptford au Parlement que depuis dix-huit mois, mais je sais déjà combien mes administrés veillent les uns sur les autres et travaillent dur pour assurer la prospérité de leur petit coin du monde, si longtemps calomnié. L'assassinat brutal du pasteur Caleb Annan, un homme aussi dévoué que moi à cette communauté très unie, nous a choqués, blessés. Nous ne voulons pas que ce meurtre horrifique devienne une statistique de plus dans la rubrique des crimes non résolus. Il n'est pas normal qu'une députée doive intervenir pour que l'affaire de M. Annan reçoive l'attention qu'elle mérite.

Henley eut toutes les peines du monde à ne pas asséner une bonne gifle à Laura Halifax. Elle ne voyait pas le visage de Pellacia, mais elle le savait aussi furieux qu'elle. La politicienne pouvait bien enrober ses paroles autant qu'elle le voulait, elle venait de l'accuser de ne pas faire son travail. Pour la première fois de sa carrière, Henley souhaita que Callum O'Brien, épine permanente dans son pied, bondisse sur les siens pour poser une question.

– Je vous en prie, tout ce que je désire, c'est que le tueur de mon mari se livre, reprit Serena Annan en essuyant ses larmes. Quelqu'un, quelque part, sait quelque chose. Nos enfants n'arrêtent pas de demander quand leur papa rentrera à la maison. Ils ne comprennent pas ce qui se passe, et je ne le comprends pas non plus. Leur père leur manque. Mon mari me manque.

Henley compta jusqu'à dix en silence. Les appareils photo zoomèrent pour cadrer la veuve éplorée d'un homme assassiné et la députée qui la soutenait.

– Nous répétons notre appel : que quiconque possède des informations sur l'assassinat du pasteur Caleb Annan veuille bien se manifester. Merci, dit Henley en balayant du regard la mer de journalistes.

– Inspectrice Henley. Connaissez-vous le mobile de l'assassinat du pasteur Annan ? demanda Olivia Cooper, une journaliste d'ITV News.

– Absolument pas. L'enquête en est encore à ses balbutiements, mais nous explorons toutes les pistes possibles.

– Inspectrice Henley, est-ce que le jeune homme trouvé dans l'église est responsable de l'assassinat d'Annan ?

– Non. Dans son état, cela lui aurait été impossible, dit Henley sur un ton de défi. Elle sentit Serena se tortiller à son côté, Callum O'Brien se leva.

Henley aurait aimé qu'il le fasse cinq minutes plus tôt.

– L'homme a-t-il été identifié ? lança-t-il.

– Certaines personnes se sont présentées pour nous fournir des informations, répondit-elle. Je peux vous dire qu'il a vingt-trois ans, mais nous ne révélerons pas son nom avant que son identité n'ait été vérifiée et sa famille informée. Ce sera tout pour le moment.

– Est-ce bien vous, inspectrice Henley, qui avez trouvé ce jeune homme encore anonyme dans l'église d'Annan le Prophète ? D'après les photos publiées, il semble qu'il ait pu s'y trouver depuis un certain temps.

La salle s'emballa soudain, les journalistes mitraillant Henley de questions.

– Des témoins ont-ils été identifiés ?

– Qu'avez-vous découvert pour l'instant ?

– Caleb Annan connaissait-il le jeune homme que vous avez découvert, inspectrice ?

– S'agit-il de crimes en série ?

– Annan est-il à la fois victime et suspect ?

– La famille Annan est sujette à un chagrin inimaginable, et elle désire que cette enquête soit conduite avec droiture, afin d'obtenir justice et paix, intervint Laura Halifax.

Elle n'aurait rien pu dire de pire. Bien qu'à quatre mètres de Callum O'Brien, Henley vit un éclair malicieux passer dans ses yeux.

– Et la justice et la paix pour l'homme qui a été trouvé dans l'église ? Sa famille voudra sûrement savoir si Caleb Annan en est responsable ?

– Il s'agit d'une enquête très complexe, conclut Henley en écartant les micros de la députée et de la veuve. Nous remercions la population de son soutien, et nous lui demandons patience et compréhension. Les questions supplémentaires peuvent être adressées à notre service de presse. Merci beaucoup.

L'inspectrice se leva rapidement. Pellacia escorta Serena Annan et Laura Halifax vers la sortie. Debout à l'extrémité du couloir, elle le vit faire entrer la première dans une petite salle de réunion alors que la seconde restait dehors. Bien qu'elle n'entendît pas leurs paroles, elle aurait juré que Pellacia était en train de présenter des excuses. La manière dont Halifax levait les yeux vers lui et portait la main à son visage, comme si c'était elle qui avait du chagrin, ne laissait aucune place au doute. Il l'entoura d'un bras et elle se laissa aller, juste une seconde, contre son épaule.

– Je t'avais prévenu, dit Henley à Pellacia en prenant son blouson à la patère derrière la porte.

Les journalistes avaient quitté le bâtiment, les flashs des appareils photo étaient éteints, et Laura Halifax partie en voiture avec une Serena Annan furieuse qui, ayant apparemment oublié son rôle de veuve inconsolable, fusillait l'inspectrice du regard depuis la banquette arrière.

– Tu crois qu'un seul journal va consacrer ne serait-ce qu'un bout de colonne ou quelques secondes de télé à la recherche de l'assassin d'Annan ? demanda-t-elle.

– Ce que je crois, c'est que tu exagères, et que tu es furieuse que j'aie usé de mon autorité pour te faire venir, répliqua Pellacia en la suivant sur le parking.

– Bien sûr que je suis furieuse, renvoya Henley, exaspérée. Cette saleté de bonne femme, Halifax, a tranquillement insinué que la SCU était incompétente et bourrée de préjugés.

– Je ne crois pas que ce soit ce qu'elle ait dit exactement. Ce n'était pas facile pour elle.

– Tu rigoles, là ? Elle siège toutes les semaines à la Chambre des Communes avec une bande de bouffons braillards. Pourquoi est-ce que tu la défends, bordel ?

– Je ne la défends pas, fit Pellacia en baissant les yeux vers le sol.

– Tu ne peux pas me dire en face que tu es d'accord avec ses propos ?

– Bien sûr que je ne suis pas d'accord, mais le fait est que nous étions obligés de tenir cette conférence de presse. Il le fallait, répondit-il, peu convaincant, alors qu'ils s'arrêtaient devant la voiture d'Henley.

– Il le fallait, mais pas comme ça, rétorqua Henley en cherchant ses clefs dans son sac. Maintenant, tu as poussé le pasteur sur le devant de la scène, mais de la mauvaise manière. Tout ce que vont se demander les gens c'est : « Est-ce qu'Annan a tué un garçon de vingt-trois ans ? » Et moi, je me suis retrouvée dans une espèce de piège qui m'a empêchée de donner la bonne réponse à O'Brien.

– Eh bien, peut-être que si tu avais été là pour…

– Ne joue pas à ça, Stephen. (Henley recula d'un pas pour se retenir de le frapper.) Il a fallu que je coure partout comme une idiote pour trouver une baby-sitter à Emma parce que tu as décidé de me forcer la main, bordel.

– Arrête de parler de toi. Le problème, c'est l'enquête, répondit Pellacia sans élever la voix. Elle savait qu'elle n'obtiendrait pas d'excuses plus explicites, mais elle n'était pas disposée à le laisser s'en tirer comme ça après la manière dont il s'était comporté.

– Non, tu as raison, dit-elle. (Quatre agents de police à cheval s'engagèrent sur le parking. La symphonie des sirènes et de la circulation du South London emplissait l'air.) Le problème, ce n'est pas moi, Stephen. Le problème, c'est ton ego meurtri. Dépasse ça. Dépasse ce qui est arrivé entre nous, et laisse-moi faire mon travail.

# 23

– Vraiment désolée, dit Henley. Elle lâcha un long bâillement en se demandant si elle n'avait pas bu un déca par erreur. Ramouter et elle remontaient Ealing Street gelée en direction du lycée Trinity. La brume matinale, pas encore dissipée, alourdissait l'air. Quand les deux policiers avaient frappé à la porte de Marcia et Patrick Whittaker, ils n'avaient obtenu aucune réponse. Henley avait envisagé la possibilité qu'Amy ait prévenu ses parents de la visite, mais elle l'avait vite abandonnée.

– Emma t'a empêchée de dormir ? demanda Ramouter en fourrant dans sa bouche une dernière bouchée de viennoiserie.

– Je ne devrais pas dire ça, mais elle m'a vraiment fait chier cette nuit, dit Henley. (Elle frotta l'endroit où la fillette endormie dans leur lit lui avait donné un coup de pied.) Et ensuite, elle a eu le culot de nous réveiller à cinq heures pour nous dire, à son père et à moi, qu'elle avait très bien dormi et qu'elle voulait nous raconter son rêve.

– Des fois, on a envie de les abandonner, s'esclaffa son collègue.

– Comment va ton petit garçon ? demanda-t-elle.

– D'après son instituteur, Ethan s'est révélé très doué pour répliquer.

– Je me demande de qui il tient ça.

– Sache que j'étais un ange à l'école, répliqua Ramouter alors qu'ils approchaient de l'entrée du lycée.

– Moi pas, dit Henley. On m'a dit que je parlais trop et que j'allais partout comme en pays conquis. J'ai presque quarante ans, et je n'ai encore aucune idée de comment une gamine de huit ans peut aller partout comme en pays conquis.

– Je détestais l'école, avoua Ramouter avec un frisson. Un Indien intelligent, avec un turban, qui n'hésitait pas à s'exprimer, ça ne faisait pas un très bon mélange. J'ai dû me battre au moins tous les quinze jours.

– Toi ? répondit Henley, comme si elle le voyait pour la première fois. Ça n'est pourtant pas ton genre.

– Ça le devient très vite quand un gamin boutonneux essaie de faire tomber ton turban toutes les cinq minutes. En plus, comme mon école était vachement progressiste, elle a pris le parti des harceleurs et menacé de me virer.

– C'est pour ça que tu as arrêté de porter le turban ?

– Ouais. Ça n'a pas fait plaisir à mon père mais, ensuite, mon frère aîné a viré le sien pour sortir avec plus de filles. L'idiot, dit Ramouter sur un ton affectueux.

– Je ne savais pas que tu avais un frère aîné.

– J'en ai deux.

– Alors tu es le bébé de la famille, conclut Henley en ouvrant le portail latéral qui menait à l'entrée principale du lycée.

– Et de ton côté ? C'est juste Simon et toi ?

– Ouais, seulement lui et moi. D'après ma mère, quand j'avais un an et lui quatre, il a demandé s'il pouvait me vendre aux voisins parce qu'il en avait marre de moi, dit-elle en riant.

– Les frères aînés sont tous les mêmes, je crois.

– Ouais, mais je n'échangerais pas le mien. Comment va Michelle, sinon ?

Ramouter soupira et se frotta la nuque.

– Elle va assez bien, ce qui est bizarre parce qu'il y a quelques mois, elle était plus… ce n'est pas qu'elle avait plus de trous de mémoire, mais elle était plus distraite.

Quand je lui parlais, j'avais l'impression de l'ennuyer. Ces dernières semaines, elle est davantage elle-même. J'en arrive à oublier qu'elle a un problème. Il paraît que c'est souvent comme ça, au début d'une démence précoce, mais les moments où elle est normale sont très durs, parce que je ne sais jamais combien de temps ça va durer.

– Ce serait peut-être plus facile si vous étiez plus près l'un de l'autre ? Et je ne dis pas ça pour me débarrasser de toi parce qu'en fait… eh bien, tu es un bon partenaire.

– Ouah. (Ramouter eut un large sourire.) Tu m'aimes bien ? C'est la première fois que tu me dis ça.

– Et ce sera la dernière si tu as la tête qui enfle. Je pense juste que ce serait peut-être mieux si vous étiez ensemble. Tu crois qu'elle viendrait à Londres ?

Il resta silencieux quelques secondes.

– J'adore mon travail, dit-il enfin. Et j'aime aussi vivre ici, vraiment, mais ma femme et mon gamin me manquent. Je veux qu'ils soient heureux, seulement je sais aussi que Michelle voulait que je vienne à Londres.

– Ce n'est pas comme si on n'avait pas de bons médecins, ici, reprit Henley. Mais je suppose que tu ne voudrais pas chambouler Michelle et Ethan.

– C'est sûrement un sujet à creuser, admit Ramouter.

L'inspectrice vit la tristesse sur son visage et décida de ne pas insister.

– J'ai oublié de te demander hier. Tu as vérifié qu'Amy Whittaker est bien qui elle dit être ? demanda Henley au moment où sa poche vibrait. Attends une seconde.

Elle tira son téléphone et lut un message de son frère Simon :

**Viens de quitter papa. Apparemment, ton mari a organisé une excursion familiale au cimetière !!! FAIT CHIER ! Appelle-moi plus tard.**

– Son permis de conduire est authentique, elle n'a pas de casier judiciaire et elle travaille pour le GCHQ[1], répondit Ramouter.

Henley rangea son téléphone et se concentra à nouveau sur son partenaire, sans pouvoir ignorer la pointe d'angoisse dans sa poitrine. Elle adorait discuter avec son frère, mais pas à propos de samedi matin.

– Elle a dû subir un examen complet de l'identité et du casier judiciaire avant d'être embauchée au GCHQ.

– Exactement. Elle m'a donné les coordonnées de son supérieur, si tu veux vérifier pour être tranquille. En plus de ça, quatre autres personnes ont appelé la SCU pour dire que l'homme que tu as trouvé est Brandon Whittaker.

– Qui ça ?

– De mémoire : son oncle maternel, son meilleur pote, un grand ponte en psychiatrie et un ancien employeur. On a leurs coordonnées à la SCU.

– Attends, dit Henley. Parmi tous ces gens qui ont téléphoné, il n'y a pas ses parents ?

– Non. Ils n'ont peut-être pas vu l'appel, répondit Ramouter.

– Ça fait vingt-quatre heures qu'on le diffuse, et leur fils a disparu depuis Dieu sait combien de temps. Ils ont vu l'appel.

– Tu en as l'air bien sûre.

– Je le suis. La question qui se pose est : pourquoi ne contactent-ils pas la police ? Tu dis que l'oncle maternel l'a fait, lui ?

– Oui.

– On est en droit de penser qu'ensuite, voire avant, il a téléphoné à sa sœur, la mère de Brandon, et qu'il lui a dit avoir vu la photo de son neveu dans le journal.

1. *Government Communications Headquarters*. Au Royaume-Uni, service responsable du renseignement d'origine électromagnétique et de la sécurité des systèmes d'information.

– Les parents auraient dû appeler, admit Ramouter.

– Voilà. On ne peut pas ignorer son instinct. Comment était Amy quand elle a vu son frère ?

– Elle a très bien tenu le coup pendant une minute, et puis elle s'est effondrée, répondit le jeune policier. Il acheva son gobelet de café.

– Tu étais avec elle quand elle a essayé d'appeler ses parents ?

– Non. Je devais être sorti de la chambre, ou alors elle a appelé après que je suis retourné à la SCU. Pourquoi ? À quoi penses-tu ?

– J'essaie de ne rien négliger, c'est tout. D'explorer toutes les possibilités. Tu es convaincu qu'elle ne savait pas que son frère avait disparu ?

Ramouter médita la question alors qu'ils pénétraient dans la réception du lycée Trinity.

– Sinon, elle joue sacrément bien la comédie, répondit-il enfin.

Marcia Whittaker gardait la tête baissée et tirait sur un fil en l'air au bord de son gilet.

– Vous avez entendu ce que j'ai dit ? demanda Ramouter. Il inclina légèrement la tête de côté, tentant de croiser le regard de l'enseignante.

Elle avait eu un haut-le-corps en rejoignant le bureau de la réception du lycée Trinity pour y trouver des policiers. En revanche, après les avoir emmenés dans une classe inoccupée, elle avait reçu sans réagir la nouvelle que l'homme hospitalisé s'avérait être son fils. Marcia paraissait plus que ses cinquante ans, et Henley sut d'instinct que la fatigue n'en était pas seule responsable. Tout comme elle sut que ses yeux rouges, injectés de sang, ne devaient rien à des larmes versées pour son fils. Le fond de teint épais de Marcia s'était tassé dans tous les creux et toutes les rides de son visage. Sur son front, le maquillage commençait à s'écailler, des gouttes de sueur à perler. Tout son corps était tendu, mais ses mains tremblaient.

– Votre fils, Brandon Whittaker, a été trouvé il y a trois jours dans une chambre dérobée d'une église de Deptford. Il semble qu'il y soit resté enfermé plus d'un mois, reprit Ramouter.

– Mais il n'est pas mort ? demanda finalement l'enseignante, alors que le brin de laine se dégageait enfin du gilet, dont le bord commença à se détricoter.

– Il n'est pas mort, mais il est à peine en vie, répondit Henley, assise sur le bureau du professeur. Votre fille Amy est avec lui. Elle s'est présentée dès qu'elle a vu l'article dans les journaux demandant à sa famille et à ses amis de contacter la police afin qu'on connaisse son nom, et c'est plus qu'on ne peut en dire de…

Henley se mordit la langue pour s'interrompre.

– Amy est avec Brandon ? Elle…

Marcia Whittaker ferma la bouche et baissa la tête, semblant se tasser sur sa chaise. Ses phalanges blanchirent quand elle serra les poings.

Les yeux de Ramouter s'élargirent. Henley luttait pour rester calme et résolue. La mère du blessé sursauta quand retentit la cloche signalant l'interclasse. Un vacarme d'adolescents excités retentit dans le couloir.

– Amy nous a dit que votre fils Brandon était rentré chez vous après avoir terminé ses études, l'été dernier.

Marcia se concentra sur Henley puis sur Ramouter, comme si elle tentait de déterminer combien ils en savaient.

– C'est exact, dit-elle. Il était à la maison et il travaillait, un petit boulot dans un bar. Ensuite il est tombé malade. C'était l'épuisement.

– L'épuisement ? dit Ramouter. Votre fille Amy dit que Brandon était considéré comme schizophrène, psychotique…

– Non, non, dit fermement Marcia. C'était seulement le surmenage et un peu de dépression. La pression de l'université. Il est tombé malade et on l'a emmené dans une clinique pour qu'il se repose ; quand il en est sorti, il est parti en vacances.

Cette femme commençait à lasser la patience d'Henley.

– Vous dites que votre fils est parti en vacances en sortant de l'hôpital ?

– Oui. Juste après Noël, sur le continent. L'Espagne, l'Italie et la France. Il adore faire du vélo. Sa bicyclette lui a coûté presque 2 000 livres, ce qui est ridiculement cher, mais quand Brandon a une idée dans le crâne… eh bien, on ne peut pas l'en faire sortir.

Marcia hocha la tête comme si elle était satisfaite de son histoire.

– On ne savait même pas qu'il était rentré en Angleterre.

– Ça ne correspond pas à ce que dit votre fille Amy, remarqua Henley.

– Qu'est-ce qu'elle dit, Amy ?

– Qu'elle n'a pas parlé à Brandon depuis Noël, et que vous aviez prétendu, votre mari et vous, l'avoir emmené dans une clinique de St. Albans, dit Ramouter.

– Ma fille se trompe. Elle doit mélanger les dates, car ce n'est pas ce que j'ai dit.

– À aucun moment, elle n'a mentionné le fait que Brandon était parti en vacances à vélo, reprit Henley. À ce stade, elle ne voulait pas laisser Ramouter révéler que, selon Amy, ses parents pensaient le jeune homme possédé.

– Elle ne sait pas de quoi elle parle, assura Marcia. Elle… Il n'y a aucune compréhension. Vous ne pouvez pas croire ce qu'elle dit.

– Votre fille nous aurait menti ?

Marcia resta silencieuse une seconde.

– Je… mais… Vous ne pouvez pas lui faire confiance, dit-elle enfin, en se détournant. Brandon est parti. À vélo. Tout seul. Comme je disais… Nous, mon mari et moi… Nous ne savions pas.

Henley jeta un coup d'œil à Ramouter, qui se contenta de secouer la tête.

– Eh bien, puisque vous connaissez à présent l'état de votre fils, aimeriez-vous le voir ? demanda-t-elle. Nous pouvons vous y conduire sur-le-champ. Je suis sûre que le lycée comprendra.

– Non. J'attendrai mon mari. Il est en déplacement pour son travail. En Suède. Il rentrera demain soir.

– Votre fils ne survivra peut-être pas jusqu'à vendredi soir. Regardez-le.

Henley sortit son téléphone et ouvrit une photo de Brandon qui n'avait pas été publiée par les journaux. Ce qu'elle s'apprêtait à faire était cruel, elle le savait, mais elle avait besoin d'observer la réaction de son interlocutrice. Elle lui posa le téléphone devant les yeux et attendit.

– Le voici attaché à un lit. Si vous regardez bien, vous verrez un rat mort par terre. Et votre fils a eu les pieds brûlés.

Marcia Whittaker baissa les yeux sur son gilet, comme si elle prenait conscience des dégâts causés au bord effiloché, qu'elle replia.

– J'ai un cours à assurer, dit-elle. (Elle se leva sans regarder la photo.) Vous savez comment sont les enfants quand on les laisse sans surveillance.

– Et votre enfant à vous ?

Elle regarda Henley avec dans les yeux une clarté qui ne s'y trouvait pas auparavant.

– Seul Dieu peut me juger. (La cloche de l'école retentit à nouveau.) Et Dieu le retiendra.

Quarante minutes plus tard, alors qu'ils avaient gagné la rive droite du fleuve, Ramouter estima Henley assez calmée pour qu'il puisse ouvrir la bouche sans danger. Comme elle s'arrêtait au feu rouge de Newington Causeway, il demanda :

– Bon, qu'est-ce qu'on fait à son sujet ? Marcia Whittaker.

– J'aimerais lui faire entrer un peu de plomb dans la tête. Voilà ce que j'aimerais faire, répliqua Henley. (Elle brancha les essuie-glaces : de la neige fondue commençait à tomber.) La balancer du haut d'un pont, merde, marmonna-t-elle entre ses dents.

– Oh, si tu la jetais du haut d'un pont, ça ne lui ferait aucun mal. Dieu la retiendrait, plaisanta Ramouter.

– Que Dieu la retienne ne me dérange pas. Ce qui me dérange, c'est qu'on me mente de manière éhontée.

– Ces conneries de vacances à bicyclette, tu veux dire ?

– Exactement.

– Le passeport de Brandon, c'est Amy qui l'a, et il est périmé depuis plusieurs mois. (Ramouter s'accrocha à la poignée de la portière quand Henley pila pour éviter le bus qui changeait de file devant elle.) Elle aurait mieux fait de raconter qu'ils étaient fâchés ou qu'il s'était enfui. Parfois, je ne comprends vraiment pas les gens.

– Elle a quelque chose d'anormal, dit Henley, en s'arrêtant devant le grand portail du poste de police de Southwark, dont elle attendit l'ouverture. Et je ne parle pas de son « je n'ai pas l'intention de reconnaître mon fils ».

– Qu'est-ce qui ne va pas chez elle, à ton avis ? Les maladies mentales peuvent être héréditaires.

Henley resta muette une seconde en songeant au combat de son père contre la dépression et à la manière dont elle-même affrontait son SSPT.

– Ses mains tremblaient et elle avait les yeux gonflés, injectés de sang, troubles, dit Henley. Je n'ai senti aucune odeur sur elle, mais je me suis dit…

– Tu crois qu'elle boit ? Qu'elle est alcoolique ?

– Peut-être. Ou alors c'était juste le stress de notre visite imprévue.

– Je ne crois pas que notre arrivée lui ait causé une grande surprise, dit Ramouter. Tout ça paraissait appris par cœur. Brandon souffrant de surmenage, son bref séjour en clinique et ensuite les vacances. Elle devait savoir où il était réellement.

– Pas nécessairement, conclut Henley à regret. Elle ne savait peut-être pas où il était, mais je suis sûre à cent pour cent qu'elle savait ce qu'on lui faisait.

– Pourquoi ? Comment peux-tu savoir ça ?

– Tu n'as pas encore saisi, Ramouter ? demanda-t-elle en descendant de voiture et en remontant le col de son blouson. (À travers le bruit de la circulation et les sirènes d'ambulances dans le lointain, la seule pensée qui résonnait dans sa tête était celle qu'avait formulée Amy Whittaker.) On essayait d'exorciser ses démons.

# 24

– J'ai une autre offre d'emploi, annonça Anthony en tenant la porte aux deux policiers. (Sans le tissu blanc bouffant de sa combinaison protectrice, il paraissait plus mince.) En fait, c'est le même boulot, mais avec plus d'argent à la clef.

– C'est toujours le même boulot et, un de ces jours, une de ces entreprises privées va réussir à te tenter, dit Henley tandis qu'ils le suivaient dans un bureau en open space inhabituellement désert. Même lors des journées les plus chargées, un ou deux membres de l'équipe d'Anthony traînaient toujours dans le coin, à consulter leur feuille de route ou à rédiger leur rapport.

– Je peux être égoïste et te dire que je n'ai pas envie que tu partes ?

– Bien sûr que tu peux. Ça me fait tout chaud à l'intérieur. Bon, bref, tu n'es pas là à cause des aléas de ma carrière. Alors, ton pasteur mort…

Anthony franchit la porte menant au laboratoire des experts. Une grande table y accueillait tout ce qui avait été prélevé sur la scène de crime : vêtements, chaussures, bible tachée de sang, nappe d'autel et chandeliers.

– Vous voyez là les pièces à conviction récupérées dans l'église, confirma Anthony en enfilant une paire de gants. Ça, ce sont les vêtements que portait Annan.

Il désigna la chemise, le pull et le pantalon ensanglantés. La première, naguère blanche, était désormais teinte d'une nuance bordeaux terne. Les chaussettes et le caleçon noirs étaient raides. Anthony ramassa le pull et le retourna.

– Vous voyez ça ?

Henley et Ramouter se penchèrent tandis qu'il suivait du doigt les volutes sanglantes sur le vêtement.

– C'est une empreinte de pied très claire. On en a aussi relevé sur le tapis. Notre expert en la matière nous affirme que la personne qui a marché sur le dos du bonhomme portait des chaussures de course Gucci de pointure 41.

– Donc on cherche quelqu'un qui chausse du 41. Super, dit Ramouter. Ça réduit vraiment le champ des possibilités.

– Il est un peu narquois cet après-midi, hein, Henley ? fit Anthony.

– Ignore-le. Je crois qu'il n'a pas eu sa pâtée. Donc, pointure 41. Je parie que c'est une chaussure de femme.

– Gagné, répondit Anthony en se tournant vers un écran d'ordinateur posé sur une autre table. On a donc une trace de pied sur le pull. Jetez un coup d'œil à ces photos.

Il s'agissait d'images des empreintes sanglantes laissées sur le tapis bleu marine de l'église. Qu'il y en ait deux types différents était évident même à l'œil non entraîné d'Henley.

– Et si tu regardes cette photo-là…

L'expert tapota la souris, faisant apparaître l'image agrandie d'un bureau – celui du pasteur – couvert de feuilles volantes, d'un ordinateur et d'une lampe.

– C'est du sang ? demanda Ramouter en désignant quatre points sombres à l'arrière de l'écran d'ordinateur.

– Ouaip, c'est celui d'Annan, confirma Anthony. On en a trouvé des gouttes sur le PC, la table de travail et la moquette du bureau au rez-de-chaussée. Pas d'empreintes, mais on en a deux jeux différents près du cadavre.

– Deux personnes se trouvaient au rez-de-chaussée de l'église quand Annan a été tué ? demanda Henley. La nouvelle semblait faire plaisir à Ramouter.

– Sans conteste. La deuxième a marché dans le sang et laissé une empreinte parfaite derrière elle. Pointure 45, d'après notre expert. Des chaussures d'homme très chics. Des Prada. Si tu regardes de plus près, tu distingueras le D et le A sur le talon. J'ai demandé à mon fils combien coûterait une paire. Il m'a répondu qu'il pouvait les avoir pour cent cinquante livres mais qu'elles en coûtaient quatre cent soixante à Selfridges. C'est de l'argent gaspillé, si tu veux mon avis, mais voilà.

– Gucci ? Prada ? Ces gens-là ont carrément des goûts de luxe.

– Merde, dit Henley. Elle s'assit sur le tabouret devant la table et absorba lentement ces informations.

– La première empreinte de Prada apparaît à 71,12 cm du cadavre, et celle de Gucci à 30,48 cm, expliqua Anthony. La trace sur le dos du pasteur a été laissée par un pied droit. Plus loin, les empreintes de Prada rejoignent celles de Gucci, mais si vous regardez la photo suivante…

Il cliqua à un endroit où les empreintes de Gucci, baveuses, étaient suivies par de longues traînées sanglantes.

– On dirait que la personne qui portait les chaussures Prada a traîné celle qui portait les chaussures Gucci, remarqua Henley.

– Exactement, confirma l'expert. Ensuite, on suit les deux jeux d'empreintes en direction de l'entrée. Ce sont celles des Prada qui s'effacent les premières, ce qui laisse supposer que la personne en Gucci est restée debout un bon moment dans le sang du pasteur.

– Deux tueurs ? supposa Ramouter. Un homme et une femme, et il semble que ce soit la femme qui ait planté le couteau dans le dos de la victime.

– Il y a encore un truc que je ne saisis pas, avoua Henley en remplaçant Anthony devant l'ordinateur pour faire défiler les photos. On a trouvé Annan près de l'autel. S'il a été poignardé dans le bureau, pourquoi n'a-t-il pas couru droit vers la porte ? Au milieu de Deptford Broadway, il aurait pu faire signe pour qu'on lui vienne en aide. Il aurait aussi pu courir jusqu'au bout du couloir et sortir par-derrière ? Pourquoi s'est-il engouffré dans l'église ?

– La porte d'entrée était fermée à clef, rappela Anthony. On ne pouvait l'ouvrir que de l'extérieur.

– Donc il est possible que le ou les tueurs l'aient enfermé à l'intérieur, dit Ramouter. Il doit y avoir des caméras de sécurité sur Deptford Broadway. Si ça se trouve, le type en Prada a empêché le pasteur de rejoindre la porte de derrière, si bien qu'il n'a pas eu d'autre choix que d'entrer dans l'église.

– Où l'attendait la femme. Elle l'a poignardé à mort, elle est montée sur lui et elle a arraché le couteau de son dos, conclut Henley.

– Les Bonnie & Clyde du South London, plaisanta Anthony en soulevant un caleçon noir pour homme. Et ce n'est pas tout. Ramouter, tu veux bien me faire l'honneur d'éteindre les lumières, s'il te plaît.

Tandis que le policier obéissait, il s'empara d'une lampe à UV. Des traînées de fluide séché luisaient sur la face avant du caleçon.

– Est-il vraiment nécessaire de demander de quoi il s'agit ? dit Henley en plissant le nez.

– C'est du sperme ? interrogea Ramouter.

– Et du fluide vaginal, mélangés, répondit Anthony. Les analyses ADN confirment que le sperme est celui d'Annan, mais le fluide vaginal…

– Quelque chose me dit que tu vas m'apprendre que ce n'est pas celui de sa femme, dit l'inspectrice. Ça ne serait pas la première fois. Une certaine Raina Davison l'a accusé de viol, alors qu'il disait le rapport consensuel. C'est elle ?

Anthony eut un rictus et secoua la tête.

– Comme d'habitude, on a pris des échantillons d'ADN et des empreintes pour voir si on pouvait éliminer certaines personnes, dont la femme de ménage qui l'a trouvé.

– Tu as ses échantillons ? s'enquit Henley. Elle se rappelait à quel point Uliana Piontek avait hésité à fournir ADN et empreintes.

– Oui, dit l'expert, elle a appelé hier après-midi. J'ai tout de suite envoyé Samuel chez elle pour faire les prélèvements.

– Tu veux dire que c'est son ADN qui se trouve sur le caleçon d'Annan ? demanda Henley.

– Pas possible ! dit Ramouter en rallumant la lumière.

Anthony secoua la tête.

– Le sperme reste détectable pendant un an, donc je ne peux pas vous dire quand Annan a couché avec la femme de ménage, mais…

– Uliana. Elle s'appelle Uliana Piontek, dit l'inspectrice.

– On a aussi trouvé le même sperme et le même fluide vaginal sur le canapé, dans le bureau du pasteur. C'est sans conteste l'ADN de Mme Piontek. Un profil complet, et vous savez qu'on ne peut pas faire tellement mieux.

– Eh bien, ça explique qu'elle se soit fait prier. Elle ne voulait pas qu'on sache qu'elle couchait avec Annan.

– Alors pourquoi nous donner ses échantillons ? demanda Ramouter.

– Les gens sont bizarres, répondit Anthony. Elle a peut-être cru que, du fait que vous enquêtiez sur un meurtre, vous ne chercheriez pas de signes d'activité sexuelle. Et il y a autre chose. On est encore en train d'étudier la chambre où était enfermé Brandon Whittaker.

On y a relevé trois jeux d'empreintes. L'un correspond au pasteur, mais les deux autres sont inconnus.

– Sur quoi ces empreintes ont-elle été trouvées ? s'enquit le jeune policier.

– Le seau, l'interrupteur électrique, la bible… Partout, en fait, y compris le corps de Whittaker, mais ce n'est pas ça qui est intéressant.

Anthony se retourna vers l'écran et y fit apparaître le visage du blessé.

– Samuel a pris cette photo avant que Linh ne réalise que Whittaker était encore en vie, expliqua Anthony. Jetez un coup d'œil à son front.

– On dirait des taches noires, dit Ramouter.

– Tu es sûr ? Regarde mieux.

Anthony prit un stylo et le passa le long des marques. Henley remuait la bouche en silence, suivant le mouvement.

– Qu'est-ce que… commença-t-elle. Puis son téléphone sonna. Un appel de l'AD Stanford.

– Est-ce que ça serait des lettres ? demanda Ramouter en se penchant plus près tandis qu'elle s'écartait pour répondre.

– Il en manque, mais ça ressemble à un P, puis un A, puis un grigri illisible, ensuite un S et enfin une simple tache, dit Anthony. Si vous voulez mon avis…

– On dirait que quelqu'un était en train d'écrire « pars » sur sa tête, constata le policier. Mais pourquoi…

Henley porta un doigt à ses lèvres et articula « attends » en silence, avant de gagner l'autre bout de la pièce.

– Salut, Stanford, qu'est-ce qui se passe ? demanda-t-elle. Non, on est au labo avec Anthony. (Une pause.) Tu es sûr ? Quand l'appel est-il arrivé ? OK. On part tout de suite.

– Qu'est-ce qu'il y a ? demanda Ramouter tandis qu'elle raccrochait et récupérait son blouson sur le dossier d'une chaise.

– Le conseil du *borough* a envoyé les exterminateurs de nuisibles à un des logements sociaux de Tanner's Hill. Quand ils sont arrivés, la porte était ouverte. Ils se sont dit que le locataire avait dû oublier de fermer à clef. Bref, ils sont entrés et ils ont trouvé une femme. Bible, eau bénite, la même quincaillerie qu'à côté de Brandon Whittaker.

– Elle est encore vivante ?

– Non, celle-là est tout à fait morte.

# 25

– Chouette quartier.

Henley ne savait pas trop si Ramouter était sincère ou sarcastique quand elle s'engagea dans la résidence de Tanner's Hill. L'humeur du jeune policier s'était considérablement assombrie depuis le coup de téléphone de Stanford. La victime habitait Florence House, un immeuble résidentiel en briques grises ou blanc cassé qui semblait avoir été jeté au milieu d'un terrain vague puis oublié par le conseil.

Le rassemblement de véhicules de police avait inévitablement suscité un petit groupe de curieux : adolescents revenant de l'école ou résidents assez braves pour supporter les températures en chute libre, tous feignant de venir jeter leur poubelle dans les bennes communales ou d'avoir soudain besoin de promener leur chien.

– Tu es prêt ? demanda Henley en se garant près de la voiture de Stanford et en coupant le moteur.

– Ouais, répondit Ramouter avec un enthousiasme forcé. Je doute que ça puisse être pire que tout ce qu'on a déjà vu.

Si le conseil du *borough* avait jeté l'éponge, les occupants de l'immeuble, visiblement, l'entretenaient. Près de ses portes cassées, des jardinières débordaient de lierre et de rosiers bien taillés. Le panneau d'affichage protégé par une plaque de verre, non loin des ascenseurs, accueillait une affiche pour un nouveau groupe de yoga, une autre pour des cours d'anglais en tant que deuxième langue, et une demande polie aux livreurs de ne pas déposer de paquets en l'absence des destinataires, car il n'y avait aucun « endroit sûr » dans l'immeuble.

– À quel étage est notre victime ? demanda Ramouter comme ils s'arrêtaient devant le panonceau informant que l'ascenseur était hors service.

– Au huitième, soupira Henley.

Dix minutes plus tard, ils arrivaient sur le palier du huitième étage.

– Bon Dieu, haleta Ramouter.

– Je crois que je vais mourir, hoqueta Henley.

– Je pensais que tu courais régulièrement, dit-il. Il s'adossa au mur, et l'inspectrice l'imita.

– Moi ? Courir ? J'ai horreur de ça, dit-elle en reprenant son souffle. Il leur fallut encore une minute pour être en état de faire les derniers pas qui les séparaient de la scène de crime.

Au huitième étage, un air plus frais s'engouffrait par la porte de secours cassée qui claquait régulièrement, et il sifflait dans le couloir, menaçant, masquant en partie le bruit des voix et des radios de police. Le numéro 62 était l'avant-dernier logement de l'étage. Une Chinoise entre deux âges passa la tête hors d'un appartement proche, lança un regard désapprobateur aux arrivants, serra le haut de son gilet bleu pastel et referma sa porte.

Deux agents en uniforme gardaient la porte à demi fermée du numéro 62. Stanford, dehors, se penchait par-dessus le balcon qui surmontait le parking. Son teint fluctuait entre la rougeur de l'air hivernal et la pâleur de la nausée, et les agents ne valaient pas beaucoup mieux quand ils saluèrent Henley et Ramouter.

– J'aime autant vous dire que ce n'est pas joli à voir, prévint Stanford. (Il tendit à ses deux collègues des couvre-chaussures, un masque et des gants en plastique.) Si j'étais vous, je remonterais la fermeture de ma combinaison à fond et j'enroulerais mon écharpe autour de ma tête. Si vous avez du Vicks, n'hésitez pas à vous en mettre dans le nez.

– C'est si moche que ça ? s'enquit Ramouter en se penchant pour enfiler les couvre-chaussures en plastique bleu.

– Je préfère me geler les couilles ici que retourner là-dedans. C'est juste que… Je vais me chercher un thé.

– Les experts en scène de crime sont arrivés ? demanda Henley en enfilant sa combinaison.

– Ils seront là dans un quart d'heure, répondit Stanford. C'est l'équipe de Bromley qui est sur le coup.

– Qui est notre pathologiste ? Linh ?

– Non. (Il haussa les épaules, alors que d'autres véhicules pénétraient dans la propriété.) Elle s'occupe d'un meurtre à Beckenham. Un mari qui a tué l'amant de sa femme avant de se suicider. Un cadeau de Saint-Valentin en retard. On a Joel, son patron, à la place. Un vrai boute-en-train, comme d'habitude.

– Oh, super, soupira Henley, tandis que Ramouter lâchait un gémissement de regret.

– Tout est atrocement douloureux, avec Joel, commenta le jeune policier en remontant la fermeture de sa combinaison. Il parle à tout le monde comme si on l'emmerdait.

– À mon avis, tu vas t'apercevoir que c'est seulement à toi qu'il parle comme ça, ricana Stanford.

– Arrête de faire chier, lui dit sèchement Henley.

– J'essaie juste de détendre l'atmosphère, protesta-t-il. Vous allez en avoir besoin.

Henley poussa la porte du numéro 62 et baissa les yeux. Des carcasses blanches et brunes d'asticots, de mouches et de cafards étaient écrasées sur le vieux tapis à volutes élimé et incrusté de boue. L'inspectrice chassa une mouche en observant contre le mur un tas de lettres non ouvertes, de menus de restaurants proposant des plats à emporter et de magazines hebdomadaires gratuits envoyés par le conseil du *borough*.

– Regarde, dit-elle à Ramouter en maintenant la porte ouverte. De profondes griffures marquaient la peinture noire près du trou de serrure, rejoignant le bord du battant. Le bois s'était fendu et il manquait une vis à la poignée.

– Visiblement, ç'a été bricolé, commenta le jeune policier en suivant sa partenaire dans l'appartement.

– Joel ! cria Henley. Elle posa sa main gantée sur sa bouche en un futile effort pour empêcher les vapeurs de décomposition de lui tapisser la gorge. Ramouter toussa derrière elle tandis qu'ils avançaient dans l'étroit couloir. Elle préférait le parfum métallique et chaud, presque accueillant, du sang frais à celui de la chair abandonnée.

– La chambre est sur votre droite, lança Joel d'une voix forte. Henley marqua une pause à l'entrée de la cuisine puis fit un pas à l'intérieur. Une radio fonctionnait à bas volume ; des mouches tournaient autour de l'ampoule du plafonnier. Un réfrigérateur neuf bourdonnait doucement dans un angle. Quatre grandes tasses tachées de thé étaient posées sur le plan de travail. Une bouteille de lait à moitié vide jouxtait un sac de plats à emporter froissé. De la moisissure commençait à envahir les éclaboussures de mayonnaise qui mouchetaient les emballages de sandwichs vides posés parmi crottes de souris et cafards morts. Henley sentit des picotements dans sa nuque.

Elle perçut le hoquet de Ramouter quand ils arrivèrent au seuil de la deuxième pièce sur la droite.

– Oui, celle-ci est morte.

Joel, telle une statue, se tenait là, à griffonner dans son carnet de notes. Il ne leva pas les yeux quand Henley passa devant lui. Linh avait dit un jour à son amie qu'il n'aimait pas les rapports humains. Ni avec les morts ni avec les vivants.

– Combien de temps ? demanda l'inspectrice en s'avançant dans la pièce. (Elle entendait Ramouter derrière elle, encore pris de nausée sans rien à vomir.) Le lait dans la cuisine est périmé depuis presque trois semaines.

– Elle peut très bien être morte depuis tout ce temps-là. Cela dit, je ne me risquerai pas à une estimation immédiate. La décomposition est très avancée, mais elle semble avoir ralenti, comme si quelqu'un s'était rappelé de couper le chauffage. Sans cela, votre victime ne serait plus qu'une flaque, répondit Joel. Il tira un mouchoir et s'essuya le nez.

Le soleil mourant qui s'infiltrait à travers les rideaux unis éclairait le corps d'une femme noire sur un lit à deux places assez étroit. Sa culotte naguère bleue se perdait dans un corps d'ores et déjà obèse, encore plus engorgé par la mort. Des vers grouillaient tels les fidèles d'une secte autour d'une fausse idole dans la peau de son ventre noir et vert, distendu et fissuré par les gaz dégagés à l'intérieur du corps.

– Oh, mon Dieu, souffla Ramouter en reculant d'un pas.

– Ouais, je crois que c'est en partie de sa faute, à lui, marmonna Joel.

Henley s'approcha du lit. Une petite araignée avançait le long de la lèvre supérieure de la femme qui avait la bouche ouverte. La queue blanche engorgée d'un asticot se tortillait dans son oreille. L'inspectrice n'aurait su dire si elle voyait des ecchymoses ou des lividités cadavériques, mais elle distinguait de longues coupures sur les joues de la femme, entre les morceaux de chair mastiqués par les rats. Sa coiffure afro emmêlée était étalée sur le matelas comme une auréole noire. Le soleil se reflétait sur les grains de poussière et de saleté comme sur des paillettes bon marché. Le drap à fleurs bleu sarcelle était taché de sang séché, d'urine jaunâtre et de jus d'organes en décomposition jaillis des sphincters de la morte – dont les bras levés étaient attachés aux barreaux en bois du lit. Une espèce de corde à linge rouge enchevêtrée se noyait dans les plis de ses poignets. Henley se pencha vers la tête de lit, résistant à l'impulsion de suivre d'un doigt les croix dessinées à la cire de bougie sur les barreaux.

– C'est pire que… Je ne m'attendais pas à ça, balbutia Ramouter. Il s'approcha du pied du lit, auquel étaient liées les chevilles de la femme. Souris et rats avaient dévoré les orteils et commençaient à attaquer les mollets.

Henley savait ce qu'il voulait dire. Trouver cette personne dénudée, torturée et abandonnée à son propre domicile aggravait leur problème. Tout indiquait que celui qui l'avait laissée ainsi était également responsable de l'état de Brandon Whittaker. Un seau près d'une penderie Ikea toute neuve. Une bouteille d'eau de Cologne de Floride, une bible ouverte et les cendres de bâtons d'encens couvraient une coiffeuse, près d'accessoires de maquillage bon marché et d'un parfum encore moins luxueux.

– Voilà ce que serait devenu Brandon si tu ne l'avais pas trouvé, dit Ramouter.

– Je suppose qu'il est inutile de vous demander la cause de la mort ? demanda Henley à Joel, en s'écartant enfin du cadavre.

– Pas avant qu'on ne la mette sur la table. C'est impossible à dire sans l'ouvrir. Je serai dehors si vous avez besoin de moi, conclut le pathologiste tandis que résonnaient plusieurs pas qui se dirigeaient vers la chambre.

– C'est un sacré spectacle. Vous avez été prudents, n'est-ce pas, inspectrice ?

Henley reconnut la voix sévère de Katherine Simmons, l'experte en chef de la police scientifique au poste de police de Bromley.

– Très prudents, Katherine. Nous n'avons touché à rien, assura-t-elle. Soulagé, Ramouter salua l'arrivante d'un signe de tête et suivit Joel hors de la pièce, une main gantée devant la bouche.

– Franchement, on croirait qu'il a commencé dans le boulot hier.

Katherine Simmons s'avança un peu plus dans la pièce, nullement affectée par la scène.

Sans doute avait-elle vu pire quoique, à ce moment précis, Henley ne sût pas trop ce qui pouvait l'être. L'inspectrice recula alors qu'un deuxième expert entrait et que sa supérieure lui expliquait comment ils allaient s'attaquer à la tâche de repérer et de prélever les indices. Un indice. Cette femme décédée n'était plus que cela : un indice à photographier. Sa position serait relevée dans un carnet de croquis, son corps récupéré et inséré dans un sac à cadavre qui ne paraîtrait pas déplacé parmi les milliers de sacs-poubelles noirs jetés à la décharge municipale.

Henley quitta la chambre tandis que d'autres experts en scène de crime emplissaient le petit appartement. De la porte d'entrée ouverte, elle vit Ramouter appuyé contre le balcon, en train de discuter avec Stanford qui était revenu avec du thé et du café pour les agents en uniforme, mais une expression douloureuse sur le visage.

– Tu as dit que ce sont les exterminateurs qui nous ont appelés, mais j'ai regardé la porte d'entrée et, a priori, elle a été forcée, lança-t-elle en rejoignant ses deux collègues. Elle baissa la capuche de sa combinaison, arracha son masque et inspira l'air frais. La porte coupe-feu défectueuse, couverte d'un ruban de signalisation de la police, évoquait un jeu de ficelle.

– Les exterminateurs n'entreraient pas par effraction chez quelqu'un.

– Tu as raison. Eux, ils ont fait le 999, répondit Stanford. (Henley ôta ses gants et prit la dernière tasse de thé sur le présentoir en carton.) Comme je te le disais au téléphone, Barry – le type qui a appelé – a pensé que la locataire avait laissé ouvert. Il n'en a rien déduit de particulier : selon lui, ça arrive souvent dans les immeubles résidentiels. À mon avis, quelqu'un a fracturé la serrure, par exemple le junkie du coin, il a vu le cadavre et il s'est enfui. Les exterminateurs sont venus parce qu'un voisin s'est plaint des souris et des asticots qui tombaient de son plafond.

– On a son nom, au voisin du dessous ?

– Frank Nicolls. Il n'y avait personne quand on a frappé à sa porte tout à l'heure.

– Et la voisine d'à côté ? Interrogée ? demanda Henley alors que s'entrouvrait la porte du numéro 63 et qu'apparaissait de nouveau la tête de la Chinoise.

– Pas encore. Elle refuse de nous ouvrir, mais ça ne l'empêche pas d'être une vilaine curieuse, dit Stanford.

Henley le bouscula pour atteindre la porte. Quand la femme tenta de la refermer, elle passa le pied dans l'entrebâillement, tel un représentant de commerce obstiné.

– Bonjour.

Elle exhiba sa carte professionnelle par l'ouverture.

La locataire recula un peu, apeurée, et déclara :

– Je n'ai pas mes lunettes.

– Je suis l'inspectrice détective Henley. Je désire vous poser des questions à propos de…

– Je ne sais rien du tout à son sujet.

– Comment ça, vous ne savez rien à son sujet ? Vous êtes voisines.

– Est-ce qu'elle est morte ?

– Vous ne saviez même pas son nom ?

La femme rendit son regard à Henley comme si elle était choquée par l'audace de la question.

– Elle ne savait pas le mien non plus. Elle ne me parlait pas.

– D'accord. Quand l'avez-vous vue pour la dernière fois ? Ou même entendu sa télé à travers les murs ?

– Je ne sais pas. Il y a quelques semaines.

– Quelques semaines ? Vous pourriez être un peu plus précise ?
– Je ne sais pas trop. Peut-être début janvier.
– Ça fait plus que quelques semaines, ça, madame… ?
– Zhang. Je ne sais pas exactement combien de temps ça fait, mais je me rappelle que j'ai ramassé un paquet qu'elle avait laissé tomber, et que c'était aux alentours de l'anniversaire de mon mari.
– Et c'est quand, l'anniversaire de votre mari ? demanda Henley, de plus en plus impatiente.
– Le 3 janvier.
– Est-ce que vous lui avez parlé, la dernière fois que vous l'avez vue ? s'enquit l'inspectrice en effectuant des calculs rapides.
– Je ne me rappelle pas, répondit Mme Zhang en croisant les bras.
– Bon, voyons si j'ai bien saisi, dit Henley, que son interlocutrice regardait comme s'il venait de lui pousser une deuxième tête. Vous avez été en contact pour la dernière fois avec votre voisine il y a un peu plus de six semaines ?
– Oui, je ne sais pas. Ça fait peut-être un mois.
– Et vous ne l'avez pas vue ni entendue depuis ?
– Non.
– Pas même sa télé ou sa radio ? Et vous n'avez pas vu fumer la cheminée de sa chaudière ?
Henley désigna celle qu'on voyait au-dessus de la fenêtre dans la propre cuisine de Mme Zhang.
– Je vous l'ai déjà dit : non. J'ai pensé qu'elle était partie, ou bien que le conseil lui avait trouvé un autre logement après l'arrivée du bébé.
– Pardon ? Quel bébé ?
Henley chercha activement à se rappeler si elle avait vu le moindre signe qu'un bébé occupait l'appartement voisin.

– Elle a eu un bébé. Je ne sais pas si c'était un garçon ou une fille mais, maintenant que j'y pense, ça fait aussi un moment que je ne l'ai pas entendu pleurer, celui-là.

Henley explora la petite cuisine tandis que Ramouter restait debout sur le seuil. Ni biberons vides ni boîtes de lait maternisé n'encombraient les plans de travail. Il n'y avait pas de paquets de lingettes pour bébé ni de couches usagées dans la poubelle. Le réfrigérateur offrit à l'inspectrice le triste spectacle de légumes flétris, de fromage durci, et de quelques tranches de pain échappées de leur sachet, couvertes de deux centimètres de fourrure blanche et de moisissure verte.

– Peut-être que la voisine se trompe, suggéra Ramouter. Ou alors quelqu'un a vraiment bien nettoyé.

– On ne peut pas dissimuler toutes les traces d'un bébé, répondit Henley. Son œil repéra les bords d'une assiette à motif bleu et la poignée noire brisée d'une saucière qui émergeaient de l'évier rempli. Elle releva sa manche et plongea la main dans l'eau grise stagnante, à la surface de laquelle tournoyaient des mouches et des cafards morts. Alors qu'elle explorait le petit évier, un peu de liquide froid croupi s'infiltra dans son gant et elle fit la grimace.

– Ramouter, dit-elle sans élever la voix quand ses doigts se refermèrent sur un objet en plastique dur qui lui parut familier. Elle sortit un biberon et le posa sur l'égouttoir, en même temps qu'une tétine tachée.

– Merde, dit son partenaire.

# 26

– Où est le bébé ?

Pellacia avait approché une chaise du bureau de Stanford. Il se trouvait physiquement plus près de Ramouter que d'Henley, ce qui n'avait pas échappé à cette dernière.

– À toi, Ramouter, dit-elle.

– On a trouvé un biberon et un support de couffin poussé sous le canapé du salon, mais c'est tout. Si notre victime avait bien un bébé, la personne qui l'a emmené a débarrassé l'appartement de tout ce qui le concernait, dit le jeune policier.

– Il est possible qu'il n'y ait pas eu de bébé, dit Pellacia.

– Non, contra Henley. Mme Zhang, qui habite au 63, est convaincue que les pleurs ont cessé il y a presque trois semaines, et la famille du 61 confirme qu'il y avait un bébé. J'ai discuté avec Terry Rutherford, du 61 : il m'a dit avoir aidé la victime à porter le landau dans l'escalier parce que l'ascenseur était déjà en panne, et c'était il y a plus d'un mois. Je lui ai demandé comment elle allait et il m'a répondu qu'elle avait l'air agacée, mais peut-être parce qu'elle était obligée de se taper huit étages avec un landau.

– Alors qui est-ce ? Votre victime ? demanda Pellacia.

– D'après la carte professionnelle périmée trouvée par les gars du labo, elle s'appelait Alyssa Hadlow et elle avait trente-quatre ans. (Henley frissonna, non en raison du courant d'air froid qui courait sur sa nuque, mais parce qu'elle réalisait n'avoir eu que deux ans de plus quand elle avait donné le jour à Emma.) Son ADN a été trouvé dans la base de données : elle avait déjà été condamnée.

– Grave ?

– Sept fois, mais rien d'important. Vol à l'étalage, paroles et attitude menaçantes, plus une agression sans gravité. Et tous ces délits n'ont commencé qu'il y a trois ans.

– Il a dû lui arriver quelque chose, commenta Ramouter. Tu ne commences pas à piquer dans les magasins à trente ans sans qu'il se soit produit quelque chose dans ta vie.

– Non, en effet, acquiesça Henley. Elle loue son appartement à Hexagon Housing Association, qui n'avait eu aucun problème avec elle jusqu'à il y a quatre mois.

– Qu'est-ce qui s'est passé il y a quatre mois ? demanda Pellacia.

– Les proprios n'en ont aucune idée. C'était une locataire modèle, qui payait son loyer régulièrement, et puis, d'un seul coup, elle a arrêté. Quand elle a eu plusieurs mois de retard, ils lui ont écrit, ils ont tenté de lui téléphoner, mais elle n'a jamais répondu.

– Famille ? Amis ?

– On vient tout juste de commencer l'enquête, répondit Henley, agacée. (Elle consulta l'horloge murale.) On a quitté son appartement il y a deux heures. Jusqu'ici, on a trouvé son nom et son dernier emploi.

Elle n'imaginait rien de pire qu'un membre d'une famille pauvre observant le visage décomposé d'un parent mort, et que c'en soit le dernier souvenir. Il ne s'écoulait pas un jour sans qu'elle regrette d'avoir vu sa mère déguisée en mannequin de cire mal maquillé dans son cercueil.

– Et, avant que tu ne poses la question, dit-elle à Pellacia, on a vérifié auprès de l'état civil : aucune Alyssa

Hadlow, ni variation quelconque sur ce nom, n'a déclaré la naissance d'un enfant depuis moins d'un mois.

– On a quarante-deux jours pour faire la déclaration, intervint Ramouter. Je crois que j'y suis allé pour Ethan quand il avait quatre jours.

– Moi, je n'y suis pas allée du tout. C'est Rob qui a fait un saut au bureau de l'état civil quand Emma avait deux jours, dit sa partenaire.

– Est-ce que cette Hadlow est liée à l'affaire Brandon Whittaker ? demanda Pellacia. (Henley l'avait vu grimacer quand elle avait prononcé le nom de Rob.) Ça en a l'air, d'après ce que vous dites de l'état du corps.

– La différence principale, c'est que Brandon est encore en vie alors qu'elle est morte, et qu'elle ne semble avoir manqué à personne, répondit-elle. Sa voisine habitait à côté d'elle depuis presque cinq ans et elle ne connaissait même pas son nom. La seule raison pour laquelle la police a été appelée, c'est que des vers sortis du cadavre ont traversé le plancher et sont tombés dans l'appartement d'en dessous par les douilles électriques. En plus de ça, il semble que quelqu'un ait forcé sa porte, l'ait vue morte, et ne se soit même pas soucié de prévenir les autorités. Les agents sont venus uniquement parce que le corps en décomposition commençait à poser un problème.

Le silence tomba dans la salle des opérations. Henley prit une profonde inspiration et se tourna vers la fenêtre. La profondeur de sa colère ne la surprenait pas : elle ne comprendrait jamais l'abandon. Comment pouvait-on laisser quelqu'un sur le carreau en lui refusant toute dignité élémentaire ? C'était pour elle un manque de respect intolérable.

– Une idée de quand le pathologiste et les experts en auront terminé ? interrogea Pellacia.

– Tu sais aussi bien que moi qu'ils appelleront dès que le corps pourra être déplacé. Autant me demander quelle est la longueur d'un bout de ficelle, répliqua Henley, de plus en plus agitée.

– Vous dites que sa carte professionnelle est périmée ? intervint Eastwood en mâchouillant des chips.

– Depuis presque deux ans, répondit Ramouter. J'ai vérifié sur le Net. Elle donnait des cours d'économie à l'université de Greenwich.

– Sérieux ? Votre victime était prof d'éco ?

– Elle ne figure plus sur la liste des enseignants, mais il y a encore une ou deux entrées qui la concernent sur le site de l'université.

– Tu as trouvé autre chose à son sujet en ligne ? demanda Stanford.

La stratégie de ses collègues était évidente aux yeux d'Henley : ils serraient les rangs pour la protéger des piques acérées de Pellacia.

– Voilà ce qu'on va faire, décida-t-elle. Stanford, Eastwood, vous allez trouver Uliana Piontek. Le seul indice direct qu'on possède, c'est son ADN sur le cadavre d'Annan ainsi que dans le bureau, et je ne lui fais pas confiance pour se rendre volontairement à un interrogatoire de police. Elle hésitait à fournir son ADN ; maintenant on sait pourquoi.

– Tu veux qu'on l'arrête pour quel crime ? demanda Eastwood par souci de précision.

– Allons-y à fond : pour meurtre.

– Et qu'est-ce que tu vas faire, toi, pendant que ces deux-là procéderont à ton arrestation ? demanda le chef de la SCU.

– Mon travail, rétorqua Henley en ramassant son blouson.

Elle devait sortir du bureau et se rendre utile afin d'échapper aux vibrations toxiques émanant de Pellacia.

– Viens, Ramouter, prends ton manteau. On va se promener.

L'herbe couverte de givre crissait sous les pieds d'Henley et de Ramouter. Une atmosphère lugubre s'installait à mesure que noircissait le ciel d'hiver hostile, se confondant avec les eaux de plomb du fleuve et la grisaille de la terre. L'air glacial qui soufflait de la Tamise piquait les joues d'Henley tel le bistouri d'un chirurgien. Elle détestait cette période de l'année, tout aussi oppressante et intrusive que son désespoir depuis qu'elle avait quitté l'appartement d'Alyssa Hadlow.

– Je n'arrête pas de me demander ce qui a pu arriver à cette femme au cours des dernières années pour qu'elle finisse… dans l'état où on l'a trouvée, remarqua Ramouter.

– La vie des gens change sans prévenir, dit Henley. On dit que la moitié des salariés locataires ne sont qu'à un salaire et demi de se retrouver à la rue. Il y a des familles obligées de choisir entre nourrir leurs enfants ou payer leur loyer. Un tas de gens ont du mal à joindre les deux bouts.

– Je n'arrive pas à comprendre comment on a pu la laisser comme ça. Si elle était fauchée et avait besoin d'aide… parfois, je me dis que je suis trop naïf.

– Non, c'est juste que tu as envie de ne voir que le bon côté des gens, dit-elle. Il n'y a rien de mal à ça.

– Eh bien, en ce moment, j'ai un peu de mal à voir le bon côté du chef, dit Ramouter.

L'atmosphère à la SCU avait été assez toxique pour qu'il se pose des questions.

– Il faut que je te dise quelque chose, annonça Henley alors qu'ils s'arrêtaient à quelque distance de l'université.

– Qu'est-ce qu'il y a ? J'ai fait une bêtise ?

– Non, pas du tout. (Elle prit une inspiration.) C'est à propos de moi… et de Pellacia.

Un éclair de curiosité passa dans les yeux de Ramouter, mais il resta impassible.

– Tu sais qu'on se connaît depuis des années et qu'on était ensemble à l'école de police ?

– Ouais.

– Eh bien, on a aussi eu une liaison. C'était avant mon mariage, ajouta vivement Henley, le visage mordu par le vent glacial.

– Je ne m'en doutais pas du tout. Personne n'a rien dit.

– Personne ne dirait rien, dit-elle avec confiance.

– Tout le monde est au courant ? Même Jo… Non, oublie que j'ai dit ça : Joanna est au courant de tout.

– Oui, c'est vrai. Je sais que la situation est un peu… tendue en ce moment, mais c'est seulement parce que, parfois, un excès de familiarité se révèle gênant. Ce n'est pas que je ne respecte pas son autorité…

– Je comprends, dit Ramouter. Il arrive que les frontières deviennent floues.

– Et comment, acquiesça Henley à voix basse.

# 27

L'université de Greenwich occupait le Old Royal Naval College, naguère hôpital de la marine nationale et, avant cela, palais favori d'Henry VIII. Henley avait appris par cœur l'histoire de ce site historique quand elle avait huit ans et qu'on l'avait traînée avec toute sa classe à une visite de l'école navale, du musée et de l'Observatoire royal. Elle chassa ce souvenir innocent alors que son compagnon et elle dépassaient de grandes tentes blanches dressées sur des pelouses souvent encombrées de touristes et, en été, d'étudiants prenant des bains de soleil. Les blousons jaune fluo des vigiles faisant sortir un groupe d'élèves d'un plateau de cinéma fournissaient la seule touche colorée.

Henley ne pouvait se débarrasser d'une pensée récurrente, tandis que tous deux marchaient vers d'imposantes colonnes toscanes. Qu'était-il arrivé à Alyssa Hadlow pour l'emporter loin de cet antre du savoir chargé d'histoire et la laisser à moitié putréfiée dans la chambre d'un logement social négligé ?

– Je n'arrive pas à y croire. Vous êtes sûrs ?

Giana Courtney, la directrice des études de l'université, tira un mouchoir en papier de sa poche et se tapota les yeux.

– Tout à fait sûrs, répondit Henley, comme Ramouter et elle prenaient place sur des chaises dans son bureau.

Assise à sa table de travail, la directrice écarta un paquet de chips et un gobelet de café vides.

– Pouvez-vous me dire ce qui est arrivé à Alyssa ? demanda-t-elle.

Henley se détendit. Cette femme lui plaisait. Son pragmatisme et le fait que, naguère, elle s'était préoccupée de la victime. *Alors, oui, qu'était-il arrivé à Alyssa ?* La question lui brûlait la poitrine comme un stigmate.

– Elle a été trouvée ce matin dans son appartement. On ne sait pas encore comment elle est morte, mais les circonstances sont louches, expliqua Henley.

– Elle a été assassinée ? s'exclama Giana Courtney, dont les yeux s'agrandirent et s'emplirent de larmes.

– Je ne pourrai pas l'affirmer avant qu'on ait les résultats de l'autopsie. Vous la connaissiez bien ?

– Elle a travaillé ici pendant quatre ans. Elle s'entendait bien avec le personnel, et les étudiants n'avaient que des compliments à lui adresser.

– Vous étiez amies, toutes les deux ?

– Sans doute, oui, dans une certaine mesure. Nous avions commencé ici en même temps, il y avait les habituelles sorties pour l'anniversaire des uns et des autres, les pots de départ, et puis elle venait au cours de danse que je donnais dans une salle de Pilates, à Chalk Farm, près de chez moi.

– Quand l'avez-vous vue pour la dernière fois ? demanda Ramouter.

La directrice souffla.

– Je ne sais pas trop. Il y a dix-huit mois ou même deux ans. Nous n'étions pas intimes, pas les meilleures amies du monde. Nous ne nous racontions pas nos secrets les plus personnels et les plus noirs, mais je sais qu'elle a fait une fausse couche et que ça l'a laminée. Elle a arrêté de venir à mes cours de danse. Ensuite, elle a eu un congé maladie pendant deux mois.

– Qu'est-ce qui n'allait pas ?

– Elle ne l'a jamais dit, mais je soupçonne une dépression à la suite de sa fausse couche. J'ai additionné deux et deux. Alyssa ne buvait pas. Elle m'a dit un jour que l'alcool était déconseillé avec son traitement, et on a aussi parlé de dépression, mais c'était une discussion superficielle. Elle ne m'a pas confié qu'elle était déprimée, ni rien de tel.

– Est-elle revenue après avoir été malade ?

– Pendant quelques semaines, mais elle avait beaucoup de mal. Elle avait pris du poids, elle est arrivée en retard à un ou deux cours, elle a disparu une semaine, et ensuite il y a eu la bagarre. Ça fait à peu près trois ans.

– Une bagarre ? Vous savez avec qui ? demanda Henley en songeant à la première ligne du casier judiciaire d'Alyssa Hadlow : une condamnation pour agression.

– Je n'en ai aucune idée, dit Giana Courtney. Au début, elle a essayé de nier sa condamnation, mais c'était marqué noir sur blanc. On n'aurait jamais rien su si on n'avait pas procédé à une vérification du casier judiciaire de tous nos employés pour mettre à jour les dossiers du personnel.

– Vous n'avez pas besoin du consentement, pour avoir accès au casier ? interrogea Ramouter.

– Si, bien sûr. Alyssa avait rempli le formulaire environ un mois avant son congé maladie, mais on avait pris du retard. Elle est revenue travailler et, une semaine plus tard, on a découvert sa condamnation. Elle nous l'avait cachée, ce qui constituait une rupture de contrat ; elle a été suspendue, et elle n'est jamais revenue.

– Il y a presque deux ans, donc ?

La directrice hocha la tête et se tourna vers la fenêtre.

– Je ne l'ai pas abandonnée, souffla-t-elle.

– Pourquoi dites-vous ça ? s'enquit Ramouter. (Il entendit à nouveau les paroles d'Amy Whittaker : *Je l'ai abandonné.*) Nous n'avons pas insinué que vous l'aviez abandonnée.

– Non, mais j'ai l'impression que, selon vous, j'aurais dû faire plus.

– Pas du tout, assura Henley avec douceur. Il arrive que les amitiés se brisent tout naturellement.

– J'ai essayé de lui tendre la main, dit Giana Courtney, dont les yeux s'emplirent de larmes. Mais elle n'a répondu ni à mes appels ni à mes sms. Je suis même allée chez elle une ou deux fois, mais personne ne m'a ouvert. J'ai essayé et puis… Que pouvais-je faire de plus ?

– Elle a été trouvée dans un appartement de Tanner's Hill Estate, dit Henley. C'est là que vous lui aviez rendu visite ?

– Non, à Tufnell Park. Où elle vivait avec son mari.

– Alyssa était mariée ?

– Pardon, je voulais dire : son ex-mari. Ils ont rompu peu après qu'elle a découvert sa grossesse. (On ne pouvait ignorer l'expression sombre qui envahit le visage de la directrice quand elle secoua la tête.) Je n'arrive toujours pas à croire qu'il lui ait fait ça.

– Que voulez-vous dire ? demanda Henley. Qu'a fait son ex-mari ?

– Il l'a laissée. Il a mis un terme à leur mariage. Après qu'elle…

Giana Courtney s'interrompit et reporta son attention sur les fenêtres. Au bout de quelques secondes, elle se retourna avec dans les yeux un regard qu'Henley reconnut. Le regard d'une personne ayant vécu un chagrin récent.

– La première fois que je suis tombée enceinte, j'ai fait une fausse couche à cinq mois, dit-elle. Je sais ce que c'est, et je sais combien il est important d'être entourée. Elle, elle n'a eu personne. Il est parti.

– Vous pourriez nous donner le nom du mari ? demanda Henley. Tentant d'éviter les conclusions trop rapides à propos des raisons pour lesquelles les rapports entre Alyssa Hadlow et son époux s'étaient détériorés, elle s'efforçait de compartimenter ses propres sentiments, mais cela lui demandait un gros effort. Elle se rappelait très bien ce qu'elle ressentait quand Emma bougeait dans son ventre alors qu'elle était enceinte de cinq mois.

– Le Dr Bryan Ekubu. C'est un de nos conférenciers en Affaires internationales. Il est extrêmement intelligent mais c'est tout de même un connard fini.

– Vous voulez bien nous donner ses coordonnées ? demanda l'inspectrice.

– Oh, je peux faire mieux que ça. Je peux vous conduire à lui. Il est au beau milieu d'un cours magistral en ce moment.

# 28

Le Dr Bryan Ekubu sembla contrarié de voir entrer Henley et Ramouter cinq minutes avant la fin de son cours.

Il paraissait un peu plus de cinquante ans, et on aurait dit que toute sa personne étincelait, du sommet de son crâne bien rasé à la pointe de ses chaussures. Bien qu'il soit plus petit qu'Henley, quelque chose dans son port le faisait paraître plus grand. L'inspectrice, tandis qu'il tapait sur son ordinateur portable, remarqua la large alliance qui ornait son annulaire.

– Je peux vous aider ? demanda-t-il en refermant son ordinateur et en quittant son siège, quand le dernier étudiant eut claqué la porte derrière lui. C'était moins une invitation qu'une affirmation.

– Je suis l'inspectrice détective Henley, et voici l'AD Ramouter – nous sommes de la brigade des crimes en série. J'ai besoin de vous parler d'Alyssa Hadlow.

– Alyssa.

Ekubu prononça le nom comme s'il essayait de se rappeler une ancienne étudiante. On ne sentait en lui aucune inquiétude, aucun souvenir d'une histoire d'amour passée. Henley chercha dans ses yeux le moindre signe d'intérêt ou de curiosité quant à la raison pour laquelle deux policiers venaient lui parler de son ex-femme.

– Alyssa, répéta-t-il. C'est un nom que je n'ai pas entendu depuis un certain temps.

– Pas si longtemps que ça, dit Ramouter.

– Comment va-t-elle ?

Ekubu semblait poser la question par politesse, non parce que la réponse lui importait vraiment.

– Elle est morte, répondit le jeune policier d'une voix forte.

L'inspectrice remarqua le subtil changement dans l'attitude de leur interlocuteur. Il tourna la tête vers elle, puis vers son partenaire, comme s'il le voyait pour la première fois.

– Qu'est-ce que vous racontez ? Elle ne peut pas être morte.

– Son corps a été trouvé ce…

Henley et Ramouter se précipitèrent pour empoigner les bras du Dr Ebuku quand ses jambes se dérobèrent sous lui. Tous ses efforts pour conserver un abord stoïque avaient disparu aussi vite que le ciel d'un après-midi d'hiver laisse la place au néant glacial de la nuit. Des tremblements parcouraient les muscles de ses bras.

– Ça va aller, dit-il, d'un air farouche. (Il se dégagea, visiblement furieux de s'être ainsi laissé aller en public, et saisit les accoudoirs du fauteuil derrière lui.) Ça va aller, ça va aller, répéta-t-il.

– Quand avez-vous vu Alyssa pour la dernière fois ? s'enquit Henley en se plaçant à côté du bureau.

– Que lui est-il arrivé ? Comment est-elle morte ? demanda Ekubu, ignorant la question, incapable de comprendre que la situation avait évolué et que ce n'était pas à lui d'interroger. Vous dites que vous êtes de la brigade des crimes en série ? Est-ce que vous n'enquêtez pas sur les tueurs en série ? Qu'est-ce que vous faites ici ?

– Quand avez-vous été en contact pour la dernière fois avec votre ex-femme ? demanda à nouveau Henley.

Les mots « ex-femme » semblèrent ramener Ekubu à la réalité. Il se pencha et se massa les tempes.

– Je n'ai eu aucun contact avec elle depuis le divorce. Nous nous sommes séparés il y a quatre ans.

– Vous vous êtes séparés alors qu'elle était enceinte ?

– Le bébé n'était pas de moi. J'aurais voulu qu'il le soit, mais ce n'était pas le cas.

– Qui était le père ?

– Aucune idée. Elle ne me l'a jamais dit.

– Est-ce la raison pour laquelle vous vous êtes séparés ? Parce qu'Alyssa avait un amant ?

– Non, non. Je serais resté. Mais notre couple s'est brisé.

Henley aurait désespérément voulu savoir pourquoi Ekubu ne répondait pas à la question. Elle pouvait lui demander à nouveau *pourquoi,* mais, si cet homme était prêt à rester et à élever l'enfant d'un autre, la réponse était peut-être simple : Alyssa ne voulait plus de lui.

– Mais vous avez continué de travailler ensemble à l'université après votre séparation ? interrogea Ramouter.

– Je suis conférencier extérieur. Il m'était facile de ne pas la voir. Vous ne m'avez toujours pas dit ce qui lui est arrivé, dit Ekubu en un visible effort pour reprendre un peu le contrôle de la discussion.

– Nous n'en savons rien, admit Henley. Elle a été retrouvée morte dans son appartement et tout ce que je peux dire, c'est que les circonstances ne sont pas claires. Donc, parlez-nous d'Alyssa. Vous disiez que le bébé n'était pas de vous.

– Mais que nous ne nous sommes pas séparés pour ça.

– Alors pourquoi ?

Le visage d'Ekubu se détendit provisoirement.

– Elle était enthousiasmante, dit-il. Elle était tout. Drôle, intelligente, spontanée. Mais ensuite, elle est devenue plus maniaque.

– Alyssa était bipolaire ? demanda Ramouter.

– Je ne le savais pas quand on s'est mis ensemble. Elle ne me l'a pas dit, et rien n'aurait pu me faire soupçonner qu'elle n'allait pas bien.

– Qu'est-ce qui s'est passé exactement ? demanda Henley. Nous savons qu'elle a fait une fausse couche. Ça a déclenché un épisode dépressif ?

Le Dr Ekubu hocha la tête.

– Mais ça avait commencé avant. Je ne me suis rendu compte de son état qu'en découvrant une boîte de médicaments sur la banquette arrière de la voiture, pendant que je la nettoyais. Elle avait dû tomber de son sac.

– Elle vous l'avait caché.

– Oui. Elle prenait du lithium. Un stabilisateur de l'humeur. Elle m'a dit qu'on lui en prescrivait depuis ses dix-sept ans.

– Que pensez-vous qu'il lui soit arrivé ? Puisque vous dites que ça a commencé avant sa fausse couche ?

– Je pense qu'elle a eu un épisode maniaque. Je voyageais beaucoup à l'époque, mais je ne l'ai jamais trompée. Jamais.

– Elle, en revanche, elle vous a trompé ? demanda Henley.

– Oui, mais elle ne savait pas ce qu'elle faisait, répondit Ekubu, sur la défensive. Je ne sais pas si elle a arrêté de prendre son médicament ou si son médecin lui a changé le dosage mais, quand je suis rentré à la maison, elle était en pleine crise.

– Comment avez-vous géré la situation ? Vous n'étiez pas au courant de son état, donc ç'a dû être une découverte brutale, pour vous.

– Oui, dit-il tristement. La crise a duré environ dix jours, dont deux durant lesquels elle a disparu. Ensuite, elle est tombée dans un épisode dépressif, puis la crise maniaque est revenue. Ça a continué comme ça environ trois mois. On a découvert sa grossesse quand on a reçu ses résultats d'analyse sanguine. Alyssa n'avait aucune idée de l'identité du père, mais ce n'était clairement pas moi. Elle en était à quatre mois quand elle a fait sa fausse couche. Elle m'a réveillé à trois heures du matin. Les draps étaient couverts de sang.

Henley jeta un coup d'œil à Ramouter, qui paraissait aussi épuisé qu'elle par le poids de la conversation et de la détresse du Dr Ekubu.

– Alors, que s'est-il passé après la fausse couche ? demanda le jeune policier, prenant le relais.

– Elle est tombée dans une autre dépression. Celle-là a duré plusieurs mois, puis la manie l'a reprise. D'abord des petits détails mais, ensuite, ça s'est aggravé. Elle s'est mise à lancer toutes sortes d'accusations. À m'accuser d'avoir des liaisons, alors que ce n'était pas le cas. Elle se faisait du mal et elle a commencé à m'agresser physiquement.

– Vous n'avez pas essayé de lui trouver de l'aide ? s'enquit Henley.

– Elle n'en voulait pas.

– Alors même qu'elle en avait visiblement besoin ?

– Vous avez déjà eu affaire à une personne qui souffre de graves problèmes mentaux ? (Ekubu haussa le ton.) Vous croyez qu'il est facile de convaincre quelqu'un que vous faites de votre mieux pour l'aider quand ça vous ne vous rapporte en tout et pour tout qu'une agression physique et verbale ?

L'inspectrice recula mentalement d'un pas. Le Dr Ekubu n'était qu'une façade. Derrière ce costume élégant et ce regard sévère, il y avait énormément de douleur.

– L'université était-elle au courant des problèmes d'Alyssa ? demanda-t-elle enfin.

– Non, répondit-il. Non, elle craignait d'être stigmatisée. Quand elle allait bien, elle faisait correctement son travail. Elle était intelligente. C'est une des choses que j'aime… pardon, que j'aimais chez elle. Son médecin a prétexté le stress pour lui donner un congé.

– Que s'est-il passé, au bout du compte ? demanda Henley en prenant soin de ne pas adopter un ton mordant. Que le Dr Ekubu fût encore amoureux d'Alyssa était une évidence.

– J'ai vraiment essayé de supporter ça, mais j'ai fini par la faire hospitaliser, dit Ekubu en ôtant ses lunettes pour essuyer ses larmes. J'ai cru que ce serait pour le mieux. Elle a passé deux mois à l'hôpital psychiatrique Templey de Stamford Hill. Lorsqu'on l'a laissée sortir, elle a refusé de rentrer à la maison et elle a demandé le divorce. Je ne voulais pas. J'ai essayé de lui trouver de l'aide mais, quand quelqu'un ne cesse de vous combattre… Qu'est-ce qu'on peut faire ?

– Quand l'avez-vous vue pour la dernière fois ? demanda Ramouter.

– Le jour où la police est venue chez moi, et où elle a été internée.

– Vous n'êtes pas allé à l'hôpital ?

– Elle refusait de me voir. J'aurais peut-être dû faire plus d'efforts, m'accrocher à elle, mais elle ne voulait plus de moi.

– Est-ce qu'Alyssa avait de la famille ?

– Non. Ses parents sont morts tous les deux. Elle a une demi-sœur quelque part dans la nature, mais il n'y avait que moi, en fait. J'étais tout ce qu'elle avait.

Henley regarda Ramouter. Pour la première fois, elle hésitait sur ce qu'elle devait faire, alors que le Dr Ekubu se laissait tomber sur son siège, l'air coupable, abattu.

– J'ai vraiment essayé, vous savez, dit-il lorsqu'il se leva enfin pour s'approcher du bureau et éteindre son ordinateur. Je ne l'ai pas abandonnée.

– C'est curieux. Giana Courtney a dit la même chose, remarqua Ramouter.

Ekubu se redressa et plissa les lèvres.

– Elles étaient censées être amies.

– Comment décririez-vous vos rapports avec la directrice ? demanda le jeune policier. Vous travaillez tous les deux à l'université, et elle est persuadée que c'est vous qui avez rompu. Elle n'a mentionné aucune hospitalisation.

Le conférencier se pencha en avant et se prit la tête dans les mains, tandis que ses larmes coulaient enfin.

– Je voulais protéger Alyssa, dit-il. Je suis capable d'encaisser, alors qu'elle était vulnérable. Il était plus facile de laisser croire à l'entourage que je l'avais quittée.

Henley signala à Ramouter qu'il était temps d'en terminer. De toute évidence, le Dr Ekubu avait fait tout son possible pour aider sa femme.

– Je veux rentrer chez moi, dit-il au bout d'un moment en relevant la tête.

– Bien sûr, dit l'inspectrice. (Elle sortit une carte de visite et la lui donna.) Je sais que vous n'avez pas vu Alyssa depuis un moment, et que tout ça est dur à encaisser, mais appelez-nous si vous pensez à quoi que ce soit qui puisse nous aider.

– Vous voulez bien me prévenir quand son… J'étais sa seule famille et je veux lui dire au revoir proprement, dit Ekubu en prenant la carte. Il la rangea dans la sacoche de son ordinateur.

– Naturellement. Dès qu'elle sera prête, je vous préviendrai, assura Henley.

– Il y a encore une chose, dit Ramouter.

– Oui ?

– Je me demandais juste si Alyssa appartenait à une église quelconque ?

– Une église ? (Ekubu secoua vigoureusement la tête.) Elle n'y mettait jamais les pieds. C'est tout juste si elle croyait au mariage. On s'est mariés dans un bureau d'état civil. Alyssa était athée. Elle ne croyait en rien du tout.

# 29

– Papa, appela Henley tandis qu'elle traversait la maison de son enfance au rythme profond de la basse de Gregory Isaacs qui résonnait dans tout le bâtiment. Arrivée au salon, elle sourit en voyant Elijah danser avec sa petite-fille. Tous les deux chantaient très fort et très faux.

La musique était un signe positif, entendre son père chanter mal en était un autre. L'inspectrice chassa une pointe de chagrin quand se forma dans son esprit l'image de sa mère chantant à la perfection, elle, tandis qu'elle cuisinait des viandes épicées.

– Salut à toi, ma belle étoile, lança Elijah, hors d'haleine, quand la musique s'arrêta et qu'il vit Henley.

Une transformation considérable s'était opérée en lui. Six mois plus tôt, il était brisé, dans les griffes d'une dépression profonde. Henley et son frère avaient alors associé leurs efforts pour le pousser à échanger son domicile solitaire contre la chambre d'amis de Simon, puis à consulter son médecin. Un changement d'antidépresseurs et quelques consultations à l'hôpital l'avaient mis sur la voie de la guérison.

– Encore. Remets la chanson, s'écria Emma en courant dans les jambes de son grand-père, ignorant sa mère.

– La même ? Je l'ai déjà mise trois fois, s'esclaffa Elijah tout en serrant Henley dans ses bras. L'inspectrice prit une profonde inspiration. C'était bien l'odeur de son père, de l'après-rasage qu'il utilisait depuis des temps immémoriaux, mêlée à celle du talc et à un vague parfum de sciure.

– Alors, elle a été gentille avec toi ? demanda-t-elle en se penchant pour embrasser le front en sueur d'Emma. Elle ne se vexa pas quand la petite se tortilla pour lui échapper, se jeta sur le canapé et demanda à son grand-père d'allumer la télévision. L'été précédent, elle n'aurait pas imaginé que son père puisse garder sa fille ne serait-ce qu'un après-midi. Aujourd'hui, Rob avait appelé pour dire que son train de Manchester était annulé, qu'il n'arriverait donc pas à temps pour récupérer Emma à la garderie, et voilà le résultat.

– Oui, elle a été très bien, répondit Elijah affectueusement, avant d'entrer dans la cuisine et d'allumer la bouilloire. On a passé un bon après-midi. Elle m'a aidé à peindre un placard.

– Je suis contente que tu travailles, déclara Henley en le suivant. Par la fenêtre de la cuisine, elle voyait le hangar depuis longtemps agrandi et changé en un atelier où son père avait exercé sa profession de menuisier, fabriquant des meubles sur mesure.

– Oh, ce n'est rien. Une commande ponctuelle. La cliente veut que ce soit peint en style *shabby chic*. Quelle bêtise.

Elijah, les yeux levés au ciel, sortit deux tasses du placard.

– Pas pour moi, papa, je ne reste pas. Je suis seulement venue te déposer le pyjama d'Emma et ses vêtements pour demain. Il faut que je retourne au boulot, et je préfère qu'elle passe la nuit avec son grand-père. Je n'ai aucune idée du temps que va me prendre mon interrogatoire, et Rob arrivera tard à la maison.

– Tu peux au moins boire une tasse de thé. Je ne veux pas que tu tombes d'épuisement, déclara Elijah.

– Soit. (Henley savait qu'il était inutile de discuter.) Assieds-toi, je m'en occupe.

– Seulement un sucre. Je suis en train de réduire, dit-il en s'asseyant sur une chaise de la cuisine.

– Ouais, c'est ça, répondit-elle en remarquant la boîte de biscuits ouverte devant lui.

– Je t'ai vue à la télé, hier. Alors, est-ce que le pasteur voulait tuer ce garçon dans l'église ?

– C'est tout ce que tu as retenu de la conférence de presse ?

– On se rappelle toujours le premier et le dernier truc qui ont été dits. Et le dernier, c'est quand un journaliste a demandé si le pasteur était responsable.

– Merci bien, papa, répondit Henley en versant l'eau sur le thé.

– Ne te vexe pas. Ça rend juste l'histoire plus juteuse.

– Ce n'est pas une histoire. C'est une enquête sur un meurtre.

– Si tu veux mon avis, le pasteur est coupable, dit Elijah. Il tira une poignée de Jammie Dodgers de la boîte à biscuits et en donna un à Emma qui avait quitté le canapé pour entrer dans la cuisine.

– Tu regardes trop la chaîne des enquêtes criminelles.

– Tu as forcément un suspect. Pour le meurtre d'un type comme ça, il doit y en avoir des tas.

– Pourquoi dis-tu ça ? demanda Henley avec une curiosité authentique.

– Parce que j'ai cherché son nom sur Google. Il y a une vidéo de ses services religieux, et je trouve qu'il a l'air d'un charlatan. Il voulait que sa congrégation le révère. Tu devrais regarder ça. Je t'enverrai le lien.

– Oui, n'oublie pas. À part ça, pour répondre à ta question, non, on n'a pas encore de suspect, ce qui est frustrant. Mais, de toi à moi – et je dis bien : de toi à moi. Ne va pas raconter ça à tes copains du pub !

– Je ne ferais jamais une chose pareille, se récria Elijah, faussement horrifié.

– Je crois que tu n'as pas tort en disant qu'il voulait être révéré. Il ne pratiquait pas exactement ce qu'il prêchait, surtout quand il était question de… eh bien, des femmes.

– C'est pour ça que je n'ai jamais été très porté sur l'église, dit Elijah, comme Henley déposait son thé à table, et qu'Emma montait sur ses genoux. Les gens utilisent la religion pour justifier leurs mauvaises actions. Pourquoi ne t'occupes-tu jamais d'affaires simples ?

– Pourquoi aurais-je la vie facile ? Ce serait trop de chance.

– Arrête d'être dure avec toi-même. Tu mérites une vie heureuse et paisible. Tu n'es pas obligée d'être forte en permanence, mon ange.

– Je ne suis pas malheureuse. Je suis seulement…

Henley laissa mourir sa voix. Elle était capable de beaucoup de choses mais pas de mentir à son père.

– Tu es seulement quoi ?

– Je suis fatiguée. Fatiguée de douter de moi. Fatiguée d'aller au lit avec des fantômes. Ce serait peut-être plus facile si je changeais de travail.

– Ce n'est pas la solution. (Elijah renifla.) La seule personne à qui ça ferait plaisir, c'est Rob. Toi, tu serais malheureuse comme les pierres, et Stephen aussi.

– Ne commence pas, dit Henley en buvant son thé.

Pour une raison qu'elle ignorait, à l'époque où son père menaçait de jeter tous ses copains dehors, Pellacia était le seul qu'il appréciait réellement. La mère de l'inspectrice avait dit plus d'une fois que, lorsqu'ils avaient rompu, son père avait en avait été plus ennuyé qu'elle.

– Je ne dis rien du tout, protesta Elijah. Alors, il vient, Stephen, à la fête pour ta mère samedi prochain ?

– Je ne sais pas, répondit Henley en se rappelant le sms qu'elle avait envoyé à Pellacia pour lui demander de s'abstenir. Il n'avait pas encore répondu.

– J'espère que oui, dit son père. Ta mère l'aimait bien, et ça lui ferait plaisir de savoir qu'il est là en son honneur.

– Comment fais-tu, papa ? demanda-t-elle en emportant leurs tasses vides dans l'évier. Elle me manque énormément, mais je ne peux pas… Ça fait trop mal.

– Je m'autorise à pleurer quand j'en ai envie, à rire quand j'en ai envie. Je ne me file pas des gifles quand j'oublie qu'elle n'est pas là et que je prépare sa tasse de thé en même temps que la mienne au saut du lit. Je lui permets de me manquer, Anjelica.

– Je ne veux pas qu'elle me manque, admit Henley en rejoignant Elijah à table. Si elle me manque, je serai obligée d'admettre qu'elle n'est plus là.

– Tu ne peux pas continuer comme ça, dit-il en poussant la boîte à biscuits hors de portée d'Emma.

– Je sais, je sais. Je me sentirais peut-être mieux si je me maîtrisais davantage.

– Comment ça, davantage ? demanda-t-il en éclatant de rire. Tu te maîtrises déjà beaucoup trop.

– Qu'est-ce que tu veux dire ?

– J'ai vu ta tête à la conférence de presse, pendant que la femme du pasteur s'exprimait. Elle était vraiment trop, celle-là. Je ne sais pas comment tu as réussi à rester impassible et à ne pas la traîner hors de la table.

– Franchement, papa, je l'aurais volontiers…

Henley s'interrompit quand son téléphone sonna. Elle le pêcha dans les profondeurs du sac pendu au dossier de sa chaise.

– Désolée, c'est Stanford, dit-elle avant de répondre : Salut, toi. Elle est prise en charge ?

– Oui, c'est fait, répondit Stanford. Il n'y avait pas de place à Lewisham, donc on a dû l'emmener à Plumstead. Elle a versé toutes les larmes de son corps quand Eastwood lui a appris qu'elle était en état d'arrestation pour meurtre.

– Elle a dit quelque chose ?

– Seulement qu'elle était innocente. Mais elle n'est pas si bête que ça : elle a demandé un avocat à la seconde même où on est arrivés dans le quartier des gardes à vue.

# 30

Le quartier des gardes à vue de Plumstead n'était pas aussi moderne que celui du poste de Lewisham. Il y régnait une forte odeur de pâtes au poulet et aux champignons, mêlée de la puanteur d'un détenu qui macérait dans sa crasse depuis une semaine.

– Tu crois qu'elle va parler ? demanda Ramouter en suivant Henley à la salle d'interrogatoire. Même si elle a l'air d'avoir douze ans, elle a été assez dégourdie pour demander un avocat.

– Elle parlera peut-être, mais sans doute pas à moi. À toi, je crois.

– Vraiment ? fit-il, surpris.

– C'est sûr et certain. C'est moi qui ai menacé de l'arrêter et de la jeter dans une cellule glaciale. Dès qu'elle me verra, elle se crispera. Prends la direction des opérations. Si c'est toi, elle parlera sans aucun doute.

Uliana Piontek, le visage très rouge et les yeux gonflés, occupait un banc en plastique dur. Un petit tas de mouchoirs froissés et humides reposait devant elle. Son avocat, Aaron Lodge, restait impassible en classant ses papiers et en lissant la déclaration que lui avait remise Ramouter une heure plus tôt.

– Je n'ai rien fait du tout, s'exclama Uliana avant que les deux policiers ne se soient assis.

– Attendez, dit fermement Lodge.

– Mais…

– Uliana, je vous ai expliqué comment cela doit se passer. Attendez, répéta-t-il en ramassant son stylo pour prendre des notes.

– Bien, nous commençons ? proposa Henley. Elle appuya sur le bouton d'enregistrement du moniteur puis s'adossa et observa Uliana Piontek tandis que Ramouter l'informait de ses droits. La jeune femme avait encore moins fière allure que dans son appartement. La gravité de la situation l'avait dépouillée du peu d'assurance qu'elle possédait.

– Je n'ai rien fait de mal, dit-elle encore à la seconde même où Ramouter eut achevé son préambule. Je ne l'ai pas tué.

– Vous avez dit exactement la même chose quand on vous a arrêtée, remarqua le policier. Et, d'après le registre de la garde à vue, vous l'avez répété en arrivant ici.

– C'est la vérité. Je ne l'ai pas tué.

– Vous n'arrêtez pas d'affirmer ça, mais deux faits concrets me font douter de vous, déclara-t-il calmement.

– Je ne mens pas.

– Vous avez déjà menti, Uliana.

– À quel propos ?

Que les gens soient persuadés de ne jamais se faire prendre, de ne jamais voir démêlés les fils brouillons de leurs mensonges, ne cessait d'étonner Henley. Elle sortit une feuille de papier et la déposa devant Uliana.

– Qu'est-ce que c'est ? demanda la jeune femme en la prenant de ses mains tremblantes. Je ne comprends pas.

– C'est un rapport médical simplifié qui fait la liste des indices organiques trouvés sur le cadavre de Caleb Annan, expliqua Ramouter.

– Je ne l'ai pas touché. Je l'ai vu par terre et je me suis enfuie.

– Ce rapport nous apprend que vos sécrétions vaginales ont été trouvées sur le caleçon de Caleb Annan, sur son pénis et dans toute la région de son bas-ventre. On en a aussi relevé sur le canapé de son bureau.

– Cette information ne nous a pas été transmise, intervint Aaron Lodge en prenant le rapport de la main d'Uliana. Je déclare officiellement vous avoir demandé le rapport sur le prélèvement ADN. Or vous ne me l'avez pas révélé.

Henley perçut un léger frémissement dans la voix de l'avocat.

– On vous en a révélé assez, affirma-t-elle. La déclaration que vous avez lue et signée, maître Lodge, disait clairement que l'ADN d'Uliana Piontek avait été relevé sur le cadavre d'Annan et sur la scène de crime.

Un bref instant s'écoula tandis que Lodge relisait la déclaration. Uliana eut le courage de rester impassible jusqu'à ce qu'il se penche pour murmurer à son oreille. Alors, elle blêmit.

– Continuez, dit l'avocat.

– Ces sécrétions vaginales correspondent à votre ADN avec un taux de certitude de 99,9 %, s'exécuta Ramouter.

– Je… Il doit y avoir une erreur.

– Il n'y a aucune erreur.

– Peut-être que quelqu'un l'a déposé là ?

Henley croisa le regard de Lodge, dont le stylo s'immobilisa sur la page.

– Quelqu'un l'aurait déposé là ? demanda le jeune policier sans moquerie. Votre ADN ?

– Ça pourrait arriver.

– Nous ne faisons pas dans l'hypothétique, en ce moment. Personne n'a déposé votre ADN sur Caleb Annan.

– On n'essaie pas de vous coincer, intervint Henley. S'il y a une explication à la présence de votre ADN sur le cadavre d'Annan, vous devez nous la donner. Il est mort, pas vous. Pour le moment, vous occupez la position peu enviable d'être la seule personne accusée de l'avoir tué.

Uliana essuya ses larmes sur sa manche.

– Vous n'avez que… (Henley s'empara du rapport de garde à vue.) Vous aurez vingt et un ans en juin. Une condamnation pour meurtre n'est pas réellement la perpétuité, mais, dans le meilleur des cas, le juge fixera une période de sûreté de vingt-cinq ou trente ans.

– Période de sûreté ? Qu'est-ce que ça veut dire ? demanda la jeune femme en se tournant vers son avocat pour y chercher le réconfort.

– Que vous aurez cinquante ans avant de pouvoir être libérée sur parole, répondit Ramouter.

Henley n'aurait pas cru possible que le visage d'Uliana devienne plus pâle qu'il ne l'était déjà.

– Cinquante ans…

– Avec de la chance, appuya l'inspectrice.

– Nous savons que vous avez eu des rapports sexuels avec Caleb Annan, reprit Ramouter. Cela signifie que vous étiez avec lui juste avant qu'il ne soit assassiné, ou bien que c'est vous qui l'avez assassiné. Alors, quelle est la bonne réponse ?

– Ce n'est pas… ce ne n'est pas moi qui… Je n'ai rien fait du tout. (La jeune femme s'adossa au mur et prit une profonde inspiration. Plus d'une minute s'écoula avant qu'elle ne parle à nouveau.) J'étais là-bas. Le lundi soir.

– Ça va vous paraître un peu pointilleux, mais j'ai besoin que vous disiez précisément où vous étiez, dit le policier.

– Dans l'église.

Elle se pencha en avant et se prit la tête dans les mains.

– Pourquoi y êtes-vous allée ?

– Caleb m'a appelée et m'a dit qu'il voulait me voir.

– Pourquoi voulait-il vous voir, vous ? La femme de ménage.

Uliana se redressa, se pencha vers son avocat, et chuchota.

– C'est bon, l'encouragea-t-il. Dites-le.

Henley ne put s'empêcher d'éprouver une pointe de compassion en voyant la peur et l'angoisse sur le visage de la jeune femme, qui murmura :

– Il voulait me voir. Nous… étions proches.

– Proches comment ? insista Ramouter.

– Nous couchions ensemble.

– Vous aviez une liaison.

– Non, non. Pas une liaison. On se voyait, c'est tout.

– Et depuis combien de temps vous voyiez-vous ?

– Quatre mois environ. Pas très longtemps après que j'ai commencé à travailler là-bas. Il m'a dit qu'il m'appréciait et que j'étais unique. Il avait le chic pour me convaincre que c'était une bonne chose.

– Donc, vous couchiez avec lui depuis quatre mois.

Uliana hocha la tête.

– Il faut que vous répondiez, pour l'enregistrement, précisa Lodge.

– Pardon. Oui, dit-elle.

– Et où aviez-vous vos rapports ?

Elle prit une inspiration.

– La première fois, c'était à l'église, dans son bureau. Mais, en général, je le retrouvais à l'hôtel. Une fois, on est allés dans un appartement de Wapping.

– Caleb Annan était un homme marié, avec deux enfants, lui rappela Ramouter.

– Il disait que son couple était fini, qu'il restait seulement à cause des enfants.

– L'avez-vous jamais soupçonné d'avoir des rapports avec d'autres femmes ?

Un éclair de confusion passa dans les yeux d'Uliana Piontek.

– De quoi parlez-vous ? Que vous a dit Nicole ?

– Nicole ? répéta Ramouter en jetant un coup d'œil à sa partenaire. Votre amie qui faisait auparavant le ménage pour Caleb ?

La jeune femme hocha lentement la tête.

– Nous ne l'avons pas encore vue.

– Ah non ? dit-elle à voix basse. On ne pouvait se méprendre sur son expression : elle réalisait qu'elle venait de commencer à creuser un trou pour s'y enfouir.

– Non, pas encore, enchaîna Henley. Qu'aurait pu nous dire Nicole, selon vous ?

Uliana se mordit les lèvres.

– Quand nous vous avons rencontrée l'autre jour, chez vous, vous disiez inutile que nous lui parlions, insista l'inspectrice.

– Je ne me rappelle pas avoir dit ça.

Henley tira son carnet de notes du dossier posé sur la table et le feuilleta jusqu'à une page au coin supérieur gauche corné.

– Voilà. « Elle ne saura rien du tout. » C'est la note que j'ai prise. Pourquoi ne vouliez-vous pas que nous parlions à Nicole ?

– Ce n'est rien.

– Je ne crois pas que ce soit vrai. Je vous repose ma question. Pourquoi ne vouliez-vous pas que nous parlions à Nicole ?

Henley entendait le léger bourdonnement de la climatisation tandis qu'elle attendait une réponse.

– Il avait couché avec Nicole, finit par dire la jeune femme. Elle baissa la tête. Sa voix était à peine audible.

– Vous allez devoir parler plus fort, lui enjoignit l'inspectrice. En outre, nous cacher des choses ne servirait à rien : d'une manière ou d'une autre, nous finirons par tout savoir.

– Quand avez-vous appris que Caleb couchait avec Nicole ? demanda Ramouter.

– J'ai commencé à faire le ménage à l'église en septembre, dit Uliana. Nicole avait cessé d'y travailler en août, je crois. Caleb et moi… on a commencé à se voir en octobre. Environ une semaine après la rentrée.

– Comment est-ce que ça a commencé ? Caleb et vous, je veux dire.

– Il m'a demandé de venir tôt un matin. (La jeune femme baissa la voix, les yeux fixés sur l'enregistreur.) J'ai attendu qu'il ouvre l'église.

– Il ne vous avait pas donné un trousseau de clefs ?

– Pas encore.

– D'accord. Donc il vous a demandé de venir tôt.

– Oui. Il n'y avait que lui et moi. Il a été très gentil, il m'a interrogée sur mes études, ma famille. Ensuite, pendant que je faisais le ménage dans son bureau, il m'a embrassée. Il m'a dit que j'étais unique et qu'il m'aimait bien.

– Et qu'avez-vous fait quand il vous a embrassée ?

– D'abord j'ai dit non, et puis… (Uliana s'adossa au banc dur et regarda Ramouter droit dans les yeux.) Je lui ai rendu son baiser et je l'ai laissé me toucher.

– C'est tout ?

– Oui, on n'est pas allés plus loin, parce qu'il s'est arrêté d'un coup, il m'a dit que ce n'était pas bien et qu'il était désolé. Ensuite il m'a donné de l'argent pour se faire pardonner.

– Il vous a donné de l'argent ? répéta Ramouter. Combien vous a-t-il donné ?

– Cent livres. Il savait que je ne roulais pas sur l'or.

– Quand avez-vous couché avec lui, alors ?

– Peut-être une ou deux semaines plus tard. Nous étions seuls tous les deux dans l'église, et ça s'est passé dans une des salles de réunion, à l'étage.

– Vous disiez n'y être jamais entrée. Je vous ai demandé spécifiquement si vous y étiez allée, et vous avez dit non, dit le policier. Pourquoi avez-vous menti ?

– Je… je ne… Je suis désolée, dit Uliana. Elle se mit à triturer les mèches de cheveux échappées de sa queue-de-cheval.

– À quelle fréquence aviez-vous des rapports avec Caleb ?

– Toutes les semaines. Au bout d'environ trois semaines, il m'a donné un jeu de clefs.

– Est-ce que ça se passait toujours dans l'église ?

– Non. Ça n'est arrivé qu'une seule fois, et une ou deux dans sa voiture, mais, en général, il m'appelait ou m'envoyait un texto le soir et me donnait l'adresse d'un hôtel.

– Vous a-t-il encore donné de l'argent ou fait des cadeaux ?

– Je suis désolée… désolée, gémit Uliana. Elle se tourna vers le mur et se mit à pleurer.

– On devrait peut-être faire une pause, intervint l'avocat en lançant à Ramouter un regard plein de ressentiment. Vous voyez bien qu'elle est bouleversée.

– Non, non, c'est bon, ça va.

Sa cliente renifla et se cala un peu plus dans l'angle, réussissant à paraître encore plus petite et plus vulnérable.

– Est-ce que Caleb vous payait chaque fois que vous couchiez ensemble ? demanda Henley.

– Je ne suis pas une prostituée, s'écria Uliana.

– Ce n'est pas ce que suggère l'inspectrice, dit doucement Ramouter. Mais vous comprenez qu'elle est obligée de poser la question, n'est-ce pas ?

– Je m'en fiche, dit la jeune femme. Elle essaie de me faire passer pour une… mais ce n'est pas vrai. Je n'ai rien fait de mal.

– D'accord, laissez-moi vous poser une autre question, enchaîna-t-il. Revenons-en à Nicole. Quand vous êtes-vous aperçue que Caleb avait couché avec elle ?

– C'était juste avant Noël. Il voulait me voir avant que je ne retourne en Lituanie pour les fêtes. Il disait avoir un cadeau pour moi. Je l'ai retrouvé dans un hôtel de Tower Bridge Road et… Nicole était déjà là.

– Que faisait-elle quand vous êtes arrivée ? interrogea Ramouter.

– Elle était au lit, dit Uliana. (Sa voix se brisa et elle se remit à pleurer.) Il a menacé de me licencier si je repartais, et de dire à la police que je lui avais volé de l'argent. Ce qui n'était pas vrai.

– Que s'est-il passé après qu'il vous a menacée ?

– Je me suis jointe à eux. C'est vrai, mais ça n'est arrivé qu'une seule fois.

– Est-ce que Caleb vous a jamais fait mal ou forcée à coucher avec lui, demanda doucement Henley.

– Il ne m'a pas forcée, mais il m'a… il m'a fait mal.

– Je suis désolée, mais je suis obligée de vous demander de quelle manière.

– Parfois, il était carrément… brutal, il me serrait la gorge. Une fois, il m'a laissé un bleu, mais ce n'était pas systématique, se hâta de dire Uliana. Je ne crois pas qu'il ait voulu me blesser.

Henley n'était pas surprise. Ce n'était pas la première victime d'une agression sexuelle qu'elle entendait excuser son agresseur. La privation de tout pouvoir conduisait parfois à entretenir une culpabilité imméritée.

– Vous n'avez rien fait de mal, affirma l'inspectrice. Il a profité de vous.

– Je n'arrêtais pas de penser que je n'avais peut-être pas dit ce qu'il fallait, ou que j'envoyais des signaux flous.

– Ce n'était pas le cas, dit-elle encore fermement, avant de murmurer à Ramouter : Continue.

– Dites-nous ce qui s'est passé dimanche soir. À quelle heure êtes-vous arrivée à l'église ? interrogea le jeune policier.

– Caleb m'a envoyé un texto vers 20 h 30 et m'a dit de venir.

– C'était habituel ? Qu'il vous écrive comme ça un dimanche soir ? Ça ne vous a pas inquiétée ?

– Pas vraiment. Il m'a dit qu'il m'envoyait un Uber. J'ai dû arriver à l'église vers 21 h 15.

– Et combien de temps êtes-vous restée ?

– Peut-être quarante-cinq minutes. Je suis repartie juste après vingt-deux heures, dans un autre Uber.

– Êtes-vous sortie de l'église par-devant ou par-derrière ?

– Par-derrière, mais la voiture m'attendait devant, sur Deptford Broadway.

– Avez-vous remarqué quoi que ce soit quand vous êtes partie ?

– Non, mais j'ai été obligée de revenir. Je me suis rendu compte que j'avais oublié mon téléphone. J'ai donc demandé au chauffeur de faire demi-tour. Quand je suis arrivée, il y avait une voiture garée près de celle de Caleb.

– Vous pourriez la décrire ?

– Gris métallisé. Une petite bagnole. Je ne me rappelle pas la marque. La porte de l'église était restée ouverte, derrière, donc je suis allée dans le bureau de Caleb.

– Vous vous rappelez l'heure qu'il était ? demanda Henley.

– Je ne suis pas très sûre. Peut-être 22 h 10. Je me rappelle que ma sœur m'a appelée au moment où je remontais dans le taxi.

– Vous a-t-elle appelée sur le téléphone que le sergent chargé des gardes à vue vous a pris quand vous êtes arrivée ici ?

– Oui.

– Même numéro ? Vous n'avez pas changé la carte SIM ? demanda Henley en poussant vers Uliana un stylo et un calepin.

– Non. C'est le même. Aucun changement.

– Avons-nous votre permission d'étudier votre téléphone pour vérifier que vous nous dites la vérité à ce propos ?

– Oui, répondit la jeune femme avec un soupir épuisé.

– Parfait, conclut Henley. Écrivez-nous le code pin.

– Qu'avez-vous vu en retournant à l'église ? demanda Ramouter quand Uliana se fut exécutée.

– J'ai entendu Caleb se disputer avec une femme dans son bureau. J'allais repartir mais la porte s'est ouverte, et il est sorti.

– Comment était-il ?

– Furieux. Il m'a crié dessus. Je lui ai dit que j'avais oublié mon téléphone. Et puis elle est sortie aussi.

– Qui est sorti ?

– Sa femme, Serena.

Henley se tourna vers son partenaire alors que la jeune femme recommençait à pleurer.

– Vous êtes sûre qu'il s'agissait de Serena Annan ? demanda-t-elle.

Uliana hocha la tête.

– J'ai besoin que vous répondiez oui ou non, dit doucement l'inspectrice.

– Oui. C'était elle.

– Est-ce qu'elle vous a dit quelque chose ?

– De partir. Elle m'a donné mon téléphone et elle m'a dit de partir.

# 31

Le rêve était une séquence d'images désarticulées : Ramouter allongé par terre, couvert des entrailles sanglantes de Dominic Pine ; Peter Olivier couché sur elle, à lui lécher le visage d'une langue chaude et humide. Elle le sentait peser sur son corps, insinuer les genoux entre ses jambes, tenter de les lui écarter, mais ce fut l'image du corps nu de Pellacia pendu à une poutre qui la réveilla. Dans le cauchemar, Olivier lui appuyait le visage contre le torse sanglant de son ancien amant.

– Stephen !

Henley ne savait pas si elle avait prononcé le nom de Pellacia à voix haute ou si cette exclamation faisait partie du cauchemar. La sueur écœurante qui couvrait sa poitrine et son front la laissait frissonnante dans la chambre glaciale.

– Qu'est-ce qui ne va pas ? La voix de Rob était étouffée, empesée de sommeil.

Henley tenta d'accommoder dans l'obscurité. Le réveil disait 4 h 28. Elle sentait les plats chinois mangés la veille au soir effectuer un retour malvenu dans sa gorge. Une bile aigre gainait sa langue.

– Anj ? insista Rob alors qu'elle repoussait les couvertures, bondissait hors du lit et se précipitait dans la salle de bains.

Son estomac tanguait tel un navire sur des eaux agitées. Elle sentit les muscles de son ventre se contracter douloureusement quand elle inspira les vapeurs d'eau de javel montant des toilettes, mais rien d'autre n'arriva. Il n'y eut pas de libération. Elle s'assit sur le carrelage de la salle de bains, le dos à la cuvette.

– Tu ne peux pas rester par terre, Anjelica. Il fait trop froid, décréta Rob, sur le seuil, en se frottant les yeux. L'inspectrice sentit la faiblesse de ses jambes quand il lui prit le bras et l'aida à se remettre sur ses pieds.

– Tu ne vas pas bien, constata-t-il. (Il l'escorta dans la chambre et sortit un tee-shirt propre d'une commode.) Je vais te chercher un verre d'eau, à moins que tu ne veuilles une tasse de thé ?

– Non, l'eau, ça ira, dit-elle en ôtant sa veste de pyjama trempée. Elle entendait battre son cœur dans l'obscurité. Rob quitta la chambre.

– Ce n'est pas juste, murmura-t-elle. Elle essuya une larme. Cela n'aurait donc jamais de fin ? Elle voulait laisser sa douleur, ses erreurs et Olivier enfouis dans le passé, mais ils ne cessaient de se manifester dans le présent.

– Tiens, dit son mari en lui tendant une tasse chaude.

– Je t'ai dit que je voulais juste de l'eau.

Henley espérait avoir l'air forte, mais elle n'avait plus l'énergie de se battre.

– Tu peux aussi bien boire le thé : je sais que tu ne te rendormiras pas. Je croyais que les cauchemars avaient cessé.

– Ça va, ça vient.

– J'ai eu une idée, dit-il en se remettant au lit avec elle et en réprimant un bâillement. Je devrais peut-être venir à la thérapie avec toi. Pour mieux comprendre ce qui se passe.

– Ça ne te concerne en rien, Rob, dit Henley.

– Mais ça le concerne, lui, non ?

Elle fut heureuse qu'il n'ait pas allumé la lumière, car elle aurait été incapable d'expliquer son expression coupable.

– Tu l’as appelé, dit Rob. C’est ça qui m’a réveillé. Tu as crié son nom. Deux fois.

– Je ne m’en souviens pas, déclara Henley en buvant une gorgée de thé. Et, même si c’est le cas…

– Il n’y a pas de si. Tu l’as appelé.

– C’est juste mon esprit qui me torture.

– Ne me prends pas pour un imbécile, Anj, dit Rob. Il alluma la lampe et se tourna pour lui faire face.

– Rob, je ne veux pas discuter de ça. Je dois être au boulot dans quelques heures, et je ne peux pas me permettre de rejouer cette conversation dans ma tête alors que je serai en train de témoigner.

– Il faut que ça change, affirma-t-il. Si tu dois te remettre… Si tu veux que notre couple se poursuive, il faut que ça change.

# 32

– Salut, soleil radieux.

Henley leva les yeux pour voir Stanford se diriger vers elle. Il portait un sac en papier gras et un plateau en carton sur lequel étaient posés deux grands gobelets de café.

– Qu'est-ce que tu fais là si tôt ? Il est à peine huit heures, demanda-t-elle.

– La maman de Gene nous rend visite. Je n'ai aucune envie de passer mes précieuses matinées à écouter ses délires de droite pendant que j'essaie de manger mes corn-flakes.

– Tu détestes les corn-flakes.

– Ce n'est pas la question, répliqua Stanford en déposant les cafés sur le bureau d'Henley, avant de l'examiner de près. Pas pour te vexer, mais tu as une sale gueule. Mal dormi ?

– Je ne sais pas ce qui ne va pas chez moi, admit-elle.

– Moi, je sais ce qui ne va pas chez toi. Tu ne fais sans doute pas ce qu'il faudrait pendant tes séances de thérapie.

– Et qu'est-ce que je devrais faire ?

– Parler et lâcher les trucs que tu ne peux pas contrôler. Qu'est-ce que tu veux comme bagel ? Saucisse et œuf ou bien bacon et œuf ?

– Tu es venu pour me dire ça ? Donne-moi la saucisse.

– En fait, oui. Et je savais que tu aurais besoin d'un petit déjeuner.

– Merci, Paul, dit Henley en déballant son bagel. Ça me manque que tu ne sois plus mon partenaire.

– À moi aussi, avoua Stanford en lui tendant des sachets de sauce brune. J'aime bien bosser avec Eastie mais, toi, tu connais tous mes secrets. En parlant de ça, j'ai de bonnes nouvelles.

– Oh oui, des bonnes nouvelles ! J'ai besoin de bonnes nouvelles.

– Gene et moi avons enfin reçu l'accord de l'agence d'adoption, dit Stanford avant de mordre dans son bagel.

– Hein ? dit Henley en posant le sien. C'est super !

– Je sais, marmonna-t-il, la bouche pleine.

– Et tu restes assis comme ça à te goinfrer ? (Elle éclata de rire. Malgré l'attitude décontractée qu'il affichait, elle le savait aux anges.) Tu feras un super papa.

– Merci. Et Emma aura enfin un autre cousin avec lequel jouer.

– Comment Gene prend-il la nouvelle ?

– Qu'est-ce que tu crois ? Depuis qu'on a eu confirmation, hier soir, il saute partout. Il va essayer de faire rentrer ce pauvre gamin dans toutes les écoles de foot possibles, y compris Crystal Palace.

– Oh, du calme, dit Henley. Je te parie qu'il ou elle y sera admis avant que l'entraîneur d'Arsenal soit seulement sorti du lit.

– Ne plaisante pas. J'ai l'impression que ma relation avec Arsenal est toxique.

– En parlant de relations, j'ai informé Ramouter pour Stephen et moi.

– Est-ce que c'était une bonne idée ? demanda Stanford en haussant un sourcil.

– Je lui fais confiance, et je lui devais une explication sur le comportement de Pellacia.

– Je serais ravi de lui dire un mot, à celui-là. Il se conduit comme un vrai connard.

– Je te remercie, mais non, ça ira. Ce que tu peux faire, par contre, c'est retourner à la SCU et harceler Joel pour récupérer son rapport post mortem sur Hadlow. Et rappeler à Ramouter de consulter les résultats du labo. On a besoin de connaître aussi vite que possible la cause officielle du décès, et de savoir si Caleb Annan y est pour quelque chose.

– Dis-moi tout, lança Henley quand Ramouter la rejoignit dans la cuisine et alluma la bouilloire.
– On a les premiers résultats de l'autopsie d'Hadlow.
– Comment ça, les premiers ? Ils ont le cadavre depuis hier.
– D'après Joel, il y a la queue, et c'est tout ce que j'ai pu obtenir avant qu'il ne me raccroche au nez. Quoi qu'il en soit, les premières analyses montrent des signes d'infection susceptibles de provoquer un arrêt du cœur.
– Hadlow a pu contracter une infection bactérienne en raison de ses brûlures aux pieds, dit Henley.
– Ou de ses coupures aux poignets. Tu as vu comme ils étaient attachés serré ?
– Merde, elle a dû vraiment souffrir, cette femme.
– Mais ce n'est pas tout. Katherine, des experts de Bromley, a appelé : ils ont trouvé quatre jeux d'empreintes dans l'appartement d'Hadlow. Dont les siennes, bien sûr.
– Et les trois autres ?
– Assurément les mêmes que dans la chambre où était enfermé Brandon Whittaker : Caleb Annan et les deux individus non identifiés.
– Merde, dit Henley en posant sa fourchette.
– Ouais, ce n'est pas bon, acquiesça Ramouter.
– Les événements se précipitent, et on n'est pas assez nombreux. À présent qu'Uliana prétend l'avoir vue sur la scène de crime au moment de l'assassinat du pasteur, il faut qu'on parle à Serena Annan.

– Mais aussi à Nicole Fleming. Annan était clairement un prédateur sexuel. Tu crois que sa femme le savait ?

– Je serais surprise qu'elle n'en ait pas eu une petite idée. Et, si Serena savait, quel meilleur mobile pour un meurtre ?

– Le problème, c'est qu'il y a ses empreintes un peu partout dans l'église – ce qui est normal, vu que c'est *son* église –, mais qu'on n'a pas trouvé son ADN sur le cadavre de Caleb. Et puis elle a un alibi. Hier, sa bonne, Dalisay, m'a confirmé qu'elle n'avait pas quitté la maison dimanche soir. Elle avait par ailleurs beaucoup bu, ce soir-là, et Dalisay l'avait aidée à se coucher.

– Alors qui dit la vérité ? demanda Henley. Elle ouvrit le sac de pains au chocolat et de croissants également apporté par Stanford.

– Il n'aurait pas pu t'acheter au moins un des cinq fruits et légumes quotidiens ?

– Stanford est allergique aux fruits et légumes, répliqua-t-elle. Bon, voilà ce qu'on va faire : on va aller discuter avec Nicole Fleming, et il y a aussi Raina Davison.

– La femme qui accuse le pasteur de l'avoir violée ?

– Oui, prenons les dépositions de tous ces gens-là et on s'occupera de Serena après. Plus on aura d'informations sur Caleb, plus fort sera le mobile de son épouse pour commettre un meurtre.

# 33

– Tu es sûre que c'est la bonne adresse ? demanda Ramouter, appuyé à la portière de la voiture.

– Galena Court. C'est bien l'adresse que nous a donnée Uliana, répondit Henley. Elle jeta son carnet relié de cuir bleu usé sur le tableau de bord, quoique cela eût fort peu de chances de décourager un contractuel attaché à son quota mensuel de contraventions pour stationnement illégal. Depuis qu'elle était sortie de chez elle en début de matinée, la température avait encore baissé : elle enroula son écharpe autour du cou avant de lever les yeux. Que Ramouter s'interroge à propos de l'adresse n'avait rien d'étonnant. Le béton gris nu instable du pont routier d'Hammersmith se dressait sur leur droite. De noires vapeurs d'échappement pendaient, quasi figées, le long de Talgarth Road, où la circulation avançait à une allure d'escargot.

Galena Court était un immeuble résidentiel neuf à façade de verre, étincelant au point de paraître déplacé. Il se dressait entre l'ancien tribunal d'instance, qui attendait depuis un bon moment sa transformation en un hôtel de luxe supplémentaire, et une rangée d'ateliers d'artistes victoriens en brique brune, convertis en maisons à plusieurs millions de livres, que leur prix ne sauvegardait pas des couches de pollution déposées partout le long de l'A4.

– Tu as vu où habite Uliana, dit Ramouter en suivant Henley qui marchait d'un bon pas vers l'immeuble.

C'est un appartement d'étudiants typique, pas tout à fait le grand luxe. Ici, il y a un parking souterrain et un concierge. (Ils s'arrêtèrent au moment où un grand portail se soulevait sur le côté du bâtiment pour laisser passer une Porsche Cayenne flambant neuve.) Je commence à me dire qu'on est partis à la chasse au dahu.

– Il n'y a pas intérêt, sinon j'accuse Uliana de faire perdre son temps à la police, dit Henley.

– Ce serait un peu vache vu ce qu'elle a traversé. Il est déjà assez dur qu'elle soit accusée de meurtre.

– Arrête de me faire passer pour une méchante !

Comme ils atteignaient la porte d'entrée de l'immeuble, elle appuya sur le bouton des livraisons.

– On aurait pu utiliser l'interphone de Nicole Fleming et lui demander de nous faire entrer. (Ramouter fourra les mains au fond de ses poches.) J'aurais dû prendre mes gants.

– Je ne veux pas lui donner l'occasion de s'enfuir.

Henley frappa avec vigueur pour attirer l'attention du concierge – à l'évidence peu pressé d'ouvrir aux livreurs.

– À supposer qu'Uliana ne l'ait pas avertie, dit le jeune policier comme elle tambourinait à la porte pour la deuxième fois.

Le concierge, qui ne paraissait pas plus de vingt-cinq ans, se leva et s'approcha sans se presser. Il n'ouvrit pas.

– Qu'est-ce que vous voulez ? demanda-t-il.

– Oh, merde, jura Henley. (Elle pêcha sa carte de police dans sa poche et la plaqua contre le panneau de verre.) Ouvrez cette porte, cria-t-elle.

Le concierge blêmit. Il lui fallut moins d'une seconde pour tendre la main vers sa droite et appuyer sur un bouton.

– Désolé. Un tas de clochards essaient d'entrer à cause du froid, dit-il.

– Vous trouvez qu'on a l'air de clochards ? renvoya Henley tandis que Ramouter et elle entraient dans le hall.

– Non, ce n'est pas ce que je voulais dire, pardon, c'est juste que… Il y a aussi quelqu'un qui est venu agresser une des locataires la semaine dernière, donc la direction nous a demandé de…

Il laissa mourir sa voix en constatant que l'inspectrice le foudroyait du regard.

– Pouvez-vous nous dire à quel étage se trouve l'appartement 53G ? demanda-t-elle.

– 53G ? C'est à l'étage Arum.

– Pardon ? Quoi ? demanda Ramouter.

– Désolé : au cinquième. Tous les étages portent un nom de fleur. C'est un peu idiot, si vous voulez mon avis, mais bon… Vous voulez que je prévienne de votre arrivée ?

– Non, ne dites rien du tout, ordonna Henley.

Les deux policiers se dirigèrent vers l'ascenseur.

– Nicole Fleming ? demanda l'inspectrice en sortant une nouvelle fois sa carte professionnelle.

La jeune femme qui avait ouvert balaya le petit rectangle en carton de ses yeux verts emplis d'un mélange de peur et de curiosité, puis dévisagea sa visiteuse.

– Oui, répondit-elle enfin d'une voix douce mais méfiante, en renvoyant ses longs cheveux bruns derrière son épaule gauche.

– Inspectrice détective Anjelica Henley, et voici l'AD Ramouter. Nous désirons vous parler de Caleb Annan.

Si Nicole Fleming fut choquée d'entendre le nom de son ancien employeur, elle ne le montra pas. Son visage resta impassible, mais il n'échappa pas à Henley que les articulations de ses doigts pâlissaient : elle serrait plus fort le bord de la porte.

– Pourquoi voulez-vous me parler de lui ? demanda-t-elle. Sa voix se faisait plus fragile. À cet instant, l'inspectrice acquit la conviction que cette femme avait quelque chose à cacher.

– Parce qu'il a été assassiné dimanche soir, répondit-elle sans prendre de gants.

La porte claqua.

– Ce n'est pas la réaction que j'attendais, avoua Ramouter avant de frapper à nouveau. Une demi-minute plus tard, le battant se rouvrait.

– Pardon, dit la jeune locataire. Je n'étais pas habillée correctement.

Nicole frissonnait comme si on l'avait jetée dans un bain glacé. Écartant la tasse de thé préparée par Ramouter, elle avait demandé un grand verre de vin.

– Depuis combien de temps habitez-vous ici ? demanda Henley.

– Cinq mois, répondit Nicole Fleming en prenant le verre que lui tendait Ramouter.

– Et vous vivez seule ?

– Oui, il n'y a que moi.

L'inspectrice ne quittait pas des yeux le visage très maquillé de son interlocutrice. Sous les couches de fond de teint et d'anti-taches, on discernait un gonflement sous l'œil gauche, une petite coupure sur la lèvre inférieure, et trois griffures profondes sur le côté de la gorge.

– Caleb a été… Je ne savais pas.

Un peu de vin passa par-dessus le bord du verre, tant la main de la jeune femme tremblait.

– On a trouvé son corps lundi matin. C'est passé aux infos. Vous n'étiez pas au courant ?

– Non, non.

– Vous n'avez pas parlé à Uliana ? Vous êtes amies, et vous avez toutes les deux travaillé comme femmes de ménage pour Caleb Annan, insista Henley.

– Je n'ai pas eu de nouvelles d'Uliana depuis un moment. J'ai été très prise par mes études et… Je n'étais pas au courant.

Son verre lui tomba des mains et du vin blanc se répandit sur le tapis épais.

– Je m'en occupe, s'empressa Ramouter. À l'aide d'un torchon posé sur le plan de travail, il épongea le liquide répandu.

– Vous voulez bien me dire ce qui s'est passé entre Uliana et vous ? demanda Henley une fois son partenaire parti à la cuisine.

Quand Nicole Fleming ramassa le verre et le posa sur la table basse, ses mains tremblaient toujours. Elle replia les jambes sous elle et se pelotonna dans son fauteuil comme si elle souhaitait y disparaître.

– OK. Bon, parlons de Caleb Annan et vous, alors. Vous avez travaillé pour lui en tant que femme de ménage ? reprit Henley, essayant un autre angle d'attaque.

– Hum… oui. (La jeune femme renifla, refusant toujours de la regarder, serrant fermement un coussin contre elle.) J'ai travaillé là-bas environ sept mois.

– Vous avez trouvé un autre emploi ?

– Non. C'est ma dernière année d'université. Je voulais me concentrer sur mes études. Il fallait que…

Elle s'interrompit et tourna vivement la tête en entendant de la vaisselle cogner contre un égouttoir métallique.

– Pardon, dit Ramouter en levant un grand verre. Je voulais juste prendre un peu d'eau. Je peux ?

– Oui, bien sûr, répondit-elle, hésitante. Faites attention, c'est tout.

– Donc vous ne travaillez pas, et vous habitez ce logement toute seule ? reprit Henley en se demandant ce que faisait au juste son partenaire dans la cuisine. Pas de colocataires ?

Nicole Fleming releva la tête mais détourna les yeux.

– J'ai des copains qui passent la nuit, parfois, dit-elle.

– Un petit ami ?

– Non.

– Vous n'avez jamais eu de petit ami ou il n'a jamais passé la nuit ici ?

– Non, c'était… mon ex, dit vivement la jeune femme en se tortillant sur son fauteuil. Ça lui est arrivé de rester, mais on a rompu.

– Est-ce que vos parents vous aident à payer le loyer ? demanda Henley, qui ne croyait pas tellement à cette histoire d'ex-copain. Vous avez un emprunt étudiant ?

– Tout le monde a un emprunt étudiant.

L'inspectrice se pencha en avant et adoucit sa voix.

– Quand avez-vous parlé à M. Annan pour la dernière fois ?

– Je ne sais pas. Ça fait un moment.

– Vous comprenez bien que nous enquêtons sur sa mort ? Son assassinat ?

– Oui, mais ça n'a rien à voir avec moi. Ce qui lui est arrivé, je veux dire.

– Nous allons enquêter sur toutes les choses et les personnes qui ont fait partie de sa vie, même celles qui en sont sorties. Nous épluchons son téléphone et ses e-mails. Vous comprenez ce que je veux dire ? Ce n'est pas un jeu.

Nicole hocha la tête pour montrer qu'elle comprenait.

– Je lui ai envoyé un sms la semaine dernière, mais seulement parce qu'une amie à moi cherchait du travail. J'ai pensé qu'il pourrait lui confier le ménage de l'église.

– Alors qu'Uliana le faisait déjà ?

– Je ne savais pas qu'elle y était encore.

– Vous ne le saviez pas ?

Henley vit l'hésitation dans les yeux de son interlocutrice, qui cherchait un mensonge adéquat.

– C'est idiot. On s'est disputées un soir, alors qu'on était allées boire un verre. Je ne me rappelle même pas pourquoi.

– Uliana et vous étiez très amies, n'est-ce pas ?

– Oui, en effet.

– Depuis combien de temps ?

– Environ deux ans. On s'est rencontrées sur le campus.

– Alors pourquoi vous êtes-vous disputées ?

– Honnêtement, je ne m'en souviens pas… On n'est plus amies, c'est tout.

– D'accord. Parlons un peu de l'époque où vous travailliez à l'église, dit Henley. Avez-vous jamais remarqué quoi que ce soit de louche ?

– Non, rien. Il n'y avait jamais de problème. Je veux dire : c'est une église. Qu'est-ce qu'il peut y avoir comme problème dans une église ?

– Quels étaient vos horaires de travail ?

– Je n'y allais que le matin. Je ne voyais pas grand monde, à part Caleb… pardon, M. Annan, pendant que je travaillais.

– Pas même sa femme ?

Nicole se recroquevilla un peu plus dans son fauteuil et porta à sa gorge une main protectrice.

– Non. Pas sa femme.

– Êtes-vous déjà allée chez les Annan ? demanda l'inspectrice en tirant de sa poche sa toute dernière carte de visite. Elle ne s'attendait pas à obtenir une réponse honnête à sa question. Tout lui disait que les rapports de Nicole Fleming avec le pasteur ne s'étaient pas interrompus quand elle avait cessé de travailler pour lui.

La jeune femme secoua la tête.

– Jamais. Je ne sais même pas où ils habitaient.

Henley se leva et lui tendit sa carte de visite.

– Appelez-moi si quoi que ce soit vous revient.

Elle fit signe à Ramouter qu'il était temps de partir.

Nicole sortit de son fauteuil. Elle paraissait toute petite, très jeune et totalement dépourvue d'assurance.

– Ne vous en faites pas, nous connaissons le chemin. Je suis sûre que vous avez énormément de travail. Ça fait longtemps, mais je sais ce que c'est, la dernière année, d'essayer de terminer son mémoire, dit l'inspectrice avec

un sourire chaleureux. Tiens, j'ai oublié de vous demander où vous étiez dimanche soir.
– Ici.
– Vous n'êtes pas sortie ?
– Non, je travaillais sur mon mémoire. Vous pouvez demander au concierge. Il y a des caméras partout. Je ne suis pas sortie, je le jure.
– On vérifiera. Merci, dit Henley. Oh, vous permettez que j'utilise vos toilettes ? Difficile de savoir combien de temps on restera coincés dans les bouchons en retournant dans le South London.
– Bien sûr. Première porte à droite.

La voix de Ramouter entretenant une conversation polie l'accompagna dans le couloir mais disparut quand elle trouva la salle de bains et en verrouilla la porte. La lumière vive des LED qui éclairaient la pièce se reflétait sur les éléments chromés. Henley en fut impressionnée : elle aurait tué pour que sa propre salle de bains ne soit pas emplie de jouets flottants, de serviettes dépareillées et de gel douche bon marché parce qu'Emma insistait pour en vider une bouteille entière dans son bain.

*Oh, merde, tu as vraiment une sale gueule*, songea-t-elle en apercevant dans le miroir son reflet et ses yeux gonflés par les allergies, tandis qu'elle se lavait les mains.
– Oh, Nicole, dit-elle en remarquant deux brosses à dents dans un gobelet en céramique blanche. Elle ouvrit l'armoire de toilette pour trouver une brosse à cheveux dure, la même huile capillaire qu'utilisait Rob, un flacon à moitié vide de déodorant pour homme, de l'après-rasage et un rasoir à la lame semée de poils noirs. Henley était convaincue que, si elle saisissait ce rasoir et l'envoyait au labo, on y trouverait à profusion l'ADN de Caleb Annan.
– Merci, dit-elle en rejoignant Ramouter et leur hôtesse dans l'entrée.

– Est-ce que vous pensez… Est-ce que vous savez qui a fait ça ? demanda la jeune femme en déverrouillant vivement la porte d'entrée.

– Pas encore mais, comme nous le disions, nous suivons toutes les pistes possibles. Une petite mise en garde : ce que nous cherchons, des journalistes le cherchent forcément aussi. Donc, si vous vous souvenez de quoi que ce soit, ne manquez pas de m'appeler, avertit Henley.

– Je n'ai rien fait de mal, dit doucement Nicole Fleming.

– Personne ne dit le contraire. Nous sommes ici pour vous rendre service. Rien de plus.

– Il faut que je te montre un truc, dit Ramouter quand les portes de l'ascenseur se refermèrent et que la cabine se mit à descendre. Il tira son téléphone de sa poche, agrandit une photo sur l'écran, et passa l'appareil à Henley.

– Il faut que je t'entraîne mieux que ça. Je me demandais ce que tu fabriquais dans la cuisine. Oh, merde !

– Eh oui, dit Ramouter.

Henley zooma un peu plus et secoua la tête. Sur l'écran se trouvait la photo de cinq enveloppes laissées sur le plan de travail, près du micro-ondes. Une seule – émanant de l'Université de Westminster – était adressée à Nicole Fleming. Les quatre autres l'étaient à Caleb Annan.

– Milton Greco. (Ramouter désigna le logo bleu dans le coin supérieur gauche d'une enveloppe.) C'est un agent immobilier, mais de la haute, très select.

– Il y avait des accessoires de toilette masculins dans la salle de bains, dit Henley quand l'ascenseur s'arrêta au rez-de-chaussée.

Elle plongea la main dans sa poche et en sortit un petit sac à mise sous scellés.

– Est-ce que c'est un rasoir d'homme ? demanda Ramouter. Pris dans la salle de bains de… Je croyais que tu disais devoir m'entraîner mieux.

– Je sais que j'ai violé toutes les règles, dit l'inspectrice, mais ça ne lui manquera pas, et elle ne va appeler personne pour dire qu'on lui a… pardon, que *je* lui ai pris ça. Ça ne fera pas de mal de vérifier si l'ADN correspond à celui de Caleb Annan.

– Si c'est le cas, on ne pourra pas s'en servir de pièce à conviction, avertit Ramouter.

– Je sais, soupira Henley. Mais je n'aurais pas fait ça si je considérais Nicole Fleming comme une suspecte possible.

– Eh bien, elle ne mentait peut-être pas en disant habiter seule si elle a estimé que tu parlais littéralement. Personne ne vit avec elle.

– Elle a quoi ? Vingt ou vingt et un ans, et Annan en avait quarante-trois, dit Henley tandis qu'ils se dirigeaient vers le hall. Il trompait sa femme avec Uliana Piontek, il a été sexuellement violent avec Raina Davison, et il s'était installé un petit nid d'amour avec Nicole Fleming.

– Le loyer est d'un peu plus de deux mille livres par mois, dit Ramouter. (Il montra à nouveau l'écran de son téléphone, sur lequel une propriété identique était à louer sur le site web de Milton Greco.) On y retourne et on la confronte à ses mensonges ?

– Non, je doute qu'elle aille où que ce soit pendant au moins un mois, si c'était Annan qui payait son loyer. Mais vérifions son alibi. (Henley arriva devant le bureau inoccupé du concierge.) Tu as remarqué les griffures sur la gorge de Nicole ?

Elle chercha et trouva la sonnette sur le bureau.

– Non, pas vu. Elle a beaucoup de cheveux.

– Je crois savoir ce qu'elle a fait quand elle nous a claqué la porte au nez. Elle a couvert ces marques.

L'inspectrice sonna à nouveau.

Une porte claqua et le concierge apparut avec entre les mains un paquet de chips et une tasse de thé chaud.

– Vous disiez qu'une des locataires a été agressée la semaine dernière ? lui demanda Henley.

Il posa sa tasse sur le guichet et ouvrit son paquet de chips.

– Oui, c'est ce que m'a dit mon chef, Duncan, quand je l'ai remplacé vendredi dernier.

– Que vous a-t-il dit exactement ? demanda-t-elle, sachant qu'une information de seconde main ne suffirait pas si ses soupçons se confirmaient.

– Seulement qu'il était en train de réceptionner les paquets d'un coursier quand la locataire a débouché en courant dans le hall, venant de dehors. Une autre femme l'a poursuivie, empoignée et traitée de salope en lui collant des gifles. Duncan et le coursier ont été obligés de maîtriser la forcenée pendant que la locataire courait à l'étage.

– Est-ce que Duncan a décrit la femme en question ?

– Il a juste dit qu'elle était noire. Il voulait appeler la police, mais la locataire lui a demandé de ne pas le faire.

– Vous avez les films ? demanda Ramouter en désignant les dômes sombres qui dissimulaient les caméras de sécurité au plafond.

– Ouais, mais je ne sais pas comment les consulter. Je ne suis ici que depuis quinze jours. Il faudra que vous causiez à mon chef pour ça.

– Savez-vous qui était la locataire en question ?

Le concierge s'adossa et puisa dans son paquet de chips en regardant tour à tour Henley et Ramouter, étonné.

– Je croyais que vous étiez là pour ça. C'était la jeune femme du 53G.

# 34

Ramouter avait tout mis en place pour faire de son appartement un véritable foyer : des photos de famille sur l'étagère au-dessus de la cheminée éteinte, les peintures d'Ethan encadrées au mur et, par terre, une pile de livres à lire. Malgré cela, au bout de six mois, il ne se sentait toujours pas chez lui. Chez lui, c'était l'endroit où se trouvaient sa femme, son fils et cette peste de perruche.

– Eh bien, c'est pitoyable, constata-t-il en découvrant le médiocre contenu de son réfrigérateur. Il s'empara de la dernière bouteille de bière, du dernier paquet de chips sur le plan de travail, et repassa dans le salon. Il était presque vingt-et-une heures quand il prit son téléphone et appela Michelle.

– Papa ! s'exclama un Ethan enthousiaste dont le visage envahit l'écran.

– Salut, petit homme, dit Ramouter. (Un grand sourire s'épanouit sur ses lèvres à la vue de son fils de cinq ans.) Je ne m'attendais pas à te trouver. Tu ne devrais pas être couché ?

– Non, pouffa le petit garçon. Tonton Alex dit qu'on peut rester debout pour regarder le dessin animé de Spider-Man.

– Oh, tu veux dire que tonton Alex se sert de toi et de ton cousin pour dissimuler le fait qu'il a encore cinq ans et qu'il veut regarder des dessins animés tard le soir.

– Tonton Alex n'a pas cinq ans. Tu rentres à la maison ?

Ramouter lâcha un profond soupir, espérant que son visage ne reflète pas le poids qu'il avait sur l'estomac.

– Pas cette semaine, petit homme. Papa a un travail important à terminer avec l'inspectrice Henley. Tu te rappelles la dame que tu as rencontrée quand tu es venu me voir ?

– Oui, elle était gentille.

– Elle l'est. Où est maman ?

– En haut. Je vais lui porter le téléphone.

Ramouter attendit qu'Ethan monte l'escalier, lui accordant une belle vue de la rampe, et donne l'appareil à sa mère.

– Mich, salut, chérie, dit-il alors.

– Salut, répondit Michelle.

– Tout va bien ? (Au détachement qu'il perçut dans la voix de sa femme, il se redressa sur sa chaise.) Je t'ai appelée ce matin et je t'ai laissé un ou deux messages.

– Je sais. Mon téléphone était resté dans la voiture de Pamela, et ensuite… j'ai oublié, voilà tout. C'est un oubli normal, pas un oubli dont tu dois t'inquiéter.

– Pas grave. Ça arrive. Alors, comment s'est passé ton rendez-vous ce matin ? Je voulais te parler avant que tu ne partes. Est-ce que tu te sens bien ?

– Moins vite, Salim, dit mollement Michelle. Ça me donne mal à la tête que tu poses tant de questions. Pardon. Pardon, mais… Je n'y peux rien.

– Je sais. C'est juste que tu as la voix… Comment dire ? Tu as l'air franchement déprimée.

– Je suis juste fatiguée, assura-t-elle. Il m'ont fait passer un tas de tests ce matin, et ça m'a foutue en rogne. Ils m'ont montré une photo de fourchette et je ne me suis pas rappelé comment ça s'appelait. Je savais ce que c'était, mais pas moyen de retrouver le nom. Une fourchette, merde.

– Ne t'énerve pas, dit Ramouter.

– Tu ne peux pas me dire de ne pas m'énerver.

Il fit la moue.

– Pardon. Je voulais juste…

– Non, non, ce n'est pas ta faute, le coupa Michelle. C'est juste frustrant parce qu'hier j'allais bien. Et même très bien. J'ai emmené Ethan à l'école ; je suis allée en ville, à un cours de yoga et puis boire un verre avec les copines de Pamela. Celles qui sont du genre à s'évanouir à la vue d'une calorie.

Ramouter éclata de rire en voyant la lumière revenir dans les yeux de son épouse tandis qu'elle critiquait les amies de sa sœur. Il tenta d'ignorer que, le lendemain, elle pourrait très bien avoir oublié ce qu'elle avait mangé au dîner.

– Comment se passe ta thérapie ? demanda-t-elle enfin.

– Bien. Ça ne me fait pas l'effet d'être en thérapie. Le Dr Ryan est très doué. Il ne te donne pas l'impression de rester assis là à te lamenter.

– Je devrais peut-être aller le voir. Je devrais peut-être vivre avec toi. Et Ethan aussi.

– Tu veux que je revienne à Bradford ?

– Mon Dieu, non. Je ne veux pas ça pour toi. Ton travail te rend heureux. Je me disais juste qu'on pourrait peut-être faire ce qu'on avait prévu au départ, avant le diagnostic.

– Qu'on vive tous à Londres ? C'est ça que tu veux ?

– Je ne sais pas. C'était juste une idée comme ça.

Ramouter connaissait assez bien sa femme pour savoir qu'il ne s'agissait pas d'une idée en l'air.

– On en reparlera, dit-il en voyant le numéro de téléphone de Stanford s'afficher en haut de l'écran.

– D'accord. Il faut que je couche Ethan. Je t'aime, Sal.

– Moi aussi, répondit-il avant que Michelle ne lui envoie un baiser et ne raccroche. Il prit un instant avant de répondre à Stanford. La dernière chose dont il ressentait le besoin était d'apprendre qu'on avait trouvé un autre cadavre.

– Salut, Stanford. Est-ce qu'il y a… ? Où es-tu ?

Les bruits caractéristiques d'une foule de buveurs du vendredi soir résonnaient en fond sonore.

– On est dans un pub pas loin de chez toi, dit Stanford. Ezra, Eastie et moi. On prévoit d'aller bouffer chinois, et je doute sincèrement que tu aies des projets pour ce soir.

– C'est Henley qui t'a dit de m'appeler ? demanda Ramouter.

– Tu oses insinuer que je suis incapable de penser par moi-même ? renvoya son collègue, faussement choqué.

– C'est oui, donc, s'esclaffa-t-il en achevant sa bière.

– Évidemment, répondit Stanford. Franchement, on en arriverait à croire qu'elle t'aime bien.

# 35

*Trois mois plus tôt...*

– Tu ne veux pas que je te sauve ?

Il demeura à genoux, les yeux baissés sur l'homme nu qui se trouvait devant lui. Cela faisait quatre heures que Charlie n'avait pas émis un son. Quatre heures qu'il s'était recroquevillé dans le coin pour griffer de ses ongles brisés les briques couvertes de mousse.

À présent, il était immobilisé.

– Charlie.

À la lueur vacillante des cierges, des gouttes d'eau glacée tombaient du plafond et se nichaient sur ses paupières ; des paupières scellées à la cire de bougie. L'homme avança la main vers le torse nu de Charlie. Ses doigts appuyèrent sur les crêtes et les vallées osseuses laissées par la chair privée de nourriture.

– C'est de cela que tu as besoin, dit-il en lui posant l'oreille sur la poitrine.

La puanteur aigre du corps étendu s'infiltra dans ses narines tandis qu'il écoutait avec soin.

– Il est encore avec nous ?

La femme qui tenait les bâtons d'encens au-dessus des jambes nues de Charlie parlait d'une voix calme. Une fumée à la lavande dérivait dans la pièce tandis que les cendres chaudes tombaient sur la peau sèche du supplicié. L'homme appuya plus fort l'oreille et continua d'écouter : la respiration était oppressée, les battements de cœur faibles, irréguliers. Soudain, il tomba en arrière quand Charlie fut pris de convulsions violentes, que son torse se tordit et que ses bras tirèrent sur les entraves de ses poignets. La femme aida son compagnon à se relever alors que le sommier métallique bon marché tressautait sur le sol.

– Dieu le retiendra, déclara l'homme au moment où, sur les paupières de Charlie, la cire se craquelait.

– Dieu le retiendra, répéta-t-il quand les yeux de Charlie se révulsèrent et laissèrent couler des larmes qui se mêlèrent à la salive écumante échappée de sa bouche.

– Dieu le retiendra, dit-il une troisième fois en soulevant le seau noir posé à ses pieds et en l'amenant au-dessus de la tête de Charlie.

Le supplicié avala sa langue alors que l'eau coulait dans son nez et au fond de sa gorge, mais le bruit de son étouffement se perdit. Au-dessus de leurs têtes le train de 10 h 42 à destination de Liverpool Street passait en grondant.

# 36

– Il gèle carrément, merde, dit Simon en empoignant le col de son manteau et en le resserrant autour de son cou. C'est la faute de ton mari, ça.

Henley, debout dans l'étroite allée du cimetière d'Hither Green, ne répondit pas. Elle tenait encore l'emballage translucide des fleurs qu'elle avait déposées sur la tombe de sa mère. Son père s'y trouvait à présent, disant à la défunte ses secrets, ses peurs et combien elle lui manquait.

– Et il n'est même pas là, soupira Simon. Il aurait au moins pu venir après avoir convaincu papa de le faire. Tu m'écoutes, petite sœur ?

– Tu sais que papa a acheté une concession pour deux ? demanda-t-elle. (Elle se détourna du vent mordant et fit face à son frère.) Il y a même de la place sur la pierre tombale pour graver son nom

– Ouais, répondit son frère. Tu sais comment il est. L'esprit pratique. Ou alors il en a eu deux pour le prix d'une.

– Simon !

– Pardon. C'est juste que je voudrais être n'importe où sauf ici. Je suis content qu'on ait décidé de ne pas emmener les enfants.

– Moi aussi. Tu as raison, par ailleurs, Rob aurait dû être là, mais on a eu besoin de lui dans les studios de la BBC ce matin.

– On peut devenir célèbre en étant journaliste financier indépendant ? Qui l'eût cru ? dit Simon, sarcastique. Bref, je suis content que papa ait réussi à venir. Je ne referai plus jamais ça. Quelle année de merde.

– Ne dis pas de gros mots. Maman te dirait de surveiller ton langage, reprocha Henley – puis elle se mit à frissonner.

– Je n'arrive toujours pas à croire qu'elle n'est plus là. J'ai encore ses messages sur ma boîte vocale.

– Tu les écoutes ?

– J'ai essayé, mais ça m'a donné envie de la rappeler, répondit tristement Simon.

Elijah commençait à revenir vers eux.

Henley tenta de rassembler toute sa volonté pour ne pas pleurer, mais elle sentait la digue se fissurer. Douze mois passés à se retenir, à ravaler les émotions douloureuses qui menaçaient de remonter dans sa gorge et de jaillir en une plainte aiguë que rien ne pourrait interrompre.

– Je veux que maman soit ici avec moi, dit-elle, les yeux emplis de larmes. J'ai besoin de ma maman.

Tentant d'empoigner une douleur invisible, elle laissa choir ce qu'elle tenait et fut prise d'une crise de larmes irrépressible.

– Papa ! lança Simon, en soutenant sa sœur. Papa, viens vite.

– Allez, mon bébé, dit Elijah en passant les bras autour d'Henley et en l'attirant à lui. Tu n'es pas obligée d'être forte, mon ange.

Elle se pressa contre la poitrine de son père et, inspirant son odeur, laissa des mois de chagrin se déverser hors d'elle.

Henley regardait chacun célébrer la mémoire de sa mère. L'atmosphère était festive. Simon avait stipulé qu'il ne devait y avoir aucun signe de douleur ni de chagrin. Famille et amis éparpillés dans la maison ne prêtaient aucune attention aux enfants qui couraient partout et s'amusaient comme des petits fous.

– Je te refais le niveau, dit Linh en apparaissant à son côté avec une bouteille de vin. Comment ça va ? Simon m'a raconté ce qui s'est passé au cimetière.

– Bien sûr qu'il t'a raconté, dit Henley en levant les yeux au ciel. N'importe quelle excuse pour te parler.

– Je suis carrément de bonne compagnie, merci beaucoup. Pas vrai, Mia ? demanda Linh à la femme de Simon qui venait d'entrer dans la cuisine avec Gene, le mari de Stanford.

– Évidemment, répondit Mia en passant à son assistant du moment des plateaux remplis d'amuse-gueules. N'hésite pas à le sortir de mes jambes et à le convaincre de trouver de meilleurs prénoms pour le bébé que ceux des joueurs de Crystal Palace.

– Ne le laisse pas faire ça, dit Gene en suivant Mia hors de la cuisine. Je reste convaincu que Paul a accepté de m'épouser uniquement parce que mon deuxième prénom est Arsene[1]. Voilà ce que c'est d'avoir une mère française.

– Tu as de la chance qu'elle t'aime bien, commenta Henley.

– Je n'arrête pas de te dire que tout le monde m'aime bien, y compris les morts, renvoya Linh.

– Il faut vraiment que tu te fasses soigner, dit son amie en éclatant de rire.

– Nous tous, non ? De toute façon, ça valait le coup juste pour te voir sourire. Alors, tu te sens mieux ?

– Beaucoup, dit Henley en buvant une gorgée de vin. J'ai passé une heure à pleurer sur la banquette arrière de la voiture de Simon, puis je suis rentrée à la maison et j'ai encore pleuré. J'étais absolument crevée quand ça s'est arrêté.

1. Comme Arsene Wenger, entraîneur de l'équipe d'Arsenal.

– Tu avais besoin de sortir tout ça. On dit que le chagrin est la mesure de l'amour qu'on avait pour quelqu'un, mais ça peut aussi être un poids mort qui t'entraîne au large, vers le kraken.

– Qu'est-ce que tu peux être mélodramatique, Linh, soupira l'inspectrice alors que retentissait la sonnette de la porte d'entrée.

– Tu ne voudrais pas que je sois autrement.

– Non, en effet. Parce que, du coup, je sais que ça ne te dérangera pas si je te demande un truc. C'est une question de boulot.

– De boulot. Vraiment ? D'accord, dit la pathologiste. (Voyant l'expression sérieuse d'Henley, elle s'empara d'une bouteille de vin.) Au moins laisse-moi remplir mon verre. De quoi s'agit-il ?

– D'accord, donc, c'est sans doute une question idiote, mais serais-tu capable de me dire si ma dernière victime a accouché récemment.

– C'est-à-dire, « récemment » ?

– Je ne sais pas. Environ six semaines, je pense.

Linh poussa un long soupir.

– Six semaines ? Tout dépend si elle allaitait ou pas. Si c'est non, il n'y a aucun moyen de le savoir, sauf césarienne ; et encore, une cicatrice dans cette région-là pourrait avoir plusieurs causes. Que crois-tu qu'il soit arrivé au bébé ?

– Je prie qu'il n'y en ait pas, répondit Henley au moment où Rob entrait dans la cuisine avec une expression sévère. Quelque chose l'avait mis en colère.

– Qu'est-ce qui ne va pas ? demanda-t-elle alors que Linh disparaissait, discrète et précise.

– Tu aurais pu me prévenir, dit-il.

– Te prévenir de quoi ?

– Tu déconnes. Tu déconnes complètement.

Henley entendit avant de voir. La voix qui lui parvint envoya un frisson dans sa nuque. Elle entendit son frère rire comme cela ne lui arrivait jamais en discutant avec Rob.

– Salut, Anjelica.

Elle se tourna pour voir Pellacia debout sur le seuil de la cuisine.

– Il a apporté le préféré de maman, cria Simon dans le couloir en brandissant une bouteille de Rémy Martin, avant d'aller rejoindre le reste de la compagnie.

– Bonjour Rob, dit Pellacia, la main tendue.

– Qu'est-ce que vous faites ici ? demanda le mari d'Henley, ignorant le geste. C'est réservé à la famille et aux amis.

– Elijah m'a appelé pour m'inviter. Je n'ai pas pu lui dire non.

– Je vais voir comment va notre fille, dit Rob. Il sortit en manquant de bousculer Pellacia.

– Je n'arrive pas à croire que tu sois là, soupira Henley en passant dans le couloir. Je t'avais demandé de ne pas venir.

– Et qu'est-ce que j'étais censé faire ? Dire non à ton père ? Juste parce que tu es incapable de gérer ce qui s'est passé l'année der…

– Tais-toi, siffla-t-elle. T'es con ou quoi ?

– Je ne suis pas venu faire un scandale. Je suis venu par respect, et tu aurais fait la même chose si les rôles avaient été inversés.

– Ce n'est pas la question, dit Henley en reculant d'un pas. C'est comme si tu lui frottais le nez dedans.

– Il est au courant ? demanda Pellacia avec une moue inquiète.

– Non, et je n'ai aucune intention de le lui dire.

– Je ne veux pas te prendre la tête, assura-t-il doucement, alors que Stanford entrait dans le couloir, lui lançait un regard que n'aurait pas renié Méduse, déclarait « Je vérifiais juste un truc », puis tournait les talons et ressortait.

– Je m'étonne qu'il n'ait pas proposé qu'on sorte se battre, dit Pellacia.

– C'est parce qu'il a la gueule de bois, mais ça ne veut pas dire qu'il ne demandera pas à Gene de t'assommer, renvoya Henley. Elle éclata de rire en dépit du conflit d'émotions qu'elle ressentait.

Puis :

– Je suis fatiguée, Stephen, admit-elle en s'appuyant au mur.

– Laisse-moi être là pour toi, ne serait-ce que cet après-midi, dit-il en s'approchant pour l'embrasser sur la joue, dangereusement près des lèvres. Je ne t'en demande pas plus.

Il pénétra dans le salon sans attendre une réponse qui ne venait pas. Henley était bien trop occupée à tourner et retourner une question dans sa tête. Pourrait-elle quitter son mari ?

# 37

– Je devrais être désolée mais ce n'est pas le cas.

On était lundi. Raina Davison ferma la porte vitrée de la boutique de fleuriste occupant une arche reconvertie de la gare de London Bridge. La femme qui avait porté plainte pour viol contre Caleb Annan ne correspondait pas aux attentes d'Henley : elle ne semblait ni brisée ni même diminuée par ce qu'Annan lui avait fait, mais au contraire solide, fortifiée par sa colère. La dureté de son visage la faisait paraître plus âgée que ses vingt-huit ans, et elle arborait une expression méfiante qu'Henley connaissait bien. Celle d'une personne en état d'alerte, qui avait connu un traumatisme et souffrait désormais d'hypervigilance. L'inspectrice comprit alors qu'elle avait eu raison de laisser Ramouter à la SCU. Il y avait des règles quand on interrogeait la victime d'une agression sexuelle : tout en faisant preuve d'empathie, en acceptant de voir la situation de son point de vue, il fallait reconstituer les faits de manière juste et non orientée. Or, plus ils découvraient d'éléments à propos de Caleb Annan, moins Henley estimait Ramouter capable d'être impartial et de se rappeler que le pasteur, lui, restait la victime d'un meurtre.

– Est-ce que ça va ? demanda Raina Davison alors que sa visiteuse reniflait trois fois de suite et que ses yeux se mettaient à couler.

– Désolée, dit Henley. Elle éternua et chercha un paquet de mouchoirs dans sa poche.

– Oh merde, dit la jeune femme en considérant les seaux remplis de fleurs coupées. À quoi êtes-vous allergique ?

– Aux lys. Est-ce qu'il y a un autre endroit où on pourrait…

– Là-haut. Venez.

L'inspectrice suivit son hôtesse en haut d'un étroit escalier en colimaçon, puis sur un petit palier et enfin dans un bureau.

– Merci, renifla-t-elle quand la fleuriste ouvrit la fenêtre et lui tendit une bouteille d'eau tirée du petit réfrigérateur dans un angle. Tout le reste, je supporte, mais pas les lys. Vous disiez n'être pas désolée de la mort d'Annan.

– Vous pouvez me le reprocher ? répondit Raina Davison, les yeux étrécis. Vous avez lu ma déposition ?

– Oui, mais je voulais vous voir et vous entendre en personne.

– Je n'ai pas menti.

– Je ne dis pas que vous avez menti, mais Annan a été assassiné et j'essaie de découvrir ce qui a pu pousser quelqu'un à faire ça.

– Eh bien, je ne l'ai pas tué. J'ai fait pas mal de choses dont je ne suis pas fière dans ma vie, mais je ne pourrais pas tuer quelqu'un.

– Où étiez-vous dimanche soir et lundi matin de la semaine dernière ?

– Le dimanche, j'étais chez moi car c'est mon seul jour de repos. Je partage un appartement avec ma meilleure amie. Elle a passé la journée avec moi. Lundi, j'ai appelé au boulot pour dire que j'étais malade.

– Qu'est-ce qui n'allait pas ?

– J'ai raconté à mon associée que j'avais la migraine, mais la vérité, c'est que j'avais la gueule de bois, et que j'étais hors d'état de fonctionner. Les derniers mois ont été difficiles.

– Je comprends, dit Henley, mais je vais vous demander si vous pouvez prouver que vous étiez chez vous dimanche soir et tôt lundi matin.

– Vous voulez que je vous donne un alibi ?

– Oui.

– Eh bien, Katie, mon amie et colocataire, était avec moi, comme je vous le disais. On a regardé Netflix, commandé des pizzas et picolé. J'avais juste besoin de ne pas me sentir « moi » pendant un moment. Ça vous paraît raisonnable ? demanda Raina Davison en manipulant les cordons de son tablier.

– Oui, tout à fait, répondit Henley. Et lundi ?

– Katie est allée travailler. Moi, je me suis réveillée à huit heures et j'ai envoyé un texto à Debbie, mon associée, pour lui dire que je ne viendrais pas. Ensuite, je suis retournée au lit. J'ai dû émerger vers onze heures, et je n'ai pas quitté l'appartement, mais je ne peux vous donner que ma parole à ce sujet.

– Je m'en contenterai, dit l'inspectrice. Bien, parlons un peu de Caleb Annan. Comment êtes-vous entrée en contact avec l'église ?

– Par mon ancienne colocataire, Morgan. Un dimanche, elle m'a demandé de l'accompagner. Elle disait toujours que c'était différent et que ça me plairait, que ça ne donnait pas l'impression d'être à l'église.

– Et elle avait raison ?

– Oui, c'était différent. Morgan fait partie de ces gens qui n'ont aucune suite dans les idées : elle a arrêté d'y aller au bout d'un mois, mais j'ai continué.

– Pourquoi ?

– Ça me plaisait vraiment. Tous ces gens me donnaient le sentiment d'appartenir une famille. Je ne m'entends pas très bien avec la mienne et, dans cette église, il me semblait en trouver une nouvelle. Avec Caleb, je me sentais enfin comprise : parfois, quand il prêchait, j'avais l'impression qu'il ne parlait que pour moi.

Henley tenta de rester impassible, espérant ne pas révéler par son expression qu'elle reconnaissait en ces traits le tempérament de prédateur d'Annan, sa capacité à manipuler les femmes les plus vulnérables.

– Alors, comment en êtes-vous arrivée à le fréquenter ? s'enquit-elle.

– Il est venu ici, au magasin. Il savait que j'étais fleuriste et il a d'abord commandé un bouquet pour sa femme. Ensuite ç'a été l'anniversaire de sa belle-mère, et puis il a passé une très grosse commande pour l'église, et il m'a fait des compliments pendant le service religieux.

– J'ai l'impression qu'il essayait de vous amadouer.

– Sûrement, oui, dit la jeune femme en essuyant une larme. J'étais flattée, et il s'est confié à moi. Il m'a raconté les erreurs qu'il avait commises dans le passé, avoué qu'il avait fait de la prison et que cela l'avait mis sur le chemin de la rédemption. Il avait, comme je vous le disais, une manière bien à lui de vous faire sentir que vous étiez unique, et j'étais un peu vulnérable. Je venais de rompre avec mon copain, c'est pour ça que je me suis retrouvée à loger un moment chez Katie.

– Raina, l'année dernière, dans une déclaration au sergent détective Rickman, vous avez donné des détails sur l'accusation de viol que vous avez portée contre Caleb Annan, et vous…

– Je n'ai pas menti, dit vivement la fleuriste. Tout ce que j'ai dit est vrai.

– Je ne vous accuse pas du tout de mentir. Je veux juste clarifier un point de votre déposition. Vous disiez avoir eu deux fois auparavant des rapports sexuels avec lui, et qu'ils étaient consensuels.

– Il est arrivé ici alors que je fermais. Il a dit qu'il passait dans le quartier.

– Vous l'avez cru ?

– Je n'avais aucune raison de ne pas le croire, et pourquoi un pasteur aurait-il menti ? dit Raina, amère. On a fini par aller prendre un verre au pub du coin et on est restés jusqu'à la fermeture. Il ne s'est rien passé ce soir-là, on a juste causé. Je ne me rappelle même pas qu'il m'ait draguée. Il avait seulement l'air de s'intéresser à moi. (Malgré la chaleur qui régnait dans le bureau, elle frissonna.) Il m'a dit que son couple n'était pas ce qu'il paraissait et qu'il regrettait de ne pas m'avoir rencontrée en premier.

– Il vous a dit ça ?

– Il m'a balancé toutes les répliques classiques. (Elle secoua la tête, comme si elle n'arrivait toujours pas à croire ce qui s'était passé.) Et j'ai tout gobé. Avec lui, je me sentais… désirable. Il est revenu le lendemain soir, on est allés boire un verre, puis dîner. Ensuite, on est retournés à la boutique, et on a… eh bien, c'est arrivé ici. Je me suis dit qu'il n'y avait pas de mal à ça puisqu'il disait son mariage sur le point de voler en éclats.

– Il vous a manipulée, conclut Henley.

– Je me croyais plus forte que ça. Je ne suis plus une ado naïve. Je n'aurais jamais imaginé sortir avec un homme marié. Ce n'est pas du tout mon genre. (La jeune femme se mit à pleurer.) Pardon.

– Vous n'avez pas à vous excuser. On a toutes… Parfois on ignore ce que nous dit notre tête.

Une image de Pellacia l'embrassant sur la joue chez son frère surgit dans l'esprit d'Henley. Elle savait exactement ce qui se serait passé s'ils avaient été seuls. Quand il était question de son ancien amant, tout bon sens semblait la quitter.

– J'ai cru que j'étais amoureuse de lui. Ensuite je me suis aperçue que je n'étais pas la seule.

– Comment avez-vous découvert qu'il y en avait d'autres ?

– C'est sa femme qui me l'a dit. Elle m'a appelée, elle a annulé une commande pour l'église et elle m'a dit que je n'étais pas la seule, que Caleb se débarrasserait de moi quand il en aurait assez.

– Vous n'avez pas mentionné cet entretien avec sa femme dans votre déposition.

– J'ai pensé que c'était hors sujet. Ce n'est pas elle qui m'a violée.

– Je vais vous poser une question que vous allez peut-être trouver idiote, mais êtes-vous sûre que c'est bien Serena qui vous a appelée ?

– Oh, c'était elle, oui acquiesça Raina Davison. Elle m'a piégée parce qu'elle s'est servie du téléphone de Caleb, donc j'ai cru que c'était lui. J'ai même dit « bonjour chéri » quand j'ai répondu. Quelle idiote !

– Vous avez dit à Caleb ce qui s'était passé ? Que Serena vous avait appelée ?

Elle hocha la tête.

– La manière dont elle s'était adressée à moi… J'ai eu peur. J'ai dit à Caleb que c'était terminé. Je n'ai pas eu de ses nouvelles pendant une semaine, puis il est arrivé chez moi un week-end où Katie était absente. Je lui ai dit d'arrêter, mais…

– Je sais que c'est difficile, je sais que vous n'en avez aucune envie, mais vous devez me raconter ce qui s'est passé exactement, dit gentiment Henley. Je ne suis pas ici pour vous juger, j'ai juste besoin de savoir.

La jeune femme releva la tête, prit une profonde inspiration, puis une autre. Ses larmes recommencèrent à couler.

– D'abord, il a été très bien, répondit-elle. Il m'a présenté des excuses pour Serena puis pour lui-même. Il m'a dit qu'il était faible et il m'a demandé de lui pardonner. J'ai assuré que je pardonnais. Alors il a dit qu'il ne voulait pas me perdre.

– Et qu'avez-vous répondu ?

– J'ai été… J'ai été flattée. Je ne peux pas dire le contraire. Il savait manier les mots. Vous l'avez entendu prêcher ?

– J'ai vu une ou deux vidéos sur YouTube. Il parlait bien, c'est vrai, admit Henley à regret.

– J'aurais dû lui dire de s'en aller, mais je ne l'ai pas fait. Il m'a embrassée et je l'ai laissé faire… Je m'en suis voulu tellement longtemps.

– Raina, quoi qu'il soit arrivé, ce n'était pas de votre faute.

– Je sais, je sais, mais c'est l'impression que ça m'a donnée. Je lui ai rendu son baiser, je l'ai laissé me toucher, mais non, vous avez raison, ce n'était pas ma faute, dit la fleuriste sur un ton de défi. Quand je lui ai ordonné d'arrêter, il n'a pas obéi. Il m'a poussée par terre, il a baissé mes leggings et il m'a forcée. Je lui répétais que je ne voulais pas, mais lui me répondait : « C'est comme ça que ça te plaît. »

Henley lui prit la main et se contenta de la tenir.

– Ça ne me plaisait pas, continua Raina Davison, en pleurs. Je n'étais pas consentante. Je lui ai demandé d'arrêter et il ne l'a pas fait. Il ne s'est calmé qu'après avoir… excusez-moi.

Henley se leva et tourna la tête pour éliminer la raideur dans sa nuque alors que la fleuriste quittait la pièce. Elle détestait voir le sillage de destruction laissé par Caleb Annan. Des femmes qu'il avait manipulées, dont il avait abusé émotionnellement et physiquement. Bien qu'elle réprouve son assassinat brutal, elle ne pouvait s'empêcher de penser que le pasteur méritait jusqu'au dernier ses quarante-huit coups de couteau.

– Je suis vraiment désolée, dit Raina Davison en revenant dans le bureau et en reprenant son fauteuil, une liasse de papier-toilette serrée entre les mains. Son mascara formait des taches brun foncé sous ses yeux. Elle avait les joues très rouges.

– J’aurais dû parler plus tôt, continua-t-elle. Appeler la police dès son départ.

– L’important est que vous ayez fini par vous y décider. Avez-vous dit à qui que ce soit d’autre ce que Caleb vous avait fait ? Amis. Famille.

– Non, non, répondit la jeune femme. (Elle tirait sans y penser sur une mèche de longs cheveux bruns, la faisait rouler brutalement entre ses doigts.) Je n’aurais rien pu leur dire, pas encore, mais j’ai… (Elle se pencha en avant et se couvrit le visage de ses mains.) Je n’aurais pas dû faire ça, dit-elle d’une voix étouffée, tendue. Je ne sais pas pourquoi je l’ai fait. Je me rappelle juste que j’étais absolument furieuse.

– Vous n’auriez pas dû faire quoi ? demanda Henley, alors même qu’elle avait déjà une bonne idée de la réponse.

– Je l’ai appelée. (Raina se redressa, le visage pâle, les yeux douloureux.) J’ai téléphoné à la femme de Caleb et je lui ai raconté ce qu’il m’avait fait.

## 38

– Donc Caleb Annan était vraiment un sale con, conclut Ramouter en fixant le tableau blanc où figurait une liste de suspects vide et un nombre de victimes croissant. La photo du pasteur avait été placée tout à gauche, et une ligne rouge sang la reliait à celle de Brandon Whittaker. Quand va-t-on ajouter son nom à la liste des suspects ? On a relevé ses empreintes partout chez Hadlow. Il y a même mangé. Tu te rappelles les emballages de plats à emporter dans la cuisine ? Il y avait ses empreintes sur les cartons et sur la paille de la boisson. On les a aussi trouvées dans la chambre du prisonnier, à l'intérieur de son église. Qu'il ait torturé Brandon ou qu'il se soit contenté de monter la garde, il est dans le bain jusqu'au cou.

– Je ne dis pas le contraire, répondit Henley. (Elle ramassa un feutre noir et s'approcha du tableau et elle inscrivit le nom d'Annan en tant que suspect numéro un sous la photo de Whittaker, ainsi qu'un point d'interrogation devant les numéros deux et trois.) Mais un lieu et des empreintes, ça ne nous suffit pas.

– Est-ce que Raina Davison savait quelque chose à propos de Whittaker ou d'Hadlow ? demanda Ramouter alors que tous les deux se dirigeaient vers le bureau d'Eastwood.

– Non. Je lui ai posé la question, mais elle ne les connaît pas, et elle a cessé de fréquenter l'église il y a quatre mois, après que Serena Annan l'a avertie au sujet de son mari. Comment ça se passe, Eastie ?

Henley contempla le contenu d'un sac en plastique disséminé sans ordre particulier sur le bureau de sa collègue.

– Ce sont tous les papiers que les experts ont récupérés chez Hadlow, répondit Eastwood, peu impressionnée. Il n'y a pas de passeport, pas de permis de conduire – alors que notre victime figure dans la base de données des immatriculations –, pas de carte de sécu, pas de relevés de compte bancaire, pas de lettres de médecins. Elle enseignait à l'université mais, en dehors de la carte professionnelle qu'on a trouvée, rien ne suggère ce qu'elle faisait dans la vie. Tout ce qu'on a, c'est un paquet de dépliants publicitaires, quelques cartes de Noël, des rappels de factures. Et aucun acte de naissance. Il n'y a strictement rien ici qui concerne sa vie de tous les jours.

– Il doit bien y avoir quelque chose, soupira Henley. (Elle s'assit et se mit à feuilleter les papiers peu nombreux.) On a tous une boîte ou un tiroir rempli des merdes qu'on se promet de balancer et qu'on finit toujours par garder.

– L'autre jour, j'ai retrouvé le certificat de puçage de mon chat, dit Eastwood.

Henley releva les yeux, désorientée.

– Tu n'as pas de chat.

– Exactement. Ça fait cinq ans que Monty a disparu, et je retrouve encore des trucs qui le concernent. Je crois toujours que c'est mon ancien voisin qui l'a buté mais ce que je veux dire, c'est que, si on regarde les indices qu'on a récoltés…

– On dirait que quelqu'un a nettoyé l'appartement, compléta Henley. (Elle s'empara d'une enveloppe brune encore fermée et reconnut le logo d'une société de cartes de crédit proposant des prêts à la consommation à taux d'usure.) Mais pourquoi faire ça ? Je le comprends si tu as assassiné quelqu'un et que tu essaies d'effacer toutes les traces de ton passage, mais pourquoi éliminer ce qui concerne la victime alors que tu laisses son cadavre ?

– C'est insensé, admit Eastwood. Pourquoi ne voulaient-ils pas qu'on sache qui elle est ? Surtout qu'on finirait forcément par le déterminer. Son ADN est dans la base de données.

– Ce n'est peut-être pas une question d'identité, dit Henley en ouvrant l'enveloppe. (Son cœur fit un bond dans sa poitrine quand elle déplia la feuille de papier incluse et la balaya des yeux.) Merde.

– Qu'est-ce que c'est ? demanda Eastwood.

– Ce n'est pas de la pub. C'est un relevé de carte de crédit pour le mois dernier. La première transaction est datée du 26 décembre. Hadlow a dépensé sept cent cinquante-neuf livres chez John Lewis, en ligne, cent quatre-vingts livres chez Tesco's et cinq cent quatre-vingt-cinq livres chez Zaida & Pia.

– C'est quoi, Zaida & Pia, dans la vie de tous les jours ?

– Une boutique de luxe pour jeunes enfants et futures mamans à Dulwich. Ma belle-sœur en raffole.

– Notre victime faisait des courses pour un bébé. *Son* bébé.

– D'après les archives du ministère du Travail, elle touchait le crédit universel[1], dit Ramouter. De combien était le plafond de sa carte de crédit ?

– Deux mille, lut Henley à haute voix.

– Tu veux dire qu'elle a dépensé tout son crédit juste pour acheter des affaires pour bébé ? Et comment a-t-elle pu avoir une carte si elle était allocataire ?

– C'est une carte à taux d'intérêt très élevé – 39,9 %. Je doute qu'ils aient seulement vérifié sa situation, dit l'inspectrice, amère.

Eastwood formula la pensée qui couvait.

1. Plus ou moins l'équivalent du RSA.

– La personne qui a tué Alyssa a emmené le bébé.

– Pour me faire l'avocat du diable, intervint Ramouter, nous ne savons pas encore si Alyssa a vraiment eu un enfant. Son ex-mari nous a dit qu'elle avait des problèmes mentaux. Et si elle avait seulement imaginé ce bébé ?

– Même si c'était seulement une grossesse nerveuse, où sont passées les presque deux mille livres d'affaires pour bébé qu'elle a achetées ? demanda Eastwood. Quelqu'un s'occupe de cet enfant : s'il lui était arrivé quelque chose, pourquoi prendre le landau et les fringues ?

– Elle a pu avoir un épisode maniaque, suggéra Ramouter. Son mari… Pardon : son ex-mari nous a expliqué qu'elle était bipolaire. Et si elle avait juste eu une crise et acheté… Je ne sais pas… Des trucs ?

– On les aurait trouvés, les trucs en question, renvoya Henley. L'appartement n'a pas seulement été débarrassé de sa paperasse mais aussi de tout le reste. Il n'y avait pas de télé, pas de vêtements, pas de chaussures. Il n'y avait absolument rien de neuf.

Caleb Annan avait détecté la vulnérabilité d'Uliana Piontek, Nicole Fleming et Raina Davison. Caleb Annan avait aussi été en contact avec Alyssa Hadlow, dont l'enfant avait été enlevé. L'inspectrice ne pouvait ignorer deux questions qui la tourmentaient comme une piqûre de moustique infectée. Annan avait-il agressé Hadlow sexuellement et était-il responsable de la disparition de son enfant ? Elle prit une profonde inspiration et chassa ses sentiments personnels, ignorant la voix dans sa tête qui lui disait de négliger l'enquête pour meurtre. C'était un peu comme la question souvent posée aux avocats : *Comment peut-on défendre un coupable ?* Comment pourrait-elle enquêter sur l'assassinat d'un homme qui s'était mal conduit et avait blessé des femmes ?

– Les tueurs ne voulaient pas dissimuler l'identité d'Alyssa Hadlow, dit-elle. Ils voulaient empêcher qu'on retrouve son enfant.

– Je crois qu'on tient peut-être quelque chose, dit Ramouter en reposant le téléphone. La base de données des hôpitaux ne garde aucune trace d'une Alyssa Hadlow, ni d'aucune variation de ce nom, admise dans un service maternité du Royaume-Uni, mais elle a pris deux rendez-vous en ambulatoire au King's College Hospital, à environ trois mois d'écart. Elle a été admise à Oxleas il y a dix-huit mois et au Temperly Hospital quand son mari a demandé qu'elle soit internée. C'est quoi, Oxleas ?

– L'hôpital psychiatrique de Woolwich, répondit Henley. Tu as eu des informations à propos de son médecin traitant ?

– Elle allait au centre médical Rosefinch de New Cross Road, lui apprit Ramouter. J'ai envoyé la demande de dossier médical vendredi matin. Malgré une relance, je n'ai toujours pas eu de réponse.

– Relance encore et menace d'aller plus loin, enjoignit Henley. Lâche le nom de Laura Halifax, si tu es obligé. Autant qu'elle serve à quelque chose, celle-là. On ne peut pas considérer qu'il y a *peut-être* un bébé disparu, il faut qu'on mène cette enquête comme s'il y en avait bel et bien un dans la nature. Donc on n'a pas le temps d'attendre que le centre médical nous rappelle.

Elle se rassit et consulta ses e-mails. L'état de Brandon Whittaker restait stationnaire, ce qui signifiait qu'elle n'avait pas à se charger d'un autre meurtre – une bonne chose –, mais aussi que les chances pour qu'il reprenne connaissance et lui fournisse des informations s'évanouissaient lentement.

– Quoique sa mère le nie, Whittaker avait comme Hadlow des problèmes mentaux, réfléchit-elle à haute voix. Tous les deux ont été trouvés dans des situations similaires, et nous savons que, selon sa sœur, leurs parents le croyaient possédé.

– Tu veux sérieusement dire qu'à notre époque, il y a des gens pour croire à la possession démoniaque ? Pour considérer *L'Exorciste* comme un documentaire ? C'est carrément ridicule.

– Je suis d'accord, mais on ne peut pas ignorer ce qu'on a vu sur les scènes de crime de Whittaker et d'Hadlow, raisonna Henley.

– Quelle preuve avons-nous que Caleb Annan et les deux inconnus procédaient à des exorcismes ? Je crois que la bible trouvée dans l'appartement d'Alyssa ne suffit pas. Rien ne suggère qu'elle ait fréquenté l'église d'Annan ni aucune autre.

– Cela fait une semaine que le pasteur a été trouvé, et on n'a interrogé que deux membres du conseil d'administration de l'église. Aucun de leurs confrères ne nous a rappelés.

– J'ai essayé, déclara Ramouter, agacé. On dirait qu'ils serrent les rangs. S'ils montent des barricades, c'est qu'ils ont quelque chose à cacher.

– Voilà pourquoi je veux que tu retournes frapper à leurs portes. Et rappelle-toi : même s'ils te laissent franchir leur seuil, ça ne veut pas dire qu'ils se montreront honnêtes.

– À t'entendre, on croirait que c'est une secte, répondit le jeune policier en tapant sur son clavier.

– J'espère que ce n'en est pas une. De toute façon, avant d'enquêter sur l'église, occupons-nous des filles. Le concierge de Nicole Fleming confirme qu'elle n'est pas sortie dimanche soir. On sait aussi qu'Annan couchait avec Uliana Piontek et qu'il a violé Raina Davison. Pour le moment, les seuls indices matériels dont on dispose impliquent Uliana.

– Dis, boss, tu ne crois pas qu'on devrait arrêter de la faire chier ? soupira Ramouter, les lèvres plissées, en repoussant sa chaise. Je ne crois vraiment pas qu'elle soit coupable.

– Ne me regarde pas comme ça, répondit Henley. Qu'est-ce qu'on peut faire d'autre ? C'est elle qui l'a trouvé et, en plus, il y a son ADN partout.

– Mais elle est tellement… Tu l'as vue. Elle est minuscule.

– Depuis quand est-ce que la taille a une importance en matière de meurtre ?

– Ça me paraît juste improbable, dit-il, entêté.

– *Tout* est improbable dans cette enquête, lâcha Henley avec un long soupir.

# 39

– Alyssa Hadlow appartenait à l'Église d'Annan le Prophète, cria Stanford à l'autre bout de la pièce.

– Tu en es sûr ? demanda Henley. Elle rejoignit son collègue dont le bureau était couvert de papiers, si bien qu'elle chercha vainement un endroit où poser la tasse de thé qu'elle lui avait préparée.

– À cent pour cent, dit-il en ouvrant un dossier. Les papiers du bureau d'Annan, à l'église, sont en cours d'étude. Ezra n'a pas fini de fouiller l'ordinateur, mais on a la liste de tous les membres de la congrégation et de leurs donations mensuelles. C'est bizarre : on dirait qu'il paient une cotisation.

– Combien de fidèles y a-t-il ?

– À l'heure actuelle, trois cent quatre-vingt-sept, répondit Stanford, mais ça n'inclut pas les membres de la branche de Deptford. Les églises ont des branches, normalement ? (Henley haussa les épaules.) Bref, quel que soit le nom qu'on donne à ça, il y a une autre branche de l'Église d'Annan le Prophète à Plaistow, et une à East Acton, pour un total de près de mille membres qui semblent tous payer une cotisation de cinq cent quatre-vingt-quinze livres par mois. Donc à peine moins de sept mille par an, avant que quiconque ne se soit levé pour dire « Ouvrez vos missels à la page 48 ».

– Une cotisation. À une église, dit Henley, incrédule. Mais c'est…

– De l'extorsion. Du vol. Une secte, lâcha Ramouter en attirant une chaise pour s'asseoir devant le bureau. Et je parie qu'ils demandent quand même du fric à chaque service religieux.

– Ça, ça s'appelle la *quête,* dit Stanford. Quoi qu'il en soit, Hadlow appartenait à la branche de Deptford depuis décembre 2018.

– Mais l'université l'a suspendue en mars, elle n'a pas retrouvé de travail et touchait une allocation. Comment aurait-elle pu se débrouiller pour donner près de six cents livres par mois à l'église ? demanda Henley.

– Elle avait peut-être des économies. Je veux dire, elle était prof d'éco : elle devait savoir gérer l'argent. Ou alors l'église faisait une exception dans son cas. Foi, espoir et charité. Ce n'est pas ce qu'une église doit prôner ?

– C'est dingue, cette histoire de cotisation, soupira Henley.

– Pourquoi, en dehors du fait que c'est de l'exploitation pure et simple ? demanda Ramouter.

– Parce que je n'ai jamais entendu parler d'aucune église qui demande à ses fidèles de payer une somme mensuelle. Une dîme, je comprendrais.

– C'est quoi, une dîme ?

– Oh, nom de Dieu, fit Stanford en levant les yeux au ciel. Parfois, je suis vraiment surpris que tu aies réussi ton exam de détective. Je t'explique, Ramouter : la dîme est une contribution à une église. Dix pour cent de ton salaire. C'est censé servir à l'entretien des locaux. Si tu peux donner plus, tu donnes plus, mais le prêtre ne va pas frapper à ta porte et menacer de te casser les genoux si tu ne paies pas.

– Et Brandon Whittaker ? interrogea Henley. Elle continuait d'éplucher la liste de noms en se demandant combien de ces gens-là pouvaient se permettre de distribuer allègrement leur argent. Combien d'autres avaient du mal à joindre les deux bouts et faisaient passer l'Église d'Annan le Prophète avant leur estomac ?

Stanford secoua la tête.

– Brandon, non, mais ses parents sont membres de la branche d'East Acton depuis 2014.

Sur la feuille que parcourait Henley, les noms de Patrick et Marcia Whittaker avaient été surlignés.

– Ils habitent Isleworth ; qu'ils fréquentent l'église d'East Acton est logique, mais comment Brandon a-t-il bien pu se retrouver dans un débarras à Deptford ? On l'a emmené là pour une raison précise. Ça ne peut pas être parce que ses parents avaient envie de changer d'air.

– Non, mais on a quelque chose qui éclairera peut-être un peu la situation, dit Stanford, grave, en tournant vers elle l'écran de son ordinateur. Comme j'en avais marre d'éplucher des dossiers, je suis allé sur le Net pour voir s'il y avait des critiques de l'Église d'Annan le Prophète, des reproches, ce genre de trucs.

– Qu'as-tu trouvé ?

– D'abord que ton mari a rédigé un article à propos de l'église et de ses problèmes financiers.

– Rob ? s'exclama Henley, abasourdie.

– Tu as combien de maris ? À moins que ça n'ait changé depuis que le martyr de service s'est pointé samedi après-midi ?

– Ta gueule, renvoya-t-elle en commençant à lire le texte affiché sur l'écran.

– C'est un article sur la Commission des associations caritatives. Rob a interviewé David Onyeka, ce qui, nous le savons, est un des trois pseudonymes utilisés par Annan, reprit Stanford.

– Tu es sûr ?

Tout en parcourant la première page de l'article, ornée d'une photo d'Onyeka alias Annan, Henley se demandait pourquoi son mari ne lui avait rien dit. Pour le moment, ils s'adressaient à peine la parole, mais la découverte du corps du pasteur remontait à une semaine, et tous les médias en avaient abondamment parlé.

Stanford haussa un sourcil.

– Je ne connais aucun autre journaliste financier du nom de Robert Campbell. Quoi qu'il en soit, pendant que tu te demandes comment aborder le sujet au dîner de ce soir, il y a aussi ça. Un article de blog.

– Vieux de plus d'un an, constata Henley.

– La date n'a pas d'importance. Lis l'article intitulé : « Ma santé mentale n'est pas votre démon. »

Henley eut l'impression qu'un caillou plongeait dans la bile qui lui emplissait l'estomac quand elle découvrit le troisième paragraphe :

Je savais que je n'allais pas bien. Tout le monde savait que je n'allais pas bien, mais on refusait d'employer le mot qui convenait. Désordre bipolaire. Pour mes parents, la bipolarité, la schizophrénie, les psychoses ou les troubles de la personnalité antisociale n'existaient pas. Quand j'avais décidé de faire des études de psycho, ils avaient cru que je voulais devenir thérapeute et écouter les gens parler de leurs problèmes de couple. Ce n'était pas ça du tout. Je voulais étudier la part de moi-même qui s'emparait de mon corps, de mes sens, et me faisait agir de manière incontrôlable, puis m'enfoncer dans le plus noir des tombeaux. J'appelais cette part de moi « Bippy ».

Mes parents refusaient de voir en Bippy une maladie mentale car, pour eux, elles ont été inventées pour masquer le fait que nos âmes sont exposées à des forces démoniaques. Je les ai toujours crus excentriques mais pas plus fous que moi. Ils voulaient chasser le diable par la prière. Ma maladie n'a cessé de s'aggraver et, tout au fond de moi, je savais que j'avais besoin d'aide. Un matin au réveil, ma mère m'a dit avoir trouvé quelqu'un qui m'aiderait. Ma tante Gretta attendait dans la cuisine, avec un certain Keith. À ce jour, je ne sais toujours pas trop en quoi il fait partie de la famille ; ça peut aussi bien être un cousin au troisième degré que le plombier. Ils appelaient ce qu'ils allaient faire une « intervention » : m'emmener à une réunion religieuse dans une église pour trouver du soutien, pas de l'aide. J'étais au début d'une phase maniaque, et, à cause de Bippy, j'ai accepté. Quand ils parlaient d'église, je m'attendais à une cathédrale avec des fresques sacrées au plafond. Au lieu de cela, on a quitté la route principale pour entrer dans une propriété industrielle sombre. Je voyais les lumières des trains au-dessus de nous, et je me rappelle avoir pensé que je n'aurais pas aimé aller par là. On me disait donc que nous allions dans une église, et, quand on y est entrés, il y régnait une odeur appropriée. Pour être honnête, la cérémonie en elle-même n'était pas mal. J'ai bien aimé les chants mais, à la fin, on est tous allés à l'étage.

Ils étaient décidés à chasser Bippy par la prière. Ma tante, debout dans un coin de la pièce, lisait des psaumes. Ma mère m'a retiré mes vêtements. J'ai atterri sur un lit et Keith m'a attaché les mains. Je me rappelle des psalmodies, la chaleur des flammes, et les mains qui m'appuyaient sur la poitrine avec force. J'ai hurlé. Bippy a hurlé. Une main m'a poussé la tête contre l'oreiller, qui sentait l'huile rance, et le pasteur, le pasteur qui chantait avec une si belle voix, a ordonné au diable de partir.

– On sait qui a écrit ça ? demanda Ramouter brisant le silence profond.

– Le blog est anonyme, répondit Stanford. J'ai demandé à Ezra de faire… Eh bien, je ne sais pas, moi, de faire son truc pour découvrir l'auteur.

– Je n'aime pas ça du tout, avoua Henley en passant une copie des deux textes à Ramouter. Le blog pourrait être un faux. Les noms qui y figurent pourraient être inventés.

– C'est possible, dit Ramouter. Mais on n'en sera sûrs que quand on aura découvert l'auteur. Si ça se trouve, c'est le chaînon manquant dans cette affaire. Sauf si Brandon Whittaker se réveille et parvient à nous dire qui était dans la chambre avec Caleb Annan, ça peut devenir notre piste principale.

– Et rien ne prouve qu'il se réveillera, remarqua Stanford. Depuis combien de temps est-il dans le coma ?

– Une semaine, maintenant, répondit Henley. Et ses parents n'ont toujours pas essayé de lui rendre visite, ni même de nous contacter.

– C'est tout à fait anormal, ça, conclut Stanford, les sourcils froncés. Bon, quelqu'un est tenté par un petit verre vite fait ?

– Je croyais que tu ne boirais plus jamais, fit Eastwood, qui venait d'entrer.

– Ouais, eh bien, je crois qu'on en a besoin. Cette affaire me porte sur les nerfs. Qu'est-ce que tu en dis, Henley ?

L'inspectrice soupira. Quoique peu pressée de rentrer chez elle et d'avoir affaire à Rob, elle s'efforçait de passer plus de temps avec sa fille.

– Pas tard alors, avertit-elle. Donne-moi une heure et je paie la première tournée.

– Cette affaire ne me plaît vraiment pas, soupira Eastwood alors qu'Henley posait avec précaution sur la table le plateau avec leurs verres.

– Si elle te plaisait en quoi que ce soit, je serais carrément étonnée, renvoya l'inspectrice avant de s'asseoir et de prendre sa vodka-tonic.

– Je n'ai aucune sympathie pour Annan ; vraiment aucune. C'était un vrai tas de merde. Je sais qu'on est censés avoir de l'empathie pour la victime, mais comment faire dans le cas d'un type qui a maltraité des femmes et des malades mentaux ? Ça m'est totalement impossible.

Henley considéra les membres de son équipe assis autour de la table. Tous avaient parfois « senti le vent du boulet » de la maladie mentale, tant dans leur vie personnelle que professionnelle.

– Oublions les deux autres, parce qu'on n'a pas la moindre idée de qui ils sont, mais les personnes comme Caleb Annan sont censées aider les gens qui ont des problèmes mentaux, intervint Ramouter, amer, en faisant tourner son alliance.

– Ça va, mec ? demanda Stanford, inquiet.

– Ouais, ça va, dit Ramouter. C'est juste que je n'arrête pas de me demander ce qui se passerait si Michelle n'avait pas le soutien de sa famille et se fiait à quelqu'un comme un prêtre ou même un psychologue. C'est la pire forme de trahison possible.

– Il faut sans doute se réjouir que l'attitude des gens envers la maladie mentale ait changé, dit Henley. Tu sais depuis combien de temps mon père combat la dépression ? Plus de quarante ans. Depuis ses vingt et un ans.

– Si longtemps ? dit Stanford en buvant sa bière. Je ne me rendais pas compte.

– Personne ne s'en rendait compte parce qu'on n'en parlait pas. À cause de la honte que ça représentait.

– Qu'est-ce qui est arrivé à ton père quand tu étais enfant, à ton avis ? demanda Ramouter.

Henley haussa les épaules.

– On ne nous a rien dit. Seulement qu'il n'était pas bien. Qu'il avait la grippe ou la migraine. Heureusement qu'il était travailleur indépendant, parce que je n'imagine pas un employeur acceptant qu'il reste chez lui pendant deux mois sous prétexte qu'il était déprimé.

– Maintenant, ça pourrait arriver, dit Eastwood. Prends ton propre cas. Excuse-moi, mais tu as été soutenue.

– C'est parce que j'avais Rhimes. Je savais que, quoi qu'il arrive, il protégerait mes arrières. Je n'aurais peut-être pas été aussi sûre de moi si j'avais travaillé dans une autre brigade. Il est déjà assez pénible de combattre le racisme et le sexisme dans ce milieu. Tu imagines si j'avais dû ajouter la maladie mentale à la liste ? C'est ce que je veux dire en parlant de stigmatisation. Je ne devrais pas avoir à m'inquiéter qu'on bavarde derrière mon dos, qu'on me dise incapable de supporter la pression.

– On a toujours protégé tes arrières, dit Stanford en entourant Henley d'un bras.

– J'aurais voulu que Rhimes sache qu'on protégeait les siens, dit tristement Eastwood.

– Il le savait forcément.

– Comment peux-tu dire ça ? Il nous a recrutés, c'est lui qui a maintenu notre cohésion, mais il ne confiait à personne qu'il ne s'en sortait pas.

– Je ne sais pas. (Stanford haussa les épaules.) Il pensait peut-être qu'on s'en sortirait, nous, et qu'on continuerait de faire fonctionner la SCU même s'il n'était plus là.

– Ce n'était pas une raison pour se flinguer, s'emporta Ezra. J'aurais compris qu'il prenne sa retraite à Majorque, mais il s'est asphyxié dans son garage.

– Ez, intervint Henley, tentant de lui venir en aide, je comprends que…

– Tu comprends *vraiment* ? renvoya Ezra. Parce que moi non. Je ne comprendrai jamais. Pourquoi est-ce qu'il ne vous a pas parlé, à vous tous, s'il avait des emmerdes ? Il aurait même pu me parler à moi. J'ai souvent dormi chez lui. Parfois, j'ai même aidé Mme Rhimes à préparer le dîner. Tout ça, c'est de la connerie.

Tous savaient à quel point les deux hommes étaient proches. Même le propre fils de Rhimes disait avec humour qu'Ezra était l'enfant toujours désiré par son père. Un malaise s'installa autour de la table tandis que tous méditaient sur leurs luttes personnelles et le fait que Rhimes n'ait pas partagé les siennes.

– Je suis encore furieux contre lui, reprit doucement Ezra. Il a été égoïste.

– Oui, c'est vrai, admit Stanford. Dites donc, on se fend la gueule, ce soir.

– On se croirait à une veillée funèbre, ajouta Henley pour détendre l'atmosphère. Je préférerais encore parler boulot.

– Je vais te dire une chose, embraya Eastwood en faisant signe à Ramouter de terminer sa bière. Ce que je ne comprends pas, c'est comment Annan et ses potes ont convaincu Whittaker et Hadlow de participer à… Je refuse d'appeler ça un exorcisme.

– Ils étaient malades, Eastie, dit Henley. Je suppose que, quand on a des problèmes mentaux, on n'a aucune conscience de ses limites, on veut juste que la douleur s'arrête.

– Vouloir que la douleur s'arrête est une chose, mais ce que faisaient Annan et les autres, c'était carrément malveillant, dit sa collègue en vidant son verre. Question de pouvoir. Et la conclusion, c'est que Caleb Annan était narcissique. C'était une brute qui s'en prenait à des gens incapables de se défendre.

# 40

Henley, debout au milieu du salon, regardait son mari qui s'était endormi devant *Terminator 2*. Des bouteilles de bière vides et une pizza à moitié mangée encombraient la table basse. Elle ramassa le coussin que Rob avait fait tomber par terre et le lui jeta à la tête.

– Hé ! Qu'est-ce que… s'exclama-t-il en s'asseyant, un peu désorienté. Tu m'as balancé un coussin, c'est ça ?

– Pourquoi ne m'as-tu rien dit ? interrogea Henley.

– Te dire quoi… Quelle heure est-il ?

– Presque onze heures.

– Et tu viens de rentrer ?

– Rob ! Caleb Annan.

– Qui ?

– Oh, bon Dieu, lâcha-t-elle en s'asseyant sur le canapé. L'enquête pour meurtre dont je m'occupe.

– On était d'accord que tu n'apporterais pas de travail à la maison et que tu ne parlerais pas de tes enquêtes pendant le dîner. C'est-à-dire, s'il t'arrivait jamais de rentrer à temps pour dîner.

– Stop. (Henley se hérissa à cette critique mordante.) Il n'est pas question de toi et moi, en ce moment. Il est question de Caleb Annan. Le pasteur assassiné la semaine dernière. Tu n'as pas vu la conférence de presse ?

– Je me fais un devoir de ne pas regarder tes conférences de presse, surtout si ce connard de Pellacia est…

– Tu as rencontré la victime, dit-elle, haussant le ton pour empêcher Rob de se lancer dans un violent réquisitoire.

– Comment ça, je l'ai rencontrée ? répondit-il, surpris. Comment c'est possible ? J'ignorais jusqu'à son nom avant que tu m'en parles.

– Tu as interviewé Annan pour un article publié dans *The Guardian* il y a environ cinq ans.

– Cinq ans ? J'ai du mal à me rappeler ce que j'ai fait il y a cinq minutes, Anj, répondit-il en secouant la tête pour en chasser le sommeil.

– C'était un article sur la Commission des associations caritatives, dit Henley. Elle ramassa le portable de son mari sur la moquette et l'ouvrit.

– Tu connais mon mot de passe ? s'étonna Rob en s'écartant d'elle sur le canapé.

– Évidemment.

– Et aussi mon e-mail ? demanda-t-il, soupçonneux.

– Tu devrais faire preuve de plus d'imagination, répondit-elle. (Elle trouva l'article et désigna une photo.) Voilà Caleb Annan.

– Oh, je le connais, dit Rob.

– Comment ça, tu le « connais » ? Je ne t'ai encore jamais entendu parler de lui ?

Elle coupa le son de la télévision.

– Pourquoi est-ce que j'en aurais parlé ? Ce n'est pas comme si je le connaissais vraiment. Ce n'est pas un pote, ni rien de tel. Je l'ai interviewé il y a quelques années, en même temps qu'un tas d'autres gens, et, ça, c'est une vieille photo.

– Il était comment ?

– Vraiment pas clair, ça se sentait. C'est lui, ton pasteur mort, alors ?

– Oui. Pour être juste avec toi, il avait pris un peu de poids depuis votre rencontre.

– Et il ne se faisait pas appeler Caleb Annan quand je l'ai interviewé, continua Rob en parcourant son article. Son nom était David Onyeka. Regarde : c'est marqué.

– C'est un des pseudos qu'il utilisait.

– Ça explique que le nom Caleb Annan ne m'ait rien dit du tout.

– Parle-moi de lui ; dis-moi comment tu l'as trouvé.

Rob se laissa aller en arrière, les yeux plissés.

– Il y a cinq ans, la Commission des associations caritatives a lancé des enquêtes sur certaines mégaéglises. Tu sais que ces assos-là sont dispensées de déclaration d'impôts ; elles n'en paient pas sur leurs revenus à condition de prouver que l'argent est employé dans un but caritatif.

– Donc si la congrégation du coin prouve qu'elle a utilisé ton don de cinquante pence pour réparer le toit de l'église, c'est bon ?

Rob ne rit pas.

– Exactement, mais il circulait des rumeurs selon lesquelles beaucoup de mégaéglises surgies de nulle part commettaient toutes sortes d'irrégularités, raison pour laquelle la commission a lancé son enquête. J'ai interviewé un tas de gens de diverses églises et associations de défense des enfants. Ton pasteur mort ne se faisait pas appeler « Le Prophète », à l'époque, ni Caleb Annan, mais son nom figurait à la page 168 du rapport de la commission. Ça a suscité mon intérêt, donc je l'ai contacté.

– Comment était-il ?

Rob ferma les yeux, comme s'il allait pêcher un vieil enregistrement dans son cerveau.

– Très ouvert. Ce qui m'a aussitôt mis la puce à l'oreille. Personne n'est ravi à ce point-là qu'un journaliste débarque et pose des questions sur des rumeurs d'irrégularités procédurales et financières. Le plus souvent, on me claque la porte au nez.

– Et lui t'a accueilli les bras ouverts ?

– Il m'a invité dans son église et aux réunions de son conseil d'administration. Il s'est évertué à me démontrer que tout se passait au grand jour.

– Tu l'as cru ?

– On peut bien l'enrober comme on veut, monter en chaire une bible à la main et prétendre qu'on a été sauvé, un escroc reste un escroc.

– Qu'est-ce qui t'a fait penser que c'en était un ? demanda Henley.

– L'instinct. En plus, il avait réponse à tout et il portait une montre très chère, alors qu'à l'entendre son église manquait d'argent. J'ai vérifié auprès de la Commission des associations : son église avait déclaré des revenus annuels de six millions de livres.

– Six millions ! s'exclama-t-elle.

– Ouais, mais quand j'ai creusé un peu plus, je me suis aperçu que les chiffres ne collaient pas. La plus grande partie de cette somme aurait dû être dépensée en actions caritatives dont je n'ai trouvé aucune trace, et je n'ai pas pu avoir accès aux comptes réels.

– Donc, tu ne savais pas qu'Annan, ou Onyeka, avait fait de la prison pour fraude ?

– Vraiment ? Non, je n'en avais aucune idée. J'aurais dû approfondir le sujet, dit Rob. Je pourrais peut-être encore le faire.

– Pas avant la fin de cette enquête, répliqua fermement Henley. Je ne veux pas qu'on m'accuse de t'avoir refilé des informations confidentielles.

– Ne t'en fais pas pour ça. J'attendrai. Bon, je vais au lit, dit-il en se levant et en bâillant.

– Est-ce que tu reviens dans le nôtre ? demanda-t-elle en écartant l'ordinateur. Tu ne peux pas dormir éternellement dans la chambre d'amis.

– Ah, non ?

– S'il te plaît. (Elle espérait avoir l'air sincère.) Il faut qu'on parle de ce qui s'est passé samedi, à la fête pour maman.

– Il n'y a rien à discuter, répondit Rob. Ton ex s'est pointé alors que tu savais à quel point…

– Baisse la voix, tu vas réveiller Emma. Et, avant que tu ne continues, je lui avais dit de ne pas venir, mais papa…

– Ne mêle pas ton père à ça. Pellacia est venu pour toi. Je t'ai déjà dit que je ne suis pas idiot. Je vois bien comment il te regarde.

– Tu vois des trucs qui n'existent pas.

– Je ne crois pas, Anj. Je crois que je vois la réalité très clairement. Et tu sais ce qui me fout le plus en rogne ?

– Rob, rien n'a…

– J'ai essayé. J'ai fait des compromis. J'ai essayé de comprendre ton point de vue. De te soutenir. Mais tu n'es pas disposée à fournir le même effort de ton côté.

Henley scruta le visage de son mari, cherchant à déterminer s'il était blessé, mais il paraissait seulement encore plus furieux que le samedi soir, quand ils étaient rentrés en voiture de chez Simon sans s'adresser la parole une seule fois.

– Tu te conduis comme si je n'en fournissais aucun, dit-elle. Je fais de mon mieux, mais sentir que tu me juges ne m'aide pas tellement.

– Je ne te juge pas. Je veux juste que tu te rappelles que tu es ma femme, et tu n'arrêtes pas de pousser cet enculé entre nous.

– Il n'y a rien, et je dis bien rien du tout, entre Pellacia et moi, dit Henley en détachant bien les mots. Son téléphone émit le bip signalant l'arrivée d'un sms.

– Pourquoi tu ne réponds pas ? Ça doit être lui.

– Oh, merde, soupira-t-elle en prenant l'appareil sur le canapé.

– Je ne veux pas qu'il traîne autour de ma famille, dit Rob. Que ça reste au boulot.

– S'il te plaît. C'est de Linh.

– Je vais me coucher. Dans la chambre d'amis, répondit-il en quittant la pièce.

– Espèce de gros connard, chuchota Henley pour elle-même avant d'ouvrir le sms. Oh, non !

**Terminé Hadlow. Signes de grossesse ! Où est le bébé ?**

# 41

Les poumons d'Alyssa Hadlow, retirés, disséqués, reposaient dans une vasque en métal, son cœur au fond d'un second récipient, et le reste du corps sur la table d'opération, exposant la poitrine évidée. Ramouter avait pris sa place habituelle entre la porte et le placard, les bras croisés en guise de bouclier, le visage en partie dissimulé par son masque.

– J'espère qu'Henley a promis de t'offrir un bon petit déj, dit Linh en pivotant sur son siège, les yeux pétillant de malice. Moi, j'aime bien le petit déjeuner anglais complet. Bacon croustillant, tomates frites, boudin, un tas de…

– Qu'est-ce que tu peux être chiante ! lança Henley. Et pourquoi es-tu si joyeuse, tôt le matin ?

– Il s'appelle Jake. Il a été très bien. À un moment, je me suis retrouvée la tête en bas. Je ne le reverrai sans doute pas. Trop exigeant. Il voulait de l'affection.

– Linh ! Ce n'est pas ce que je…

– Pardon, pardon, dit la pathologiste en bondissant de son siège, tandis que Ramouter ricanait dans sa barbe. Bon. Donc, j'ai étudié les poumons, et il y a des indices de lactation.

Elle ramassa la vasque concernée et la posa sur une autre table d'examen. Henley ne savait pas trop ce qu'elle voyait tandis que son amie tournait vers elle une section de poumon mouchetée de noir.

– En raison de la lactation des poumons, je peux affirmer avec environ quatre-vingt-quinze pour cent de certitude qu'Hadlow a été enceinte et qu'elle a allaité régulièrement, dit Linh.

– Est-ce que tu sais combien de temps ? s'enquit Ramouter.

– Ça pourrait être quatre jours comme quatre ans. Il n'y a vraiment aucun moyen de le savoir, mais si tu regardes ici… (Elle replia la peau sur le torse d'Hadlow et souleva les seins pâles.) Des ecchymoses marquent les tissus adipeux des deux seins. Soit le tire-lait était réglé trop fort, soit c'était un modèle très bon marché. Il y a par ailleurs des traces d'infection dans les mamelons.

– Le rapport toxicologique montre aussi des signes d'infection. Est-ce que ça n'aurait pas affecté le lait ? demanda Henley.

– Ça n'arrive pas à chaque fois, mais le lait maternel peut transmettre des infections virales ou bactériennes graves, oui.

– Et à quel point est-ce grave pour le bébé si le lait est infecté ? demanda Ramouter, qui ne montrait plus la moindre jovialité.

– Dans le meilleur des cas, il s'en tire avec une fièvre et la jaunisse. Dans le pire, le pauvre se retrouve avec des problèmes respiratoires, de l'hypertension, des distensions abdominales, des convulsions, et il finit par en mourir.

– Merde, dit Ramouter.

Henley se pencha pour observer l'ecchymose violette circulaire qui entourait la peau noircie de l'aréole. Elle porta inconsciemment la main à sa propre poitrine, se rappelant son angoisse et son sentiment d'échec quand Emma avait refusé le sein.

– Tu peux dater ces marques ? demanda-t-elle.

– Seulement pour les dire assez récentes. Quelques semaines, peut-être.

– Alors comment est-elle morte, exactement ? s'enquit Ramouter. Parce que tout ça me rappelle un peu *La Servante écarlate.*

Henley ne se donna pas la peine de lui faire des reproches : elle commençait à avoir la même impression.

– Crise cardiaque, dit Linh, mais elle a aussi les reins abîmés. Son corps n'a pas supporté la pression extrême à laquelle on le soumettait. Jetez un coup d'œil à ses côtes.

Elle replia encore la peau de la poitrine d'Hadlow et éclaira la cage thoracique.

– Viens ici, Ramouter.

Henley contourna la table et son collègue la suivit à regret.

– Elle a les côtes cassées, remarqua-t-il en se penchant.

– Pas seulement cassées, mais carrément sectionnées d'un coup en deux moitiés. Trois côtes à gauche et quatre à droite, dit la pathologiste.

– Et quelle force faut-il appliquer pour casser une côte en deux ? demanda Ramouter.

– Une force énorme. Le genre de blessure qu'on s'attendrait à trouver si elle avait été renversée par une voiture, mais rien d'autre ne suggère un accident de ce genre-là.

– Brandon Whittaker aussi avait des blessures pouvant être dues à une pression prolongée sur le torse, intervint Henley.

– Quelqu'un a appuyé sur la poitrine de cette femme, voire s'est agenouillé dessus, dit Linh. Elle a aussi une clavicule cassée. Ces fractures dénotent l'exercice d'une pression intense, comme si on l'avait maintenue en position couchée. Regarde ses poignets… (Elle souleva le bras gauche d'Hadlow et le tourna avec délicatesse.) Elle a été trouvée attachée, et les cordes ont provoqué des écorchures significatives. J'ai extrait un paquet de fibres de ses poignets et de ses chevilles, et j'ai envoyé le tout à Anthony : il m'a confirmé qu'elles provenaient d'une corde identique à celle qui retenait Brandon Whittaker au lit.

– Bordel de merde, jura Ramouter.

– Il y a des lésions aux reins et sur le dos, continua la pathologiste. Elle a été poussée ou elle est tombée contre une arête vive. Il y a aussi une petite fracture à l'arrière du crâne. J'ai extrait de la peau de sous les ongles, et je l'ai envoyée au labo samedi matin. Avec de la chance, ça correspondra aux échantillons prélevés sous ceux de Brandon Whittaker.

– Merci, Linh, dit Henley, reconnaissante. Je t'offre un petit déjeuner, si tu veux.

– À cette heure-ci, ce serait plutôt un brunch, corrigea Ramouter.

– Le brunch, ça n'existe pas vraiment. C'est juste une excuse pour se bourrer la gueule avec du Prosecco bon marché en bouffant des œufs au bacon et des crêpes, renvoya Linh en recouvrant le cadavre d'Hadlow d'une bâche en plastique verte. Mais j'accepte la proposition.

– Est-ce que tu as trouvé de l'eau dans ses poumons ? demanda Ramouter en s'écartant du cadavre. Il y en avait dans ceux de Brandon Whittaker, et ça faisait penser à un simulacre de noyade.

– Ses poumons étaient légèrement alourdis. Et il y avait de l'eau dans l'estomac qui suggérait une absorption. Aussi bizarre que ça paraisse, Hadlow souffrait aussi de déshydratation. Les niveaux de sodium et de créatinine étaient élevés, ce qui a dû gêner le fonctionnement des reins. On peut tenir trois semaines sans manger, mais l'eau c'est autre chose : trois ou quatre jours, pas plus. Ta victime a été torturée, ses reins endommagés par la déshydratation et des traumatismes directs : son cœur n'a pas supporté.

– Ils lui ont pris son bébé et ils l'ont laissée mourir, résuma Henley, incapable de contenir la colère qui bouillonnait dans son ventre.

– Est-ce qu'on suppose pour de bon que… commença Ramouter. (Il s'assit sur la chaise de Linh et se massa les tempes.) Qu'ils ont torturé Hadlow et qu'ils lui ont pompé le lait qu'elle avait dans les seins avant de la laisser pour morte en emportant le bébé ?

– C'est insensé, dit l'inspectrice. Elle n'aurait pas produit de lait si elle était déshydratée et affamée. Ils ont dû prendre le bébé au moins une ou deux semaines avant de décider de…

– Quoi ? demanda Linh. Qu'est-ce qu'ils lui faisaient ?

– Un exorcisme, répondit Henley d'une voix lasse.

# 42

Plus tard dans la matinée, Henley considéra avec perplexité le tableau des meurtres puis se retourna pour faire face à sa petite équipe. Pellacia était assis à sa droite. Elle eut conscience de tous ses mouvements tandis qu'il s'éclaircissait la voix avec impatience et croisait les bras.

– On n'a toujours pas la preuve absolue qu'il y a un bébé, dit-il.

– À part un cadavre ayant allaité, dans un frigo au bout de la rue, compléta Henley sur un ton appuyé.

Le surintendant ouvrit la bouche pour répliquer, puis changea visiblement d'avis et recula sa chaise, s'écartant d'elle. Stanford, sans le quitter des yeux, se pencha en avant et jeta un petit pot de crème dans son thé. Dehors, il neigeait à gros flocons.

– J'ai préparé un communiqué de presse urgent demandant des infos à propos du bébé d'Hadlow, reprit l'inspectrice.

– Et, comme je le disais, on n'a pas de preuve absolue, dit Pellacia. Pas d'acte de naissance, de confirmation d'un hôpital, ni même de photo.

– Eh bien, je suis désolée qu'il n'ait pas sa page Instagram pour te prouver qu'il existe, mais je préfère prendre le risque de lancer un appel plutôt que de ne rien faire du tout et de trouver un bébé mort d'ici une semaine ou deux, renvoya sèchement Henley.

– Donc, on a deux meurtres, une tentative de meurtre et un bébé disparu, résuma Eastwood en tapotant sa tasse de sa petite cuiller. Super.

– Linh a confirmé qu'Hadlow allaitait, mais rien ne nous dit *quand* elle a eu son bébé, *où* elle l'a eu, et, pour le moment, on n'a pas la moindre idée de ce qui est arrivé à cet enfant, dit Henley.

– Et l'ex-mari ? interrogea Pellacia. Est-ce qu'il pourrait être le père ?

– Il dit n'avoir eu aucun contact avec Hadlow depuis trois ans. D'après les dossiers du tribunal, c'est elle qui a demandé le divorce, et elle a donné comme motif des incompatibilités rédhibitoires.

– Mais est-ce qu'on le croit, le mari ? demanda Stanford.

– Jusqu'à preuve du contraire, oui, on… J'accepte ce qu'il nous a déclaré.

– Les bébés ne disparaissent pas comme ça.

– On soupçonne que la ou les personnes responsables de la mort d'Hadley l'ont pris. Si on les identifie, on le trouvera aussi. Tu ne voudrais pas que madame la députée Laura Halifax nous accuse de provoquer un infanticide en plus d'une guerre raciale à Deptford, hein ? lança Henley à Pellacia.

– Est-ce qu'Hadlow est liée d'une manière ou d'une autre à Whittaker ? demanda-t-il. Son regard se posait partout sauf sur elle. Il n'y avait aucune chaleur dans sa voix. À l'entendre, on aurait presque dit qu'il s'attendait à ce qu'elle échoue.

– Rien n'indique que Whittaker et Hadlow se connaissaient, et Brandon n'était pas membre de la congrégation, mais ils souffraient tous les deux de troubles mentaux, la même corde a été utilisée pour les attacher, et on a trouvé trois séries d'empreintes digitales identiques sur les deux scènes de crime.

– Est-ce que c'est confirmé ou une simple spéculation ? La question des troubles mentaux.

– Je doute beaucoup que la boss ait inventé ça, dit Stanford d'une voix forte, comme s'il prononçait une mise en garde. L'inspectrice, elle, fixait un point situé juste au-dessus de la tête de Pellacia.

– On dispose du dossier médical de Whittaker, répondit-elle fermement.

– Et notre demande de celui d'Hadlow vient d'être acceptée, ajouta Ramouter, lui aussi sur la défensive. On devrait le recevoir dans l'après-midi.

Pellacia arborait une expression figée, un agacement évident, mais il ne répondit à aucun de ses agents. Sa seule attitude faisait chuter la température de la pièce.

– L'état de Whittaker reste critique mais stable.

Henley écarta un peu les jambes pour assurer sa position et joignit les mains derrière le dos afin de dissimuler à Pellacia avec quelle force elle serrait son feutre. Comme son téléphone se mettait à sonner, le surintendant se leva et gagna son bureau.

– Connard mal embouché, marmonna Stanford.

– Il faudrait que quelqu'un lui dise deux mots, ajouta Eastwood. Pas que je me porte volontaire.

– Ne me regarde pas comme ça. Cette affaire est déjà assez embrouillée. On n'a pas besoin…

– Et si on arrêtait une minute la séance de dénigrement, coupa Henley. (Elle ne pouvait pas laisser l'attitude de Pellacia les faire dérailler.) Stanford, tu vas éplucher le HOLMES[1] pour savoir s'il y a des enquêtes en cours, voire des *cold cases*, dans lesquelles les blessures de la victime ou les circonstances de sa mort sont similaires aux cas d'Hadlow et de Whittaker.

1. *Home Office Large Major Enquiry System*, outil informatique d'assistance aux enquêtes criminelles.

– Est-ce qu'on considère ça comme un crime en série ? demanda Eastwood.

– Comment faire autrement ? renvoya-t-elle. Le MO[1] est le même pour Whittaker et pour Hadlow. Les seules différences sont l'endroit où on a trouvé les corps et le fait que la deuxième victime soit morte.

– Et Caleb Annan ? demanda Pellacia en rentrant dans la salle des opérations. C'est à cause de lui que vous menez cette enquête au départ. On dirait que vous cherchez à gagner du temps.

Henley leva les yeux au ciel. Il la provoquait délibérément, ce matin. Si l'arme du crime avait été trouvée, si la fouille de l'appartement d'Uliana avait révélé autre chose que de la poussière, ou si elle avait pu vérifier l'alibi de Raina Davison, elle n'aurait peut-être pas été aussi bloquée. Elle eut envie de crier qu'elle faisait de son mieux, mais elle était bien consciente que cela pourrait être perçu comme un signe de faiblesse. Le silence retomba tandis qu'elle attendait la question qui, elle le savait, brûlait les lèvres de Pellacia.

– Pourquoi n'as-tu pas arrêté Serena Annan ? demanda-t-il. On sait qu'elle était sur place et, à mon avis, elle n'ignorait pas que son mari sautait tout ce qui bougeait.

Henley gardait les yeux sur lui, cherchant la moindre trace de l'empathie dont il avait fait preuve le samedi précédent.

– Je n'ai pas d'images de surveillance, sa bonne confirme son alibi, et son ADN ne figure pas sur le corps de la victime. Je l'arrête sous quel prétexte, exactement ?

– Cette affaire se traîne. Le cadavre d'Annan a été trouvé il y a presque une semaine, et tu as Whittaker et Hadlow qui s'y attachent comme de mauvaises odeurs. Il faut que tu fasses mieux que ça.

1. *Modus operandi*, le mode opératoire des criminels.

Henley recula d'un pas puis se détourna quand la porte du bureau s'ouvrit et que Joanna entra, l'air sévère, Laura Halifax dans son sillage.

– Qu'est-ce qu'elle fiche ici ? demanda Henley à Pellacia.

L'administratrice conduisit Halifax dans le bureau du surintendant et ferma la porte.

– Je ne suis pas ton majordome, merde, lança-t-elle à l'intéressé avant de regagner son bureau.

– Ce matin, je dois assister à la réunion de la circonscription, dit-il.

– Encore ? s'exclama l'inspectrice. Tu n'y vas jamais et, là, tu en fais deux la même semaine.

– Ce n'est pas une affaire normale, comme tu n'arrêtes pas de me le rappeler. Cette enquête prend un tour qui ne me plaît pas, et tout ce qui peut être perçu comme risquant de la ralentir ou d'en détourner l'attention va poser un problème. Donc, oui, je vais à une autre réunion.

– Ça n'explique toujours pas ce qu'elle fiche à la SCU, l'autre, lâcha-t-elle, furieuse. Pellacia se leva avec violence, renversant sa chaise. Au même moment, le téléphone de bureau d'Henley sonna : tonalité interne. Elle n'avait nul besoin de voir le numéro de poste de l'appelant pour deviner qu'il s'agissait d'Ezra.

– Tu veux bien répondre pour moi, Ramouter ? demanda-t-elle en ramassant la chaise que Pellacia avait envoyée par terre.

– C'est quoi, son problème ? demanda Stanford quand leur supérieur eut regagné son bureau et fermé la porte derrière lui.

– Dieu seul le sait. Depuis une semaine, il se conduit comme un parfait connard irascible. Elle est très jolie, cela dit, admit Eastwood alors qu'un rire retentissait dans le bureau du surintendant.

Moins d'une minute plus tard, ce dernier réapparaissait, son manteau sur le dos, accompagné d'Halifax. Henley le vit poser la main au niveau des reins de la députée pour l'escorter hors du bureau.

– Trop mignon, apprécia Stanford.

– Que veut Ezra ? demanda l'inspectrice à Ramouter, tout en massant un nœud dans son cou. Son corps était sous l'effet d'une tension sans rapport avec l'enquête.

– Ezra requiert ta présence en bas, répondit son collègue. Il dit aussi qu'il va avoir besoin d'une thérapie.

# 43

– Je croyais me retrouver à faire des trucs rigolos quand j'ai accepté de travailler ici, ronchonna Ezra en baissant le volume de ses enceintes, mais je suis là à me geler les cou… Bon, il fait un peu froid, et…

– Ezra, si tu m'as fait descendre juste pour te plaindre que ton boulot n'est pas marrant, je te préviens que je ne suis pas d'humeur, dit Henley.

– Je garderai les plaintes pour mon évaluation.

– Tu n'as jamais eu d'évaluation.

– Exactement. Bref, je suis extrêmement troublé par ce que j'ai vu.

– De quoi est-ce que tu parles ? demanda l'inspectrice. Elle s'assit sur une chaise et but une longue gorgée de sa bouteille d'eau. L'épuisement s'abattait sur elle, elle le sentait ; non pas l'épuisement physique qui pèse sur les épaules et pénètre dans la moelle des os, mais l'épuisement moral qui frappe lorsqu'on se défend contre la colère de quelqu'un d'autre tout en essayant d'apaiser ses propres démons.

– J'ai examiné la caméra que tu as trouvée dans l'église, et il n'y avait rien dedans.

– Alors qu'est-ce qu'on fait ici ?

– J'ai aussi examiné les disques durs externes et… eh bien, c'était un pourri.

– Pourri à quel point ?

– Autant que l'affaire qu'on a récupérée de la brigade Saphir l'année dernière. Ce degré-là.

– Oh, merde, souffla Henley.

– Quelle affaire c'était ? demanda Ramouter.

– L'affaire Backshaw. Un type accusé de viols multiples, un mois avant ton arrivée ici, répondit Henley. C'était un kiné spécialisé dans les blessures des sportifs. Il filmait ses victimes et il a essayé d'en faire chanter une ou deux.

– Je déteste les crimes sexuels. Ton pasteur mort disposait d'un ordinateur portable personnel, mais la mémoire était remplie à bloc, expliqua Ezra en allumant le grand écran tourné vers les deux policiers. Donc il a sauvegardé des trucs sur un disque dur externe.

L'écran reproduisait ce qu'Ezra voyait sur le sien. Neuf dossiers bleus y apparaissaient.

– Le premier est rempli de porno qu'il a téléchargé, reprit l'informaticien. (Il cliqua sur l'icône et une liste d'aperçus apparut.) Vous voulez voir ça ? Si oui, attendez, je sors.

– Pas particulièrement, admit Henley.

– Par contre, il va falloir que tu regardes ces trucs-là, dit-il, le visage figé. Des vidéos filmées avec le téléphone du pasteur. Certaines à domicile, d'autres dans un studio d'enregistrement quelconque.

– Caleb Annan disposait d'un studio d'enregistrement à l'église, mais on n'a pas retrouvé son téléphone, remarqua Ramouter.

– Ouais, eh bien, il y a un truc qui s'appelle le *cloud*, que j'ai fouillé, mais c'était vide aussi… bref.

Ezra désigna l'écran. Les policiers se penchèrent plus près lorsqu'il ouvrit un autre dossier qui renfermait six sous-dossiers aux titres figurés par des initiales : CH, UP, PD, KF, NF, TT, AH.

Henley comprit ce qu'elle allait voir avant même que l'informaticien ne lance la lecture de la première vidéo.

Elle s'adossa, les yeux plissés, quand apparut le bureau du pasteur. La caméra cadrait le canapé bleu marine au coin duquel était assise une femme nue qu'Henley ne reconnut pas mais qui n'était à l'évidence pas Serena Annan. La pendule murale indiquait presque onze heures. Du soir ou du matin ? Mystère. Caleb Annan arriva soudain à l'écran, en chemise mais sans pantalon.

« *Tu es sûr qu'on est seuls ?*

– *Je te dis qu'il n'y a que nous. Maintenant, viens ici. À genoux.* »

– D'accord, d'accord, stop, s'exclama Henley. J'ai saisi l'idée générale. Le film suivant.

– C'est Uliana, constata Ramouter quand la vidéo s'ouvrit sur une image de la femme de ménage, en sous-vêtements, assise au bord d'un lit.

« *On n'a pas beaucoup de temps. Ils reviennent vers cinq heures.* »

– Ils ne sont visiblement pas chez elle, remarqua Henley. Elle fit signe à Ezra de passer à la vidéo suivante.

– Il pourrait s'agir de la maison d'Annan, continua-t-elle en tentant de ne pas laisser transparaître sa colère dans sa voix. Savoir que Caleb Annan avait usé de ces femmes était une chose, le voir faire en était une autre. Elle se demanda si elle risquait d'en arriver à ne plus le considérer comme une victime.

– Donc elle a menti en disant n'y être jamais allée. Je ne crois pas que ces femmes se savaient filmées, dit Ramouter alors qu'Ezra faisait défiler les vidéos, dont une montrant Nicole Fleming à califourchon sur Annan. Aucune ne regarde l'objectif ni ne joue avec la caméra.

Il recula jusqu'au mur. L'air de la pièce était froid et immobile.

– Il faut retrouver toutes les femmes qui apparaissent sur ces vidéos, dit Henley.

– Tu crois que ce sont des fidèles de l'église ? demanda Ramouter.

– Je n'en serais pas surprise, répondit-elle en se levant et en s'étirant les jambes.

– Ne partez pas encore, les retint Ezra. Ce n'est pas tout.

Le dégoût garda Henley figée sur place quand Ezra lança la vidéo simplement intitulée *A * Peur*. Elle reconnut la coiffeuse, les rideaux imprimés de fleurs violettes. Un rayon de lumière tombait sur les barreaux blancs de la tête de lit. Les premières moisissures noires apparaissaient sur les murs.

– La chambre d'Alyssa Hadlow, dit Ramouter.

« *Je vais te sauver.* »

La voix de Caleb Annan était à peine audible, mais il se dressait sur l'écran, nu, devant une Alyssa Hadlow sur laquelle il ne tarda pas à s'allonger. Henley eut envie d'empoigner sa lourde masse en nage et de la propulser loin de sa victime.

« *Tu as promis. Oblige-les à arrêter.* »

– Oblige-les à arrêter ? demanda Ramouter en contemplant le sol entre ses pieds. Qu'est-ce qu'elle veut dire par « Oblige-les à arrêter » ?

– Soit elle parle des gens qui travaillaient avec Annan, soit elle entend des voix, je ne sais pas, répondit Henley.

– Elle avait besoin d'aide et il a fait ça. Fumier.

– Éteins ça, ordonna Henley, la main sur l'estomac, écœurée. Tu as une date pour ces vidéos ?

– Oui, c'est facile, répondit Ezra. Attends que j'ouvre les propriétés. Celle-ci a été filmée l'année dernière, le 2 avril. Toutes les autres sont de cette année.

– Avril. À peine plus de dix mois, dit Ramouter. Caleb Annan pourrait être le père du bébé d'Hadlow.

– Il ne donne vraiment pas l'impression d'avoir pris ses précautions, boss, dit Ezra. Et je ne vais pas tout regarder pour m'en assurer. Ça n'entre pas dans mes attributions.

– Serena Annan devait savoir ce qui se passait, continua le jeune policier.

– Le contraire me surprendrait beaucoup, dit Henley. Elle a agressé Nicole Fleming et menacé Raina Davison. Donc elle connaissait les frasques de son mari. Fais-moi plaisir, Ezra : télécharge, extrais, ou quel que soit le mot qui convient, toutes les vidéos et photos que tu trouves, et envoie-les à Eastwood pour qu'elle les examine. Ça, ça fait partie de tes attributions. J'espère qu'il n'a pas filmé d'autres femmes en secret.

– Il reste deux disques durs externes plus le PC à explorer, chef. C'était un fumier, donc il y a probablement des tonnes de trucs. (Ezra prit une expression dégoûtée.) Il a dû remplir tout ça avec ses vidéos.

– Combien de temps est-ce qu'il te faudra pour t'occuper de tout ?

– Pas longtemps. Très peu de gens cryptent leurs disques durs. Eastwood recevra tout bien avant le déjeuner.

– Merci, Ez, je sais que c'est horrible, mais, sérieusement, merci pour ton bon travail. C'est clairement une avancée, dit Henley.

– J'aimerais autant faire des trucs à la *Mission impossible,* mais bon… dit l'informaticien, gêné.

– Je te commande une pizza pour déjeuner.

– Ne sois pas pingre. Je veux aussi des ailes de poulet pimentées.

– Bon, qu'est-ce qu'on fait, maintenant ? demanda Ramouter quand Henley et lui ressortirent dans le couloir glacial et regagnèrent la salle des opérations.

– On va discuter avec Serena Annan.

# 44

– Qu'est-ce que vous faites ici, exactement ? demanda la veuve du pasteur, debout devant son bureau dans une attitude défensive. Vous n'avez rien de plus important à faire ? Par exemple trouver l'assassin de mon mari ?

Ramouter s'assit en silence sur la chaise voisine de celle d'Henley et tira son carnet, plus qu'heureux de rester en retrait et de laisser les commandes à sa collègue. C'était d'ailleurs préférable : s'il parlait, il craignait de dire à Serena Annan à quel point il méprisait son mari.

– C'est pour ça que nous sommes là, madame Annan, dit Henley. Identifier et arrêter le ou les responsables de la mort de votre époux reste notre priorité. Je dois donc suivre toutes les pistes raisonnables, où qu'elles puissent mener.

Le fauteuil sur lequel elle était assise avait coûté plus cher que son propre ensemble de salon, canapé compris. Le cabinet de Serena Annan se trouvait au premier étage d'une maison mitoyenne de style victorien, dominant Blackheath Village. Henley n'avait pas dit un mot quand elle s'était garée sur le parking qui faisait face au terrain vague où l'avait poignardée Olivier. Alors qu'elle s'attendait à éprouver un choc, elle était restée insensible.

– Je ne suis pas satisfaite de la manière dont l'enquête progresse, déclara Serena.

– De quoi exactement n'êtes-vous pas satisfaite ? s'enquit Henley, aussi calme que si elle demandait une place de train côté fenêtre.

– Son sang imprègne encore les tapis de l'église. Vos techniciens ont mis tout le bâtiment sens dessus dessous. Quand la police finira-t-elle par nettoyer tout ça ?

– Ce n'est pas notre travail. Nous ne nettoyons pas les scènes de crime. Nous enquêtons.

La veuve secoua la tête, dégoûtée.

– Vous êtes comme ça avec toutes les victimes ou vous me réservez un traitement particulier ?

– Bethany, votre agent de liaison avec la famille, pourra vous fournir les coordonnées d'un service de nettoiement privé spécialisé dans les scènes de crime, mais ce n'est pas nous qui paierons la note, répondit Henley. Maintenant, revenons-en à l'affaire de votre mari.

– Est-ce que vous avez progressé ? J'ai besoin de prendre des dispositions pour les obsèques. L'église doit faire son deuil.

– L'église ? répéta l'inspectrice. Et votre deuil, à votre famille et vous ?

– C'est la même chose, répondit Serena en s'asseyant derrière son bureau.

– Nous avons besoin de vous poser quelques questions à propos de vos rapports avec votre mari. Henley eut une grimace intérieure en percevant l'empathie forcée dans sa voix.

– Je ne vois pas ce que nos rapports ont à voir avec l'arrestation de son assassin.

– Ils ont peut-être tout à voir, contra l'inspectrice. Depuis combien de temps étiez-vous ensemble ?

– Quinze ans. Dont treize de mariage.

– Et vous n'avez eu que deux enfants ?

– Je refuse de parler de mes enfants.

– Soit, alors parlons des autres femmes dans la vie de votre mari.

Les mots restèrent suspendus dans l'air, sans réponse. Serena Annan fixa sur Henley des yeux emplis de fureur.

– Nous avons la preuve que Caleb se trouvait avec une autre femme le soir de sa mort. Le soir où il vous a texté qu'il rentrerait tard, reprit l'inspectrice.

– Vous dites n'importe quoi.

– Et ce n'était pas la première fois qu'il vous trompait, intervint Ramouter.

– Vous avez des preuves ou vous inventez tout ?

– Nous n'inventons jamais rien, assura Henley.

– Je vous en prie. (Serena renifla.) Comme si la police respectait les règles.

– Vous n'avez pas répondu à la question.

– Ce ne serait pas la première fois qu'une espèce de sale petite… (Henley surprit son inspiration rapide alors qu'elle se maîtrisait.) Qu'une femme dirait avoir couché avec mon mari, conclut Serena.

– « Une femme » ? Donc vous êtes parfaitement informée de celles qui l'ont fait.

– Je n'ai pas dit que c'était vrai. Ce sont des accusations sans fondement, portées par des personnes jalouses de moi.

– Nous avons des échantillons d'ADN et des vidéos qui montrent votre mari avec d'autres femmes.

– Des vidéos ? (Serena Annan se mordilla la lèvre inférieure, étalant son rouge à lèvres. Elle se racla la gorge et ajusta le nœud de son chemisier.) Je ne vous crois pas.

– Nous avons récupéré le contenu de l'ordinateur portable et des disques durs externes de votre mari. Cinquante vidéos pour être précise.

La veuve se leva, s'approcha de la fenêtre et posa les deux mains sur l'appui. Henley vit ses épaules se soulever et retomber tandis qu'elle prenait plusieurs inspirations profondes.

– Serena, reprit-elle, espérant que cette familiarité briserait la barricade invisible qui l'entourait.

– Je n'accepte pas cela, dit son interlocutrice, toujours face à la fenêtre, sur un ton plat et dépourvu d'émotion. Caleb était un homme de Dieu. Il n'aurait pas fait ça.

– L'AD Ramouter peut vous montrer des captures d'écran des films en question. Vous pourrez constater par vous-même et confirmer ou non que l'homme qui y figure est bien votre mari, dit Henley.

– C'est inutile, dit-elle en se retournant. (Il n'y avait pas de larmes sur son visage. Aucune trace de désarroi devant la trahison de son mari.) J'étais enceinte de notre fils la première fois qu'il m'a trompée. Je veux dire qu'il y a… Il y avait toujours des femmes qui cherchaient à attirer son attention, qui voulaient prendre ma place. On aurait pu croire que l'alliance à son doigt les aurait arrêtées. On aurait pu croire que le fait que Caleb soit un homme de Dieu les aurait arrêtées…

– Avez-vous déjà rencontré ces femmes, ou n'importe quelle autre avec laquelle votre mari…

– Pour qui me prenez-vous ? rétorqua Serena, glaciale. Je ne m'abaisserais pas à leur parler. Elles étaient répugnantes.

– Donc vous n'avez jamais parlé à ces femmes du comportement de votre mari ? insista Henley.

– Non.

– Ni au téléphone ?

– Absolument pas.

– Mais vous saviez qui elles étaient ?

– Pas toutes. Il y en a que j'étais obligée de voir parce qu'elles s'installaient au premier rang de l'église le dimanche.

– Mais vous n'êtes jamais allée leur parler ? vérifia Henley, sachant très bien que Serena allait encore lui mentir.

– Je vous ai dit non.

– Et leurs maris ou compagnons ? demanda Ramouter. Ils ne sont jamais venus trouver votre époux ?

– Pas à ma connaissance mais, si jamais ç'a été le cas, je suis sûre que le problème a été réglé, dit Serena.

– De quelle manière ?

– Il faudra demander ça au conseil d'administration. C'est lui qui gère toutes les questions concernant l'église.

Henley se demanda en quoi l'église pouvait avoir son mot à dire dans des problèmes conjugaux. La seule raison possible était que les victimes de Caleb se soient plaintes au conseil.

– Cette question ne concerne pas l'église, dit-elle. Elle concerne votre couple.

La veuve haussa les épaules.

– C'est du pareil au même.

– Avez-vous parlé avec votre mari en face-à-face de ses liaisons ? demanda Henley. Vous êtes-vous disputés ?

– Bien sûr. Il m'a trompée et mise dans une position humiliante.

– Une position humiliante ? Ça signifie que d'autres personnes connaissaient son comportement.

– Vous déformez mes paroles.

– Ces disputes ont-elles jamais été physiques ?

– Non. (Serena Annan secoua la tête.) Non, répéta-t-elle. Il n'a jamais porté la main sur moi. Je ne l'aurais pas supporté.

– L'avez-vous jamais frappé, vous ? demanda Ramouter.

Il y eut un long silence tandis que Serena regardait tour à tour les deux policiers, comme si elle hésitait à répondre la vérité.

Elle se cala au fond de son fauteuil sans rien dire ni même faire mine d'avoir entendu la question.

– Une des femmes dont votre mari a abusé sexuellement a été identifiée comme Alyssa Hadlow, reprit Henley. (Elle sortit son téléphone portable et afficha une photo d'Hadlow vivante.) Nous enquêtons aussi sur les circonstances de sa mort… de son assassinat.

– Son assassinat ? répéta Serena. Elle garda les mains serrées devant elle et les yeux fixés sur l'inspectrice, refusant de tourner les yeux vers le téléphone.

– C'était aussi une fidèle de votre église et elle n'habitait d'ailleurs pas très loin.

– Je ne la connais pas.

– Quiconque est responsable de sa mort l'a laissée se putréfier. Elle n'a été découverte qu'au bout de trois semaines. Votre mari figure parmi les personnes impliquées, je vous le dis par pure courtoisie.

Pour la première fois depuis qu'Henley avait ouvert la bouche, la veuve parut choquée. Elle secoua la tête.

– Vous allez descendre si bas que ça ? Accuser mon mari, le père de mes enfants, d'être un assassin ? Sa voix se brisa.

– Comme je vous le disais, nous suivons toutes les pistes.

– Je ne sais pas pourquoi vous me racontez tout ça. Je ne connaissais pas cette femme, je ne savais pas qu'elle couchait avec mon mari, et Caleb ne l'a pas tuée.

– Je n'ai pas dit qu'il couchait avec elle, contra Henley. J'ai dit qu'il avait abusé d'elle sexuellement, tout comme il avait abusé de Raina Davison.

– Raina ! (Serena lâcha un rire amer.) Je vous en prie ! Alors c'est ce qu'elle raconte ? Que Caleb a abusé d'elle ?

– Et aussi que vous lui avez téléphoné, que vous lui avez ordonné de laisser votre mari en paix, et que vous l'avez menacée.

– Je n'ai rien fait de tel, affirma Serena.

– Vous niez lui avoir téléphoné ?

– Combien de fois faut-il que je vous le dise ? Je ne l'ai pas appelée. C'est une sale menteuse.

Henley, devant cette soudaine colère, eut la sensation étrange que Serena venait d'apprendre la vérité sur ce que son mari avait fait à Raina Davison. Jetant un coup d'œil au carnet de Ramouter, elle vit qu'il avait écrit :

*SA pète plombs sur Raina ? Pourquoi ? Elle sait.*

– Bien, dit-elle calmement, alors que la veuve semblait de plus en plus agitée. Pouvez-vous me dire où vous vous trouviez le vendredi avant l'assassinat de Caleb ? Quelle est la date exacte, Ramouter ?

– Le 14 février, répondit son partenaire.

– Ah, la Saint-Valentin ! Vous devez vous rappeler ce que vous faisiez ce jour-là, vers dix-neuf heures.

– J'étais à la maison avec mes enfants, dit Serena. Dalisay s'y trouvait également.

– Vous n'êtes pas sortie de chez vous ?

– Non. Je préparais un dîner de Saint-Valentin pour Caleb.

– Donc, vous n'êtes pas allée dans le quartier d'Hammersmith ? demanda Henley, prise sous les feux d'un regard absolument furieux.

– Je n'ai pas à répondre à vos questions, trancha Serena.

– Êtes-vous retournée à l'église le soir où Caleb a été assassiné ?

– Je vous ai déjà répondu non, et Dalisay vous a dit que j'étais à la maison avec les enfants. C'est vraiment comme ça que vous conduisez une enquête ? En répétant les mêmes questions ridicules ?

– Ce ne sont pas des questions ridicules, dit l'inspectrice, perdant enfin patience. Votre mari a été accusé de viol et nous avons la preuve qu'il…

– Non, non, dit Serena en se levant pour s'approcher de la porte. Il faut que vous partiez. Vous avez l'audace de venir ici pour calomnier mon mari. Vous cherchez seulement à masquer le fait que vous n'avez pas accordé à cette affaire le même soin et la même attention qu'à ce jeune homme et à cette… cette femme. Partez ! Tout de suite !

Henley se mordit la langue et se leva.

– Madame Annan.

– Je vais informer Laura Halifax, et peut-être la presse, de votre approche subjective et irresponsable du meurtre de mon mari.

– Allez-y, dit l'inspectrice. Si vous croyez vos allégations sans fondement susceptibles de faire disparaître les preuves qui accablent votre mari, je vous en prie, appelez qui vous voulez.

# 45

– Je commence à penser qu'elle est coupable, dit Ramouter en enfilant ses gants. Tout ce qui la préoccupe, c'est sa réputation. De toute façon, elle a menti éhontément.

Henley contemplait le terrain vague, ses clefs de voiture serrées entre les doigts. Elle se revoyait aux trousses d'Olivier, qu'il lui fallait arrêter, et revivait à chaque inspiration le moment fatidique. Une grimace aux lèvres, elle porta la main à son ventre quand il lui sembla l'espace d'un instant que le tueur la poignardait à nouveau.

– Ça va, boss ? demanda Ramouter.

– Pardon, pardon, répondit-elle. Elle se secoua et fit face à son collègue, chassant les fantômes.

– Ça doit être très dur de ne pas penser à ce qui t'est arrivé ici, remarqua-t-il en jetant un coup d'œil vers le terrain vague.

– C'est bizarre. Parfois, je passe devant sans sourciller : d'autres fois, j'ai l'impression que tout se rejoue devant mes yeux, que c'est en train de se reproduire. Tu comprends ?

– Tout à fait. L'autre jour, il a fallu que j'aille chercher un mandat au tribunal de Camberwell Green, et j'ai dû me garer. J'ai trouvé une place sur Hanover Street, à deux portes de la maison de Pine, et j'ai eu l'impression que tout recommençait.

– Ça va s'arranger, dit Henley. Forcément. Bref, tu parlais de Serena Annan.

– Ouais. Uliana affirme qu'elle était à l'église ce soir-là, mais on n'aura rien pour soutenir ce témoignage tant que le conseil du *borough* n'aura pas récupéré les films de surveillance.

– Il y a les empreintes de Serena dans toute l'église, mais ça ne prouve rien : elle y est toujours fourrée. (L'inspectrice ouvrit la portière.) Nous savons qu'il y avait deux personnes là-bas le soir du meurtre mais, encore une fois, le seul ADN étranger sur le corps d'Annan appartient à Uliana.

– Qu'est-ce que tu veux faire ? Qu'est-ce qu'on *doit* faire ? demanda Ramouter. Quand Henley démarra, il se laissa retomber sur son siège. En passant la marche arrière, elle jeta un coup d'œil dans le rétroviseur, espérant trouver des réponses dans son reflet. La vérité était qu'elle ne savait pas quoi faire.

– Je suis partagée, admit-elle. J'ai envie de l'arrêter et de la jeter au fond d'une cellule glaciale, mais on n'a que la parole d'Uliana pour prouver qu'elle était à l'église. Et, pour l'instant, avec la bonne qui le confirme, son alibi est en béton.

– Tu crois qu'elle va s'adresser à la presse ?

– Non. Elle pourra me décrier tant qu'elle voudra jusqu'à ce que les poules aient des dents, ça n'empêchera pas les journalistes de lui demander : « Votre mari a-t-il torturé Brandon Whittaker et tué Alyssa Hadlow ? » Et ce sera encore bien pire, tu t'en doutes, à présent que l'appel concernant le bébé disparu a été lancé.

Le téléphone d'Henley sonna, interrompant le match Chelsea/West Bromwich Albion. L'inspectrice n'hésita pas à répondre quand le nom « ANTHONY THOMAS » apparut sur l'écran.

– Je suis en voiture avec Ramouter, dit-elle en se dirigeant vers South Circular Road.

– Bien, dit Anthony. J'ai deux séries de résultats pour toi. D'abord, on a trouvé sur la porte d'entrée des empreintes qui figurent dans la base de données. Un gamin de quatorze ans. Sans surprise, ce petit connard vient d'être condamné à douze mois de travaux de réinsertion pour cambriolage.

– Je mettrais ma main à couper qu'il n'est pas mêlé à l'assassinat d'Hadlow, mais je demanderai à Eastwood d'aller lui dire deux mots, répondit Henley. Et le deuxième résultat ?

– Il y avait des cheveux de Whittaker sur le cadavre d'Hadlow.

– Qu'est-ce que ça veut dire ? demanda Ramouter. Qu'ils se sont trouvés dans la même pièce ?

– Peut-être, répondit Anthony. Soit ils se sont trouvés dans la même pièce, au même moment ou pas, soit c'est un cas de contamination croisée. Mais ce n'est pas tout. Les ADN récupérés sous les ongles d'Hadlow et de Whittaker correspondent à ceux de trois personnes.

– S'il te plaît, dis-moi que Caleb Annan fait partie des trois, supplia Henley.

– Bingo. Un des ADN correspond parfaitement à celui du pasteur.

– Bon, je résume. Tu as trouvé les marqueurs ADN de trois personnes différentes. Dont Caleb Annan. Et les deux autres ?

– C'est là que la chance te lâche. Aucune correspondance dans la base de données pour ces deux-là, dit Anthony. Mais, bien qu'ils restent inconnus, je peux te communiquer leur sexe. Tu cherches un autre homme et une femme.

Dans son rêve, un bébé hurlait. Elle l'entendait et elle le voyait enveloppé d'une couverture noire au milieu de l'herbe enneigée de Blackheath. Henley courut vers les cris de détresse, mais Olivier fut plus rapide : il la poussa à terre, lui piétina la poitrine et empoigna l'enfant.

Le hurlement se bloqua dans la gorge de l'inspectrice quand elle s'éveilla en sursaut. Elle sentait une sueur chaude imprégner son cuir chevelu, couler sur sa nuque. La taie d'oreiller était humide contre son visage. Henley porta la main à sa poitrine pour calmer les battements erratiques de son cœur, tandis que, sur sa table de chevet, son téléphone vibrait, bipait. Alors qu'elle fermait les yeux, il bipa à nouveau. Si on avait trouvé un autre cadavre, on l'aurait appelée directement.

Elle souleva la tête de l'oreiller et tendit la main vers le téléphone, soulagée que Rob dorme encore dans la chambre d'amis. C'était Pellacia qui l'appelait, elle le savait. Plissant les yeux sous l'assaut lumineux de l'écran, elle vit qu'il était 1 h 48 du matin, et qu'elle avait reçu trois messages WhatsApp aussitôt effacés. Elle n'avait jamais compris l'intérêt de ces annulations n'empêchant pas le destinataire de savoir qu'on avait pensé à lui au beau milieu de la nuit.

Henley roula sur le dos et leva son téléphone. Pellacia était en ligne. Elle se demanda s'il attendait qu'elle demande *Qu'est-ce que tu veux ?* ou *Qu'as-tu effacé ? En ligne* se transforma en *Est en train d'écrire*…

– Oh, nom de Dieu, marmonna-t-elle quand cette dernière mention disparut mais ne laissa place à aucun message.

Rob ne lui avait jamais demandé s'il s'était passé quelque chose entre Pellacia et elle. Il avait lancé des insinuations, des regards silencieux à l'autre bout du canapé quand le surintendant lui téléphonait, mais jamais d'accusation directe. Elle se laissa aller en arrière sur l'oreiller et ferma les yeux, entendant les branches nues du magnolia heurter la fenêtre. Dans sa main, le téléphone bipa et vibra de nouveau.

**Je suis désolé.**

# 46

Elle s'assit par terre, se tâta l'arrière du crâne et sentit le sang chaud qui coulait de sa coupure. Quand elle retira sa main, des cheveux y restèrent collés. Le bourdonnement de son oreille droite s'amplifia alors que la douleur se diffusait dans son cuir chevelu.

– Fais-le taire, cria-t-elle lorsque les hurlements montèrent à nouveau.

– J'essaie, bordel. Ça ne se voit pas ? Je ne peux pas faire ça tout seul.

La pièce était mal éclairée, mais elle distinguait son mari à califourchon sur l'homme allongé, tentant de l'immobiliser sur le lit.

– On a besoin de Caleb, dit-elle. Caleb était fort, et il savait les apaiser s'ils commençaient à s'agiter. Elle aurait voulu savoir ce qu'il leur murmurait à l'oreille quand ils hurlaient vouloir mourir.

– Tu viens, oui ? J'ai besoin de toi. Apporte la corde.

Se redressant à genoux, elle tendit la main pour empoigner le bord de la petite table ancienne et grimaça de douleur lorsqu'elle s'efforça de se relever. Il lui semblait sentir son cerveau rouler à l'intérieur de son crâne.

– Allez, lâcha-t-elle, les dents serrées, en se remettant debout. Elle avait une douleur au côté gauche, là où, résultat d'un coup de pied, la chair était déjà bleuie et douloureuse.

– Il se bat, celui-là.

Elle ramassa la corde rouge posée sur la table.
– Dépêche-toi de lui attacher les jambes.
Son mari changea de position pour maintenir fermement les cuisses du prisonnier, autour des chevilles duquel elle enroula sa corde avant de l'attacher à l'armature du lit.
– Je dois te libérer, dit-elle. S'emparant d'un cierge, elle en approcha la flamme dansante des pieds de l'homme – dont les hurlements se répercutèrent sur les murs tandis qu'elle déplaçait de gauche à droite la mèche embrasée. L'odeur de la chair brûlée ne la dérangeait plus.
Les cris furent étouffés quand son mari, penché en avant, couvrit des deux mains la bouche du supplicié. Se redressant, elle boitilla vers la tête du lit. Lorsqu'elle posa le cierge et s'empara du seau, le sifflement dans son crâne avait cessé. L'homme, lui, s'était mis à pleurer. De grands sanglots étouffés faisaient vibrer son torse.
– On essaie seulement de te sauver, assura-t-elle alors que son mari remplaçait par un tissu noir le bâillon qu'il formait de ses mains. La poitrine de leur captif se souleva et retomba plus vite comme il s'efforçait d'inspirer de l'oxygène dans ses poumons. Levant le seau au-dessus de sa tête, elle fit couler l'eau.
– Sors de ce corps, ordonna son mari. Il s'empara d'une petite bible rouge et commença à lire. L'homme tentait en vain de respirer alors qu'un torrent pénétrait son nez, l'arrière de sa gorge puis ses poumons.
– Soyez sobres, veillez : votre adversaire, le diable, comme un lion rugissant, rôde, cherchant qui dévorer. Résistez-lui avec la force de la foi, récita-t-elle en déposant le seau vide. Fière d'avoir retenu les mots prononcés par Caleb juste avant qu'il ne chasse le démon, elle observa l'homme qui se contorsionnait et dont la peau du torse se tendait comme il cherchait à briser ses entraves.
S'agenouillant, elle couvrit de la paume son front brûlant et chuchota :
– Laisse-le. Sors de lui.

– Arrête, dit son mari. Tu entends ?

Elle se leva, l'oreille tendue, une main sur la poitrine pour calmer son cœur battant d'excitation. Ces pleurs-là ne manquaient jamais de la mettre en joie. Elle savait n'avoir qu'à tenir contre elle leur auteur pour les faire cesser.

– Tu viens de le changer, remarqua son mari en consultant sa montre, tandis que les cris se faisaient un peu plus forts.

– C'est l'heure de son biberon. Avec un peu de chance, il en boira davantage, cette fois-ci. Je vais le chercher. (Elle ne pouvait s'empêcher de sourire en songeant à l'enfant que Dieu avait choisi de placer en sa garde.) Prie pour lui, dit-elle. Moi, je m'occupe du bébé.

# 47

Henley se demanda si elle devait ou non quitter la cafétéria.

– Je t'ai pris un *latte* et un muffin aux myrtilles, dit Pellacia en poussant le café fumant et l'assiette vers la chaise vide en face de la sienne.

– Je ne veux pas de ton putain de muffin.

Seul un quart des tables de l'établissement étaient occupées : les travailleurs les plus matinaux achetaient pour la plupart du thé ou du café à emporter. Le soleil était encore retenu en otage par le ciel noir. Henley avait à peine dormi. À quatre heures, elle avait jeté l'éponge pour se traîner hors du lit, épuisée, et s'installer dans sa cuisine avec les dossiers Annan, Whittaker et Hadlow, voyant tomber les flocons par la fenêtre tels des feux follets à l'éclat orangé des réverbères.

– Je t'en prie, Anj, dit Pellacia. Je t'ai demandé pardon.

– Ce n'est pas à moi que tu dois des excuses, répliqua-t-elle. (Elle capitula, dénoua son écharpe épaisse, puis se tortilla pour ôter son blouson et s'assit en face du surintendant.) C'est à l'équipe.

– Je sais. (Il poussa vers elle le bol contenant les sachets de sucre.) Je leur revaudrai ça.

– Pas de sucre pour moi, dit-elle en prenant sa cuiller pour touiller l'écume blanche dans sa tasse.

– Depuis quand ?

– Il faut arrêter ce qui n'est pas bon pour nous.

– C'est une pique ? demanda Pellacia en coupant en deux son toast au jambon et au fromage, avant d'en déposer la moitié sur l'assiette d'Henley.

– Bien sûr que oui. Je suis furieuse contre toi, Stephen. Tu m'as réveillée à une heure à la con avec tes messages.

– Je les ai effacés.

– Comme si ça faisait une différence. Tu savais très bien que je les verrais.

– Je n'ai pas tellement dormi non plus, tu sais.

– C'est la culpabilité.

Henley ramassa sa moitié de toast et se mit à manger, les yeux fixés sur ceux de Pellacia. Durant les derniers mois, il s'était tellement évertué à éviter son regard ou à regarder droit à travers elle qu'elle avait oublié leur intensité.

– Eh bien, si tu me parlais, je ne me sentirais coupable de rien.

– On n'a rien à se dire.

Elle s'efforçait de rester calme, de conserver une voix égale. Ils auraient pu discuter ainsi dans une des salles inoccupées de la SCU, mais elle savait dangereux de se retrouver seule avec Pellacia, quoi qu'il en soit. En vérité, à son contact, elle ne se faisait aucune confiance.

– Tu n'arrêtes pas de répéter ça. (Il tourna la tête pour s'assurer que nul n'était à portée d'oreille.) Mais on sait tous les deux que c'est des conneries. Tu ne peux pas continuer à balayer notre histoire sous le tapis.

– Je ne balaie rien du tout. Tu n'as aucune idée de la manière dont tu as aggravé mes rapports avec Rob quand tu t'es pointé samedi.

– Tu sais pourquoi je suis venu. Il faut que Rob se calme.

– Ce que tu sais, toi, c'est que ce n'est pas le sujet. Écoute, je ne vais pas faire comme s'il ne s'était rien passé entre nous, mais je ne peux pas te donner le moindre espoir que ça se reproduise.

Henley baissa les yeux sur son alliance. Le spot du plafond illuminait l'anneau de platine comme si l'univers cherchait à lui faire comprendre quelque chose.

– À t'entendre, on me prendrait pour un pauvre type désespéré, dit Pellacia en sirotant son café. (Henley tenta de rester de marbre.) Cette situation n'est pas facile pour moi, tu sais.

– Stephen, je ne veux pas paraître froide, mais il n'y a aucune situation.

– Non, tu as raison, ce n'est pas une situation, c'est un vrai bordel.

– J'ai encore pensé à m'en aller, dit-elle.

– Ce serait trop beau si tu parlais de quitter Rob, hein ?

Elle mit dans sa bouche la génoise encore chaude et admit ce que seule savait encore la Dr Isabelle Collins.

– Ce n'est pas trop beau, dit-elle doucement. Après l'année dernière avec Olivier… et ma mère. J'ai eu envie de fuir.

– Rob ?

– Tout le monde et tout. Y compris le boulot… et toi. Je sais que je t'ai fait du mal, et Olivier t'a fait du mal à cause de moi.

Pellacia s'était assombri en entendant le nom d'Olivier. Les cicatrices des symboles gravés sur sa poitrine commençaient-elles à s'effacer, ou luisaient-elles aussi rouges et vives que le soir où le couteau avait tranché sa chair ? À tout le moins, lorsqu'elle s'était effondrée sur le béton mouillé, Henley avait pu appeler Rob, et il avait été présent au sortir des cauchemars qui la laissaient couverte de sueurs froides. Pellacia avait-il quelqu'un à appeler, lui, quand ces mêmes cauchemars le réveillaient la nuit ?

– Je continue de surveiller les communiqués de la brigade fluviale, dit-il en repoussant sa tasse vide.

– Et des garde-côtes ? demanda-t-elle avec un sourire malicieux.

– Aussi, oui.

– Je n'aime pas du tout l'idée qu'Olivier soit en liberté. À la dérive. Ça veut dire qu'il peut toujours revenir, même si…

– Il est mort, affirma Pellacia.

– Tu n'as pas envie de voir son corps ?

– Non, je n'ai pas besoin de voir son cadavre putréfié, dit-il. Son téléphone posé sur la table se mit à sonner.

Henley baissa les yeux et vit le nom de Laura Halifax clignoter sur l'écran.

– Ce n'est pas ce que tu crois.

Pellacia réduisit le téléphone au silence et le mit dans sa poche.

– Je n'ai rien dit du tout, contra-t-elle en se demandant ce qu'il lui cachait. (Son propre téléphone sonna au fond de son sac.) Il faut qu'on soit sages. Pas de messages en pleine nuit.

– Ça n'arrivera plus, assura Pellacia en se retournant pour prendre son manteau sur le dossier de sa chaise.

Henley sortit son téléphone et vit le nom de Stanford clignoter en grosses lettres sur l'écran.

– Qu'est-ce qui se passe ? (Elle se leva et prit son blouson ainsi que le reste de son muffin.) Il n'est même pas huit heures.

– Eh bien, il ne se passe rien, là, tout de suite, mais il s'est passé quelque chose il y a trois mois, répondit Stanford, mystérieux. Je crois qu'on a une autre victime à ajouter à la liste des exorcismes ayant mal tourné.

# 48

– Il s'appelle Charlie Jensen, et il s'agit d'une enquête pour meurtre, déclara Stanford. (Il ouvrit le sac en papier brun que Pellacia avait lâché devant lui, s'empara d'un petit pain gras et le porta à son nez, soupçonneux.) C'est du vrai bacon ? Pas de ce machin qui fait semblant d'en être ?

– Mange et tais-toi, renvoya le surintendant. Il prit sa deuxième tasse de café du matin sur le plateau en carton. Stanford adressa un clin d'œil à Henley.

– Donc, tu disais : Charlie Jensen, dit-elle en s'asseyant près de son collègue. Qui est-ce ?

– Un Blanc de soixante-deux ans. Il y a trois mois, son cadavre a été trouvé dans un sac de couchage devant un garage de Plaistow. Un certain Nathanial Freer a eu le choc de sa vie quand il est tombé dessus.

– Plaistow. East London. Ce n'est pas la bonne rive du fleuve, pour nous, remarqua Henley.

– Le garage se trouve à moins d'un kilomètre et demi de la branche East London de l'Église d'Annan le Prophète.

Stanford prit une bouchée et ferma les yeux avec satisfaction. Il mastiqua durant une minute avant de reposer le petit pain au bacon sur son sac en papier.

– Tu te sens mieux ? demanda l'inspectrice en secouant la tête.

– Ça valait presque le coup de venir ici à l'aube, répondit-il. Bref, l'église est aussi propriétaire d'une maison à moins de trois cents mètres de l'endroit où ce Jensen a été trouvé.

– Et le fameux garage ?

– C'est une arcade reconvertie de la voie de chemin de fer. Il appartient au conseil de Newham, qui le loue pour le moment à David Onyeka.

– David Onyeka, répéta Pellacia. Pourquoi ce nom m'est-il familier ?

– C'est un des pseudos utilisés par notre cher Caleb Annan.

– Celui dont il se servait quand Rob l'a interviewé il y a cinq ans, ajouta Henley.

– Merde, lâcha le surintendant. Je n'ai jamais vu une enquête criminelle comme celle-là.

– Il y a un commencement à tout, dit Stanford.

– Qu'est-ce qu'on sait de ce Charlie Jensen ?

– Il a été porté disparu de son appartement médicalisé six semaines avant d'être trouvé mort devant le garage.

– Pourquoi était-il en appartement médicalisé ? demanda Henley. Attends, laisse-moi deviner : problèmes de santé mentale ?

– Dans le mille. À un peu plus de trente ans, il a appris qu'il souffrait de schizophrénie paranoïaque. Il n'a pas arrêté de faire des séjours en hôpital, et un ou deux en prison, avant de se retrouver dans cet environnement surveillé.

– Comment est-il mort ? demanda Pellacia alors que Ramouter et Eastwood entraient dans la salle.

– Aucune idée. Je n'ai pas eu accès au rapport d'autopsie, ça n'arrêtait pas de me renvoyer un message d'erreur. Mais il y a une photo *in situ*.

Stanford tourna vers Henley l'écran où s'affichait une présentation comprenant deux photos. La première montrait la scène de crime, fin novembre, alors que les températures avaient, une semaine durant, dépassé les normales saisonnières. Le corps de Jensen était enveloppé dans un sac de couchage vert foncé, taché en plusieurs endroits par ses fluides corporels. Une benne à roulettes avait été placée sur le côté et des feuilles mortes poussées autour du cadavre, en une faible tentative pour le dissimuler. Un fin bras nu, à la peau d'un bleu blanchâtre, jaillissait de ce tertre funéraire improvisé.

– On l'a trouvé devant le garage que louait Annan, rappela Henley. Pourquoi un tueur déposerait-il sa victime devant chez lui ? C'est insensé.

– Ce n'est peut-être pas Annan qui l'a tué, dit Ramouter. Rappelle-toi ce qu'a trouvé Anthony. Il est possible que ce soient les deux personnes qui travaillaient avec lui.

L'inspectrice cliqua sur la flèche pour afficher la seconde photo. Elle sentit le *latte* et le muffin à la myrtille qu'elle avait ingérés un peu plus tôt menacer de refaire surface. Elle avait souvent pu observer des cadavres, mais trouvait déstabilisant de voir la mort fixée sur un cliché à l'instar d'un objet exposé dans un musée victorien. Charlie Jensen avait le visage squelettique. Ses pommettes saillantes tendaient sa peau affaissée, noircie sous les yeux, de profondes griffures couvraient ses joues, et il avait la bouche ouverte comme si la mort l'avait saisi dans un moment d'extrême souffrance. Ses cheveux étaient gris, clairsemés, son cuir chevelu parcheminé et moucheté de sang séché.

– Est-ce qu'il y a un rapport de labo sur le HOLMES ? s'enquit Henley en zoomant sur le front de Jensen, cherchant des traces de sang ou du mot « pars ». Elle remarqua des taches noires mais sans pouvoir dire s'il s'agissait d'ecchymoses ou de traits de charbon de bois.

– Possible, répondit Stanford. Mais, comme je disais : message d'erreur.

– Et les suspects ?

Elle se poussa pour faire de la place à Eastwood et Ramouter.

– Je n'en ai vu aucun, dit son ancien partenaire en achevant son petit pain au bacon avant d'attaquer un croissant jambon-fromage. Pour être franc, ce n'est pas le meilleur rapport CRIS que j'aie jamais lu. Il est possible que les infos aient été entrées par un bleu, et qu'il ait salopé le boulot.

Henley se rappela sa première tentative de mise à jour du *Criminal Reporting Information System*. Il lui avait fallu trois mois pour prendre le coup.

– Toutes les pistes semblent avoir abouti à une impasse, reprit Stanford. La dernière mise à jour date du 14 janvier. Il y a peut-être un rapport, peut-être pas, mais la situation correspond à celles d'Hadlow et de Whittaker.

– Qui est chargé de l'enquête ? demanda-t-elle.

– L'ID Ben Clarke de Forest Gate.

– Clarke ? Pas *notre* Clarke, hein ? Je le croyais parti à la retraite.

Elle se rappelait les six mois durant lesquels ils avaient tous les deux travaillé au CID en tant qu'agents détectives tout juste nommés.

– C'est forcément lui, dit Stanford en se balançant en arrière, l'air nostalgique. C'est un connard et un gros flemmard, ça explique que les rapports CRIS soient aussi merdiques.

– Je vais l'appeler et lui demander s'il veut bien nous laisser jeter un coup d'œil à l'enquête sur Jensen. Si c'est notre Clarke, il sera ravi de réduire sa charge de travail.

– Et rappelle-toi d'être aimable si ce n'est pas lui, dit son collègue. (Il froissa joyeusement le sac en papier et le jeta dans la corbeille.) Tu n'as pas besoin d'une autre prise de tête comme avec la SD Lancaster l'année dernière, ni d'être accusée de voler les affaires des autres.

– Ce sera un vrai plaisir, assura Henley en faisant signe à Ramouter de la suivre. Oh, au fait, Stanford, bon boulot.

L'intéressé se retourna en souriant vers son écran.

– Tu pourras m'inviter à déjeuner plus tard pour me récompenser. J'ai entendu dire que c'était ton truc, ces temps-ci.

– Qu'est-ce que je peux faire pour toi, boss ? demanda Ramouter en se perchant au bord du bureau d'Henley. Il se releva en voyant l'expression de l'inspectrice.

– Est-ce que les membres du conseil d'administration jouent encore à cache-cache ? demanda-t-elle.

– Oui et non. J'ai les dépositions de deux autres : Solomon Ndya et Josiah Rosa, qui disent à peu près la même chose. Ils n'ont aucune idée de qui aurait pu vouloir tuer Annan et ils n'étaient pas au courant pour Whittaker, Hadlow et les… les exorcismes. Par ailleurs, ils ont tous les deux des alibis vérifiés et ils ont fourni des échantillons d'ADN. Restent deux membres du conseil, Lincoln Okafor et Derrick Sullivan, qui n'ont réagi ni à mes mails ni à mes messages sur leur répondeur.

– Va les voir.

– Hein ? Maintenant ?

– Oui, maintenant. Ces deux-là ont forcément une raison d'hésiter à nous parler. Comme l'enquête sur Hadlow et Whittaker prend de l'élan, je ne veux pas qu'on nous accuse de négliger l'assassinat d'Annan, même s'il trempait jusqu'au cou dans ces… J'ai peine à croire que j'emploie ce mot-là… Dans ces exorcismes.

– J'ai étudié les minutes des réunions à l'église : il semble y avoir eu énormément de dissensions entre les membres du conseil. J'ai repensé à ce que disait Serena Annan, que l'église était impliquée dans son couple. Il pourrait s'agir d'une source de désaccord.

– Quelqu'un finira par parler, dit Henley. Il y a forcément quelqu'un qui a une conscience dans cette église.

(Elle se laissa aller en arrière et se tapota les lèvres de son stylo, pensive.) Je serais très surprise que personne au sein de ce conseil, aucun proche de Caleb Annan, n'ait été au courant de ses agissements avec toutes ces femmes.

# 49

Si Lincoln Okafor fut surpris de trouver Ramouter sur son seuil, il le cacha extrêmement bien.

– AD Ramouter, se présenta le policier en levant sa carte. Vous ne m'avez pas rappelé et n'avez pas répondu à mes e-mails.

– J'ai été très occupé.

Okafor, de la sueur coulant sur le front, une serviette autour du cou, venait d'ouvrir sa porte. Il remonta la fermeture de son sweat à capuche et croisa les bras pour se protéger du froid.

– Je vous ai appelé en chemin. (Ramouter tapota le côté de son oreille gauche.) Vous m'avez envoyé droit sur le répondeur.

Okafor tira les AirPods de ses oreilles et parvint à feindre la surprise, comme s'il avait oublié leur présence.

– Ah, oui, ces trucs-là. Ils me jouent toujours des tours.

– Ouais, dit le policier. (Il tourna la tête en entendant le portail frotter sur le gravier : un employé des postes remontait l'allée.) Écoutez, il gèle, ici, et vous n'avez sans doute pas envie que votre facteur nous entendre parler d'une enquête pour meurtre sur le pas de votre porte. S'il est du même genre que le mien, il racontera toutes vos affaires à vos voisins. Mais, si vous préférez rester ici, je peux vous interroger à propos de l'enq…

– Entrez, dit rapidement Okafor. Il s'effaça pour livrer passage au policier.

Ramouter occupait un tabouret inconfortable, un thé fumant à la main. Il s'étonnait encore de l'absence de sensation dans son annulaire appuyé contre la tasse en céramique. Le médecin avait diagnostiqué une lésion du nerf périphérique. Un souvenir des dommages causés par Olivier quand il l'avait poignardé au bras.

La maison d'Okafor n'était pas aussi grande que celle des Annan, mais tout aussi impressionnante. En outre, contrairement à celle du pasteur, elle semblait habitée. Des bols tachés de céréales séchées emplissaient l'évier de la cuisine, et la table conservait la trace du petit déjeuner rapide d'une jeune famille. Ramouter éprouva une pointe de tristesse. Il ne s'attendait pas à ce que des bols sales lui rappellent ce qu'il avait perdu.

– Pour être franc, je suis surpris de vous trouver chez vous, dit-il en buvant une gorgée d'un thé très clair.

– Normalement, je ne suis pas en télétravail, mais j'ai l'employé du gaz qui doit passer dans la journée, répondit Lincoln Okafor en touillant le sucre dans sa tasse. Désolé pour le désordre. J'ai emmené les enfants à l'école, et la femme de ménage est malade. Donc, vous vouliez me parler de Caleb ?

– Ça fait une semaine que j'essaie de vous parler de Caleb.

– Eh bien, on a eu beaucoup de choses à faire. C'était un élément important de la congrégation. Qu'il nous ait été enlevé comme ça… (Il porta les mains à son visage et ferma les yeux avec force.) Je n'y crois pas encore.

– Vous êtes le directeur financier de l'église ? demanda Ramouter.

– Oui, c'est ma fonction.

– Et ce depuis le début ?

Le jeune policier posait la question bien qu'il connût la réponse.

– Oui. Je ne sais plus quand exactement Caleb m'a demandé de l'être, mais c'était environ deux mois après la création de l'église.

– Depuis combien de temps le fréquentiez-vous ?

– Plus de vingt ans. On s'est connus à l'université.

– Savez-vous qu'il a été visé par une enquête de la Commission des associations caritatives et qu'il a fait de la prison pour fraude ?

Okafor blêmit. La tasse de thé qu'il levait se figea.

– Qu'est-ce que vous racontez ? demanda-t-il enfin. Je ne sais rien de tel.

– Vous venez de dire que vous le connaissiez depuis plus de vingt ans. Il a réussi à vous cacher qu'il avait fait de la taule ? Il avait pris trois ans, donc il a dû passer au moins dix-huit mois en prison.

– Il est resté absent un moment, mais il m'a dit être allé au Ghana, et c'était juste après la mort de son grand-père, donc j'ai supposé qu'il était là-bas. Au Ghana. Pas en prison.

– S'il avait révélé ses condamnations, aurait-il été reçu dans le conseil d'administration ? demanda Ramouter.

– Non, non. Il aurait été disqualifié. Nous pourrions tous avoir des ennuis pour lui avoir permis d'y entrer. Mais nous n'étions pas au courant.

– Vous ne m'avez pas dit ce que vous faites dans la vie, remarqua l'AD en sortant son carnet.

– Je suis conseiller financier, dit Okafor. C'est pourquoi il était logique que Caleb me propose la fonction que j'occupe.

– Bien. Si la Commission des associations caritatives lançait une enquête sur votre église, elle vérifierait l'emploi des sommes gagnées et s'informerait donc sur vous.

– Je n'ai jamais rien fait de mal. Je ne ferais jamais rien… J'ai une famille.

Okafor posa sa tasse, le visage décomposé.

– Alors pourquoi nous avez-vous évités ?

– Vous ne comprendriez pas.

– À quel point étiez-vous proche de Caleb Annan ? Diriez-vous que c'était un ami intime ?

– Il n'était pas le parrain de mes enfants, si c'est le sens de votre question, mais je… le respectais. Lui et ce qu'il faisait pour nous, pour l'Église et la communauté.

– Vous le respectiez, enchaîna Ramouter, caustique. Savez-vous qu'il a été accusé de viol ?

Okafor, toujours debout, empoigna le dossier de son siège.

– Je ne savais pas. Non, non, il doit s'agir d'une erreur.

– Ce n'est pas une erreur. Et ce jeune homme qui a été trouvé dans l'église ? Brandon Whittaker.

– Je ne le connais pas. J'en ai entendu parler pour la première fois aux informations.

– Vous ne l'aviez jamais vu auparavant ?

– Jamais.

– Et Alyssa Hadlow ? continua Ramouter.

Okafor se montrait de plus en plus agité.

– Je n'ai jamais entendu parler d'elle. Il faut que vous compreniez une chose. Nous ne sommes pas une petite église de village à la campagne. Nous avons une congrégation très étendue. Il est impossible de connaître tout le monde.

– Elle a été retrouvée morte chez elle, elle appartenait à votre église, et nous savons qu'elle a eu des contacts physiques avec Caleb Annan.

– Pourquoi nous faites-vous ça ? Pourquoi essayer de nous salir ?

Okafor paraissait aussi bouleversé que par une attaque personnelle. Ramouter voyait clairement la panique dans ses yeux, et les spots du plafond faisaient étinceler les gouttes de sueur sur son front.

– Nous n'essayons pas de vous salir, affirma-t-il. Tout ce que nous voulons, c'est trouver l'assassin de Caleb Annan ainsi que les membres de votre église ayant failli tuer Brandon Whittaker et laissé Alyssa Hadlow morte dans son appartement.

Son interlocuteur resta muet. On n'entendait plus que le tic-tac de la pendule de la cuisine et le moteur du sèche-linge.

– Quand avez-vous vu M. Annan pour la dernière fois ? interrogea Ramouter.

– Euh… Dimanche après-midi. Nous avons eu le service religieux et, ensuite, une courte réunion.

– Qu'entendez-vous par courte ?

– Vingt ou trente minutes. (Okafor balayait la cuisine des yeux comme s'il s'attendait à voir les murs s'effondrer autour de lui.) Je ne l'ai pas tué… Je ne… Je ne briserais pas comme ça un commandement.

– Je n'ai pas dit que vous l'aviez tué, assura Ramouter. Qu'est-ce qui motivait cette réunion ?

– Notre expansion. L'ouverture d'une autre église à Balham.

– Et comment s'est-elle déroulée ?

– Pas bien, avoua Okafor. (Il ramassa un torchon et essuya son front en sueur.) Nous nous sommes disputés à propos d'argent qui avait disparu des comptes. Tout doit être enregistré pour toutes les églises, mais Caleb avait l'habitude de faire des retraits importants. Certaines choses m'échappaient parce que je m'occupais des finances de trois églises.

– Beaucoup d'argent était encaissé par une église en particulier ?

– C'est plutôt que beaucoup d'argent disparaissait des comptes de toutes les églises sans que je puisse le justifier. Une lettre nous avait informés que la Commission des associations caritatives allait procéder à un audit. Ces choses-là ne posent pas de problème quand on peut justifier de l'argent qui entre et qui sort. Or je ne pouvais pas.

– Combien Caleb avait-il retiré ?

– Ça ne s'est pas fait en une seule fois mais, tout compris, un peu plus de trois cent mille livres.

– Et que faisait-il de l'argent qu'il retirait ?

Pour la première fois, Okafor détourna les yeux.

– Je vous repose ma question, Lincoln. À quoi servait cet argent ?

Il poussa un long soupir et finit par s'asseoir.

– Certaines fidèles s'étaient plaintes du comportement de Caleb. Je ne suis pas au fait des détails, mais je sais qu'elles l'accusaient d'avoir eu des gestes inappropriés, donc vous devriez plutôt demander *pour qui* était l'argent qu'il retirait.

– Il a acheté leur silence ?

– Je n'en ai pas la certitude, mais c'est ce que je suppose : les plaintes ont cessé dès que l'argent a été retiré.

– D'accord, dit Ramouter. (Il se gratta la tête en se demandant comment il allait formuler sa question suivante.) Bon, je vais être brutal. Que savez-vous des exorcismes accomplis par Caleb Annan dans ses diverses églises ?

Okafor le considéra comme s'il avait parlé une langue étrangère.

– Des exorcismes ? Vous avez bien dit des exorcismes ?

– Oui, tout à fait.

– Comme le film ? Les têtes qui tournent et les prêtres qui sortent de nulle part ? Bon, je ne vais pas vous mentir : j'ai entendu parler d'églises qui s'occupent de trucs comme ça, mais pas nous. Je veux dire… non. On ne faisait rien de ce genre-là.

– Vous êtes sûr de n'avoir jamais entendu Annan parler d'exorcismes ? insista Ramouter.

– Il en parlait peut-être dans ses sermons, mais en tant que synonyme biblique de combat contre la tentation, il n'était pas question d'écouter un diable perché sur son épaule. Ni de gens authentiquement possédés et soignés. Caleb disait toujours que, si on croit en Dieu, on doit croire au diable, mais ça relève du bon sens.

– L'homme qui a été trouvé dans votre église, Brandon Whittaker, avait été attaché sur un lit et, pour dire les choses comme elles sont, torturé, reprit le policier.

– Non, je ne peux pas croire que Caleb ait été mêlé à une chose pareille. Je ne… Je n'imagine pas qu'il puisse avoir été aussi cruel. Et je ne supporte pas qu'on puisse me croire mêlé à une chose pareille. C'est pour ça que vous êtes là ? Vous croyez que je suis impliqué ?

– Eh bien, il va me falloir un échantillon de votre ADN pour prouver que vous ne l'êtes pas.

– Je vous promets que je n'ai rien à voir avec ça, mais je ferai tout ce que vous me demanderez.

Même sans échantillon d'ADN, Ramouter croyait le moindre mot prononcé par Okafor.

– Faisiez-vous confiance à Caleb ?

L'autre releva vers lui des yeux d'une clarté de cristal.

– On cherche toujours à voir le bon côté des gens, mais est-ce que je lui faisais confiance ? Non. Non, pas du tout.

# 50

Henley s'arc-bouta pour résister au vent tout en regardant passer les voitures. Il était presque 14 h 30 quand elle s'était rendu compte qu'elle avait travaillé pendant toute l'heure du déjeuner. Le livreur du restaurant indien local avait appelé deux fois pour dire qu'il ne trouvait pas l'endroit spécifié.

Elle s'arrêta, jurant en silence, lorsqu'elle vit une silhouette remonter le plan incliné couvert de neige en direction des portes d'entrée condamnées du poste de police de Greenwich. Au même instant, un crissement de freins aigu perça l'air et une Ford Focus bleue s'arrêta devant les barrières.

– Désolé, désolé, dit le livreur en bondissant hors de la voiture et en courant vers Henley, deux sacs en plastique rouge entre les mains. J'ai cru que c'était fermé.

– Vous êtes déjà venu, pourtant, dit-elle. Le livreur lui mit les sacs dans les mains et repartit en courant vers sa voiture. Elle ricana en douce quand il glissa dans la neige et tomba sur le cul, mais son amusement la quitta dès qu'elle se retourna. La personne qu'elle avait vue un peu plus tôt attendait, debout sur le trottoir. La logique de l'inspectrice lui disait qu'elle se montrait irrationnelle, qu'elle n'avait rien à craindre, mais cela n'empêchait pas une petite voix dans sa tête de lui hurler de s'enfuir.

– Inspectrice détective Henley.

La voix était étouffée, inidentifiable.

– Oui ? répondit Henley en fouillant dans ses poches de sa main libre, cherchant quelque chose à utiliser comme une arme. Elle se détendit quand l'inconnue écarta l'écharpe de son visage.

– Dalisay. Qu'est-ce que vous faites ici ? demanda-t-elle.

La bonne des Annan regarda nerveusement autour d'elle en baissant sa capuche. Elle posa sur l'inspectrice des yeux effrayés.

– Je suis désolée. Je n'ai pas pu appeler. Je ne savais pas... Je n'aurais pas dû venir.

– Que s'est-il passé ? Qui vous a fait ça ? demanda Henley quand, s'étant avancée d'un pas, elle vit la lèvre enflée de Dalisay et la petite coupure sur son front.

– Oh, ça... ce n'est rien. Mme Annan, répondit doucement la jeune femme, dont la voix était presque emportée par la circulation de midi. Elle remonta vivement sa capuche et baissa la tête.

– C'est elle qui vous a fait ça ?

– Non, non, et ce n'est pas pour ça que je suis ici, répondit Dalisay en frissonnant de froid. Mme Annan. Elle vous a menti. Elle n'était pas à la maison le soir où M. Annan a été tué. Elle n'est pas rentrée de la nuit.

Henley s'assit et tenta de reprendre son souffle après avoir franchi quatre volées de marches en courant. Elle avait jeté les sacs de plats indiens fumants sur le bureau de Stanford, sans cérémonie ni explication, empoigné son carnet de notes, un stylo, et était redescendue au rez-de-chaussée. Dalisay, assise au même endroit qu'Amy Whittaker quelques jours plus tôt, conservait son manteau comme s'il s'agissait d'une armure et tenait son sac devant elle à l'instar d'un bouclier.

– Vous êtes sûre que vous ne voulez rien ? Du thé ou du café ? demanda Henley.

– Oui, merci, répondit Dalisay en jetant un regard angoissé vers la porte. Je ne sais pas si je fais ce que je dois.

– Que vous soyez ici prouve que vous faites ce que vous devez.

L'inspectrice se pencha pour allumer le radiateur soufflant sous son siège, heureuse qu'il ne choisisse pas ce moment pour produire un bruit d'avion à réaction. Elle s'assura que l'application d'enregistrement était activée sur son téléphone, qu'elle posa alors au milieu de la table basse.

– Comment avez-vous su où me trouver ? demanda-t-elle, sachant que le standard du centre d'appel d'urgence, au 101, ne lâchait pas facilement l'adresse du siège de la SCU.

– Mme Annan a jeté ça à la corbeille après votre départ, la semaine dernière, répondit Dalisay en tirant de sa poche une carte de visite froissée et tachée de thé. Je voulais appeler mais j'ai eu peur. Ce n'est plus pareil depuis la mort de M. Annan. (Elle tira son téléphone de son sac et tapota l'écran.) Je n'ai pas beaucoup de temps. Mme Annan appellera bientôt à la maison pour s'assurer que j'y suis. Elle ne sait pas que j'ai un portable.

– Depuis combien de temps travaillez-vous pour les Annan ? interrogea Henley.

– Deux ans. Je suis venue des Philippines, travailler pour une autre famille mais, à mon arrivée, on m'a dit qu'on n'avait plus besoin de moi. Je n'avais nulle part où aller et, si le *Home Office*[1] avait découvert que je n'avais pas d'emploi, on m'aurait retiré mon visa de travail et renvoyée chez moi. Et je ne pouvais pas rentrer chez moi.

– Comment avez-vous rencontré Mme Annan ?

1. Bureau de l'Intérieur, équivalent de notre ministère du même nom.

– J'étais descendue dans un hôtel. Une femme m'a parlé de l'église qu'elle fréquentait et qui distribuait parfois à manger aux fidèles. J'y suis allée parce que j'avais faim. Ensuite, mon amie m'a présentée à M. Annan et lui a dit que je n'avais pas de travail. Il m'a conseillé de me rendre à l'agence de Mme Annan dans le centre commercial de Surrey Quays.

– Une agence ? demanda Henley, surprise.

– Mme Annan dirige une agence de recrutement en plus de son cabinet de décoration d'intérieur, expliqua Dalisay. Les Annan possèdent de nombreuses affaires.

– Donc vous êtes allée à l'agence, et vous vous êtes retrouvée à travailler pour elle ?

– Sa dernière bonne l'avait quittée. J'étais désespérée et elle m'a offert la place. Elle disait qu'elle paierait mon parrainage de Niveau 2.

Henley le savait, un parrainage de Niveau 2 était un visa de travail qui permettait de rester employé au Royaume-Uni pendant un maximum de cinq ans, mais ce n'était pas bon marché.

– Vous l'avez eu, votre visa ?

– Non. J'ai souvent demandé, mais Mme Annan répondait toujours que c'était en cours, alors j'ai fini par arrêter de demander.

– Vous disiez tout à l'heure qu'elle avait menti en disant être chez elle le dimanche soir.

– Oui. (La voix de Dalisay se brisa mais elle se redressa un peu.) M. et Mme Annan sont revenus de l'église vers quinze heures. J'avais préparé le déjeuner pour la famille.

– Mme Annan ne cuisine pas ?

Henley ne s'estimait pas susceptible de gagner un prix à *MasterChef*, mais elle préparait toujours le repas du dimanche, manière indirecte de compenser tout ce que Rob assurait pour la famille les six autres jours de la semaine.

– C’est mon travail. Tout est mon travail.

– Donc ils sont rentrés après le déjeuner.

– Oui mais, avant qu’ils ne mangent, je les ai entendus se disputer dans la chambre. J’aidais Zyon, leur petit dernier, à enlever les vêtements qu’il portait à l’église.

– Savez-vous à propos de quoi ils se disputaient ?

– Je n’ai entendu que des bribes. Elle disait que M. Annan la mettait encore dans une position humiliante et qu’elle ne le supporterait pas. C’est tout ce que j’ai entendu, parce que Zyon commençait à s’énerver.

– Mme Annan dit que son mari est parti à 18 h 30.

– C’est vrai. Il est parti à 18 h 30. Il a eu une autre discussion avec elle, dans la cuisine, et puis il est sorti en claquant la porte.

– Qu’a fait Mme Annan après le départ de son mari ?

– Elle est allée dans la deuxième salle de réception, et j’ai préparé les enfants pour les coucher.

– Est-ce que vous savez ce qu’elle faisait ?

Dalisay détourna le regard.

– C’est bon, dit doucement Henley. Vous avez fait le plus difficile en venant ici.

Dalisay sourit, au bord des larmes.

– Elle a bu. Elle boit beaucoup. Chaque fois que M. Annan ne rentre pas à la maison. Elle boit. C’est la seule occasion où elle sort les ordures ; ça lui permet de cacher les bouteilles.

– Est-ce que M. Annan est rentré à la maison ce soir-là ?

– Non, répondit Dalisay. Elle se mit à pleurer.

– Alors, quand Mme Annan est-elle partie ?

– Sans doute juste avant 21 h 30. Je nettoyais la salle à manger quand je l’ai vue dans l’entrée. Je croyais qu’elle allait monter se coucher mais j’ai entendu la porte claquer. Et puis un moteur dans l’allée. Quand j’ai ouvert la porte, la voiture de Mme Annan avait disparu.

– Et vous êtes sûre qu'elle est partie ? demanda Henley.

– Oui, je suis allée à la fenêtre et je l'ai vue s'éloigner.

– Dalisay. Vous êtes certaine de me dire la vérité ?

– Comment ça ?

– La semaine dernière, vous avez déclaré à l'AD Ramouter que Mme Annan n'avait pas quitté la maison le soir de l'assassinat de Caleb, et maintenant vous dites le contraire.

– Pardon, dit Dalisay, alors que ses larmes coulaient plus vite. Je n'aurais pas dû mentir. J'avais peur.

– Peur de quoi ?

– Vous ne savez pas ce que c'est. Vous ne savez pas comment elle est.

– Mme Annan ? demanda Henley.

La jeune femme hocha lentement la tête. Elle tira de son sac un mouchoir en papier pour s'essuyer les yeux.

– Quand l'avez-vous revue ?

Dalisay prit une inspiration et se tortilla, faisant tourner son téléphone portable dans sa main.

– Pas avant le matin. Je me suis levée à six heures et elle n'était pas à la maison. M. Annan non plus.

– Quand est-elle rentrée ?

– Je ne sais pas, mais elle était arrivée quand je suis revenue de conduire les enfants à l'école.

Elle sursauta quand le téléphone d'Henley se mit à sonner.

– Désolée, dit l'inspectrice. J'aurais dû le mettre en silencieux. Hé, qu'est-ce qui ne va pas ?

Dalisay, très pâle, s'était levée et se dirigeait vers la porte.

– Je suis désolée. Il faut que je parte. Il ne faut pas que Mme Annan sache que je suis sortie.

– Comment pourrait-elle le savoir ?

– Si elle savait que je suis venue ici… Vous allez le lui dire ?

– Bien sûr que non, dit Henley. Mais je lui parlerai, et je vais mettre en forme ce que vous m'avez dit pour une déposition officielle.

– Une déposition ! Non, je ne veux pas être impliquée. Je ne peux pas avoir mon nom…

– Il n'y a aucune raison de vous affoler, Dalisay. Je ne ferai absolument rien dans l'immédiat. D'accord ?

– Vous êtes sûre ?

– Parfaitement. Rentrez chez vous et comportez-vous normalement. Vous savez où je suis si vous avez besoin de moi ou s'il se passe quelque chose.

L'inspectrice savait qu'essayer de convaincre une Dalisay visiblement terrifiée par Serena Annan de rester davantage serait une perte de temps.

– La coupure sur votre front a l'air douloureuse, dit-elle en ouvrant la porte de la salle d'entretien. Vous ne m'avez pas dit comment vous l'aviez eue. On vous a frappée ? Vous pouvez vous confier à moi.

La jeune femme toucha son front et grimaça comme si elle avait oublié la blessure.

– Oh, c'est… Zyon. Un accident. Il joue toujours au ballon dans la maison.

– Les enfants sont tous les mêmes. Ma fille considère la maison comme un grand terrain de jeux et d'aventures, dit Henley en espérant contrebalancer par son ton jovial le *Vous me racontez des craques* probablement inscrit en clair sur ses traits.

– Il faut que je parte, répéta Dalisay.

– N'y a-t-il rien d'autre que vous vouliez me confier avant de partir ? Est-ce que Mme Annan vous a dit quoi que ce soit le matin en rentrant ? demanda Henley en guidant sa visiteuse dans un labyrinthe de couloirs abandonnés pour retrouver le monde extérieur. Même les détails minuscules sont importants.

– Elle ne m'a rien dit, mais ça n'a rien d'inhabituel. Elle passe des journées entières sans m'adresser la parole.

Elle me laisse ses instructions sur des Post-it collés au frigo. (La jeune femme marqua une pause en atteignant l'escalier.) Mais elle ne portait plus les mêmes vêtements quand je l'ai vue. En sortant, elle portait… ce qu'elle appelle sa tenue d'intérieur – c'est du cachemire, je suis obligée de faire nettoyer ça à sec. Mais, quand elle est rentrée à la maison, elle était en jean et en pull, et Mme Annan ne met jamais de jeans. Jamais.

– Est-ce que vous avez porté sa tenue d'intérieur au nettoyage à sec, depuis.

– Non, je ne l'ai pas revue. Alors que je lave les vêtements de tout le monde.

Henley se rappela le soir où Ramouter et elle étaient arrivés chez les Annan. Deux voitures se trouvaient déjà dans l'allée, une Mercedes et une Audi Q5, les deux ayant des numéros d'immatriculation personnalisés. SER 1AN et SER 2AN.

– Quelle voiture Mme Annan avait-elle prise ? demanda Henley.

– La Mercedes, répondit Dalisay alors que s'ouvrait la porte extérieure. La neige s'était mise à tomber plus fort pendant l'entretien des deux femmes. Le vent leur souffla un nuage de flocons au visage.

– Soyez prudente, recommanda Henley, dont l'estomac gargouilla de nouveau. Vous savez qu'il y a des gens qui peuvent vous aider si vous en avez besoin. *Je* peux vous aider.

Dalisay lui tourna le dos.

– Je sais où vous êtes, dit-elle. Elle s'engagea prudemment sur le trottoir enneigé. Henley la regarda descendre le plan incliné, accrochée à la rampe blanche.

# 51

Henley travaillait en multitâche en attendant que l'ID Clarke vienne répondre au téléphone. Ayant branché le haut-parleur de son appareil, elle s'employait à manger de l'agneau biryani réchauffé et à envoyer un nouvel e-mail au conseil du *borough* de Lewisham, requérant avec insistance les images des caméras de sécurité de Deptford Broadway pour la nuit de l'assassinat de Caleb Annan.

– ID Clarke.

Henley lâcha sa fourchette et sourit pour la première fois de la journée. Elle reconnaissait la voix grave de cet homme qui avait toujours l'air de sortir du sommeil.

– Hé, bordel, c'est bien toi. Salut, ça fait une paye. Ici Henley.

– Henley, répéta Clarke. Ça fait une paye, effectivement. L'imbécile qui a décroché mon téléphone ne m'a pas dit qui m'appelait, juste que c'était une ID.

– Qu'est-ce que tu fabriques au CID de Forest Gate ? Stanford et moi avons assisté à ton pot de départ.

L'inspectrice imaginait son correspondant assis à son bureau, caressant sa tête nue en quête de cheveux disparus depuis belle lurette, et portant une chemise mal repassée.

– Je m'ennuyais, répondit Clarke. Et je tapais sur les nerfs de ma femme. J'ai eu le choix entre revenir à temps partiel ou divorcer. Alors, que puis-je pour toi et la brigade des crimes en série ?

– L'enquête sur l'assassinat de Jensen. D'après le HOLMES, c'est toi qui en es chargé.

Clarke lâcha un gémissement désespéré très sonore.

– Ouais, c'est moi. Ce qui est un peu ridicule, vu que je ne suis là que trois jours par semaine. Pourquoi t'y intéresses-tu ?

– Ça peut être lié à une enquête pour meurtre qu'on est en train de mener. On a deux victimes, une vivante, une morte, aux blessures quasi identiques à celles de Jensen. Toutes les deux avaient des problèmes de santé mentale et ont été liées à l'Église d'Annan le Prophète, à Deptford. L'église a aussi une branche à Plaistow. Pas très loin de l'endroit où ta victime a été trouvée.

– Je vois, dit Clarke, pensif. Je ne me rappelle pas que la famille de Jensen me l'ait décrit comme particulièrement religieux.

– Mais elle n'a pas rapporté sa disparition ?

– Non, c'est son responsable de soutien au quotidien qui l'a fait. Mais ce n'est pas de chez lui qu'il a disparu.

– D'où, alors ?

– Il a été vu pour la dernière fois sur Kingsland High Street, à Dalston, deux heures après avoir quitté la clinique de thérapie de groupe Cooper à Forest Hill. On a une déposition de… merde, donne-moi une seconde. Ah, voilà : du Dr Gregory Jones.

– Qu'est-ce qu'il faisait là-bas, Jensen ? s'enquit Henley, essayant d'encourager son interlocuteur à se dépêcher.

– C'est une clinique psy privée, de luxe, dans le genre de celles où vont les célébrités, répondit Clarke. Tous les deux mois, ils prennent des patients extérieurs gratuitement – je crois que c'est un truc pour avoir des crédits d'impôts –, et Jensen en a bénéficié. Quoi qu'il en soit, le jour où il a disparu, il avait un rendez-vous là-bas, mais il s'est engueulé avec un des patients résidents. Il est parti en claquant la porte et c'est la dernière fois qu'on l'a vu.

– Tu t'es entretenu avec le patient en question ?

– Oui, mais il n'a pas quitté la clinique ce jour-là ni aucun autre avant Noël. Il est agoraphobe. On a aussi interrogé un vieux type du nom de Samuel Barnes, vu en train de se disputer avec Jensen devant un pub trois jours avant sa disparition. En plus, la police avait été appelée à l'appartement de la victime environ une semaine plus tôt.

– Pourquoi ça ?

– Il semble que Jensen ait pété un plomb. Samuel Barnes est arrivé chez lui. Jensen l'a accusé de l'avoir volé et l'a frappé à la tête avec un grille-pain. Il s'est ensuite enfermé dans la salle de bains en disant que les flics étaient des espions, qu'il était en mission pour le Président, et que tout le monde était cinglé.

– Donc il ne prenait pas ses médicaments ?

– Clairement. L'autopsie a montré qu'il n'y avait aucune drogue, illégale ou non, dans son organisme.

– L'autopsie dont le rapport n'est pas dans le système ?

– Ne commence pas. Trois jours par semaine, rappelle-toi. Ils ont du pot que je me sois seulement connecté.

– Bon, et côté indices ?

– On en a de très bons. C'est juste qu'on n'a aucune correspondance. L'ADN de deux personnes, et une empreinte de pouce sur le front de la victime, laissée par une espèce de carbone.

– Mais pas de correspondances ? répéta Henley en repoussant son assiette.

– Du moins c'était le cas il y a trois semaines, quand on a relevé et comparé tout ça aux échantillons de la base de données, dit Clarke. D'après le pathologiste, Jensen a été torturé. On lui avait littéralement brûlé les pieds et, ça ne se voit pas sur les photos *in situ* mais, quand on a sorti son cadavre du sac de couchage, il avait les mains attachées avec de la corde rouge. On a trouvé des fragments de la même corde autour de ses chevilles.

– Et vous n'avez aucune idée de l'endroit où il avait passé les six semaines précédentes ? demanda Henley.

Elle ouvrit une chemise et en sortit les photos des corps de Whittaker et d'Hadlow. La corde rouge était visible sur leurs poignets à tous les deux. L'inspectrice ne pensait pas qu'on ait utilisé cela parce que c'était ce qu'on avait sous la main. Selon elle, employer ce matériau spécifique pour entraver les victimes avait un sens plus profond.

– Aucune et, pour être franc, avec la quantité de meurtres sur lesquels on enquête, cette affaire n'est pas tout à fait considérée comme prioritaire.

– Donc, si je te la retire des mains, tu ne diras pas non ?

– Je t'en prie, répondit Clarke en se raclant la gorge. Je vais demander confirmation au patron – pas qu'il soit capable de distinguer son cul de son coude –, mais, en ce qui me concerne, tu peux la prendre.

# 52

Ramouter était convaincu de ne pas avoir vu la lumière du jour. Il était sorti travailler alors que le soleil s'efforçait de pointer entre les nuages d'hiver, et le ciel commençait déjà à s'obscurcir de nouveau. La neige se mit à tomber plus fort alors qu'il roulait lentement le long de Crystal Palace Parade, voyant dans le lointain la lueur rouge floue de l'émetteur de télévision. Une seule personne figurait encore sur sa liste de visites. Il vérifia qu'il avait bien entré la bonne adresse de Beckenham.

– Ça ne peut pas être ça, dit-il en coupant son moteur. Par comparaison avec ceux d'Annan et d'Okafor, le domicile de Derrick Sullivan était très modeste. Une maison mitoyenne de style géorgien, avec une avant-cour bétonnée. Des caisses en carton humides et la base effondrée d'un divan à trois places étaient appuyées contre un muret. Ramouter vit l'éclat changeant d'un écran de télévision à travers les rideaux lorsqu'il appuya sur la sonnette puis attendit.

– Oh, bonjour, dit-il comme la porte s'ouvrait et qu'il se trouvait face à une fillette en uniforme scolaire, un chiot cockapoo chocolat dans les bras. Est-ce que votre père est là ? Je suis l'agent détec…

– PAPA ! Quelqu'un pour toi, hurla la petite fille avant de monter un escalier en courant.

– Sara, qu'est-ce que j'ai dit à propos de se précipiter pour ouvrir la porte d'entrée ? J'en ai marre de te le répéter.

Derrick Sullivan avait un torchon sur l'épaule et une cuiller à la main. Ramouter, debout sur le pas de la porte, leva sa carte de police.

– AD Salim Ramouter de la brigade des crimes en série. Vous êtes M. Derrick Sullivan et vous n'avez jamais répondu à mes coups de téléphone.

– Le moment n'est pas très bien choisi. Je suis en train de préparer le dîner des enfants.

– Je serais bien venu à une heure qui vous aurait arrangé, mais, comme je le disais, vous n'avez répondu à aucun de mes messages.

Sullivan eut le bon goût de paraître gêné.

– Est-ce qu'on ne peut vraiment pas faire ça une autre fois ?

– Nous sommes au milieu d'une enquête pour meurtre, donc désolé, mais non, dit fermement Ramouter.

– Bon. Vous voulez bien laisser vos chaussures dans l'entrée ?

– Bien sûr, répondit le policier en franchissant le seuil. Il balaya les lieux du regard tandis qu'il s'asseyait au bas de l'escalier pour ôter ses bottes. Il y avait un assortiment de paquets pas encore ouverts derrière lui, un tas de vêtements pliés avec soin sur les marches, et une cascade de photos de famille sur un mur.

– Vous voulez un thé ou un café ? proposa Sullivan. Vous avez l'air gelé.

– Du café, ce serait super, répondit Ramouter en le suivant à la cuisine. Il sentait le chauffage au sol à travers ses chaussettes.

– Ça coûte une fortune à l'usage, dit Sullivan en le voyant remuer les orteils. Un, jour, ma femme, Tameka, est allée boire un coup chez la voisine, qui s'est révélée avoir le chauffage au sol. Avant que je n'aie le temps de dire ouf, elle a demandé un devis.

– C'est agréable, en tout cas, apprécia Ramouter en s'asseyant à la table.

– Vous êtes difficile en matière de café ? On a une sélection qui concurrence le Starbucks.

– Pas difficile du tout. Je le bois noir et sucré, c'est tout.

– Un americano, donc, conclut Sullivan. Je n'arrive toujours pas à croire que Caleb est mort.

– Ça a dû vous faire un choc, dit le policier quand son hôte lui tendit sa tasse.

– Un grand choc. C'était un élément tellement important de l'église. En fait, on pourrait dire qu'il *était* l'église.

– Une église que votre épouse et vous avez quittée.

Sullivan ne répondit pas. Au lieu de cela, il se détourna et s'employa à sortir des bols d'un placard.

– Je suis parti il y a quatre mois, dit-il enfin, en versant des spaghettis bolognaise dans deux bols avant de disposer des tranches de pain aillé sur une assiette. Pardon, je vais donner ça aux filles. En général, on ne les laisse pas manger devant la télé. Elles vont croire que c'est Noël. Je reviens dans une seconde.

Ramouter poussa un magazine de football et une pile de cartes à jouer Match Attax pour dégager une place sur la table de la cuisine. La vie de famille apparemment normale de Derrick Sullivan, avec la machine à laver qui vrombissait dans un angle, achevant son cycle, et le réfrigérateur couvert de dessins d'enfants, le réconfortait.

– Quel âge ont vos enfants ? demanda-t-il quand revint le père attentionné.

– Sara a dix ans et se croit déjà adulte, répondit Sullivan en prenant une bassine de linge sur une chaise pour la poser par terre. Quant à Haylie, elle en a huit et elle oublie qu'elle est la petite sœur.

– Deux filles, remarqua Ramouter.

– Et un bébé en route, qui arrivera dans quatre mois.

– Encore une fille ?

– Aucune idée, dit Sullivan avec un sourire. Ma femme préfère avoir la surprise.

– Où est-elle, votre femme ?

– Au travail. Elle est dentiste. Vous avez des enfants ?

– Un garçon, répondit Ramouter. (Il ravala sa tristesse quand l'image d'Ethan passa dans sa tête.) Vous dites avoir quitté l'église il y a quatre mois, mais, dans le dossier de la Commission des associations caritatives, votre femme et vous figurez encore parmi les membres du conseil d'administration.

Sullivan se renversa sur sa chaise avec une légère irritation.

– On a demandé à Caleb et au reste du conseil de retirer nos noms il y a une éternité, et ils ne l'ont toujours pas fait, dit-il.

– Pourquoi vouliez-vous partir ? demanda le jeune policier en ouvrant son carnet et en sortant un stylo.

– On aurait dû s'y résoudre depuis longtemps. Tameka, ma femme, n'approuvait pas certaines choses qui se passaient, ni la direction que prenait l'église.

– Quelles choses ?

Sullivan baissa les yeux sur la table.

– Comprenez bien que, quoique faisant partie du conseil, je n'avais aucun contrôle sur quoi que ce soit. Du moins pas sur les trucs importants.

– Quel était votre rôle, alors ?

– J'étais une espèce d'administrateur. Je maquettais les programmes des services, je gérais le site web, je remplissais les demandes de subventions publiques, et tout ça. J'y consacrais beaucoup de temps et, pour être franc, ça commençait à me peser en plus de mon travail normal.

– Qu'est-ce que vous faites ?

– Je suis concepteur graphique. J'ai une agence dans Old Street avec mes associés.

– Ça doit vous occuper pas mal. Comment conciliiez-vous cela avec un poste au conseil d'administration de l'église ?

Sullivan secoua la tête.

– Je n'en faisais partie que sur le papier. Cela permettait à l'église d'avoir l'air bien respectable. Je veux dire : je sais diriger une entreprise. Mais il n'y avait en fait que deux responsables : Caleb et Serena.

Ramouter se pencha en arrière et croisa les bras.

– Ça ne me dit toujours pas pourquoi votre femme et vous êtes partis.

Sullivan prit une profonde inspiration.

– Le comportement de Caleb envers plusieurs femmes de la congrégation a posé des problèmes.

– Je ne veux pas vous faire dire ce que vous ne dites pas, donc j'ai besoin que vous clarifiiez ce que vous entendez par son comportement.

– Il avait oublié le passage de la Bible qui stipule : « L'homme s'attachera à sa femme et ils deviendront une seule chair. »

– Vous voulez dire que Caleb était infidèle ?

– Je ne l'ai jamais vu avec personne, mais il y avait des ragots. Des rumeurs. J'ai refusé d'y croire jusqu'à ce qu'il essaie avec Tameka.

– Tameka ? Votre femme ?

Sullivan grimaça comme s'il revivait ce moment-là.

– Au début, elle ne me l'a pas dit. Elle pensait pouvoir gérer ça toute seule.

– Qu'a-t-il fait ?

Ramouter dut patienter pour la réponse, car les deux fillettes s'engouffrèrent alors dans la cuisine avec leurs bols vides, parlant fort.

– Désolé, fit Sullivan. Dites, toutes les deux, vous voulez bien retourner au salon et regarder la télé tranquillement ?

– Mais je veux à boire, de la glace et mes cartes, protesta Haylie en s'approchant du congélateur.

– Bien. Tiens, prends celles-là, répondit son père. (Il ramassa les cartes de football sur la table, ouvrit le congélateur et en sortit deux petits pots qu'il donna aux filles.) Ne le dites pas à maman. Mangez vos glaces. Je n'en ai pas pour longtemps. (Il attendit qu'elles soient sorties avant de retourner s'asseoir.) N'en faites pas d'autre, conseilla-t-il à Ramouter.

– Donc, votre femme ? reprit le policier. Désolé si ça vous met mal à l'aise.

– Je sais que ça fait un peu années 1950, rôles traditionnels et tout ça, mais je suis censé la protéger. Je suis son mari, et Caleb… (La voix de Sullivan devint glaciale.) Il aimait le pouvoir. Et les gens… eh bien, ils l'écoutaient. Je veux dire : moi-même, je l'écoutais. On n'est pas censé se méfier du mec qui se lève tous les dimanches pour proclamer la parole de Dieu, mais quand votre femme vous annonce que le pasteur lui a fait des réflexions graveleuses, qu'il l'a enfermée dans son bureau et… et…

Il prit une ou deux inspirations et leva les yeux au plafond.

Ramouter tenta d'imaginer sa propre réaction si un homme en qui il avait confiance, qu'il respectait en tant que guide et symbole de vertu agressait sa femme. Il aurait envie de le tuer.

– Excusez-moi, dit Sullivan en inspirant à nouveau. Caleb l'a poussée contre le mur, il a essayé de l'embrasser et il lui a passé la main sous la jupe.

– Quand est-ce arrivé ?

– En novembre. Vers la Guy Fawkes Night. Tameka n'en était qu'à deux mois de grossesse. Il ne savait pas qu'elle était enceinte. Nous n'en avions encore parlé à personne. Bref, c'est arrivé. Juste après, Serena a accusé Tameka de faire du gringue à son mari. Le dimanche suivant, elle a prononcé un grand sermon sur « la fidélité et l'engagement ». D'après Tameka, c'était un avertissement à toutes les fidèles de l'église. Pas touche à mon homme, en gros.

– Vous êtes-vous entretenu avec Caleb à ce sujet ?

– Non, répondit tranquillement Sullivan. C'était inutile. Serena les a surpris et a tout mis sur le dos de Tameka. Ils nous auraient fait du mal si on avait rué dans les brancards. Nous avons nos enfants, nos métiers… Il valait mieux partir.

– Est-ce qu'ils vous ont menacés ?

– Pas directement, mais le jeu n'en valait pas la chandelle.

– Vous devinez que je dois vous demander où vous étiez le soir où Caleb Annan a été tué ? À partir de 21 h 30 ? demanda Ramouter.

– Le dimanche soir. On était en route pour Heathrow. Mon frère partait à Dubaï ce jour-là. Je dois avoir les détails de son vol dans mon téléphone, mais je suis passé le prendre chez lui à Wanstead vers six heures du soir. Je ne sais pas exactement à quelle heure je suis rentré chez moi. Dix heures moins le quart, quelque chose comme ça.

– Votre femme pourra probablement nous le confirmer ?

Sullivan se mit à manipuler un sachet de sel abandonné sur la table.

– Elle n'était pas à la maison. Les filles et elles passaient le week-end chez ses parents à Southampton. C'était un jour de prérentrée des enseignants, donc elles ne sont pas revenues avant lundi midi.

Ramouter inscrivit ces informations sur son carnet.

– Il va falloir que je vérifie auprès de votre frère. Est-ce qu'il est rentré de Dubaï ?

– Non, il y restera encore un mois, et il est difficile à joindre. Il a beaucoup de travail. Vous n'avez pas vraiment besoin de lui parler, hein ?

Ramouter remarqua la nervosité dans la voix de Sullivan.

– Ça vous pose problème que je contacte votre frère ? demanda-t-il.

– Non, non. C'est juste… Je pourrais peut-être lui parler d'abord, moi.

– C'est inutile. Vous ne voudriez sûrement pas être arrêté pour entrave au cours de la justice, avertit le policier.

– Non, bien sûr que non. Je pensais seulement… (Sullivan baissa la tête, accablé.) Je vais vous donner son numéro et son adresse e-mail, capitula-t-il.

– Super. Combien d'autres personnes connaissaient le comportement de Caleb ?

– Je ne serais pas surpris que tous les membres du conseil aient été au courant.

– Et pour les exorcismes ?

– Les exorcismes ? Qu'est-ce que vous voulez dire ? renvoya Sullivan, la voix un peu aiguë.

– Nous pensons que le pasteur Caleb et d'autres membres de la congrégation procédaient à des exorcismes, dit Ramouter. (Il déposa sur la table les photos d'une Alyssa Hadlow naguère vivante et d'un Brandon Whittaker à moitié mort.) Voici l'homme qui a été trouvé dans une pièce dérobée, à l'étage de l'église, dit-il en désignant le second.

– Franchement, je ne sais rien de la pièce en question, et je ne connais aucun Brandon Whittaker. C'est moi qui gérais la liste des fidèles, et je n'y ai jamais vu son nom. À moins qu'il ne soit arrivé après mon départ. J'ai été choqué quand j'ai appris ce qui lui est arrivé. Si nous avions su que des choses pareilles se pratiquaient, Tameka et moi serions partis bien avant.

– Vous n'avez jamais entendu Caleb parler d'exorcismes avec quiconque au sein de l'église ?

– Jamais.

– Et de gens venus chercher de l'aide à l'église parce qu'on les disait possédés, alors qu'il souffraient de troubles mentaux ?

– Écoutez, il y a des gens qui cherchent de l'aide pour un tas de raisons et, en tant que guides spirituels, il nous appartient de la leur apporter, mais il y a des limites. On ne doit jouer avec la santé mentale de personne.

– Et Alyssa Hadlow ? demanda Ramouter en poussant la photo vers Sullivan.

– Je ne sais pas. J'ai l'impression de l'avoir croisée, mais je ne peux pas en être sûr à cent pour cent. Caleb a… pardon, il avait trois branches à son église. Cela dit, elle, je me rappelle avoir vu son nom sur la liste des fidèles.

– À propos de la cotisation. Si j'ai bien compris, elle se monte à près de six cents livres.

– Oui, répondit Sullivan en détournant le regard, gêné. Je trouvais ça trop cher, mais les gens payaient.

– Et ceux qui vivaient d'une allocation, comme Alyssa ?

– L'église a un fonds de solidarité auquel on demande aux fidèles de contribuer pour couvrir les frais de ceux qui ne peuvent pas payer. C'est comme ça que la cotisation d'Alyssa a été acquittée, et ce genre de chose couvre l'église quand elle doit justifier de ses frais caritatifs.

– À quel point est-il fréquent que les dirigeants de l'église fassent des visites à domicile ? demanda Ramouter en reprenant la photo.

– Ce n'est pas rare, répondit Sullivan en haussant les épaules. (Le policier le vit se détendre à présent qu'on avait changé de sujet.) C'est un peu comme appeler le médecin. La guérison spirituelle n'est pas différente de la guérison physique.

– Donc vous ne seriez pas surpris que Caleb se soit rendu au domicile d'Alyssa Hadlow ?

– Non, je ne… Attendez, s'interrompit Sullivan, venant à l'évidence de comprendre ce qui se préparait. Est-ce qu'il s'est passé quelque chose entre Caleb et cette Alyssa Hadlow ?

– Nous avons la preuve qu'il est allé chez elle. C'est tout ce que je peux dire pour l'instant.

– Merde, ce type… Il ne faut pas dire de mal des morts, mais qu'est-ce qui n'allait pas chez lui ?

– Avez-vous idée de qui aurait pu lui en vouloir ?

– Vous avez le choix, répondit Sullivan avec colère. D'après ce que vous me dites, ça pourrait être n'importe qui. Je suis content qu'on soit partis. J'aurais détesté que mes filles grandissent dans ce milieu-là.

– J'imagine bien, acquiesça Ramouter. (Il repoussa sa chaise et se leva.) Bon, eh bien, je vous laisse finir la soirée avec elles.

– Merci. Est-ce que c'est difficile ? demanda Sullivan en le raccompagnant à la porte. Enquêter sur l'assassinat d'un type qui n'était pas… eh bien, pas très sympa.

– Qu'il ait été sympa ou non n'entre pas en ligne de compte, répondit le policier. Quelqu'un a pris sa vie, et cela ne peut absolument pas être justifié.

La porte claqua derrière Ramouter tandis qu'il marchait vers sa voiture couverte de neige. Il sortit son téléphone.

– Merde, lâcha-t-il. Six appels en absence de sa belle-sœur Pamela. Il la rappela en sentant la panique monter dans sa poitrine.

– Où étais-tu, nom de Dieu ? Je n'ai pas arrêté de t'appeler, hurla-t-elle.

– Je suis désolé. Mon téléphone était…

– Je m'en fous complètement. Il est évident que ton travail est plus important pour toi que ta femme.

Ramouter se figea.

– Qu'est-ce qui se passe ?

– Michelle a disparu.

# 53

– On a besoin d'argent, dit Henley en se plantant sur la chaise libre dans le bureau de Pellacia.

– Pour faire quoi ?

– Pour payer Mark.

L'inspectrice consulta sa montre. Il était 17 h 40 et elle était sans nouvelles de Ramouter depuis qu'il était parti interroger Lincoln Okafor et Derrick Sullivan.

– J'ai besoin qu'il me sorte le profil du genre d'individu qui… qui croirait assez aux exorcismes pour tuer deux personnes. Mes indices me conduisent à des impasses et mon unique témoin est dans le coma.

– Attends, tu parles de deux victimes d'assassinat, releva Pellacia.

Henley lui détailla l'enquête concernant Charlie Jensen. Il enfouit sa tête dans ses mains et lâcha un gémissement bas.

– Je sais que tu n'as vraiment pas envie d'entendre ça mais, si Jensen est bien la victime numéro trois, ça signifie qu'il y a une forte probabilité pour que d'autres personnes soient en danger. Si ça se trouve, en ce moment même, quelqu'un est enfermé contre son gré et des cinglés essaient d'exorciser ses démons. Je ne peux prouver qu'une seule chose, c'est que Caleb Annan est impliqué.

– Qu'il soit impliqué dans ces meurtres ne signifie pas que tu peux négliger l'enquête sur son propre assassinat, remarqua Pellacia.

– Je ne ferais pas une chose pareille, affirma Henley, et tu le sais. Mes sentiments personnels n'ont rien à voir avec cette affaire.

– Tant mieux, parce que je dois voir Laura Halifax dans une heure.

L'inspectrice se redressa sur sa chaise et regarda avec plus d'attention un Pellacia étonnamment frais pour un mercredi à 17 h 45.

– Pourquoi est-ce que tu dois la voir, exactement ?

– Pour limiter les dégâts, répondit-il. Il se mit à ranger les papiers sur son bureau.

– Limiter les dégâts t'oblige à te raser dans les toilettes des messieurs et à t'asperger d'après-rasage ?

– Non, mais ça m'oblige à faire mon possible pour mettre un terme aux plaintes que reçoit Laura sur la manière dont nous conduisons cette enquête et laissons la presse persécuter Annan.

– J'enquête sur un meurtre. Qu'est-ce qu'ils veulent ? Que je leur envoie un sondage de satisfaction et un bon d'achat de cinquante livres sur Amazon ?

– Ne sois pas sarcastique, contente-toi de faire ton boulot. En parlant de ça, est-ce qu'Eastwood a retrouvé le gamin qui s'était introduit dans l'appartement d'Hadlow ?

– Oui, dit Henley. Il admet avoir fracturé la serrure, mais il n'est pas entré à cause de l'odeur. Il dit avoir vomi dans l'escalier, tellement ça puait.

– Et l'enquête sur Annan ? Il nous faut un suspect viable, et nous savons tous les deux qu'Uliana Piontek n'a rien à faire sur cette liste-là.

– Vrai, mais, tactiquement, il est peut-être préférable de la laisser sur la sellette.

– En quoi est-ce que c'est préférable ?

– Ça donnera au véritable assassin un sentiment de sécurité factice, si bien qu'il pourra faire des erreurs.

– Alors, éclaire-moi. C'est qui le véritable assassin ?

– Tout désigne Serena. Sa bonne, Dalisay, est revenue sur ses déclarations : elle affirme maintenant que Serena n'était pas chez elle le soir où Caleb a été assassiné.

– Est-ce qu'elle dit la vérité ?

– Je ne l'ai pas soumise à un détecteur de mensonges, admit Henley, toujours sarcastique.

– C'était une simple question.

– J'aurais voulu que tu la voies. Elle doit supporter un tas de choses dans cette maison, et il lui a fallu beaucoup de courage pour venir me trouver.

– Mais est-ce qu'elle dit la vérité ? demanda à nouveau Pellacia.

– Je ne vois aucune raison pour qu'elle mente. L'alibi de Serena est merdique et Uliana dit l'avoir vue sur la scène de crime.

Il lâcha un rire amusé.

– Je suis sûr que ça te plaît beaucoup, ça.

– Que quoi me plaît ? Je t'obéis, renvoya l'inspectrice en se levant. Je fais mon travail. Alors, tu peux dire à ton « amie » Lorraine…

– Elle s'appelle Laura Halifax.

– Qu'importe, rétorqua Henley, consciente d'être irascible. Dis à ta copine députée qu'il serait sans doute dans son intérêt de prendre ses distances avec Serena, car faire mon travail risque de me conduire à l'arrêter pour meurtre, et sans doute devant ses potes de l'église.

Elle se leva, heureuse que le téléphone de Pellacia choisisse ce moment pour sonner.

– Je vais appeler Mark. Lui dire de commencer à travailler sur les profils.

– C'est Ezra, annonça le surintendant en décrochant l'appareil.

Henley le vit articuler sans bruit « *Reste là* », aussi attendit-elle.

– Oui, elle est là, dit Pellacia. Qu'est-ce qui ne va pas ?

– Qu'est-ce qu'il y a ? demanda-t-elle alors qu'une anxiété familière lui picotait la peau.

– Je ne sais pas si c'est bon ou mauvais.

– Tout ce que je sais c'est qu'à voir ta tête, mon travail est sur le point de devenir plus difficile.

La photo d'un nouveau-né emplissait l'écran du vidéoprojecteur fixé au mur. Les yeux du bébé étaient à peine ouverts. Un bonnet rayé gris et blanc, tout juste assez grand pour sa tête, plaquait sur son front une myriade de boucles brunes.

– Où as-tu trouvé ça ? demanda Henley à Ezra, assis sur le bureau inoccupé près de l'écran.

– Annan, répondit l'informaticien. J'étais en train d'explorer son *cloud*. Il l'avait effacé mais…

– On sait, dit Eastwood. Rien n'est jamais effacé.

– Exactement. Il y a deux autres photos du petit, reçues et jetées à la corbeille le même jour.

Henley eut l'impression qu'on lui lâchait une pierre dans l'estomac quand Ezra fit apparaître l'image d'un bébé endormi dans un couffin, puis celle d'Alyssa Hadlow avec son enfant dans les bras.

– Est-ce que tu peux mettre les trois photos sur le tableau ? demanda-t-elle en s'approchant de l'écran.

– Sans problème.

– C'est un garçon ou une fille ? demanda Eastwood.

– Je n'en suis pas trop sûre, répondit Henley. La première photo est clairement celle d'un nouveau-né. Tu peux déterminer quand elles ont été prises, Ezra ?

– Je m'apprêtais à te le dire. La première et celle avec Hadlow datent de cinq semaines, celle du bébé dans son couffin de seulement quinze jours.

– Quinze jours ? Tu en es certain ? demanda l'inspectrice, haussant le ton.

– À cent pour cent. Par contre, je n'ai pas trouvé qui les a envoyées, répondit Ezra avec un soupçon de déception.

– Tu es sûr de ne pas pouvoir déterminer un emplacement ou un expéditeur ? demanda Pellacia, posté près de la fenêtre.

– Hé, patron, je venais de dénicher les photos quand tu m'as ordonné de descendre ici. Je te préviendrai dès que j'aurai autre chose.

– Merci, Ez, dit Henley, alors que l'informaticien reprenait son ordinateur portable et quittait la pièce.

– Je n'engueulais pas Ezra, affirma Pellacia, ennuyé. Il fait vraiment du bon boulot.

– Eh bien, pense à le lui dire avant de partir retrouver ta Laura, lâcha Henley en lui tournant le dos. Dis-lui aussi de rentrer chez lui.

– Je m'en occupe tout de suite. Bordel de merde, j'espérais vraiment qu'il n'y avait pas de bébé.

– Il faut qu'on publie ces photos et qu'on organise une conférence de presse. Je le ferai hors de la SCU et dans cette putain de neige si j'y suis obligée.

– Fais ce que tu dois faire. Moi, je m'occupe d'obtenir l'argent pour Mark, dit Pellacia en retournant dans son bureau.

– La personne qui a envoyé cette photo à Caleb Annan détient le bébé d'Hadlow, dit Eastwood. C'est sûrement un des deux individus non identifiés qui accompagnaient le pasteur dans la chambre de Brandon Whittaker.

– Et qui ont aussi tué Jensen et Hadlow, ajouta Henley.

– L'enlèvement a eu lieu il y a quoi ? Trois ou quatre semaines ? Ça ne nous aide pas pour lancer une enquête sur un bébé disparu. Tout a pu arriver : ils ont pu quitter le pays ou se débarrasser du gamin.

– Non, dit Henley en regardant à nouveau les images sur le grand écran. Regarde la photo la plus récente. Il est bien soigné.

– Tu crois que ceux qui le détiennent savent que Caleb est peut-être le père ? demanda Eastwood.

– Aucune idée. Il ont pu lui envoyer la photo uniquement parce qu'ils étaient tous impliqués, mais tu as raison, Eastie. Le temps ne joue pas en notre faveur, et qui sait comment l'assassinat de Caleb a pu influencer leur prise de décision. Je vais aussi contacter la presse. On a besoin de lancer un appel urgent, à présent qu'on a les photos.

– Vois le bon côté des choses. À tout le moins, maintenant, on est sûrs qu'il y a un bébé et que quelqu'un s'en occupe – même si c'est l'assassin de sa mère.

– J'ai déjà envoyé les informations mises à jour au service de presse, et j'ai confirmé les dispositions pour la conférence. Vous devriez rentrer chez vous, toutes les deux, dit Pellacia en quittant son bureau. La journée a été assez longue.

Henley consulta la pendule. Il était presque 18 h 30 : elle aurait eu tout à fait le droit d'emballer ses affaires et de rentrer chez elle, mais l'image de Brandon Whittaker sur son lit d'hôpital ne cessait de lui revenir en tête.

– Je vais rendre visite aux parents de Whittaker, annonça-t-elle en prenant son blouson. Je ne peux pas rentrer chez moi sans avoir rien fait. Brandon Whittaker est la clef de toute cette affaire. Il n'est pas allé dans cette église de son propre chef, et ses parents doivent savoir des choses intéressantes. Ramouter n'est pas rentré, mais il n'y a aucune raison que je n'aille pas les voir toute seule.

– Tu pourrais les arrêter pour obstruction au cours de la justice, dit Pellacia. Tu leur as laissé assez de temps.

– Je t'accompagne, si tu veux, proposa Eastwood. Tout ce que j'ai prévu, c'est d'aller me chercher un plat à emporter.

– Tu es sûre ?

– Et comment ! Je doute d'avoir de l'appétit, de toute façon, en pensant à ce pauvre bébé. Et puis je veux voir à quoi ressemblent ces Whittaker.

# 54

Henley consulta son téléphone. Dans son dernier sms, envoyé à 15 h 46, Ramouter disait partir rendre visite à Derrick Sullivan. Ses messages WhatsApp s'ornaient encore de deux coches grises et il n'avait pas répondu à ses messages vocaux.

– Comment est-ce qu'on fait ? demanda Eastwood pendant qu'Henley frappait à la porte. On se la joue gentils flics ou on les traîne par les pieds pendant qu'ils se débattent en hurlant ? Je sais déjà que je ne les aime pas beaucoup, alors je serai ravie de les arracher à leur petit intérieur.

– Et si on voyait comment ça tourne ? On écoute ce qu'ils ont à dire pour se justifier et, s'ils commencent à nous sortir des conneries, on les embarque.

Une silhouette déformée apparut derrière le verre dépoli jaune. Quand la porte d'entrée s'ouvrit, Eastwood s'employait à ajuster la lanière autour de son cou et à essuyer des miettes de sa bouche.

Un homme d'âge moyen se tenait sur le seuil, si grand qu'Henley dut lever les yeux pour croiser les siens. Il donnait l'impression d'avoir perdu beaucoup de poids en peu de temps. Le col de son pull pendait, exposant une peau molle et plissée.

– Vous êtes Patrick Whittaker ? demanda l'inspectrice en levant sa carte professionnelle. Elle n'avait pas la patience de faire preuve de courtoisie.

– Oui. Qu'est-ce que vous voulez ?

– Inspectrice détective Henley de la brigade des crimes en série. Nous avons besoin de vous parler de votre fils, Brandon.

– Inspectrice Henley, dit-il, Vous auriez pu téléphoner avant de venir.

Henley se mordit la langue, un instant déstabilisée par la brutalité du ton.

– Votre femme vous a-t-elle dit que nous étions venus la voir ?

– Oui, avec un certain AD Ramouter. (Whittaker baissa les yeux sur Eastwood comme s'il s'agissait d'un crachat qu'il venait d'expectorer.) Et vous êtes ?

– L'AD Eastwood. Vous pourriez peut-être nous laisser entrer. Il fait froid.

Il s'écarta sans un mot. Une petite valise était posée dans l'entrée. Une odeur âcre de légumes brûlés s'attardait dans l'air. Marcia Whittaker se tenait au bas d'un escalier, nerveuse, les mains serrées sur la rampe, les yeux rouges et gonflés, le visage dépourvu de maquillage, en un contraste absolu avec l'aspect qu'elle présentait lorsque Henley l'avait rencontrée pour la première fois.

– Par ici, je vous prie, dit Whittaker en introduisant ses deux visiteuses dans le salon. Elles prirent place sur un canapé en cuir ayant perdu depuis longtemps son élasticité. Rien dans cette maison ne suggérait qu'elle fût habitée par des fanatiques religieux. La bibliothèque débordait de livres et de DVD. Henley remarqua un parfum d'eau stagnante provenant du vase posé sur une desserte, dans lequel un bouquet de fleurs achevait de faner. Whittaker annexa un fauteuil, tandis que sa femme demeurait sur le seuil, hésitante. Eastwood donna un coup de coude à sa collègue quand le mari leva la main et claqua des doigts, moment auquel Marcia entra et s'assit près de lui. Henley se força à ne pas commenter ce qu'elle venait d'observer.

– Votre fille Amy et votre femme nous ont dit que vous étiez absent la semaine dernière, commença-t-elle. Où étiez-vous ?

– En Suède.

– Quand êtes-vous rentré ?

– Vendredi, mais je ne vois vraiment pas ce que mes déplacements pour mon travail ont à voir avec mon fils.

– Désirez-vous une tasse de thé ou de café ? Marcia Whittaker parlait si bas qu'on l'entendait à peine.

– Non, dit l'inspectrice en souriant. Mais merci de la proposition.

– Donc vous êtes ici à propos de Brandon, intervint Whittaker, ramenant sur lui l'attention générale.

– C'est votre plus jeune enfant, n'est-ce pas ? demanda Henley.

– Oui.

– Les parents sont en général plus protecteurs envers leur petit dernier. Vous devez avoir éprouvé un choc quand vous avez appris ce qui lui est arrivé.

– Évidemment.

Il n'y eut aucune chaleur, aucune reconnaissance, aucune trace d'amour, même vague, sur le visage de Marcia quand son mari lui prit la main en un geste mécanique.

– Quand avez-vous vu votre fils pour la dernière fois ? demanda Henley.

– La veille de son départ pour ses vacances à vélo.

– Vous vous rappelez quel jour exactement il est parti ?

– Non, je ne me rappelle pas.

– Bien. La dernière fois que vous l'avez vu, était-ce le matin ou le soir ?

Henley surprit le regard que Whittaker lança à sa femme, laquelle baissa vivement les yeux. Ce regard disait : *Qu'est-ce que tu leur as raconté, bordel ? Ce n'était pas prévu comme ça.*

– Le soir, je crois, dit-il. Je ne me rappelle pas.

– Brandon vous a-t-il appelés pendant ses vacances ? Juste pour vous dire qu'il allait bien ? demanda Henley.

– Il a passé quelques coups de fil à sa mère. N'est-ce pas, Marcia ?

– Oui, oui, c'est ça, se hâta de répondre l'interpellée.

– Donc, vous, vous ne lui avez pas parlé, monsieur Whittaker ? interrogea l'inspectrice de manière appuyée.

– Vous savez ce que c'est. Les mères et leur fils, répondit-il avec un sourire plus proche d'une grimace.

– Je n'imagine pas votre choc quand vous avez découvert l'état de Brandon et le fait qu'il se trouvait à l'hôpital.

– Bien sûr que j'ai été choqué. Je le croyais parti pratiquer son sport favori.

– Mais vous n'avez pas écourté votre voyage quand vous vous avez su qu'il avait failli mourir et qu'il était interné à Lewisham Hospital ?

Whittaker se pencha en avant et appuya le menton sur ses mains jointes.

– Écoutez, inspectrice, dit-il. Mon fils a vingt-trois ans. C'est un adulte. Nos rapports sont tendus. Nous ne le tenons pas à l'œil, et sa mère… (Il considéra Marcia avec ce qui ne pouvait être décrit que comme du dégoût.) Sa mère est un peu aveugle face à ses problèmes…

– Des problèmes ? répéta Henley. Vous parlez de sa santé mentale ?

– Il n'a pas de troubles mentaux. Il a des problèmes de confiance en lui, des angoisses, il est trop gâté et il manque de discipline, mais ce n'est pas un malade mental.

– Êtes-vous allée voir votre fils, Marcia ? s'enquit Eastwood.

– Non, nous ne l'avons pas vu, répondit Patrick Whittaker. Nous irons le voir demain. Il est dans le South London, c'est loin d'ici, et, compte tenu des horaires de visites restrictifs, il ne servirait pas à grand-chose de nous précipiter. Mais j'ai cru comprendre qu'il était très bien soigné.

– Amy est allée à l'hôpital tous les jours depuis qu'elle a vu le visage de son frère dans le journal, dit encore Eastwood. Elle est extrêmement dévouée.

– Tous les jours, répéta la mère du blessé, les joues inondées de larmes.

– Marcia, lui reprocha sèchement son mari.

Il lui tenait toujours la main et Henley aurait juré l'avoir vue faire la grimace.

– Avez-vous l'un ou l'autre parlé avec votre fille ? demanda-t-elle.

– Non, nous ne lui avons pas parlé, répliqua Whittaker. La vie d'Amy entre en conflit direct avec nos croyances. Elle n'a absolument aucun respect pour nous.

– Amy dit vous avoir laissé des messages, Marcia, reprit Henley. Les avez-vous lus ?

La réponse fut négative mais l'inspectrice sut qu'il s'agissait d'un mensonge. Aucune mère n'ignorerait son enfant dans la détresse.

– Votre fils a été trouvé à Deptford, dans l'église d'Annan le Prophète, dont vous êtes tous les deux membres actifs, reprit-elle sur un ton dur.

– Oui, en effet, dit Whittaker, mais notre église se trouve à East Acton. Nous ne savions même pas qu'il y avait une branche à… Où dites-vous ?

– Deptford, répondit Henley, qui commençait à s'agacer.

– Je ne vois pas ce que Brandon serait allé faire là-bas, mais, comme je disais, nos rapports sont tendus, et il ne nous dit pas toujours la vérité. Ce n'est pas la première fois qu'il nous fait le coup de disparaître.

Elle tenta de ne pas répliquer. Marcia montrait à tout le moins un peu d'émotion, alors que son mari traitait la situation de leur fils comme une contrariété. Rob aurait remué ciel et terre si quelqu'un avait blessé leur fille, et il aurait trouvé Henley à son côté. Elle détestait ces moments qui la conduisaient à se demander si, en conservant son travail, elle ne faisait pas du mal à Emma.

– Votre femme et vous pensiez Brandon parti en excursion cycliste en Italie ?

– Exact, dit Patrick Whittaker. Il est très souvent parti sans prévenir.

– Il vous a prévenus, corrigea Henley. Vous affirmiez tout à l'heure lui avoir dit au revoir.

– Je veux dire qu'il a souvent changé de projet sans nous en avertir, répliqua-t-il avec assurance. Je peux vous montrer sa chambre : vous constaterez son obsession.

– Allons-y, accepta Henley en se levant. J'aimerais beaucoup me faire une idée de qui est votre fils.

– Ne vous inquiétez pas, madame Whittaker, dit Eastwood devant l'expression préoccupée de Marcia. Avec moi, vous êtes en de bonnes mains.

– Vous allez bien ? demanda-t-elle, alors que son hôtesse restait vissée à son siège comme si elle avait peur de bouger.

– J'aime mon fils, chuchota Marcia.

– Personne n'a dit le contraire.

– Tout ce qu'on veut, c'est protéger ses enfants. On veut qu'ils s'épanouissent. Pas qu'ils souffrent.

– Vous saviez que Brandon souffrait ?

– Non, non, si je l'avais su, alors… (Elle cessa de parler comme si elle venait de réaliser qu'Eastwood était dans la pièce.) Est-ce que vous l'avez vu ? Mon fils ?

– Non, mais l'inspectrice Henley l'a vu. Vous savez que c'est elle qui l'a trouvé. Il serait mort, sinon.

Marcia tira de sa poche un mouchoir taché de maquillage et se moucha.

– Vous voulez bien la remercier pour moi ?

– Bien sûr.

Eastwood, laissant sangloter la mère éplorée, explora la pièce des yeux. Elle n'y vit pas une seule photo d'Amy ni de Brandon.

Henley pénétra dans une grande chambre à coucher. Le lit soutenait un matelas nu et les rideaux étaient fermés. Un vélo sans roues reposait dans un angle, près d'un placard empli d'accessoires de cyclisme

– Qu'étudiait Brandon à l'université ? demanda-t-elle en parcourant les titres des livres posés sur le bureau.

– Conception et développement de médias digitaux, répondit Whittaker. Il avait obtenu une mention très bien, et il venait d'entamer son master.

L'inspectrice entendit sa fierté de père dans sa voix tandis qu'elle explorait la chambre.

– Pourquoi Brandon a-t-il décidé de partir à vélo s'il venait d'entamer son master ?

– Je crois que vous en avez vu assez. Il a d'autres vélos et un tas d'équipements dans l'appentis.

Whittaker sortit dans le couloir et éteignit la lumière de la chambre.

– On a fait du mal à votre fils, dit Henley en le rejoignant. On l'a emmené dans cette église, on l'a attaché sur un lit, on l'a battu, on lui a versé tellement d'eau dans la gorge qu'il a failli se noyer, et on lui a brûlé les pieds.

– Je ne… Je ne savais pas, dit-il en s'écartant. Et je ne vois pas pourquoi on aurait fait ça.

– Qu'est-ce que vous ne saviez pas ? Que Brandon avait été battu, qu'on avait essayé de le noyer ou qu'on l'avait brûlé ? Hein, quoi ?

Henley vit clairement la détresse s'inscrire sur le visage de Whittaker. La détresse d'un père venant de réaliser à quelle torture son enfant avait été soumis. Il retira ses lunettes et se frotta les yeux.

– Marcia ne vous a pas dit que Brandon est gravement blessé ? Elle ne vous a pas dit qu'il est dans le coma, qu'il se bat pour sa vie ?

– Arrêtez, dit-il, à voix basse mais sur un ton clairement menaçant.

– Je n'arrêterai pas. Brandon a failli mourir. Il pourrait *encore* mourir, dit Henley sans se soucier de masquer sa colère. Votre fils avait des problèmes mentaux et il avait besoin d'aide.

– Arrêtez, répéta-t-il en levant la main. (Elle recula d'un pas, les poings serrés à ses côtés.) Amy a dû vous dire que nous pensions Brandon possédé par un démon, ajouta-t-il sèchement.

– Oui, tout à fait.

– Je n'en suis pas surpris. Elle vous a dit aussi que nous avions coupé les ponts avec elle parce qu'elle nous a volés ? Je ne crois pas. (Il descendit l'escalier, ne laissant à Henley d'autre choix que de le suivre.) Il y a autre chose ?

– Quand irez-vous voir votre fils ? Nous pourrions vous retrouver là-bas ?

Eastwood lui adressa un regard consterné en suivant Marcia dans le couloir.

– Nous irons à l'hôpital demain, affirma Whittaker en faisant signe à sa femme d'ouvrir la porte d'entrée.

– Bien. Je demanderai à un technicien de vous y attendre. Nous aurons besoin de votre ADN et de vos empreintes.

– Pourquoi diable ?

Sans se préoccuper de répondre, Henley suivit sa collègue dehors. Marcia referma la porte derrière elles.

– Non, mais quel parfait connard, dit Eastwood en s'avançant d'un pas furieux dans l'allée. Tu as vu les conneries qu'il…

– Chut, fit Henley. Un doigt sur sa bouche, elle se posta sur le côté de la porte d'entrée.

– *Qu'est-ce qu'il y a ?* demanda Eastwood, remuant les lèvres sans bruit. Elle se posta au côté de l'inspectrice et ouvrit les oreilles. Toutes les deux entendirent la voix hystérique de Marcia :

– Elle sait, Patrick. Cette détective sait tout.

Comme les deux policières s'éloignaient enfin de la porte et rejoignaient leur voiture en pataugeant dans la neige, Eastwood demanda à Henley :

– Qu'est-ce qu'elle voulait dire, à ton avis, par « Elle sait tout » ?

– Que je sais qu'ils mentent sur toute la ligne. Je sais que Patrick et Marcia n'ignoraient nullement où leur fils était détenu. Caleb Annan et ses assistants avaient leur consentement.

– Nous savons déjà que le pasteur était impliqué. Tu crois qu'ils connaissent les deux autres ?

Henley se rappela l'expression de Whittaker quand elle l'avait interrogé sur les brûlures aux pieds de son fils : douleur, surprise et sentiment d'échec.

– S'ils les connaissaient… En fait, oublie ça, Marcia ne fait que suivre les instructions de son mari. Et je crois que lui l'aurait dit, s'il les avait connus.

– Tu le crois vraiment ? demanda Eastwood

– Oui, tout à fait, répondit Henley en chassant des flocons de neige de ses yeux. Patrick Whittaker ne me paraît pas être du genre à assumer la moindre responsabilité. S'il trouve quelqu'un à accuser, il n'hésitera pas. Avec nous, il a essayé d'accuser son fils de sa propre disparition.

– Pas faux. Il a surtout envie de se couvrir.

– Exactement. Il faut que Brandon reprenne conscience. Il n'y a que lui qui puisse nous parler de l'homme et de la femme qui se trouvaient avec Caleb.

# 55

Ramouter appuya la tête contre le volant tandis que le moteur de la voiture s'éteignait. Son cœur battait rapidement et il sentait l'acide lactique s'accumuler dans ses jambes. Durant son voyage de quatre heures, il avait imaginé tous les scénarios possibles. Peut-être Michelle avait-elle perdu son téléphone, ou bien elle s'était trompée de bus. Chaque fois que son propre téléphone avait sonné, il avait prié que ce soit elle. Il avait failli à deux reprises emboutir une autre voiture quand s'étaient imposées à lui des images du cadavre de sa femme flottant dans les eaux glaciales du Bradford Beck.

– Allez. Un peu de calme.

Il ouvrit une bouteille d'eau, s'aspergea le visage, et combattit ses larmes en se rappelant la force des larmes d'Ethan quand il l'avait appelé. Nul ne lui avait dit que sa maman perdait peu à peu la mémoire et qu'il y aurait sans doute un jour où elle ne se souviendrait plus de lui. Tout ce qu'il savait, c'était qu'elle n'était pas venue le chercher à l'école et qu'elle n'était pas rentrée à la maison.

– Elle nous a donné son nom de jeune fille, expliqua le sergent Boulton en guidant le visiteur dans les couloirs familiers du poste de police de Manningham.

– Elle n'avait pas ses papiers ? demanda Ramouter lorsqu'ils s'arrêtèrent devant la porte du quartier des gardes à vue. (Il appuya automatiquement sa carte professionnelle contre le pavé de sécurité, et le voyant rouge clignota.) Pardon, je n'ai pas réfléchi, dit-il, laissant Boulton appuyer à son tour avec sa propre carte, ce qui ouvrit la porte.

– La force de l'habitude. Ne t'en fais pas pour ça. Et, pour répondre à ta question, non, elle n'avait pas de papiers, pas de sac à main, pas de téléphone. Rien sur elle en dehors de ses fringues.

– L'agent auquel j'ai parlé dit qu'elle s'est introduite dans la maison par effraction.

– Légère exagération. Elle a ouvert avec une clef. Il semble qu'elle ait eu un double, dit Boulton comme ils entraient dans le quartier des gardes à vue, inhabituellement tranquille pour un mardi soir à 23 h 35. Un unique sergent, assis au bureau, mangeait un *fish & chips* tandis que la radio branchée sur une station sportive résonnait en fond sonore.

– Oh, merde. On cachait un double sous un des pots de fleurs du jardin. Je ne sais pas comment elle a pu s'en souvenir.

– Le cerveau est un truc bizarre. Donc, si j'ai bien compris, elle a utilisé le double en question, et on l'a trouvée dans la cuisine, en train de se plaindre que tout avait changé de place.

– Où est-elle ? demanda Ramouter en scrutant les écrans de surveillance qui montraient les trois cellules vides en général réservées aux femmes.

– Je l'ai installée dans une des salles de consultation. Elle était visiblement bouleversée d'avoir été arrêtée et elle refusait qu'on l'interroge. Tu as du pot que je sois arrivé pour prendre mon service.

– Elle ne va pas bien, dit-il tristement.

– Le mieux que je puisse faire pour l'instant, c'est la mettre en liberté surveillée, et demander aux collègues qui l'ont arrêtée de dire un mot aux nouveaux propriétaires. Tu sais ce que c'est, parfois, les gens en liberté surveillée disparaissent. Laisse-moi juste cinq minutes pour commencer à remplir ses papiers de sortie.

Ramouter regarda par le judas de la salle de consultation. Michelle, assise devant un sandwich tomate-fromage entamé posé sur la table, nerveuse, semblait avoir perdu du poids depuis leur dernière rencontre. Il tenta de ravaler la douleur qui lui torturait la poitrine, peu habitué à la voir aussi anxieuse et aussi minuscule. Même quand elle avait appris qu'elle souffrait de démence précoce, elle avait réagi par une acceptation tranquille, en se disant qu'elle avait peut-être sauvé leur fils de la maladie

– Mich, dit Ramouter en ouvrant la porte et en pénétrant dans la petite chambre surchauffée.

– Oh, Salim. Pardon. Je suis vraiment désolée, dit-elle en se laissant glisser le long du banc pour venir vers lui.

– Pourquoi t'excuses-tu ? demanda-t-il. (Il l'aida à se mettre debout et l'attira à lui.) Ce n'est pas ta faute, chérie.

– Bien sûr que si, c'est ma faute. Je croyais que j'allais mieux, voire que j'allais bien, mais... Comment est-ce que j'ai pu l'oublier ? Comment est-ce que j'ai pu oublier mon bébé ?

– Tu ne l'as pas fait exprès, dit Ramouter en la serrant contre lui. C'était seulement... Ce ne sera pas comme ça tous les jours.

– Sauf qu'un jour ce sera comme ça tous les jours. (Les larmes de Michelle redoublèrent.) Je ne comprends pas ce qui s'est passé. Vraiment pas. Je veux juste aller à la maison. Est-ce que je peux aller à la maison, s'il te plaît ?

Quelle maison ? Voilà la question que Ramouter avait envie de poser. Retourner chez Pamela, aller dans leur ancien domicile de Bradford, ou bien à Londres ?

– Viens, Mich, partons, dit-il sur un ton chargé d'une assurance factice. Tu te sentiras mieux après une douche et une bonne nuit de sommeil.

– Mais je n'irai pas mieux demain matin, dit-elle, la voix tendue, alourdie de chagrin. Je n'irai *jamais* mieux.

Les mots manquaient à Ramouter. Leurs vies auraient dû être simples. Ils avaient tout fait dans l'ordre. Ils s'étaient rencontrés, étaient tombés amoureux, s'étaient mariés et avaient eu un enfant. Ils avaient conçu des projets normaux. Choisir un endroit où vivre en tant que famille aurait dû être facile, mais Ramouter craignait de ne plus pouvoir prendre que de mauvaises décisions, désormais. Il ne pouvait pourtant pas dire à Michelle qu'il ignorait où était le bon choix, qu'il ne savait absolument pas quoi faire, et qu'il éprouvait un sentiment d'échec.

# 56

*Je n'irai jamais mieux.*

Ramouter s'éveilla avec les paroles de Michelle résonnant à ses oreilles – et que la maladie dût empirer était une implacable vérité. Quand il ouvrit les yeux dans une chambre inconnue, il constata que son oreiller était froid et humide, et se demanda s'il était possible de pleurer pendant le sommeil. Il s'assit sur son lit, las, et son téléphone portable bipa, annonçant l'arrivée d'un sms. Il n'avait pas besoin de regarder pour savoir que c'était Henley, répondant à son message antérieur dans lequel il prétextait une gastro pour ne pas venir travailler.

**Sans blague ? Tu as quel âge ? 12 ans ? APPELLE-MOI !**

Ramouter, laissant le message sans réponse, posa son téléphone au milieu du duvet froissé en voyant sa femme debout au seuil de la chambre d'amis. Il comprenait pourquoi Pamela l'avait traité en ennemi, comme s'il était responsable de la disparition de Michelle, quand elle l'avait fait entrer dans cette chambre à une heure du matin. Il avait vu l'accusation dans ses yeux : rien de tel ne se serait produit s'il n'avait pas abandonné sa femme. Ramouter avait tenté de se convaincre que Michelle se serait perdue même s'ils avaient habité ailleurs.

– Je suis désolée, Sal, je suis vraiment désolée, dit-elle en avançant d'un pas timide vers le lit.

– Je n'arrête pas de te répéter que tu n'as pas à t'excuser, dit Ramouter. Ce n'est pas ta faute.

– Bien sûr que si. J'ai cru que j'allais bien. Que tout redevenait normal et que, peut-être, les médecins avaient fait une erreur.

– Ne t'accable pas, Michelle.

Il la prit dans ses bras et la serra. Tout en elle lui était familier. Il sentit l'angoisse qui la torturait dans sa manière de remonter les épaules vers les oreilles.

– Viens t'asseoir.

– Pamela dit que c'est toi qui as emmené Ethan à l'école ? reprit-elle en baissant les yeux sur ses mains.

– Elle n'a pas eu trop le choix. C'est mon fils, répondit-il. Il ne parvenait pas à masquer sa rancœur envers sa belle-sœur.

– Tu lui as probablement fait très plaisir, à Ethan.

– Je lui ai promis qu'on passerait le chercher plus tard.

– Ce n'est peut-être pas une bonne idée. Tu imagines ce que les autres parents disent de moi ? Regardez-la, la cinglée qui abandonne son fils au milieu de la cour de récréation en plein hiver.

– Personne ne dira ça, assura-t-il, bien qu'il n'en eût pas été tout à fait certain quand il était arrivé avec Ethan devant les portes de l'école et avait surpris les regards de certains parents. Je serai avec toi, Mich. Il ne se passera rien du tout.

Michelle secoua la tête et se mit à pleurer.

– Tu n'en sais rien. Regarde ce qui est arrivé hier. Je me suis retrouvée au poste.

Ramouter poussa un profond soupir. Il ne voulait pas dire que ç'aurait pu être encore pire, qu'elle aurait pu finir morte de froid dans un terrain vague après s'être perdue.

– Ils n'auraient pas dû t'arrêter. Ils auraient dû voir que quelque chose n'allait pas, que tu n'étais pas…

– Tu peux le dire, dit Michelle. Je ne vais pas bien, Salim. Et ça va empirer.

– Mais peut-être pas avant des années, et, pour être franc, je ne crois pas que rester au milieu de nulle part avec ta sœur t'aide beaucoup.

– Ne sois pas fâché contre elle. Elle fait de son mieux. Elle s'occupe d'Ethan et moi.

– Ce n'est pas sa responsabilité. C'est moi qui suis censé m'occuper de toi et de notre fils. Il est déjà assez pénible que ta famille croie que je t'ai abandonnée pour aller me baguenauder à Londres.

– Personne ne dit ça.

– Bien sûr que si, répliqua Ramouter, solennel. J'aurais dû tout laisser tomber après que…

– Tu n'aurais pas été heureux si tu avais renoncé, le coupa Michelle, lisant dans ses pensées.

– Ce n'est pas la question. J'ai mal ordonné mes priorités et j'ai laissé d'autres personnes prendre les commandes.

– Tu parles de ma sœur. Elle a de bonnes intentions.

– Avoir de bonnes intentions ne suffit pas. Regarde nous.

– Je ne sais pas quoi faire, dit Michelle. Ce n'est pas comme si je m'étais cassé une jambe qui allait se ressouder. Ce qu'on peut espérer de mieux, c'est que les médicaments retardent l'échéance, mais, à un moment, je vais me perdre complètement.

– Qu'est-ce que tu veux, Mich ? demanda Ramouter. (Il se rendait soudain compte que des décisions avaient été prises autour d'elle, pour elle, mais que personne ne lui avait jamais demandé ce qu'elle souhaitait.) Je ferai ce que tu estimeras préférable. Il n'est plus question de moi. Il n'aurait jamais dû être question de moi.

– On ne sait pas combien de temps il faudra à la maladie pour prendre le dessus, dit Michelle. On devrait passer autant de temps que possible ensemble, mais pas ici.

– Qu'est-ce que tu veux dire ? demanda Ramouter. (Son téléphone sonna dans sa main. Le nom d'Henley clignotait sur l'écran.) Tu veux venir à Londres avec moi ?

– Peut-être… Je ne suis pas sûre. Je sais qu'Ethan et toi êtes toute ma vie, mais c'est tout. Est-ce que ça aggravera le problème ?

Ramouter tentait de trouver la bonne réponse quand son téléphone sonna une deuxième fois.

– Tu ne peux pas continuer à l'éviter, remarqua Michelle en le voyant refuser l'appel. Et tu ne peux pas rester ici éternellement.

# 57

– J'ai quelque chose, boss, s'écria Eastwood.

– Quoi ? lança Henley en cessant d'attendre que Ramouter lui réponde. Les raisons qu'il avait données de ne pas être à son bureau ni en train de patauger dans les rues du South East London à la recherche d'un meurtrier étaient un gros tas de conneries. Elle avait cru leur partenariat arrivé à un stade où ils partageaient presque les mêmes blessures, où la confiance devait être automatique, et elle aurait été prête à garder tout secret qu'il pouvait détenir. Elle le lui devait. À présent, il lui semblait avoir été repoussée de dix pas en arrière.

– Des vidéos de Brandon Whittaker et Alyssa Hadlow, répondit Eastwood en se frottant les yeux. Caleb Annan était décidément très porté sur la caméra. Le son n'est pas terrible. Il y a des coupures, des sautes, et c'est un peu étouffé.

– Oh, merde, s'exclama Henley quand sa collègue lança la lecture. La luminosité était faible mais on voyait clairement Alyssa Hadlow, secouée de sanglots hystériques, courir vers une porte verrouillée. Un homme entra dans le champ et l'empoigna par les bras.

« *Tiens-la, maintiens-la par terre.* »

Henley resta muette en voyant le ventre distendu d'Alyssa étirer son pull tandis qu'on la forçait à s'allonger sur le sol.

– Ce n'est pas son appartement, remarqua Eastwood. D'après les photos des scènes de crime, on dirait…

– La chambre où j'ai trouvé Brandon Whittaker.

« *Attention au bébé.* »

Une voix de femme. Distordue. Inquiète. Effrayée.

« *Toi qui résides dans le corps d'Alyssa, tu ne peux pas la retenir. Je t'ai dit de la maintenir par terre.* »

– C'est la voix de Caleb Annan, dit Henley en portant la main à son estomac. La nausée s'emparait d'elle.

« *Lâchez-moi. Lâchez-moi. J'ai mal.* »

Elle sentit la colère bouillonner en elle lorsqu'elle entendit la voix tourmentée et terrifiée d'Alyssa Hadlow. Tourmentée et terrifiée.

Un homme mince portant une robe bordeaux foncé arriva en vue, le dos tourné à la caméra, un bol levé au-dessus de la tête. Annan, apparu à son côté, s'agenouilla près d'Alyssa. Henley vit dans sa main la corde rouge dont il commença à entourer les chevilles de la jeune femme.

« *Prie donc le Dieu de Paix d'écraser Satan sous nos pieds, qu'il ne puisse plus retenir des hommes captifs.*

– *Non. Non. Non.* »

Alyssa battit des jambes. Son pied percuta le visage d'Annan qui tomba en arrière. Une paire de bras féminins apparut, le reste du corps restant tout juste hors du cadre. Les manches de chemise relevées montraient des avant-bras blancs, une montre dorée au poignet droit.

– Oh, mon Dieu.

Eastwood secoua la tête quand l'inconnu retourna son bol et que l'eau coula sur le visage d'Alyssa.

« *Nous vous chassons de nous, qui que vous soyez, esprits malsains, puissances sataniques et envahisseurs infernaux.* »

S'emparant d'un autre bol, il le versa sur sa victime qui toussait et crachait.

– Combien de temps est-ce que ça dure ? interrogea Henley, avec lassitude.

– Encore dix minutes et, avant que tu ne le demandes, Alyssa Hadlow et Caleb Annan sont les seules personnes qu'on peut identifier, mais ça confirme que deux autres sont impliquées dans ce… ce truc.

– Est-ce qu'il y a une date sur la vidéo ?

– Pas que j'aie vue. Je suis sûre qu'Ezra pourra déterminer ça mais, a priori, Hadlow était presque à terme.

– Je ne serais pas surprise qu'elle ait accouché peu de temps après. La tension subie…

– Alors, qu'est-ce qu'ils ont fait, ensuite ? Ils l'ont reconduite chez elle et ils ont installé Brandon Whittaker à sa place ? Et qui sont les deux autres ?

– Un autre homme, et une femme qui peut être blanche ou juste avoir la peau assez claire, mais dont on entend clairement la voix. Il y a d'autres films ?

Eastwood hocha la tête en lançant une deuxième vidéo.

– Il y en a d'autres, oui… Pas de ces soi-disant…

Elle s'interrompit.

– Tu peux le dire. Exorcismes.

– Je refuse d'employer ce terme. Ils abusent de gens qui ont des problèmes mentaux mais, quoi qu'il en soit, là, ce sont des entretiens, pas des exorcismes. Caleb Annan y apparaît, mais aussi quelqu'un d'autre, et je suis à peu près sûre que c'est l'homme qui est avec Alyssa dans le premier film.

Henley se pencha en avant tandis qu'apparaissait à l'écran un Brandon Whittaker vautré sur une chaise. Ses lèvres remuaient, mais il n'y avait pas de son, comme s'il ne parlait que pour lui-même.

« *Ne me touchez pas.*

*– Il est toujours comme ça. Il refuse de nous laisser l'aider.* »

Caleb Annan entra dans le champ et s'agenouilla devant Brandon, sur les genoux duquel il déposa une petite bible.

« *Laisse-moi parler à Brandon !*

– *Ne me touchez pas.* »

Le jeune homme jeta la bible à travers la pièce et se leva. La caméra le suivit tandis qu'il remontait l'allée de l'église et retournait à son siège.

« *Est-ce que tu as les médicaments qu'on lui a prescrits ?*

– *J'ai tout, oui. Ses parents continuent de renouveler les ordonnances à la pharmacie, pour préserver les apparences, mais on veille à ce que Brandon ne prenne rien. Même quand il le demande.*

– *Rappelez-vous que ce n'est pas lui qui demande. C'est la voix de ceux qui résident en lui.* »

– Qui est ce type ? demanda Eastwood.

« *Brandon. Viens t'asseoir, s'il te plaît.* »

Brandon alla poser sa chaise au milieu de l'allée et se rassit.

« *Pasteur Annan. J'ai quelque chose à vous dire. J'ai un travail très important à faire et quelque chose à vous dire.* »

Caleb Annan marcha jusqu'à lui et tira une chaise de la rangée voisine. La caméra zooma quand le jeune homme se pencha en avant et déclara sur un ton de conspirateur :

« *La nuit, je regarde mes bras et je vois des araignées courir sous ma peau.*

– *Le diable peut se manifester de bien des manières. C'est pour cela que tu es ici avec nous. Pour que nous t'aidions.*

– *Le diable ? Sans déconner ?* »

Caleb Annan se cala au fond de sa chaise tandis que Brandon éclatait de rire.

« *Et vous croyez que c'est moi qui suis fou ? C'est vous qui êtes fous.* »

– Ma foi, il n'a pas tort, commenta Eastwood en interrompant le déroulement de la vidéo. Je commence à me dire que Brandon Whittaker était la seule personne saine d'esprit dans cette pièce.

– Je suis parfaitement d'accord, acquiesça Henley. Elle tenta d'ordonner la vague d'émotions complexes qui s'abattait sur elle. Elle avait fait ce qu'elle n'était pas censée faire. Créer un lien émotionnel avec l'affaire. Qu'on ait abusé de Brandon Whittaker, Alyssa Hadlow et Charlie Jensen, que leurs troubles mentaux aient été pris pour cible par des individus aux croyances malavisées la mettait en colère. Elle s'efforçait de rationaliser le comportement de Caleb Annan et des autres, mais n'y parvenait qu'à grand-peine car elle ne cessait de penser à son père et à Rhimes, qui avaient tous les deux combattu leurs propres troubles mentaux.

– Donc, on a seulement besoin d'identifier cet homme et cette femme, dit-elle. Les probabilités sont pour nous, vu qu'on dispose de leur ADN, mais on ne sait toujours pas qui ils sont.

– Chaque fois qu'on se rapproche d'un pas, c'est comme si on nous tirait le tapis sous les pieds, remarqua Eastwood. J'ai fait des recherches hier soir : l'année dernière, en Angleterre et au pays de Galles, huit personnes ont été déclarées coupables de séquestration ou de meurtre parce qu'elles procédaient à des exorcismes sur des membres de leur famille.

– Huit, répéta Stanford. Et vous imaginez combien ne se sont pas fait choper ? Je n'arrive pas à croire que des gens fassent ces saloperies à des personnes qu'ils sont censés aimer.

– C'est un jeu de pouvoir pervers, expliqua Eastwood. Un des accusés, pendant son procès, a affirmé avoir reçu l'autorité pour chasser le démon.

– En battant quelqu'un à mort ? renvoya Henley. C'est insensé. Je veux les arrêter avant qu'ils ne tuent encore.

– Tu sais ce qui me rend malade ? intervint Stanford, en pivotant sur sa chaise, devant son ordinateur. La manière dont ils se sont débarrassés des victimes.

– Ils ont littéralement jeté Jensen sur le trottoir comme un sac d'ordures, et laissé Hadlow se putréfier, acquiesça l'inspectrice, amère. C'est une bande d'hypocrites. Ils parlent de sauver les gens mais ils n'ont aucun respect pour la vie humaine.

– Eh bien, j'ai de bonnes nouvelles pour toi, dit Stanford. Le conseil de Lewisham a enfin envoyé les films de surveillance de Deptford Broadway, Harton Street et Vanguard Street.

– Il a pris son temps, soupira Henley. (Elle saisit son manteau et son sac sur son bureau.) Tu peux t'occuper de les visionner ?

– Pas de problème. Où vas-tu ?

– Ezra a réussi à repérer notre mystérieux bloggeur.

– Oh, la vache, dit Stanford. La personne qui a rédigé l'article que j'ai trouvé, et qui disait avoir été victime d'un exorcisme. Elle existe vraiment ?

– Oui, elle s'appelle Rebecca Keeler. Elle travaille dans un refuge pour femmes, à Woolwich. Fais-moi plaisir, Eastie, envoie-moi la vidéo par mail. Je veux voir si cette Rebecca arrive à identifier les voix.

– C'est un gros fichier. Je vais demander à Ezra d'isoler le son et je t'envoie ça, répondit Eastwood.

– Merci. Si Brandon ne se réveille pas, cette femme sera peut-être la seule personne à pouvoir nous apprendre qui sont ces gens.

# 58

Henley arriva devant un bâtiment de briques brunes anonymes à Woolwich, niché entre un gymnase et un lavage de voitures. Aucune enseigne ne signalait qu'il s'agissait d'un foyer pour femmes. Elle appuya sur le bouton de l'interphone.

– Je peux vous aider ? demanda une voix désincarnée dans le haut-parleur.

– Oui, dit la visiteuse en levant sa carte de police devant la caméra de l'interphone. Je suis l'inspectrice détective Henley. Je viens voir Rebecca Keeler.

– Une seconde.

Elle recula et observa la circulation, ainsi que des groupes d'écoliers se dirigeant vers l'arrêt de bus du trottoir d'en face. C'était un quartier passant. La mère d'Henley disait toujours que personne ne cherche jamais dans les endroits les plus évidents. Il est préférable de se cacher en pleine vue.

La serrure bourdonna, et l'inspectrice poussa la porte. Elle pénétra dans un petit couloir aux murs couverts d'affiches énonçant les consignes d'hygiène et de sécurité requises, avec une autre porte de sécurité devant elle. Cela lui rappela les entrées des cellules au tribunal local. Elle se demanda combien d'hommes étaient venus ici chercher leur épouse et avaient réussi à entrer, avant que ne soient prises des mesures de sécurité dignes de ce nom.

Une femme aux cheveux teints en rouge vif apparut derrière la vitre et agita le trousseau de clefs qu'elle tenait en main. Henley recula pour permettre au battant de s'ouvrir.

– Vraiment désolée. On a des soucis avec cette porte. Je crois que c'est le circuit électrique qui déraille. Venez avec moi, je vous prie. Pardon, je ne me suis pas présentée : je suis Rebecca.

– Oh, dit Henley. (Elle observa la peau parfaite du visage de la femme, qui interdisait de deviner son âge, et ses yeux vert vif soulignés par un long trait de crayon noir.) Pardon, je ne voulais pas vous fixer comme ça.

– Je ne suis pas ce que vous attendiez ? demanda Rebecca Keeler avec un sourire. La plupart des gens s'attendent à trouver ici une personne plus âgée et plus abîmée, je crois.

– Je devrais avoir assez de jugeote pour ne pas me fier aux idées reçues, dit l'inspectrice en la suivant le long d'un couloir. Le bâtiment était une véritable ruche : on entendait des voix de femmes discuter par-dessus le son de la télévision, une machine à laver en plein essorage, des pas précipités dans un escalier et une porte qui claquait.

– Je ne vais pas vous déranger très longtemps, assura Henley quand son hôtesse la fit entrer dans un petit bureau. Comme je vous le disais au téléphone, nous vous avons identifiée comme la propriétaire d'un blog rédigé il y a plusieurs années.

– Et, comme je vous le disais, moi, tout est vrai. Je n'ai rien inventé.

Les intonations défensives de la réponse n'échappèrent pas à l'inspectrice.

– Avez-vous parlé à quiconque de ce qui vous est arrivé ?

– Non. Pour être franche, cette période de ma vie est extrêmement brumeuse. Je me débattais avec mes médicaments, et j'étais retournée vivre chez ma mère, ce qui n'est pas la meilleure décision que j'aie jamais prise.

– Pourquoi ça ?

– Il y a dans ma famille une tradition de maladie mentale, mais il est aussi traditionnel de ne pas l'accepter et de ne pas en parler. Mon père gérait mieux ma maladie, mais il est mort d'un cancer quand j'avais vingt-quatre ans, et je n'ai pas bien réagi.

– Je suis désolée pour votre père. Le perdre a dû être très dur pour vous.

– Oui, répondit tristement Rebecca Keeler. Je ne sais pas si on peut avoir son père comme meilleur ami, mais c'était le cas. On aimait les mêmes choses, on rigolait des mêmes vannes idiotes, et il m'entendait quand je disais que je ne me sentais pas bien. Je n'arrivais pas à mettre des mots sur ce que j'éprouvais, mais il me comprenait.

– Vous avez fait une dépression ? demanda Henley.

– C'est un euphémisme. La vie est devenue… pénible. C'était comme s'il y avait du brouillard en permanence, mais en moi. (Rebecca ramassa un cristal violet sur son bureau et le fit tourner entre ses mains.) Bref, j'ai pris la très mauvaise décision de retourner chez ma mère. Le plus drôle, c'est qu'au début ça s'est bien passé. Elle prenait soin de moi mais, quand j'y repense à présent, elle m'utilisait comme excuse pour ne pas gérer son propre chagrin. Elle m'aidait physiquement mais pas émotionnellement, si vous voyez ce que je veux dire.

– Oui, tout à fait.

– Maman s'assurait que je prenne mes médicaments, mais je crois que mon cas la dépassait un peu. Je ne devais pas être très facile à vivre, et elle a commencé à chercher des thérapies alternatives.

– Quel genre de thérapies ?

– Elle appelait ça une approche plus holistique. Je ne dis pas que les remèdes naturels ne peuvent pas être utiles, mais ce n'était pas ce qu'il me fallait.

– Alors, qu'est-ce qui s'est passé ? demanda Henley.

La jeune femme se mit à classer les papiers qui jonchaient son bureau.

– Vous voulez un thé ? demanda-t-elle. On vient d'avoir une livraison alimentaire, donc je suis sûre qu'on a du lait.

Henley avait envie de la prendre dans ses bras. Elle savait par expérience à quel point il était difficile d'évoquer les moments noirs du passé.

– Je vous admire vraiment d'être assez brave pour en parler, dit-elle. Ce n'est pas facile.

– Merci. Je crois que c'est pour ça que j'ai voulu travailler ici, avec des femmes vulnérables. Pour empêcher qu'on leur fasse du mal. Les protéger. Je crois que ma mère faisait ce qu'il fallait mais, ensuite, elle a commis l'erreur d'écouter ma cinglée de… Pardon, je ne devrais pas traiter quelqu'un de cinglée.

– Et si nous disions excentrique ?

– Oui, il faudra que ça aille, dit Rebecca Keeler avec un petit sourire. Mon excentrique de tante qui l'a convaincue de m'emmener dans une église.

– L'Église d'Annan le Prophète.

– Je ne sais franchement plus comment elle s'appelait ni où elle se trouvait ; comme je disais, la période est un peu floue pour moi, mais je me rappelle ce qu'on m'a fait dans cette chambre.

– C'était il y a combien de temps ? demanda Henley en rapprochant sa chaise.

– Deux ans et demi, quelque chose comme ça.

Merde, songea l'inspectrice. Il était donc possible que Charlie Jensen n'ait pas été la première victime de Caleb Annan et que d'autres cadavres soient encore à découvrir. Malgré la chaleur du bureau, elle frissonna.

Il y eut un silence, tandis que Rebecca Keeler essuyait une larme.

– Personne ne devrait vivre ça. J'avais besoin d'aide, d'une véritable aide médicale, et ils n'ont fait que me torturer.

– Rebecca, je sais que c'est très difficile et que ça vous donne sûrement l'impression de revivre l'horreur, mais tout ce que vous pourrez me dire sera utile, dit Henley. Vous rappelez-vous ce qu'ils vous ont fait ?

– Je le revis tous les jours. (La jeune femme remonta sa manche de chemise gauche, révélant trois cicatrices sur son avant-bras.) Ils disaient devoir me battre pour chasser de moi le démon, continua-t-elle en redescendant sa manche. Vous vous rendez compte ? Quand on en parle, ça a l'air dingue.

– C'est tout ce qu'ils vous ont fait ?

– Non. Ils ont jeté de l'eau sur moi après m'avoir attachée sur un lit. Je me rappelle avoir pensé que j'allais me noyer.

– Combien de temps êtes-vous restée dans cette chambre ?

– Je ne sais pas. Peut-être une journée, peut-être deux, peut-être une semaine. Tout se mélange dans ma tête. La seule chose que je sais, c'est que j'ai fini par m'échapper. J'ai dû avoir un moment de lucidité, ils m'ont laissée seule et je suis sortie.

– Et vous ne savez toujours pas où vous étiez ?

– Tout ce que je peux vous dire, c'est qu'il y avait une voie ferrée pas loin, parce que je me rappelle avoir entendu passer le train, mais rien d'autre.

– Où êtes-vous allée, ensuite ? Après être sortie ?

– Aucun souvenir. D'après les médecins, quelqu'un m'a trouvée et a appelé une ambulance. Je me suis réveillée au Guy's Hospital et, apparemment, j'étais hystérique. J'y suis restée une semaine et puis on m'a laissée partir.

– Vous êtes retournée chez votre mère ?

– Vous êtes folle ? Oh, pardon, se reprit Rebecca Keeler en portant la main à sa bouche. C'était vraiment impoli de ma part.

– C'est bon. Je suis obligée de poser des questions.

– Je sais, mais c'était très impoli de ma part. J'ai fini par atterrir ici, au refuge. J'y ai passé trois semaines avant d'être déplacée dans un hôtel, et puis j'ai eu mon propre appartement, à Tulse Hill.

– Vous n'avez pas reçu d'aide ? Je veux dire, des conseils ou un rendez-vous chez un psychiatre ? interrogea Henley, surprise. Vous aviez traversé une telle épreuve. Je n'imagine pas qu'on vous ait laissée vous en sortir seule.

La jeune femme détourna le regard, gênée.

– J'ai été internée vingt-huit jours, admit-elle enfin. Je ne devrais pas en avoir honte, mais personne ne m'a jamais fait sentir qu'il était normal de parler d'un séjour en hôpital psychiatrique.

– Votre mère a-t-elle essayé de vous rendre visite pendant que vous étiez à l'hôpital ?

– Oui, mais je n'ai pas voulu la voir.

– Et votre tante ?

– Elle ne s'est même pas donné cette peine. C'est comme si elle s'était lavé les mains de moi, dit-elle, caustique.

– Avez-vous rapporté ça à la police ? Après tout, vous aviez été kidnappée et agressée.

– Je me rappelle que deux policiers sont venus me voir avant qu'on me laisse sortir de l'hôpital, mais je crois que c'est pour ça que je me suis retrouvée internée. J'ai dû leur dire que ceux qui m'avaient enlevée me croyaient possédée.

– Donc il ne s'est rien passé ?

– Ils ont cru que j'étais complètement cinglée et que je m'étais battue, je pense. Ils ont donc refilé à quelqu'un d'autre le soin de s'occuper de moi.

Henley se cala au fond de son siège et observa son interlocutrice. Sans les cicatrices, elle aurait eu peine à croire que cette femme avait souffert physiquement, mentalement et émotionnellement.

– Comment allez-vous maintenant ? demanda-t-elle. Je suis sûre que vous devez encore vous battre.

– Je vais bien, répondit Rebecca. Je n'ai pas connu de guérison miracle ni rien de tel, mais je prends mes médicaments, j'ai un excellent infirmier psychiatrique, mon mari me soutient vraiment, et j'ai aussi un petit garçon : pour lui, je suis obligée de rester en forme.

– Les enfants sont une excellente motivation, dit Henley en pensant à sa fille. Je sais que vous dites cette période floue, mais j'aimerais vous faire écouter un enregistrement, si vous voulez bien ? Je vous préviens que vous risquez de trouver ça un peu éprouvant.

– C'est bon. Je peux.

L'inspectrice sortit son téléphone et lança l'enregistrement que lui avait envoyé Eastwood.

– Dites-moi juste si une de ces voix vous paraît familière.

« *Toi qui résides dans le corps d'Alyssa...* »

– Non, je ne reconnais pas cette voix, dit Rebecca, alors que les paroles de Caleb Annan sortaient des haut-parleurs.

– D'accord. Et celle-ci ? (Henley usa de l'avance rapide pour trouver la deuxième voix.) Pardon, le son n'est pas génial.

« *Attention au bébé.* »

La jeune femme plissait le visage sous l'effet de la concentration.

– Désolée, on dirait un peu un Dalek. Ça ne me paraît pas familier.

– Je me faisais sans doute de faux espoirs, dit Henley. Voici la dernière.

« *J'ai tout, oui. Ses parents continuent de renouveler les ordonnances à la pharmacie...* »

– Je connais cette voix. (Rebecca Keeler écarquilla les yeux sous l'effet du souvenir.) Je connais cette voix, répéta-t-elle.

– Vous êtes sûre ? demanda Henley.

– À cent pour cent. C'est l'homme qui était avec ma tante, celui qui a essayé de… Keith.

– Vous êtes sûre ?

– À cent pour cent. (La jeune femme hocha la tête avec détermination.) Sauf qu'il ne s'appelle pas Keith, c'est juste le nom que je lui donnais. Mais c'est bien lui.

– Vous vous rappelez à quoi il ressemblait ?

– Oh, Seigneur, souffla Rebecca en fermant les paupières. Je peux vous dire qu'il était blanc, peut-être un peu moins de cinquante ans. Il avait les cheveux bruns et il portait des lunettes. C'est tout. Je ne peux pas faire mieux.

– Ne vous en faites pas pour ça. Et votre mère ou votre tante ? Elles pourraient peut-être nous aider. Je sais que vous dites que votre tante s'est lavé les mains de vous, mais auriez-vous tout de même le moyen de les contacter ?

– Ma tante est morte, et ma mère est partie en Nouvelle-Zélande avec mon beau-père, mais je vais vous donner son numéro, dit-elle. Elle l'inscrivit sur un Post-it qu'elle tendit à Henley.

– Donc, vous êtes toujours en contact avec votre mère ?

– Eh bien, j'ai ma propre famille à présent, et je tiens à ce que mon petit garçon connaisse sa grand-mère, mais nous n'avons pas vraiment les rapports que devraient avoir une mère et sa fille.

– Comment vous en sortez-vous dans l'ensemble ? demanda Henley. Elle savait facile de se persuader que demander de l'aide était un signe de faiblesse, facile de feindre l'oubli d'un passé torturé. Elle ne voulait pas s'en aller sans savoir Rebecca Keeler en passe de connaître une existence épanouissante en dépit de son traumatisme.

– À une époque, je ne voulais pas être ici, dit la jeune femme. Je ne réfléchissais pas correctement. Il s'était passé trop de choses, et je voulais juste oublier, mais mon psy m'a encouragée à rapporter à la police ce qui m'était arrivé. Je pense que c'était une étape de ma thérapie.

– Et vous avez fait une déposition ?

– Oui. Au poste de police de Brixton. J'ai encore la référence du dossier, laissez-moi une seconde.

Elle ouvrit un tiroir de son bureau.

– Désolée, je suis un peu bordélique, dit-elle en y fouillant. Ah, voilà !

– Merci. (Henley nota le numéro sur le Post-it qu'elle lui avait donné un peu plus tôt, puis elle se leva.) Merci pour tout.

– Vraiment désolée de ne pas pouvoir vous aider plus, dit Rebecca. J'espère que vous les trouverez. La personne qu'on a laissée pour morte dans cette pièce, ç'aurait pu être moi.

Il était 6 h 15 du matin en Nouvelle-Zélande. Henley aurait été furieuse qu'on l'appelle à pareille heure – convaincue qu'on allait lui annoncer la mort de quelqu'un. Elle s'engouffra dans la cafétéria de l'autre côté de la rue, par bonheur déserte, et forma le numéro de la mère de Rebecca Keeler. Qui décrocha au bout de cinq sonneries.

– Allô ?

– C'est bien Mme Keeler ?

– Oui, c'est moi. Qui est à l'appareil ?

– Je suis l'inspectrice détective Henley, de la brigade des crimes en série, à Londres.

– Oh, mon Dieu. (Henley écarta le téléphone de son oreille quand un hurlement aigu lui perça le tympan.) Il est arrivé quelque chose à ma Becky ? Qu'est-ce qui se passe ?

– Madame Keeler, répéta-t-elle plusieurs fois, tentant de placer un mot. Rebecca va bien.

– Vraiment ? Dieu merci.

– J'ai seulement quelques questions à vous poser à propos de l'époque où elle n'allait pas bien. D'accord ?

– De quoi parlez-vous ?

– Après le décès de votre mari, Rebecca est tombée gravement malade : elle m'a dit que sa tante l'avait emmenée dans une église.

Il n'y eut pas de réponse.

– Madame Keeler, vous êtes encore là ? demanda Henley.

– Je suis là. Je ne veux pas parler de ça.

– Vous n'aurez pas d'ennuis, madame Keeler. Je m'occupe d'une affaire de bébé kidnappé, et les coupables ont tué la mère de cet enfant. Je n'ai besoin que de quelques informations, implora presque Henley, en priant pour que sa correspondante ne raccroche pas.

– C'est... oh, mon Dieu. C'est affreux, mais je ne sais vraiment pas comment je peux vous aider.

– Vous rappelez-vous le nom de l'église en question ?

– Non, pas du tout. Je n'y suis jamais allée. Gretta, c'est sa tante, c'est elle qui l'avait emmenée. Elle savait tout le mal que Becky me donnait, à quel point j'étais désespérée, et elle voulait m'aider.

– Comment voulait-elle vous aider exactement ?

– En l'emmenant à l'église. Son ami et elle en parlaient comme d'une thérapie.

– Un ami ?

– Oui, il est venu à la maison avec Gretta. Il avait un nom comme Neil ou Niall, je ne me rappelle pas exactement, mais il était très gentil, et Becky s'est effectivement un peu calmée après lui avoir parlé. Alors je les ai laissés... Je les ai laissés l'emmener.

Henley avait envie de traverser le téléphone pour réconforter Mme Keeler qui se mettait à pleurer.

– Il disait vouloir l'aider, reprit la mère de Rebecca. Il disait vouloir la débarrasser de ses démons, mais j'ai cru qu'il parlait de sa dépression. J'ai cru qu'il allait la guérir, pas la démolir. Ce n'est pas ce que je voulais pour mon bébé. Quelle mère voudrait une chose pareille ?

# 59

Henley prit son verre et but une longue gorgée de vin rouge velouté en regardant Rob se diriger vers la table. Le texto dans lequel il lui demandait de la retrouver pour dîner – Gene, le mari de Stanford, avait proposé de garder Emma – l'avait surprise, mais elle avait vivement tapé *Oui* en réponse. Elle en avait assez des disputes.

– Tu as l'air claquée, dit Rob en s'asseyant et en commençant à ouvrir son petit pain.

– Je le suis, admit-elle. Mais je suis contente que tu aies proposé ça. On n'arrête pas de s'engueuler depuis un moment, et j'en suis désolée.

– Je suis désolé aussi. J'essaie de ne pas être négatif, mais c'est difficile quand on l'impression de tout se prendre en pleine poire.

Henley but une autre gorgée de vin pour s'empêcher de dire « *Pas terrible, comme excuses* ».

– Je comprends pourquoi tu as ressenti ça, dit-elle plutôt.

– Et m'installer dans la chambre d'amis était sans doute l'équivalent de balancer mes jouets hors du landau.

– Est-ce que ça veut dire que tu reviens ?

– Si tu veux de moi.

– Bien sûr que je veux de toi. Et ce sera moins déroutant pour Emma.

On était jeudi soir et le restaurant était bondé. Des éclats de voix montaient du bar du rez-de-chaussée.

Une serveuse se hâta d'apporter le steak de Rob et le *fish & chips* d'Henley.

– J'ai le droit de te demander comment ça se passe au boulot ? Je sais que ça te prend la tête et il vaut mieux qu'on en parle maintenant, pendant que tu absorbes un repas correct et du bon vin.

– Toi, tu sais parler aux femmes, hein ? Henley tapota la jambe de Rob du bout du pied.

– À la mienne, en tout cas. Aux autres, pas sûr.

Henley regarda autour d'elle, sachant que ce restaurant au premier étage d'un immeuble dominant la Tamise n'était pas l'endroit idéal pour discuter d'une enquête en cours avec son mari.

– Tu as le droit de me poser des questions sur mon travail, mais je n'ai pas trop envie d'en parler ici, dit-elle en trempant une frite dans la sauce tartare déposée sur son assiette. J'ai juste envie de faire comme si tout était normal, ne serait-ce qu'un petit moment.

– D'accord, mais je tiens à ce que tu saches que je suis là si tu as envie d'en parler.

Ils ne dirent rien pendant plusieurs minutes, mangeant et buvant en écoutant les rythmes du restaurant.

– J'ai beaucoup pensé à nous. Je veux dire à nous trois.

Rob remplit le verre de son épouse.

– Non, je sais ce que tu vas dire, et c'est non, trancha-t-elle sans se soucier de masquer l'agacement dans sa voix.

– Comment ça, non ? On a déjà parlé d'avoir un autre bébé.

– Rob, tu ne vois pas que ce n'est pas le moment, non ? dit Henley, avant de murmurer « *Fichus hommes* » entre ses dents.

– Pourquoi n'est-ce pas le moment ?

– Tu veux vraiment que je te l'explique ?

– Je ne fais que parler de nous. De notre famille. Et c'est tout aussi important que les affaires sur lesquelles tu travailles.

Elle prit une inspiration. Elle savait que cela allait arriver. La conversation qu'elle contournait, qu'elle esquivait depuis le jour où la mère de Rob s'était mise à répéter sur tous les tons qu'il était malsain pour Emma d'être fille unique.

– Et tu tiens à en parler maintenant ? Ici, dans un restaurant noir de monde ?

– Il n'y a pas tant de monde que ça, et personne ne nous écoute. Je crois qu'il est temps qu'on en parle, c'est tout. Nous ne sommes ni l'un ni l'autre enfant unique. On peut se permettre financièrement d'en avoir un deuxième, et, autant qu'on puisse tous aimer Luna, un chien ne remplace pas un frère ou une sœur.

– Regarde-moi bien, Rob. Est-ce que j'ai vraiment envie de parler d'avoir un deuxième bébé, en ce moment ?

– Parfois, je me demande si tu as vraiment envie qu'on fasse avancer nos existences.

Henley soupira en voyant l'expression dépitée de son mari. Il n'existait aucune bonne raison financière ni humaine de refuser un petit frère ou une petite sœur à Emma, en dehors d'une vérité simple : elle ne voulait pas d'un autre enfant.

– Je trouve juste que ce n'est pas le bon moment. Je travaille encore sur moi. Avant de penser à agrandir la famille j'ai besoin de retrouver l'état d'esprit qui convient, tu ne crois pas ?

– Ce n'est pas raisonnable du tout. Tu réfléchissais déjà à des prénoms quand on a eu la grosse frayeur l'année dernière.

– C'était l'année dernière, avant qu'Olivier ne s'évade et n'essaie de me tuer pour la deuxième fois.

– Tu ne peux pas continuer à l'utiliser comme excuse. Il est mort. Disparu. Pas moi. Je suis ici.

Henley tenta de se contraindre à manger plutôt que d'admettre qu'il avait raison mais que les temps avaient changé.

– Rob, je sais ce que tu vas dire : qu'on ne rajeunit pas.

– C'est pas vrai, peut-être ?

– Si, et j'en suis très consciente. Je ne dis pas non. Je dis juste pas maintenant. Laisse-moi d'abord me remettre.

Le visage de Rob s'était éclairé. À l'évidence, il choisirait de ne retenir de cette réplique que « Je ne dis pas non ».

– Je m'en contenterai. Désolé si je me suis un peu échauffé, dit-il en découpant son steak. Bref, je causais avec ton frère, tout à l'heure, et on parlait d'organiser des petites vacances à Pâques, avant l'arrivée de leur nouveau bébé.

Henley l'écouta d'une oreille lui exposer ce projet. Ses pensées dérivaient vers les victimes au nom inscrit sur le tableau blanc, dont Brandon Whittaker qui ne s'était pas encore réveillé. La mère de Rebecca Keeler n'avait pu lui dire qu'une seule chose : l'homme qu'elle avait reçu dans sa cuisine, celui qui avait voulu exorciser les « démons » de sa fille, s'appelait Neil ou Niall. Elle ne savait rien de plus à son sujet.

– La Terre appelle Anj, dit Rob. Tu n'as pas entendu ce que j'ai dit ?

– Hein ? Pardon ? dit-elle en posant couteau et fourchette.

– Je disais : qui est cette femme qui vient d'entrer avec Stephen ? À ta droite.

– Qu'est-ce que tu racontes ?

– Ne tourne pas la tête, dit Rob. (Il leva les yeux au ciel quand Henley fit exactement cela.) Tu n'écoutes jamais.

L'inspectrice vit Pellacia s'installer à une table en compagnie de Laura Halifax. Elle sentit ses entrailles se nouer lorsque la main de la députée passa sous la table et pressa la jambe de son compagnon.

– Ils ont l'air très bien, dit Rob en prenant une autre bouchée de steak. Tu ne m'avais pas dit que Stephen voyait quelqu'un.

– Ce n'est pas juste « quelqu'un », dit Henley en se levant, ce qui fit trembler les verres de vin sur la table.

– Où vas-tu ? siffla son mari. Laisse-les tranquilles.

– Tu ne comprends pas.

– Laisse tomber, Anjelica.

Son mari lui prit la main au moment exact où Pellacia tournait la tête et où elle en croisait le regard. Une minute durant, elle crut que le temps s'arrêtait. Le surintendant, l'air gêné puis coupable, ouvrait la bouche comme pour dire quelque chose quand Laura Halifax lui toucha la joue, si bien qu'il se détourna et lui adressa quelques mots. Henley se rassit à regret et ravala sa fureur en voyant la députée lui lancer un regard de triomphe puis se pencher pour embrasser son compagnon.

– On dirait qu'ils s'en vont, commenta Rob.

L'inspectrice se tourna à nouveau pour voir Pellacia aider Halifax à enfiler son manteau.

– C'est un vrai connard, dit-elle en prenant son verre en main avant de se tourner vers la fenêtre.

– Pourquoi es-tu troublée ? demanda Rob d'une voix dure. Regarde-moi, Anj. Pourquoi es-tu troublée ?

– Je ne suis pas troublée, je suis furieuse.

– C'est la même chose.

– Ce n'est pas ce que tu crois. Il joue avec le feu. Cette bonne femme est beaucoup trop impliquée dans notre enquête criminelle, et ça ne me plaît pas. Ça ne me plaît pas du tout.

Ramouter ouvrit le réfrigérateur, jeta un coup d'œil à la brique de lait périmée, et claqua la porte. Il n'avait rien avalé depuis que Michelle et lui avaient mangé une pizza au restaurant italien local, avec Ethan, après être allés le chercher à l'école. Il pensait que son fils allait fondre en larmes en apprenant qu'il retournait à Londres, mais le garçon n'avait pas paru désespéré, ce qui l'avait autant inquiété que la disparition de sa femme la veille. Les enfants sont plus solides que nous, disait Michelle, mais, selon lui, il y avait autre chose. Il ne pouvait ignorer le fait qu'Ethan s'habituait à l'absence de son père.

Le jeune policier regarda l'heure sur son téléphone. Presque 2 h 30 du matin : il avait attendu le tout dernier moment pour quitter Bradford après que Michelle l'avait convaincu de rentrer. Il explora son appartement des yeux : un rez-de-chaussée avec deux chambres et un petit jardin, qu'ils avaient choisi ensemble, avant le diagnostic. L'école primaire locale gardait encore une place pour Ethan. Ramouter attendait juste que Michelle prenne sa décision.

Il était au lit depuis moins de cinq minutes quand son téléphone sonna.

– Merde, dit-il en voyant le nom de Pellacia sur l'écran. Il se demandait encore s'il devait prendre l'appel quand un texte apparut.

**DÉCROCHE ! VITE !**

– Chef, dit Ramouter.

– Tu n'as pas l'air très malade, remarqua Pellacia.

– Je peux tout expliquer, chef.

– Tu expliqueras ça à Henley quand tu la retrouveras sur les lieux.

– Les lieux ? Quels lieux ?

– Southwark Park. Il semble qu'on ait une victime de plus sur la liste.

Henley se réveilla en frissonnant. Sa veste de pyjama froide et humide adhérait à son dos.

– Merde, dit elle en sentant la chair de poule se former sur sa peau. Elle en avait assez des cauchemars, encore plus de son sommeil fragmenté. Il était grand temps qu'elle sorte de la boîte à gants sa prescription de somnifères.

Henley s'assit, se demandant si elle avait entendu biper son téléphone dans la réalité ou dans son cauchemar. Tandis qu'elle déboutonnait sa veste de pyjama, avec les souvenirs résiduels du cauchemar qui lui picotaient la peau, elle tourna la tête vers sa table de nuit. Quand avait-elle dormi une nuit complète pour la dernière fois ? Elle n'en avait aucun souvenir. Rob, à son côté, ne bougea pas même lorsque son téléphone se mit à sonner.

– Oh, nom de Dieu, marmonna-t-elle en sortant du lit et en prenant l'appareil en main.

– On a trouvé un cadavre, déclara Pellacia sans lui laisser le temps de prononcer son nom ni même de dire bonjour.

– Il est presque trois heures du matin. C'est un cadavre pour nous, au moins ? chuchota-t-elle en prenant sa robe de chambre à la patère de la porte.

– Sinon je ne t'appellerais pas. Ramouter te retrouvera sur place. Je t'envoie les détails, répondit-il avant de raccrocher.

Henley se contraignit à entrer dans la salle de bains et fit couler la douche. Elle n'avait aucune envie de cela. Aucune envie de se charger d'une autre victime en maîtrisant sa haine croissante pour Annan et ses complices inconnus.

# 60

Le cadavre d'un homme était pendu sous le kiosque à musique, au beau milieu de Southwark Park. La lumière se reflétait sur ses côtes. Le sang écoulé de sa gorge ouverte avait laissé sur son torse émacié des traînées cramoisies. Les rares ongles qui lui restaient étaient sales et cassés. Des fragments de corde rouge enserraient encore ses chevilles. Henley souffla bruyamment en promenant le faisceau de sa torche sur la corde tout aussi rouge qui reliait aux poutres les poignets de l'inconnu.

– Il est pendu là depuis un moment, dit-elle en découvrant de petits cristaux de glace sur les cils du cadavre. Le froid avait brûlé la peau fine des lèvres. Les joues étaient noircies par des ecchymoses. Henley, d'un doigt ganté, écarta les cheveux pour révéler le mot « pars », inscrit sur le front avec de la cendre.

– Je ne comprends pas, déclara Ramouter, debout près d'elle. Pourquoi ici ? Et pourquoi l'exposer comme ça ?

– Il n'est plus seulement question d'exorciser des démons. Notre coupable commence à s'amuser.

Henley redescendit les marches du kiosque. C'était leur échange le plus long depuis qu'à l'arrivée de Ramouter aux portes du parc, une demi-heure plus tôt, elle lui avait dit qu'il paraissait en forme.

Elle ôta ses gants en latex et sortit de sa poche ses propres gants en cuir. Le seul point positif était qu'il fût plus de quatre heures du matin et qu'étant donné la température inférieure à zéro, il n'y avait aucun curieux alentour. Henley, toutefois, ne savait pas combien de temps cela durerait : déjà, la lumière s'allumait dans un appartement voisin. L'équipe d'experts qui travaillait de nuit était en train de recueillir les indices. L'inspectrice s'écarta pour laisser un assistant d'Anthony prendre des photos tandis que des agents en uniforme délimitaient la zone du kiosque à musique.

– Eh bien, on ne voit pas ça tous les jours, déclara Linh en posant sa trousse par terre. Il est là depuis un bon moment. Ses bras se sont désarticulés.

– Bonjour à toi aussi, dit Henley en se retournant vers le cadavre.

– *Quel* jour ? On est au milieu de la nuit, grommela la pathologiste en sortant son carnet. J'aimerais mieux être au lit ou, quitte à sortir, assise dans un café bien chauffé à dévorer un petit déjeuner anglais complet, au lieu de me geler les couilles au milieu d'un parc, mais qu'est-ce qu'on y peut ?

– Une idée de l'heure du décès ? demanda Henley, comme Linh montait les marches du kiosque et tâtait le cadavre du bout d'un doigt.

– Eh bien, contrairement à ce qui s'est passé pour Brandon Whittaker, je peux te confirmer tout de suite qu'il est mort.

L'inspectrice leva les yeux au ciel et se tourna vers Ramouter. D'habitude, il ricanait de ces mauvaises plaisanteries, mais il avait aujourd'hui l'air vidé. Sa partenaire reconnut l'expression lointaine qu'il arborait : celle d'un homme tentant de s'accommoder d'un traumatisme récent.

– Il était déjà mort quand on l'a attaché ici et quand on lui a tranché la gorge, dit Linh. Il n'y a pas eu de jaillissement artériel : le sang a coulé doucement. Regarde ses mollets.

Henley s'approcha du kiosque et braqua sa torche sur les jambes de l'homme, où la peau adoptait une nuance violacée.

– Lividité cadavérique, déclara Ramouter sur un ton plat.

– Bon élève, dit Linh en frissonnant. Tu as bien appris ta leçon. La lividité cadavérique, *livor mortis*, commence en général trente minutes après la mort mais n'est visible à l'œil nu qu'au bout de deux heures.

– L'appel au 999 a été passé à 2 h 15, dit Henley.

– Où est le témoin ? demanda Ramouter alors qu'une camionnette de police qui traversait lentement le parc les illuminait de ses phares.

– Il s'appelle Kenton Wallace. On l'a raccompagné chez lui. Il habite par là-bas. (Henley désigna une rangée de maisons mitoyennes en pierre grise, sur la droite du parc.) Il dit qu'il était sorti courir.

– À cette heure de la nuit, par ce temps ?

Elle haussa les épaules.

– Il comptait peut-être retrouver quelqu'un près du kiosque, mais la raison de sa présence n'a pas d'importance. Pour l'instant, il faut qu'on détermine combien de temps ce type-là est resté pendu, et où il a été tué.

– Pas que je veuille t'apprendre ton boulot, dit Linh en sortant un scalpel pour pratiquer une petite incision sur le côté droit de la cage thoracique de la victime, avant d'y insérer un thermomètre. Mais un corps mort, même émacié comme celui-là…

– C'est une galère à transporter, compléta Ramouter. Porter une masse inerte, ce n'est pas facile.

– Je suis nulle pour déterminer ces trucs-là, reprit Linh. Je ne saurais pas vous dire combien il pèse, mais il n'aurait de toute façon pas été simple de le hisser jusqu'ici s'il était déjà mort, ou ne serait-ce que mourant.

– Et comment l'y aurait-on seulement emmené ? s'enquit Ramouter. Vous avez vu dans quel état était Brandon Whittaker quand on l'a trouvé ?

– On l'a cru mort. Même vivant, ce type aurait donc été très faible, un véritable fardeau, dit Henley. Tu vois quoi que ce soit pour donner une idée de ce qui l'a tué ?

– Je vois une blessure profonde sur la gauche du torse. Il faudra que j'ouvre pour savoir si ça a touché le cœur. Il n'y a pas eu d'écoulement artériel, donc l'égorger était inutile. Pourquoi lui faire ça s'il était déjà mort ? (La pathologiste ressortit son thermomètre et s'écarta lentement du kiosque.) Bon, comme je le disais, il n'était plus en vie quand on l'a attaché ici. Mais il n'y a aucun signe de rigidité cadavérique et la température interne du gars n'est descendue qu'à 34,3 °C, donc, à la louche, il est mort depuis deux heures.

– Notre témoin a dû voir autre chose que le cadavre pendu, dit Henley. Il est presque quatre heures et Wallace a appelé le 999 à 2 h 15. Comme vous l'avez tous les deux fait remarquer, il n'est pas facile de porter un poids mort : le pendre au kiosque aura exigé les efforts d'au moins deux personnes, et ça n'aura pas pris que dix minutes.

– Cela dit, il fait noir comme dans un four, ici, remarqua Ramouter. Il serait impossible de pendre quelqu'un comme ça à tâtons.

– Ceux qui l'ont tué doivent connaître le coin, voire y habiter. Les portes sont verrouillées la nuit : si on n'avait pas su comment entrer, cela n'aurait pas valu la peine de se fatiguer.

– Pourquoi le ou les tueurs lui ont-ils tranché la gorge, alors ? C'est insensé.

– C'est parfaitement sensé, au contraire, répliqua Henley. Brandon, Alyssa et Jensen étaient des accidents, des exorcismes pratiqués par Annan qui ont mal tourné. Cet homme-ci, on voulait bel et bien le tuer.

# 61

Kenton Wallace, assis au bord de son canapé, serrait une tasse de thé entre ses mains. D'après l'agent de police resté en sa compagnie, il n'en avait pas bu une gorgée. Il habitait à moins de cinq minutes à pied de l'endroit où le cadavre avait été trouvé. Son salon était encombré de poids russes, d'haltères, d'élastiques de musculation et de médecine-balls.

– Je suis l'inspectrice détective Anjelica Henley, monsieur Wallace. Je voudrais juste vous poser quelques questions à propos de ce qui s'est passé tout à l'heure. Vous pourriez nous dire ce que vous faisiez dehors ?

Wallace baissa les yeux sur sa tasse, qu'il finit par poser à ses pieds.

– C'est idiot, mais j'étais allé courir.

– Courir ? répéta Ramouter. À cette heure de la nuit ?

Comme Henley lui lançait un regard désapprobateur, il recula d'un pas.

– J'ai du mal à dormir, confia Wallace. Je suis insomniaque depuis des années et… mais…

Elle comprit qu'il ne luttait pas seulement contre l'insomnie, loin de là.

– Parfois, courir fait du bien, dit-elle en s'asseyant près de lui, prenant soin de ne pas trop envahir son espace vital. Ça calme un peu quand on a l'esprit qui tourne à plein régime alors qu'on a besoin de sommeil.

– C'est exactement ça, dit Wallace. Vous courez ?

– Mon Dieu, non. Je veux dire : autrefois, oui, mais j'ai réalisé que je n'avais plus dix-huit ans. Bref, dites-moi ce que vous avez vu, Kenton.

Il tendit la jambe et renversa son thé.

– Merde, désolé, dit-il.

– Je m'en occupe, déclara l'agent de police debout près du canapé. Il se hâta de ramasser la tasse et disparut dans la cuisine.

– J'avais déjà fait deux tours de mon parcours habituel. Ça me prend en général de vingt à trente minutes, dit Wallace en suivant des yeux l'agent qui venait de revenir avec un torchon et épongeait le thé répandu sur la moquette détrempée. J'ai une appli sur mon téléphone qui me chronomètre.

– À quelle heure êtes-vous parti courir ?

– Je suis sorti du lit juste après une heure et demie, j'ai donc dû quitter la maison vers deux heures moins le quart. Le parc est fermé à partir de dix-neuf heures, mais on peut entrer quand même. J'ai fait deux fois le tour du lac, ce qui m'a pris environ un quart d'heure, puis j'ai couru en direction du court de tennis avant de me diriger vers le kiosque.

– Que s'est-il passé quand vous y êtes arrivé ?

– J'ai glissé, peut-être sur une plaque de verglas, et je suis tombé. J'étais en train de me relever quand on m'a repoussé par terre. Je n'ai rien entendu venir, parce que j'avais les écouteurs sur les oreilles.

– Vous étiez habillé comme ça quand vous êtes sorti ? demanda Henley.

Wallace tira sur sa manche comme pour vérifier que c'était bien le cas.

– Oui, tout à fait.

– On va être obligés de prendre vos vêtements, dit Henley.

Elle sortit ses clefs de voiture et les tendit à Ramouter.

– Il y a de grands sacs à mise sous scellés dans le coffre.

– Je suis tombé la tête la première. (Le témoin désigna les griffures rouges sur son visage.) J'ai crié, mais mon agresseur était déjà parti quand je me suis relevé et que j'ai regardé vers le kiosque. Et là, j'ai vu…

Il se plaqua les mains sur le visage et se laissa aller en arrière.

– C'est bon, je suis là, dit Henley en s'empressant de le saisir par les bras pour l'aider à se redresser doucement. Elle ne voulait pas abandonner le plus minuscule indice sur ce canapé.

– Pardon. Je suis désolé.

– C'est bon, dit-elle, alors que son collègue revenait dans la pièce. Si vous voulez bien vous lever, l'AD Ramouter va vous aider à enlever votre pull.

– D'abord je n'y ai pas cru, et puis j'ai vu le sang. Je sortais mon téléphone pour appeler le 999 quand j'ai entendu quelque chose.

– Quoi donc ? demanda Henley.

– Un souffle. Quelqu'un respirait, et ça n'était clairement pas ce pauvre type.

– Il y avait quelqu'un d'autre sur les lieux ? Vous êtes sûr ?

– Parfaitement.

– Vous étiez en communication avec le 999 quand vous l'avez entendu ?

– Non. J'ai sorti mon téléphone, j'ai entendu quelqu'un crier « Vite » et, ensuite, je… j'ai paniqué. Je me suis mis à courir et je suis rentré tout droit dans la personne en question. Je l'ai entendue tomber mais j'aime autant vous dire que j'ai continué sur ma lancée. Je n'allais pas traîner dans le coin. Je faisais dans mon froc. Je me suis relevé, j'ai couru tout droit chez moi, et je vous ai appelés.

– L'individu que vous avez renversé, est-ce qu'il a dit quoi que ce soit ? Est-ce que vous l'avez ne serait-ce qu'aperçu ?

Wallace secoua la tête.

– Je ne saurais pas vous dire. J'ai couru, c'est tout. La seule chose dont je suis sûr, c'est qu'il y avait deux personnes dans ce parc.

# 62

– Merci, dit Henley quand Ramouter posa une tasse de café sur son bureau. (Elle tenta sans succès de réprimer un bâillement.) Pourquoi étais-tu injoignable ? Et ne me ressors pas ton bobard de gastro. Je suis trop crevée et pas d'humeur.

Ramouter se rassit, maussade. Ils étaient seuls à la SCU, et l'aube n'avait pas encore point officiellement.

– Je ne veux pas qu'il y ait de gêne entre nous. (L'inspectrice entendait la dureté dans sa voix.) Si on ne peut pas être honnête l'un avec l'autre après tout ça, ce partenariat ne fonctionnera pas.

Son collègue resta muet.

– Salim, la SCU survit parce que nous nous protégeons tous les uns les autres.

– Même Pellacia ? demanda-t-il. Ce n'est pas vraiment le plus solidaire des patrons. Je l'ai vu faire avec toi.

– Ce n'est pas de lui qu'on parle en ce moment. Je ne nie pas qu'il se conduit comme un connard, mais il a énormément de soucis. Il doit maintenir la SCU en activité, et ce n'est pas facile quand les pouvoirs en place cherchent un moyen de nous larguer. Quoi qu'il en soit, je sais le gérer, et, si on résout cette affaire, ça tiendra les dragons à l'écart un moment.

– Je suis désolé pour hier. (Ramouter prit sa tête dans ses mains.) C'est juste que…

– J'ai besoin de savoir ce qui t'arrive. Tu peux me faire confiance. Je suis là pour te soutenir, dit Henley en ramassant un paquet de mouchoirs avant de contourner son bureau. Tu es un bon détective, je ne veux pas te perdre, mais je suis égoïste et j'ai besoin qu'on me dise que tout ne tourne pas autour de moi. Quand tu seras prêt, et seulement si tu le désires, je serai là.

– Merci, chuchota Ramouter en tendant la main vers les mouchoirs. Ce n'était pas une gastro.

– Ouais, j'avais deviné, dit-elle.

La porte de la salle des opérations s'ouvrit, livrant passage à Pellacia.

– Tu aurais pu trouver mieux que ça.

– Je sais que c'était nul. C'est juste que… Je peux t'en parler plus tard ? demanda Ramouter en regardant approcher le surintendant.

– Oui, bien sûr, répondit Henley comme son partenaire se levait. Merci pour le café.

– Je vais au troquet chercher le petit déjeuner. (Il prit son manteau.) Comme d'habitude ?

– Prends-moi un petit pain saucisse et œuf et un muffin aux myrtilles, répondit-elle en gardant l'œil sur Pellacia qui rôdait autour de son bureau.

– Je peux te dire un mot ? demanda-t-il quand Ramouter eut quitté la pièce.

– Si ça ne concerne aucune de nos enquêtes, la réponse est non, dit Henley. Elle lui tourna le dos et alluma son ordinateur.

– S'il te plaît, Anjelica. J'ai besoin de t'expliquer.

– Rien de ce que tu pourrais dire ne m'intéresse.

Il était presque six heures du matin, et Henley ne savait trop si c'était la colère ou le manque de sommeil qui la faisait agir de manière irrationnelle. Elle tendait la main vers son café quand son portable se mit à vibrer au bout de son bureau. Un numéro privé. Elle eut envie de laisser se déclencher son répondeur mais finit par prendre l'appel.

– Inspectrice détective Henley ? Ici Niamh Dillan.

Le nom ne lui disait rien.

– Pardon ? Qui ça ?

– Je suis infirmière au Lewisham Hospital. C'est à propos de Brandon Whittaker.

Henley sentit son estomac se contracter alors qu'une porte claquait dans l'immeuble.

– Qu'est-ce qui s'est passé ?

Elle leva les yeux vers le nom du blessé écrit à l'encre noire sur le tableau blanc et, prête à changer son statut, s'empara d'un marqueur rouge.

– Il s'est réveillé il y a une heure.

– Brandon Whittaker est réveillé et, d'après les infirmières, il parle. On est en train de le soumettre à des tests pour évaluer ses capacités cognitives, mais les médecins disent qu'il va s'écouler un petit moment avant qu'on puisse l'interroger sur ce qui lui est arrivé, annonça Henley à son équipe. Elle se tenait devant le tableau des enquêtes, désormais orné d'une photo format A4 de la victime trouvée pendue dans Southwark Park.

– On a une idée du temps qu'il lui faudra pour s'exprimer de manière sensée ? demanda Stanford. Je ne veux pas jouer les comiques, mais le plus tôt sera le mieux. Il ne faudrait pas qu'on découvre encore un autre cadavre.

L'inspectrice soupira.

– On doit prendre en compte sa santé mentale. Rappelle-toi qu'il a été privé de ses médicaments. Mais Ramouter et moi nous rendrons à l'hôpital cet après-midi. On ne veut pas l'accabler ni le stresser. Il faut qu'on s'y prenne avec douceur. Les infirmiers et les médecins qui s'occupent de lui feront de leur mieux pour nous informer de ses progrès durant la matinée, mais je ne veux pas que ses parents l'approchent.

– Vu qu'ils ne se sont pas donné la peine d'aller le voir depuis qu'on leur a rendu visite, je ne m'attends pas vraiment à ce qu'ils lâchent tout pour se précipiter à l'hosto, intervint Eastwood, perchée sur son bureau.

– Je ne saisis pas, avoua Ramouter. Même s'ils se bercent d'illusions sur son état, Brandon reste leur fils et il n'est pas mort. Je pensais qu'ils arriveraient là-bas en un clin d'œil.

– On pouvait penser ça, oui, répondit Henley. Pour l'instant, ils n'ont pas fait beaucoup d'efforts, c'est sûr, mais ça va peut-être changer maintenant qu'il est réveillé et plus ou moins cohérent. Il pourrait les impliquer, et aussi nous dire qui sont les gens qui ont failli le tuer.

– Il est protégé ? demanda Pellacia, assis à sa gauche. Il ne manquerait plus que sa vie soit de nouveau menacée. Tant mentalement que physiquement, il est vulnérable.

– Il a une chambre particulière et l'hôpital a posté un vigile devant la porte, répondit-elle sans le regarder. J'adorerais que de véritables policiers le protègent.

– J'ai essayé, assura le surintendant, mais on ne nous accorde pas les crédits nécessaires ni le moindre renfort. Il faut qu'on se démerde.

– Pardon, chef, mais c'est dingue, s'immisça Stanford. On a quatre victimes d'assassinat.

– Pas toutes reliées, cependant, dit Henley. Rien ne prouve que la ou les personnes qui ont tué Annan soient responsables des morts d'Hadlow, de Jensen et de la nouvelle victime.

– Mais on est absolument sûrs qu'il y a deux meurtriers dans les deux affaires ? demanda Pellacia.

– Non. On cherche quatre personnes car, pour Annan, il y en avait clairement une deuxième sur place, mais on ne sait pas si elle a participé activement au meurtre ou si elle est arrivée là par hasard. Le cas du cadavre retrouvé dans Southwark Park est différent, ainsi que ceux d'Hadlow, Jensen et Whittaker.

– Comment ça ? demanda Eastwood.

– Je dirais que les morts d'Hadlow et de Jensen étaient des accidents. Ils ont tous les deux subi des lésions graves, dont un arrêt du cœur, et leur cadavre a été abandonné. La même chose serait arrivée à Whittaker si je ne l'avais pas trouvé. La dernière victime, c'est différent : l'homme a eu la gorge tranchée et il a été exposé. L'intention était clairement meurtrière.

– Quand arrive le Dr Ryan ? demanda Pellacia.

Stanford lâcha un gémissement.

– Est-ce qu'on a vraiment besoin de lui pour nous ânonner une vérité aveuglante ? Qu'on a affaire à une bande de tarés.

– Je ne vois pas qui serait plus qualifié pour venir nous délivrer notre conférence mensuelle sur les psychopathes, railla Ramouter.

– Et moi, je ne sais pas pourquoi vous le révérez à ce point-là, tous. Je n'ai qu'à aller en ligne, payer cent livres, suivre un cours et, ce soir, j'aurai un certificat et un insigne confirmant mon nouveau job de profileur criminel.

– C'est un pathologiste légal, répliqua le jeune policier en se demandant ce que Stanford penserait de ses séances de thérapie avec Mark Ryan.

– Vous avez fini, tous les deux ? Il devrait être ici dans la demi-heure, intervint Henley.

– Des tarés. On cherche des tarés, martela Stanford.

– Où en est-on de l'identification du type de Southwark Park ? demanda Pellacia.

– Nulle part, répondit l'inspectrice.

Pour la première fois de la matinée, elle se tourna vers lui.

– Je croise les doigts pour qu'on trouve une correspondance ADN. On n'a rien découvert sur lui ni à proximité pour déterminer qui il est, mais les experts ont relevé des traces de son sang devant Nightingale House, un immeuble de la résidence Kirby Estate.

– Quand tu dis « des traces », ça représente quelle quantité ? s'enquit Eastwood.

– Pas des masses. Une petite flaque sur le perron. Il est possible que les tueurs l'aient posé brièvement parce qu'il était lourd à transporter. Possible aussi qu'il ait été tué à l'intérieur d'un appartement puis qu'on ait traîné son cadavre jusqu'au kiosque. On n'a pas trouvé de sang sur les escaliers intérieurs de l'immeuble.

– Soit il habitait dans le coin, soit, plus probablement, il y a été séquestré, mais, quoi qu'il en soit, ceux qui l'ont pendu voulaient qu'on le découvre, intervint Ramouter. Le parc n'ouvre qu'à huit heures du matin, et il y a un lycée pas loin, donc, sans Wallace, le corps aurait probablement été trouvé par une bande de gamins.

– À quelle distance se trouve Kirby Estate du kiosque ? demanda Stanford.

– Moins de cinq minutes à pied, dit Henley. Sans doute davantage en traînant un cadavre, mais c'étaient les premières heures de la matinée, mi-février, par moins quatre degrés. Les seules personnes dehors à ce moment-là étaient Wallace et nos tueurs. Je n'ai pas beaucoup d'espoir de trouver d'autres témoins.

– Ils sont peut-être allés jusqu'au parc en voiture, proposa Ramouter.

– Pourquoi aller en bagnole à Southwark Park, puis se faire chier à trouver une entrée et ensuite un endroit convenable où pendre ce type ? demanda Stanford. Ça ne me paraît pas raisonnable.

– Tu as sans doute raison.

– Bon, a priori, vous avez la situation bien en main, dit Pellacia en se levant. On a besoin d'une conférence de presse, idéalement dès cet après-midi. Je vais contacter notre service de presse.

– Qu'est-ce que tu as pu tirer des films de surveillance, Stanford ? demanda Henley en suivant des yeux Pellacia qui retournait dans son bureau.

– Une vraie blague. Tout ce qu'ils nous ont envoyé est corrompu. On a fait ce qu'on a pu, avec Ezra, mais c'était une perte de temps. Je vais aller au siège du conseil du *borough* pour voir ça de mes propres yeux. Il est seulement question de films de surveillance, et on se croirait en quête de l'Arche perdue.

– Super, dit Henley, alors que résonnait le bourdonnement de l'interphone.

– Super, répéta Stanford. On dirait que ton docteur pour tarés préféré vient d'arriver.

– Vous avez une autre victime ? demanda Ryan, auquel Eastwood tendait une tasse de thé.

– Je dirais que c'était le même MO, sauf que les coupables ont laissé ce pauvre type pendu dans le kiosque de Southwark Park après lui avoir tranché la gorge, répondit Henley.

– Ah, merde. (Ryan posa son thé sur le bureau de l'inspectrice et se cala au fond de sa chaise.) Nos tueurs sont en pleine escalade.

– Tout à fait ce que je disais, persifla Stanford.

– Je n'en suis pas du tout surpris, dit le psychiatre comme s'il s'adressait à un petit garçon.

– Alors, qui cherche-t-on ? demanda Henley. Et, Stanford, si tu répètes encore une fois « des tarés », je te jure que…

– Je serai sage, promis, répondit l'intéressé en prenant un siège près de Ramouter.

– Vous cherchez deux tueurs qui partagent les mêmes convictions profondes, et je soupçonne qu'au moins un des deux souffre d'une forme de dépression psychotique. Le fait que votre troisième victime ait été exposée publiquement m'en rend encore plus certain.

– Comment Caleb Annan s'inscrit-il là-dedans ? demanda Ramouter. On a des indices prouvant qu'il a côtoyé Whittaker comme Hadlow.

– Et Jensen, ajouta Henley. Anthony a comparé ses prélèvements à la base de données : ils correspondent à Caleb Annan et aux deux ADN non identifiés trouvés sur Brandon et Alyssa. Avant que tu ne poses la question, Eastie, on a vérifié et les parents Whittaker sont hors du coup.

– C'est bien dommage.

– D'après ce que vous m'avez dit, et aussi étrange que ça puisse paraître, compte tenu de ses nombreuses liaisons et de la manière dont il traitait les femmes, Caleb Annan devait être une sorte de baromètre moral pour vos tueurs, dit Ryan.

– Tu suggères sans rire qu'il a empêché les deux autres de tuer Whittaker ? demanda Henley.

– Si oui, pourquoi avons-nous Jensen et Hadlow sur le tableau des meurtres ? ajouta Eastwood.

– D'après les rapports d'autopsie, je dirais que l'intention n'était pas de tuer, avança Ryan.

– C'est bien ce qu'avait conclu Henley, lâcha Stanford. Je ne sais vraiment pas pourquoi on t'a appelé.

– Je te jure que je vais t'assommer, gronda l'inspectrice.

– Mes excuses, dit-il à regret. Continue, je t'en prie, docteur.

– Jensen n'a pas été balancé au milieu de nulle part, reprit Ryan. On a enveloppé son cadavre dans un sac de couchage et on l'a déposé là où il serait trouvé. Le responsable, aussi bizarre que ça puisse paraître, s'est préoccupé de lui. Hadlow a été trouvée chez elle et, encore une fois, je soupçonne qu'Annan le voulait. Le cas de votre victime du kiosque est différent. Sa gorge a été tranchée et la victime a été exposée sur une scène aux yeux du monde. Annan étant mort, le comportement de votre tueur se modifie.

– À t'entendre, on croirait qu'Annan est un saint, fit Stanford.

– En aucun cas. Ce type avait très peu de qualités pour le racheter.

– Tu crois que nos deux tueurs entretiennent des rapports amoureux ? demanda Henley. Les marqueurs ADN confirment qu'il y a un homme et une femme.

– Je ne peux pas en être sûr, mais je dirais que oui. Ils ont les mêmes croyances, et se fient assez l'un à l'autre pour travailler ensemble. Ce qui les rend dangereux, ces deux-là, c'est qu'ils estiment avoir une mission.

– Ils croient rendre service à la société ? demanda Henley.

– Oui, ils sont persuadés de faire le bien, dit Ryan.

– C'est dingue, soupira Ramouter, abasourdi. Je ne comprends toujours pas les exorcismes. Ils ne voient pas qu'ils font souffrir les gens ou quoi ? Quelle portion de leur cerveau peut croire qu'en torturant, ils font œuvre utile ? Alyssa Hadlow leur a dit clairement d'arrêter. Pourquoi n'ont-ils pas écouté ?

– Parce que, selon eux, c'était le démon qui parlait. La meilleure manière de l'expliquer est qu'ils ne voyaient plus Hadlow, Whittaker et Jensen comme des êtres humains.

– Et la corde rouge qui les attache tous ? interrogea Eastwood. Est-ce qu'il y a quelque chose derrière ça ?

– Absolument. Lier les mains et les pieds de la victime a un sens dans la majorité des religions, et en outre un sens culturel. Par exemple, pour les bouddhistes, un bracelet en ficelle rouge rappelle à son porteur de montrer de la compassion envers les autres.

– Oh, je t'en prie, lâcha Stanford. Cette bande de malades ne m'a pas l'air de montrer tellement de compassion.

– Tu serais surpris, dit Ryan. Il est possible que tes suspects croient faire preuve d'une grande compassion en procédant à leurs exorcismes. Ils sauvent une vie et une âme. Ce n'est pas compatissant, ça ?

– Comme je disais : des tarés.

– Pour être juste avec toi, Stanford, je ne suis pas tout à fait convaincu par cette hypothèse de compassion. Dans la plupart des religions, par exemple le judaïsme, l'hindouisme et le christianisme, la corde rouge est portée par protection ou comme porte-bonheur. Celle qui a été utilisée ici avait un double but. Le plus évident était d'entraver les victimes, mais le second d'empêcher d'autres esprits mauvais de venir habiter leur corps.

– Si nos tueurs croient dur comme fer aux pouvoirs salvateurs de la corde rouge, pourquoi Caleb Annan ne portait-il pas un bout de ficelle en bracelet ou je ne sais quoi ? demanda Eastwood. Tout ce qu'il avait au poignet, c'était une montre de grand luxe.

Le psychiatre médita la question, le front plissé.

– À en juger par son comportement sexuel, il n'est pas si étonnant qu'Annan n'ait pas pratiqué ce qu'il prêchait. Peut-être croyait-il, en tant que pasteur, porteur de la parole de Dieu, n'avoir besoin d'aucun symbole de protection matériel.

– Tu dis qu'à un niveau profond mais complètement tordu, nos tueurs estiment faire preuve de compassion – mais en ce qui concerne le bébé ? s'enquit Henley. Cet enfant est celui d'Alyssa Hadlow ; comment le perçoivent-ils ?

– Il est possible qu'ils le voient comme une confirmation : ils ont sauvé une vie ; s'occuper de lui est la récompense de leur dévouement. Nous n'avons pas tous la même vision des choses, et ces gens se croient manifestement investis d'une mission. Ce sont des anges de miséricorde. S'ils croient en Dieu et au diable, s'ils ne croient pas à la maladie mentale, la possession démoniaque est pour eux la réponse naturelle.

– Ce n'est pas naturel du tout, objecta Stanford. Bon, Doc, j'aime à croire que tu n'es pas complètement cinglé, alors que ferais-tu si Eastie se présentait sur le pas de ta porte et te disait qu'elle est possédée ?

– Il y a plus de chances que ce soit toi, persifla Eastwood.

– Si elle faisait ça, dit Ryan, je conclurais qu'elle souffre d'une psychose quelconque, mais je surveillerais son entourage. Quand famille ou amis ne croient pas aux maladies mentales, ou craignent la stigmatisation qu'elles apportent, il est plus acceptable de parler de possession.

– Mais, comme disait Ramouter, pourquoi torturer une personne qu'on essaie censément de sauver ? intervint Henley. Je n'arrive pas à comprendre ça.

– Parce que ceux qui procèdent à ces exorcismes ne savent pas ce qu'ils font, répondit Ryan. Quand vous enquêtez sur un crime, il y a une procédure, non ? Un ordre dans lequel vous isolez la scène puis collectez les indices, et ainsi de suite ? (Ramouter hocha la tête.) Eh bien, c'est pareil en matière d'exorcismes. Il n'y a pas de manuel d'instruction dans la Bible, mais un ordre catholique s'est développé au fil du temps. Le Vatican dispose d'un service entier consacré à ces choses-là. Si j'ai bien suivi, on procède à des examens pour établir qu'un démon s'est bel et bien introduit dans le corps, y compris demander à l'entité en question de s'exprimer. Puis il y a des prières, l'imposition des…

– Mais imposer les mains n'est pas synonyme de battre à mort, de noyer à moitié ou de trancher la gorge, intervint Henley.

– Comme je disais, vos tueurs sont en pleine escalade. L'important dans tout cela devrait être de préserver la vie : s'ils étaient vraiment religieux, ils sauraient qu'aucun homme n'a le droit de prendre celle d'un autre. Ces deux-là n'y croient plus.

Ryan se tut, et le silence se prolongea tandis que l'assistance absorbait ce qu'il venait de dire.

– Comment ça se fait que tu en saches autant sur les exorcismes ? demanda Stanford, sceptique.

– J'ai fait une conférence sur le sujet et écrit deux articles pour un journal de psychologie, répondit le psychiatre.

– Je n'en suis pas du tout surpris, soupira son interlocuteur après une brève pause. Je pense toujours que Caleb Annan est aussi responsable que les autres.

– Je ne te donne pas tort, soupira Henley en ouvrant l'e-mail dont son ordinateur venait de lui annoncer l'arrivée. Prends ton manteau, Ramouter.

– Qu'est-ce qu'il y a ?

– Linh veut nous voir à la morgue.

– Ah, super, je suis sûr qu'elle adore mon expression douloureuse quand j'y suis.

– Oh, ça lui plaît beaucoup, c'est sûr, répondit Henley en achevant de parcourir le message. Par ailleurs, il semble qu'on ait une identification pour la dernière victime.

# 63

Kyle Baxter, vingt-sept ans, reposait nu sur la table d'examen de Linh, une incision en forme de Y au milieu du torse.

– À l'exception du coup de poignard au cœur et de la gorge ouverte, les blessures sont les mêmes que sur Hadlow, Whittaker et, d'après le rapport d'autopsie, Jensen, dit la pathologiste en bâillant. Pardon, j'ai l'impression d'être debout depuis plusieurs jours, mais on est toujours vendredi. Bref, Jensen attend gentiment dans la chambre froide de la morgue d'East Ham, mais le rapport d'autopsie a l'air très complet, donc ce n'est pas la peine que j'aille l'examiner.

– Alors, qu'est-ce qui a tué Kyle Baxter ? La blessure au cœur ou autre chose ?

– La blessure au cœur, sans surprise, dit Linh en s'appuyant au dossier de sa chaise, qu'elle fit pivoter de droite à gauche. Avec une lame pas très grande : la plaie n'est longue que de dix-sept millimètres. J'ai envoyé les photos à un expert des couteaux parce que, comme vous le savez, je n'y connais rien. Les blessures aussi petites sont en général causées par un cutter, un canif ou un couteau de table. Ramouter, jette donc un coup d'œil à ses mains.

Le jeune policier se dirigea vers le corps en traînant les pieds mais sans se donner la peine de protester.

– Je n'ai jamais connu de flic ayant moins envie de s'approcher d'un cadavre, remarqua Linh sur un ton amusé.

– Ça ne me dérange pas d'en voir *in situ*, mais, ici, ça me fait quelque chose, admit Ramouter. (Il prit la main gauche de Baxter, la retourna et suivit d'un doigt les deux coupures profondes qui marquaient la paume, avant de la reposer sur la table de métal froid, de changer de côté et de procéder de même avec la main droite.) Il a des blessures défensives sur les deux mains. Il s'est défendu.

– Bingo, dit Linh.

– Whittaker, Hadlow et Jensen n'avaient pas de blessures défensives sur les mains.

– Ils avaient des coupures et des griffures, mais anciennes. À un moment, ils se sont défendus, sans doute quand on les a enlevés, mais, juste avant de mourir, ils étaient trop faibles pour faire quoi que ce soit. Alors que ce type-là…

– … était assez conscient pour savoir ce qui lui arrivait et a essayé de se défendre, compléta Ramouter.

– Il y avait aussi du sang séché et d'autres vilains résidus sous ses ongles. Les échantillons sont chez Anthony. Avec de la chance, on y trouvera l'ADN de votre tueur.

Henley n'éprouvait qu'un soulagement limité : même si cet ADN correspondait à ceux qu'on avait trouvés sur Whittaker, Hadlow et Jensen, cela ne permettrait pas d'identifier les tueurs ni ne donnerait d'indication pour retrouver le bébé. Elle avait besoin d'un nom.

Le père de Kyle Baxter, Nathan, était assis à la table de sa salle à manger. Trois ballons bleus gonflés à l'hélium, marqués du chiffre 50, flottaient dans un coin.

– Nous sommes tous vraiment désolés de ce qui vous arrive, monsieur Baxter, dit Henley.

– Vous pouvez m'appeler Nathan, dit-il. (Il releva vers elle des yeux cerclés de rouge.) Je n'avais que vingt-deux ans quand on a eu Kyle. Je comptais passer un an à voyager et…

Sa voix mourut tandis que son regard cherchait les photos affichées sur la bibliothèque.

– Je sais que c'est difficile et je vous épargnerais si je le pouvais, car je n'ai aucune envie d'ajouter à votre douleur, assura Henley. Ramouter était assis de l'autre côté de la table.

– Quand votre collègue est arrivée ici ce matin… j'ai su. Je crois que je le savais même avant… Je sentais qu'il n'était plus là. Mais j'ai quand même besoin de le voir… de mes yeux.

– Nous ferons le nécessaire pour que vous le puissiez. (L'inspectrice sortit son fin carnet de notes bleu, ce qui lui paraissait moins impersonnel que de tirer de son sac un iPad.) Vous avez rapporté la disparition de Kyle il y a six semaines. Nathan ? Vous m'avez entendu ? (Elle prononça une deuxième fois le prénom de Baxter, qui continuait de regarder dans le lointain.) Nathan ?

– Pardon, pardon, dit-il en se redressant et en se frottant les yeux. Vous disiez… ?

– Que vous aviez déclaré Kyle disparu, répéta doucement Henley.

– Oui. Il… Il avait quelques problèmes. De santé mentale. Ça a commencé quand il avait douze ans. On lui a diagnostiqué un désordre bipolaire assorti de schizophrénie. Ç'a été dur, très dur, mais… (Il marqua une pause, détournant le regard.) On a appris à vivre avec. Thérapie, médicaments, régime. On veillait à ce qu'il soit physiquement en forme, et à tout ce qui était important pour contrôler le mal. Et puis, il y a cinq mois… Eh bien, Kyle n'a plus rien contrôlé.

– Que s'est-il passé il y a cinq mois ?

Les larmes envahirent les yeux de Baxter.

– Il s'en sortait très bien, dit-il. Il est important d'avoir un bon réseau de soutien, et il l'avait : moi, sa belle-mère, mes parents, ma sœur.

Henley ne manqua pas de remarquer qu'il ne mentionnait pas la mère de son fils. Elle regarda à nouveau les photos. L'une de Kyle assis sur le canapé avec deux enfants, un garçon et une fille. Les obligatoires clichés scolaires de ces derniers. Kyle serrant une vieille femme contre lui. Nathan debout, une fleur à la boutonnière, embrassant sur la joue une femme noire au large sourire. Où était la mère de Kyle ?

– Que s'est-il passé il y a cinq mois ? demanda à nouveau Henley.

Nathan Baxter prit une profonde inspiration en essuyant ses larmes.

– Beaucoup de choses. Kyle a rompu avec sa copine, et il a eu des soucis avec son nouveau chef. Il travaillait comme conseiller en gestion pour une banque de la City, il ne supportait plus le stress, il a fait une dépression, et puis… elle l'a contacté.

– Qui ça, « elle » ? demanda Ramouter, penché en avant.

Une ombre passa sur le visage de Baxter. Son regard se durcit tandis qu'il ramassait une enveloppe violette et l'ouvrait, gardant les yeux baissés.

– La mère de Kyle… Stella. (Il sortit une carte d'anniversaire et la posa sur la table.) Stella est revenue.

– Revenue d'où ?

– De prison. Jusque-là, elle ne faisait que passer dans la vie de Kyle, mais je suppose qu'il l'a appelée. Je ne sais pas. La tempête du siècle, en tout cas.

– Quel est le problème avec Stella ?

Baxter secoua la tête comme s'il répugnait à se torturer en revivant la douleur évidente que lui avait infligée cette femme.

– On n'aurait jamais dû se marier. Mais ses parents et les miens n'auraient pas accepté qu'on vive dans le péché au moment de mettre Kyle au monde.

– Ils étaient très religieux ? interrogea Henley.

– Ce n'est rien de le dire. Très, très catholiques. Comprenez-moi bien : j'adore mes parents mais, pour certains trucs, ils étaient… bref, on s'est mariés, tout s'est bien passé un moment, mais notre couple ne fonctionnait pas. J'ai fait des efforts mais ça n'a rien arrangé, et puis Kyle est tombé malade.

– Ç'a dû être difficile.

Baxter hocha la tête. Des larmes dévalaient ses joues.

– On avait cessé d'aller régulièrement à l'église. Je reste croyant mais, bon… c'est la vie. Stella, elle, a changé. Même avant que Kyle ne tombe malade. On aurait dit qu'elle cherchait quelque chose. Ce qu'elle n'a pas pu trouver en moi, elle l'a trouvé dans la religion. Elle s'est inscrite à une nouvelle église.

– Vous vous rappelez laquelle ? demanda Ramouter.

Nathan Baxter secoua la tête et continua de pleurer.

– Elle en fréquentait un tas… On aurait dû lui suffire. S'occuper de Kyle aurait dû lui suffire. Seigneur ! Je ne sais pas comment je vais pouvoir parler de leur frère aux enfants. Ils pensaient qu'on allait fêter mon anniversaire ce soir.

– Que s'est-il passé avec Stella ? demanda fermement Henley. Baxter avait sans doute l'impression d'être bombardé de questions, mais elle devait le tirer hors de ce terrier de lapin qu'était le chagrin, ne serait-ce que pour un tout petit moment.

Il ravala ses larmes.

– Elle a essayé de le tuer. Elle a essayé de tuer notre fils.

# 64

– Il y a quatorze ans, Stella Baxter a plaidé coupable de tentative de meurtre, vol d'un véhicule à moteur et kidnapping, dit Ramouter en tendant à Henley l'impression du rapport d'enquête. Ce n'est qu'un résumé. Apparemment, il y avait un co-suspect. Un certain Niall Graff.

– Niall. C'est le nom de l'homme qui travaillait avec la tante de l'autrice du blog, Rebecca Keeler. Sa mère me l'a confirmé.

– Ça ne peut pas être une coïncidence, c'est forcément le même. J'ai demandé le dossier complet de l'enquête. La mère de Baxter a pris sept ans de prison.

– Sept ans, s'exclama Henley. Et un IPP.

Elle secoua la tête devant la décision du juge d'imposer cet *Imprisonment for Public Protection*[1] signifiant que la condamnée devrait rester un certain temps en prison avant d'être éligible à la libération sur parole.

– Oh là là, du coup, elle a fait onze ans de taule. Huit à Holloway avant d'être déplacée à Laleham. L'IPP était vraiment une saloperie. Elle a purgé presque le double de sa peine.

– Apparemment, elle a fait appel de sa sentence et c'est pour ça qu'elle a été remise en liberté, dit Ramouter.

1. Ce type de sentence à la durée indéterminée n'existe plus au Royaume-Uni depuis 2012.

Si on n'a même pas envisagé de la libérer sur parole après qu'elle a purgé ses sept ans, c'est sans doute qu'elle ne se repentait pas. Qu'elle n'avait pas changé.

Au moment des faits, Nathan et Stella Baxter étaient séparés depuis presque dix-huit mois. C'était le père qui avait obtenu la garde de leur fils. La mère avait le droit à une visite par semaine mais n'en profitait que sporadiquement. Kyle, frappé par la maladie mentale, avait un soir appelé sa mère. Nathan avait accepté que Stella reste dormir chez lui, afin qu'ils emmènent ensemble le garçon à l'hôpital dans la matinée. Toutefois, lorsqu'il s'était réveillé, sa femme, son fils et sa voiture avaient disparu. Un voisin de Stella avait appelé la police après avoir entendu un enfant hurler sans relâche pendant la nuit. Les agents, en arrivant sur les lieux, avaient trouvé Kyle attaché sur un lit.

– Il avait six côtes cassées, des brûlures aux pieds, des coupures, des ecchymoses et le mot « pars » écrit avec des cendres sur le front, lut Henley à haute voix.

– Merde, lâcha Ramouter. Elle le croyait possédé. Elle essayait de le sauver. Le seul point positif est qu'elle ne l'ait pas tué.

– Pas à l'époque, mais il est mort à présent. Il faut qu'on trouve cette Stella.

– Baxter ne peut pas nous aider. Il n'a pas son adresse. Ce qu'on peut faire de mieux, c'est déposer un avis de recherche – mais pour quel motif exactement ? Hormis le MO similaire, on n'a aucun indice matériel. Son ADN est dans la base de données depuis presque quinze ans : si elle était responsable de nos meurtres, on le saurait.

– Tu as raison, dit Henley. Donc, il faut qu'on les trouve, elle et ce Niall Graff. Tu dis qu'il était accusé en même temps ?

– Il a été arrêté mais jamais mis en examen pour quoi que ce soit et, avant que tu ne le demandes, je n'ai trouvé dans le système aucun casier judiciaire, échantillon d'ADN ni empreintes digitales à ce nom-là.

– Et merde, jura-t-elle, alors que Stanford entrait en agitant un CD dans sa main. Qu'est-ce que c'est que ça ?

– Le résultat de toute une matinée dans un petit bureau minable de Catford, à regarder des vidéos de surveillance.

– Dis-moi que ça a donné quelque chose, implora Henley.

– À 21 h 14, la caméra d'Harton Street, en face du parking, cadre Uliana Piontek qui entre dans l'église par la porte de derrière. À 22 h 02, Uliana repart.

– Ça correspond à ce qu'elle nous a dit pendant son interrogatoire. Elle affirme être restée avec Caleb Annan environ quarante-cinq minutes.

– Mais à peine plus tôt, vers 21 h 58, la voiture de Serena Annan est repérée au croisement de Greenwich South Street et Lewisham Road, roulant en direction de Deptford Broadway. On la retrouve qui s'engage sur le parking de l'église à 22 h 03. Serena se gare et entre dans l'église par la porte de derrière.

– Donc Uliana ne l'a ratée que d'une minute ? fit Henley.

– Ce qui est sans importance, parce qu'Uliana revient à 22 h 10 puis sort de l'église en courant à 22 h 13. La caméra de Deptford Broadway la montre à 22 h 16 en train de monter dans une Toyota Prius puis de s'éloigner en direction de New Cross.

– Et Serena ? Où est-elle ? demanda l'inspectrice.

– C'est là que ça devient intéressant. Le truc, c'est qu'elle quitte l'église au bout de vingt minutes, à 22 h 22, et que sa voiture est aperçue à 22 h 25 sur Blackheath Road.

– Donc, à 22 h 35, Serena arrive chez elle.

– Oui mais, une heure plus tard, à 23 h 22, sa voiture est à nouveau repérée sur Deptford Broadway. Je suppose qu'elle retourne à l'église.

– Est-ce qu'on la voit y entrer ? demanda Henley.

– Non, la caméra a eu un dysfonctionnement quelconque, dit Stanford. Mais quarante et une minutes plus tard, à 0 h 03, celle de Vanguard Street repère quelqu'un qui s'éloigne de l'église en courant, et à 0 h 07, on voit la voiture d'Annan foncer le long de Deptford Broadway.

– Qui est-ce qui court sur Vanguard Street ? Ça ne peut pas être Serena, puisqu'on la suppose en voiture.

– Aucune idée. Tout ce que je peux te dire, c'est que Serena Annan a été très occupée cette nuit-là.

– Ça devrait nous permettre de l'arrêter pour meurtre, intervint Ramouter. Il faut juste qu'on détermine qui s'enfuyait en courant. Ça me rappelle que le propriétaire du studio de design voisin de l'église m'a rappelé : je vais lui rendre visite et en profiter pour jeter un nouveau coup d'œil dans les environs.

– Bien. D'autres nouvelles à propos du bébé Hadlow ? demanda Henley à Stanford.

– À part les habituels cinglés… pardon, se reprit-il en voyant l'expression désapprobatrice de sa collègue. À part les citoyens irresponsables qui appellent pour débiter les conneries habituelles, aucune piste.

– Super, dit-elle. Elle se pencha au-dessus de son bureau et bâilla.

– Tu as eu une longue journée, remarqua-t-il en levant les yeux vers la pendule murale. Il est presque dix-huit heures. Ça en fait seize que tu travailles.

Henley jeta un coup d'œil à Ramouter, vautré sur sa chaise, l'air vidé.

– Je ne me sentirais pas bien d'arrêter.

– Ramouter et toi êtes tous les deux morts sur pied, déclara Stanford. (Il ramassa le blouson de l'inspectrice et le lui jeta.) Rentre chez toi. Je doute que quoi que ce soit se produise cette nuit. On reviendra tous demain, même si c'est samedi.

– D'accord, dit-elle en se redressant et en éteignant son ordinateur, tandis qu'il quittait la pièce.

– Il est très protecteur avec toi, remarqua Ramouter en bâillant et en se redressant à son tour.

– Ouais. Je suis la petite sœur qu'il n'a jamais eue, répondit Henley sur un ton affectueux. Tu veux bien me dire ce qui s'est passé ? Où étais-tu hier ?

Quand il releva les yeux, elle fut incapable de dire s'il était simplement épuisé ou sur le point de fondre en larmes.

– Michelle avait disparu, dit-il. Je venais de quitter Derrick Sullivan, et j'avais eu un tas d'appels en absence de Pamela – sa sœur.

– Tu es allé tout droit à Bradford ?

– Ouais. Le temps que j'arrive, on l'avait retrouvée. Elle était retournée à notre ancienne maison. Il a fallu que je passe la chercher au poste.

Henley fit rouler sa chaise jusqu'à lui et l'entoura de ses bras.

– Je suis vraiment désolée. Je me sens très mal.

– Pas la peine. J'aurais dû dire quelque chose.

– C'est bon. Je te répète qu'on est une équipe. Je veille sur toi. On est tous là pour toi. C'est compris ?

– Ç'a été une année de merde, dit Ramouter.

– Ouais, j'en ai connu de meilleures, admit Henley.

– Je veux juste que tout redevienne normal.

– Moi aussi. Comment va Michelle à présent ?

– Toujours bouleversée, mais c'est difficile à dire – ça change tous les jours. Je voudrais tellement être disponible pour elle.

– Personne ne te reprocherait de retourner à Bradford, dit Henley.

– Oh, oui, mais… Je ne sais pas. Une chose à la fois. J'y pars, là. Avec un peu de chance, je verrai Ethan avant d'aller au lit. Je te retrouve demain matin.

– Au café. Je commanderai le petit déjeuner, promit-elle en enfilant son blouson. Elle attendit quelques minutes après le départ de Ramouter et s'approcha du tableau où s'affichaient les photos de leurs cinq victimes, dont Caleb Annan. Elle avait quatre meurtriers à identifier et un bébé disparu à retrouver. En sortant de la SCU, elle se demanda si cette affaire ne risquait pas d'être la dernière de Ramouter.

# 65

Marcher dans les couloirs de l'hôpital déclencha en Henley une pluie d'images du passé. Sa mère était morte depuis huit minutes quand elle était enfin arrivée à son chevet. Elle chassa ce souvenir douloureux en pénétrant dans le service où était soigné Brandon Whittaker. Elle n'aurait pas pu rentrer chez elle sans d'abord rendre visite au blessé.

– Je ne m'attendais pas à vous voir ce soir, dit Niamh, l'infirmière qui l'avait appelée dans la matinée.

– Je ne m'attendais pas à vous voir non plus. Vous n'avez pas terminé votre service ? demanda Henley.

– Ne me lancez pas là-dessus. Encore un ou deux ans, et l'État va vouloir qu'on travaille gratos.

– Quelqu'un est venu le voir ? Je sais que j'ai interdit les visites de ses parents, mais je me dis qu'ils ont pu essayer.

– Pas à ma connaissance. Sa sœur est là depuis quinze heures, en revanche.

– Comment va-t-il ? demanda Henley à Amy sur le seuil de la chambre de Brandon, que le médecin finissait d'examiner.

– Il est réveillé, c'est l'essentiel, répondit la jeune femme en la rejoignant. Il a dit mon nom quand il m'a vue, et puis il s'est endormi pendant une heure.

– Les médecins ont avancé un pronostic ?

– Non, mais le fait qu'il réponde aux sollicitations est de bon augure, selon eux. Il connaît son nom, il cligne des paupières quand on le lui demande, mais il reste désorienté. Ils appellent ça de l'amnésie post-traumatique : sa mémoire à court terme risque d'être un peu, euh… merdique, pendant au moins vingt-quatre heures. Avec de la chance, ensuite, ça se remettra.

Henley espéra que l'amnésie de Brandon ne dure pas plus de vingt-quatre heures. Elle avait besoin de réponses, de découvrir qui était responsable de la présence du jeune homme à l'hôpital.

– Vous avez parlé à vos parents ? demanda-t-elle à Amy.

– J'ai appelé ma mère ce matin, après qu'on m'a téléphoné de l'hôpital pour me dire que Brandon avait ouvert les yeux. J'ai été surprise qu'elle décroche.

– Et votre père ?

– Je n'ai pas essayé. Il n'a même pas encore lu mon dernier message sur WhatsApp.

– Qu'a dit votre mère quand vous lui avez parlé ?

– « Merci de m'avoir tenue au courant », répondit Amy, l'air incrédule. Comme si je lui confirmais la révision de sa chaudière, bordel. Pardon, mais elle me met vraiment en rogne. Ils me mettent en rogne tous les deux.

– C'est bon, je comprends, dit Henley quand le médecin quitta enfin la chambre. Venez, entrons.

Brandon, assis dans son lit, considérait avec perplexité la télécommande de la télévision dans sa main. Il avait encore la tête bandée et restait sous perfusion. Sa poche d'évacuation des liquides était heureusement claire.

– Brandon, dit Amy en s'asseyant sur la chaise posée près du lit, je te présente l'inspectrice détective Henley. C'est la dame qui t'a trouvé.

– Qui m'a trouvé, répéta le jeune homme, désorienté. Où ça ? Je suis ici.

Il mangeait un peu ses mots.

– Bonjour, Brandon, dit Henley. Comment vous sentez-vous ?

– J'ai faim et j'ai mal à la tête.

– Je pense qu'on va vous apporter à manger. Le mal de tête ne devrait pas tarder à passer.

– Comment vous appelez-vous ? demanda Brandon.

– Je suis l'inspectrice Henley. Mon prénom est Anjelica.

– Moi, c'est Brandon.

– Ravie de vous connaître, Brandon. (Elle savait que cela serait inutile, mais elle posa tout de même la question.) Vous rappelez-vous ce qui vous est arrivé avant que vous ne vous endormiez, Brandon ?

Le jeune homme regarda sa sœur, puis Henley, comme s'il la voyait pour la première fois.

– Ce n'est pas grave si vous ne vous rappelez pas. Je suis juste contente que vous soyez réveillé. (Elle se détourna.) Je reviendrai une autre fois.

– Ils m'ont fait mal ! s'écria soudain Brandon.

– Qui vous a fait mal ?

Henley pivota à nouveau et se rapprocha du lit.

– Je leur ai dit que je n'aimais pas ça, s'exclama-t-il encore. Il empoigna son poignet gauche et tira sur les pansements.

– Ne fais pas ça, Brandon, s'interposa Amy. Elle saisit les mains de son frère et les serra doucement entre les siennes.

– Vous vous rappelez ce qu'on a fait à vos poignets ? demanda Henley. L'image du jour où elle l'avait trouvé, avec la ficelle rouge qui mordait sa chair gonflée, jaillit en elle.

Brandon lui rendit un regard vide.

– Vous dites qu'ils vous ont fait mal, reprit-elle. Vous pouvez me dire qui ils étaient ou à quoi ils ressemblaient ?

– Je ne sais pas, dit-il doucement, avant de se mettre à pleurer. Je ne sais pas. Je veux rentrer à la maison. Vous pouvez me ramener à la maison ?

– Je suis désolée, dit doucement l'inspectrice. Elle avait envie de le prendre dans ses bras, de lui dire qu'il était en sécurité et que tout irait bien, mais il paraissait si fragile qu'elle avait peur de le casser physiquement si elle le touchait.

– Pardon, fit Amy. Il est peut-être préférable que vous partiez. J'espère qu'il ira mieux d'ici un jour ou deux.

– Ne vous excusez pas, lui dit Henley en s'écartant. C'est normal. Votre frère a subi une rude épreuve. Le plus important, c'est que vous soyez avec lui.

– J'espère que vous trouverez ceux qui ont fait ça, déclara Amy en la suivant dans le couloir.

– On se reverra bientôt, conclut-elle sans répondre. Elle ne voulait pas faire une promesse qu'elle n'était pas sûre de tenir.

# 66

– Le petit déjeuner est toujours meilleur quand c'est quelqu'un d'autre qui le prépare, décréta Eastwood en écartant son assiette vide. Merci beaucoup, madame.

– Ne m'appelle pas madame, dit Henley. Ça me donne l'impression d'être vieille.

– Envoyez les violons, lança Stanford.

– Bon, je vous laisse vous chamailler, tous, dit Eastwood. J'appellerai dès que j'aurai le mandat d'arrêt contre Serena Annan.

– Dommage que Ramouter ait séché le petit déjeuner, remarqua Stanford tandis qu'ils regagnaient la SCU à pied.

– Il a besoin de repos, et ce n'est pas comme s'il prenait toute sa journée, renvoya Henley. Il doit aller voir un témoin. À ce sujet, il faut que je lui demande s'il a réussi à rencontrer le frère de Derrick Sullivan à propos de ce fameux trajet à l'aéroport.

– Je déteste cette affaire. Elle me donne envie de tout envoyer promener et d'aller coller des prunes pour excès de vitesse jusqu'à l'âge de la retraite.

Une heure plus tard, il fit signe à Henley de venir jusqu'à son bureau.

– J'ai trouvé Stella Baxter, annonça-t-il. Elle a été placée en liberté provisoire – devenue définitive depuis deux ans. Il y avait aussi une mesure d'éloignement, mais qui a expiré pendant qu'elle était en prison. Le truc rigolo, c'est qu'une deuxième mesure d'éloignement a été validée l'année dernière, le 22 décembre.

Stanford exhiba une copie du document en question.

– Ne pas contacter Kyle Baxter directement ni indirectement. Ne pas approcher de moins de cinq cents mètres de Kyle Baxter. Ne se rendre à aucune adresse à laquelle réside Kyle Baxter, lut Henley. Il s'inquiétait tellement pour sa sécurité qu'il a demandé une mesure d'éloignement contre sa mère alors même qu'elle a croupi en prison pendant la moitié de sa vie à lui ?

Stanford secoua la tête.

– Ce n'est pas lui qui a déposé la demande. C'est son père.

– Kyle est majeur ; si son père a fait ça, c'est qu'il a une procuration.

– Il dispose d'une procuration permanente depuis les vingt et un ans de son fils.

– Il a dû se produire quelque chose de grave pour qu'il demande cette mesure d'éloignement.

– En plus du fait qu'elle a essayé de tuer leur enfant ? demanda Stanford.

– J'allais dire que c'était il y a longtemps, mais tu n'as pas tort, soupira Henley en jetant un coup d'œil vers le bureau de Pellacia.

– Je n'ai rien trouvé sur les raisons pour lesquelles Nathan Baxter a demandé la mesure d'éloignement, mais ce que je sais, c'est que Stella a été arrêtée pour violation de cette même mesure la semaine où Kyle a disparu.

– Tu rigoles ? renvoya l'inspectrice. Qu'elle ait violé la mesure d'éloignement est forcément lié à la disparition de Kyle, mais il y a une différence entre faire du mal à son fils et lui planter carrément un couteau dans le cœur. Quoi qui lui soit passé par la tête il y a treize ans, je ne crois pas que ça inclue le désir de le tuer pour de bon.

– Elle n'a pas pu le faire, de toute façon. Tuer n'importe laquelle de nos victimes, je veux dire, expliqua Stanford. Elle est enfermée à la prison de Laleham depuis le 8 janvier. On doit la juger la semaine prochaine. De plus, son ADN est dans la base de données depuis des années. S'il avait correspondu à un de ceux qui ont été retrouvés sur les scènes de crime et les victimes, son nom se serait allumé comme un feu d'artifice.

– Il va falloir que j'aille la voir à Laleham.

Henley ramassa son blouson sur la table.

– Tu y vas tout de suite ?

– Que veux-tu que je fasse d'autre ? Si j'ai de la chance et s'il n'y a pas trop de circulation, je devrais arriver vers 11 h 30.

– Et en ce qui concerne Serena Annan et le mandat ?

– J'appelle Ramouter et je lui dis d'assurer la liaison avec toi dès qu'Eastwood confirme que le juge a signé. Le CID de Plumstead m'a prêté deux agents pour aider à la perquisition. Avec de la chance, j'arriverai à temps. Est-ce qu'il a dit qu'il venait ? demanda Henley en désignant la porte de Pellacia.

– Ouais, qu'il serait là à midi, répondit Stanford. Qu'est-ce qui se passe entre vous deux ? Je veux dire, je ne crois pas qu'il y ait quoi que ce soit *de ce genre-là,* mais il y a clairement quelque chose.

– Ce n'est rien, dit l'inspectrice, sachant fort bien que Paul Stanford était une des rares personnes auxquelles elle ne pouvait pas mentir. Il voit Laura Halifax.

– Qui voit Lau… ? Oh… (Stanford lâcha un sifflement bas.) Ah, le bâtard. Mais tu ne devrais tout de même pas réagir comme ça, il est libre et célibataire.

– Ne sois pas ridicule. Je ne suis pas jalouse ni furieuse. Je trouve juste que c'est déplacé.

– Tu es sûre que c'est tout ? Elle n'est en rien liée à l'enquête.

– Non, mais elle est liée à Serena Annan et elle fourre son nez dans l'affaire depuis le premier jour. Alors maintenant, Pellacia... je ne sais pas, il lui donne des rencarts.

– Tu es jalouse, dit Stanford en souriant.

– Ta gueule.

– Tu sais quoi ? Je vais lui dire un mot.

– Non, tu as raison. Laisse tomber. Ce n'est pas comme s'il se tapait une suspecte.

– Il pourrait bien se taper n'importe qui, ça ne te plairait pas quand même.

– Ta gueule, répéta Henley en lui tournant le dos. Elle ne voulait pas qu'il voie dans ses yeux qu'il avait raison.

Ramouter descendit du bus et parcourut le même chemin qu'Uliana Piontek le lundi matin précédent, quand elle se rendait à l'église sans se douter le moins du monde qu'elle allait y trouver le cadavre de Caleb Annan. Il s'arrêta devant les portes ouvertes et lut le panonceau jaune sur lequel figurait l'appel à témoins de la Police métropolitaine. Tandis qu'il enfonçait le bouton de l'interphone de Payton Studios, tout en remarquant sur sa gauche une fenêtre condamnée par des planches, il se demanda si qui que ce soit, à Londres, prêtait la moindre attention à de tels appels.

– *Oui ?* lança une voix dans l'interphone.

– AD Salim Ramouter. Je viens voir Tom Payton.

– *Une seconde.*

Ramouter explora le parking des yeux en attendant qu'on vienne lui ouvrir.

– Vraiment désolé. La porte est cassée. Tom Payton, c'est moi. Ça vous ennuierait de me montrer votre carte ? C'est juste qu'on a eu un tas de journalistes depuis la semaine dernière.

– Il n'y a pas que la porte qui soit cassée, dit Ramouter en exhibant sa carte de police. Qu'est-il arrivé à la fenêtre ?

– Venez dans mon bureau, je vais vous montrer.

Ramouter pénétra dans un local en open space où des employés coiffés d'écouteurs se concentraient sur leur écran d'ordinateur. Malgré l'atmosphère un peu tendue, Ramouter se demanda s'il n'aurait pas été plus heureux à concevoir des jeux et des applis plutôt qu'à poursuivre des tueurs en série désaxés.

– Depuis combien de temps êtes-vous installé ici ? demanda-t-il en s'asseyant sur un canapé bien plus confortable et onéreux que celui sur lequel il s'endormait régulièrement.

– Je me suis mis à mon compte il y a douze ans, et on a déménagé ici il y a presque dix ans. C'est nettement meilleur marché que de louer un espace à Shoreditch.

– Donc, vous étiez ici avant l'église voisine.

– Ouais, ils sont arrivés après. Je croyais qu'avoir un lieu de culte à côté poserait des problèmes mais, il faut leur rendre justice, ils sont très calmes pendant la semaine et, nous, on ne travaille généralement pas le week-end, sauf si on joue vraiment la montre sur un projet ; comme en ce moment.

– Vous disiez dans votre message que vous étiez à l'étranger quand Caleb Annan a été tué ?

– Ouais, sinon je vous aurais contactés tout de suite, mais j'étais en Allemagne pour un salon de jeux vidéo. Nous – c'est-à-dire Daisy, Niko et moi – on est allés en Allemagne, et ensuite je suis parti skier. Tous les autres étaient ici. Paulo est absent aujourd'hui, mais c'est lui qui m'a dit ce qui était arrivé à Caleb.

– Vous le connaissiez bien.

– Bonjour, bonsoir. Et on causait un peu football. Il n'avait jamais frappé à notre porte pour essayer de nous convertir, mais, après la bagarre, pendant un petit moment, il a encore plus gardé ses distances. Il devait être gêné, quelque chose comme ça. Il m'a donné de l'argent pour couvrir les réparations de la vitre. C'est juste que je n'ai pas encore trouvé le temps de m'en occuper.

– Dites-moi ce qui s'est passé. Cette bagarre ?

– Comme je le disais, c'était il y a quelques semaines, trois ou quatre jours avant mon départ pour l'Allemagne. Je suis venu un samedi après-midi pour terminer un boulot. Quand je suis arrivé, il y avait une voiture garée devant notre bureau. Les gens n'arrêtent pas de s'y mettre, surtout le samedi, quand il y a le marché dans la grande rue, ils prennent ça pour une place gratuite. J'ai photographié la bagnole et je suis entré. Je n'avais même pas encore lancé la bouilloire que j'ai entendu des cris dehors, et puis il y a eu un grand boum. Je suis revenu devant et j'ai constaté que la fenêtre était défoncée. Quand j'ai ouvert la porte, j'ai vu Caleb en train de se battre avec un type.

– Vous êtes sûr que c'était bien Caleb Annan ? demanda Ramouter.

– Ouais, tout à fait sûr.

– Avez-vous reconnu l'homme avec lequel il se battait ?

Tom Payton secoua la tête.

– Jamais vu auparavant.

– Vous pourriez le décrire ? L'autre type ?

– Noir aussi, mais la peau plus claire que Caleb, corpulence moyenne. Désolé, ça s'est passé vraiment très vite. Peut-être que si je voyais une photo de lui… mais sans ça, je ne peux pas faire mieux.

– Donc, vous disiez qu'ils se battaient.

– Ouais, le type avait coincé Caleb contre le mur et disait qu'il allait le tuer.

– Cet homme a dit qu'il allait le tuer ? En ces termes ?

– Absolument. J'ai bien entendu. Caleb lui a répondu qu'il était cinglé. Je suis sorti, et Milo… Un gars qui travaille à la brasserie, à deux portes d'ici… Milo est sorti aussi, et on n'a pas été trop de deux pour les séparer.

– Que s'est-il passé ensuite ?

– J'ai demandé à Caleb s'il voulait que j'appelle la police. Il était salement amoché. Un œil gonflé. La lèvre éclatée. Et il saignait de quelque part. Bref, il m'a prié de ne pas appeler la police. Milo a dit à l'autre homme de s'en aller.

– Et il l'a fait ?

– Il a fini par le faire, ouais, mais, d'abord, il a encore attaqué le pasteur et il a même balancé un coup de poing à Milo, ce qui était une erreur, parce que Milo lui en a collé une et lui a ordonné de foutre le camp. C'est là qu'il s'est barré. J'ai fait entrer Caleb dans le studio, l'autre type a bondi dans sa voiture et il est parti.

– Est-ce qu'il a dit quoi que ce soit d'autre avant de s'en aller ? demanda Ramouter. Est-ce qu'Annan l'a appelé par son nom ?

Payton secoua la tête.

– Pas que je me souvienne. Mais, vraiment, ça s'est passé très vite. Je n'avais pas été mêlé à une bagarre depuis que j'avais quitté l'école. Ça m'a valu un pull déchiré. Je me rappelle que l'autre type avait une coupure à l'œil. Il a dit à Caleb de « lui foutre la paix » et qu'il le tuerait « s'il la touchait encore ».

– Vous vous rappelez sa voiture ? Même les tout petits détails sont utiles.

– C'est celle qui était garée devant le studio. Je vous ai dit que je l'avais prise en photo. Tenez, je vous l'ai imprimée.

Ramouter retourna dans le froid et sortit son téléphone. La brasserie était fermée. Tandis qu'il attendait pour obtenir l'opérateur de la police de la circulation, le jeune policier se promit de rechercher le dénommé Milo pour lui demander une déposition.

– Bonjour, ici l'AD Salim Ramouter, matricule 2873PY, brigade des crimes en série. J'ai besoin des données d'immatriculation d'une Volkswagen Tiguan gris métallisé, numéro PF68 ESY.

– Donnez-moi une minute, répondit l'opérateur, l'ordinateur est un peu lent. Ah, voilà ! Ce véhicule est enregistré au nom de Tameka Sullivan, née le 4 juin 1984. Exempté de contrôle technique. L'assurance a été contractée par Tameka Sullivan et Derrick Sullivan, né le 27 février 1982.

# 67

Le centre de détention de Laleham évoquait davantage un immeuble résidentiel moderne que la plus grande prison pour femmes d'Europe. Le téléphone d'Henley bipa à l'arrivée d'un nouveau sms de Ramouter, tandis qu'elle suivait le gardien de prison le long du couloir. Son collègue l'avait appelée pour l'informer de l'agression perpétrée par Derrick Sullivan contre Caleb Annan alors qu'elle roulait à toute vitesse sur la M4. Elle lui avait ordonné d'obtenir un mandat de perquisition pour le domicile de Sullivan.

– Par ici, dit le gardien en lui ouvrant une porte. On a eu un incident dans la salle des visites, qui est indisponible pour le moment, donc vous allez devoir la rencontrer ici. Comme il n'y a pas de visites sociales aujourd'hui, vous pouvez prendre le temps dont vous avez besoin.

Henley sentit son cœur manquer un battement quand elle pénétra dans le centre des visiteurs. Une aire de jeux pour les enfants accueillait des chaises miniatures de couleurs vives et un coffre débordant de jouets. L'inspectrice n'imaginait rien de pire que d'emmener un enfant voir sa mère emprisonnée. Si elle se trouvait jamais dans la triste obligation de purger une peine de prison, voudrait-elle que Rob emmène Emma la voir ?

Stella Baxter était assise à une table, vêtue d'une tenue bleue de prisonnière. Un second gardien et une gardienne se tenaient à proximité.

– Madame Baxter… dit Henley.
– Non, Webb. Je ne me fais plus appeler Baxter. Quel intérêt après le divorce ?
– Vous voulez bien que je vous appelle Stella ? demanda l'inspectrice en annexant une chaise très rembourrée, orange vif.
La prisonnière haussa les épaules, tandis que les gardiens quittaient la pièce. Henley remarqua ses traits durcis. Il n'était pas évident de se convaincre qu'elle avait le même âge que son ex-mari Nathan. La vie l'avait ravagée prématurément. La photo prise lors de sa première arrestation, pour négligence envers son enfant, montrait une femme aux épais cheveux bruns frisés, à la gorge fine, aux yeux vifs et au visage quasi dépourvu de rides. Ses cheveux étaient désormais gris, sauf pour quelques mèches d'un brun terne, privés du lustre de la jeunesse. Ses lèvres fortement plissées lui donnaient en permanence l'air inquiet, et sa peau sèche paraissait presque trop grande pour son visage. Elle leva vers sa visiteuse des yeux humides, rougis et hantés.
– Vous savez qu'il n'a même pas eu la décence de me dire que mon fils était mort ? demanda-t-elle d'une voix étonnamment ferme. Je savais que quelque chose n'allait pas. Une mère sent ces choses-là. On sent son enfant même quand on n'est pas avec lui.
– Comment avez-vous su pour Kyle ? s'enquit Henley.
– C'est la gouverneure de la prison qui m'a informée. Je crois qu'elle a pris du plaisir à me le dire. Ils ont tous le diable en eux.
Tous les rapports psychiatriques concluaient que Stella ne souffrait d'aucun trouble de la personnalité ni d'aucune forme de psychose : elle avait simplement des convictions religieuses profondes.
– Je suis sincèrement désolée pour votre fils, dit Henley.

– On ne m'a pas dit comment il est mort. Vous savez qui l'a tué ?

– Non. C'est pour ça que je viens vous parler.

– Moi ? (La prisonnière porta un doigt osseux à sa poitrine.) Je ne sais rien du tout. Je ne vois pas pourquoi on aurait fait du mal à mon Kyle. Tout ce que j'ai toujours voulu, moi, c'est essayer de l'aider. De le soigner.

– Une mesure d'éloignement vous interdit d'entrer en contact avec lui.

– Ça ne vient pas de lui. Ça vient de son père. Kyle voulait me voir. Je suis sa mère.

– Écoutez, Stella, je ne viens pas parler de votre violation de cette mesure, et, étant donné ce qui s'est passé, je suis sûre que le juge reviendra sur sa décision de vous poursuivre.

– Savez-vous combien de temps j'ai passé en prison ? On continue de me punir alors que je n'ai fait que protéger mon fils. Le soigner.

– Quand l'avez-vous vu pour la dernière fois ? demanda Henley, cherchant à ramener la conversation sur ses rails.

Son interlocutrice renifla bruyamment et essuya les larmes qui coulaient sur ses joues.

– Je savais que quelque chose n'allait pas. Il avait été bien pendant longtemps, et il était venu me voir en prison. C'est lui qui s'est démené pour ma procédure d'appel. Il pensait que j'avais été assez punie. Il est très compatissant – pas comme son père. Quand j'ai été relâchée, il y a six mois, je n'ai eu aucune aide. Je ne savais ni quoi faire ni où aller. Kyle m'a trouvé un hôtel. Un refuge pour femmes, où je suis restée un petit moment.

– Où était-il, cet hôtel ? demanda Henley.

– Il était à Woolwich. Ils sont très gentils, là-bas.

– Stella, pardonnez-moi si je vous parais un peu brutale, mais pourquoi Kyle vous aurait-il aidée après tout ce qui s'est passé quand il était enfant ?

– Parce que je suis sa maman, dit la prisonnière en se remettant à pleurer.

– Cela semble un peu contredire ce que Nathan…

– Nathan ne m'a jamais comprise, lâcha-t-elle d'une voix plus aiguë. Il n'a jamais compris mon lien avec Kyle.

– Calmez-vous, Stella. Je suis obligée de vous poser ces questions.

– On me punit d'avoir aimé mon fils. Kyle voulait simplement m'aider.

– Très bien, donc Kyle voulait vous aider et il vous a logée dans cet hôtel. Combien de temps y êtes-vous restée ?

– Deux mois, presque trois. Ils m'ont aidée à obtenir une allocation et on a fini par m'attribuer un appartement.

– Qui précisément vous a aidée avec l'allocation ?

– La directrice, Rebecca. Elle a été très gentille. Je lui ai tout dit sur mon fils et sur ce qui s'est passé. Elle a compris que je n'avais jamais voulu lui faire du mal.

– Rebecca vous a-t-elle jamais parlé d'elle ? s'enquit Henley.

– Oui, tout à fait. Elle était adorable. Elle me faisait un peu penser à Kyle.

– En quoi ?

Stella Webb soupira et détourna les yeux.

– Elle comprenait que l'esprit de Kyle avait été détourné, exactement comme le sien à une époque.

– Vous passiez beaucoup de temps ensemble ?

– Oh oui, dit la prisonnière en souriant. Elle m'emmenait à l'église avec elle.

– Était-ce l'Église d'Annan le Prophète ?

– Oui, répondit Stella, surprise. Il est arrivé quelque chose à Rebecca ?

– Non, non, assura Henley, tentant de garder une voix égale. Connaissiez-vous d'autres fidèles de cette église ?

Y avez-vous rencontré quelqu'un avec qui vous seriez devenue amie ?

– Pas amie, mais je parlais aux gens. Surtout au pasteur. Il comprenait qu'il fallait soigner l'âme, ne pas se laisser prendre à ces bêtises de maladie mentale. L'église n'est pour rien là-dedans. Elle a toujours voulu aider tout le monde.

– C'est ce qui est arrivé à Kyle quand il avait douze ans ? L'église vous a aidée à le soigner ?

La prisonnière hocha la tête.

– Mais on ne lui a pas fait de mal. Je ne l'aurais pas permis.

– Donc vous avez essayé de le guérir vous-même ? Avec Niall Graff ?

– Oui.

– Comment avez-vous procédé ?

– On a prié pour lui. Je l'ai baigné d'eau bénite. Je l'ai tenu dans mes bras quand il était… quand il était en colère.

– Comment était-il, en colère ?

– Il jetait des objets, il me frappait, mais ce n'était pas sa faute.

– Que faisiez-vous quand Kyle vous frappait ?

– J'essayais de lui parler, mais il refusait d'écouter. Niall disait qu'il fallait être plus forts, parce que le démon était trop puissant en lui, mais je ne lui ai jamais fait de mal, assura Stella entre ses sanglots. Je chantais pour lui, j'essayais de lui tenir les mains, mais je ne lui ai pas fait de mal. Seulement il était trop fort, et Niall m'a dit de m'en aller.

Henley crut sentir son cœur se briser quand la prisonnière se décomposa devant elle : elle comprenait à présent ce qui s'était produit.

– Vous n'avez fait aucun mal à Kyle, n'est-ce pas, Stella ? Ce n'est pas vous qui l'avez battu ? demanda-t-elle.

– Non. Niall m'a dit que le diable allait me tenter, et il m'a ordonné de partir.

– Vous ne lui avez jamais fait de mal ?

– Je n'aurais pas pu faire de mal à mon bébé. Quand on m'a arrêtée, on m'a dit qu'il avait des fractures… mais ce n'était pas moi.

– Ce que je ne comprends pas c'est pourquoi vous avez plaidé coupable d'avoir blessé Kyle alors que c'était faux.

– Niall m'a dit que je le devais, que Dieu le voulait, donc j'ai plaidé coupable, mais je ne pensais pas qu'on me mettrait en prison.

À présent, Henley savait pourquoi Kyle était resté proche de sa mère et avait tenté de l'aider. Il connaissait la vérité.

– Donc Kyle vous a soutenue quand vous êtes sortie de prison. Est-ce que Nathan savait que vous le rencontriez ?

– Non. Il aurait essayé de l'empêcher. Il s'en est aperçu seulement quand j'ai vu Kyle à nouveau possédé du démon.

– Et comment avez-vous vu cela ?

– Je connais les signes. Il était renfermé et il ne répondait au téléphone qu'au bout de trois appels. Ensuite, il a commencé à entendre des voix.

– Qu'avez-vous fait ?

– J'étais inquiète pour lui : je savais ce qui se passait. Au bout d'un moment, il a cessé de prendre ses médicaments.

– Comment l'avez-vous su ? demanda Henley, surprise que cette femme ait conservé des rapports aussi étroits avec son fils après avoir failli le tuer. Était-ce le pardon qui avait mené à leur réconciliation, ou bien autre chose ?

– Il m'a dit qu'il ne croyait pas avoir besoin de médicaments. Il s'était trouvé une copine complètement idiote, persuadée qu'il pouvait régler ses… problèmes… de manière biologique.

Henley vit que ne pas employer le mot « démon » ennuyait son interlocutrice.

– Qu'entendez-vous par biologique ?

– Des méthodes naturelles. De l'homéopathie. Du CBD et… du cannabis, chuchota Stella. Je ne sais pas ce qu'elle lui a fait fumer, mais ça devait être mélangé à autre chose, ce n'était pas entièrement naturel, si bien qu'il a commencé à partir dans une spirale. Sa copine l'a quitté et il est venu me voir dans un état pas possible. Comme je ne savais pas quoi faire, j'ai appelé Rebecca. Ensuite j'ai commis l'erreur d'aller voir son père.

– D'accord, procédons par ordre. Qu'a dit Rebecca quand vous l'avez appelée ?

– Que je devais le ramener chez moi, à mon appartement. Qu'elle m'aiderait.

– Et c'était il y a combien de temps ?

La prisonnière plissa les lèvres et compta sur ses doigts.

– Une dizaine de semaines, répondit-elle. Juste avant Noël.

– C'est très bien, dit Henley, quoiqu'elle ne se sentît pas bien du tout. L'estomac noué, elle se rappelait avoir passé un long moment avec une femme qu'elle prenait pour une victime, sans douter le moins du monde que Rebecca Keeler eût subi des abus émotionnels et physiques, manipulée par des gens auxquels elle faisait confiance. À mesure que les pièces du puzzle se mettaient en place, elle réalisait que c'était au contraire Rebecca qui contrôlait tout. Et qui avait saisi l'occasion de la manipuler, elle aussi.

– Que s'est-il passé quand vous êtes allée voir Nathan ? demanda-t-elle.

Stella baissa la tête. De nouvelles larmes dévalaient ses joues.

– Il est devenu furieux. Absolument fou de rage. Il m'a dit que j'étais une meurtrière et qu'il allait appeler la police. Je lui ai répété que Kyle avait besoin de nous. J'ai voulu le convaincre que je n'allais pas lui faire de mal, seulement l'aider, mais il m'a jetée dehors. Une semaine plus tard, le tribunal m'a envoyé une copie de la mesure d'éloignement. Je n'avais pas le droit de voir mon fils pour Noël. Comment peut-on être aussi cruel ?

– Avez-vous parlé encore à Rebecca après avoir reçu l'injonction du tribunal ?

– Oui, je lui ai raconté ce qui s'était passé, et elle m'a dit de ne pas m'en faire.

– Vous n'avez été arrêtée que trois semaines après cette mesure d'éloignement, reprit Henley. Vous vous y soumettiez de bonne grâce. Alors pourquoi l'avez-vous violée ?

Stella prit une longue inspiration.

– Kyle m'a appelée pour m'apprendre que son père voulait le faire interner. Par moments, il était tout à fait lucide, on n'aurait jamais cru qu'il avait un problème. Il disait avoir peur de faire du mal à son petit frère et à sa petite sœur. Je ne voulais pas qu'il revive tout ça. Donc j'ai dit que j'allais l'emmener dans une clinique.

– Laquelle ? Elle n'est pas mentionnée dans la déclaration de disparition, releva Henley.

Stella Webb hocha la tête.

– C'est une clinique privée de Forest Hill.

D'autres pièces se mirent en place, et Henley eut l'impression qu'on lui jetait un caillou dans l'estomac. L'établissement en question était sûrement celui où Charlie Jensen avait été soigné en tant que patient extérieur, mais elle avait besoin de l'entendre.

– Comment s'appelait cette clinique, Stella ?

– La Clinique de thérapie de groupe Cooper.

– Comment l'avez-vous trouvée ? Est-ce qu'une clinique privée ne coûtait pas trop cher ?

Henley se frottait les tempes où elle ressentait une douleur lancinante.

– C'est Rebecca qui m'en a parlé. Là-bas, ils ont un… un plan pour aider les gens, et Kyle disposait de quelques économies. Je n'ai fait que l'aider.

– Alors que s'est-il passé ?

– Je suis allée chez Nathan en Uber. Je savais qu'il serait au boulot, et Kyle m'a fait entrer. J'ai mis quelques vêtements pour lui dans une valise. On montait tout juste dans le taxi quand sa belle-mère, Elise, est arrivée. Elle n'était pas censée être à la maison. C'est sans doute elle qui a appelé la police.

– Donc, c'était il y a six semaines, quand Kyle a été porté disparu. Est-ce que vous l'avez inscrit à la clinique ?

– Non, je suis d'abord rentrée chez moi. Rebecca m'avait dit de l'y retrouver.

– Attendez, je ne saisis pas, dit Henley. Pourquoi deviez-vous retrouver Rebecca ?

– C'était elle qui m'avait parlé de la clinique. Elle pensait préférable d'y emmener Kyle elle-même.

– Avez-vous eu des nouvelles de lui une fois qu'il y est entré ?

La prisonnière secoua la tête et se mit à pleurer.

– Non. La police est arrivée après son départ et m'a arrêtée. Depuis, je suis ici. Je veux voir mon fils. Je veux le voir, c'est tout.

Henley était désemparée devant le chagrin de cette femme qui avait perdu son enfant et s'en savait peut-être responsable.

– Vous savez qui me l'a pris ? demanda Stella.

– Pas avec certitude, admit Henley, mais je commence à entrevoir une réponse. Je ne vais pas vous déranger beaucoup plus longtemps. J'ai juste une dernière question à vous poser.

– Ne vous en faites pas, vous pouvez rester autant que vous voulez : je n'ai rien d'autre à faire.

– Qu'est devenu Niall Graff ?

Une ombre passa sur le visage de la prisonnière.

– Pourquoi parler de lui ?

– Eh bien, il n'a pas été accusé de tentative de meurtre sur la personne de Kyle il y a douze ans. Je me demandais si vous aviez eu le moindre contact avec lui après votre sortie de prison, ou même pendant que vous purgiez votre peine.

Stella Webb secoua la tête.

– Il ne m'a pas soutenue du tout. Une fois les charges qui pesaient sur lui abandonnées, il a disparu. Il m'a laissée passer en jugement toute seule.

– Donc vous n'avez plus eu aucun contact avec lui.

– Non. J'ignore ce qui lui est arrivé. Il voulait toujours aller plus loin. Il disait que le démon était puissant et qu'il fallait briser le réceptacle du mal.

L'inspectrice sentit son estomac se soulever. Songer à la douleur intense que Stella avait involontairement causée à son fils et se dire qu'il continuait pourtant de l'aimer la rendait malade.

– Et vous, qu'est-ce que vous vouliez faire ? demanda-t-elle.

– Je voulais le sauver. Je voulais seulement retrouver mon petit garçon.

# 68

– Je ne comprends pas. Il n'a rien fait de mal. Lâchez-moi, hurla Tameka Sullivan. L'AD Eastwood la prit par les bras et la fit sortir du salon dans lequel les agents entamaient leur perquisition.

– Madame Sullivan, il faut vous calmer, dit-elle alors que deux policiers montaient à l'étage.

– Me calmer ? Comment voulez-vous que je me calme alors que vous arrivez chez moi pour porter des accusations ridicules contre mon mari ? demanda Tameka en se laissant aller contre l'escalier, alors qu'un agent de plus entrait dans la maison. (Elle sortit son téléphone.) Je ne le supporterai pas. J'appelle Derrick.

– Posez ce téléphone, ordonna Eastwood. Je vous ai déjà avertie : si vous contactez votre mari, je serai obligée de vous arrêter pour entrave au travail d'un officier de police, et je n'ai aucune envie d'en arriver là. Il me déplairait foncièrement d'apprendre à vos enfants que leurs père et mère sont enfermés dans une cellule.

– C'est une erreur. Je ne sais pas qui vous a donné des informations erronées, mais vous vous trompez, affirma Tameka Sullivan. Toutefois, elle rangea son téléphone dans sa poche.

Eastwood soupira. Ils fouillaient la maison depuis vingt-cinq minutes, et la maîtresse des lieux était de plus en plus furieuse. Toutefois, elle avait examiné chaque mot du mandat de perquisition, et il ne comportait aucune faille, rien à lire entre les lignes.

– C'est elle, hein ? Serena essaie de nous récupérer, dit-elle dans un souffle.

Eastwood fut tentée de lui demander ce qu'elle entendait par là, mais elle connaissait la règle : mieux valait se taire et réserver les questions pour un interrogatoire enregistré. Même si Tameka répondait, il était très peu probable qu'elle veuille confirmer ses propos par écrit.

Un coup de vent glacial parcourut le couloir quand la porte d'entrée s'ouvrit et qu'un agent s'engagea dans la maison.

– On a besoin de vous dehors, AD Eastwood. Derrick Sullivan vient d'arriver et on a trouvé quelque chose dans le garage.

– Derrick est là ?

Tameka Sullivan se dirigea vers la porte ouverte.

– Non. Vous restez où vous êtes. (Eastwood s'adressa à l'agent qui venait d'entrer.) Tenez-la à l'œil pour moi. Qu'elle ne quitte pas la maison, ordonna-t-elle.

– Qu'est-ce qui se passe, à la fin ? interrogea Sullivan alors qu'elle sortait et l'interceptait.

– Nous avons un mandat pour perquisitionner chez vous, car nous estimons possible d'y trouver des indices matériels relatifs à l'enquête sur l'assassinat de Caleb Annan.

– Que… Quoi, je ne… marmonna Sullivan. Je n'ai rien à voir avec ça.

– Un conseil, dit Eastwood. Si j'étais vous, je ne dirais pas un mot de plus.

Il faisait, si c'était possible, encore plus froid dans le garage que dehors. Un grand réfrigérateur avec compartiment à glace se dressait dans un angle, près de divers cartons, de vélos d'enfants et d'un scooter accidenté.

– Quelqu'un est entré par effraction il y a quelques jours, dit Sullivan. La serrure était cassée quand j'ai pris le…

– Je vous ai dit de ne pas bouger, lança Eastwood en se glissant sur le côté de la Mini bleue rangée au milieu du garage.

– Par ici, dit l'agent Firth. (Il repoussa un grand carton afin de dégager à Eastwood une place à côté de lui.) C'était fourré derrière la valise, dans le sac à gravats.

La détective écarta le plastique noir et sortit un survêtement bleu marine, raide de sang séché. Comme elle soulevait la veste, une paire de gants en latex tachés de sang tomba par terre. Elle les ramassa et les déposa dans un sac à mise sous scellés.

– Il y a encore quelque chose à l'intérieur : des baskets, l'informa l'agent Firth. Elle récupéra une paire de Prada noires. Un objet en métal lisse, sous la languette d'une des deux, y imprimait une bosse arrondie.

– Non, s'exclama Sullivan quand Eastwood sortit le couteau de la basket et le tendit à Firth. On ne pouvait ignorer le sang séché ni une empreinte digitale très claire sur la lame.

Il y eut quelques secondes de silence, comme si le monde cessait brièvement de tourner. L'agent déposa le couteau dans un sac à mise sous scellés.

– Hé, il s'enfuit, lança l'AD Ward près de la porte, avant de se mettre à courir.

– Merde, lâcha Eastwood en se cognant la jambe contre le pare-chocs de la Mini.

Sullivan était plus rapide qu'il n'en avait l'air. Il avait déjà traversé la chaussée et commencé à remonter la rue. Tentant d'ignorer la neige fondue qui tombait, la détective s'élança à la suite de l'AD Ward. L'instant d'après, le fuyard glissait sur une dalle de trottoir brisée et tombait lourdement sur le bitume gelé.

– Ce n'était pas malin, lui dit Eastwood. Pas malin du tout.

Elle sortit ses menottes et se laissa tomber à genoux.

– Aïe. Arrêtez, aïe ! hurla Sullivan.

– Oh, merde, dit-elle en lui lâchant le bras – qui pendait selon un angle peu naturel.

– Je crois qu'il est cassé.

– On dirait bien. Derrick Sullivan, je vous arrête pour le meurtre de Caleb Annan… déclara-t-elle, comme l'AD Ward apparaissait enfin à son côté.

– Non, non. Je n'ai pas… Je ne…

– Vous n'êtes pas obligé de dire quoi que ce soit. Mais vous risquez de compromettre votre défense si, pendant votre interrogatoire, vous omettez de mentionner un détail sur lequel vous comptez vous appuyer au tribunal. Tout ce que vous direz pourra être retenu contre vous.

– Vous commettez une erreur, riposta Sullivan. Il eut une grimace de douleur quand les policiers l'aidèrent à se remettre sur ses pieds.

– C'est ce qu'ils disent tous, conclut Eastwood.

– C'était Eastwood, expliqua Henley à Ramouter en rangeant son téléphone, alors qu'ils redescendaient le perron du domicile des Annan. Elle a arrêté Derrick Sullivan pour meurtre.

– Ils ont trouvé quelque chose chez lui ? demanda Ramouter. La dernière voiture de police sortait de l'allée.

– Un couteau et des gants couverts de sang cachés dans le garage, semble-t-il. J'essaie de joindre Anthony pour lui demander de déposer une requête urgente au labo. Par ailleurs, as-tu réussi à contacter le frère de Sullivan ?

– Oui, tout à fait, répondit Ramouter, repentant. Avec tout ce qui se passe, ça n'arrête pas de me sortir de la tête. Omar Sullivan dit que son frère est passé le prendre à 16 h 30, donc cinq minutes après l'heure mentionnée par Derrick. D'après lui, ils sont arrivés au Terminal 5 d'Heathrow juste après dix-huit heures. Son frangin l'a déposé et il est reparti.

– Il ne l'a pas accompagné dans l'aéroport ? demanda Henley.

– Non, il l'a laissé et il s'en est allé. Si on accorde deux heures à Derrick pour rentrer chez lui à Croydon, ça le fait arriver vers vingt heures.

– Il aurait donc eu le temps d'aller à l'église. Nous savons par Uliana qu'Annan était encore vivant à vingt-deux heures.

– Eastwood est en route pour le poste avec Sullivan ?

– On manque de pot, là. Notre suspect a essayé de s'enfuir, il est tombé et il s'est cassé le bras. Eastie est à l'hôpital avec lui. Côté positif, ça nous donne le temps d'attendre les résultats du labo.

– Dommage qu'on n'ait pas eu de chance ici, dit Ramouter tandis qu'ils regagnaient la voiture d'Henley. (La maison des Annan avait été fouillée de fond en comble sans rien révéler.) J'espère que Dalisay n'a pas appelé sa patronne pour lui dire qu'on allait venir fouiller son cabinet.

– Qui sait ? Elle a une peur bleue de Serena. Je ne serais pas surprise qu'elle soit déjà en train de lui téléphoner.

– Et Rebecca Keeler ? demanda Ramouter, attendant que l'inspectrice ouvre les portières.

– Toujours aucune trace. (Henley avait appelé Pellacia dès qu'elle avait quitté la prison pour lui parler de cette suspecte possible.) Des agents ont établi qu'elle n'est pas allée travailler depuis que je l'ai vue. Ils se sont aussi rendus chez elle, et elle n'y était pas. On a lancé un avis de recherche. Ce qui m'ennuie, c'est le rapport avec Niall Graff. C'est forcément le type qui accompagnait Stella Baxter et qui a failli tuer Kyle quand il avait douze ans. C'est aussi forcément le Niall dont m'a parlé la mère de

Rebecca. Le problème étant que, s'il a été arrêté avec Stella, son ADN et ses empreintes devraient se trouver dans la base de données, or il n'y a rien.

– Si c'est le même type, tu crois que Rebecca a entamé une relation avec lui une fois hors de l'hôpital ? demanda Ramouter.

– Sûrement, et elle m'a sorti un mensonge après l'autre.

– C'est peut-être un truc genre syndrome de Stockholm : elle est tombée amoureuse de son kidnappeur.

– C'est tordu, quoi que ce soit. Je me dis juste que Kyle ne serait pas mort s'il avait trouvé un refuge différent pour sa mère, soupira Henley.

– Et la clinique mentionnée par Stella Baxter ? s'enquit Ramouter. La Clinique de thérapie de groupe Cooper. C'est sûrement le chaînon manquant. On sait que Jensen y était plus ou moins associé.

– Et, d'après Stella, Rebecca y avait un contact. Il faudrait être idiot pour ne pas se dire que la clinique est mêlée à l'affaire d'une manière ou d'une autre.

– Je n'arrive pas à y croire, dit-il en montant en voiture, tandis qu'Henley démarrait.

– Et merde, je ne lui ai pas demandé quel âge avait son fils ! s'exclama-t-elle. Elle frappa de colère sur le volant.

– Qu'est-ce que tu veux dire ?

– Rebecca m'a dit qu'elle avait un petit garçon, et tu sais ce que c'est, quand on a des gamins. On demande toujours quel âge ils ont, on se raconte leurs frasques, or je ne lui ai rien demandé du tout.

– Mais, malgré ça, elle aurait dû te le dire. Tu te rappelles ce que ça fait quand c'est tout récent. On colle des photos sous le nez de quiconque prononce le mot « bébé ». Est-ce qu'il y avait des photos de bébé dans son bureau ? Toi, tu en as d'Emma sur le tien, même Stanford en a, Joanna a tous ses petits enfants sur le sien, et Ethan me sert d'économiseur d'écran.

– Je ne me rappelle rien avoir vu du tout.

– Tu sais pourquoi Rebecca Keeler ne t'a pas montré son enfant ? Parce qu'elle a volé celui d'Alyssa Hadlow, affirma Ramouter.

– Vous n'avez absolument aucun droit d'être ici, déclara Serena Annan, debout devant la porte de son cabinet, en ignorant la petite foule qui s'était formée dans la grande rue. Stanford, debout devant elle, lui montrait une feuille de papier.

– Pour la quinzième fois, madame Annan, ceci est un mandat signé par le juge du district Walston pour perquisitionner dans vos propriétés. Y compris ce cabinet, dit-il. Écartez-vous.

– Vous n'entrerez pas, cria-t-elle.

– Si vous le prenez comme ça, je suis tout prêt à vous arrêter pour entrave au travail d'un officier de police. Au cas où vous n'auriez pas remarqué, je suis l'officier en question et vous entravez mon travail.

– Je constate que Stanford est toujours aussi agréable, dit Henley à Ramouter tandis qu'ils fendaient la foule.

– Pourquoi ne l'a-t-il pas encore arrêtée ?

– Je tiens à le faire moi-même, admit l'inspectrice.

– Madame Annan, reprit doucement Stanford en présentant à nouveau son document. Je vous répète que nous avons un mandat. Si j'étais vous, je ne voudrais surtout pas faire de scandale. Nous avons déjà fouillé votre domicile, donc vous ne faites que retarder l'inévitable, sincèrement.

Henley sentit se poser sur elle le regard dur de Serena.

– Vous devez vous pousser tout de suite, madame Annan, parce que ça ne me pose aucun problème de vous faire évacuer manu militari.

– C'est incroyable. C'est du harcèlement. Je suis la veuve, bordel de merde, cria l'interpellée – qui s'écarta néanmoins. Alors, qu'est-ce que je suis censée faire ? Rester assise là et vous regarder mettre à sac ma propriété.

– Exactement, confirma Henley en enfilant ses gants. L'agent Bride va vous tenir compagnie pendant que nous fouillons votre cabinet.

– Vous perdez votre temps. Cherchez donc les assassins de mon mari au lieu de me harceler. J'en ai assez de vous. Je vais déposer une autre plainte auprès de vos supérieurs.

Après une demi-heure de fouille, l'inspectrice entendait encore la voix de Serena résonner à ses oreilles. Que Caleb Annan fût une petite célébrité locale avait imprimé une pression excessive à l'enquête. Henley ne comprenait pas que la veuve tienne aussi désespérément à préserver la réputation de feu son mari alors qu'il n'avait cessé de lui manquer de respect de toutes les manières imaginables.

– Je commence à me dire qu'on perd notre temps, soupira Ramouter quand elle le suivit au sous-sol empli de cartons à archives, de meubles et de vieux pots de peinture.

– On ne sait jamais.

Elle marcha jusqu'au fond de la pièce et ouvrit une grande boîte. Son partenaire et elle travaillaient en silence, écartant cartons de papier à lettres, fausses plantes exotiques poussiéreuses et meubles de bureau jurant avec la décoration du moment.

– Henley, lança soudain le jeune policier. Henley, j'ai trouvé quelque chose.

L'inspectrice sentit un muscle de son dos l'élancer quand elle quitta son inconfortable position accroupie.

Ramouter brandissait un téléphone portable.

– Il y a du sang séché dessus et on dirait que quelques cheveux y sont collés, dit-il en le plaçant avec précaution dans un sac à mise sous scellés.

– C'est forcément le téléphone de Caleb, dit Henley. Elle prit le sac que lui tendait Ramouter, pressa le bouton d'allumage de l'appareil et attendit de voir s'allumer l'écran noir. Quelques secondes plus tard, apparaissait la photo des deux enfants de Caleb Annan qui servait de fond d'écran.

– Je crois que ça confirme ton hypothèse, déclara son collègue.

– Où as-tu trouvé ça ?

– Au fond de ce placard. Et il y a autre chose, mais il faut que je retire un tiroir.

Henley s'écarta tandis qu'il empoignait le tiroir en question, quasi soudé à ses rails rouillés ; il céda d'un coup lorsque Ramouter tira avec force, l'envoyant basculer en arrière.

– Sois prudent, recommanda Henley. Des lambeaux de plastique bleu restaient pris dans les rails. Ramouter tâta le sac qu'il venait de mettre au jour.

– On dirait des fringues et… il y a quelque chose de dur, dit-il en ouvrant avec précaution.

– Selon Anthony, la femme chaussait du 41, dit Henley en voyant ce que renfermait le sac.

Ramouter avait pris en main une basket. Le caoutchouc blanc de la semelle et l'insigne vert sur le côté étaient couverts de sang séché.

– Je ne vois pas la pointure, dit-il en repoussant la languette. Ah, si : 41, c'est bien ça.

– Tiens, mets-les là-dedans, intima l'inspectrice en lui tendant un autre sac à mise sous scellés.

– Pourquoi fourrer tout ça là ? demanda son collègue en sortant délicatement du sac un pantalon de jogging en cachemire. Je ne comprends pas les gens. Pourquoi cacher ? Moi, je brûlerais tout.

– Je n'ai jamais…

Henley n'eut pas l'occasion de terminer sa phrase : un objet petit et dur tomba des vêtements, rebondit sur le métal froid du meuble classeur et acheva sa chute par terre.

Elle sut de quoi il s'agissait avant même de sortir son stylo et de s'en servir pour ramasser la pièce à conviction que Serena Annan avait spécifiquement demandée après avoir identifié le corps de son mari.

Un anneau d'or de vingt-quatre carats, large et taché de sang.

## 69

– Bon, donc, on a Serena Annan et Derrick Sullivan en garde à vue, résuma Pellacia. Henley, assise à son bureau, ignora le regard qu'il lui lançait – ce regard disant qu'elle aurait dû arrêter Serena Annan une semaine plus tôt.

– Non, dit-elle. Annan est en taule, mais Sullivan est toujours à l'hôpital universitaire de Croydon. Eastwood l'accompagne. Il s'est cassé le bras.

– Pendant l'arrestation ? Dis-moi qu'Eastwood n'a pas été… disons aussi robuste qu'à l'ordinaire quand elle l'a arrêté ?

– Non, ça n'a rien à voir avec elle. Tu devrais lui faire un peu plus confiance. Il s'est enfui et il est tombé.

Pellacia ouvrit la bouche comme s'il allait présenter des excuses, puis changea d'avis.

– Sullivan ne peut s'en prendre qu'à lui-même, ajouta Henley.

– Qu'il ait voulu s'enfuir suffit à prouver son implication dans l'assassinat de Caleb Annan, commenta le surintendant. Qu'il soit encore à l'hôpital signifie que tu peux retarder le début de sa garde à vue.

– Ça va mettre Serena Annan encore plus en rogne. Elle a hurlé un tas d'accusations au poste, et son avocat commence déjà à faire chier le monde. Il exige qu'elle soit interrogée immédiatement.

– C'est qui, son avocat ? Un des habituels ?

Henley secoua la tête.

– Non.

– Est-ce qu'il est légitime ? Ce ne serait pas la première fois que l'avocat ou le représentant légal d'un suspect se révélerait plus louche que lui, ou simplement non qualifié.

– Je ne doute pas qu'il soit légitime. Serena ne doit pas être du genre à engager n'importe quel guignol. Comment s'appelle-t-il, déjà, Ramouter ?

– Edward Basser, de Marlaj Solicitors, répondit le jeune policier. J'ai vérifié pendant qu'on inscrivait Serena : c'est un cabinet privé de Chancery Lane qui, d'après son site web, n'a pas de service pénal : ces gens-là ont l'air spécialisés dans les divorces friqués et les affaires de réputation ou de vie privée.

– Et Basser, c'est quoi, sa spécialité ? demanda Henley.

– Donne-moi une seconde. Voilà, je clique sur son profil. Divorces. Et du très lourd. Oh, putain, c'est lui qui a représenté Carl Simpkins quand il s'est séparé de sa femme.

– Simpkins. (Le regard de Pellacia s'éclaira.) Le Simpkins qui joue à Chelsea ?

– Lui-même, répondit Ramouter.

Henley semblait songeuse.

– Pourquoi Serena demande-t-elle à un avocat spécialisé dans les divorces, même un cador, de la représenter ?

– C'est peut-être un copain. Ou alors quelqu'un, au poste, le lui a recommandé, suggéra Ramouter.

Henley secoua la tête.

– Le sergent qui l'a prise en charge lui aurait proposé l'avocat commis d'office disponible. Et si Serena Annan avait été sur le point de divorcer de Caleb ?

– Personne ne pourrait lui en vouloir. À vue de nez, il couchait avec la moitié des femmes de la congrégation, et c'est peut-être même le père du fils d'Alyssa Hadlow.

– Je doute énormément que Caleb, en tant que pasteur, ait souhaité rendre public l'échec de son couple, même s'il pratiquait l'adultère en série. Il est déjà bel et bon qu'il ait enfreint l'un des commandements, dit Henley.

– Le sixième dans la Bible catholique, dit Ramouter. « Tu ne commettras pas d'adultère. » J'ai fait des recherches.

– Et « Tu ne tueras point » est le septième, ajouta-t-elle. Et si Serena voulait divorcer mais que Caleb ne le voulait pas ?

– Il y a eu des meurtres pour moins que ça, acquiesça Pellacia.

– Je reviens dans une minute. (L'inspectrice se leva et se dirigea vers la porte.) Il faut que je parle à Ezra.

– Pourquoi ? demanda Ramouter, fronçant le sourcil.

– Les divorces sont inscrits dans les archives publiques, dit-elle. Pas les dépôts de demande.

– Ezra, tu es occupé ? demanda Henley. J'ai besoin d'un service.

– Ça implique de faire des trucs à la *Mission impossible* ? demanda l'informaticien en se levant et en s'étirant. Parce qu'en toute franchise, émotionnellement, je ne suis pas prêt à regarder d'autres vidéos de tu-sais-quoi.

– Non, rien de tel, le rassura Henley. J'ai besoin que tu me récupères des informations.

– Où ça ?

– Au ministère de la Justice.

– L'État ? Tu veux que je pirate le système de l'État ?

– On n'est pas obligé de le dire comme ça.

– Je croyais que tu allais me demander un truc difficile, s'esclaffa Ezra en ramassant son sachet de pop corn et en se rasseyant. Qu'est-ce que je dois chercher ?

– J'ai besoin de savoir si Serena ou Caleb Annan avait déposé une demande de divorce.

– Aucun problème, répondit-il en commençant à taper sur son clavier.

Il était presque vingt-et-une heures. Son message à Rob n'avait pas encore été lu, et elle attendait un coup de téléphone d'Anthony pour savoir ce que révélaient les analyses des objets saisis dans le garage de Sullivan et dans le sous-sol du cabinet de Serena Annan. Henley, tout en jetant un coup d'œil à Stanford qui remplissait de la paperasse avec diligence, se demanda si Gene lui reprochait un nombre croissant d'heures indues consacrées à son travail. Elle grignotait les chips à la crevette inclus dans l'importante commande de plats chinois passée par Pellacia pour toute l'équipe. Le surintendant était même descendu porter lui-même son repas à Ezra.

– Ah, vous êtes encore tous là, super ! s'exclama Eastwood en entrant dans le bureau. (Elle ôta son chapeau et déboutonna son manteau.) Il gèle, dehors.

– Pourquoi es-tu revenue ? demanda Henley. Tu aurais dû rentrer tout droit chez toi. On n'a pas besoin d'être tous là.

– C'est bon. Oh, des plats chinois ! Il en reste ?

– Il me reste un peu de bœuf sauce haricots noirs, avec riz spécial de la maison, si tu veux, lança Stanford.

Henley poussa deux boîtes vers elle.

– Porc Kung Pao aux nouilles et quelques rouleaux de printemps. Je n'ai pas pu terminer.

– Tu ne termines jamais, renvoya Eastwood en ramassant les boîtes sur les bureaux de ses deux collègues.

– Comment va Sullivan ? demanda Henley en la suivant vers le coin-cuisine.

– C'est un emmerdeur. Il se plaint de brutalités policières alors que je n'ai même pas porté la main sur lui.

– Je sais bien.

– Heureusement que j'avais branché ma caméra-piéton, dit Eastwood en enfournant une assiette pleine dans le micro-ondes. De toute façon, il est détenu au poste de police de Lewisham. Il a demandé l'avocat commis d'office et il refuse de parler à son épouse, alors qu'il sait qu'elle a appelé au moins six fois depuis son arrestation.

– Est-ce qu'il est en état d'être interrogé ?

– Pas encore. On lui a administré des analgésiques assez puissants. L'infirmière du poste lui a donné ses cachets dès qu'il a été pris en charge. Il était dans le coaltar une demi-heure après être arrivé en cellule.

– Oh, le pauvre chéri. Il a eu une rude journée, railla Henley.

– Nous aussi, non ? dit Eastwood au moment où le micro-ondes tintait. Je vais ouvrir le rapport CRIS sur-le-champ et tout préparer pour l'interrogatoire de demain. Sa garde à vue s'arrêtera à 20 h 21.

– Bon boulot, Eastie, apprécia l'inspectrice.

– Hé, Henley, viens voir, appela Stanford. (Debout près de son bureau, il tenait en main une petite liasse de papiers.) Je crois que j'ai une piste pour le bébé disparu. J'ai épluché les comptes en banque d'Alyssa Hadlow.

– Je croyais que c'était déjà fait, répondit Henley, appuyée au bureau de son collègue. Tout ce qu'elle avait comme rentrées, c'était son allocation de crédit universel et sa pension de handicap.

– Ouais, mais il y a autre chose. Le ministère du Travail n'a visiblement pas reçu l'info qu'Alyssa n'est plus parmi nous, parce qu'il continue de la payer. Il y a eu deux versements dans les dix derniers jours : 1 433,34 livres de crédit universel et 902 livres de pension. Par ailleurs, depuis le 25 février, il y a eu huit retraits d'argent liquide sur le compte. Le solde en est actuellement de 3,34 livres et le dernier retrait de 430 livres a été effectué il y a quatre jours.

– Tu as l'emplacement des distributeurs de billets utilisés ?

– Cinq retraits ont été effectués sur Jamaica Road, deux à la station de métro aérien de Surrey Quays et un dans la banque HSBC de Powis Street, pas très loin du refuge où travaille Rebecca Keeler.

– Cinq sur Jamaica Road, répéta Henley. C'est juste en bas de la rue où on a trouvé le cadavre de Kyle Baxter. La personne qui a effectué les retraits habite forcément dans le coin. Alors, ce bébé ?

– Oui, donc, reprit Stanford, un voisin, deux portes plus loin, a porté ça à la police de Deptford. Apparemment, le facteur avait laissé d'autres relevés de banque chez lui par erreur, et il n'avait pas très envie de garder le courrier d'une morte, ce qui explique qu'on ait tout récupéré. J'ai trouvé trace d'un paiement important, 1 350 livres, au bénéfice de Serenity Nurture, qui a mis le compte à découvert.

– Quand a-t-il été effectué, et qu'est-ce que c'est que Serenity Nurture ?

– Le paiement a été effectué le 11 janvier, cinq semaines et demie avant la découverte du cadavre d'Hadlow. Quant à Serenity Nurture, c'est une doula.

– Qu'est-ce que c'est, ça, une doula ? demanda Eastwood en engloutissant la dernière miette de plat chinois.

– Quelqu'un qui t'assiste pendant ta grossesse et ton accouchement, expliqua Stanford. Gene l'a fait pour sa sœur quand elle a eu ses jumeaux. Ce ne sont pas des gens qui ont une formation médicale.

– Donc Alyssa Hadlow a effectué un paiement à une doula. Si elle était tout au fond de sa psychose, je m'étonne qu'elle ait réussi à s'en assurer les services.

– Sauf si on l'a fait pour elle, remarqua Eastwood. Ceux qui se mêlaient de sa vie la manipulaient pour servir leurs propres besoins, dirait-on.

– Qui dirige Serenity Nurture ? demanda Henley.

– Une certaine Victoria Reynolds. Je suis allé sur son site web. Elle habite Bromley. Je lui ai envoyé un e-mail et j'ai laissé un message sur son portable. Espérons qu'elle nous rappelle et qu'on retrouve ce bébé.

– Vous croyez que c'est possible ? soupira Eastwood. Qu'on peut vraiment récupérer le bébé d'Hadlow ?

– Je ne sais pas. (Henley se leva et massa ses épaules douloureuses.) Ce que je ne comprends pas, c'est que cette Victoria Reynolds n'ait pas contacté la police si elle a assisté Hadlow pendant l'accouchement. On a affiché sa photo partout, et elle n'a pas arrêté de passer aux infos. Je ne comprends vraiment pas.

– Arrête, dit Stanford en se levant et en lui posant les mains sur les épaules. Une étape à la fois.

– Je ne veux pas perdre de temps à courir après des fantômes, c'est tout.

– Tu ne perds pas de temps du tout et, où que mène cette piste-ci, on retrouvera le bébé d'Alyssa Hadlow, assura-t-il.

# 70

Henley, les yeux plissés, observait son téléphone portable. Il lui semblait avoir tout juste posé la tête sur l'oreiller.

– Anthony ? Il est cinq heures et demie du matin. Et on est dimanche, chuchota-t-elle.

– Tu sais que je ne te réveillerais pas à une heure aussi indue si ça ne valait pas le coup, répondit l'expert. J'ai besoin que tu t'assoies et que tu m'accordes ton attention. J'ai eu les résultats du labo pour les indices saisis chez Derrick Sullivan et Serena Annan. Le sang du pasteur imprègne tout ce qui a été saisi. Il y a l'ADN de la mère Annan à l'intérieur des gants de latex trouvés dans le garage de Sullivan, et ses cheveux sur les vêtements.

– Et le couteau ? Il y avait une empreinte.

– Elle appartient à Derrick Sullivan.

– Il n'y a pas celles de Serena ?

– Non. Soyons clairs. On peut laisser des empreintes à travers des gants en latex, et il est possible que ta Serena en ait laissé, mais la seule que j'ai trouvée appartient à Sullivan. J'en conclus qu'il a effacé celles de sa complice quand il lui a pris son arme. Tu as vu la scène de crime : il y avait beaucoup de sang, et quelques cheveux de Serena étaient collés au couteau. De toute façon, avec ledit couteau, la correspondance ADN, les cheveux et les deux paires de chaussures ayant laissé des empreintes de pas sur place, il ne te manque qu'un témoin oculaire pour avoir le grand chelem.

– À défaut de grand chelem, je voudrais que l'expert en couteaux jette un œil au nôtre. Je veux m'assurer de ne rien négliger. (Henley sursauta quand Rob se retourna et lui posa un bras lourd en travers du torse. Elle le repoussa et se leva.) Où es-tu en ce moment ?

– Je vais étudier un meurtre-suicide à Kentish Town. Trois cadavres. J'ai tout préparé pour toi. Samuel te déposera ça quand tu seras prête.

Anthony poussa un long soupir.

– Est-ce que c'est tout ? À ta voix, j'ai l'impression qu'il y a autre chose.

– Oui, il y a autre chose. J'ai une correspondance pour un des échantillons d'ADN trouvés sur Jensen, Whittaker et Hadlow.

– Je croyais que tu disais qu'il n'y avait rien dans la base de données ?

– Il n'y avait rien pour la bonne raison que le Home Office, dans sa grande sagesse, a accidentellement effacé il y a quatre mois cent cinquante mille empreintes digitales, dossiers d'arrestations et échantillons d'ADN, expliqua l'expert. Voilà pourquoi je n'ai rien trouvé, pas plus que l'ID Clarke quand il a enquêté sur Jensen.

– Bref, qu'est-ce que tu veux dire exactement ? demanda Henley.

– D'après Ezra, rien n'est jamais vraiment effacé, donc je lui ai demandé de m'aider et, ne me demande pas comment, il a retrouvé le dossier d'arrestation, les empreintes et l'ADN de Niall Owen Graff.

Henley coupa la communication, descendit à la cuisine et vida sur la table le contenu de son sac à main. Ayant trouvé les coordonnées des avocats représentant Serena Annan et Derrick Sullivan, elle leur laissa à tous deux le même message tandis qu'elle attendait que l'eau bouille dans la bouilloire.

– Sommes prêts à interroger. Trouvez-vous au poste de police de Lewisham à neuf heures.

L'inspectrice examina le sac à mise sous scellés. L'arme du crime était un grand couteau de cuisine. Du sang séché et des flocons, probables fragments de peau, en couvraient la lame épaisse. La pointe tronquée laissait des traces déchiquetées sur le plastique du sac.

La police était retournée chez Serena Annan, prendre des photos de sa cuisine, notamment du présentoir magnétique à couteaux fixé au mur. Henley avait fait ses recherches en buvant son café et en mangeant son sandwich à la saucisse. L'ensemble valait un peu moins de mille livres, les lames étant faites d'un acier inoxydable à haute teneur en carbone. Des ustensiles légers et maniables. Ce couteau-là était celui qui manquait à la série de sept dans la cuisine de Serena.

– Bon, par qui on commence ? demanda Ramouter en jetant sur la table un mince dossier renfermant dépositions de témoins et photos.

– On peut essayer Sullivan, dit Henley en reposant le couteau avec les autres pièces à conviction. Il s'est enfui, et il me semble être le plus susceptible de craquer.

– Apparemment, il a demandé un avocat commis d'office. Il n'a jamais eu d'ennuis avec la justice auparavant. On aurait pu croire qu'il nous sortirait le fameux « Pourquoi est-ce que j'ai besoin d'un avocat puisque je n'ai rien fait de mal ? ». Ça m'inspire que, même s'il s'est enfui, il est peut-être un peu plus dégourdi qu'on ne le croit.

– Pourquoi se serait-il enfui et aurait-il gardé le couteau couvert de sang dans son garage, s'il était tellement dégourdi ?

– Il comptait peut-être s'en servir pour faire chanter Serena.

– Pourquoi faire ça s'ils travaillaient ensemble ?

– Je ne sais pas, dit Ramouter en levant les mains, résigné. J'ai aussi parlé à Milo, à la brasserie, qui confirme avoir interrompu une bagarre entre Sullivan et Annan. Peut-être que Derrick et Serena avaient des rapports. Amoureux, je veux dire. Pas seulement du genre « Et si tu m'aidais à tuer mon mari ? ».

– Je n'en ai franchement aucune idée, avoua Henley. (Son téléphone sonna.) C'est Ezra.

Elle prit l'appel, ouvrit son carnet et griffonna les informations que lui dictait l'informaticien, avant de raccrocher.

– On ne le paie vraiment pas assez, dit-elle. Il devrait travailler au MI6 ou quelque chose comme ça.

– J'ai appris à ne jamais lui demander comment il fait son boulot, et à me contenter de le remercier avec des hamburgers et du jus vert, dit Ramouter.

– C'est le mieux. Bref, il s'avère que Serena Annan a déposé une demande de divorce le 17 janvier dernier.

– Donc, elle voulait bel et bien mettre fin à leur mariage. De toute façon, elle n'aurait pas eu de mal à prouver que son époux commettait l'adultère.

– C'est aussi à cette date-là qu'il a reçu les photos du bébé Hadlow.

– Tu crois que Serena était au courant pour le bébé ? demanda Ramouter.

– Possible, mais ce qui est bizarre, c'est que, d'après Ezra, la raison qu'elle a donnée pour la rupture du mariage était : conduite déraisonnable.

– L'adultère, c'est déraisonnable.

– Bien sûr que oui, mais prononcer ce mot l'aurait obligée à désigner toutes les femmes avec lesquelles Caleb avait couché.

– Il n'y aurait pas eu assez de place sur la demande de divorce, dit Ramouter.

– Ou bien elle n'a pas voulu imposer ça aux femmes en question. Je veux dire que si Caleb laissait ses caleçons sales sur le carrelage de la salle de bains ou s'il refusait de sortir les poubelles, ça peut aussi passer pour une conduite déraisonnable. Quoi qu'il en soit, le 13 février, Caleb a accusé réception de signification et refusé le divorce. Il a été assassiné quelques jours plus tard.

– Quand a-t-on averti Serena qu'il refusait de divorcer ?

– Presque aussitôt. Selon Ezra, la notification a été envoyée par e-mail à l'avocat de Serena ainsi qu'à elle-même le 14 février.

– Joli cadeau de Saint-Valentin. C'était vraiment un sale con. Ça ne m'étonne pas qu'elle l'ait tué, dit Ramouter en secouant la tête.

– Eh bien, voyons si on peut le lui faire admettre.

Serena Annan et son avocat, Edward Basser, étaient tous les deux assis très droits, très raides, comme s'ils craignaient d'attraper une maladie sur le banc en plastique dur qu'ils occupaient.

– Cet entretien sera enregistré en audio et en vidéo, avertit Henley en attendant pour taper ses informations que l'écran tactile dépasse son mini blocage.

Edward Basser chassa de la main quelque chose d'invisible sous son œil. Il n'échappa pas à l'inspectrice qu'il ôtait par la même occasion un petit peu de faux bronzage n'ayant pas eu le temps de sécher.

– C'est une perte de temps absolue, déclara la veuve du pasteur en croisant les bras. J'ai déjà demandé à mon avocat de déposer une plainte officielle pour harcèlement, contre vous personnellement.

– Vous en avez le droit, répondit Henley. (Basser se pencha vers sa cliente et lui murmura quelque chose à l'oreille. Puis il lui posa la main droite sur le bras, et l'inspectrice ne put que se demander où était la gauche, disparue sous la table.) L'AD Ramouter va faire les présentations et vous informer de vos droits.

– Vous avez bien compris ? demanda Ramouter une fois cette tâche brève mais nécessaire achevée.

– Bien sûr qu'elle a compris, dit M. Basser. Ne perdons pas de temps en effets théâtraux.

– J'ai besoin de la confirmation de Mme Annan, pas de la vôtre, dit Ramouter.

– J'ai compris, dit l'intéressée sur un ton agacé.

– Serena Annan, vous avez été arrêtée hier après-midi à 16 h 57 pour l'assassinat de votre…

– Je. N'ai. Pas. Tué. Mon. Mari.

– … de votre mari, Caleb Annan, le lundi 17 février, acheva Henley. (Elle ramassa le sac à mise sous scellés contenant le couteau, et le déposa sur la table.) Tous les indices semblent suggérer que vous êtes coupable et que Derrick Sullivan, le mari de Tameka Sullivan, une femme que votre mari avait agressée sexuellement, est votre complice.

– Mon mari n'a jamais touché Tameka. Cette femme est une menteuse.

Henley cacha sa surprise. Si elle s'était trouvée de l'autre côté de la table, payée pour représenter Serena Annan, elle lui aurait conseillé de garder la bouche fermement close.

– Nous avons déjà discuté des liaisons de votre mari, déclara l'inspectrice. Au dernier compte, il…

– Ce n'étaient pas des liaisons, interrompit Serena.

– Au dernier compte, il avait eu des relations sexuelles avec onze autres femmes.

– Ce n'étaient pas non plus des relations.

– Madame Annan, je ne suis pas ici pour discuter des termes appropriés à la conduite de votre mari. Vous saviez qu'il avait couché avec ces femmes et que l'une d'entre elles l'accusait de l'avoir violée.

– Je ne suis au courant d'aucune accusation de viol. Je n'aurais jamais… Mais j'étais au courant pour les femmes.

– Ce n'est pas tout à fait vrai, n'est-ce pas ? dit Henley en sortant une feuille de son dossier. Voici une déposition de Raina Davison, dans laquelle elle affirme que vous l'avez appelée à l'aide du portable de votre mari, et que vous l'avez menacée.

– C'est faux.

– Vous lui avez ordonné de rester à l'écart de votre mari, et avez menacé de détruire son commerce.

– Je me demande bien pourquoi je menacerais de détruire sa boutique de fleuriste minable.

– Donc vous la connaissez ?

– Seulement parce qu'elle a fourni des fleurs à l'église pendant un moment, mais mon mari ne l'a pas violée, et je ne l'ai pas menacée.

– Avez-vous jamais parlé de ces femmes avec votre mari ?

– Bien sûr que oui. Toutes les semaines, il montait à la tribune, il prêchait, et moi j'étais assise sur le côté, à regarder ces filles au milieu de la congrégation. Elles n'avaient aucune honte, aucun respect d'elles-mêmes – mais elles avaient le culot d'essayer de me serrer la main à la fin.

– Vous êtes-vous entretenue avec elles ?

– Non, je vous ai déjà dit que je refusais de tomber aussi bas.

– Mais vous en avez parlé avec votre mari ?

– Bien sûr.

– Comment a-t-il réagi ?

Serena éclata de rire et secoua la tête.

– La première fois, il a nié. Quand on en est arrivé à la trois ou quatrième femme, il ne s'est plus soucié de le cacher. Il a trouvé des écritures de l'Ancien Testament qu'il a réinterprétées pour justifier son comportement. Il disait que le roi Salomon avait sept cents femmes, princesses, et trois cents concubines. Je lui ai répondu qu'il était Caleb Annan, un mec du South East London avec un casier judiciaire, et pas roi d'Israël, merde.

À son côté, Henley sentit Ramouter se retenir de rire.

– Vous pensiez qu'il avait cessé de vous tromper ? interrogea-t-elle.

– Oui, qu'il avait changé de comportement.

– Jusqu'à ce que vous découvriez les vidéos pornographiques sur son ordinateur portable ?

Serena Annan écarquilla les yeux, se tourna vers son avocat, puis plissa les lèvres et chassa ses cheveux de ses yeux.

– Vous avez découvert ces vidéos il y a quatre semaines, affirma Henley.

– Comment savez-vous ça ?

– Voici des captures d'écran du téléphone portable de Caleb Annan. Celui qui a été trouvé dans le sous-sol de votre cabinet de Blackheath.

Ramouter ouvrit son dossier et étala cinq feuillets.

– J'ai dit à mon avocat que je n'avais aucune idée de la manière dont le téléphone de Caleb est arrivé là, déclara Serena, avec une panique évidente dans la voix.

– Vous voyez ici des copies de sms envoyés par vous à votre mari le jour où vous avez déposé une demande de divorce.

– Ces messages ne m'ont pas été communiqués, intervint Basser, alors que Serena s'emparait vivement des papiers.

– Nous vous les avons communiqués par courrier, l'informa Ramouter. Serena, comme vous le voyez, vous avez envoyé un message à votre mari pour lui dire que vous disposiez de sa vidéo avec Nicole Fleming.

– Vous ne pouvez pas prouver que c'est moi qui ai envoyé ce message.

– Nous avons vérifié et pouvons prouver que tous ces sms ont été envoyés à votre mari depuis votre téléphone. « Comment oses-tu ? Tu es un porc répugnant. J'ai vu les vidéos, toutes les vidéos. » C'est le message que vous avez envoyé à Caleb. Mais il n'a pas répondu.

– Je ne me rappelle pas.

– « Je veux divorcer. » Il n'a pas répondu non plus à celui-là. Vous lui avez donc envoyé une vidéo montrant son ordinateur portable et le film. Comment avez-vous eu accès à cet ordinateur ?

– Je n'y ai pas eu accès.

– Ensuite vous lui avez envoyé un dernier message qui disait : « De qui est cet enfant ? »

Serena Annan resta muette tandis que Ramouter sortait des photos du bébé Hadlow et les déposait devant elle.

– S'agit-il bien des photos que vous avez vues sur le compte e-mail de votre mari ? demanda-t-il.

– Je n'ai jamais vu ces photos, affirma-t-elle en les repoussant.

– Qu'avez-vous ressenti en voyant Caleb avec une autre femme ? demanda Henley, sachant que chaque mot portait.

– Vous ne savez pas ce que vous racontez.

– Vous lui avez par la suite envoyé un message pour lui dire que vous aviez engagé un avocat et que vous lui demandiez de quitter la maison, continua l'inspectrice. Il vous a répondu qu'il était chez lui.

Serena Annan resta silencieuse.

– Vous étiez furieuse que votre mari vous ait trahie, ce qui est parfaitement compréhensible.

– Je ne répondrai plus à vos questions.

– C'est dommage, parce que je vais continuer à vous en poser. Le lendemain du jour où vous avez été informée que votre époux vous refusait le divorce, vous lui avez envoyé un autre message : « Tu es une vraie merde. Je ne te laisserai pas me faire ça. Tu es mort. » Vous avez tenu parole, n'est-ce pas ?

Serena continua de la fixer en silence.

Henley posa sur la table une série de photos en couleurs format A4 de la scène du crime. La veuve du pasteur n'eut aucune réaction en les découvrant. Ni chagrin, ni horreur, ni choc. Le calme dont elle faisait preuve paraissait peu naturel.

– Ces quarante-huit blessures ont été causées par ce couteau, qui fait partie d'un assortiment dont vous êtes propriétaire.

– Je n'ai pas tué mon mari.

– Ce couteau est couvert du sang de votre mari. Des cheveux à vous y étaient collés.

– Impossible. Je ne cuisine jamais, donc il est impossible que mes… mes cheveux ou quoi que ce soit d'autre se retrouvent sur ce couteau.

– Nous y avons relevé des empreintes, dit Henley. Celles de Derrick Sullivan.

– Eh bien, ça prouve que je n'ai jamais touché ce couteau.

– Nous avons aussi découvert une paire de gants en latex couverts du sang de votre mari, et à l'intérieur desquels se trouve votre ADN.

– Ce qui signifie qu'il y a eu préméditation, enchaîna Ramouter. Vous aviez prévu de tuer Caleb et vous portiez les gants pour ne pas laisser d'empreintes.

– Je n'ai jamais touché à ce couteau et je vous ai déjà dit que j'étais à la maison avec les enfants quand Caleb a été tué.

– Serena, Serena, soupira Henley. Tout se passerait bien mieux pour vous si vous disiez la vérité sur ce qui s'est passé le dimanche 16 février. Nous prendre, l'AD Ramouter et moi, pour deux idiots ne vous rapportera absolument rien.

– Vous ne me laissez pas tellement le choix. Je vous ai dit que je n'avais pas quitté la maison après être revenue de l'église avec ma famille. Caleb est parti et il n'est pas rentré. Ça ne m'a pas étonnée parce que, comme vous le savez déjà, il couchait avec toutes les pétasses qui passaient.

– Et vous aviez déjà demandé le divorce.

– Et il m'a envoyé un texto dans la matinée. Vous avez vu le message sur mon téléphone.

– Message que vous avez à l'évidence envoyé vous-même, car il serait impossible à un mort d'écrire à sa femme, intervint Ramouter.

– Parlons d'un mensonge, enchaîna Henley.

– Je n'ai jamais menti.

– C'est faux. J'ai une liste d'au moins dix mensonges dans mes notes. Mais je veux en évoquer un en particulier. Uliana Piontek dit vous avoir vue à l'église le dimanche soir, entre 22 h 10 et 22 h 14. Est-il vrai que vous avez rendu à Uliana son téléphone portable ?

Le stylo d'Edward Basser s'immobilisa, et l'avocat ne cacha pas sa surprise en tournant la tête vers Serena. Encore une fois, Henley se demanda quel était l'intérêt de sa présence durant cet interrogatoire. En tout cas, il ne faisait pas le travail pour lequel on le payait.

Serena Annan ne répondit pas.

– Vous avez pris le couteau dans la cuisine et quitté votre domicile, sans doute aux alentours de 21 h 50. Les bons jours, il faut dix minutes pour aller de chez vous à l'église en voiture, mais il y avait des travaux et des déviations sur Blackheath Road. À 21 h 58, votre voiture s'arrête au feu du croisement de Greenwich South Street et Lewisham Road. Voici une photo tirée des films des caméras de surveillance.

Henley entendit la veuve prendre une inspiration sèche quand elle déposa la photo devant elle.

– En voici une autre : votre voiture pénétrant sur le parking de l'église à 22 h 02.

– Non, ce n'est pas moi. Non. C'est une erreur, affirma Serena en repoussant les photos.

– Comment pourrait-il s'agir d'une erreur ? Vous voyez clairement les plaques personnalisées. SER 1AN. Est-ce que ce n'est pas votre voiture ?

– Si, mais ce n'était pas moi. Je n'étais pas là.

– Vous vous trouviez au milieu d'une dispute violente avec votre mari lorsque Uliana Piontek est arrivée, dit Henley. Vous étiez allée là-bas dans l'intention de le tuer.

– Je ne l'ai pas tué.

– Uliana vous a vue vous disputer avec lui, et vous lui avez ordonné de partir.

– Puis je suis moi-même partie et rentrée chez moi.

– Oh, je croyais que vous n'aviez jamais quitté la maison après être rentrée chez vous avec les enfants ?

Il y eut un silence. Serena Annan lança à son avocat un regard de panique.

– Elle me fait perdre la tête, Edward, dit-elle. Arrêtez-la. Ce n'est pas ce que je voulais dire.

– Vous devriez peut-être reformuler votre question, suggéra Basser.

– Parfait, dit Henley. Serena, vous êtes partie de chez vous à 21 h 50, et vous vous êtes rendue à l'église, où vous vous êtes disputée avec votre mari, n'est-ce pas ?

– Non, dit Serena.

– Uliana vous a vue. Vous lui avez rendu son téléphone portable et lui avez dit de s'en aller.

– Ça n'est pas arrivé.

– Vous avez ensuite quitté l'église, mais vous êtes revenue une heure plus tard, après avoir demandé à Derrick Sullivan de vous y retrouver.

– Ça n'est pas arrivé.

– Vous avez poignardé Caleb Annan dans son bureau. Nous avons trouvé du sang sur sa table de travail. Vous l'avez ensuite poursuivi dans l'église, où vous l'avez poignardé quarante-sept fois de plus.

– Ce n'est pas vrai, cria Serena.

– Et, à un moment donné, Derrick Sullivan vous a rejointe.

– Je n'ai absolument rien à voir avec Derrick Sullivan. Nous ne nous sommes pas parlé depuis que sa femme et lui ont quitté l'église.

– C'est faux, dit Henley. Les téléphones portables sont des appareils remarquables. On croit que, parce qu'on a appuyé sur « effacer », tout s'efface. Ou bien on croit que l'autre va aussi effacer ses messages.

Ramouter sortit d'autres feuilles de papier.

– Ceci est extrait du téléphone de Derrick Sullivan. Une série de sms que vous lui avez envoyés le dimanche soir, d'abord avant d'arriver à l'église puis une fois rentrée chez vous.

– Qu'est-ce que vous racontez ? Je n'ai envoyé aucun sms. Pour quoi faire ?

– « Je pars. Retrouve-moi à l'église. » C'est le premier message que vous avez envoyé, dit Ramouter. Puis il y en a eu un autre : « Où es-tu ? » Ensuite…

– Je n'ai pas envoyé ces messages, s'exclama Serena Annan, hystérique. Edward. Ils ne peuvent pas faire ça. De quoi est-ce qu'ils parlent ? Je n'ai envoyé aucun message.

– Le dernier est « Merci », envoyé sur le téléphone de Sullivan à 0 h 12.

– Je n'ai rien envoyé du tout. À cette heure-là, je dormais. J'avais pris des analgésiques puissants. Du tramadol et de la codéine. Je souffre de méralgie paresthésique, un nerf comprimé dans la jambe gauche. Ce soir-là, j'ai eu une flambée. Une douleur atroce, insupportable. J'ai pris de la codéine et j'ai bu deux verres de vin rouge. Je voulais seulement que la douleur s'arrête. J'ai perdu connaissance après être rentrée chez m…

Elle porta une main à sa bouche et se laissa aller en arrière.

– Après être rentrée chez vous. C'est bien ce que vous alliez dire ? demanda Henley. « J'ai perdu connaissance après être rentrée chez moi » ?

– Je n'ai jamais dit ça.

– À quelle heure êtes-vous rentrée chez vous après avoir poignardé votre mari quarante-huit fois ?

– Vous allez la laisser me parler comme ça ? cria Serena à Basser. Elle n'a pas le droit de me parler comme ça. Elle porte toutes ces accusations et vous ne faites absolument rien pour l'en empêcher, Edward. À quoi servez-vous ?

– Vous avez poignardé Caleb et, je vais être franche, je ne sais pas encore si Sullivan vous a aidée ou s'il a essayé de vous en empêcher, mais, dans un cas comme dans l'autre, je suis sûre qu'il se fera un plaisir de nous le dire, reprit Henley.

– Il ne m'a aidée à rien du tout, parce que je n'étais pas là-bas. Enfin… Si, j'y suis allée, mais j'en suis repartie… Je ne sais pas ce que Derrick Sullivan y faisait, mais je n'ai pas tué mon mari.

– Voici des baskets Gucci blanches. Pointure 41. Si vous observez les bandes rouges et vertes sur le côté, vous verrez qu'elles sont monogrammées – vos initiales : SA. Elles sont en outre couvertes du sang de votre époux, continua l'inspectrice. (Elle retourna les pièces à conviction afin de montrer les semelles tachées.) Ces chaussures ont été trouvées dans le sous-sol de votre cabinet, dans le même sac que l'alliance de Caleb.

– Je ne sais pas comment elles sont arrivées là, et je ne les ai portées que deux fois. Elles sont pratiquement neuves.

– Ma foi, il vous serait difficile de les remettre alors qu'elles sont imprégnées du sang de votre mari, et que votre ADN a été trouvé sur les lacets, sur la languette, ainsi qu'à l'intérieur, embraya Ramouter. Vous admettez qu'elles sont à vous ?

– Oui.

– Et que vous les portiez le soir où vous avez tué votre mari.

– Non, en aucun cas. Je ne les ai pas portées du week-end. Je ne les retrouvais pas. Je ne sais absolument pas comment elles ont été salies, et j'ignore aussi comment elles sont arrivées à mon cabinet. Je n'ai pas tué mon mari.

– Les empreintes correspondent à celles qu'on a trouvées autour du cadavre de Caleb, ainsi que sur son dos.

– Comment ça, sur son dos ?

– Vous savez très bien de quoi je parle, Serena, dit Henley. Pourquoi ne nous dites-vous pas ce que vous avez ressenti quand vous avez poignardé Caleb dans le dos ? Quand vous avez posé le pied sur lui et retiré le couteau ?

Pour la première fois depuis le début de l'interrogatoire, la veuve du pasteur parut effrayée.

– Caleb vous a humiliée pendant des années, reprit lentement l'inspectrice. Il vous a insultée, il a traîné votre couple dans la boue et vous a fait passer pour une hypocrite. C'était sûrement très douloureux. Sentir que votre mari, l'homme auquel vous aviez choisi de vous vouer, vous poignardait, vous, dans le dos.

– Vous ne savez pas ce que vous dites, renvoya Serena. Vous racontez n'importe quoi, vous m'accusez d'avoir commis le plus terrible des crimes, mais vous ne savez absolument rien de mon couple. Vous ne savez absolument rien de moi.

– Je sais que vous êtes une meurtrière et que Derrick Sullivan était là quand vous avez poignardé votre mari. (Henley prit le dernier sac à mise sous scellés et le posa sur la table.) À la morgue de Greenwich, vous avez spécifiquement demandé l'alliance, la chaîne et la montre de Caleb.

L'épais anneau d'or atterrit sur la table avec un choc sourd.

– La montre et la chaîne se trouvaient sur le cadavre, reprit l'inspectrice, mais on a trouvé l'alliance à votre cabinet. Selon moi, vous avez estimé que la demander au début de l'enquête nous dissuaderait de nous intéresser de trop près à vous.

– Quelqu'un a dû la déposer à mon cabinet. Je ne sais rien à ce sujet, dit Serena.

– Dessus, on a trouvé des fragments de peau de Caleb collés par le sang. Il était sans doute encore vivant, en train de rendre le dernier soupir, quand vous la lui avez arrachée du doigt. Qu'avez-vous ressenti en faisant ça ?

Serena se tourna vers Edward Basser qui prenait des notes, impassible, à peine conscient du changement d'atmosphère.

– Vous êtes viré, lui dit-elle.

– Pardon ? (L'avocat parut stupéfié.) Serena, et si nous arrêtions l'interrogatoire un moment afin de nous consulter ?

– Il n'y a rien à discuter. On m'a dit que j'avais le droit de me faire représenter, mais ça ne signifie pas que je suis obligée de le prendre. Vous ne faites que rester assis là en laissant cette femme porter des accusations scandaleuses contre moi.

– Inspectrice, pouvons-nous interrompre l'interrogatoire, afin que je m'entretienne avec ma cliente ? demanda Basser.

– Nous interrompons l'interrogatoire, mais je n'ai rien à vous dire, dit Serena. C'est terminé. J'en ai assez.

– Nous allons suspendre l'interrogatoire et le reprendrons quand vous aurez fini de consulter votre avocat, dit Henley.

– Vous ne suspendez rien du tout, trancha la veuve en se levant et en marchant jusqu'à l'angle de la pièce qui abritait le dôme noir de la caméra enregistrant l'interrogatoire. C'est fini. Terminé. Vous pouvez me renvoyer en cellule jusqu'à me mettre en examen ou me relâcher.

– Oh, nom de Dieu, marmonna Henley entre ses dents tandis que Ramouter rassemblait les pièces à conviction.

– Allons, ne... commença Basser.

– Je n'ai rien de plus à vous dire, dit sèchement Serena en regagnant son banc. Vous n'êtes plus mon avocat. J'ai besoin de quelqu'un qui sait ce qu'il fait.

L'inspectrice n'ajouta rien. Tandis que Ramouter concluait l'interrogatoire, elle remplit les formulaires, puis elle regarda Serena signer la transcription écrite et la lui rendre.

– Avant que je ne vous renvoie en cellule, êtes-vous sûre de ne pas vouloir que maître Basser vous représente ? lui demanda-t-elle en se levant pour ouvrir la porte.

– J'en ai terminé avec lui.

– Parfait. Nous avons le temps. Votre garde à vue ne s'achèvera pas avant une éternité, et on peut toujours demander au surintendant de la prolonger.

– Ce serait absolument inutile, répondit Serena en suivant Henley le long du couloir pour rejoindre le quartier des gardes à vue. Je ne veux plus vous parler.

– Est-ce qu'on peut reconduire Serena Annan à la cellule 15 ? demanda Henley au sergent de service en atteignant son guichet.

Il leva les yeux vers la série d'écrans qui montrait les cellules puis consulta le tableau des gardes à vue.

– Ouais, c'est bon. Enfermez-la.

Il tendit les clefs à l'inspectrice.

– Ramouter, tu peux raccompagner maître Basser ? Je te retrouve en haut, dit-elle.

– À tout à l'heure, acquiesça son collègue. Il fit signe à Basser de le suivre, tandis qu'Henley entraînait sa prisonnière.

– Vous voulez boire ou manger quelque chose ? demanda-t-elle en ouvrant la porte de la cellule pour laisser entrer Serena. Vous en avez pour un moment.

– Je ne veux rien vous devoir, à vous autres.

Henley soupira.

– Je demanderai qu'on vous apporte du thé et des biscuits.

– À votre guise.

Elle claqua la porte de la cellule, la verrouilla, puis s'y adossa et ferma les yeux. Il allait falloir tout recommencer avec Derrick Sullivan. L'inspectrice espérait qu'il ne se montrerait pas aussi difficile. Elle ouvrit le judas de la porte et regarda par la petite ouverture.

– Vous ne vous rendez pas service, commenta-t-elle.

– Vous n'avez pas le droit de me parler comme ça, dit Serena.

– Ce n'est plus un interrogatoire. C'est un conseil. Vous vous rendez compte que je vais vous mettre officiellement en examen pour l'assassinat de votre mari ? Vous allez être séparée de vos enfants. Vous devriez coopérer.

Henley recula d'instinct quand Serena s'approcha de la porte de la cellule.

– Coopérer ? Je vous dis que je n'ai pas tué mon mari, mais vous êtes décidée depuis le premier jour à me coller ça sur le dos. Qu'est-ce qui ne va pas chez vous ? Votre vie est tellement minable que vous avez envie de détruire quelqu'un comme moi, c'est ça ?

– Il n'est pas question de vous détruire.

– Je ne sais pas comment vous réussissez à dormir la nuit. En sachant que vous faites ça à une autre femme noire. Vous vous déshonorez et vous déshonorez votre famille. Vous devriez avoir honte.

# 71

– Je n'aime pas la tête que vous faites, déclara Pellacia quand Henley et Ramouter s'assirent, l'air las, dans son bureau étriqué. L'odeur des plats à emporter de son déjeuner atteignit les narines d'Henley qui s'était sentie toute la matinée au bord de la nausée. Ce n'était pas la première fois que se manifestaient en elle physiquement les tensions d'une enquête exigeante. Elle avait perdu le compte des moments où elle s'était retrouvée pliée en deux par des crampes au milieu de la nuit alors que ses investigations atteignaient leur apogée – un reste de SSPT.

– Derrick Sullivan a refusé de répondre à nos questions, dit-elle en sentant passer la vague de nausée. (Elle se redressa sur sa chaise.) Je n'en ai pas du tout été surprise, cela dit ; moi aussi, je l'aurais fermée, à sa place. Il a eu de la veine en tombant sur Miles Kelly comme avocat commis d'office.

– Il a eu Miles ? Pellacia lâcha un sifflement bas.

Miles Kelly occupait l'autre bout du spectre par rapport à Edward Basser. Spécialisé en droit pénal depuis quarante ans, il avait représenté certains des criminels les plus tristement célèbres à avoir jamais exercé leurs talents en Angleterre et au pays de Galles. Henley s'était souvent dit que, si elle se retrouvait jamais dans la triste position d'être accusée d'un crime, c'était lui qu'elle appellerait.

– Donc il n'a pas dit un mot ? demanda le surintendant.

– Pas un. En revanche, il avait l'air sur le point de fondre en larmes, répondit Ramouter. Je ne crois pas qu'il tiendra une semaine en prison, mais on a de quoi l'accuser de meurtre.

– Et l'épouse ? s'enquit Pellacia. Serena Annan.

– J'ai été très surprise qu'elle parle, répondit Henley. Je ne sais pas à quoi ils pensaient, elle et son avocat inutile. J'aurais compris si elle avait une défense à avancer, mais elle n'avait rien du tout.

– J'aurais récité une déclaration préparée et puis je l'aurais fermée, confirma Ramouter.

– Elle n'arrête pas de dire qu'elle n'a pas tué son mari, mais tout prouve le contraire.

– Est-ce que tout a été envoyé au CPS[1] ? Je ne veux pas qu'on m'appelle pour râler qu'il manque une déposition.

– Il ne manque rien. (Henley leva la tête et consulta la pendule. Quatorze heures venaient de sonner.) Il reste six heures et quart de garde à vue pour Sullivan, et deux de plus pour Annan. Je n'ai pas envie de demander une prolongation, mais j'y serai peut-être contrainte si le CPS ne se bouge pas. Je veux qu'ils soient tous les deux mis en examen et présentés au juge dans la matinée. Tu vas prévenir Laura Halifax qu'on arrête Serena ? Ça va sans doute lui faire un choc.

– Serena Annan a déjà engagé quelqu'un d'autre pour la défendre, répondit Pellacia, ignorant la question concernant la députée. (Il se détourna d'Henley et fit pivoter l'écran de son ordinateur.) Quelqu'un qui a commencé à faire du bruit pendant que tu préparais le dossier pour le CPS.

L'inspectrice se pencha en avant pour regarder un clip d'infos montrant l'entrée familière du poste de police de

1. *Crown Prosecution Service*, service des poursuites judiciaires de la Couronne. Équivalent du ministère public.

Lewisham. Une femme apparut sur le perron, sous les yeux d'une foule de journalistes.

– La nouvelle avocate de Serena Annan, commenta Pellacia. Et elle s'en donne à cœur joie en parlant de ton enquête. Je cite : « La persécution d'une femme dévouée envers la communauté, victime du comportement coercitif et manipulateur de son mari, et qui combattra cette parodie de justice. » C'est un peu théâtral à mon goût mais ça frappe les esprits.

– Serena Annan a assassiné son mari, affirma Henley. Si elle parle de parodie de justice, je pense qu'elle regarde dans la mauvaise direction.

– Bon, puisque ce volet-là est réglé, où en est-on des affaires d'exorcisme ?

– Ramouter et moi partons pour Lewisham Hospital, discuter avec Brandon. Et j'ai séparé Eastwood et Stanford. Lui doit être en route pour rencontrer la fameuse doula tandis qu'elle recherche Niall Graff. On a… bon, non, pas « on », Ezra a fait une recherche, et Graff s'avère être médecin consultant à la Clinique de thérapie de groupe Cooper.

– Est-ce que ce n'est pas celle où Jensen a été soigné ? demanda Pellacia.

– Et aussi celle où Kyle Baxter est censé avoir été admis, confirma Henley.

– Et Rebecca Keeler ?

– Toujours aucune trace, répondit Ramouter. Pour peu qu'elle soit aussi désaxée que le suggère le profil établi par Mark, je m'inquiète de ce qu'elle pourrait faire au bébé Hadlow, si c'est bien elle qui l'a.

– J'ignorais qu'Alyssa était morte. Je n'ai pas arrêté ces dernières semaines, déclara Victoria Reynolds en déposant avec précaution sur la table le plateau avec deux tasses de thé. Désolée, je n'ai plus de biscuits. Mon mari est au régime, en ce moment, et j'ai mangé la dernière gaufrette à la vanille. J'ai des crackers au riz mais, pour être franche, ils ne sont pas bons du tout.

– Ne vous en faites pas pour ça, dit Stanford en prenant sa tasse avec reconnaissance. Alors, quand avez-vous vu Alyssa pour la dernière fois ?

Victoria Reynolds s'assit.

– Trois jours après son accouchement, je crois.

– Garçon ou fille ?

– Un petit garçon, répondit-elle, étonnée. Comment se fait-il que vous ne le sachiez pas ? Que lui est-il arrivé ?

– C'est ce qu'on essaie de déterminer. Quand Alyssa a-t-elle eu le bébé ?

– Il doit avoir presque sept semaines, à présent. Il pesait trois kilos à la naissance. En parfaite santé. C'était un très beau petit garçon. Je n'arrive toujours pas à croire qu'Alyssa soit décédée. J'ai pensé que c'était une erreur jusqu'à voir l'info de mes yeux sur Internet.

– Elle n'a pas déclaré la naissance, dit Stanford. On a aussi consulté la base de données du ministère de la Santé, et il n'y a aucune trace de son admission dans un hôpital ou une clinique.

– Elle ne l'a pas eu à l'hôpital. Elle a accouché à la maison. J'ai été sage-femme pendant vingt-huit ans et, si j'avais cru une seconde qu'Alyssa ou le bébé couraient un danger, que la naissance serait problématique, j'aurais veillé à ce qu'elle soit hospitalisée.

– Saviez-vous qu'elle avait des problèmes de santé mentale ?

– C'est une des raisons pour lesquelles elle me voulait comme doula. J'ai l'habitude de m'occuper de femmes ayant ces problèmes-là. Certaines de mes clientes reviennent me voir après avoir connu des dépressions postnatales. Alyssa est venue alors qu'elle était enceinte de six mois. Elle sortait d'un épisode de dépression et elle était inquiète.

– Est-ce qu'elle vous a parlé du père ?

Victoria Reynolds secoua la tête.

– Non, je n'ai pas posé la question et elle ne m'a rien dit. Je sais depuis longtemps qu'il y a des choses dont on ne parle pas, et qu'il ne faut rien considérer comme acquis.

– Combien de fois avez-vous vu Alyssa ?

– Nous avons eu trois rendez-vous avant la naissance, j'ai bien sûr été présente à l'accouchement, et je suis retournée la voir trois jours après. J'y serais allée bien avant, mais une de mes clientes a commencé son travail plus tôt que prévu.

– Comment allait-elle ?

– Bien. Fatiguée, naturellement, et un peu dépassée par les événements. Elle se posait des questions quant à la prise de ses médicaments pendant l'allaitement et se demandait comment elle se débrouillerait une fois rentrée chez elle.

– Vous saviez si elle les prenait ou non, ces médicaments ?

– Ce n'était pas régulier : certains jours oui, d'autres non. Je la soupçonne d'avoir arrêté tout à fait une semaine ou deux avant d'arriver à terme.

– Ce n'était pas dangereux pour sa santé mentale, d'arrêter et de recommencer comme ça ? demanda Stanford.

– À mon avis, si. Il faut être très prudent quand on modifie un dosage. C'est faisable mais, idéalement, sous supervision médicale.

Le policier posa sa tasse de thé à moitié bue et sortit son carnet de notes.

– Qu'entendez-vous par « une fois rentrée chez elle » ? Je croyais qu'Alyssa avait accouché à la maison.

– Oui, mais ce n'était pas *sa* maison.

– Pas son appartement de Tanner's Hill, à Deptford ?

– Non. Elle a accouché chez une amie. Je suis allée chez elle pour les deux premiers rendez-vous, mais le troisième et l'accouchement se sont déroulés chez son amie.

– Donc elle n'a pas accouché dans son appartement ? demanda à nouveau Stanford par acquit de conscience.

– Elle y est retournée après la naissance, car c'est là que je lui ai fait ma dernière visite. Elle avait tout préparé pour le bébé. Comme elle avait du mal à allaiter, je lui ai appris à utiliser le tire-lait, et c'est la dernière fois que je l'ai vue.

– Vous avez l'adresse de son amie ?

– Oui. Donnez-moi une seconde, c'est dans mon bureau. D'ailleurs, venez donc avec moi.

Stanford termina son thé et suivit son hôtesse dans une arrière-cuisine reconvertie.

– J'appelle ça « mon bureau ». Mes enfants appellent ça « le cachot ». Mais, franchement, avoir un peu la paix n'importe où est une bénédiction, dit Victoria Reynolds en prenant un classeur à levier sur une étagère. Tandis qu'elle le feuilletait, Stanford regarda autour de lui. Un grand panneau d'affichage mural était chargé de pense-bêtes scolaires, d'informations sur les cours prénatals et de photos de femmes avec des bébés. Le policier y chercha une photo d'Alyssa.

– Nous y voilà. (Victoria sortit une feuille.) Voici l'adresse de son amie. C'est à Welling, mais je serais surprise qu'elle y soit encore. Je me rappelle qu'elle venait de trouver un autre appartement. Je vais vous en faire une photocopie.

Stanford sentait la colère monter en lui tandis qu'il tentait d'ordonner ses pensées. Hormis ne pas prendre régulièrement ses médicaments, Alyssa avait fait tout ce qu'il fallait en attendant l'arrivée du bébé, mais quelqu'un – et il pensait savoir qui – avait profité d'elle alors qu'elle était très vulnérable.

– Comment s'appelait-elle, cette amie ? demanda-t-il, pendant que chauffait une petite photocopieuse.

– Mon Dieu, je ne me rappelle pas. Je ne l'ai vue que le jour de l'accouchement. L'autre fois, elle travaillait. Je crois que c'était Rachel ou Rebecca, je ne suis pas sûre.

– Vous pourriez me la décrire ?

– Blanche, de très beaux yeux verts. Et les cheveux rouge vif. Je me rappelle avoir pensé qu'elle devait les teindre, parce que la couleur ne me paraissait pas naturelle.

*Rebecca Keeler*, se dit Stanford en se souvenant de la description fournie par Henley.

– Merci beaucoup, dit-il en prenant le papier qu'elle lui tendait. La dernière fois que vous avez vu Alyssa, y a-t-il quoi que ce soit qui vous ait inquiétée ?

– Non. Le bébé n'avait que trois jours, mais je ne me faisais aucun souci pour lui. Sa mère savait ce qu'elle devait effectuer comme consultations médicales et déclarations, et elle prenait à nouveau ses médicaments. Elle allait très bien. J'espère vraiment que vous allez trouver ce bébé.

– Combien en avez-vous mis au monde ? s'enquit Stanford.

– Mon Dieu, j'ai perdu le compte. Ça s'est accéléré depuis à peu près quatre ans. Les doulas sont à la mode. Pas que je me plaigne, d'ailleurs, ça paie les factures. Vous avez des enfants ?

– Pas encore. Bientôt, j'espère, dit le policier. J'ai un ou deux neveux et nièces, et ma filleule Emma. Elle a trois ans. Je l'aime comme si elle était de moi.

– À cet âge-là, c'est un vrai plaisir ou un vrai cauchemar. J'espère réellement que vous le trouverez.

– Moi aussi. Vous savez comment elle l'a appelé ? On le désigne sous l'appellation bébé Hadlow, mais il mérite mieux que ça.

– Il s'appelle Isaac.

# 72

Eastwood lut la plaque en laiton au-dessus de l'interphone : *Clinique de thérapie de groupe Cooper*. Le reste de la voie était résidentiel. Une de ces rues secrètes du South London, qui s'étendent paisiblement loin du bruit et du désespoir.

La visiteuse appuya sur le bouton et patienta.

– *Que puis-je pour vous ?*

– AD Roxanne Eastwood, de la brigade des crimes en série. Je me suis entretenue ce matin avec le Dr Gregory Jones. J'ai rendez-vous.

Il n'y eut pas de réponse. En attendant qu'on la fasse entrer, Eastwood se demanda si on était très occupé à brûler des dossiers ou à s'enfuir par la fenêtre de derrière. Debout dans le froid, elle regarda les chiffres de sa montre égrener les minutes. Au bout de quatre, un bourdonnement électrique sonore retentit et le verrou s'ouvrit. Tandis qu'elle remontait l'allée à pied, elle releva les yeux et remarqua un visage à une fenêtre du deuxième étage : un homme la regardait. Elle se demanda s'il s'agissait d'un patient ou d'un employé.

– Vraiment désolé de vous avoir laissée attendre dans le froid. Je suis le Dr Gregory Jones. C'est à moi que vous avez parlé ce matin.

L'homme debout sur le seuil évoquait pour Eastwood un prof de sciences de lycée dont la garde-robe se résumait à diverses nuances de beige. Avec son mètre soixante-dix, il ne mesurait que deux centimètres de plus qu'elle, mais ses biceps tendaient son pull serré.

– Depuis combien de temps existe cette clinique ? demanda-t-elle une fois entrée et la porte refermée derrière elle. Des cris résonnaient dans les étages. Elle sursauta, sur la défensive, quand une femme apparut dans le hall, la regarda, puis s'éloigna.

– Je crois qu'elle a ouvert il y a dix-neuf ans. Désolé, je ne suis pas sûr de la date exacte. C'était avant mon époque.

– Combien de patients avez-vous à résidence ?

– Puisqu'on en a admis un hier soir – celui que vous avez entendu crier –, ça nous en fait douze. Nous avons aussi des patients extérieurs. Je vous en prie, accompagnez-moi à mon bureau.

– Depuis combien de temps travaillez-vous ici ?

– Ça ne doit pas faire loin de sept ans. C'est un boulot à la fois intense et gratifiant, répondit-il. Eastwood le suivit en haut d'un escalier, jusqu'à une pièce située en façade du bâtiment. Elle ôta son blouson et regarda autour d'elle. Un canapé à deux places était installé à sa droite, près d'un bureau sur lequel était posé un ordinateur portable. Il y avait une plante en train de se faner dans un coin et des diplômes aux murs. Des photographies encadrées, sur une étagère, montraient le Dr Gregory Jones échanger des poignées de main avec des gens qu'Eastwood ne reconnut pas. La pièce était purement fonctionnelle.

– Avez-vous toujours été spécialisé dans la santé mentale ? demanda-t-elle en parcourant des yeux un certificat de l'école de médecine St George.

– À peu près, oui. J'ai découvert très tôt que je n'avais pas le cœur assez bien accroché pour les aspects les plus sanglants de la médecine. Cela dit, ça n'empêche personne de me parler de ses derniers symptômes ou de me montrer sa bosse bizarre sous le bras une fois qu'on comprend que je suis médecin, dit Jones avec un sourire. Où sont mes manières ? Je ne vous ai rien proposé à boire.

– Ne vous en faites pas pour ça. Je sais que vous êtes très occupé. Je veux juste vous poser quelques questions à propos de Kyle Baxter et aussi d'un de vos employés, Niall Graff.

– Eh bien, comme je vous l'ai expliqué au téléphone, Kyle n'est jamais revenu. Je l'ai examiné en personne quand sa mère a pris rendez-vous et l'a emmené ici. Il était au milieu d'une crise, mais il a réussi à exprimer qu'il voulait être hospitalisé, qu'il voulait que nous l'aidions.

– Vous avez parlé de la manière dont vous l'aideriez ?

– Oui. Nous pratiquons un certain nombre de thérapies, en fonctions des désirs du patient. S'il n'a pas la capacité mentale d'en discuter, on s'adresse à son plus proche parent. Kyle avait sa mère, heureusement. Il y en a qui sont abandonnés parce que leur famille ne comprend rien aux questions de santé mentale.

– Et son père ? Vous saviez qu'il disposait d'une procuration pour Kyle ? Qu'il était responsable de toutes ses affaires médicales et financières ?

– Je n'en avais aucune idée. Rien n'a pu me faire penser que son père s'intéressait encore à lui. Quand il est venu avec sa mère, il avait de toute évidence besoin d'aide, mais c'était aussi un homme de vingt-sept ans conscient de son état. Nous avons envisagé les différentes options.

– Quelles étaient-elles ?

– Poursuivre le traitement chimique médical en cours en ajustant le dosage de ses médicaments, ou bien choisir une approche plus holistique, que ce soit en tant que patient extérieur ou au cours d'une hospitalisation provisoire.

– Qu'avez-vous recommandé ?

– D'ajuster un peu le traitement en cours et d'introduire progressivement des thérapies complémentaires et holistiques, avec hospitalisation.

– Et qu'a-t-il choisi ?

– Sa mère et lui souhaitaient une prise en charge sur place, mais il ne voulait pas commencer sur-le-champ. Nous avons donc pris des dispositions pour qu'il entre à la clinique la semaine suivante, seulement il n'est jamais revenu.

Eastwood se pencha en avant.

– J'essaie de comprendre ce qui a pu se passer ici pour qu'on en arrive à trouver Kyle Baxter pendu dans un kiosque à musique de Southwark Park. Saviez-vous que sa mère avait purgé une peine de prison pour tentative d'assassinat sur son fils quand il avait douze ans ?

Jones recula sur son siège, choqué.

– Je n'étais pas au courant, non.

– Il est peu probable qu'elle fournisse spontanément cette information. Vous ne saviez pas non plus qu'elle connaissait votre employé Niall Graff, je suppose.

– Non. Niall fait partie de nos médecins consultants. C'est lui qui a fait visiter la clinique à Kyle et à sa mère. Je ne me doutais pas qu'ils se connaissaient. Ils ne se conduisaient pas comme si c'était le cas, et Niall ne m'a rien dit du tout.

– Savez-vous qu'il avait été arrêté pour tentative d'assassinat sur la personne de Kyle Baxter quand le garçon avait douze ans ? Il n'a jamais été mis en examen mais une enquête DBS[1] poussée aurait révélé son arrestation.

– Tentative d'assassinat ! s'exclama Jones en se levant de son siège. Non, absolument pas. C'est insensé.

1. *Disclosure and Barring Service*, branche du Home Office fournissant aux employeurs des données, notamment mais pas uniquement judiciaires, sur les demandeurs d'emploi, afin d'aider à la sélection.

– Avez-vous fait une enquête DBS à propos de Niall Graff ?

– Bien sûr que oui, on a des patients vulnérables ici, mais on s'est sûrement contentés d'une enquête simple.

– À l'avenir, procédez donc à des enquêtes poussées. Elles vous fourniront le détail des informations et des accusations, même en cas d'abandon des charges, dit Eastwood en constatant le désarroi de son interlocuteur.

– Si j'avais été au courant pour cette arrestation, je ne l'aurais jamais employé. Tentative d'assassinat sur un enfant ! Il aurait été hors de question que Niall travaille ici.

– Quand avez-vous eu de ses nouvelles pour la dernière fois ?

– Il y a une quinzaine de jours. Il a appelé pour dire qu'il était malade, puis il a envoyé un arrêt de travail de deux semaines signé par son médecin, pour une bronchite.

– Que savez-vous de sa vie privée ? Est-ce qu'il a une femme, une copine, un copain ?

– Il a une femme. Elle s'appelle Rebecca.

– Rebecca ? répéta Eastwood. L'adrénaline fusait dans son corps. Rebecca Keeler et Niall Graff avaient effacé leurs traces de leur mieux, mais leur édifice commençait à s'effondrer.

– Je ne l'ai jamais rencontrée, continua Jones, mais Niall parlait d'elle. Ils venaient d'adopter un bébé.

– Est-ce qu'il vous en a montré des photos ?

– Oui. C'est un petit garçon. Abandonné par sa mère, semble-t-il. Je crois qu'ils l'ont appelé Shia.

Eastwood n'éprouva ni joie ni soulagement à cette révélation. Au contraire, elle se sentit malade, furieuse que toute l'existence de cet enfant ait été réécrite.

– Il faut qu'on trouve Niall Graff et qu'on le trouve vite, dit-elle. Vous avez son adresse actuelle ?

– Je dois vérifier avec l'administration, mais je suis à peu près sûr qu'on lui a envoyé des fleurs pour fêter l'arrivée du bébé.

– Et une photo récente ? J'ai remarqué que vos employés avaient des badges avec photo.

– C'est le cas. Donnez-moi une demi-heure et je devrais pouvoir vous fournir tout ce dont vous avez besoin.

# 73

– Eh bien, c'est quelque chose, ça, dit Henley en lisant le sms de Pellacia. Un bref instant, elle s'autorisa à jouir de la sensation qu'une porte se fermait dans son enquête.

– Qu'est-ce qui se passe ? demanda Ramouter en tendant la main vers la bouteille de gel hydroalcoolique devant le poste des infirmières.

– Le CPS vient de mettre en examen Annan et Sullivan, dit Henley. Tous les deux accusés de meurtre, si bien qu'on peut mettre fin aux souffrances d'Uliana Piontek et abandonner officiellement les poursuites qui la concernent.

– Pour être franc, on aurait dû faire ça il y a une éternité.

– Ne commence pas, dit-elle en regardant l'heure sur son téléphone. (Il lui fallait rentrer chez elle, profiter de ce qui restait de son dimanche. Cela faisait deux jours qu'elle n'avait pas vu sa famille.) Pellacia va à Lewisham, signifier officiellement leur mise en examen aux deux suspects. Ils comparaîtront devant le tribunal à la première heure demain matin.

Ramouter poussa un soupir soulagé tandis qu'ils gagnaient la chambre de Whittaker.

– J'espère juste que ce pauvre garçon va pouvoir nous aider.

Le téléphone d'Henley se mit à sonner.

– C'est Eastwood, dit-elle. (Ils s'arrêtèrent devant la chambre de Brandon, près d'un vigile qui paraissait s'ennuyer.) Entre. Je te rejoins dans un moment. Salut, Eastie, qu'est-ce qu'il y a ?

– Je sors de la clinique où travaille Niall Graff, mais il n'y est pas venu depuis presque deux semaines. Par ailleurs, le Dr Gregory Jones confirme que Graff a posé trois jours de congé au moment où Kyle Baxter a disparu. Et aussi que sa femme s'appelle Rebecca.

– Tu es certaine qu'il a dit ça ? demanda Henley en posant le front contre le mur.

– Je rapporte fidèlement les paroles du Dr Jones, qui m'a aussi donné une adresse pour Graff. C'est à Welling. Je t'appelle juste pour savoir ce que tu veux que je fasse à présent. Je peux très bien y aller et…

– Non, non, ne fais pas ça, trancha Henley. Contacte Stanford et demandez du renfort avant de vous rendre à l'adresse de Welling. Pas question que vous y alliez seuls, compris ?

– Ne t'en fais pas, dit Eastwood. Je retourne à la SCU et j'attends confirmation.

L'inspectrice raccrocha, prit une profonde inspiration et tenta de chasser la lourde responsabilité pesant sur ses épaules. Sa plus grande peur était de commettre une erreur qui mettrait en danger un membre de son équipe.

– Qu'est-ce qui se passe ? demanda-t-elle en voyant le vigile, à quelques pas d'elle, prendre sa radio.

– Il faut que vous fassiez monter quelqu'un. Voilà encore cette bonne femme, dit-il.

Henley se retourna pour voir Marcia Whittaker arpenter d'un pas furieux le sol de l'hôpital.

– Je veux voir mon fils, hurla-t-elle. Je veux le voir. Vous ne pouvez pas m'empêcher de voir mon fils ! Brandon !

– Vous ne pouvez pas rester là, madame. Vous dérangez les patients. Vous devez partir, dit l'infirmière qui lui barrait le passage devant la porte d'une petite salle d'attente.

– Ne me touchez pas ! cria encore la mère du blessé, alors qu'un second vigile arrivait dans le service.

– Et si vous vous calmiez ? Vous ne vous rendez pas service, dit Henley. Elle s'avança et fit signe aux infirmiers de s'écarter.

– Ils ne veulent pas me laisser le voir. Je veux voir mon fils.

– Vous ne pourrez pas le voir tant qu'il sera dans cet état, expliqua l'inspectrice. Alors, si on…

– Écartez-vous de moi !

– Je ne vais pas vous faire de mal, assura-t-elle en voyant la fureur dans les yeux de son interlocutrice.

– Vous ! C'est votre faute, tout ça. Vous êtes le diable ! hurla Marcia Whittaker. Elle se jeta en avant et lui planta les ongles dans la joue droite.

Henley eut les larmes aux yeux. Sa colère monta. La mère de Brandon avait la chance d'avoir affaire à une policière et non à une citoyenne normale : elle se serait sinon retrouvée dans un lit d'hôpital au côté de son fils.

– Aïe, arrêtez. (L'inspectrice lui empoigna les poignets, la fit pivoter et la poussa contre le mur.) Qu'est-ce qui vous prend ? Calmez-vous. Arrêtez d'être égoïste. Pensez à votre fils et aux autres malades. Votre comportement ne rend service ni à vous ni à Brandon.

– Vous me faites mal, se plaignit Marcia, que les vigiles venaient d'empoigner par les bras.

– Il faut que vous vous calmiez.

Henley se força à parler avec douceur et sans ajouter *espèce de grosse vache stupide*, alors que la griffure de sa joue commençait à l'élancer.

– Je veux juste le voir. (Marcia Whittaker se mit à pleurer.) Je veux prendre mon bébé dans mes bras.

À ces mots, Henley éprouva malgré tout pour elle une vague d'empathie.

– Vous pouvez la lâcher, dit-elle.

– On est obligés d'appeler vos collègues et de la faire arrêter, contra un des vigiles sans obtempérer. Elle a menacé le personnel et elle vous a agressée.

– Je sais, je sais, mais je ne ferai pas de rapport si elle accepte de vous laisser l'escorter hors de l'hôpital. Vous acceptez, Marcia ?

– Mais… Brandon ? dit la mère désespérée, dont les jambes se dérobaient sous elle.

– Allez, levez-vous.

Les vigiles la remirent sur ses pieds.

– Vous êtes sûre que vous ne voulez pas la faire arrêter ?

– Certaine, confirma Henley. Assurez-vous juste qu'elle s'en aille.

Elle regarda les vigiles évacuer la visiteuse intempestive, la portant autant qu'ils l'entraînaient. Marcia était venue seule. Son mari, Patrick, n'était pas en vue. De toute évidence, elle lui mentait à propos de ses visites à Brandon. Henley pria pour qu'elle trouve le courage d'échapper au confinement de son mariage et au comportement coercitif de son époux. Patrick Whittaker avait très peu de qualités pour rattraper ses défauts.

– Sacrée scène, apprécia Ramouter alors qu'Henley revenait vers la chambre. Qu'est-il arrivé à ta joue ?

Elle grimaça en écartant le coton imprégné d'antiseptique.

– Marcia, mais ne t'en fais pas pour ça.

Son regard se posa sur Brandon Whittaker. Pour un homme aux portes de la mort moins de quinze jours plus tôt, il se remettait à une vitesse impressionnante. Sa peau restait d'une pâleur mortelle, mais les ecchymoses sur son visage étaient presque effacées. Les bandages de sa tête avaient été retirés et les cheveux repoussaient lentement aux endroits où les chirurgiens avaient soulagé la pression sur son cerveau. Sa sœur Amy attendait dans un coin, un livre qu'elle ne lisait pas à la main.

– *Ma mère ?* articula-t-elle en silence en désignant sa propre joue.

– Oui, répondit Henley.

– Apparemment, elle s'est introduite dans la chambre au moment de la relève des vigiles et en l'absence d'Amy, lui murmura Ramouter alors qu'elle s'approchait du lit de Brandon.

– Je ne crois pas qu'elle revienne, dit l'inspectrice en prenant une chaise. (Le blessé tourna la tête vers elle.) Bonjour Brandon. Vous avez vraiment meilleure mine que la dernière fois.

– Il se remet très bien, assura Amy. (Elle tendit la main pour toucher tendrement le bras de son frère.) Mais il se fatigue vite.

– Je suis l'inspectrice détective Anjelica Henley. Je suis venue vous voir il y a deux jours, à votre réveil. Vous ne vous en souvenez sans doute pas : vous étiez bourré de médicaments.

Comme pour rappeler qu'il en prenait beaucoup, en effet, le jeune homme leva le bras droit. Le fin tuyau en plastique qui délivrait des antibiotiques dans son organisme se tendit.

– Je me rappelle, répondit-il avec un léger défaut de prononciation, comme s'il avait la langue lourde.

– Selon les médecins, vous devriez pouvoir répondre à quelques questions. Vous pensez en être capable ?

– Je vais essayer, mais j'ai parfois mal à la tête et je ne… je ne comprends pas tout.

– C'est très bien, on va s'y prendre doucement, dit Henley. Comment vous sentez-vous, par ailleurs ? Je veux dire…

– Les voix ? Le bruit ?

Elle hocha la tête.

– Ça va. On me donne des médicaments contre ça. C'est cette poche, je crois.

Brandon désigna la perfusion fichée dans son bras gauche.

– Je vous ai dit vous avoir trouvé dans une église, vous vous rappelez ?

– Oui.

– Vous rappelez-vous aussi qui vous y a conduit ?

– Mon père. C'est mon père qui m'a emmené.

Henley se mordit la langue : Patrick Whittaker avait mis son fils en danger de manière délibérée. Elle envisagea très sérieusement de l'arrêter pour complicité de coups et blessures. Les preuves ne manquaient pas, mais elle n'avait aucune envie d'aggraver le désarroi de Brandon.

– De quoi vous souvenez-vous ?

– Je n'étais pas bien. J'avais mal au ventre et je me suis réveillé. Je ne pouvais bouger ni les bras ni les jambes.

– Où vous êtes-vous réveillé ?

– Je ne sais pas. Je ne voyais rien, mais ce n'était pas ma chambre. Il y avait une odeur bizarre et il faisait froid.

Amy se pencha et essuya avec un mouchoir en papier les larmes qui commençaient à couler des yeux de son frère.

– Y avait-il quelqu'un d'autre dans la pièce quand vous vous êtes réveillé ?

– Oui, un homme noir. Il m'a donné à boire, mais l'autre type a dit qu'il nourrissait le démon, et il a repoussé le verre. Il y avait aussi une femme.

– Vous vous rappelez à quoi ressemblait le deuxième homme ?

Brandon secoua lentement la tête.

– Je ne l'ai pas vu.

– Et la femme ? Vous pouvez la décrire ?

– Une Blanche, dit-il. Becca. Il l'appelait Becca. Elle m'a frappé et elle m'a mis… (Il appuya la tête en arrière et recommença à pleurer.) Elle m'a brûlé les pieds. Avec les cierges.

Amy porta la main à son visage : des larmes ruisselaient aussi sur ses joues. Ramouter détourna les yeux et recula d'un pas. Henley savait ce qu'il éprouvait : elle sentait sa colère monter au souvenir de Rebecca Keeler assise en face d'elle, au refuge, et évoquant son épreuve en sachant fort bien ce que Niall Graff, Caleb Annan et elle avaient fait à Brandon et aux autres.

– Elle ne s'arrêtait jamais, dit le jeune homme.

– Est-ce que vous vous rappelez le nom de qui que ce soit d'autre ?

– Non. (Brandon secoua la tête.) Je ne sais pas. Elle le laissait me verser de l'eau sur le visage. De l'eau très froide.

Henley comprit qu'elle ne tirerait plus rien de lui pour aujourd'hui, mais elle en avait assez entendu. Elle tenait Rebecca.

– Brandon, je vais m'en aller mais je reviendrai d'ici un ou deux jours. Le cerveau est un truc bizarre. Il peut nous surprendre, et il est possible que vous vous rappeliez d'autres détails. Est-ce que ça vous convient ?

– Ça me convient, oui. Mais ne les laissez pas me faire encore du mal, dit le jeune homme à voix basse.

# 74

Henley avait peine à croire qu'elle était assise à son bureau un samedi soir, au milieu d'une SCU au grand complet. Tous ceux qui l'entouraient avaient l'air épuisés et un peu perdus.

– Pauvre gamin, dit Pellacia une fois qu'Henley eut achevé d'expliquer ce qui s'était produit à l'hôpital. Tu es sûre que tu ne veux pas faire arrêter Marcia Whittaker pour agression sur un officier de police ? C'est une vilaine griffure.

– Non, c'est bon. (L'inspectrice chassa un fragment de sang séché de sa joue.) Ce n'est pas la peine. Cette femme est en train de traverser un enfer personnel. Son mari, en revanche, on a de quoi l'arrêter et le faire condamner, mais je ne sais pas, je suis encore partagée. Bon, Stanford et Eastwood, l'adresse, ça a donné quoi ?

– Impasse, répondirent simultanément les deux policiers.

– Victoria Reynolds, la doula, m'a communiqué l'adresse où Hadlow a accouché, à Welling. C'est aussi celle que Niall Graff avait déclarée à la Clinique Cooper, dit Stanford.

– L'administrateur adjoint de la clinique m'a donné les coordonnées de la boutique par l'intermédiaire de laquelle ils ont envoyé à Graff et Keeler un bouquet de « félicitations », enchaîna Eastwood. Le fleuriste confirme que c'était bien cette adresse-là, et que, lors de la livraison, une femme correspondant au signalement de Rebecca lui a ouvert la porte.

– Alors pourquoi est-ce une impasse ? demanda Pellacia.

– Ils ont déménagé.

– On est arrivés en force, conformément aux ordres et à la grande surprise de la dame qui occupe désormais la maison, reprit Stanford. Elle s'appelle Talia Derry, et elle n'a jamais entendu parler de Rebecca Keeler ni de Niall Graff. Son compagnon et elle n'habitent là que depuis le 1er février. Elle nous a permis de joindre le proprio, lequel confirme avoir loué à Niall Graff pendant deux ans.

– On a aussi interrogé les voisins, continua Eastwood. Il semble que Keeler et Graff aient déménagé il y a environ cinq semaines.

– Est-ce qu'ils les ont vus avec un bébé ? s'enquit Henley.

– Une voisine a surpris Graff avec un siège auto pour bébé la première semaine de janvier, mais personne n'a vraiment vu d'enfant.

Tous restèrent muets un moment, tentant de faire le point de leur enquête.

– D'après Victoria Reynolds, la doula, le petit Isaac est né le 10 janvier.

– Oh, merde, jura Pellacia. Vous croyez qu'ils avaient prévu depuis le début de prendre son bébé à Alyssa Hadlow ?

– Plus rien ne m'étonnerait d'eux, soupira Eastwood.

– Ils ne peuvent pas s'être volatilisés, remarqua le surintendant après quelques minutes.

– Rebecca Keeler a disparu après ma visite à son hôtel, dit Henley, sentant une onde de colère la parcourir. Mais je n'ai rien dit qui ait pu l'effrayer. Pour ce que j'en savais, je parlais à une victime, pas à une suspecte.

– Je ne crois pas que ce soit de ton fait, boss, intervint Ramouter.

– Il y a forcément eu quelque chose. (Pellacia se leva et se dirigea vers le tableau de l'enquête.) Où en êtes-vous avec les films de surveillance des distributeurs de billets ? Les retraits sur le compte d'Hadlow ont été effectués non loin de l'endroit où on a trouvé le cadavre de Kyle Baxter.

– Et le distributeur de Powis Street est littéralement en face de l'hôtel où travaillait Rebecca Keeler, ajouta Henley.

– Rien jusqu'ici, leur apprit Stanford. Les banques sont en général beaucoup plus réactives que le conseil du *borough*. Il est inutile de les appeler maintenant, il est plus de dix-neuf heures, mais je les recontacterai demain matin dès l'ouverture.

– On devrait laisser tomber pour ce soir, dit Pellacia. On a lancé les alertes concernant Keeler et Graff. On ne peut rien faire de plus à moins qu'ils ne commettent une erreur cette nuit.

# 75

*« Serena Annan, quarante-deux ans, et Derrick Sullivan, trente-six ans, ont comparu ce matin au tribunal de Bromley, accusés de l'assassinat du mari de la première, Caleb Annan, quarante-quatre ans, pasteur de l'Église pentecôtiste d'Annan le Prophète et leader religieux local.*

*Caleb Annan a été trouvé mort dans son église il y a presque deux semaines. Il a succombé à de multiples coups de couteau.*

*Les deux mis en examen ont d'abord comparu ensemble. Serena Annan a toutefois été évacuée par les huissiers après avoir agressé Sullivan et hurlé plusieurs fois qu'il avait assassiné son mari. Tous les deux ont confirmé leurs nom, adresse, date de naissance et nationalité. Aucun plaidoyer n'a toutefois été enregistré, Annan et Sullivan ont été renvoyés en détention provisoire et leur affaire ajournée. Ils comparaîtront à l'Old Bailey, la haute cour criminelle, demain matin, et on leur y demandera alors de choisir entre plaider coupable ou non coupable de meurtre. »*

Henley coupa le son de son téléphone quand Pellacia entra dans la vieille cantine du deuxième étage, deux tasses de thé à la main.

– Je viens d'apprendre du CPS qu'Annan et Sullivan feront tous les deux une demande de libération sous caution demain.

– Je doute qu'un juge la leur accorde. Qu'est-ce que tu fiches à te cacher ici ? demanda Pellacia. Il déposa le thé sur la table, tira une chaise et s'assit en face d'Henley.

– Je ne me cache pas, dit-elle. J'ai juste besoin d'un endroit où réfléchir, loin de tout. Chaque fois que je regarde le tableau de l'enquête, je me demande si je n'ai pas raté quelque chose. Le bébé est toujours dans la nature, avec deux assassins.

Elle tenta de boire son thé, mais une boule au fond de sa gorge l'empêcha un temps de déglutir. Elle se rappelait à quel point Emma était petite et vulnérable à l'âge de deux mois, et à quel point elle était déjà consciente de sa mère. Jamais elle n'aurait pu blesser son enfant, et le même instinct de protection envers Isaac la déterminait à empêcher quiconque de lui faire du mal.

– Tu te sentirais mieux si je te disais qu'à mon avis, le petit ne court aucun danger ? reprit Pellacia en buvant une gorgée. Un infanticide pousserait les choses un peu trop loin. Même les assassins ont leurs limites.

– Non, ça ne me rassure pas que ces deux-là aient un code moral tordu, dit-elle. Elle but son thé dans un silence confortable.

– Ce n'est pas sérieux, tu sais, déclara le surintendant au bout d'un moment. Cette histoire avec Laura. Ce n'est pas…

– Ça ne me regarde pas, coupa Henley comme il lui prenait la main.

– Tu te conduis comme si ça te regardait. J'ai vu ta tête au restaurant. Tu as l'air d'oublier que je te connais, Anjelica.

– Ne te flatte pas, dit-elle en lui retirant sa main. J'étais inquiète pour l'enquête, c'est tout. Halifax nous tournait autour, elle fourrait son nez partout, et elle était trop proche de Serena Annan à mon goût.

– Est-ce que tu as une si piètre opinion de moi ? demanda Pellacia, une expression blessée sur le visage. Je n'aurais jamais rien fait pour compromettre l'enquête.

– Ne dis pas ça. Je me fais l'effet d'être une vraie salope. (Henley tentait de séparer l'affection qu'elle éprouvait pour lui et son besoin naturel de protéger toute son équipe.) Je ne veux pas que tu sois blessé. Professionnellement, s'entend.

– Professionnellement ? C'est tout ?

– Ça ne peut pas être autre chose. Quoi qu'il en soit, je ne doute pas qu'elle te plaise, dit-elle. (Les lumières du plafond vacillèrent.) Je ne sais pas trop pourquoi, cela dit. Je n'aurais pas cru qu'elle était ton type.

– C'est toi, mon type, affirma Pellacia au moment où Stanford entrait dans la cantine.

– Qu'est-ce que vous fichez cachés ici, tous les deux ? demanda-t-il en les regardant avec suspicion.

– Je ne me cache pas. J'avais besoin de changer d'air, répondit Henley en refermant son ordinateur portable.

– Bref, on a besoin de vous en bas. Les films de surveillance des banques sont arrivés, et on la tient.

– C'est le distributeur de Jamaica Road, commenta Stanford comme tout le monde levait les yeux vers l'écran du projecteur connecté par Ezra à l'ordinateur du policier. Et voici Rebecca Keeler en train de retirer de l'argent du compte d'Alyssa Hadlow.

Il mit le film en pause et zooma sur l'image très nette de la jeune femme.

– C'est bien elle, confirma Henley en fixant les cheveux rouges et le bonnet bleu d'une Rebecca qui relevait les yeux du distributeur.

– La plupart des gens ne se rendent pas compte qu'il y a très souvent des caméras près des distributeurs de billets, je crois, dit Ramouter.

– Et les autres retraits ? demanda l'inspectrice.

– On a des images d'elle dans tous les cas, confirma Stanford. Elle doit habiter un logement à proximité ou s'y rendre régulièrement. On la voit s'éloigner en direction de Nightingale House, dans le Kirby Estate.

– Le sang de Kyle Baxter a été trouvé sur le perron de Nightingale House, rappela Ramouter. Pas beaucoup, seulement quelques gouttes. Et les experts n'en ont pas vu dans les parties communes ni les escaliers. Aucun indice ne suggérait que Kyle soit entré dans l'immeuble.

– Combien y a-t-il d'appartements dans l'immeuble en question ? demanda Pellacia. (Il tira son téléphone et se mit à taper rapidement.) Cent dix-neuf.

– On ne peut pas frapper à cent dix-neuf portes en croisant les doigts pour que celle de Keeler et Graff soit dans le lot, dit Henley en retournant à son bureau. Et on ne pourra en franchir aucune sans mandat.

– On n'a pas de quoi demander un mandat de perquisition collectif, à supposer que ça existe, confirma Ramouter. Mais je pourrais aller au conseil du *borough* et essayer d'obtenir une liste des locataires.

– Dans cet immeuble, il y aura un mélange d'appartements privés et municipaux, dit Henley, mais c'est un bon point de départ. Je n'arrête pas de me dire que j'ai raté quelque chose. Quelque chose qu'a pu me dire Rebecca.

– Est-ce qu'elle a parlé de ses amis ou de sa famille ? demanda son partenaire.

– Seulement pour dire que sa mère avait déménagé en Nouvelle-Zélande, et que sa tante était morte.

– On est sûrs qu'elle est morte ? renvoya Ramouter. Ce n'est pas comme si Rebecca Keeler était la source d'information la plus fiable qui soit.

L'inspectrice releva les yeux vers lui. Il n'avait pas tort.

– Non, je ne sais pas si la tante est vraiment morte.

Elle décrocha son téléphone et chercha sur son bureau le Post-it où elle avait noté le numéro de la mère de Rebecca.

– Qui appelles-tu ? demanda Ramouter.

– Mme Keeler, en Nouvelle-Zélande.

– Il y a treize heures de décalage horaire. J'espère que ça ne l'ennuiera pas d'être réveillée à trois heures du matin.

Le jeune policier cessa de parler quand Henley leva la main.

– Madame Keeler, désolée de vous déranger à pareille heure. Ici, l'inspectrice détective Henley. Je vous ai déjà appelée il y a quelques jours. Non, je n'ai pas de nouvelles de Rebecca. Est-ce qu'elle vous a contactée ? Bon, très bien. Je voulais juste vous poser une question à propos de sa tante, celle qui l'avait emmenée à l'église. Gretta. (Elle empoigna un stylo et se mit à écrire rapidement.) *Votre* tante, donc la grand-tante de Rebecca. Quand est-elle morte ? Étaient-elles proches ? Bien. Bien. Vous en êtes absolument sûre ? Mais vous ne vous rappelez pas. Non, vous m'avez été très utile.

– Alors la tante est morte ? s'enquit Ramouter comme Henley posait le téléphone et se levait.

– Tout à fait. Elle a rendu l'âme il y a trois ans dans une maison de retraite, mais elle habitait auparavant Bermondsey.

– Laisse-moi deviner. Nightingale House dans le Kirby Estate.

Henley hocha la tête.

– Sauf que Mme Keeler ne se rappelle pas le numéro de l'appartement. Elle dit que la tante n'avait pas d'enfant et qu'elle a tout laissé à Rebecca.

– Mais il nous reste cent dix-neuf portes, fit Ramouter.

– J'ai le nom complet et la date de naissance de la tante. Ezra ne devrait pas avoir besoin de plus.

# 76

Appartement 92, Nightingale House, Kirby Estate. Deux voitures et une camionnette de police étaient garées en bas de l'immeuble. Six agents en uniforme attendaient des instructions. Les locataires du 91 confirmaient qu'un homme et une femme répondant au signalement de Keeler et Graff avaient emménagé récemment, après l'éviction des derniers occupants. Et, oui, on avait entendu pleurer un bébé.

Henley obligea Ramouter à lui tourner le dos et vérifia que son gilet anti-armes blanches était bien bouclé.

– Je ne veux prendre aucun risque, dit-elle en lui tapotant l'épaule.

– Ça va. On a des renforts, et je suis sûr que ni Keeler ni Graff ne mettront le bébé en danger.

– On est certains qu'ils sont là ? demanda Henley à l'agent Waller qui venait de brancher sa caméra-piéton.

– Personne n'est sorti de l'appartement depuis une demi-heure, répondit Waller, et une lumière s'est allumée il y a vingt minutes. Cela dit, quelqu'un a pu sortir avant qu'on n'arrive ici.

– D'accord, montons, décida l'inspectrice.

Henley et Ramouter traversèrent le palier et se dirigèrent vers l'appartement. L'agent Waller et un de ses collègues, montés par le deuxième escalier, le bloquaient pour le cas où on tenterait de s'enfuir par là.

– Ça va ? demanda l'inspectrice à son partenaire quand elle l'entendit respirer plus fort à mesure qu'ils approchaient de l'appartement 92.

– Oui, ça va, répondit-il.

– D'accord, dit-elle, avant de frapper deux fois à la porte d'entrée. Elle attendit que Ramouter se poste devant la fenêtre du palier, en face de l'escalier.

– Je ne vois rien du tout, annonça-t-il.

Henley frappa à nouveau, et n'obtint aucune réponse.

– Qu'est-ce qu'on fait ? lui demanda-t-il. On la défonce ?

– Demande par radio qu'on nous monte l'Exécuteur.

Elle s'accroupit et ouvrit la fente à lettres, par laquelle elle vit un parquet et entendit de l'eau couler. Un bébé se mit à crier.

– Je vois bouger quelqu'un, dit Ramouter après avoir passé son appel radio.

– Rebecca Keeler, ici l'inspectrice détective Henley, de la brigade des crimes en série. Je vous ordonne d'ouvrir cette porte sur-le-champ, avant que je ne l'enfonce, cria-t-elle.

La jeune femme, à l'intérieur, répondit sur le même ton :

– Non, allez-vous-en. Vous ne savez pas ce que vous faites.

Henley, par la fente à lettres, la vit courir vers le fond d'un couloir.

– Merde, dit-elle en poussant la porte dans le vain espoir de la voir céder. Qu'est-ce qu'ils foutent ?

– Regarde, regarde, dit Ramouter. Il désignait les deux agents arrivant au pas de course, chargés du bélier rouge qu'on surnommait affectueusement « l'Exécuteur ».

– Poussez-vous, madame, dit le premier en s'approchant. Henley rejoignit son collègue sur le côté tandis que l'homme reculait d'un pas et propulsait l'Exécuteur contre la porte.

– Rentrez chez vous et ne ressortez pas, cria-t-elle en voyant celle du numéro 91 s'ouvrir puis se refermer vivement.

– On y est, cria l'agent quand le battant qu'il martelait pivota sur ses gonds démolis.

Henley et Ramouter investirent l'appartement alors que les pleurs du bébé s'amplifiaient. Le jeune policier retint sa collègue quand elle glissa sur quelque chose d'humide.

– Merde.

Il découvrit à ses pieds la flaque de sang qui s'écoulait de la cuisine, où Niall Graff gisait sur le carrelage, un couteau planté dans la gorge, une écume sanglante à la bouche. Une de ses jambes se convulsait tandis que sa main palpait faiblement la région qui entourait la blessure.

– Reste avec lui et demande une ambulance, ordonna Henley en ressortant dans le couloir.

– Sois prudente, cria Ramouter alors qu'un autre agent entrait dans l'appartement et la suivait.

L'inspectrice, elle, suivait les cris du bébé, de plus en plus frénétiques. Elle s'arrêta devant une porte fermée.

– Rebecca, lança-t-elle en manœuvrant la poignée. Je vous demande d'ouvrir.

– Non, vous n'entrerez pas, répondit Rebecca Keeler. Vous êtes tous des démons.

– Rebecca, je veux juste savoir si Isaac va bien. C'est la seule raison pour laquelle je suis ici, déclara Henley en faisant signe de s'approcher à l'agent qui portait l'Exécuteur.

– Il s'appelle Shia. Fichez le camp, cria la jeune femme, alors que le bébé hurlait encore plus fort.

– Allez-y, ordonna l'inspectrice, on dirait qu'elle n'est pas juste derrière la porte.

Elle recula dans l'angle du couloir.

L'agent hocha la tête. Des sirènes d'ambulances retentissaient, de plus en plus proches. La porte céda quand l'Exécuteur percuta son panneau de fibres bon marché.

Henley entra prudemment dans la chambre et s'arrêta lorsqu'elle vit Rebecca Keeler, debout devant une penderie, le bébé serré contre elle. Elle avait le visage et les mains maculés du même sang qui tachait la grenouillère bleue d'Isaac.

– Est-ce que ce sang est le vôtre ou celui du bébé ? demanda Henley en s'immobilisant au milieu de la pièce.

– Écartez-vous de moi, dit la jeune femme en se dirigeant vers la fenêtre à guillotine.

– Je vous promets de m'en aller. J'ai juste besoin de savoir que le bébé et vous allez bien.

– Ce n'est pas son sang et ce n'est pas le mien, admit-elle doucement. C'est celui du diable.

– D'accord, d'accord, dit l'inspectrice en avançant d'un autre pas prudent. Maintenant, donnez-moi Isaac.

– Non, non.

Rebecca se rapprocha encore de la fenêtre ouverte. Le vent soulevait les rideaux jusqu'à son visage.

– Vous ne comprenez pas. Vous êtes comme les autres.

Henley jeta un coup d'œil à la fenêtre. Trop petite pour être franchie d'un bond mais, dans l'état d'esprit où se trouvait cette femme, comment savoir ce dont elle serait capable ?

– Laissez-moi prendre Isaac, s'il vous plaît. Si vous l'aimez, vous devez me le donner, dit-elle, alors que le bébé se remettait à pleurer en entendant les infirmiers entrer dans l'appartement.

– Vous êtes folle ? interrogea Rebecca avec une clarté surprenante. Vous ne pouvez pas prendre mon enfant. Il m'a été confié.

– Vous ne voyez donc pas qu'il a peur ? demanda Henley sans élever la voix. Je ne veux pas vous le prendre. Je veux juste m'occuper de lui un petit moment.

– N'approchez pas. Je sais ce que vous faites. Ils m'ont parlé de votre projet avant que vous ne veniez me voir, dit Rebecca. Ils m'ont dit que vous étiez dangereuse.

Henley savait inutile d'essayer de la raisonner. Niall Graff était mourant, en train de s'étouffer avec son sang sur le carrelage de la cuisine. Rebecca Keeler serra Isaac plus fort et fit un autre pas vers la fenêtre. Le cœur de l'inspectrice battait à tout rompre. Elle entendait le souffle puissant mais régulier de l'agent entré derrière elle, et les ordres sonores des infirmiers qui travaillaient à sauver la vie du blessé.

– Écoutez, dit-elle calmement, tentant d'ignorer les traînées de sang sur le visage de la jeune femme et de se concentrer sur ses yeux intenses. Je crois qu'Isaac voudrait voir sa maman. Vous savez à quel point il est important pour nos bébés de sentir notre odeur, notre contact, et de nous voir.

– Il s'appelle Shia, corrigea Rebecca.

– Pardon. Shia a besoin de vous voir.

– Je suis sa maman.

– Mais oui, dit Henley. Tournez-le donc vers moi, que je voie s'il a les yeux de sa maman.

La jeune femme écarta lentement le bébé de sa poitrine. Isaac lâcha un cri qui emplit la pièce.

– Il a mes yeux, dit-elle en le berçant.

– Laissez-moi donc le tenir un peu, proposa l'inspectrice en faisant un pas de côté discret.

– Pourquoi ? Qu'est-ce que vous lui voulez ?

Rebecca regardait autour d'elle, les yeux affolés.

– Il fait un peu frais, ici. Je pourrais le tenir pendant que vous allez lui chercher un pull ou une couverture.

– Non ! (Chaque fois que Rebecca hurlait, Isaac pleurait plus fort.) Vous êtes diabolique. Maléfique. Vous n'aurez pas mon enfant.

– Je vous promets que…

– Non ! Partez, tous ! Partez.

– Non ! cria à son tour Henley quand Rebecca se tourna vers la fenêtre. Elle contourna vivement le lit mais trébucha sur un couffin posé là et poussa un cri en sentant sa cheville se tordre. Une douleur aiguë remonta le long de sa jambe.

– Arrêtez, cria-t-elle quand la jeune femme heurta violemment la vitre supérieure du front, comme pour la briser, laissant une empreinte sanglante sur le verre fêlé, alors qu'Isaac pendait mollement au bout de son bras gauche.

– Attrapez-la, cria l'inspectrice, tout en arrachant le bébé aux bras de sa fausse mère, laquelle se jetait à nouveau contre la vitre. Puis elle s'exclama « Merde ! » : un bruit de verre brisé venait de retentir, alors même que l'agent lâchait le bélier, bondissait sur le lit et écartait Rebecca de la fenêtre. Henley, allongée sur le dos, serrait Isaac contre elle, tandis que la jeune femme, des éclats de verre plantés dans le bras, poussait des cris hystériques.

– Allez, Isaac, tout va bien, tout va bien. (Appuyée contre la penderie, elle berça doucement le bébé en ignorant la douleur de sa cheville.) Je te tiens. Je te tiens.

– Rendez-le. Rendez-le-moi, hurla Rebecca – que le policier poussait contre un mur après lui avoir immobilisé les bras.

– Restez tranquille, ordonna-t-il en empoignant ses menottes.

– Rendez-moi mon enfant, se plaignit-elle, alors qu'un autre agent entrait dans la chambre.

– Rebecca Keeler, déclara Henley en passant Isaac au nouveau venu avant de se remettre debout. Je vous arrête pour les meurtres d'Alyssa Hadlow, Charlie Jensen et Kyle Baxter, pour tentative de meurtre sur la personne de Brandon Whittaker et pour l'enlèvement d'Isaac Hadlow.

– Il s'appelle Shia et il est à moi, protesta faiblement Rebecca.

L'inspectrice acheva sa mise en garde sans se préoccuper d'elle, et l'adrénaline qui courait dans son organisme commença à se dissiper. Les agents escortèrent la suspecte hors de l'appartement.

– Graff est encore en vie, mais tout juste, dit Ramouter, debout dans le hall, comme Henley boitillait vers lui. On vient de l'emporter vers l'ambulance. Tu veux que les infirmiers jettent un coup d'œil à ta cheville ?

– Ça va aller, répondit-elle en sortant de la chambre.

– Où vas-tu ?

– Je descends. Il faut aussi que j'arrête Rebecca Keeler pour tentative de meurtre sur la personne de Niall Graff.

– Elle a du pot que ce ne soit pas carrément pour meurtre, conclut Ramouter en lui prenant le bras. Quoique ça ne fasse pas une grosse différence. Elle ne sortira pas de prison de sitôt.

– C'est lui ? Il est vraiment mignon, dit Stanford en pénétrant dans le bureau d'Ezra, le plus chaud de toute la SCU.

– On attend l'arrivée des services sociaux.

Henley, calée au fond du fauteuil de l'informaticien, tenait entre les bras Isaac qui engloutissait un biberon.

– Est-ce qu'il va bien ? demanda son collègue en s'asseyant près d'elle.

– Les infirmiers l'ont examiné et il va très bien. Rebecca est peut-être complètement cinglée, mais Graff et elle se sont bien occupés du petit.

– Même s'ils ont tué sa mère. (Stanford caressa la main d'Isaac.) Ça me rappelle Emma quand elle avait le même âge. Je me demande qui va s'occuper de lui maintenant.

– Il a une famille, en fait. Aussi étrange que ça puisse paraître, Serena aurait été un bon choix de mère adoptive.

– Si elle n'était pas accusée d'avoir assassiné le père.

– Quel bordel, soupira Henley. Ce petit mérite tellement mieux. Je n'imagine pas ce qu'Alyssa Hadlow a dû traverser.

– D'après Ramouter, Niall Graff n'est pas encore tiré d'affaire.

– J'espère qu'il s'en sortira. Pas que je tienne à ce qu'il vive, mais je veux qu'il nous parle, qu'il nous dise exactement ce qui s'est passé avec Baxter, Hadlow, Jensen et Whittaker. Isaac a le droit de savoir ce qu'a subi sa mère.

– Je me demande ce qui est arrivé dans cet appartement pour que Rebecca tente de tuer Graff. Ils étaient ensemble depuis le début. Pourquoi s'est-elle brusquement retournée contre lui ?

– Je ne suis pas sûre qu'on l'apprenne tout de suite. Le sergent chargé des gardes à vue vient d'appeler pour dire qu'on la conduit à l'hôpital. Elle a besoin de points de suture au bras et d'un examen psychiatrique. Ils la garderont sans doute toute la nuit. J'espère. Je suis fourbue.

– À mon avis, ils vont conclure qu'elle n'est pas capable mentalement de subir un interrogatoire. Regarde ce qu'elle a fait : elle ne pouvait pas avoir sa raison.

– Je n'en suis pas convaincue, répondit Henley en retirant doucement le biberon vide de la bouche d'Isaac et en le tendant à Stanford. Tu connais aussi bien que moi les consignes d'interrogatoire des détenus malades mentaux.

– Il y a des cas où le prévenu est tout a fait responsable, même s'il souffre d'une maladie mentale.

– Exactement. Je suis sûre qu'elle savait ce qu'elle faisait, et je ne vais pas l'accuser de meurtre avec ou sans intention de donner la mort tant que je ne saurai pas pourquoi.

# 77

– Que Rebecca soit interrogée tout de suite me déplaît. J'ai déjà exprimé mes inquiétudes au sergent chargé des gardes à vue, dit Lyndsey Gardner, l'adulte référent nommé pour s'occuper de Rebecca Keeler pendant son interrogatoire.

Henley, tentant de rester impassible, termina son café et jeta le gobelet vide à la corbeille.

– Écoutez, Lyndsey, je comprends que vous vouliez…

– Mme Keeler a traversé des moments difficiles, l'interrompit Gardner. Vous avez dû voir dans son rapport de garde à vue qu'on lui a prescrit un sédatif à l'hôpital, et que l'examinateur médical légal lui a donné des antidépresseurs à huit heures du matin.

– Et si vous lisez le rapport de garde à vue, vous, vous constaterez qu'elle a été déclarée apte à être interrogée il y a deux heures, dit fermement l'inspectrice en prenant un siège près de Ramouter qui remplissait les formulaires en silence. Par ailleurs, un antidépresseur pris il y a plus de quatre heures ne fera pas d'elle un zombie.

– Mon travail consiste à vérifier que vous la traitez avec justice et de m'assurer qu'elle est capable de soutenir l'interrogatoire, répondit Gardner. La porte s'ouvrit et une agente de police escorta Rebecca Keeler dans la pièce.

– Désolée pour l'attente, elle a voulu une tasse de thé, dit-elle en faisant asseoir la prisonnière.

Henley baissa les yeux, constata que Rebecca était pieds nus, et se demanda si les inquiétudes de Lyndsey Gardner n'étaient pas justifiées. La jeune femme semblait noyée dans le survêtement gris fourni par la police, trop grand pour elle de deux tailles. Toute son énergie incontrôlée s'était dissipée et la laissait fanée comme une plante négligée. La lumière dans ses yeux avait baissé ; ses cheveux rouges pendaient mollement sur son épaule, en une tresse à demi défaite qui avait perdu son éclat.

– Comment vous sentez-vous, Rebecca ? demanda Gardner en s'asseyant et en sortant son ordinateur de son sac.

– Ça va, murmura-t-elle. (Elle prit son gobelet et but une gorgée d'un thé pareil à de l'eau de vaisselle.) Combien de temps cela va-t-il prendre ?

– Tout dépend de vous, répondit Henley en faisant signe à Ramouter d'appuyer sur le bouton d'enregistrement.

– Vous voulez que je vous dise tout ? Je ne suis pas sûre de pouvoir, dit Rebecca Keeler en baissant la tête. Non, je ne crois pas que je puisse.

– Voyons simplement où ça nous mène, soupira l'inspectrice en ignorant le regard de Gardner signifiant *Je vous l'avais bien dit.* Tandis que Ramouter faisait les présentations, informait Rebecca de ses droits et expliquait le rôle de l'adulte référent, elle observa tranquillement la prisonnière, dont les coupures et les bleus sur le front ressortaient fortement sur sa peau pâle et tendue, la faisant paraître plus jeune et plus vulnérable. Henley se reprocha d'éprouver de la sympathie pour elle.

– Rebecca, comprenez-vous que vous avez été arrêtée pour les meurtres de Charlie Jensen, Alyssa Hadlow et Kyle Baxter, pour tentative de meurtre sur la personne de Niall Graff et…

– Niall est encore en vie ? s'exclama la jeune femme en redressant la tête.

– Oui, répondit l'inspectrice. Il est dans un état grave, mais encore en vie.

– Oh, c'est bien triste.

– Pourquoi est-ce triste ? demanda Henley, tandis que Lyndsay Gardner plissait les lèvres et se mettait à taper sur son clavier.

– Je n'en voulais plus. J'en avais assez de lui, répondit Rebecca, soudain plus agitée. Il ne m'écoutait pas. Il n'écoutait jamais. Il voulait que je fasse tout à sa manière. Il me disait quoi dire, comment m'habiller et comment élever mon enfant.

– Votre enfant ? Vous voulez parler de l'enfant d'Alyssa Hadlow, Isaac Hadlow. Vous vous rappelez que je vous ai aussi arrêtée pour son enlèvement ?

– Il n'était pas à elle. Dieu me l'a donné, à moi, et il m'a dit de l'appeler Shia. Il était… Non, il *est* à moi. Où est-il ? Je veux le voir. Je veux mon bébé.

– Il est en sécurité.

– Vous n'avez aucun droit de m'empêcher de le voir.

– Vous avez raison. On n'aurait pas dû empêcher sa mère de le voir, dit doucement Henley. (Rebecca s'était visiblement calmée.) Parlons de Niall. Vous disiez qu'il ne vous écoutait jamais ?

– Non, en effet. Il disait que je n'étais pas fiable, que je représentais un danger pour moi-même. Il avait changé. Ce n'était plus l'homme que j'avais rencontré.

– Comment l'avez-vous rencontré ?

– Il est venu chez moi. C'était après la mort de mon père. Je ne m'en remettais pas, et Bippy avait réapparu. Mon désordre bipolaire. J'ai été diagnostiquée quand j'avais dix-sept ans, et mon thérapeute m'a dit de lui donner un nom. Alors je l'ai appelé Bippy.

– Vous dites que vous ne vous remettiez pas de la mort de votre père ?

– Il me manquait beaucoup, mon papa, avoua Rebecca. (Des larmes coulèrent sur ses joues.) C'était dur, tellement dur.

– Avez-vous essayé d'obtenir de l'aide ?

Elle secoua la tête.

– Non. Ma mère croyait que je faisais mon intéressante, mais, ensuite, j'ai commencé à entendre des voix, alors elle a appelé ma tante.

– Votre tante Gretta, c'est bien ça ?

– Oui.

La jeune femme s'essuya le nez sur sa manche. Henley échangea un regard avec Ramouter. Tous les deux avaient vu le réseau de cicatrices irisées sur son bras gauche et les griffures récentes sur son bras droit. Elle devait avoir un long passé d'automutilation et s'était probablement griffée pendant qu'elle attendait dans les cellules.

– Vous étiez proche de votre tante Gretta ? demanda Henley.

– C'était comme ma meilleure amie, répondit Rebecca. Elle disait qu'elle savait comment faire taire les voix. Qu'il y avait des démons en moi, mais qu'un ami à elle pourrait m'aider.

Henley sentait se tendre les muscles de son dos en écoutant cette histoire. Elle aurait voulu mettre fin aux souffrances de Rebecca mais ne le pouvait pas : elle devait la pousser à lui expliquer pourquoi elle avait choisi de tuer.

– Qui était l'ami de votre tante, Rebecca ? demanda-t-elle en donnant un discret coup de coude à Ramouter.

– C'était Niall.

– Le même Niall Graff qui vivait avec vous ? s'enquit Ramouter en ouvrant son dossier et en y prélevant une feuille de papier.

– Oui. Il était tellement bon avec moi.

– Rebecca, ceci est une copie d'une page de blog trouvée en ligne, continua-t-il. Nous savons que c'est vous qui l'avez rédigée.

– C'est Niall qui m'a conseillé de faire ça. Selon lui, ça faciliterait ma guérison.

– D'accord. Dans ce texte, vous dites que votre tante vous a présenté un dénommé Keith, qui…

– Keith, c'était Niall. Il m'a conseillé d'écrire le blog mais interdit d'employer son vrai nom. Il disait que mettre noir sur blanc les démons de ma vie serait utile.

– Et ça l'a été ?

– Un peu, mais je n'aimais pas écrire pour n'importe qui, alors j'ai arrêté le blog et j'ai tout consigné dans mes journaux. J'ai un tas de journaux. Tout s'y trouve.

– Qu'entendez-vous par tout ? demanda prudemment Ramouter.

– Comment Niall m'a aidée, et tous les gens que nous avons ensuite aidés ensemble.

– Quand vous parlez de ces gens que vous avez aidés, combien y en a-t-il eu ?

Henley, Ramouter et Gardner virent Rebecca se pencher en arrière et fixer le plafond. Ses lèvres remuèrent en silence tandis qu'elle comptait. On eût dit que l'air de la petite pièce avait gelé.

On ne pouvait se méprendre sur son expression de triomphe lorsqu'elle se redressa et donna sa réponse :

– Dix-sept.

– Vous avez aidé dix-sept personnes ? demanda Ramouter.

– Oui, répondit-elle fièrement.

– Est-ce que cela inclut Brandon, Alyssa, Charlie et Kyle Baxter ?

– Oh, non. Non. Pas eux. J'ai oublié de les ajouter.

– Cela fait donc un total de vingt et une personnes que vous auriez aidées ? interrogea encore Ramouter en regardant Henley, laquelle avait fermé les yeux comme si elle n'avait pas envie d'entendre la réponse.

– Je suppose, oui, dit Rebecca. C'est un bon chiffre, vingt et un.

– Et comment les avez-vous aidées ?

– De la même manière que Brandon, Alyssa, Charlie et Kyle. Nous avons libéré leurs démons. Il faut que vous compreniez. Nous ne leur avons fait aucun mal. Nous les avons tous sauvés.

Henley sentit ses battements de cœur s'accélérer et une vague de nausée déferler sur elle. Portant la main droite à sa tempe, elle tenta de chasser par un massage l'idée écœurante qui venait de la frapper : sans doute y avait-il dix-sept autres victimes dans la nature. Restait à savoir si elles étaient encore vivantes ou si leurs cadavres avaient été laissés à pourrir quelque part. Elle tendit la main vers la bouteille d'eau en même temps que Ramouter s'éclaircissait la voix.

– Où se trouvent vos journaux, Rebecca ? Ceux dans lesquels vous avez tout consigné ? demanda-t-il.

– À la maison. Cachés dans le placard-séchoir, derrière la chaudière. Loin de Niall. Ils n'étaient que pour moi. Je voulais devenir plus performante quand j'aidais les gens, donc j'ai tout écrit. Leurs noms, ce qu'ont dit les démons quand on leur a ordonné de partir.

Henley griffonna une note. Elle ne se rappelait pas si ces journaux avaient été trouvés quand l'appartement de Rebecca avait été fouillé, et, si tel était le cas, elle n'était pas sûre d'avoir envie de les lire. Songer à la douleur que Rebecca Keeler, Niall Graff et Caleb Annan avaient infligée à des gens ayant authentiquement besoin d'aide la rendait encore plus malade.

– Quels étaient vos rapports avec Niall, Rebecca ? demanda Ramouter.

– Il me disait quoi faire et je le faisais. Vous ne comprenez donc pas ? Il était gentil avec moi. Il m'emmenait en promenade, il m'écoutait, il disait qu'il avait de l'affection pour moi, qu'il m'aimait.

– Et vous, qu'éprouviez-vous pour lui ?

– Il m'avait sauvée. Comment aurais-je pu ne pas l'aimer aussi ? demanda Rebecca en terminant son thé désormais froid. Dieu nous avait donné un bébé. Nous formions une famille.

– Rebecca, vous disiez « *nous* les avons aidés », enchaîna Henley. (Elle sortit une photo de Caleb Annan de son dossier et la posa devant la prisonnière.) Nous avons trouvé l'ADN de Niall Graff, celui de Caleb Annan et le vôtre sous les ongles de Brandon Whittaker et d'Alyssa Hadlow.

– Alyssa. (La jeune femme fit claquer sa langue et secoua la tête, agacée.) Elle nous a donné du fil à retordre. Elle demandait toujours à Caleb de l'aider. Elle ne comprenait pas que nous participions tous à son salut, et elle était faible. Elle aurait fait une très mauvaise mère.

– Est-ce pour cela que vous avez pris son bébé ? demanda Henley. Parce que vous l'estimiez faible.

– Arrêtez de dire que je l'ai pris ! s'écria Rebecca. (Elle se leva et abattit la main sur la table.) J'ai reçu une bénédiction. Dieu m'a dit que j'étais sa mère. JE SUIS SA MÈRE !

– Nous devrions peut-être faire une pause pour donner à Rebecca le temps de se calmer, suggéra Lyndsey Gardner, la voix tremblante, en posant la main sur le bras de la jeune femme.

– Ne me touchez pas, siffla-t-elle en s'écartant. Je ne veux plus parler. J'en ai assez. Je veux rentrer chez moi. Il faut que je retrouve Shia.

– Rasseyez-vous donc un peu, dit calmement Henley. Je n'ai plus qu'une ou deux questions à vous poser. Je vous promets que ce ne sera pas long.

– Je ne vous fais pas confiance, dit Rebecca, avant de se tourner et de désigner Ramouter. Ni à vous.

– Juste une ou deux questions de plus, promis, la rassura Henley.

La prisonnière considéra tour à tour les personnes présentes avant de tourner la tête vers le mur et de se mettre à marmonner. Les deux policiers se penchèrent en avant, s'efforçant d'entendre ce qu'elle disait.

– Bien. (Elle se rassit.) Posez vos questions.

– Je vous interrogeais à propos de Caleb Annan, reprit Henley en essayant de conserver un ton neutre. Comment l'avez-vous rencontré ?

– Caleb était trop doux. Il nous recommandait toujours de faire attention, dit Rebecca. Il ne comprenait pas que les autres lui mentaient.

L'inspectrice entendit de nouveau le Dr Mark Ryan expliquer à la SCU qu'Annan était peut-être le « baromètre moral » qui empêchait ses complices de franchir la ligne rouge. Elle avait refusé cette hypothèse mais, à présent, après ce qu'elle venait d'entendre, elle devait admettre qu'il avait peut-être raison.

– Mais comment l'avez-vous rencontré ?

– Niall et ma tante m'ont conduite à son église de Plaistow, dit Rebecca. Il m'a aidée. Il m'a guérie. Il avait un don, oui, mais il était faible. Très faible avec les femmes.

– Caleb a-t-il jamais essayé quoi que ce soit avec vous ? demanda Ramouter. D'abuser de vous ? Sexuellement, je veux dire.

Elle eut un bref rire sonore.

– Seigneur, non. Jamais de la vie. Il savait que j'appartenais à Niall.

Henley eut une grimace intérieure en entendant le mot « appartenais ». Niall Graff, c'était de plus en plus flagrant, avait profité tant sexuellement qu'émotionnellement de cette jeune femme vulnérable.

– On formait une équipe, reprit Rebecca sur un ton de conversation normal. On travaillait ensemble à faire le bien.

– Avez-vous envoyé des photos du bébé…

– Mon bébé.

Henley poussa un soupir et compléta sa question :

– Avez-vous envoyé des photos du bébé à Caleb Annan ?

– Oui. Ce sont de belles photos, n'est-ce pas ? Il est très beau, mon bébé.

– Pouvez-vous me dire comment est morte Alyssa Hadlow ? se força à demander l'inspectrice.

– Je vous l'ai déjà dit. Elle était faible. Je ne l'ai pas tuée, si c'est ce que vous pensez.

– Et Kyle Baxter ? enchaîna Ramouter. On l'a trouvé pendu dans le kiosque à musique de Southwark Park, non loin de votre domicile. Il avait été poignardé et on lui avait tranché la gorge.

– Oh, oui, ça, c'est moi, dit Rebecca avec un sourire malicieux.

– Vous avez tué Kyle Baxter ? demanda Ramouter.

– Il y avait trop de bruit. Trop de paroles. Il n'arrêtait pas de hurler, d'appeler son père et sa mère. Il n'arrêtait pas de réveiller mon bébé. Il fallait que je le fasse taire. Il fallait qu'il se calme. On en a terminé à présent ? Oui, je crois qu'on a terminé.

– C'était l'interrogatoire le plus bizarre auquel j'ai jamais participé, déclara Ramouter, tandis qu'Henley et lui regardaient les agents escorter Rebecca Keeler à sa cellule.

– Ça m'ennuie d'employer ce mot-là, dit l'inspectrice, mais elle est bel et bien folle. Je ne serais pas du tout surprise que le jury l'estime non coupable pour des raisons de responsabilité diminuée.

– Même si elle n'avait pas de problèmes mentaux, la défense n'aurait pas trop de mal à la dire sous l'emprise coercitive de Niall Graff et à estimer qu'elle a simplement perdu le contrôle quand elle a essayé de le tuer, remarqua

Ramouter, alors que son téléphone portable sonnait. (Il considéra l'écran avec perplexité.) Numéro inconnu.

– Je vais signer le dossier de garde à vue de Keeler pendant que tu réponds, annonça Henley. Elle se dirigea vers le guichet approprié tandis que son collègue s'asseyait sur le banc. Encore sous le choc de la révélation par Rebecca des dix-sept victimes supplémentaires, elle se demanda si les journaux intimes révéleraient non seulement *qui* elles étaient mais aussi *où* elles se trouvaient. Elle n'attendait pas cette révélation avec impatience : son instinct lui disait qu'aucune ne serait en vie.

– C'était l'Old Bailey, lui apprit Ramouter en la rejoignant une minute plus tard. Derrick Sullivan refuse de quitter sa cellule avant de t'avoir parlé.

– Pourquoi diable veut-il me parler celui-là ? demanda Henley en relevant les yeux pour consulter la pendule murale. Il était presque quinze heures.

– Apparemment, ils ont tous les deux plaidé non coupable de meurtre, expliqua Ramouter. Le bordel a commencé quand le juge a refusé la libération sous caution de Sullivan mais accepté celle de Serena Annan.

– Elle est sortie ? Le juge l'a libérée ?

– Ouais. Contre paiement d'une caution de deux cent cinquante mille livres qui a été réglée par un fidèle de l'église. Serena est sortie il y a une heure.

– Ça ne me dit toujours pas pourquoi Sullivan veut me voir, remarqua Henley tandis que Ramouter et elle quittaient le quartier des gardes à vue.

– Il refuse de le dire. Il maintient seulement qu'il a besoin de te parler, et tout de suite.

# 78

Trois jours de privation de liberté avaient changé Derrick Sullivan. Son bras gauche était dans un plâtre bleu, son œil droit portait une large ecchymose, et la coupure de sa joue s'ornait désormais d'une croûte. La cellule étant glaciale, Sullivan avait descendu sur sa main gauche la manche du survêtement fourni par la prison. Son avocat, Miles Kelly, se tenait devant la porte.

– Vous êtes sûr que vous ne seriez pas plus à l'aise dans une des salles de consultation ? demanda Henley, épuisée, en s'adossant contre le mur près de Kelly. La douleur qui l'élançait dans sa cheville la fit grimacer.

– Je voudrais bien. Il refuse catégoriquement de sortir. Si je ne connaissais pas les gardiens depuis longtemps, je ne sais pas ce qui lui serait arrivé. On l'aurait sans doute traîné à Belmarsh, que ça lui plaise ou non.

– Est-ce que vous avez la moindre idée de la journée… en fait non : des *semaines* que je viens de passer, Miles ? demanda Henley en se redressant.

– Ensuite, si vous voulez, je vous offre un verre et vous me racontez, répondit Kelly en souriant.

– Il faudra plusieurs verres, répondit-elle en se redressant tandis que l'avocat ouvrait la porte de la cellule. Ce fut l'odeur aigre et âcre qui la frappa en premier, celle d'un homme ayant transpiré à profusion dans ses vêtements sales et ne disposant que du savon bon marché fourni par la prison.

– C’est Serena qui vous a poché l’œil ? demanda-t-elle en pénétrant à regret dans la cellule et en s’asseyant sur le banc en bois près de Sullivan.

– Oui, répondit-il d’une voix faible. Elle ne craignait pas qu’il tente encore de s’enfuir : apparemment, il était arrivé au bout de ses forces.

– Il y a quelques jours, vous avez refusé de me parler, reprit Henley. Quand Miles vous a conseillé de ne faire aucun commentaire pendant votre interrogatoire.

– Prenez garde, inspectrice, dit Kelly. Vous savez que tout ce dont Derrick et moi avons discuté est protégé par le secret professionnel.

– Pardonnez-moi. J’ai eu une journée très longue, j’ai affreusement mal à la cheville et vraiment aucune envie de traîner dans les cellules de l’Old Bailey. Alors, qu’y a-t-il ?

– Je n’ai pas tué Caleb, affirma Sullivan.

Henley recula sur son banc.

– C’est pour ça que vous m’avez traînée jusqu’ici ? Qu’est-ce que vous voulez que j’y fasse ? Ce sera au jury de prendre une décision. Je rentre chez moi, Miles.

– J’étais sur les lieux… se hâta d’ajouter le prisonnier.

– Nous le savons déjà.

– Mais Serena n’y était pas. Elle n’est pas venue à l’église, du moins pas pendant que je m’y trouvais. Ce n’est pas elle qui a tué Caleb.

– C’est elle qui vous a demandé de dire ça ?

– Non. Non. Mais je ne peux plus continuer comme ça. Je ne peux plus raconter des mensonges. Je ne le supporte pas. Ce n’est pas Serena qui a tué Caleb. C’est Dalisay.

Henley, ignorant la douleur de sa cheville, se leva du banc et se posta en face de Sullivan.

– Regardez-moi, Derrick, dit-elle. Qu’est-ce que vous racontez ?

– Ce n'est pas Serena qui a tué Caleb. C'est Dalisay. J'y étais. J'ai tout vu.

– Et que faisiez-vous à l'église ?

– Elle m'avait demandé de venir.

– Qui vous l'avait demandé ?

– Dalisay. (Sullivan se frotta le front de la main droite.) Dalisay et moi étions… Pardon, pardon. Nous sommes ensemble.

– Ensemble. Dans une liaison amoureuse ?

Henley tourna la tête vers Kelly, qui se contenta de hausser les sourcils.

– Juste pour que les choses soient claires, reprit-elle. Nous parlons bien de Dalisay Ocampo ? La bonne des Annan ?

Le prisonnier hocha la tête.

– C'est arrivé comme ça. Je l'ai rencontrée pendant un séminaire à l'église. Elle a été gentille avec moi. Tameka et moi, ça ne se passe pas bien. Ça ne se passe pas bien depuis longtemps, malgré le nouveau bébé qui arrive, et Dalisay m'a soutenu. Je n'ai pas pu me retenir. Je suis tombé amoureux d'elle et, ensuite, elle m'a dit que Caleb l'avait forcée.

– Attendez une seconde, dit Henley en sortant son téléphone et en ouvrant l'appli enregistrement. Miles, Code C, section 11, sous-section b du code de Pratique, un interrogatoire doit avoir lieu dans un poste de police sauf si cela est susceptible d'alerter d'autres personnes soupçonnées d'être criminelles mais encore en liberté.

– Compris. Je signerai même votre carnet, répondit Kelly en s'asseyant sur la droite de Sullivan et en sortant son propre bloc-notes.

– Derrick Sullivan, je vous avertis, reprit Henley avant de réciter l'article de loi approprié. Ceci est un interrogatoire de police qui se déroule dans les cellules du tribunal criminel central. Je l'enregistre à l'aide de mon téléphone et prends des notes sur le vif. Derrick Sullivan, pouvez-vous me dire ce qui s'est passé le soir où Caleb Annan a été assassiné ?

– Dalisay Ocampo m'a demandé de la retrouver à l'église. Je pensais que j'allais juste passer l'y chercher et que nous irions ensuite à l'hôtel, comme nous l'avions déjà fait.

– Les sms que vous avez reçus venaient du téléphone de Serena Annan. Ce n'est pas Dalisay qui vous a appelé.

– Elle s'est servie du téléphone de Serena, affirma Sullivan en se frottant les tempes.

– Pourquoi aurait-elle fait ça ? demanda Henley. Vous dites n'importe quoi. Je commence à penser que vous me faites perdre mon temps.

– Le téléphone de Dalisay lui a été volé quelques jours avant la mort de Caleb. C'est du moins ce qu'elle m'a dit. Serena la laissait utiliser le sien en cas de besoin jusqu'à ce qu'elle s'en procure un nouveau. Quand j'ai eu le message dimanche soir… Je n'avais pas de liaison avec Serena, donc j'ai pensé… Non, j'ai su que c'était Dalisay.

– Je croyais qu'elle ne pouvait pas quitter la maison sans la permission des Annan.

– C'est faux, elle était libre de faire ce qu'elle voulait. Elle disait toujours que sa patronne était gentille avec elle. D'ailleurs, c'est Serena qui lui a payé son billet pour qu'elle rentre chez elle à Noël. Elle la traitait comme un membre de la famille.

Henley inspira l'air malodorant et tenta d'arrêter la toupie de questions qui tournait dans sa tête.

– À quelle heure êtes-vous arrivé à l'église ?

– Environ minuit moins le quart.

– Et alors ?

– Je me suis garé sur Vanguard Street et j'ai marché jusqu'à l'église.

– Ça va peut-être vous paraître idiot comme question, mais pourquoi ne pas vous être garé sur le parking ?

– Je ne voulais pas prendre une amende. C'est un parking privé et je n'ai pas de carte d'accès.

– Donc vous avez marché jusqu'à l'église. Êtes-vous passé par l'entrée ou par la porte de derrière ?

– Par-derrière. J'avais vu la voiture de Caleb, ce qui était bizarre, parce qu'elle m'avait dit…

– Qui entendez-vous par « elle » ? interrompit Henley.

– Dalisay. Elle m'avait dit que Caleb ne serait pas là. Je suis entré dans l'église et je l'ai entendue hurler, j'ai cru qu'il lui arrivait quelque chose, que Caleb lui faisait du mal, mais il était par terre et elle le poignardait frénétiquement.

– Vous êtes sûr que c'était Dalisay, pas Serena ?

– C'était bien Dalisay, mais elle portait des vêtements de Serena.

– Comment savez-vous qu'ils appartenaient à Serena ?

– Une des réunions de l'église avait eu lieu chez les Annan. Je me rappelle Serena disant à Tameka que cette tenue coûtait très cher, et que c'était une horreur de la faire nettoyer à sec.

– Avez-vous remarqué autre chose à propos de Dalisay ?

– Elle portait des gants. Pas des gants d'hiver mais le genre dont Tameka se sert au travail, en chirurgie dentaire. Elle avait aussi un foulard sur la tête. Bref, je l'ai traînée loin de Caleb. J'ai voulu l'aider, lui, j'ai vraiment essayé, mais il était déjà mort.

– Que s'est-il passé ensuite ?

– J'ai traîné Dalisay jusqu'au parking. Je crois que j'ai refermé la porte.

– Vous a-t-elle dit ce qui s'était passé avant votre arrivée ?

– Elle m'a dit que Caleb l'avait agressée et qu'elle s'était défendue.

– Vous l'avez crue ?

– Je… je ne sais pas trop. Toute cette histoire était dingue. Je voulais ficher le camp de là, je voulais l'emmener loin, mais j'aurais dû comprendre que quelque chose n'allait pas. Elle avait la voiture de Serena, la Mercedes, les gants… (Sullivan laissa mourir sa voix.) Je suis trop con, chuchota-t-il.

– Que s'est-il passé ensuite ?

– On a roulé, franchi le coin de la rue, et gagné un autre immeuble. Elle avait de quoi se changer dans le coffre. Elle m'a dit qu'elle allait se débarrasser de tout ça. Il a fallu que j'enlève mes baskets parce qu'elles étaient couvertes de sang, et j'ai été obligé de rentrer chez moi en chaussettes. Je croyais qu'elle allait tout brûler mais, ensuite, vous avez retrouvé ça dans mon garage.

– Pourquoi n'avez-vous pas appelé la police ou à tout le moins prévenu l'AD Ramouter quand il est venu vous voir ? Vous n'aviez rien fait de mal.

– Ma femme. Elle ignorait ma liaison. Dalisay menaçait de tout lui raconter. Je ne pouvais pas l'accepter. Je ne pouvais pas risquer de perdre ma famille.

– Être accusé de meurtre et aller en prison à perpétuité était une meilleure option, selon vous ?

– Non, bien sûr que non, c'est pour ça que je vous parle. Je ne peux pas retourner là-bas, et je m'inquiète pour ma famille. Et pour Serena.

– Pourquoi vous inquiéter pour Serena ? Vous vous en fichiez complètement avant ?

– Oui, je suis désolé, mais Dalisay sera chez elle. Même sans savoir ce qu'elle prépare, je devine qu'elle veut se débarrasser de Serena. Pourquoi aurait-elle fait tout ça, sinon ?

– Vous êtes-vous entretenu avec Dalisay depuis que vous êtes en détention, Derrick ? demanda Henley, sentant d'instinct ce que Sullivan allait répondre.

– Il faut que vous l'arrêtiez, dit-il avec fermeté. Je l'ai appelée pour l'avertir que je ne pouvais plus continuer. Que j'allais être obligé de dire la vérité.

– Et qu'a-t-elle répondu ?

– Elle m'a menacé. Elle a menacé ma famille.

Sullivan se mit à trembler.

– Serena Annan n'a été relâchée qu'après déjeuner, Derrick, reprit Henley. Lui avez-vous dit tout ça ?

– Je lui ai passé un mot pendant la comparution.

– Et que disait ce mot ?

– Que c'était Dalisay. Que c'était elle qui avait tué Caleb, répondit Sullivan. Il faut que vous l'arrêtiez. Vous ne la connaissez pas. Personne ne la connaît.

# 79

– L'appel au 999 est arrivé il y a cinq minutes, dit Ramouter au moment où Henley branchait sirène et gyrophare. Ils ne se trouvaient qu'à dix minutes en voiture du domicile de Serena Annan, mais ils auraient aussi bien pu s'en trouver à une heure quand la circulation se figea sur l'A2.

– Mais bougez, nom de Dieu ! hurla Henley en martelant son klaxon. Putains de travaux. Qu'est-ce qu'ils ont dit, exactement ?

– Une voisine a appelé après avoir entendu des cris pendant qu'elle sortait la poubelle. Ensuite, il y a eu des coups et d'autres hurlements, répondit son collègue. Il s'agrippa à la poignée de la portière quand Henley tourna le volant à fond et enfonça l'accélérateur.

– Je n'y comprends rien du tout. (Elle monta sur le trottoir et viola le code de la route en dépassant le taxi noir qui roulait devant elle.) Pourquoi Dalisay ne s'est-elle pas enfuie ? Cette salope manipulatrice a monté le coup contre Serena de A à Z, mais je ne comprends pas pourquoi.

– Serena n'a rien fait pour arranger les choses, observa Ramouter. Elle n'a pas cessé de nous mettre des bâtons dans les roues et, une fois qu'on a disposé des pièces à conviction…

– Pièces à conviction que Dalisay a clairement organisées, le coupa Henley en se concentrant sur sa conduite afin de louvoyer à travers la circulation sans tuer personne. Tu peux vérifier que les renforts sont en route ?

Il passa sa demande d'information par radio. – Il y a une autre unité une minute derrière nous. Si elle arrive à traverser ce putain de bouchon.

L'inspectrice accéléra au moment où un passage se créait devant elle, mais ralentit instantanément en repérant une femme aux longs cheveux bruns qui courait pieds nus sur la route. Les hauts phares d'un camion roulant en sens inverse illuminèrent brièvement son visage.

– Ramouter, sur ta gauche, cria Henley. (Elle pila et effectua un demi-tour sauvage.) C'est Dalisay.

– Arrête-toi, cria son partenaire.

– Merde, jura-t-elle en s'efforçant d'éviter un carambolage. Elle roula encore un peu puis s'arrêta devant une station-service, à cent mètres du domicile des Annan.

– Je m'en occupe, lança Ramouter. Il déboucla sa ceinture de sécurité, ouvrit sa portière et sauta. Henley empoigna sa radio alors qu'apparaissaient les lumières clignotantes des voitures de police se dirigeant vers eux.

– Ici l'ID Henley, l'AD Ramouter se trouve sur Shooters Hill, à la poursuite d'une femme d'un mètre soixante, type extrême-oriental. La suspecte est extrêmement dangereuse.

Voyant son collègue traverser la rue au pas de course derrière Dalisay, qui s'était éloignée de la circulation pour s'engager dans une voie résidentielle, elle se pencha, referma la portière passager et franchit la courte distance la séparant de la maison des Annan. Le son des sirènes s'amplifia quand elle descendit de voiture. La voix de Ramouter sortit de sa radio de police sur un ton criard.

« *Je la tiens. Arrêtez de gigoter, bordel. La suspecte est maîtrisée. J'ai besoin d'assistance sur Vanbrugh Terrace.* »

La porte d'entrée était grande ouverte. Un projecteur à détecteur de mouvement, sur la façade, illumina Henley quand elle courut en haut du perron et hurla « Serena ! » en s'engageant dans l'entrée. Des gouttes de sang frais étincelaient sur le sol lustré de frais.

– Serena, cria à nouveau l'inspectrice. Ignorant la douleur de sa cheville, elle suivit les gouttes de sang dans l'escalier. Les sirènes approchaient et l'entrée de la maison s'illumina de bleu quand des voitures de police s'arrêtèrent brutalement dans l'allée. Pour autant qu'Henley le sût, les enfants Annan étaient hébergés chez leurs grands-parents. Éprouvant une vague de soulagement en constatant que leurs lits étaient faits et leurs chambres vides, elle continua de suivre les traces de sang le long des murs blancs.

– Oh, mon Dieu, Serena.

Henley tomba à genoux en découvrant la veuve du pasteur effondrée sur le petit palier du troisième étage, toujours vêtue du survêtement bleu qu'on lui avait fourni à la prison, et le visage couvert de griffures sanglantes. Quand elle baissa les yeux, elle remarqua la tenue carcérale trempée de sang. Serena tenait fermement le manche d'un couteau de cuisine qui lui avait percé le ventre.

– Qu'elle soit vivante, mon Dieu, pria l'inspectrice en lui posant les doigts sur la gorge. Par pitié.

Elle recommença à respirer lorsqu'elle sentit sous ses doigts le rythme d'un pouls léger.

– Inspectrice Henley, ici l'AD Duncan. Où êtes-vous ?

– On est là-haut, cria-t-elle. Au dernier étage. Et il nous faut une ambulance immédiatement.

Elle baissa à nouveau les yeux alors que Serena battait des paupières.

– Ne vous en faites pas, dit Henley en lui prenant la tête au creux de son bras. Je vous tiens. Je vous tiens.

# 80

– Dalisay Ocampo, pour l'enregistrement, nous sommes le mercredi 3 mars à 12 h 45, et vous avez été arrêtée hier soir pour l'assassinat de Caleb Annan, et une tentative d'assassinat sur la personne de Serena Annan, dit Henley en classant ses notes sur la table.

– Ajoutons qu'elle a aussi été arrêtée pour agression sur un AD, compléta Ramouter en se tortillant sur sa chaise, mal à l'aise. Vous m'avez donné un coup de pied au bas-ventre. Deux fois.

– Je ne savais pas qui vous étiez, je croyais que vous m'attaquiez, se défendit Dalisay, assise de l'autre côté de la table, vêtue d'un survêtement gris depuis la saisie de ses habits en tant que pièces à conviction. (Elle tira ses longs cheveux par-dessus son épaule et commença à les tresser.)Vous ne vous êtes pas identifié et il faisait noir. Je n'ai fait que me défendre.

– Je me suis bel et bien identifié, protesta Ramouter en croisant les bras.

– Eh bien, je n'ai pas entendu.

– Dalisay, reprit Henley comme son collègue se tournait vers elle en secouant la tête, incrédule. Vous avez été arrêtée pour des crimes très graves. Êtes-vous sûre de ne pas vouloir d'un avocat ? Moi, ça ne me pose aucun problème d'attendre qu'il arrive.

– Je n'ai rien fait de mal, affirma Dalisay. Je suis la victime. J'ai toujours été la victime. Serena Annan m'a agressée quand elle est arrivée à la maison, et je me suis défendue. Cet imbécile de détective ne s'est pas identifié, il m'a agressée et je me suis défendue.

– Et Caleb Annan ? interrogea Ramouter.

– Ça n'a rien à voir avec moi.

– Ce n'est pas ce que dit Derrick Sullivan, remarqua Henley.

– Donc vous préférez croire un homme déjà accusé de meurtre plutôt qu'une femme ayant pâti du comportement dictatorial et coercitif de Caleb comme de Serena Annan, répondit Dalisay avec assurance.

– Il n'existe aucune preuve que vous ayez été soumise à un tel comportement, dit l'inspectrice. Vous aviez signé un contrat de travail légal avec les Annan.

– Mme Annan ne me payait pas.

– Nous avons une copie des paiements effectués par elle sur un compte bancaire à votre nom, et la confirmation qu'elle a aussi payé votre carte Visa de niveau 2.

– Ça ne prouve rien, affirma Dalisay. Comme je le disais, j'étais la victime dans cette histoire. M. Annan a abusé de moi sexuellement comme de toutes les femmes qui l'attiraient.

– Saviez-vous que Caleb Annan entretenait des relations sexuelles avec Nicole Fleming et Uliana Piontek ? demanda Henley.

– Caleb Annan couchait avec tout ce qui respirait, cracha la jeune femme.

– Donc vous le saviez ?

– Il n'arrêtait pas de jeter ses liaisons au visage de sa femme. Au point que j'en arrivais à la plaindre, dit-elle avec une apparente sincérité. Vous imaginez ? Vous êtes en train de dîner et, juste devant vous, votre mari accepte un appel de la pétasse de la semaine ?

– Vous couchiez avez lui. Qu'est-ce que ça fait de vous ?

Henley jouit d'une brève satisfaction quand la sincérité factice disparut du visage de son interlocutrice. Elle aurait juré qu'en cet instant Dalisay avait envie de la tuer, car elle lui rendit son regard avec un mépris absolu.

– Je suis une victime, dit-elle fermement. Veillez à ce que ce soit bien marqué.

– Serena savait-elle que vous couchiez avec Caleb ?

– Vous voulez sans doute demander si elle savait que son mari abusait d'une femme vulnérable, répondit la jeune femme, hautaine. C'est probable, puisqu'elle l'a tué et qu'elle a essayé de me tuer aussi.

Henley se pencha en arrière et étudia le visage de sa prisonnière.

– Il n'y a aucune marque sur vous, dit-elle. Vous dites que Serena a essayé de vous tuer, mais…

– Elle m'a mis les mains autour du cou et elle a serré, cria Dalisay. (Elle se leva, posa ses propres mains sur la table et se pencha en avant. Il n'y avait que quelques centimètres entre elle et l'inspectrice, qui sentit la chaleur de son souffle.) Elle disait qu'elle allait me tuer. Je ne pouvais plus respirer.

– Asseyez-vous avant que je ne sois contrainte de vous y obliger, ordonna calmement Henley.

– Je ne pouvais plus respirer, siffla encore la jeune femme – mais elle se rassit.

– Cependant vous n'avez aucune marque, il n'y a pas de rougeur autour de votre cou. Ni coupure ni griffure. Vous êtes presque sans défaut.

– Cette femme est une tueuse.

– Vous n'arrêtez pas de dire ça, mais c'est elle qui est hospitalisée avec un coup de poignard au ventre et des coupures sur les mains, pas vous.

Dalisay sourit en se penchant du côté droit pour parler dans le petit micro monté sur le mur.

– J'ai agi en état de légitime défense, dit-elle.

– D'accord, répondit Henley alors que Ramouter lâchait un soupir exaspéré. Mettons que je vous croie et que Serena ait bien essayé de vous tuer. Pourquoi représentiez-vous une telle menace qu'elle ait voulu se débarrasser de vous ?

– Parce qu'elle était jalouse. (La jeune femme repoussa une mèche de cheveux et la coinça derrière son oreille.) Caleb ne voulait plus d'elle. C'était sans doute une bonne prise quand il l'a connue mais, à présent, ce n'est plus qu'une épouse fanée, un trophée cabossé. Il avait besoin d'une vraie femme. Il avait besoin de quelqu'un comme…

– Quelqu'un comme ? interrogea Henley alors que Dalisay se rasseyait au fond de son siège, les lèvres serrées. « Quelqu'un comme moi. » C'est bien ce que vous vous apprêtiez à dire ?

– Vous me faites dire ce que je n'ai pas dit.

– Vous vouliez être en couple avec Caleb, n'est-ce pas ? Vous ne vouliez plus être seulement *une* des nombreuses femmes avec lesquelles il couchait.

– Absolument pas. Combien de fois faut-il que je vous le dire ? Caleb a profité de moi.

– Oh, je vous accorde qu'il en a profité, dit Henley. Il a profité d'Uliana Piontek, de Nicole Fleming, de Raina Davison et de Tameka Sullivan mais, vous, c'était différent. Vous vouliez être sa compagne.

– Vous dites n'importe quoi.

– Vous avez vraiment dû être en colère quand vous vous êtes aperçue qu'il draguait Tameka Sullivan et s'était aménagé un petit nid d'amour avec Nicole Fleming.

– Non.

– Vous auriez pu quitter les Annan à tout moment, continua Henley. Vous aviez votre passeport, les fonds et toutes les occasions nécessaires.

– C'est un mensonge. Ils me gardaient prisonnière.

– Cessez de nous faire perdre notre temps. La vérité est que vous n'aimiez pas la manière dont Caleb vous traitait. Vous étiez furieuse, rancunière et calculatrice. Vous l'avez poignardé quarante-huit fois et vous avez fait accuser Serena Annan.

– Pourquoi aurais-je fait ça si Mme Annan était si bonne avec moi ? demanda Dalisay avec un rictus.

– Ça, il n'y a que vous qui le sachiez, répondit Henley.

– C'est Mme Annan qui a tué son mari. Vous en avez la preuve.

– C'est exact. Nous avons la preuve que *vous* avez tué Caleb, et nous allons y venir. (Elle constata avec satisfaction que son interlocutrice commençait à se tortiller, mal à l'aise, méfiante.) Après avoir sauvagement assassiné Caleb Annan, vous avez marché dans son sang, arraché son alliance et volé son téléphone. Vrai ou faux ?

– Mon Dieu, vous êtes incroyable.

Dalisay se posa les mains sur la nuque, les doigts dans les cheveux.

– Vous avez ensuite envoyé un texto à Serena Annan depuis le téléphone de Caleb, disant qu'il rentrerait tard et qu'il avait deux ou trois préparatifs à effectuer pour le lendemain.

– Vous ne pouvez pas la faire taire ? demanda la jeune femme à Ramouter. Quel genre d'homme êtes-vous ?

– Le genre qui écoute sa supérieure, donc vous devriez peut-être répondre à ses questions.

– C'est une vraie plaisanterie. Je n'ai pas tué Caleb, parce que je n'étais pas sur place, assura Dalisay avec une clarté troublante, réfrigérante. Et vous n'avez aucune preuve que c'est moi. Si j'ai bien compris, son sang a été trouvé sur les vêtements de Serena, et son ADN à elle sur les gants. Vous. N'avez. Rien. Contre. Moi.

– Waouh, souffla Ramouter en se tournant vers Henley, avant de lâcher un petit rire sonore. Pardon, c'était très peu professionnel de ma part.

– Waouh, en effet, dit l'inspectrice. Elle se cala au fond de son siège, tout aussi étonnée : la jeune femme se conduisait comme si on lui reprochait une infraction aussi anodine que le défaut de paiement d'une amende pour stationnement interdit.

– Le truc, avec les pièces à conviction, c'est qu'on en trouve dans les endroits les plus inattendus, dit Henley en ouvrant son ordinateur portable et en lançant le lecteur de vidéos.

Dalisay se redressa quand l'écran pivota vers elle.

– Vous saviez que Caleb avait installé deux caméras dans sa voiture ? demanda l'inspectrice. Minuscules, de la taille d'une petite clef. Il y en a une dans le rétroviseur et une à l'arrière.

La prisonnière pâlit en voyant le film qui se déroulait sur l'écran.

– Voici des images prises par ces caméras le soir où Caleb a été tué, expliqua Henley. Il s'avère que Serena s'est bien rendue à l'église ce soir-là. Voici sa voiture qui pénètre sur le parking à 22 h 02.

Dalisay sourit quand, sur l'écran, une Mercedes gris métallisé entra sur le parking et se gara devant la voiture de Caleb Annan. Serena en descendit et pénétra dans l'église.

– Caleb contrôlait la caméra à l'aide d'une appli sur son téléphone, déclara Henley. Il se trouve qu'il ne l'a jamais coupée et que les images sont restées sur le téléphone en question pendant trente jours. Nous ne les avons trouvées qu'avec l'appareil lui-même. Je passe en avance rapide jusqu'à 22 h 09 puis laisse le film se dérouler normalement.

Une minute plus tard, on vit Uliana Piontek courir d'un bout à l'autre de l'écran et entrer dans l'église. Au bout d'une minute et quarante-cinq secondes, elle ressortait en courant.

– Je ne vois pas l'intérêt de regarder ça, dit Dalisay alors que la vidéo continuait de se dérouler. Encore huit minutes et Serena réapparaissait, montait en voiture.

Dix-sept secondes plus tard, Caleb sortait pour se poster devant la Mercedes de sa femme, laquelle quittait alors le parking en marche arrière.

– Caleb Annan était vivant et il allait très bien quand Serena l'a laissé seul à 22 h 21, résuma Ramouter. Avançons encore d'une heure et quatre minutes… Vous voici en train de courir jusqu'à l'église.

– Ces images ont été prises un autre jour, affirma la jeune femme. Je ne suis pas sortie la nuit où Caleb a été tué.

– Ma foi, le film dit le contraire, intervint Ramouter, parce que, vingt minutes plus tard, Derrick Sullivan arrive, et quinze minutes après ça… Je vais mettre en pause ici.

Dalisay resta muette quand l'écran se figea sur une image d'elle, debout devant la voiture de Caleb, avec Sullivan qui la tenait par le bras. Les réverbères dont la lumière portait jusqu'au parking éclairaient légèrement son visage. De larges taches du sang de Caleb imprégnaient sa tenue grise en cachemire. Sa tête était couverte d'un foulard.

– Et si je zoome ici… (Henley déplaça le curseur vers le grand couteau que la jeune femme tenait à la main.) Aimeriez-vous faire un commentaire à ce sujet ?

Dalisay secoua la tête et eut un nouveau rictus.

– C'est moi la victime, et je n'ai rien à vous dire. Nous avons terminé.

# 81

Henley sortit du poste de police de Lewisham et inspira l'air froid hivernal au fond de ses poumons. Elle leva les yeux vers les rares étoiles qui brillaient dans le ciel nocturne de la ville.

– On en voit davantage à Bradford, remarqua Ramouter en apparaissant à son côté, les yeux levés.

– Eh bien, ici, c'est le South East London, et on n'a jamais mieux. Si tu as de la chance, tu verras aussi un hélicoptère, répliqua-t-elle en enfilant ses gants.

– Oui, je vais sortir mes jumelles.

– En parlant de Bradford, et tu peux me dire d'aller me faire voir si tu veux, mais je ne pense pas seulement à moi : est-ce que Michelle et toi avez pris une décision ?

– Tu veux dire que je te manquerais si je retournais là-bas ? demanda Ramouter.

– Très bien, oui, c'est vrai, soupira Henley tandis qu'ils regagnaient tous deux sa voiture. Je me suis habituée à toi.

– Merci. C'est bon de se sentir désiré.

– Bien. Alors, est-ce que… Aïe ! lâcha-t-elle quand une douleur chauffée au rouge traversa sa cheville droite.

– Je ne sais pas pourquoi tu n'as pas montré ça à un médecin, lui reprocha Ramouter tandis qu'elle se baissait pour masser doucement le point meurtri. On dirait un canard boiteux.

– C’est une simple entorse. Il suffit que je me repose et que je prenne un ou deux cachets.

– Tu es têtue comme une mule.

– Et toi, tu n’es pas poli, répliqua Henley. (Elle se redressa avec une grimace et ils se remirent à marcher, quoique plus lentement.) Alors, vous avez décidé ? insista-t-elle.

– Ouais, dit Ramouter. Michelle veut vivre avec moi, ici, à Londres.

– Vraiment ? dit-elle, satisfaite mais surprise. Et qu’est-ce que ça t’inspire, toi ?

– Du bien. Je ne veux pas abandonner ce boulot. Je sais que ça a l’air égoïste, mais c’est ce que je ressens. Je crois que ça pourra fonctionner.

– On sera tous là pour te soutenir, et Stanford adore jouer les baby-sitters.

– Je m’en souviendrai, dit Ramouter. Alors, qu’est-ce qu’on fait, maintenant ?

– On n’a rendez-vous au restau qu’à vingt heures. Je pensais d’abord aller prendre des nouvelles de Serena Annan et de Brandon Whittaker, mais ça ne me dérange pas d’y aller seule, tu n’es pas forcé de venir.

– Je suis plus qu’heureux de t’accompagner.

– Bien. Je veux juste vérifier qu’ils vont bien. Toute cette histoire a commencé avec eux. C’est dur à admettre, mais on n’aurait peut-être jamais trouvé Brandon si Caleb Annan n’avait pas été assassiné.

– J’espère que le CPS prendra une décision rapide pour Dalisay, dit Ramouter. Ça ne devrait pas être trop difficile. Derrick Sullivan a déjà accepté de témoigner contre elle. Avec de la chance, sa propre accusation pour meurtre sera abandonnée.

– Avec de la chance, répéta Henley. Je crois que personne n’en a eu, dans cette affaire, notamment ceux qui sont restés sur le carreau. Tout le monde y a laissé des plumes. Y compris toi – comment ça va, ton entrejambe ?

– Ce n'est pas marrant, avoua Ramouter comme elle se mettait à rire. Ne parle de ça à personne.

– Euh… c'est peut-être un peu tard, dit-elle en ouvrant les portières de la voiture. Stanford est déjà au courant et, s'il est au courant, Eastie aussi.

– Super, ça veut dire que je vais être obligé de supporter ses plaisanteries stupides pendant tout le dîner.

– Tu n'auras qu'à lui rappeler qu'il a perdu son pari quand il disait que tu ne tiendrais pas six jours à la SCU, conclut Henley.

# 82

– Ça fait plaisir de vous revoir, dit la Dr Isabelle Collins sans un gramme de sarcasme.

– Ça fait plaisir de revenir, répondit Henley. Elle ôta son blouson, regarda le fauteuil où elle s'installait en général, puis alla s'asseoir en titubant, une attelle pneumatique autour de la cheville, sur le petit canapé.

– Qu'est-il arrivé à votre pied ? demanda la thérapeute.

– Je me suis fracturé un os de la cheville. Donc je suis coincée avec ce truc-là pendant six semaines.

– Comment ça se passe à la maison ?

– À la maison, c'est… Mon mari n'est pas content de moi. Il veut des choses que je ne peux pas lui donner.

– Lesquelles ?

Henley secoua la tête.

– Non. Pas aujourd'hui. Gardons ça pour la prochaine séance.

– D'accord, accepta la Dr Collins. On met le sujet de côté pour un autre jour.

– Merci.

– J'ai vu les infos. Vous avez trouvé le bébé.

– Oui. Dieu merci. Je ne crois pas que j'aurais pu me regarder en face s'il lui était arrivé quelque chose.

– Et l'assassinat du pasteur ? J'ai vu que les poursuites contre sa femme avaient été abandonnées ?

– En effet, dit solennellement Henley.

– Je soupçonne que ça vous inspire des émotions assez conflictuelles.

– Pas vraiment. J'ai fait mon boulot et tiré des conclusions des indices dont je disposais. Ça n'a jamais été une arrestation arbitraire. J'ai pris la décision qui s'imposait en me fondant sur les informations que j'avais sur le moment.

Elle-même n'était pas convaincue par ses propres paroles, et elle était sûre que la Dr Collins allait remarquer son incertitude.

– Pourquoi dégagez-vous une telle impression de résignation, en ce cas ? demanda effectivement la thérapeute.

Henley sentit son estomac se serrer : elle repensait aux mots que Serena lui avait crachés à travers le judas, venimeuse, après son arrestation.

– Elle m'a fait douter de moi, dit-elle enfin.

– Comment cela ?

– Serena m'a dit : « Je ne sais pas comment vous réussissez à dormir la nuit. En sachant que vous faites ça à une autre femme noire. Vous vous déshonorez et vous déshonorez votre famille. Vous devriez avoir honte. » Elle m'a donné l'impression d'être une vraie merde.

– Elle a touché un nerf.

– Bien sûr que oui. Et je peux difficilement lui en vouloir. Elle se trouvait dans une situation atroce.

Henley conserva pour elle le reste. Que les paroles de Serena lui avaient fait l'effet d'un acide sur la peau, réenclenchant toutes ses insécurités. Rappelant en elle le triste souvenir des regards que lui lançaient tous les Noirs qu'elle rencontrait dans le cadre de son travail d'officier de police : dégoût, stupéfaction ou, pire encore, accusation de trahison.

– Est-ce que je peux vous poser une question ? demanda la Dr Collins. (Elle ôta ses lunettes et se pencha en avant.) Souhaitez-vous obtenir le pardon de Serena Annan ?

Henley ferma les yeux et pesa sa réponse. Elle se demanda ce qu'admettre la vérité des paroles de la thérapeute révélerait à son sujet.

– Je ne fais pas ce boulot pour obtenir des remerciements ou un pardon, lâcha-t-elle enfin. Je ne peux pas perdre mon temps à douter de moi ou à chercher le pardon de…

Elle se redressa en sentant une nouvelle vague de nausée la submerger. Ses yeux tombèrent sur le calendrier au coin du bureau d'Isabelle Collins. Elle se posa la main sur l'estomac et ravala sa bile en ignorant la maxime positive du jour.

– Est-ce que ça va ?

– Oui. Excusez-moi. (Henley fit la grimace et prit une profonde inspiration.) J'ai beaucoup travaillé, c'est tout, et j'ai besoin d'un verre d'eau.

– Comment vous entendez-vous avec l'AD Ramouter ? demanda la Dr Collins en prenant la carafe posée sur sa table pour servir un verre qu'elle lui tendit.

Henley but une gorgée et attendit que se dissipe la nausée.

– Avec Ramouter, ça va très bien, dit-elle enfin. Mais sa situation va changer bientôt, et sa vie va sûrement être beaucoup plus compliquée une fois que sa famille l'aura rejoint.

– Donc vous êtes inquiète pour lui ?

– Je ne suis pas inquiète. Je suis seulement… préoccupée.

– C'est parfaitement compréhensible. L'AD Ramouter et vous avez traversé beaucoup de choses ensemble en très peu de temps.

– Un traumatisme, dit fermement Henley. Nous partageons un traumatisme, et je ne crois pas que ça me plaise, mais ce n'est pas de ça que je parle. Il n'est pas question de moi.

– Il est toujours question de vous. Vous devez comprendre et accepter que l'AD Ramouter et vous êtes liés par le traumatisme. Que vous pratiquez une profession *fondée* sur le traumatisme.

L'inspectrice se rassit au fond de son siège.

– À vous entendre, on me prendrait pour une sadique.

– C'est sans intention de ma part, et je crois que vous savez très bien ce que je veux dire.

– En fait non. Je ne vois pas en quoi mes préoccupations à propos de Ramouter constituent un tel problème.

– Pourquoi l'avez-vous conservé comme partenaire ?

– C'était ce que souhaitait Pellacia. Et puis comment Ramouter aurait-il réagi si je l'avais refilé à quelqu'un d'autre, comme un cadeau dont je ne voulais pas ?

– Vous vous sentez responsable de lui ?

Henley ne répondit pas, concentrant son attention sur la pendule murale.

– Il aurait pu partir, dit-elle enfin. Personne ne lui en aurait voulu, mais il n'est pas parti. Il est encore là.

– Pourquoi n'êtes-vous pas partie, vous ? Il y a six mois, après votre première rencontre avec Peter Olivier ?

L'inspectrice prit une inspiration.

– Et qu'est-ce que j'aurais fait ? J'aime ma fille, ma famille, mais, quoique ravie d'être mère, je ne vois pas à quoi il aurait servi que je reste à la maison à regarder travailler mon mari pendant qu'Emma sautait la tête la première dans un bac à sable chez sa nounou.

– Est-ce pour cela que vous avez gardé Ramouter comme partenaire ? Pour vous assurer de n'être pas inutile ?

– Inutile ? répéta Henley. À vous entendre, on me croirait désespérée, comme si je cherchais un sens à ma vie.

– C'est un sujet à creuser, continua la Dr Collins. Les traumatismes, le vôtre et ceux des autres, seront toujours le lien entre l'AD Ramouter et vous. C'est la nature de votre travail et, que ça vous plaise ou non, c'est le traumatisme qui vous pousse. C'est le traumatisme partagé des événements de l'année dernière avec Peter Olivier qui fait que vous continuez.

– Je ne suis pas d'accord avec ça.

– Très bien. Alors, si nous ne devons pas parler de vos liens avec l'AD Ramouter et si nous ne devons pas parler de votre mari, de quoi aimeriez-vous parler ?

Henley se pencha en arrière tandis qu'une deuxième vague de nausée s'emparait d'elle et que la sueur lui perlait au front.

– D'une personne proche de moi.

– Votre mère ?

– Non. Pas ma mère. Je veux vous parler de mon ancien patron. J'ai besoin de parler de Rhimes.

# Remerciements

Tout d'abord, il y a un tas de gens que je dois remercier, et je présente d'avance mes excuses à ceux que j'ai pu oublier. Merci à mon brillant agent, Oli Munson, et à l'équipe tout aussi brillante d'AM Heath. Je me rappelle quand j'ai soumis pour la première fois l'idée de ce livre à Oli, lors de notre toute première rencontre. J'avais lu le compte-rendu de plusieurs affaires criminelles durant lesquelles les défendeurs avaient été accusés d'homicide sans intention de donner la mort ou de coups et blessures aggravés parce qu'ils avaient accompli des exorcismes sur leurs victimes. Cette idée d'exorcisme m'était restée. Mon argument, très simple, était : « Un pasteur a été assassiné et, dans son église, on retrouve le corps d'un jeune homme peut-être victime d'un exorcisme. » Je suis vraiment ravie d'avoir pu transformer cette minuscule graine d'idée en *Le Châtiment des fidèles.* Comme toujours, je dois remercier mon groupe d'amis écrivains, brillant et encourageant, notamment Jonathan, qui fut la première personne à lire les cent premières pages du *Châtiment des fidèles.* Merci à ma directrice littéraire, Manpreet Grewal, à son équipe qui m'a été d'un grand soutien à HQ, ainsi qu'à John Glynn et sa propre équipe de Hanover Square Press aux États-Unis.

Je ne sais pas trop comment, c'est un vrai miracle, j'ai terminé ce livre pendant la pandémie et les divers confinements. Comme tout le monde, j'ai eu des hauts et des bas, mais aussi la grande chance de disposer du soutien de ma famille et de mes amis. Un merci tout particulier à mon père, ma mère,

Gavin, Maki, Jason, Sheulee et Gaynor, ainsi qu'un gros bisou à mon neveu Neo et à mes filleuls Nyra et Zachary pour nos vidéoconférences. (Ils sont bien trop jeunes pour lire ce livre et découvriront plus tard de quoi parlent les romans de leur tatie.)

Je veux remercier ma grand-mère, alias la Révérente Priscila Noel, qui n'est plus avec nous et qui ne serait pas choquée, j'en suis sûre, que sa petite fille raconte des histoires de pasteurs assassinés et d'exorcismes. Elle n'aurait pas manqué de conseiller à sa congrégation d'acheter mon livre.

Et, enfin, merci à vous les lecteurs. Le bon côté de la pandémie est que j'ai pu rencontrer (virtuellement) tant de lecteurs du monde entier ayant accueilli avec enthousiasme *L'Équarrisseur,* Henley et moi-même. Vous avez tous été géniaux.

**Les Éditions Points s'engagent pour la protection de l'environnement et une production française responsable**

Ce livre a été imprimé en France, sur un papier certifié issu de forêts gérées durablement, chez un imprimeur labellisé Imprim'Vert, marque créée en partenariat avec l'Agence de l'eau, l'ADEME (Agence de l'environnement et de la maîtrise de l'énergie) et l'UNIIC (Union nationale des industries de l'impression et de la communication).

La marque Imprim'Vert apporte trois garanties essentielles :

- La suppression totale de l'utilisation de produits toxiques
- La sécurisation des stockages de produits et de déchets dangereux
- La collecte et le traitement de produits dangereux

RÉALISATION : NORD COMPO À VILLENEUVE-D'ASCQ
IMPRESSION : CPI FRANCE
DÉPÔT LÉGAL : NOVEMBRE 2024. N° 155100 (3057778)
IMPRIMÉ EN FRANCE

**Premier volet des enquêtes d'Anjelica Henley**

**À retrouver chez POINTS**